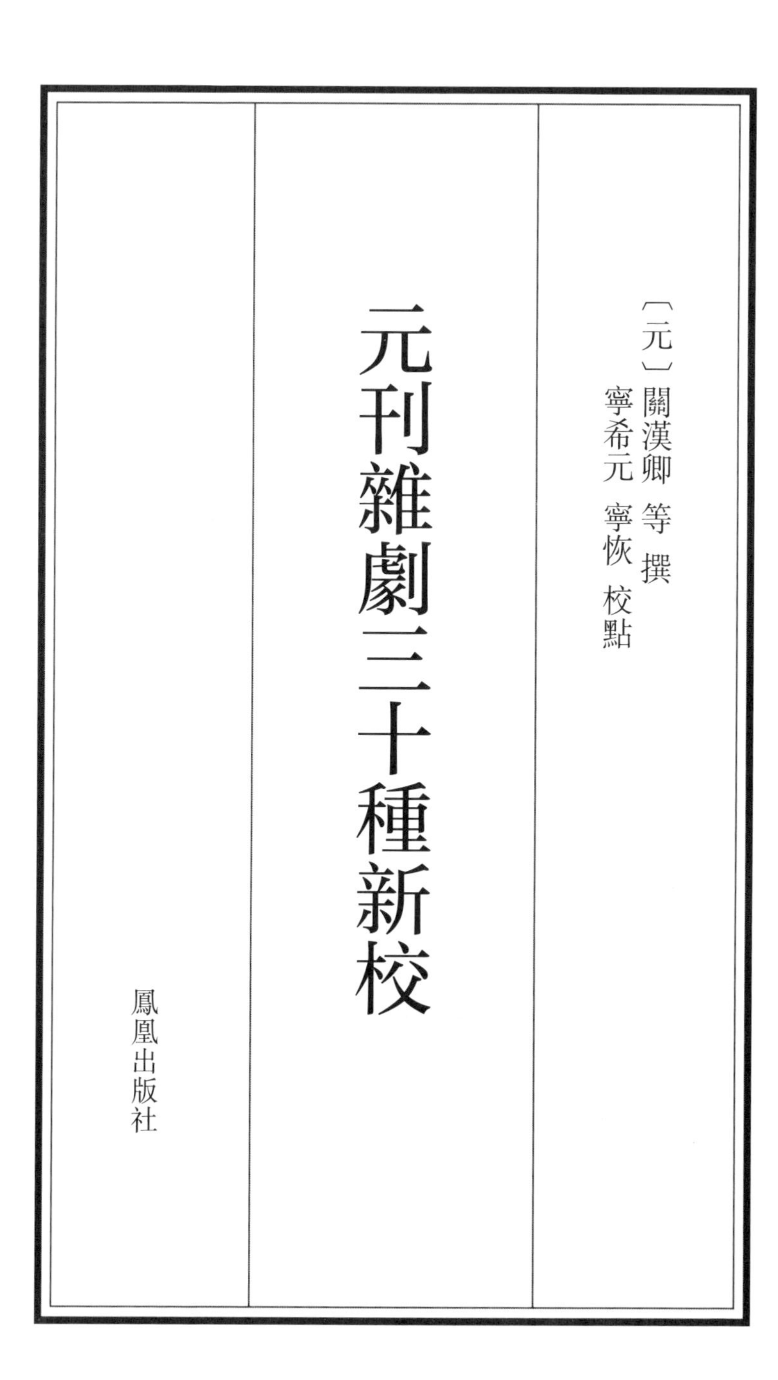

〔元〕關漢卿 等 撰
寧希元 寧恢 校點

元刊雜劇三十種新校

鳳凰出版社

圖書在版編目（CIP）數據

元刊雜劇三十種新校 / (元) 關漢卿等撰 ; 寧希元, 寧恢校點. -- 南京 : 鳳凰出版社, 2023.7
ISBN 978-7-5506-3898-3

Ⅰ. ①元… Ⅱ. ①關… ②寧… ③寧… Ⅲ. ①雜劇－作品集－中國－元代 Ⅳ. ①I237.1

中國國家版本館CIP數據核字(2023)第048682號

書名	元刊雜劇三十種新校
著者	(元)關漢卿等 撰　寧希元　寧　恢 校點
責任編輯	吴　瓊
裝幀設計	陳貴子
責任監製	程明嬌
出版發行	鳳凰出版社(原江蘇古籍出版社) 發行部電話025-83223462
出版社地址	江蘇省南京市中央路165號,郵編:210009
照排	南京凱建文化發展有限公司
印刷	江蘇鳳凰通達印刷有限公司 江蘇省南京市六合區冶山鎮,郵編:211523
開本	880毫米×1230毫米　1/32
印張	20.125
字數	493千字
版次	2023年7月第1版
印次	2023年7月第1次印刷
標準書號	ISBN 978-7-5506-3898-3
定價	148.00圓

(本書凡印裝錯誤可向承印廠調換,電話:025-57572508)

王序

《元刊雜劇三十種》，是我們今天所能看到的從元代流傳下來的唯一元刻本，也是我們今天研究元人雜劇最重要的第一手資料。它如漢魏樂府之於兩晋南北朝詩，敦煌曲子詞之於五代兩宋詞，《永樂大典戲文三種》之於明清傳奇，是我們今天探索詩、詞或南北曲的源流時必讀的書。但是這些代表文學史上新生力量的東西，在它們還處於萌芽狀態的時候，就遭到傳統勢力的蔑視，很少流傳。流傳下來的少數篇章由於傳抄傳刻的粗疏，訛文脱字，錯見疊出，遠不如許多名家詩文集易讀，因此也很少有人加以校勘訂正，比較分析。

《元刊雜劇三十種》原來是清代著名藏書家黄丕烈收藏的。清末民初，轉入上虞羅振玉之手。羅氏流寓日本時，借給日本京都帝國大學複刻。其後上海中國書店又根據日本複刻本影印，并冠以王國維的一篇《叙録》，這部書纔逐漸流通。但這三十種雜劇，都是程度不同的節略本，除曲詞外，有的祇保留簡略的科白，有的一點科白都没有。刻工粗略不堪，訛文、俗體、脱落、增衍，隨處可見。加以流傳日久，原本模糊，日本複刻本於模糊不清處又留下一個個空白或半邊字。這些情況，使今天有些專門研究宋元文學的學者也望而却步，一般讀者更少問津。

抗日戰争前，同學盧前爲中國雜誌公司編印《元人雜劇全集》，曾收入《元刊雜劇三十種》中别無他本的十一種，并加以校訂，但并不理想。新中國成立後隋樹森先生編印《元曲選外編》，收入《元刊雜劇三十種》中不見於《元曲選》及《脉望館鈔校本古今雜劇》的部分，對盧校偶有訂正，仍未能盡如人意。一九六二年，鄭騫先生的《校訂元刊雜劇三十種》在臺北出版，學者纔有可能看到《元刊雜劇三十種》全書的整理本。鄭氏在書前刊載《校訂凡例》二十條，在每劇後附載《校勘記》，見出他校訂工作的認真。在校訂這三十種雜劇時，他還有兩點發明：一是糾正王國維在《叙録》中因元刊《古今雜劇》原題『乙編』，從而推斷『必尚有甲編』之誤。其實黄丕烈藏書依版本分類，以宋刻本爲甲編，以元刻本爲乙編，并不如王氏之所推想。二是他依據《脉望館鈔校本古今雜劇》中《王粲登樓》一劇上的何煌校記，整理出一本在元末流傳的《王粲登樓》雜劇的節略本，附録在全書的末尾。這使今天學者在《元刊雜劇三十種》之外，又增加了一種探索元劇原來面目的重要資料。

目前我要向讀者介紹的《元刊雜劇三十種新校》，是蘭州大學中文系副教授寧希元同志的著作。在我認識寧希元同志之前，就從《蘭州大學學報》上讀到他整理元刊雜劇的論文，他對自己幾年來校勘元刊雜劇的工作，提出了一些總結性的意見。他説：

《元刊雜劇三十種》多爲孤本，没有别的副本可資比勘。在這種情况下，對它的校理，不能不更多地采用本校法。就像吴縝之《新唐書糾繆》、汪輝祖之《新元史本證》那様，充分利用本書以校本書。即通過有關材料的綜合排比，考其異同，互爲佐證，以正其誤。……其目的在於通過這一方面的綜合研究，考察元人用字習慣，進而歸納出若干條例，爲《元刊雜劇三十種》等民間刊本書籍的校理，作一些準備工作。

又說：

爲了減輕學習上的負擔，歷代勞動人民在精簡漢字方面，創造了不少經驗，其中最基本的有二條，即字音的通假和字形的簡化。在字音的通假上，祇要聲音相同或相近的字，原則上都可以通假。就是說，民間用字的傳統習慣，是重音不重義。這就在很大程度上解決了有音無字的困難，突破了形義文字的局限。在字形的簡化上，就是寫字就簡不就繁，大量地創造和使用簡字，來代替難寫難記的繁體。……元代的情況，也是如此。蒙古起自漢北，其始本無文字，對漢字的使用，也比較隨便。有元一代的典令、詔書、碑板、文記，多半使用口語，其中就有不少同音相假和簡筆字的出現。這個特點，同樣也反映在《元刊雜劇三十種》等民間刊本書籍中。所以，整理元代典籍，不突破假借這一關，不研究當時的簡體字，是很難行通的。

這些意見，不僅對校勘元刊雜劇有用，對整理宋元以來其他民間通俗讀物同樣適用。

今年春季，中山大學中文系接受教育部的委托，舉辦『中國戲曲史師資培訓班』。寧希元同志遠道來穗，携所著《元刊雜劇三十種新校》校本見示。我讀了其中部分雜劇的校勘記，有不少地方訂正了盧、隋、鄭三家的誤校之處。這首先由於寧希元同志在長期校勘元劇中，由博反約，概括出字音通假和字形簡化的通例；又反轉過來運用這些通例，以簡馭繁，解決了向來學者未能解決的大量校勘上的問題。同時還由於有盧、隋、鄭三家書的先出，使他能够有所比較别擇，從而博收廣取，後來居上。

但是對《元刊雜劇三十種》的整理，校正文字，分清句逗，雖然是它開始的必要的一步，但絶不是它最後的也是最有意義的一步。我在校訂《元刊雜劇三十種》的過程中，曾經企圖將其中部分不見於《元曲選》及《脉望館鈔校本古今雜劇》中的優秀劇目，如關漢卿的《詐妮子》、石君寶的《紫雲亭》、宫大用的《七里灘》等，詳加校訂，并根據曲詞及删節後的科白，探索劇中人物故事梗概，寫成定本。這不僅有便於探索元劇源流的學者，對一些試圖改編優秀古典劇目，使它在今天的舞臺或銀幕上重現的作者同樣有用。一九五八年，我在《戲劇論叢》第二輯發表的《〈詐妮子調風月〉寫定本説明》即是嘗試之作。它對後來各地方劇團演出的《燕燕》和西安電影製片廠根據《詐妮子》改編的電影劇本，都有過影響。後來我雖然因有别的任務，中止了這個工作，不無遺憾。但我想在寧希元同志的書出版之後，進一步掃清了讀者在文字句逗上的障礙，這些歷史上遺留下來的優秀劇目，必將有人爲之目擊神追，從而根據合理的推斷和創造性的藝術構思，爲它們披上一件件彩墨斑爛的歷史外衣，使之重現於我們的舞臺和銀幕之上，像甘肅省歌舞劇團根據敦煌殘留的壁畫創造出《絲路花雨》的大型舞劇一樣，這絕不是不可能的。

王季思

一九八〇年六月六日

吳序

一

寧希元同志和我是老相識了。三十年前（一九五七年）希元來北京大學中文系進修，我曾忝爲導師。相處雖不甚久，而希元執禮甚恭，這在當時確實使我感到惶恐。因爲我雖癡長希元幾歲，却也剛剛步入中年，多少還有點自知之明，深慚不足爲人師表。一九七九年，我應邀赴蘭大講學，又與希元相見。由於不服水土，我在蘭州連續病了幾次。承希元伉儷多方照料，親如一家，使我在客中感到非常温暖。此情至今難忘。昔年侍葉聖老座，聖老曾對我談及世風丕變，求一『今之古人』已甚難得，而我在蘭州短短兩三個月時間，却發現希元之爲人確有『古』風，使我油然起敬。這正是我們之間加深友誼的主要關鍵。

二

校勘古籍是專門之學。它不僅要求校出古書的各種版本的文字異同，要緊的是從中選擇哪個字或詞是正確的，指出哪個字或詞爲什麼是錯誤的，即所謂『勘』。勘者，勘誤之謂。昔清人阮元撰寫《十三經校勘記》，并非單純的現象羅列，實是一部學術水準很高的專著。近人陳垣先生著《沈（家本）刻〈元典章〉校補》和《元典章校補釋例》，指出沈刻本的誤處達一萬二千餘條之多，并爲校勘學建立了比較完善的新體系，至今猶足爲古籍整理工作者的楷則。可見要把一部問題很多的古書校出水準來，實非易事。校古書難，校元刻本古書則更難。這個道理，在希元同志的自序中已經提到。因爲元人刻書太隨便，版本品質太欠講究，錯别字、異體字、俗寫字都特别多。加上翻印、仿刻和年久爛版等種種因素，就更增加了校讀者的困難。但希元之校《元刊雜劇三十種》，其難度還遠不止此：一、元雜劇是文學作品，押韻的曲文無異於古典詩詞，要想校得正確無訛，必須通辭章之學，其中包括對古典詩賦詞曲寫作技巧的掌握和歷史典故的運用知識；二、元代方言俗語的詮釋也是一種專門之學，要想讀懂弄通，絶不比讀先秦古書或敦煌變文容易，這就需要有語言學、訓詁學、方言學方面的堅實基礎；三、從希元的校訂工作中不難看出，這部由拼湊而成的所謂『元刊本』，有一些其他版本的書籍從未出現過的特殊情況，如形聲字的省借、待校字的符號等等。這些特有的例外，如果不躬行實踐，是連猜都猜不出它的正確答案的，更不必説持之有故、言之成理的可靠結論了。希元做學問，一絲不苟，其孜孜矻矻之勤，我是比較瞭解的。他不辭勞苦，深入細緻地爬梳比照，幾乎每字每句都反復推敲，纔取得了目前這樣一部相當豐碩的成果。尤其難得者，希元在校訂工作中，既不貪功掠美，也不文過飾非，對前人已校出的條目字句，是則是，非則非，筆則筆，削則削，始終本着實事求是的態度爲這一專門的學術工作添磚加瓦。

這不僅反映出希元治學的根柢，也體現了他的學術道德和做人品質。他既能從善如流、虚懷若谷，又絶不諱疾忌醫或投鼠忌器。這部新校本儘管還不無可商榷之處，却完全能看出希元勤奮的好學精神和謹嚴的治學態度。我常説，初學作學問，不怕鑽牛角尖、走彎路，就怕投機取巧、找捷徑；不怕犯錯誤、出硬傷，就怕追時髦、趕浪頭；不怕過於自信、固執己見，就怕看風使舵、朝四暮三。以我個人多年來讀書的親身感受，希元此書問世，對當前的學風、文風似乎會起到一定的『整風』作用。這并非我危言聳聽，而是由衷之談。

希元此書還有一個特點。他整理這部《元刊雜劇三十種》，最初衹是校訂字句，并未進行注釋。但他的校勘工作是建築在疏通文義的基礎之上的，衹要讀來文從字順，那麽所校訂的字句其可信程度也自然達到近於正確或完全正確的地步。反過來説，如果校訂無誤，文字必然能讀得通而毫無牽强穿鑿之病。因此，爲了説明他校勘時的取捨的理由，他在校語中自然而然就加進了一些注釋字句和疏通文義的話，這樣，此書雖不稱爲『校注』，而實際却兼有注釋之用和疏義之功。這就不僅使讀者可辨明和是正字句上的訛脱舛誤，而且還幫助讀者和研究工作者讀通了、看懂了全劇的内容。這就比一般衹羅列各種版本文字異同的校本有了更大的使用價值，同時也體現了校者本人的學術水準和文化素養。所以我應提醒廣大讀者同志，這不是一部純技術性的校本，而是增加了原作可讀性的科研成果。

三

幾年以前，希元這部校本的初稿曾擺在我手邊較長時間，我也曾檢讀過部分校稿，并提出了個別的具體意見。這次定稿付印，據希元説，他不僅參考了先於他成書的鄭騫校本，而且正由於書稿一直無處找到出版機會，便重新修訂增删，吸收了後於他完稿而出版的徐沁君先生校本中的優點，并否定了部分缺陷。譬如積薪，後來者自然居上了。用希元本人的話説，他這部新校本幾乎等於重新寫過的另一部書。爲了找我寫點什麽，希元把此書的部分校稿又一次寄給我，目的是怕我祗説泛泛空話。不巧得很，今年九月下旬，我因疲勞過度，致使左眼球下方的一個較大的血管突然綻裂。雖未影響視力，但來勢太猛，左目的白眼球一時竟完全被紫紅色血塊瘀滿，醫生堅囑不許看書寫字。休息了十天，終於因爲既要講課，又要輔導來進修的外國學者，雖暫告痊癒而再度出血，至今還未徹底恢復。希元的校稿我便無法從頭到尾逐字細讀，這篇《題記》也確實無力細緻認真地對原著詳加評議。儘管如此，在我粗枝大葉地披覽之餘，還是發現了幾處可商榷和可補充的地方。姑且寫了出來，供希元和讀此書的同志們參考。

一、《西蜀夢》第一折校文第一條『編席』，作者説：『元代北方方音讀若 pian。』其實直到今天，廣東方言『編』還是讀『篇』音的，如説『編輯』，即言『pianji』。

二、同劇第三折校文第二十七條『饑鴉奪』，作者説：『鄭本（小如按，指鄭騫校本）「朵」字未改，云：「今北方俗語猶謂啄爲朵，讀陰平聲。」』而作者據《水滸傳》第四十六回『原來却是老鴉奪那肚腸吃』以爲『朵』字當作『奪』。其説是。然鄭校不改，亦不爲無理。按，『啄』字見『覺』韻『知』紐，故今音『啄』讀 zhuo。然古知、徹、澄紐與端、透、定紐字本可互讀，故『啄』至今有 duo 音。《水滸傳》之『奪那肚腸吃』，非爭奪之謂，而是啄食之意。故鄭校以『朵』爲『啄』非爲無理，寧校改爲『奪』，而不言爲『啄』之同音假借，猶相去一間也。

三、《拜月亭》第一折校文第十七條『精俐』，原作『耿俐』，作者引《中原音韻》與《畿輔通志》卷七十二，以爲『耿』本讀作『景』，故以爲『精』之假借字。今按，清末梨園舊例，有『前臺不言 geng，後臺不言夢』之説。故讀『更』『庚』爲『jing』（入人辰轍則爲 jin 矣）。其實豈獨不言『geng』而已，即『衡』『横』（heng）在清末京昆演員口中猶讀 xing（入人辰轍則爲 xin）也。如裘桂仙讀『尸横遍野』爲『尸 xin 遍野』，楊小樓念《夜奔》『愁雲低鎖衡陽路』爲『xin 陽路』，龔雲甫讀『禰衡』爲『禰 xin』，譚鑫培、陳彦衡讀『年庚月』爲『年 jin 月』（譚、陳之傳人韓慎先、言菊朋猶如此），皆是也。故作者所校似較有理。然『耿』『景』與『精』不同紐，『耿俐』是否爲『精俐』，恐尚有待於進一步研究。

四、《單刀會》第二折校文第三十一條『蓆篾兒』，作者以爲『即編製席子的細篾片』，近是。然字實當作『笢』，《説文》釋爲『竹膚也』，王念孫《廣雅疏證》卷十上釋作『竹外青皮也』。笢又轉爲『篾』『䈼』字，《一切經音義》卷十引《聲類》：『今蜀土及關中皆呼竹篾爲䈼。』䈼音彌，其音符即『邊』字之音符也。參見拙著《字義日劄》。故作者言：『蓋「篾」元代北方方音讀若「彌」。』亦小有誤。讀『彌』者乃『笢』之音轉，『䈼』之本音，與『篾』之讀音猶相去一間也。

上述諸條，不過是一些瑣碎意見，聊爲芹曝之獻，以答希元的一片盛情而已。統觀全書，則此微疵絶不能掩其大醇，小瑕固不足以害其爲美玉（至於我談的是否爲疵爲瑕，尚可討論），所以不憚煩而略加陳述，一以表示我與希元并不見外，更非好話多説，一味對熟人吹捧；二亦表示見仁見智，本治學者之優良傳統。今則談學問亦祇報喜不報憂，識捧不識罵（其實有話直説，去『罵』甚遠，且根本與『罵』不是一回事），乞人撰序，往往爲了借重他人名聲，抬己身價，祇願諛辭充耳，不愛善意批評。我因深知希元，他找我在他的大作上面寫點什麽，無非由於我們過去的友情，以及我同這部《元刊雜劇三十種》有着千絲萬縷的因緣遇合，纔願我在他的大作上面留下一點鴻泥爪印。所以我也就直來直去，有什麽説什麽了。

最後，對希元還提一點期望，即盼希元早日把今存全部元人雜劇進行校訂（能加箋注就更好），使讀元曲者能得到一部真正完善可讀的本子，則其功德之無量，又非獨希元個人成就之大小所能比擬的了。

吴小如

一九八七年十月，北京

自序

（一）

《元刊雜劇三十種》，自明李開先以下，迭經名家收藏，閉秘不爲人知幾四百年矣。清末，此書始由羅振玉、王國維發現。一九一四年，日本京都帝國大學據以仿刻，題曰『覆元槧古今雜劇三十種』；越十年，上海中國書店又據日本仿刻本影印，改題『元刻古今雜劇三十種』。自是以後，漸顯於世，爲國内外學者所重視。惟原書出自坊刊，讎校不精，訛誤實多；元代通用之省文別字，又多爲今人所不解；加之古今音讀之出入，原本中假借字識讀的困難等等，故終不能普遍流傳，供一般讀者賞析之用。近世學人，偶稱引此書，於原本謬誤之處，間有是正，亦多抵牾難安。校勘之作，豈可忽焉！

一九三五年至一九三六年間，盧前先生編《元人雜劇全集》，取校斯書凡十一種；一九五七年，隋樹森先生編《元曲選外編》，又取校斯書十四種。二家所校，除複見者外，共十六種，已過全書之半。雖所校未能盡如人意，然蓽路之功，實不可泯。一九六零年前後，我在授課之餘，偶涉元曲，即由二先生之本，檢校原書。披閱之下，惟覺荆棘叢叢，迷惘而不知所歸，不禁廢書而歎。深憾如此重要之典籍，雖由仿本之力得行於世，實仍沉淪於混沌榛莽之間。斯時惟願海内學人，有真知真好者，能繼盧、隋二先生之後，續校全書，以惠讀者。

自此以後，我對元曲興趣漸濃，但僅限於隨意流覽，故所得甚少。一九六二年起，始知自悔，發願由基礎做起，乃竊張相先生《詩詞曲語辭彙釋》之義法，以治元曲方言俗語。每有所獲，隨手摘記；後有所正，前即棄之。凡遇不解之惑，或索解於群書，或求教於師友，每得一解，欣然自喜。其間亦多有窮思冥索而終未能得其解者。雖未能解，而日日不忘於心懷，時時思得其解，自覺亦别有其趣在焉。時日既久，所積漸多，於元曲語詞，亦略有所悟。復又念及《元刊雜劇三十種》一書，既未見他人之校本，何不自理？遂不揣淺陋，狂簡而有述作之志。不意十年擾攘，不遑寧處，因循敷衍，一字未成。直至一九七六年以後，漸理舊業。自以平日覽涉所得，棄置未免可惜，始下决心，校理全書。兩三年來，無暇旁顧，日日羅致各本，比勘異同，校其是非。惟校勘之作，錯綜爲用，牽涉至廣，勢難一蹴而臻於美善。故雖三易其稿，終未愜心，不敢自以爲是。

今春，王季思先生於中山大學主持『中國戲曲史師訓班』。同學十餘人，皆國内各院校久治小説戲曲者。余以菲才，得預末席，聽講之餘，每以校勘中疑難種種向先生請益，多得確解。先生又以平日手校《古今雜劇》（中國書店影印本）相示，眉端校語極多。以此知先生校勘此書，校非一時，亦非一過。如《調風月》一劇校後自識云：『三十年（一九四一）九月七日，時將赴廣州。』又識云：『五七年九月二十三日，時發京廣車中。』先生以十餘年之精力，日理此書，故所見多有獨到之處，余亟一一采之入校。四稿成於南國暑月之天，又承先生細心磨勘，詳爲訂正，復蒙賜序，冠諸篇首。先生與我，何厚愛焉！

四稿寫完後，又從王季思先生處假得鄭騫先生大著《校訂元刊雜劇三十種》。此書雖早於六二年在臺北出版，但由於人事隔絶，晚至十八年以後，纔有機會見到。撫卷思人，能無感慨！鄭先生的校本，我在進一步修訂四稿時，反復拜讀，愛不釋手。深歎先生之功力，遠非旦暮所能致，亦非精於曲學、勤於鈎稽、善於類推者所能及。其於是書，厥功至偉，自不待言。因取先生所校，訂正拙稿不當之處若干。特别在調名的體認、曲律的勘定，以及佚曲的增補幾個方面，取用實多，不敢掠美。至於聲音假借、文字是正、名物辨析之處，則拙稿與鄭先生所校多有出入。其相合者，則改而從之，深喜個人一得之見，竟能與先生千里符契；其不合者，則略申己説，似亦可補先生之未備。

拙作修訂出版之際，中華書局推出徐沁君先生《新校元刊雜劇三十種》一書，蒙北京大學吴小如師的關心，爲我特從中華内部購得一部，得以先睹爲快。我用了一個月的時間，仔細拜讀了徐先生的大作，深感先生於《元刊雜劇三十種》一書，用力實多，有不少地方都是遠邁前人的，宜爲斯書之功臣。拿徐先生的大作和拙稿兩相比勘，先生之作，實可糾正我的錯誤荒謬種種不當之處凡若干條，這是我衷心感激的。但是，在我的書稿中，確實也時有鄙見爲先生所未及。

除以上諸先生外，我在校勘『三十種』過程中，直接或間接的采用時賢著作者，亦復不少。其中，有關於曲學的，也有關於語言文字或其他方面的。至於平日請益問難，得力於南北師友者，則更不能悉記。借此機會，一并表示謝意。

（二）

清人言校讀古書，須當審諦十事，首曰『通訓詁』。而訓詁之通，端在知音。故段玉裁曰：『治經莫重於得義，得義莫切於得音。』（《廣雅疏證序》）治古書固應如此，治《元刊雜劇三十種》等民間刊本寫本書籍更應如此。

根據前人整理古書之經驗，我在校勘『三十種』的過程中，比較注意於審音正讀的工作。歷代民間用字的傳統習慣，多用字音來表字義，是重音不重義的。故民間寫本中的假借現象，遠較文人寫本爲多。雜劇在元代，又是流行全國的劇種，刊本有南有北，經過不斷地傳抄、轉刻，自然語音歧出，產生了大量的方言異讀現象。假借多，異讀多，是《元刊雜劇三十種》的一個最顯著特點，也是校勘工作中的最大的難題。

從總的方面來説，我們今天普通話的音讀與元人出入不大。但仔細考校，兩者之間仍有很大的差別。試以《中原音韻》所收各字與《新華字典》相較，即可知其端緒。如誤以今讀而理元曲，非誤假借爲本字，即認假借爲錯字；非望文以生義，即奮筆而亂改。結果愈校愈誤，愈理愈亂，終無徹底澄清之日。所以，校理元曲，亦當以審音正讀爲先。在這方面，《元刊雜劇三十種》中所保存的大量的假借字，無形中爲我們提供了極爲可貴的第一手資料，特別在方音異讀方面，遠非《中原音韻》所能得賅。爲了審音正讀，我把見於元刊小説戲曲中的假借字，彙爲一編，以現代普通話音讀爲序，每字先列今讀，次標元音，末舉實例二三以證之。其間，如有見於先秦古籍、隋唐變文，或明清以下之有關語音資料者，亦必一一附録，以資考鏡。通過這些材料的綜合排比，探索元代方音異讀的現象，往往能從聲韻的變化中，悟其通假之音理。音讀既定，循音求義，由義得形，所改自能差如人意。如在『三十種』中，聲類之『波』與『坡』，『得』與『特』，『哥』與『科』，『基』與『欺』，多得通假；韻類之『支思』與『齊微』，『真文』與『庚清』，『寒山』與『桓歡』，多可合用。執此以求，可以解決一系列同音假借在校勘上的問題。實踐證明，民間刊本中的假借，往往最能反映一個時代語音的實際，在一定意義上來説，它是當時人民的活的有聲語言的摹寫。有別字而無訛音，是我對《元刊雜劇三十種》等民間刊本中的假借字的基本認識。所以拙稿中，少有傳統的『音誤』或『音近而誤』的説法。

由假借而得音讀，由音讀而得文義，由文義而得本字，這是我在校勘中處理假借字的途徑和方法。

校勘，自應廣儲副本，以資比較。這樣，可以擇善而從，避免主觀武斷、妄改舊文之弊。但《元刊雜劇三十種》至少有一半爲海内孤本，根本没有他本可供參校之用。孤本多，參校資料少，也是校勘工作中遇到的難題之一。在這種情況下，如果株守原本，不思另取蹊徑，雖終日冥思苦想，亦將無所施用其功。爲了擺脱這個困境，取得更多的校勘上的證據，自不能拒絶間接材料的使用。特别是同一時代、同類性質的民間刊本書籍，往往在語言文字、修辭語法各個方面，有其共同或近似之處。愈是原始的、未經文人整理的民間刊本，這個特點就表現得更充分、更顯著。如果能對有元一代的人民語言，從詞彙、語音、語法、修辭各個方面進行綜合性的研究，從中歸納出一些帶有普遍性、規律性的條例來，以之用於元曲的校勘，將會收到事半功倍的效果。我在校勘過程中，限於水準和精力，未能完全做到這點。僅就平日泛覽之所得，將宋元明雜劇戲文以及元刊話本中的詞彙，作了一點粗疏的排比工作；并間及馬王堆帛書、敦煌寫本，以及近年來各地方言調查資料，凡可與『三十種』之語詞相互發明者，雖片言隻語，亦必一一摘録。僅此一點，在校勘中，即獲益非少。如『鐙鞊皮』，得解於敦煌《俗務要名林》；『蓆篾兒』，見之於《河北省方言詞彙編》（一九六〇年油印本）；『步砌』，則旁證於南戲《張協狀元》。另外，有些疑難問題，則是通過元曲中有關語例的通盤類比纔得到解決的。如《趙氏孤兒》一折混江龍曲：『爲王有功的當重刑，於民無益的受君恩。』從文義上看，完全可通，似乎毫無問題。但實際上，上句的『王』字當是『國』字省體。因爲一來敦煌寫書中早有這樣的省例，二來『爲國於民』（或『爲國於家』）實爲元人之常語，屢見於雜劇和散曲中。故《趙氏孤兒》不當例外，自然也應回改爲『爲國於民』。

當然，這些間接材料的使用，自應慎之再慎。非有確鑿之證據、充分之理由，萬萬不可輕易改動原文。但網羅一代語言資料，注意詞彙和語例的類比，由文見例，據例校文，仍是校勘上不可忽視的方法之一。

除了文字以外，一個時代的寫書符號的辨認，也是極爲重要的。就『三十種』來説，如諱文符號，原本每遇『皇帝』『聖旨』字樣，或偏諱之字，作『皇〇』『聖〇』，或二字全諱作『〇〇』。以往各家校本，於此雖間有是正，但因爲都没有認識到它確爲當時約定俗成的諱文符號，所以校與不校，頗費斟酌。特别是二字全諱符號，則多有失校或誤校之處。再如重文符號，原本多省書作『二』或『又』，各家校本亦多有誤作『二』字或『又』字者。比較麻煩的，還有文字待勘符號的辨認。唐五代以來，多寫作『卜』，謂之『卜致』（《愛日齋叢鈔》引趙景文説）。《元刊雜劇三十種》中，本來就含有一部分待校本，原抄者於文字有疑誤之處，多塗去誤字，旁注符號作『卜』，以便日後據别本校改。可能是書坊主人牟利心切，急於出書，偷省了這步工作，草率開雕。結果刻工不識，多誤改爲『人』字或『一』字，竄入正文。僅《老生兒》《鐵拐李》《范張雞黍》《替殺妻》《小張屠》五劇，這類錯誤即不下一百餘處。在另外一些劇本裏，還有誤『卜』爲『十』、爲『了』、爲『下』、爲『不』者。這些錯誤的産生，大多由於寫書人不規範的寫法所引起。元雜劇的寫本，即當時流行於歌樓劇場之掌記，今日雖不可得見，但在此以前的敦煌民間寫本具在，其文字待勘符號，有時作鈎如『ㄟ』。有時加點似『ㄋ』，種種歧異，出於吾人常想之外。由此聯想，元代民間寫本，大致亦當如是。這種誤改文字待勘符號的情況，鄭騫先生也有所察覺。故云『此刊本每以人字或一字代任何字』，惜未深究，故所正不多。拙稿凡遇此類情況，或據别本，或依文義，酌情改補。至於無從改補之處，則一律闕疑俟考。這樣比較符合或接近原本面目，未知然否。

在底本的選用上，以往各家所據均爲仿本。仿本雖然字迹清晰，比較悦目，但一經轉刻，錯誤滋多。特别是原本中漫漶洊損之處，有不少本可根據他本或上下文義辨識的，仿本多半徑删或空缺，使這些文字失去了校補的機會。盧、隋二家校本之所以得失相參，部分原因即出於此。鄭本較晚出，雖據原本影印本修正了一些錯誤，但并不徹底，基本上仍是據仿本立説的。故校勘記中所云原本如何，實際并不如何，所校之誤亦多係仿本之誤而非原本之誤。更有因仿本之誤而誤的。由於底本選擇不當，結果以訛傳訛，去真愈遠。這一點，雖然由於過去條件的限制，不能苛求於諸位先生，但還是應該予以説明的。我在校勘之初，曾據原本細校仿刻，發現仿本許多缺陷，實難憑信，故嚴格以《古本戲曲叢刊》之影印本爲底本。這樣，就少走了一段彎路。

除『三十種』外，何煌校録的李開先抄本《王粲登樓》雜劇，確有其不可忽視的價值。今本鄭先生之意，重加校訂，附於全書之後，以供研究元曲之用。

余承諸先生之後，續校《元刊雜劇三十種》，本據各家之成説，補其千慮之一失。冀對原書之校理，稍稍有所匡益耳。草草之作，自多疏陋。惟望海内學人，隨時加以指正，是所深望焉。

一九八〇年十二月於蘭州

校例

一、本書以是正文字爲主。通過對《元刊雜劇三十種》的校理，補其缺逸，訂其訛誤，爲讀者提供一個接近元刊本來面目的、可以閲讀的本子。故參校各本，雖有較勝之異文，亦不入校。

二、本書以《古本戲曲叢刊》第四集《元刊雜劇三十種》之影印本（稱『原本』）爲底本；日本複刻本（稱『仿刻本』，中國書店影印本出此）如有當心之處，間亦采用，并入校記。

三、明刊各雜劇總集、曲選、曲譜，多收有『三十種』之别本或曲詞，實爲首要之參校資料。本書所采用者，雜劇總集有新安徐氏之《古名家雜劇》（稱『古名家本』），息機子之《古今雜劇選》（稱『息機子本』），尊生館之《陽春奏》，臧晉叔之《元曲選》，趙清常之《脉望館鈔校本古今雜劇》（稱『脉鈔本』），孟稱舜之《酹江集》；曲選則有李開先之《詞謔》，無名氏之《盛世新聲》，張禄之《詞林摘艷》，郭勛之《雍熙樂府》，止雲居士之《萬壑清音》，曲譜則有朱權之《太和正音譜》，李玉之《北詞廣正譜》，共十三種。

四、本書於是正文字、審定音讀處，多取宋元戲曲小説、隋唐五代變文、近世方言資料爲旁證，并一一載入校記，以便讀者參考。

五、原本間有塗改之處，不知何人所校，未睹真迹，不辨朱墨。凡采其説入校者，概稱『原校』。

六、清人何煌據『元刊三十種』所校脉鈔本各劇，若《單刀會》等，與今本文字間有出入。凡采其説入校者，概稱『何録』。

七、近世學人，陸續有『元刊三十種』校勘之作，訂正原本錯誤不少。本書所采用者，除鄭騫先生之《校訂元刊雜劇三十種》（稱『鄭本』）、徐沁君先生之《新校元刊雜劇三十種》（稱『徐本』）爲全校外，尚有盧前先生之十一種（見《元人雜劇全集》，稱『盧本』），隋樹森先生之十四種（見《元曲選外編》，稱『隋本』），吴曉鈴先生之三種（見《關漢卿戲曲集》，稱『吴本』），北大中文系之三種（見《關漢卿戲劇集》，稱『北大本』）。又，王季思先生有《詐妮子調風月》寫定本一種，另有『校語』二十三種（合稱『王校』）。

八、原本各劇均無作者姓名，今依前人考定，一一補題；原本劇名多用簡稱，今概依題目正名改用全稱；原本各劇未標楔子和折數，各折宫調名亦多脱落，今依明刊雜劇通例，均爲增補。以上各項，均不入校，以省繁冗。

九、所有增删改動之處，或依别本，或據他書，或就曲律文義，儘量提出證據，説明理由；同時注明原本如何，以便讀者復按。但明顯的誤字和文字點畫之誤，則徑爲改正，校文内不全贅及。

十、凡心知其誤而又無法改訂者，或疑當作某而不敢肯定者，概於校文内存疑俟考。

十一、原本使用之假借字，實爲一代語音之寶貴資料，在研究古今語音變化、審定元曲音讀上，確有其不可忽視的價值。本書限於體例，不能一一保存。但假借後音讀與今讀迥異者，儘量標明其音讀，以供有關同志參考。

十二、原本使用的假借字，如符合傳統假借習慣，又不至引起文義上歧解者，則徑爲回改，不入校記。

十三、反映元代特殊用字習慣的通用字，如『賠』作『倍』或『陪』，『疏』作『踈』，『跟』作『根』，『綢』作『紬』，『杖』作『仗』，『們』作『每』，仿陳垣先生《元典章校例》之意，一仍其舊，不作改動。

十四、本書采用新式標點，曲文用大字，賓白科介用小字，以資醒目。

十五、曲文斷句，概從譜讀，間遇文義滅裂之處，則酌情改從文讀。

十六、每劇正文前，均附簡要説明，略敘作者姓字、版本目録、故事情節、參校資料各項，間亦涉及其他有關本劇考證資料。但務從簡，以省繁瑣。

目録

附：

關張雙赴西蜀夢

關漢卿 撰

簡要説明

《關張雙赴西蜀夢》，關漢卿撰。原題『大都新編關張雙赴西蜀夢』。原本未標明折數，無科白，僅録曲文。《録鬼簿》《太和正音譜》《元曲選目》《今樂考證》《曲録》并録本劇劇目。

第一折，正末扮使臣，奉蜀主劉備之命，宣召關羽、張飛。途中，得知二人遇害，乃返回復命，準備爲之復仇。

第二折，正末改扮軍師諸葛，夜觀天象，見『賊星增焰彩，將星短光芒』，知道凶多吉少。接着，傳來關、張被害的凶信，雖然悲感萬分，却又不敢馬上告知劉備。

第三折、第四折均由正末改扮張飛之鬼魂。第三折叙關、張鬼魂途中相遇，互訴不幸，相約同赴西蜀托夢；第四折則正面叙寫二人與劉備夢中相會、囑托爲之復仇的情景。

這是一個古老的悲劇故事。唐代詩人李商隱《無題》詩有『益德冤魂終報主』句，可能即咏此事，唯具體情節不詳。明成化本《花關索貶雲南傳》詞話，叙關羽被困荆州，連發求救文書十三道，皆被劉封挾恨擋住；糜竺、糜芳又開城降吴，遂使關羽兵敗身亡。此時，張飛也被部下小卒所殺。於是，關、張鬼魂相約，同赴西蜀托夢。《詞話》所叙，與關劇似出一源，可以合看。

本劇校本，今有盧、隋、吴、北大、鄭、徐六種；王季思先生另有校語。以上各種一并用以入校。

第一折

【仙吕點絳唇】織履編席〔一〕，能够做大蜀皇帝，非容易。官裏旦暮〔二〕朝夕，悶似三江水。

【混江龍】唤了聲關張仁弟，無言低首泪雙垂。一會家眼前活現〔三〕，一會家口内掂提。急煎煎御手頻搥飛鳳椅，撲簌簌痛泪常淹衮龍衣。每日家獨上龍樓上，望荆州感嘆，閬州傷悲。

【油葫蘆】每日家作念煞關雲長、張翼德〔四〕，委得俺宣限急，西川途路受盡驅馳〔五〕。每日知他過幾重深山脊〔六〕，不曾行十里平田地。恨征騎〔七〕四隻蹄，不這般插翅般疾。踴虎軀〔八〕縱徹黄金轡，果然道心急馬行遲。

【天下樂】緊趾〔九〕定葵花鐙粗皮〔一〇〕。鞭催，走似飛，墜的雙滴溜〔一一〕腿脡無氣力。换馬處側〔一二〕一會兒身，行行裏〔一三〕吃一口兒食，無明夜不住地。

【醉扶歸】〔一四〕若到荆州内，半米兒不宜遲。發送的關雲長向北歸，然後向閬州路上〔一五〕轉馳驛。把關張分付在君王手裏，交他龍虎風雲會。

【金盞兒】關將軍但相持，無一個敢欺敵。素衣疋馬單刀會，覷敵軍如兒戲，不若土和泥。殺曹仁七萬軍，刺顔良萬丈威〔一六〕。今日被歹人〔一七〕將你算，暢則爲你大膽上落便宜。

【醉扶歸】義赦了嚴顔罪，鞭打的督郵虧〔一八〕，當陽橋喝回個曹孟德〔一九〕。倒大個張車騎，今日被人死羊兒般剁了首級，全不見石亭驛。

【金盞兒】鞍馬上〔二〇〕不曾離，誰敢鬆動〔二一〕滿身衣？恰離朝兩個月零十日，勞而無役枉驅馳。一個鞭挑魂魄〔二二〕去，一個人和的哭聲回。宣的個孝堂裏關美髯，紙幡兒〔二三〕漢張飛〔二四〕。

【賺煞】殺的那東吳家〔二五〕死尸骸，堰住江心水，下溜頭淋流着血汁。我交的件件纏衣〔二六〕渾染的赤〔二七〕，變做了通紅〔二八〕獅子毛衣。殺的他敢血淋漓〔二九〕，交吳越扒推〔三〇〕，一霎兒翻爲做太湖石〔三一〕。青鴉鴉岸兒，黃壤壤田地，馬蹄兒踏做搗椒泥。

校勘記

〔一〕編席：『編』，元代北方方音讀若『pian』，故原本音假爲『媥』，今改。

〔二〕旦暮：原本『旦』字，形壞如『口』，各本多誤改爲『日』字。鄭、徐二本作『旦』，是，依改。

〔三〕現：原本省作『見』，依徐本、王校改。

〔四〕翼德：原本『翼』，音假爲『翌』。各本已改。

〔五〕受盡驅馳：原本『受』下有重文符號。各本或作『受了驅馳』，或作『受受驅馳』，或刪作『受驅馳』，均不妥。王校：『「受」字依律不當疊。「受」下係「盡」字，蓋借上文「又」字爲「盡」字。』此説是，今從。

〔六〕山脊：原本「脊」字，形誤爲「谷」，失韻，各本失校，今改。

〔七〕征駹：原本「駹」作「駹」。各本已改。

〔八〕踴虎軀：原本「踴」字，省借爲「勇」，盧、隋二本未改。

〔九〕跐：即「𨃅」（踩）之省寫。原本形誤「跐」，仿刻本誤改爲「趾」，盧、隋二本又誤改爲「踏」，今依北大本改正。

〔一〇〕鐙鞊皮：原本假作「鐙折皮」，馬具名，指懸繫馬鐙的皮帶。敦煌《俗務要名林》雜畜部有「鞊」字。注云：「懸鐙皮，之列反。」各本不知「折皮」爲何物，多以二字屬下讀，實誤；徐本又强合「折皮」二字爲「菝」，改全句爲「緊跐定葵花鐙菝鞭催」，合二句爲一句，不取。按：《老乞大》下，鐙折皮，一作「鐙靳皮」。

〔一一〕滴溜：原本「溜」字當省借作「留」，形壞如「此」。各本或存疑，或誤連上文改作「墜的雙鏑，此腿脡無氣力」。徐本亦沿此誤，惟王校「滴此」疑作「滴溜」。按：王校疑是，今從。

〔一二〕側：元代北方方音讀若「qie」，側身小憩的意思。原本音假爲「惻」，今改。唐張鷟《朝野僉載》卷四：「唐左衛將軍權龍襄性褊急，常自矜能詩……又《秋日述懷》曰：『檐前飛七百，雪白後園彊。飽食房裏側，家糞集野蜋。』」《西廂記》第四本第一折【油葫蘆】曲：「情思昏昏眼倦開，單枕側。」與此意同。

〔一三〕行行裏：原本「裏」字，由俗體「里」誤作「至」，依王校改。

〔一四〕本折【醉扶歸】二曲，原本均誤題「醉中天」，依鄭本改，徐本亦改。

〔一五〕閬州路上：原本「上」誤作「十」。按：《元刊雜劇三十種》中，多有此誤例，蓋古人寫書時文字待勘符號「卜」之形誤。如《踈者下船》第三折【尾曲】「秦穆公一十女」，當爲「一个女」；《范張鷄黍》楔子【賞花時・么篇】「豈避千十遠窮途」，當爲「千里遠」；《七里灘》第一折【混江龍】曲「剛四十垂拱岩廊朝采鳳」，當爲「剛四世」，皆是。詳見各劇校勘記。

〔一六〕萬丈威：原本「萬」下爲重文符號，各本多誤作「萬萬威」，依徐本改。

〔一七〕歹人：原本「歹」字形誤爲「不」，依盧本改。

〔一八〕督郵虧：「虧」，殘損破滅之意。原本當音假爲「圭」，形壞如「壬」。鄭本改爲「廢」，徐本改爲「死」，均與原本字形不符，不取。

〔一九〕曹孟德：原本「孟」字，壞裂爲「子夗」，「德」，誤作「盛」，依盧本改。

〔二〇〕鞍馬上：原本「鞍」，音假作「俺」，依鄭本改。按：元代北方方音多讀「俺」若「鞍」，故二音多可相假。如《單刀會》第一折【後庭花】曲：「曹操便不合神道，把軍兵先暗了。」當爲「先掩了」；《太平樂府》卷九睢玄明《般涉・咏鼓》套【三煞】曲：「迎宣詔將我身上掩，接高官回把我身上馱。」則當爲「身上按」。皆可爲證。

〔二一〕鬆動：原本「鬆」，當音假爲「惚」，形誤爲「惚」，依隋本改。

〔二二〕魂魄：原本「魂」誤作「塊」，各本已改。

〔二三〕紙幡兒：即引魂幡。舊時埋葬死者，其家必剪紙作旗，以招引其魂。高啓《征婦怨》：「紙幡剪得招魂去，只向當時送行處。」《范張鷄黍》第三折白：「只見一首幡上面有字，寫着道：『張元伯引魂之幡。』」原本「幡」，形誤爲「播」；「兒」字殘。鄭本改作「紙播上」，非。

〔二四〕張飛：原本作「蚩飛」，各本已校。

〔二五〕東吴家：原本「東」字壞如「求」，各本已改。

〔二六〕件件縗衣：即件件喪服，劉備爲關、張復仇伐吴，當三軍縞素，故云。原本「件」音假爲「茜」；「縗」，當省作「衰」，誤增爲「蓑」，今改。盧本改作「茜茜蓑衣」，徐本改作「茸茸蓑衣」，均誤。按：元代北方方音多讀「件」如「茜」，故元刊小説戲曲中，多有省「箭」爲「前」之例。今山、陝方言，仍有此讀，可證。

〔二七〕渾染的赤：原本「渾」字可辨。仿刻本壞不成形，盧、隋二本誤改作「滿」。

〔二八〕通紅：原本「紅」，音假爲「江」。古「紅」「江」「虹」各字，皆有「工」讀，故多相假。各本以「江」爲「紅」之形誤，失考。

〔二九〕殺的他敢血淋漓：原本「敢」，音假爲「憨」，今改。按：此亦元代北方方音之迹。如元刊《博望燒屯》第二折【新水令】曲「管着二千員憨战鐵衣郎」，脉鈔本即作「敢战」；《樂府新聲》卷中盧疎齋《折桂令・鄴下懷古》小令「喬木空林，幾度西風，憾慨登臨」，當爲「感慨登臨」；「順時説好話，敢直惹人嫌」，當爲「憨直」。今山東聊城呼鄉人爲「老趕」，亦當「老憨」之音變。

〔三〇〕扒推：眼泪不斷的意思。原本「扒」字，形壞如「托」。各本多誤改爲「托推」。王校：「疑當作「把推」，即「扒推」。」按：王疑是，今從。

〔三一〕太湖石：原本「石」字可辨。王校：「喻人死後僵硬如石。」盧、隋各本改作「鬼」字，實誤。

第二折

【南吕一枝花】早晨間占《易經》〔一〕，夜後觀乾象。據賊星增焰彩，將星短光芒。朝野内度量〔二〕，正俺南邊上，白虹貫日光。低首參詳，怎有這場景象？

【梁州第七】單注着東吴國一員驍將，砍折俺西蜀家兩條金梁。這一場苦痛誰承望！再靠誰挾人捉將？再靠誰展土開疆？做卿相幾曾做卿相〔三〕？做君王那個做君王！布衣間昆仲心腸，□□□□□□〔四〕。再不看官渡口劍刺顔良〔五〕，古城下刀誅蔡陽，石亭驛手捽袁襄！殿上，帝王，行思坐想正南下望，知禍起自天降。宣到我朝下若問當，着甚話聲揚〔六〕？

【隔尾】這南陽逃叟〔七〕村諸亮，輔佐着洪福齊天蜀帝王〔八〕，一自爲臣不曾把君誑。這場，勾當，不由我索向君王行醖釀個謊〔九〕。

【牧羊關】張達那賊禽獸〔一〇〕，有甚早難近傍？不走了糜竺糜芳〔一一〕！咱西蜀家威風，俺敢將東吴家滅相。我直交金鈸震的喪人膽〔一二〕，土雨濺的日無光〔一三〕，馬蹄兒踏碎金陵府，鞭梢兒蘸乾揚子江。

【賀新郎】官裏行行坐坐〔一四〕則是關張，常則是挑在舌尖，不離了心上。每日家作念的如心癢〔一五〕，没日不心勞意攘，常則是心緒悲傷。白晝間頻作念，到晚後越思量。方信道夢是心頭想。但合眼早逢着翼德，纔做夢可早見雲長。

【牧羊關】板築的商傅説，釣魚兒姜呂望，這兩個夢善感動〔一六〕歷代君王，這夢先應先知，臣則是誤打誤撞。蝴蝶迷莊子，宋玉赴高唐。世事雲千變，浮生夢一場。

【收尾】不能够侵天松柏長三丈，則落的蓋世功名紙半張！關將軍，美形狀；張將軍，猛勢況。再何時，得相訪〔一七〕？英雄歸，九泉壤！則落的〔一八〕河邊堤、土坡上，釘下個井椿〔一九〕，坐着條擔杖〔二〇〕，則落的村酒漁樵話兒講！

校勘記

〔一〕占《易經》：原本『經』，仿刻本誤作『理』，各本沿誤。徐本已予辨正。

〔二〕度量：原本誤作『度星』。依鄭本改。

〔三〕做卿相幾曾做卿相：與下句『做君王那個做君王』爲對句，係贊美劉、關、張三人之間兄弟之情遠遠超過了君臣的界限，説他們做卿相的不像是做卿相，做君王的也不像是在做君王。所以下面緊接説他們仍然是『布衣間昆仲心腸』。原本上句誤爲『做宰相幾曾做卿相』。此條各本均失校，學友西南師院徐洪火同志特爲指出，書此致謝。

〔四〕□□□□□□□：依譜，此處當脱一上三下四的七字句，與上句『布衣間昆仲心腸』作對。

〔五〕劍刺顔良：原本『劍』誤作『衄』，各本已改。

〔六〕宣到我朝下若問當，着甚話聲揚：原本『問』，由俗體『问』形誤作『何』；『話』，形誤作『括』，依徐本改。又，『下』，仿刻本誤作『不』，各本多沿誤。

〔七〕逃叟：即隱者，避世之人。原本當音假爲『桃叟』，形誤爲『排叟』，依文義改。鄭本疑作『俳叟』，徐本改作『耕叟』，恐非。

〔八〕蜀帝王：形本『蜀』字，壞不成形。各本多依盧本改作『漢帝王』，與原本字形相去較遠。按：本劇第一折【點絳唇】曲，稱劉備爲『大蜀皇帝』，【單刀會】第三折【堯民歌】曲，又稱劉備爲『蜀王』，自當以『蜀』字爲正。

〔九〕索向君王行醞釀個謊：依譜，【隔尾】末句七字，原脱『向』。依盧本補。

〔一〇〕賊禽獸：原本『賊』，或寫作『⿰口戎』，此處形誤爲『瓜』。依北大本改。

〔一一〕糜竺糜芳：原本作『梅竹梅方』。下同，不另出校。

〔一二〕金鈹震的喪人膽：原本『鈹』，音假作『破』；『喪』，音假作『腥』。又『的』字原無，依下句『土雨湔的日無光』語例補。元代北方方音，多呼『鈹』爲『破』。脉鈔本《圯橋進履》第一折【後庭花】曲『衣不遮身上薄，食不能腹内飽。』又《三戰吕布》第三折孫堅云：『我看來，那廝力怯膽薄也』。以上二『薄』字，本字俱應作『破』。至於『喪』之音『腥』，元曲中亦多有此例。如《周公攝政》楔子末云『争奈兄弟生剛』，當爲『性剛』；《陳摶高卧》第一折【後庭花】曲『正是一字連珠格，三重坐禄生』，當爲『坐禄星』；元刊《太平樂府》卷二張小山【清江引】小令《湖山避暑》『桃星捲浪花，茶乳翻冰葉』，『桃星』，何夢華據另本校改爲『桃笙』，皆可爲證。徐本改全句爲『金鼓震傾人膽』，不取。

〔一三〕土雨湔的日無光：徐本據尚仲賢《氣英布》第四折『紛紛紛濺土雨』，改『湔』爲『濺』。按：『湔』與『濺』『濽』，均有激射之義。『濽』，《説文》段注引玄應《一切經音義》曰：『江南言濽，子旦反；山東言湔，子見反。』《史記·廉藺傳》作『濺』，楊泉《物理論》作『⿰口戈』，皆音子旦反。關劇作『湔』，尚劇作『濺』，可能反映了元代各處方音的實際，應該并存，不必强爲劃一。

〔一四〕行行坐坐：原本第二『行』字本爲重文符號，唯稍模糊。仿刻本『行行』二字空，盧本補作『無行坐』，實非。徐本已爲辨正。

〔一五〕心癢：原本『癢』字，誤作『庠』，各本已改。

〔一六〕感動：原本『感』字，誤作『㦤』，各本已改。

〔一七〕相訪：原本『訪』字偏旁中斷。又疑爲『仿』，相仿，王校《西厢記》云：『相當、相對之意。』

〔一八〕則落的：原本『落』字壞如『垎』，依隋本改。

〔一九〕井樁：井上支撑桔槔的粗木柱。此處指河邊繫船之木樁。原本音假爲『鏡樁』。《獨角牛》第二折折拆驢云：『他生的塔也似一條大漢，井樁也似兩條腿。』元魏初《重修北嶽露臺記》：『廟多古銘刻，非公持護，則破裂若井樁者有之矣。』徐本改作『纜樁』，與原本字形不符，不取。

〔二〇〕坐着條擔杖：原本『條』字由俗體『条』壞作『夵』。盧本改爲『齊』，隋本改爲『舉』，均失。唯鄭本、徐本作『條』，是。今從。

第三折

【中吕粉蝶兒】運去時過〔一〕，誰承望有這場喪身灾禍？憶當年鐵馬金戈。自桃園，初結義，把尊兄輔佐，共敵軍擂鼓鳴鑼，誰不怕俺弟兄三個！

【醉春風】 安喜縣把督郵鞭，當陽橋將曹操喝，共呂温侯配戰九十合。那其間也是我，我！壯志消磨，暮年折剉〔二〕，今日向匹夫〔三〕行伏落。

【紅綉鞋】 九尺軀陰雲裏〔四〕偌大，三縷髯把玉帶垂過，正是俺荆州裏的二哥哥。咱是陰鬼，怎敢隨他〔五〕？唬的我向陰雲中無處躲。

【迎仙客】 居在人間世，則合把路上經過，向陰雲中步行因甚麽？往常慄關西〔六〕，把他圍遶合〔七〕，今日小校無多，一部從十餘個。

【石榴花】 往常開懷〔八〕常是笑呵呵，絳雲也似丹臉〔九〕若頻婆〔一〇〕。今日卧蠶眉瞅定面没羅，却是無何〔一一〕，雨泪如梭〔一二〕？割捨了向前先參過〔一三〕，見咱呵恐怕收羅。行行裏恐懼明開破〔一四〕，省可裏倒把虎軀挪。

【鬥鵪鶉】 哥哥道你是陰魂，兄弟是甚麽？用捨行藏，盡言始末。則爲帳下張達那廝廝嗔喝，兄弟更性似火〔一五〕。我本意待侑他〔一六〕，誰想他興心壞我！

【上小樓】 則爲咱當年勇過，將人折剉。石亭驛上袁襄，怎生結末？惱犯我，拿住他，天靈摔破。虧圖〔一七〕了他怎生饒過！

【幺篇】 哥哥你自暗約，這事非小可。投至的曹操孫權，鼎足三分，社稷山河。筋斯鎖，俺三個，同行同坐。怎先亡了咱弟兄兩個！

【哨遍】 提起來把荆州摔破，争奈小兄弟也向壕中卧！雲霧裏自評跋〔一八〕，劉封那廝於禮如何？把那廝碎剮割！縻芳縻竺，帳下張達，顯見的東吴躲〔一九〕。先驚覺與軍師諸葛，後入宫庭，托夢與哥哥。軍臨漢上〔二〇〕馬嘶風，尸堰滿江心血流波。休想逃亡，没處潛藏，怎生的躲？

【耍孩兒】西蜀家氣勢威風大，助鬼兵全無坎坷。糜芳糜竺共張達，待奔波怎地奔波？直取了漢上纔還國，不殺了賊臣不講和。若是都拿了，好生的將護，省可裏拖磨。

【三煞】君王素懷痛憂〔二一〕，報了仇也快活。除了劉封檻車裏囚着三個。并無喜況敲金鐙，有甚心情和凱歌？若是將賊臣破〔二二〕，君王將咱祭奠，也不用道場鑼鈸〔二三〕。

【二煞】燒殘半堆柴〔二四〕，支起九鼎鑊〔二五〕。把那厮四肢梢一節節鋼刀剉。剳開〔二六〕了腸肚飢鴉奪〔二七〕，數算了肥膏猛虎拖〔二八〕。咱呵〔二九〕靈位上端然坐，也不用僧人持咒，道士宣科。

【收尾】也不煩〔三〇〕香共燈，酒共果，但〔三一〕得那腔子裏的熱血往空潑，超度了哥哥發奠我！

校勘記

〔一〕運去時過：原本『去』字末筆斷壞。仿刻本誤作『失』，各本多沿其誤。按：語出羅隱《籌筆驛》詩『運去英雄不自由』，據改。

〔二〕暮年折剉：原本『年』字誤作『卑』，各本已改。

〔三〕匹夫：原本誤作『四夫』，各本已改。

〔四〕陰雲裹：仿刻本誤作『陰雲黑』，各本多沿誤，隋本已予辨正。

〔五〕怎敢隨他：仿刻本『隨』誤作『陷』，各本沿誤，鄭本已予辨正。

〔六〕懆闞西：『懆』（cǎo），即懆懆，性格猛烈，原本音假爲『爪』（zǎo）。諸本多疑爲誤字，盧本、隋本改作『時』；吴本疑爲『從』；鄭本及北大本存疑。按：『懆』讀若『爪』，實爲古音之遺留。黄侃《説文同文》：『爪，同叉，又同操。』敦煌變文《韓朋賦》『宋王大喜，出八輪之車，爪騮之馬』，即爲『棗騮之馬』。元曲中亦多有此例，脉鈔本《不伏老》第一折正末云『我在澄清澗爪馬』，當爲『澡馬』，即洗馬；又，《三戰吕布》第二折孫堅云『恨不的一刀爪了他首級哩』，本字或當爲『釗』，指殺頭。今陝西秦腔戲中，仍作此讀。徐本以『爪闕西』之『爪』爲詈詞轉詭詞，似是而實非。『爪』爲詈詞，當如徐本所引《村樂堂》中之爪子、爪驢、爪弟子孩兒、爪畜生之『爪』，其音讀則當如『騷』。今北方語詞中仍有『騷貨』一類説法，可以爲證。

〔七〕圍遶合：原本『圍』，音假爲『闈』，字壞如『閈』，各本已改。

〔八〕開懷：原本『懷』誤作『倲』，盧本改作『顔』，非，今依隋本。徐本已改。

〔九〕丹臉：原本『臉』字偏旁誤作『甘』，王校、鄭本、徐本均改。

〔一〇〕頻婆：即蘋果。乾隆《皋蘭縣志》卷八《土産・果屬》：『頻婆果，俗呼頻果。』又光緒《重修皋蘭縣誌》卷十一《輿地・物産》：『蘋果，一名蘋婆果。謹按《欽定續通誌》：柰有青、赤、白三種，梵人謂之蘋婆。蘋果樹似林檎而大，果如梨而圓滑光潔，可愛玩，香聞數步，味甘鬆，梵人亦謂之蘋婆果。』唐段公路《北户録》：『頻那婆果大如八石瓮，味甚甘，食之便醉，九日而蘇。』宋周去非《嶺外代答》：『蘋婆，又名鳳眼果，種子供食用。』

〔一一〕無何：即無可奈何。原本『無』字，當音假『鳴』，形誤爲『鳴』。各本多從盧本作『因』，徐本又改作『爲』，與原本字形不符，不取。

〔一二〕雨泪如梭：原本『梭』，誤作『悛』，各本多改作『兩泪如梭』，復誤『雨』爲『兩』，徐本已予辨正。

兹從。

〔一三〕割捨了向前先參過：原本「參」假「攙」；「過」，形誤爲「逐」，失韻。此句係張飛自言先上前參過關羽，各本失校。

〔一四〕明開破：開説明白，明明説破，原本誤作「明聞破」。依徐本改。

〔一五〕性似火：原本「性」誤「往」，各本已改。

〔一六〕待侑他：「侑」，同「宥」，饒也。原本字壞如「侑」。依徐本改。

〔一七〕虧圖：原本「圖」字壞，仿刻本誤改爲「固」。依隋本改。

〔一八〕評跋：原本音假爲「坪溥」，盧本改作「拼搏」，吴本改作「抨搏」，皆誤。「評跋」，其他各本或有作「評薄」者，亦通。

〔一九〕東吴躲：原本「躲」字殘損，不可辨識，姑依鄭本補。徐本亦同。元雜劇中同一曲多不避重韵，補「躲」字雖與本曲末字同韵，當亦可。

〔二〇〕軍臨漢上：原本「軍」，形誤爲「卑」，各本已改。

〔二一〕素懷痛憂：原本「素」，形誤爲「索」，依盧本改。

〔二二〕賊臣破：原本「破」字微有殘損，仿刻本誤改爲「報」，各本多沿其誤，徐本已正。

〔二三〕道場鑼鈸：原本「鑼鈸」作「鑽銛」，似誤。盧本改作「鐙銛」，亦不可解，姑依鄭本。

〔二四〕燒殘半堆柴：原本字多變形，「殘」作「戴」；「堆」作「梃」；「柴」作「砦」，文義難通，姑依北大本改。

〔二五〕九鼎鑊：原本「鼎」字假「頂」。徐本已改。

〔二六〕刳開：即剖開。原本二字形誤作『亏閚』。盧本改作『刳圖』，徐本改作『亏圖』，均誤。

〔二七〕飢鴉奪：與下句『猛虎拖』爲對文。原本假作『鷄鴉朶』，各本多改爲『鷄鴨剁』，均誤。王校：『此句「鴉」字平聲合調，改「鴨」字不協。』此説是。鄭本『朶』字未改，云：『今北方俗語猶謂啄爲朶，讀陰平聲。』按：『朶』，實應作『奪』。《水滸傳》第四十五回：『只見一群老鴉成團打塊在古墓上。兩個轎夫上去看時，原來却是老鴉奪那肚腸吃，以此聒噪。』與此句意同。

〔二八〕猛虎拖：原本『虎』字形誤作『虚』，各本失校。徐本改作『猛覷他』，亦誤。

〔二九〕咱呵：『呵』爲語助無義，原本省寫作『可』。盧本改爲『們』，鄭本改爲『人』，均失。

〔三〇〕也不煩：『煩』，原本字壞如『炟』。各本或改爲『用』或改爲『烟』，均失。徐本改爲『須』，亦誤，因原本偏旁『火』至爲清晰也。

〔三一〕但：原本殘缺，據王校補，徐本已改。

第四折

【正宮端正好】枉劬勞〔一〕，空生受，死魂兒〔二〕有國難投。横亡〔三〕在三個賊臣手，無一個親人救。

【滚綉球】俺哥哥丹鳳之軀〔四〕，兄弟虎豹頭，中他人機彀〔五〕，死的來不如個蝦蟹泥鰍！我也曾鞭督郵〔六〕，俺哥哥誅文醜，暗梟〔七〕了車冑，虎牢關酣戰温侯。咱人三寸氣在千般用，一日無常萬事休，壯志難酬。

【倘秀才】往常真户尉見咱當胸叉手，今日見紙判官趨前退後。元來這做鬼的比陽人不自由！立在丹墀内，不由我泪交流，不見一班兒故友。

【滚綉球】那其間正暮秋〔八〕，九月九，正是帝王的天壽，列丹墀宰相王侯〔九〕。讓的我奉玉甌，進御酒，一齊山壽，官裏回言道臣宰千秋〔一〇〕。往常擺滿宫彩女〔一一〕在階基下，今日駕一片愁雲在殿角頭，痛泪交流。

【叨叨令】碧粼粼緑水波紋皺〔一二〕，踈剌剌玉殿香風透。皂朝靴〔一三〕跐不響〔一四〕玻璃甃，白象笏打不響黄金獸。元來咱死了也麽哥，咱死了也麽哥，耳聽銀箭〔一五〕和更漏。

【倘秀才】官裏向龍床上高聲問候，臣向燈影内恓惶頓首。躲避着君王倒褪〔一六〕着走。只管裏，問緣由，歡容兒抖擻。

【呆古朵】終是三十年交契懷着舊〔一七〕，咱心相愛志意相投。繞着二兄長根前，不離了小兄弟左右。一個是頵頏雲間鳳〔一八〕，一個是威凛山中獸。昏慘慘風内燈，虚飄飄水上漚。

【倘秀才】官裏身軀在龍樓鳳樓，魂魄赴荆州閬州，争知兩座磚城换做土丘！天曹不受，地府難收，無一個去就。

【滚綉球】官裏恨不休，怨不休，更怕俺不知你那勤厚。爲甚俺死魂兒全不相偢？叙故舊〔一九〕，厮問候，想那説來的前咒，桃園中宰白馬烏牛。結交兄長存終始，俺伏侍君王不到頭，心緒悠悠〔二〇〕。

【三煞】來日交諸葛將二愚男將引丁寧奏，兩行泪纔那不斷頭。官裏緊緊的相留，怕不待〔二一〕慢慢的等候，怎禁那滴滴銅壺，點點更籌。久停久住，頻去頻來，添悶添愁！來時節玉蟾〔二二〕出東海，去時節殘月下西樓。

【二煞】相逐着古道狂風走，趕定湘江雪浪流〔二三〕。痛哭悲涼〔二四〕，少添僝僽，拜辭了龍顏，苦度春秋。今番若不説，後過難求〔二五〕，千則千休！丁寧説透，分明的報冤仇。

【煞尾】〔二六〕飽諳世事慵開口，會盡人間只點頭。火速的驅軍校戈矛〔二七〕，駐馬向長江雪浪流。活拿住糜芳共糜竺，閬州裏張達檻車内囚。杆尖上排定四顆頭，腔子内血向成都鬧市裏流，强如與俺一千小盞黄封頭祭奠酒〔二八〕！

關張雙赴西蜀夢終

校勘記

〔一〕枉劬勞：原本『枉』，形誤爲『任』。各本失校，依王校改。

〔二〕死魂兒：原本『死魂』二字殘迹難識。仿刻本空，北大本已補。按：舊時迷信説法，有生魂、死魂之分。生者之魂，或因疾病，或因夢境，暫時離體外遊；死者之魂，軀體雖滅，而魂魄猶存，四處流蕩。今張飛已死，故云『死魂』。

〔三〕横亡：原本誤作『梗亡』，依王校改。鄭本、徐本已改。

〔四〕丹鳳之軀：原本『軀』字音假作『具』，依王校改。鄭本改作『丹鳳之眼』，徐本疑爲『丹鳳之目』，均非。按：『軀』音如『具』，元曲中多有此例。如《羅李郎》第一折【一半兒】曲『你這般借錢取債結交遊，做大粧幺不害羞』，當爲『借錢舉債』。此讀亦可證於古書，《史記·范雎蔡澤傳》『先生曷鼻巨肩』，徐廣曰『巨，一作渠』；敦煌變文《李陵蘇武執別詞》『遂乃再趁李陵，拘馬摇鞭』，『拘馬』，當爲『驅馬』。

〔五〕機轂：原本『轂』字，形誤爲『殼』，各本已改。

〔六〕鞭督郵：原本誤作『報及郵』，各本已改。

〔七〕暗梟：原本『梟』字雖壞，猶可辨識。盧本、隋本改爲『殺』，徐本改爲『滅』，均失。今依鄭本所校，因此處當須平聲也。

〔八〕正暮秋：原本『正』字形誤爲『王』，各本已改。

〔九〕宰相王侯：原本『侯』字壞不可識，各本已補。

〔一〇〕『讓的我』四句：原本『讓』字，省作『襄』，而字形略長，中有殘損。仿刻本改作『衺』，盧本改作『衾』，北大本改『哀』，誠如徐本所説『實非是』。然徐本以『襄』爲『攘』，作鬧攘、勞攘、亂攘解，亦失。『襄』，當爲『讓』，推讓的意思。是説百官於劉備生日推讓張飛進酒祝賀。關漢卿這段關於天子誕辰儀節的描寫，確有其歷史根據。《武林舊事》卷一『聖節』條云：『（上坐）紫宸殿，上公已下分立，候奏班齊，上公謁御茶床前，躬進御酒，跪致詞云：「文武百僚臣某等稽首言：天基令節，臣等不勝大慶，謹上千萬歲壽！」下殿再拜。樞密宣答云：「得公等壽酒，與公等内外同慶。」』宋蔡絛《鐵圍山叢談》卷一：『國朝故事，天子誕節，則宰臣率文武百僚班紫宸殿下，拜舞稱慶。宰相獨登殿捧觴，上天子萬壽。禮畢，賜百官茶湯罷，於是天子還内。』以上所記，可與本劇參看。

〔一一〕擺滿宫彩女：原本『彩』字殘損不清，各本已補。

〔一二〕波紋皺：原本『皺』，當省借爲『刍』，形誤爲『忽』，依隋本改。

〔一三〕皂朝靴：原本『皂』，音假爲『早』。今山西晋南仍如此讀，徐本認爲二字形誤，非。按：《元史·輿服志一》：『百官公服，『靴，以皂皮爲之』。

〔一四〕跐不響：原本『跐』，形誤爲『毗』。仿刻本空，盧本、鄭本誤改作『踏』，北大本已予改正。

〔一五〕銀箭：原本『箭』，省借爲『前』，各本已改。按：『前』，古音讀若『箭』，故多相假。敦煌變文《晏子賦》：『漆雖黑向其前，墨挺雖黑在王邊。』即借『前』爲『箭』。

〔一六〕倒褪：原本『褪』省借爲『退』，今改。

〔一七〕三十年交契懷着舊：原本『舊』字滅裂，不可辨識，各本多空缺。盧本補一『心』字，非。徐本補『愁』字，似不若『舊』字義長，故不取。

〔一八〕頡頏雲間鳳：與下句『威凜山中獸』爲對文。『頡頏』，倔强貌。晋夏侯湛《東方朔畫贊》：『苟出不可以直道也，故頡頏以傲世。』原本『頡頏』二字當省借爲『吉亢』，『亢』字形誤作『卢』。以往諸家從盧本改『吉卢』爲『吉瑞』，固屬無據；徐本爲證成己説，復又强分『吉卢』爲『吉占人』三字，改作『急颩颩』，并增下句『威凜』爲『威凜凜』，以求相對。若此，直是改書，而非校書，故不取。

〔一九〕叙故舊：仿刻本誤改『舊』爲『由』，各本多沿其誤。徐本已予辨正。

〔二〇〕心緒悠悠：原本『緒』字誤作『暗』，依王校改。徐本已改。

〔二一〕怕不待：原本『怕』字誤作『快』，今改。

〔二二〕玉蟾：原作『玉熗』，各本已改。

〔二三〕趕定湘江雪浪流：徐本以『湘江』與吴蜀交兵無涉，引本折【尾】曲『駐馬向長江雪浪流』句爲證，改

『湘江』爲『長江』。按：原本實不誤。此處所叙，僅爲張飛鬼魂與劉備告别時的情景，尚未及吴蜀交兵。古代屈原抱屈自沉湘江，爲詞賦習用之典。『湘江雪浪』，當關合此事。

〔二四〕痛哭悲涼：原本『涼』，省借作『京』，各本已改。按：元代寫書，常有此省例。如《太平樂府》卷六朱庭玉《仙吕·中秋月》套【點絳唇】曲：『晚雲歸洞，京露沾衣重。』當爲『涼露』。

〔二五〕今番若不説，後過難求：原本『求』字，形誤作『來』，失韵，依王校改。徐本『來』字失校，又疑『後過』爲『後遍』，以與前句『今番』相對，係不知元代漢語詞序，因多種語言輾轉翻譯，結果多有與今相反者。『後過』，即『過後』之倒文。今番不説，過後難求，并無窒礙不通之處。

〔二六〕煞尾：原本省題作『尾』，今改。

〔二七〕軍校戈矛：原本『校』字誤作『恔』，各本已改。

〔二八〕祭奠酒：原脱『酒』字，依王校補。鄭本、徐本同。

閨怨佳人拜月亭

關漢卿 撰

簡要説明

《閨怨佳人拜月亭》，關漢卿撰。原題『新刊關目閨怨佳人拜月亭』。原本不分折，有簡略科白。《録鬼簿》《太和正音譜》《元曲選目》《也是園書目》《今樂考證》《曲録》并録本劇劇目。

此劇雖賓白不全、細節不清，然南戲《拜月亭記》全由此出。兩劇合看，其故事情節如下。

楔子，孤扮金國兵部尚書王鎮，夫人爲其妻，旦爲其女瑞蘭。時蒙古攻金甚急，王鎮奉命出巡，妻女爲其餞行。

第一折，末扮蔣世隆，小旦爲其妹瑞蓮。時陀滿興福（外末扮）遇難，逃至蔣家，得蔣世隆援助，二人結義爲弟兄。這是一個過場。接着，金國京城中都爲蒙古所陷，在逃難途中，瑞蘭母女和世隆兄妹爲亂兵衝散，相互喊叫尋覓。由於『瑞蘭』『瑞蓮』二名音近，這對母女和兄妹由誤會而互易其位：王瑞蘭和蔣世隆『權做弟兄（即兄妹）』，夫人也認蔣瑞蓮爲義女，分途而逃。瑞蘭和世隆走到一處山寨，陀滿興福爲其頭領，勸世隆留住，因瑞蘭反對而離開。

第二折，王瑞蘭因深感蔣世隆對她的救助之恩，二人於招商店中成親。不幸世隆因外感傷寒，卧床不起，瑞蘭請醫診治。適其父王鎮路過，父女相會。但是，王鎮極力反對他們的結合，拆散了這對患難夫妻。瑞蘭在分手時，反復叮嚀，要世隆在身體安康以後，『來尋覓夷門街巷』，即到汴梁相會。

第三折，瑞蘭回家後，與瑞蓮情投意合。她念念不忘世隆。一次，在夜晚拜月祈禱時，被瑞蓮知其心事，兩人互相詢問，纔明白了她們之間的真正關係是姑嫂而不是姊妹。從此二人的情誼又加深了一層。

第四折，蔣世隆和陀滿興福中了文、武狀元，王鎮招二人爲婿。由於重武輕文，他把親生女兒瑞蘭許給武狀元陀滿興福，而把義女配給文狀元蔣世隆，引起了新的矛盾。之後，婚禮筵上，瑞蘭與世隆相認，纔改變了原先的計劃，以王瑞蘭和蔣世隆、蔣瑞蓮和陀滿興福雙雙成親作結。

本劇校本，今有盧、隋、吴、北大、鄭、徐六種；王季思先生另有校語。以上各種，一并用以入校。

楔　子

（孤、夫人上，云了）（打唤了）（旦引梅香上了，見孤科）（孤云了）（情理打别科）（把盞科）父親年紀高大，鞍馬上小心咱。（孤云了）（作掩泪科）

【仙吕賞花時】捲地狂風吹塞沙，映日踈林啼暮鴉。滿滿的捧流霞，相留得半霎，咫尺隔天涯。

【幺篇】行色一鞭催瘦馬，（孤云了）你直待白骨中原如卧麻。雖是這戰伐，負着個天摧地塌，是必想着俺子母每早來家。

（下）（孤、夫人云了）〔一〕

校勘記

〔一〕孤、夫人云了：原本未分折，盧、隋二本誤歸第一折。他本皆改。

第一折

（末、小旦云了）（打救外了）（旦共夫人〔一〕相逐慌走，上了）（夫人云了）怎想〔二〕有這場禍事！（做住了）

【仙吕點絳唇】錦綉華夷，忽從西北，天兵起。覷那關口城池，馬到處成平地〔三〕。

【混江龍】許來大中都城内，各家煩惱各家知。且説君臣分散〔四〕，想俺父子别離。遥想着尊父東行何日還？乂隨着車駕南遷甚時回〔五〕！（夫人云了）（做嗟嘆科）這青湛湛碧悠悠天也知人意，早是秋風颯颯，可更暮雨凄凄。

【油葫蘆】分明是風雨催人辭故國，行一步一嘆息，兩行愁泪臉邊垂。一點雨間一行恓惶泪，一陣風對一聲長吁氣。（做滑鞋科[六]）嚥！百忙裏一步一撒。嗨！索與他一步一提。這一對綉鞋兒分不得幫和底，稠緊緊粘軟軟[七]帶着淤泥。

【天下樂】阿者！你這般没亂慌張到得那裏？（夫人云了）（做意了）兀的般雲低，天欲黑，至近的[八]道店十數里。上面風雨，下面泥水。阿者，慢慢的枉步擰的你没氣力[九]。

（夫人云了）（對夫人云了）

【醉扶歸】阿者！我都折毀盡些新鐶鑣，關扭碎些舊釵篦。把兩付藤纏兒輕輕得按的搧玭[一〇]，和我那壓釧通三對，都綳在我那睡裏肚薄綿套裏，我緊緊的着身繫。

（夫人云了）（哨馬上，叫住了）（夫人云了）（做慘科）（夫人云了，閃下）（小旦上了）（便自上了，做尋夫人科）阿者！阿者！（做叫兩三科，没亂科）（末云了）（猛見末，打慘害羞科）（末云了）（做住了）不見俺母親，我這裏尋哩！（末云了）（做意）（末云）呵！我每常幾曾和一個男兒一處説話來，今日到這裏無奈處也，怎生呵是那？

【後庭花】每常我聽得綽的説個女婿，我早豁地離了座位，悄地低了咽頸[一一]，緼地紅了面皮。如今索强支持，如何迴避，藉不的那羞共耻。

（末云了）（做陪笑料）

【金盞兒】您昆仲各東西，俺子母兩分離，怕哥哥不嫌相辱呵權爲個妹。（末云了）（尋思了）哥哥道做軍中男女若相隨，有兒夫的不擄掠，無家長的落便宜。（做意了）這般者波！怕不問時權做弟兄，問着後道做夫妻。

（末云了）（隨着末行科）（外云了）（打慘科，隨末見外科）（外末共正末廝認住了）（做住了，云）怎生這秀才却共這漢是弟兄來？（做住了）

【醉扶歸】你道您祖上親文墨〔一二〕，昆仲〔一三〕曉書集，從上流傳直到你，輩輩兒都及第。您端的是姑舅也那叔伯也那兩姨？偏怎生養下這個賊兄弟！

（外末云了）（末云了）哥哥，你有此心，莫不錯尋思了末？

【金盞兒】你心思〔一四〕把褐衲襖脊梁上披，强似着紫朝衣，論盆家飲酒壓着詩詞會。嫌這攀蟾折桂做官遲，爲那筆尖上發禄晚，見這刀刃上變錢疾。你也待風高學放火，月黑做强賊！

（正末云了）（外末做住了）（末不甚吃酒了〔一五〕）（正末云了）你休吃酒也，恐酒後踈狂。（末云了）

【賺尾】然是弟兄心，殷勤意，本酒量窄推辭少吃，樂意開懷雖恁地〔一六〕，也省可裏不記東西。（做扶着末科，做尋思科）阿！我自思憶，想我那從你的行爲，被這地亂天翻交我做不的精俐〔一七〕。假裝些廝收廝拾〔一八〕，佯做個一家一計，且着這脱身術謾過這打家賊。

（下）

校勘記

〔一〕旦共夫人：原本『旦』字殘缺，依劇情補。

〔二〕怎想：原本『怎』字殘存下部，仿刻本、隋本誤作『心』，依北大本改。

〔三〕馬到處成平地：原本『成平』二字全缺，『地』字殘迹可辨。鄭本補作『成平地』，可取。按《澠池會》

楔子白起云：『某統大勢兵馬，將趙國踏爲平地。』與此語正同。

〔四〕君臣分散：原本『臣分』二字全缺；『散』字猶存下部，可辨。南戲《幽閨記》第十三齣【破陣子】曲『況是君臣分散，那堪子母臨危』，由此曲出，據補。徐本同。又，王校、鄭本補作『君臣失散』，亦通。

〔五〕車駕南遷甚時回：原本『車駕』二字適當頁尾行末，故隔頁起行復又誤衍『車駕』二字。各本失校，依王校删。又『時』字，原本形誤作『的』，依徐本改。

〔六〕做滑鞋科：原作『做滑搩科』。『搩』同楑，見《集韵》：户佳切，音鞋，本義爲扶。今依劇情改爲『滑鞋』。『滑鞋』，即『鞋滑』之倒文，也就是曲文中『一步一撒』『一步一提』種種舞臺表演動作。當爲元雜劇中程式之一。盧本改爲『滑步』，吴本疑作『滑倒』，徐本又改爲『滑擦』，似均不妥，不取。

〔七〕粘軟軟：『軟軟』原作『粳粳』，依徐本改。

〔八〕至近的：原作『至輕的』，依盧本改。

〔九〕慢慢的枉步擰的你没氣力：『步擰』，即『擰步』之倒文。北方方言以用脚跟走路爲『擰』。趙月明《洛陽方言詞彙》：『擰，用脚跟走路。如：她纏過脚，走到路上，一擰一擰，半天走不了多遠。』原本『擰』，省作『寧』。仿刻本誤作『顯』，各本多沿其誤，并以『枉步』二字屬上讀，全句益不可解。

〔一〇〕揙玭：疑當作『匾敝』，俟再考。

〔一一〕咽頸：原本『頸』作『脛』，各本已改。

〔一二〕親文墨：原本『親』字，音假爲『侵』。盧本改作『精』，北大本疑作『浸』，皆非。徐本改作『親』，是。

〔一三〕昆仲：原脱『仲』字，各本已補。

〔一四〕心思：即『心想』，心裹想着。晋南方言仍有此語詞。原本形誤爲『心裹』，各本失校。

〔一五〕末不甚吃酒了：原本『末』，形誤爲『本』，依隋本改。

〔一六〕恁地：原本『恁』，形誤『您』，徐本已改。

〔一七〕精俐：『精明伶俐』一語之省。原本假作『耿俐』。各本或有疑作『伶俐』者，鄭、徐二本據改，實誤。按：元代北方方音讀『耿』若『精』，《中原音韵》中『京』『麖』『庚』『賡』『更』諸字一空，當爲一讀。又《畿輔通志》卷七十二引贊皇、平山、元氏諸志云：『耿，讀作景。』今晋南方言仍有『精俐』一詞，唯音讀略轉如『jiē lie』。

〔一八〕厮收厮拾：原本誤作『厮收拾拾』。盧、隋、徐三本已改。

第二折

（夫人、小旦云了）（孤云了）（店家云了）（便扶末上了）（末卧地做住了）呵！從生來誰曾受他這般煩惱。（做嘆科）

【南吕一枝花】干戈動地來，橫禍事從天降。爺娘三不歸，家國一時亡。龍門來魚傷，情願受消踈況。怎生般不應當，脱着衣裳，感得這些天行好纏仗。

【梁州第七】恰似邑邑的錐挑太陽，忽忽的火燎胸膛。身沉體重難回項，口乾舌澀，聲重言狂。可又别無使數，難請街坊〔一〕，則我獨自一個婆娘，與他無明夜過藥煎湯。阿！早是俺兩口兒背井離鄉，嚦！則快他一路上湯風打浪，嗨！誰想他百忙裏卧枕着床。内傷，外傷，怕不待傾心吐膽盡筋竭力〔二〕把個牙推請，則怕小處盡是打當。只願的依本分傷家〔三〕没變症，慢慢的轉受陰陽〔四〕。

（末云了）（店家云了）（做尋思科）試請那大夫來，交覷咱。（大夫上，云了）（做意了）郎中，仔細的評這脉咱。（末共大夫云了〔五〕）（做稱許科）

【牧羊關】這大夫好，調理的是，診候的强〔六〕！這的十中九敢藥病相當。阿的是五夜其高，六日向上，解利呵過了時晌，下過呵正是時光。不用那百解通聖散〔七〕，教吃這三化承氣湯〔八〕。

（大夫裹藥了）（做送出來了）但較些呵，郎中行别有酬勞。（孤上，云了）是不沙？（做叫老孤的科）阿馬！認得瑞蘭末？（孤云了）

【賀新郎】自從都下對尊堂，走馬離朝，阿馬間别無恙？（孤認了）則恁的猶自常思想，可更隨車駕南遷汴梁，教俺去住無門徊惶〔九〕。家緣都撇漾，人口盡逃亡，閃的俺一雙子母每無歸向。自從身體上一朝出帝輦，俺這夢魂無夜不遼陽！

（孤云了）（做打悲科）車駕起行了，傾城的百姓都走，俺隨那衆老小每出的中都城子來。當日天色又昏暗，颳着大風，下着大雨，早是趕不上大隊，又被哨馬趕上，轟散俺子母兩人，不知阿者那裏去了。（末云了）（做着忙的科）（孤云了）（做害羞科）是您女婿，不快哩。（孤云了）（做説關子了）（孤云了）（做羞科）

【牧羊關】您孩兒無挨靠，没倚仗，深得他本人將傍，（孤云了）（做意了）當日目下有身亡，眼前是殺場，刀劍明晃晃，士馬鬧荒荒。那其間這錦綉紅粧女，那裏覓個銀鞍白面郎〔一〇〕？

（孤云了）是個秀才。（孤交外扯住了）（做慌打慘打悲的科）阿馬！你可怎生便與這般狠心！（做没亂意了）

【鬥蝦蟆】 爹爹！俺便似遭嚴臘，久盼望，久盼望你個東皇。望得些春光艷陽，東風和暢。好也囉！剗地凍剝剝的〔一一〕雪上加霜！（末云了）（没亂科）無些情腸！緊揪住不把我衣裳放。見個人殘生喪，一命亡，世人也慚惶。你不肯哀憐憫恤，我怎不感嘆悲傷！

（孤云了）父親息怒，寬容瑞蘭一步，分付他本人三兩句言語呵，咱便行波！（孤云了）父親不知，本人於您孩兒有恩處。（孤云了）

【哭皇天】 較了數個賊漢把我相侵傍，阿馬想波，這恩臨怎地忘？閃的他活支沙三不歸，强交俺生扢扎兩分張。覷着兀的般着床卧枕，叫喚聲疼，撇在他個没人的店房。常言道，相逐百步，尚有徘徊〔一二〕。你怎生便教我眼睁睁的不問當？（做分付末了）男兒呵！如今俺父親將我去也，你好生的覷當你身起。（末云了）（做艱難科）男兒！兀的是俺親爺的惡儻〔一三〕，休把您這妻兒怨悵〔一四〕。

【烏夜啼】 天那！一霎兒把這世間愁都撮在我眉尖上，這場愁不許隄防〔一五〕。（末云了）既相別此語伊休忘。怕你那換脉交陽，是必省可裏掀揚。俺這風雹亂下的紫袍郎，不識你個雲雷未至的白衣相。咱這片霎中，如天樣。一時哽噎，兩處凄涼。

（末云了）（孤打催科）（做住了）

【三煞】 男兒？怕你待贖藥時準備春衫當，探食後隄防百物傷。（末云了）（做艱難科）這側近的佳期休承望。直等你身體安康，來尋覓夷門街巷，恁時節再相訪。你這旅店消疎病客况，我那驛路上恓惶！

【二煞】 則明朝你索綺窗曉日聞鷄唱，我索立馬西風數雁行。（末云了）男兒？我交你放心末波。只願的南京有俺親娘，我寧可獨自孤孀，怕他待抑勒我別尋個家長〔一六〕，那話兒便休想。（末云了）你見的差了也！那玉砌珠簾與畫堂，我可也覷得尋常！

【收尾】休想我爲翠屏紅燭流蘇帳，撇了〔一七〕你這黄卷青燈映雪窗。（孤云了）（末云了）（打別了）（囑咐末科）你心間莫昏忘〔一八〕，你心間索記當，我言詞更无妄，不須伊再審詳。喒兀的做夫妻三個月時光，你莫不曾見您這歹渾家説個謊！

（下）

校勘記

〔一〕難請街坊：原本『請』，形誤爲『猜』，各本已改。

〔二〕盡筋竭力：原本『竭』，音假爲『截』，今改。

〔三〕傷家：疑當作『傷寒』，因劇中蔣世隆所患正爲此病。然中醫習慣上稱多汗人爲『汗家』，便血人爲『亡血家』，流鼻血者爲『衄家』，易感冒者爲『風家』。據此，傷寒患者或亦可稱之爲『傷家』，俟再考。

〔四〕轉受陰陽：原本『轉』，音假爲『傳』，各本失校。徐本改『受』爲『授』，不知何據。按：轉受陰陽，爲中醫術語，就人的生理功能而説。《素問·生氣通天論》：『陰者，藏精而起亟也；陽者，衛外而爲固也。』説明『陰』代表着物質的儲藏，是陽氣能量的來源；『陽』代表着人體的機能活動，起着衛外而固守陰精的作用。由於害病，陰陽失調。經過治療，慢慢地陰陽復歸於常，内外功能協調，説明疾病的好轉和痊癒，故云『轉受陰陽』。

〔五〕末共大夫云了：原本『大夫』誤作『夫人』，依劇情改。北大本、徐本均改。

〔六〕這大夫好，調理的是，診候的强：『調理是』『診候强』，【牧羊關】曲首二句必爲三字對句，今各本標點，多以『好調理』爲斷，則不合於律，茲依鄭本改正。又，『診』字，原本假作『胗』，各本已改。

〔七〕百解通聖散：金代名醫劉完素（1110—1200）方，即『防風通聖散』。本方中如防風、荆芥、薄荷、麻黄，主發汗解表，使肌表鬱熱由汗而解；大黄、芒硝，則在破結通便，使在裏實熱從下而出；梔子、滑石，則在清熱利小便；桔梗、石膏、黄芩，則在瀉熱清肺胃等。由於用藥較多，内消外解，表裏并治，故稱『百解通聖散』。原本『聖』，音假爲『神』，各本失校。

〔八〕三化承氣湯：金代名醫劉完素在張仲景『小承氣湯』（由大黄、枳實、厚朴三味組成）的基礎上，外加羌活一味，以治傷寒中因中風閉實、二便不通諸症，俗稱『三化湯』，即『三化承氣湯』。原本『化』字，誤作『一』，乃文字待勘符號『卜』之形誤。《元刊雜劇三十種》中此類誤例，即不下於五十。如《替殺妻》第一折【滚綉球】曲二：『早則陽一有故人，羅幃中會雨雲』，當爲『陽臺』；《鐵拐李》第二折【尾】曲：『摩合羅孩兒不能見，銅斗兒一私不能羨』，則當爲『家私』。以往諸本於此等處未能體認爲例，故多失校。

〔九〕教俺去住無門徊惶：徐本以『無門』二字爲衍文，徑删，似未妥。

〔一〇〕那其間這錦綉紅粧女，那裏覓個銀鞍白面郎：原本『覓』字，誤分爲『不見』二字，諸本失校。按：《幽閨記》第二十五齣【豆葉黄】曲：『人在那亂離時節，怎選得高門厮對厮當。』正由關漢卿此曲化出，可以爲證。

〔一一〕凍剥剥的：原本『剥剥』二字殘缺，依鄭本補。

〔一二〕常言道，相逐百步，尚有徘徊：原作大字，與曲文相混，依徐本作説白處理。

〔一三〕惡儻：即『惡黨』，本凶徒惡黨之意，此處僅作凶狠解。徐本改爲『惡黨』，亦可。

〔一四〕怨悵：怨恨悵望，吾鄉晋南有此語詞。原本誤作『怨一暢』，今删『一』字，改『暢』爲『悵』。王校『暢，似悵之借』。

〔一五〕隄防：原本『隄』，音假爲『低』，今改，以下同。按：敦煌變文《維摩詰經講經文》『低防禍患使心神』，『低防』即『隄防』。

〔一六〕別尋個家長：原本『別』形誤爲『則』，徐本已改。

〔一七〕撇了：原本『撇』字可辨，仿刻本空缺，盧、隋二本補『負』，鄭本補『忘』，均非。

〔一八〕昏忘：即『忘昏』之倒文，記性不好的意思。今山、陝方言仍有此語。原本假作『緡望』，鄭本改作『絶望』，非。本字或當爲『忘魂』，《風光好》第三折【滚綉球】曲三：『好也囉學士你瞥勾了人，却便粧忘魂。』

第三折

（夫人一折了）（末一折了）（小旦云了）（便扮上了）自從俺父親就那客店上，生扭散俺夫妻兩個，我不曾有片時忘的下俺那染病的男兒，知他如今是死那活那？不知俺爺心是怎生主意，提着個秀才便不喜：『窮秀才幾時有發迹！』自古及今，那個人生下來便做大官享富貴那！（做嘆息科）

【正宮端正好】我想那受官廳，讀書舍，誰不曾虎困龍蟄！信着我父親呵，世間人把丹桂都休折，留着手把雕弓拽。

【滚綉球】俺這個背會〔一〕爺，聽的把古書説，他便惡紛紛的腦裂，粗豪的今古皆絶！您這些，富產業，更怕我顧戀情熱〔二〕，俺向那筆尖上自閘閣得些豪奢。搠起柄夫榮婦貴三檐傘，抵多少爺飯娘羹駟馬車，兩件兒渾别。

（小旦云了）阿也！是敢待較些去也。（小旦云了）

【倘秀才】阿！我付能把這殘春挨徹，嗨！剗地是俺愁人瘦絶〔三〕。（小旦云了）依着妹子只波。（小旦云了）（做意了）恰隨妹妹閑行散悶些。到池沼，驀觀絶〔四〕，越交人嘆嗟。

【呆古朵】不似這朝昏晝夜，春夏秋冬，這供愁的景物好依時月，浮着個錢來大綠嵬嵬荷葉。荷葉似花子般團圞，陂塘似鏡面般瑩潔。阿！幾時交我腹内無煩惱，心上無縈惹。似這般青銅對面粧，翠鈿近鬢貼。

（做害羞科）早是没外人，阿的是甚末言語那？這個妹子咱。（小旦云了）你説的這話，我猜着也囉！

【倘秀才】休着個濫名兒將咱來引惹。嚔！莫不你個小鬼頭春心兒動也？（小旦云了）放心，放心！我與你寬打周遭向父親行説。（小旦云了）你不要呵，我要則末那？（小旦云了）（唱）我又不風欠，不痴呆，要則甚迭！

（小旦云了）喒無那女婿呵快活，有女婿呵受苦。（小旦云了）你聽我説波。

【滚綉球】女婿行但沾惹，六親每早是説。説道是〔五〕丈夫行親熱，爺娘行特地心别。而今要衣呵滿箱篋，要食呵盡鋪啜〔六〕。到晚來更綉衾鋪設，我這心兒裏牽掛處無些。直睡到冷清清寶鼎沉烟滅，明皎皎紗窗月影斜，有甚脣舌！

（做入房裏科）（小旦云了）夜深也，妹子，你歇息去波，我也待睡也。（小旦云了）梅香，安排香桌兒去，我待燒炷夜香咱。（梅香云了）

【伴讀書】你靠欄檻臨臺榭，我準備名香爇。心事悠悠憑誰説！只除向金鼎焚龍麝，與你殷勤參拜遥天月。此意也無別。

【笑和尚】韵悠悠比及把角品絶，碧熒熒投至那燈兒滅，薄設設衾共枕空舒設。冷清清不恁迭，閑遥遥生枝節〔七〕，悶懨懨怎挨他如年夜！

（梅香云了）（做燒香科）

【倘秀才】天那！這一炷香，則願削減了俺尊君狠切，這一炷香，則願俺那抛閃下的男兒較些。那一個爺娘不問疊，不似俺，忒啅嗻，劣缺！

（做拜月科。云）願天下心廝愛的夫婦永無分離，教俺兩口兒早得團圓。（小旦云了）（做羞科）

【叨叨令】元來你深深的花底將身兒遮，搽搽的背後把鞋兒捻，澀澀的輕把我裙兒拽，煴煴的羞得我腮兒熱。小鬼頭直到撞破我也末哥，撞破我也末哥，我一星星的都索從頭兒説。

（小旦云了）妹子你不知，我兵火中多得他本人氣力來，我以此上忘不下他。（小旦云了）（打悲了）您姐夫姓蔣名世隆，字彦通，如今二十三歲也。（小旦打悲了）（做猛問科）

【倘秀才】來波，我怨感我合哽咽，不剌！你啼哭你爲甚迭？（小旦云了）你莫不元是俺男兒的舊妻妾？阿是，阿是，當時只争個，字兒别，我錯呵了應者〔八〕。

（小旦云了〔九〕）您兩個是親弟兄？（小旦云了）（做歡喜科）

【呆古朵】似恁的呵，喒從今後越索着疼熱，休想似在先時節。你又是我妹妹、姑姑，我又是你嫂嫂、姐姐。（小旦云了）這般者，俺父母多宗派，你昆仲無枝葉。從今後休從俺爺娘家根脚排，只做俺兒夫家親眷者。

（小旦云了）若説着俺那相别呵話長：

【三煞】他正天行汗病，换脉交陽。那其間被俺爺把我横拖倒拽出招商舍，硬撕强扶〔一〇〕上走馬車。誰想俺舞燕啼鶯，翠鸞嬌鳳，撞着那猛虎獰狼，蝮蝎蚖蛇〔一一〕。又不敢號咷悲哭，又不敢囑咐丁寧，空則索感嘆咨嗟。據着那凄凉慘切，則那裏一霎兒似痴呆。

【二煞】則就那裏先肝腸眉黛千千結，烟水雲山萬萬疊。他便似烈焰飄風，劣心卒性，怎禁那後擁前推，亂棒胡枷〔一二〕！啊！誰無個老爺？誰無個尊君？誰無個親爺？從頭兒看來，都不似俺那〔一三〕狠爹爹！

【煞尾】〔一四〕他把世間毒害收拾徹，我將天下憂愁結攬絶。（小旦云了）没盤纏，在店舍，有誰人，厮抬貼？那消疎，那凄切，生分離，厮抛撇！從相别，恁時節，音書無，信息絶。我這些時眼跳腮紅耳輪熱，眠夢交雜不寧貼。您哥哥暑濕風寒縱較些，多被那煩惱憂愁上送了也。

（下）

校勘記

〔一〕背會：糊涂，不明事理。今河北束鹿有此語詞，本字或當爲『悖憒』。

〔二〕顧戀情熱：原本『熱』，假作『惹』。『情熱』，即心熱。另有『眼熱』一詞，希求、羨慕之意。『熱』，讀音似『惹』。

〔三〕瘦絶：原本誤作『瘦色』，王校：『色，疑當作絶，方協。』從改。

〔四〕驀覷絶：原本『驀』字假『陌』，今改。

〔五〕説道是：原本『説』字承上句『六親每早是説』末字，作重文符號『又』，盧、隋、北大及徐本皆誤作『又』。

〔六〕餔啜：原本『餔』字假『鋪』，各本已改。

〔七〕閑遥遥生枝節：原本『生』，音假爲『身』，『庚青』轉入『真文』。元曲中多有此例。如元刊《任風子》第三折【耍孩兒】曲：『人生幻化比芳菲，人愁老花怕春歸。』當爲『人身』；《西遊記》第四本第十五齣《滚綉球》曲一：『紅葉秋深血泪乾，改盡朱顔。』《納書楹曲譜》則作『秋聲』。直至現代，北方某些地區仍有呼『生』若『身』者，民初鈔本蘭州鼓子詞《邊關曲·驚夢》：『戰勝蘇烈，遠走逃身。』則當爲『逃生』。

〔八〕我錯呵了應者：此爲【倘秀才】末句，各本或有改小字作白者，非。原本『應』作『噟』；『者』字殘不可識，依王國維《宋元戲曲考》引文補。

〔九〕小旦云了：原本『小旦云』三字殘缺，各本已補。

〔一〇〕硬撕强扶：與上句『横拖倒拽』一語相對，原本假作『硬厮强扶』，各本失校。

〔一一〕蝮蝎蚖蛇：原本『蝮』假『蝠』；『蚖』假『頑』，徐本已改。

〔一二〕亂棒胡枷：原本作『亂捧胡茄』。徐本據高文秀《誶范叔》第二折【牧羊關】曲『剛則是吃了會胡枷亂棒』一語改正。然『枷』爲『家麻』，失協。或當如《中原音韻・正語作詞起例》『爺有衙』『也有雅』之例，『枷』仍當如原本讀『茄』。今陝西關中方言有『胡 qie』一語，意爲胡敲亂打，似爲一源，俟再考。

〔一三〕俺那：仿刻本誤改爲『俺耶』，盧、隋二本沿誤。

〔一四〕煞尾：原本省題作『尾』，今補。

第四折

（老孤、夫人、正末、外末上了）（媒人云了）（旦扮上了）（小旦云了）可是由我那不那？

【雙調新水令】我眼懸懸整盼了一周年，你也枉把您這不自由的姐姐來埋怨。恰纔投至我貼上這縷金鈿，一霎兒向鏡臺傍邊，媒人每催逼了我兩三遍。

（小旦云了）妹子呵，你好不知福，猶古自不滿意沙，我可怎生過可是也？（小旦云了）那的是你有福如我處那！我説與你波。

【駐馬聽】你攤着個〔一〕斷簡殘編，恭儉温良好繾綣；我攤着個輕弓短箭，粗豪勇猛惡因緣。（小旦云了）可知煞是也。您的管夢回酒醒誦詩篇，俺的敢燈昏人静〔三〕詩征戰。少不的向我綉幃邊，説的些磣可可落得的冤魂現！

（小旦云了）這意思〔三〕有甚難見處那？

【慶東原】他則圖今生貴，豈問咱夙世緣！違着孩兒心只要遂他家願。則怕他夫妻百年，招了這文武兩員。他家裏要將相雙權，不顧自家嫌，則要旁人羨〔四〕。

（外云了）（做住了〔五〕）（正、外二末做住了）

【鎮江回】俺兀那姊妹兒的新郎又忒靦覥，俺這新女婿，那嘲掀，瞅的我兩三番斜搿〔六〕了新粧面，咋咋呼呼〔七〕的向玳筵前〔八〕，知他俺那主婚人是見也那不見？

（孤云了）（外末把盞科）

【步步嬌】見他那鴨子緑衣服上圈金綫，這打扮早難坐瓊林宴。俺這新狀元，早難道花壓得烏紗帽檐偏。把這盞許親酒又不敢慢俄延，則索扭回頭半口兒家剛剛的嚥。

（孤云了）（正末把盞科）（打認末科）

【雁兒落】你而今病疾兒都較痊，你而今身體兒全康健。當初喒那塌兒各間别，怎承望這搭兒裏重相見。

【水仙子】今日這半邊鸞鏡得團圓，早則那一紙魚封不更傳。（末云了）你説這話？（做意了）（唱）須是俺狠毒爺强匹配我成姻眷，不剌，可是誰央及你個蔣狀元，一投得官也接了絲鞭？我常把伊思念，你不將人掛戀，虧心的上有青天！

（末云了）（做分辯科）

【胡十八】我便渾身上都是口，待交我怎分辯？枉了我情脉脉，恨綿綿！我晝忘飲饌夜無眠。則兀那瑞蓮，便是證見。怕你不信後，没人處問一遍。

（末云了）兀的不是您妹子瑞蓮那！（末共小旦打認了）（告孤科）（末云了）（老夫人云了）（老孤云了）你試問您那兄弟去，我勸和您姊妹去。（正末云了）（小旦云了）妹子，我和您哥哥厮認得了也，你却招取兀那武舉狀元呵，如何？（小旦云了）你便信我子末那！（小旦云了）

【掛玉鈎】二百口家屬語笑喧，如此般深宅院，休信我一時間在口言，便那裏有寃魂現？（小旦云了）我特故里説的別，包彈遍。不嫌些蹬弩開弓，怎説他袒臂揮拳。

【喬牌兒】兀的須顯出我那不樂願，量這的有甚難見？每日我緑窗前不整閑針綫，不曾將眉黛展。

【夜行船】須是我心上斜横着這美少年，你可別無甚悶縷愁牽。便坐駟馬香車[九]，管着滿門良賤，但出入唾盂掌扇。

【幺篇】但行處兩行朱衣列馬前，算個文章士發禄是何年？你想那陋巷顔淵，簞瓢原憲，你又不是不曾受秀才的貧賤！

（外云了）休！休！教他不要則休，喒没事[一〇]則管央及他則末？

【殿前歡】忒心偏，覷重裀列鼎不值錢。把黃虀淡飯相留戀，要徹老終年。招新郎更揀選，□□忒姻眷[一一]，不得呵將人怨。可須姻緣數定，則這人命關天。

（小旦云了）（使命上，封外末了）

【沽美酒】驟將他職位遷，中京内做行院，把虎頭金牌腰内懸。見那金花誥帝宣，没因由得要團圓。

【太平令】〔一二〕喒却且儘教佯呆着休勸，請夫人更等三年。你既愛青燈黄卷，却不要隨機而變。把你這眼前、厭倦、物件，分付與他别人請佃。

（孤云了）（散場）

閨怨佳人拜月亭終

校勘記

〔一〕你攤着個：即『你碰上一個』。原本『攤』，音假爲『貪』；下句『我攤着個』同，各本失校。如以『貪』字説解，則文義全非。

〔二〕燈昏人静：原本『静』字，音假爲『凈』，各本已改。

〔三〕這意思：原無『思』字，依語義補。

〔四〕則要旁人羨：原本『羨』字殘缺，依仿刻本補。

〔五〕做住了：原本『做』字殘迹可識，仿刻本徑删，各本多沿誤。

〔六〕斜擗：原作『斜僻』，徐本已改。

〔七〕咋咋呼呼：亂喊亂叫。原本『咋』，音假作『查』。元刊《任風子》第一折【油葫蘆】曲：『你覷那查手風香人酒量淺，吃不得往外灑。』臧本作『扎手風』。又，南戲《張協狀元》第一齣末曰：『打得他大痛無聲，奪去查果金珠。』『查果』，指行裝。今山東方言轉爲『扎裹』或『扎固』。

〔八〕向玳筵前：原本『向』字，誤作『尚』。各本多誤改爲『上』，今依鄭本。

〔九〕駟馬香車：原本『駟馬車車』，各本多從盧本改『車車』爲『高車』，似不若『香車』義長。

〔一〇〕没事：原本『事』字，音假爲『是』，今改。

〔一一〕□□忒姻眷：依律，【殿前歡】五、六、七各句，須五字作扇面對，故本句應脱二字。

〔一二〕太平令：原本誤題『阿忽令』，依原校改，鄭本同。徐本認爲【阿忽令】即【太平令】，失。按：二調格式迥異。【太平令】句式爲『六六、六六、二二二、六』，八句八韻；【阿忽令】句式爲『四四、六四』，四句四韻，不可相混。

關大王單刀會

關漢卿　撰

簡要説明

《關大王單刀會》，關漢卿撰。原題『古杭新刊的本關大王單刀會』。原本未分折，科白極簡。《録鬼簿》《太和正音譜》《百川書志》《寶文堂書目》《元曲選目》《遠山堂劇品》《也是園書目》《今樂考證》《曲録》并録本劇劇目。

第一折，正末扮喬國老，外末扮魯肅，駕裝孫權。劉備久借荆州不還，東吴魯肅向孫權獻計，請蜀漢守將關羽過江赴會，以便奪取荆州，受到喬國老的極力反對。

第二折，正末改扮司馬徽。魯肅并不死心，積極籌劃奪取荆州事宜。因司馬徽和關羽有故舊之情，請他出山伴客，遭到司馬的拒絶。并警告魯肅：蜀漢文有軍師諸葛，武有五虎上將，惱犯了他們，『則怕您急難措手！』

第三折，正末又扮尊子（神道）裝關羽。魯肅正式下書請關羽赴會，關羽之子關平出而勸阻，説東吴兵多將廣，魯肅詭計多端。萬一引起戰争，『急難親傍』。關羽認爲一人拼命，萬夫難當，何况東吴那些狐群狗黨！毅然帶領周倉單刀赴會。

第四折，關羽帶着小卒，乘着小舟一葉，在大江東去、水湧山叠的畫面中緩緩出現。他想起赤壁之戰中的英雄們，似乎感到當年鏖兵的江水還是熱的，興起了無限的感嘆。在宴會上，他義正辭嚴地駁斥了魯肅索要荆州的無理要求。當魯肅埋伏的兵將準備動手時，他機警地抓住對方，强迫魯肅送自己上船，帶着勝利的喜悦，離開了江東。

本劇校本，今有盧、吴、北大、鄭、徐五種；王季思先生亦有校語。另外，清人何煌校理元曲，曾把本劇曲文録校於脉鈔本《單刀會》上，可補今本缺失若干。以上各種，一并用以入校。

第一折

（駕一行上，開住）（外末上，奏住〔一〕）（駕云）（外末云住）（正末扮喬國老上，開住〔二〕）（外末云）（尋思云）今日三分已定。恐引干戈，又交生靈受苦。您衆宰相每也合諫天子咱。（過去見禮數了）（駕云）（云）陛下萬歲！萬歲！據微臣愚見，那荆州不可取。（駕又云）（云）不可去！不可去！

【仙吕點絳唇】咱本是漢國臣僚，欺負他漢君軟弱，興心鬧。當日五處槍刀，併了董卓誅了袁紹。

【混江龍】存的孫劉曹操，平分一國作三朝。不付能河清海宴，雨順風調。兵器改爲農器用，征旗不動酒旗摇。軍罷戰，馬添膘〔三〕；殺氣散，陣雲消；役將校，作臣僚；脱金甲，着羅袍。帳前旗捲虎潜竿，腰間劍插龍歸鞘。撫治的民安國泰，却又早將老兵驕〔四〕。

（駕云）喒合與他這漢上九州，想當日曹操本來取俺東吴〔五〕，生被那弟兄每擋住。（駕、末云住）

【油葫蘆】他弟兄每雖多軍將少，赤緊的把陽夏城先困了〔六〕，肯分的周瑜和蔣幹是布衣交。股肱臣諸亮施韜略，苦肉計黄蓋添糧草。那軍多半向〔七〕火内燒，三停來水上漂。若不是天交有道伐無道，這其間吴國亦屬曹。

【天下樂】銅雀春深鎖二喬！這三朝，恰定交，不争咱一日錯翻爲一世錯〔八〕。你待使霸道，起戰討〔九〕，欺負關雲長年紀老〔一〇〕！

（等云了）

【那吒令】收西川白帝城，把周瑜送了；漢江邊張翼德〔一一〕，把尸靈擋着；船頭上把魯大夫，險幾乎間唬倒。將西蜀地面争，關將軍聽的又鬧，敢亂下風雹。

（外云住）你道關將軍會甚的？

【鵲踏枝】他誅文醜騁粗懆〔一二〕，刺顔良顯英豪，向百萬軍中，將首級輕梟。那赤壁時相看的是好。今日不比往常，他每怕不口和咱好説話，他每都喜孜孜〔一三〕的笑裏藏刀。

【寄生草】幸然天無禍。是咱這人自招，全不肯施仁發政行王道。你小可如多謀足智雄曹操，豈不知南陽諸葛應難料。你則待千軍萬馬惡相持，全不想生靈百萬遭殘暴〔一四〕。

【金盞兒】上陣處三綹美鬚飄，將九尺虎軀摇〔一五〕。五百個懆關西〔一六〕，簇捧定個活神道。敵軍見了，唬得七魄散五魂消。你每多披取〔一七〕幾副甲，賸穿取〔一八〕幾層袍。您的呵敢蕩翻那千里馬，迎住那三停刀！

【醉扶歸】你當初口快將他保，做的個膽大把身包。您待暗暗的埋伏緊緊的邀？你若是請得他來到，若見了那勇烈威風相貌，那其間自不敢把荆州要〔一九〕。

【金盞兒】你道三條計决難逃，若是一句話不相饒，那其間使不着武官粗鹵文官狡。那漢酒中火性顯英豪，圪塔的腰間揝住寶帶，項上按着鋼刀。雖然你岸邊頭藏了戰船，却索與他水面上搭起浮橋。

【後庭花】您子道關公心見小〔二〇〕，您須知曹公心量〔二一〕高。一個主意争天下，一個封金謁故交。上的灞陵橋〔二二〕，曹操便不合神道，把軍兵先掩了〔二三〕。

【賺煞尾】送路酒手中擎〔二四〕，送行禮盤中托〔二五〕。没亂殺侄兒共嫂嫂。曹孟德心多能做小，欺着〔二六〕漢雲長善與人交。高聲叫〔二七〕，險唬殺〔二八〕許褚張遼。那神道順着追風騎〔二九〕，輕掄動偃月刀。曹操埋伏將校〔三〇〕，隱慝軍兵，準備下千般奸狡，施窮智力〔三一〕，費盡機謀〔三二〕。臨了也則落的一場談笑，倒倍了〔三三〕一領西川十樣錦征袍！

（云了）

校勘記

〔一〕外末上，奏住：原本『奏住』後，誤衍一『云』字，今删。

〔二〕開住：原本『開』字殘缺，各本失補。

〔三〕馬添膘：原本『膘』，音假爲『漂』。今改。

〔四〕將老兵驕：原本『驕』，省借作『喬』，據脉鈔本改，各本同。

〔五〕取俺東吴：原本『俺東』二字爲墨丁，依王校補。盧本僅補『東』字，鄭、徐二本補作『咱東』。

〔六〕赤緊的把陽夏城先困了：『陽夏城』，原本誤作『夏陽城』。按：漢陽、夏口，合稱爲『陽夏』。以往各本，多依脉鈔本《單刀會》徑改『夏陽城』爲『夏侯惇』，實爲大謬。【油葫蘆】一曲，純叙赤壁之戰一事，與博望燒屯殺敗夏侯惇全然無涉。劉備之敗走陽夏，没有擋住曹操，實在是『他弟兄每雖多軍將少』，如果此處横插入博望燒屯一事，則曲文梗塞難通。還應看到，脉鈔本《單刀會》第一折對元刊本已多有改竄，不可盡以爲據。

〔七〕多半向：原本『向』，音假作『朐』。徐本依盧本改作『晌』，非。按：『多半向』與下句『三停來』相應，是説曹軍大半被火燒死，少半被水淹死。如改作『晌』，則文義不順，故據脉鈔本改作『向』。

〔八〕一日錯翻爲一世錯：原本『日』字形誤爲『月』，據脉鈔本改。

〔九〕戰討：原誤『戰計』，據脉鈔本改。

〔一〇〕年紀老：原本『紀』，音假爲『起』。按：此亦元代北方方音之遺。如元刊《樂府新聲》卷中無名氏《山市晴嵐》小令【落梅風】曲『花村畔，柳岸西，晚風凉雨晴天氣』，《陽春白雪》作『雨收天霽』；脉鈔本《打董達》第四折董太公詩云『死及白賴人皆怕，一生則好撒酒風』，當爲『死乞白賴』。又，《白兔記》第二十四齣生云：『我入贅在岳府了。』净云：『劉官人，石灰布袋，處處有迹。』則當爲『處處有妻』之諧。以上諸例，均可爲證。

〔一一〕翼德：原本誤作『習單』，今改。

〔一二〕粗懆：原本『粗』字作『麄』，誤省作『鹿』；『懆』，音假『操』，今改。

〔一三〕喜孜孜：原本假作『喜姿姿』，今改。

〔一四〕你則待千軍萬馬惡相持，全不想生靈百萬遭殘暴：二句原脱，據脉鈔本補。王校及鄭、徐二本已補。

〔一五〕將九尺虎軀摇：原本『九』字左半殘，仿刻本誤改爲『七』，徐本已正。

〔一六〕慄關西：原本『慄』假作『爪』，參看前《西蜀夢》第三折校記第〔六〕。

〔一七〕多披取：原本『披』字，形誤爲『波』，據脉鈔本改。

〔一八〕臢穿取：原本『臢』字假『剩』，今改。

〔一九〕原本【醉扶歸】曲後，誤衍【金盞兒】曲名，及『你道三條計决難逃，若是一句話不相饒，那其間自不敢把荆州要』三句，今删，各本同。

〔二〇〕關公心見小：原本『心』字，涉上誤作『公』之重文符號『〈』，依盧本改。

〔二一〕心量：原作『心亮』，依鄭本改。按脉鈔本《黄鶴樓》第四折【梁州】曲：『使心量，有奸細。』又，顧曲齋本《緋衣夢》第三折孤云：『我平生心量最忠直，偏與國家作柱石。』可證。

〔二二〕灞陵橋：原本『陵』字誤作『時』，今改。

〔二三〕把軍兵先掩了：『掩了』，即『埋伏』，原本『掩』字，音假作『暗』。參看《西蜀夢》第一折校勘記〔二〇〕。徐本未改，并引關漢卿《雙調·喬牌兒·世情推物理》套：『吉藏凶，凶暗吉。』謂『暗』與『藏』爲互文，義同。此説非。

〔二四〕送路酒手中擎：原本『送』字，誤作『無』；『手』字，誤作『年』；『擎』字，省爲『敬』，據脉鈔本改。

〔二五〕盤中托：原本『盤』字誤作『月』，據脉鈔本改。

〔二六〕欺着：原本『欺』字，音假『奇』，徐本改作『倚』，似非。

〔二七〕高聲叫：原本「高」字，當由草體形近而誤「萬」，依鄭本改。

〔二八〕險唬殺：原本「險」字，誤作「得」；「唬」字，原當省寫作「虎」，遂由草體形誤作「与」，據脉鈔本改。徐本改作「驚殺」，以「驚」形體較長，因誤拆爲「敬」「馬」二字；「敬」之草體形誤爲「得」，「馬」之簡體形誤爲「与」。此説也似有理，并存俟考。

〔二九〕順着追風騎：「順」，即擺順、擺正。《綴白裘》本高腔《借靴》：「（净）：『我這靴子，在石頭上一掽，便撒開了。我的兒，順過一邊！』（丑）：『撥不動。』」今地方戲中，仍有「順轎」「順馬」的説法。原本「順」，形誤爲「須」；又，「着」字原無，今補改。

〔三〇〕將校：原作「將役」，依何録改。

〔三一〕施窮智力：原本「窮」，由俗體「穷」形誤爲「家」，依何録改。

〔三二〕費盡機謀：原本「費」，音假爲「廢」，依何録改。

〔三三〕倒倍了：「倍」，即「賠」字，元人多寫作「倍」或「陪」。原本形誤爲「倚」，諸本多失校，徐本已改。

第二折

（正末重扮先生〔一〕引道童上，坐定云）貧道是司馬德操〔二〕的便是了。自襄陽會罷，與劉皇叔相見，本人有高皇之氣，將門生寇封〔三〕與皇叔爲義子〔四〕，舉南陽卧龍爲軍師〔五〕，分了西川。向山間林下，自看了十年龍争虎鬥。貧道絶名利，無寵辱〔六〕，倒大快活〔七〕。

【正宫端正好】我本是個釣鰲人〔八〕，却做了扶犁叟〔九〕。嘆英布彭越韓侯！歛我這一身外兩隻拿雲手〔一〇〕，再不出麻袍袖！

【滚綉球】我如今聚村叟，會詩友。嘆的是活魚新酒，問甚瓦盆砂瓶磁甌！椎臺不換盞〔一一〕，高歌自打手。任從他陰晴昏晝〔一二〕，我直吃的醉時眠衲被蒙頭。睡徹窗外三竿日〔一三〕，爲的傲殺人間萬户侯，倒大優遊。

【倘秀才】林泉下濁腥爽口〔一四〕，御宴上堂食熱手〔一五〕，留的前生喝下酒。你道這一粗漢〔一六〕，共那壽亭侯〔一七〕，是故友。

【滚綉球】你着我就席上央他幾甌，那漢劣性子輸了半籌！問甚麽安排來後，目前鮮血交流。你爲漢上九座州，我爲筵前一醉酒，咱兩個落不得個完全尸首，我共你伴客共病相憂。你爲兩朝作保十年恨〔一八〕，我却甚一盞能消萬古愁？説起來魂魄〔一九〕悠悠。

【倘秀才】你子索躬着身將他來問候，跪着膝愁愁勸酒〔二〇〕。他待吃後吃，側後側，那裏交他受後受〔二一〕？他道東你隨着東去，他道西呵你順着西流，他醉時節你便走。

【滚綉球】他樽前〔二二〕有半點兒言，筵前帶二分酒。那漢酒性躁不中調鬥，你是必挂口兒則休提着那荆州。圓睁〔二三〕開殺人眼，輕舒開捉將手。那神道但將〔二四〕卧蠶眉皺，登時敢五藴山烈火難收！若是他玉山低趄你則頻斟酒，若是他寳劍離匣你則準備着頭！枉送了八十一座軍州〔二五〕！

【倘秀才】你道東吴國魯大夫仁兄下手，則消的西蜀郡諸葛亮先生啓口，奏與那海量仁慈的漢皇叔。那先生操琴霜雪降〔二六〕，彈劍鬼神愁，則怕您急難措手。

【滚綉球】黄漢昇勇似彪，趙子龍膽如斗，馬孟起是殺人的領袖。那殺漢虎牢關立伏了十八鎮諸侯〔二七〕。騎一疋千里騅，横一條丈八矛〔二八〕。當陽坡有如雷吼，曾擋住曹丞相一百萬帶甲貔貅。叫一聲混天塵土紛紛的橋先斷，喝一聲拍岸驚濤厭厭的水逆流。這一夥怎肯干休！

【叨叨令】若是你鼕鼕戰鼓聲相輳，不剌剌戰馬望前驟。他惡暗暗揎起征袍袖，不鄧鄧〔二九〕惱犯難收救。您索與他死去也末哥，索與他死去也末哥。那一柄青龍刀落處都剁透！

【煞尾】〔三〇〕蓆篾兒我怕㔟着我手〔三一〕，樹葉兒隄防打破我頭。他千里獨行覓二友，疋馬單刀鎮九州。人似爬山越嶺彪，馬跨翻江混海虬。他輕舉龍泉殺車胄，怒拔錕鋙壞文醜，麾蓋下〔三二〕顏良劍梟了首，蔡陽英雄立取了頭。這個避是非的先生決應了口，吾兄呵！那殺人的關公更怕他下不的手！

（下）

校勘記

〔一〕正末重扮先生：原本『先』字脱，『生』字形誤爲『正』。元代稱道士爲先生，依徐本改。

〔二〕司馬德操：原本『司』字形誤作『同』；『德』字，音假作『得』，今改。

〔三〕寇封：原作『里封』，各本已改。

〔四〕義子：原本『義』字，由文字待勘符號『卜』，形誤爲『一』，參見前《拜月亭》第二折校記第〔八〕，諸本多失察未改。鄭本疑此處之『一子』，與下句之『半師』爲對文，認爲『非偶然巧合，故未改』，失考。

〔五〕軍師：原本誤作『半師』，除鄭本外，各本已改。按：元人寫書，有省『軍』爲『車』之例，故形誤爲『半』。

〔六〕無寵辱：原本『無』字，音假爲『舞』；『寵』字，誤作『罷』，依王校改。

〔七〕倒大快活：原本『大』，作『一』字，亦爲文字待勘符之形誤。鄭本改作『大』，是；徐本改作『亦』，非。按：『倒大』，元人口語。

〔八〕釣鰲人：抱負不凡的人，典出《列子·湯問》：渤海之東有五山，隨波上下，不得暫峙。帝命禹强以巨鰲十五，舉首載之。龍伯之國有大人，一釣而得其六，合負而趨歸其國。於是岱輿、員嶠二山，流於北極，沉於大海。詩家多以此事喻豪舉。原本『鰲』字，誤省爲『魚』，諸家不察，失校。今據脉鈔本改正。按：元刊曲集中有此誤省之例，可供參考。殘元二卷本《陽春白雪》貫酸齋小令【紅綉鞋】曲：『將屠龍劍釣魚鈎，遇知音都去做酒。』『釣魚鈎』，《樂府群珠》本作『釣鰲鈎』，可證。

〔九〕扶犁叟：原本『犁』字，省借爲『利』；『叟』字，形誤爲『更』，據脉鈔本改。

〔一〇〕斂我這一身外兩隻拿雲手：原本『斂』字，形誤爲『險』，依鄭本改。徐本『險』字用小字排，作説白處理，非。

〔一一〕椎臺不換盞：原本『椎』字，音假爲『推』，今改。各本失校。『椎臺』，即『搥臺』，用手敲打桌子。《警世通言》卷六《遇上皇》：『乘着酒興，敲臺打凳，弄假成真起來。』可證。又，《中原音韵》『吹』『炊』『推』字并爲一空，自可相假。

〔一二〕陰晴昏晝：原本『陰』字下有一重文符號，『晴』字無，據脉鈔本删改。

〔一三〕睡徹窗外三竿日：原本『睡』字，當省借爲『垂』，作草體『乜』，形誤爲『也』，據脉鈔本改。

〔一四〕林泉下濁腥爽口：原本『林』字，形誤爲『休』；『腥』字，音假爲『生』，今改。『濁腥』，即濁肉腥肉，與下句『堂食』爲對文，各本多失校。盧本改『濁生』爲『酒生』，徐本沿誤。參看《西蜀夢》第二折校勘記〔一二〕。

〔一五〕熱手：即湯手。原本『熱』字，音假爲『惹』，去聲轉讀上聲，各本失校。

〔一六〕粗漢：原本音假爲『出漢』，盧本改爲『村漢』，鄭本改爲『山漢』，徐本改爲『拙漢』，或依詞義，或據字形，均失。『粗』，元代北方方音有讀爲『出』者。脉鈔本《劉弘嫁婢》第一折【油葫蘆】曲：『人家一領出新的衣，你去那典場上你便從頭的覷。呀！這厮便寫做甚麼原展污了的舊衣服。』『出新』，即『簇新』。

〔一七〕壽亭侯：原本『亭』字，形誤爲『單』，各本已改。

〔一八〕你爲兩朝作保十年恨：『兩朝作保』，王校：『指魯肅爲吴蜀締交而借荆州作保也。』原本『作』字，形誤爲『你』，今改。『十年恨』，指劉備借荆州，有借無還，因而多年懷恨於心。徐本依盧本改作『十年限』，實非。元人所云『十年限』者，實指人生運命而説，如『功名紙半張，富貴十年限』，與此處情事不類，不可爲據。

〔一九〕魂魄：原本誤作『魂魂』，據脉鈔本改。

〔二〇〕跪着膝愁愁勸酒：原本『跪着膝』，誤作『跪膝着』，據脉鈔本改。又，『愁愁』，何録改作『悠悠』，徐本改作『殷殷』，實不若原本義長，故不取。

〔二一〕他待吃後吃，側後側，那裏交他受後受：原本『待』字，形誤爲『侍』；又，三『後』字，均音假爲『候』，依鄭本改。『後』，猶『呵』，語氣詞。

〔二二〕樽前：原本『樽』字，音假爲『終』，『真文』轉入『東鍾』。此亦爲元代北方方音之異讀。如脉鈔本《莊周夢》第一折【賺煞】曲：『玳筵開一終，把布袍扇動，駕白雲飛上建章宫。』『一終』，即『一樽』。盧本改『終前』爲『尊前』，本不誤。吴本則疑『終』當作『鐘』；徐本又改作『鍾』，雖義同，而非原本之真。

〔二三〕圓睁：原本『圓』字，音假爲『完』；『睁』字，省借爲『争』，據脉鈔本改，各本同。按：『圓』，讀若『完』，元曲中不乏此例。如元刊《貶夜郎》第二折【三煞】曲：『止不過盞號温凉和，布名火院』，當爲『火烷』。又，《樂府新聲》卷下無名氏小令【罵玉郎過感皇恩采茶歌】：『臨荷浦視魚，傍柳岸聞鶯。遊竹浣，玩葛嶺，壓蘭亭。』則當爲『竹院』。

〔二四〕但將：與下句『登時敢』呼應，原本『但』字，形誤爲『恒』。依王校改，鄭本依吴本改作『横』，非。

〔二五〕八十一座軍州：原本脱『一』字，據脉鈔本補。《博望燒屯》一折正末云：『孫權見居江東八十一郡，按着九數，乃地利之方。』

〔二六〕操琴霜雪降：原本『霜』字，音假爲『風』，今改。

〔二七〕十八鎮諸侯：原本『鎮』字，當音假爲『陣』，誤省爲『車』。『鎮』，即晚唐五代以來之藩鎮。《三國志平話》上：『曹豹入寨……言吕布祇待捉十八鎮諸侯。』諸本不明語源，多依脉鈔本誤改『車』爲『路』。徐本改『車』爲『軍』，亦誤。

〔二八〕丈八矛：原本『矛』，音假爲『牟』。此『蕭豪』轉入『尤侯』之例，據脉鈔本改。各本同。

〔二九〕不鄧鄧：原本脱一『鄧』字，今補。

〔三〇〕煞尾：原本省題作『尾』，今改。

〔三一〕蓆篾兒我怕𢫬着我手：『蓆篾兒』，即編製席子的細篾片，多用蘆葦或高粱的外皮剥製而成。脉鈔本《飛刀對箭》第二折張士貴云：『也不曾見這麽好漢，把這蓆篾兒拽做兩截。』可見『蓆篾兒』實爲當時民間口語。原本誤作『席你兒』，蓋『篾』字，元代北方方音讀若『彌』，當由假借形誤而致。脉鈔本不知民間名物，改爲『刀尖兒』，大謬。徐本改爲『席條兒』，亦非原本之真。又，『我怕』，原本『我』字殘壞，不易辨識。徐本改『子怕』，亦失。

〔三二〕麾蓋下：原本『麾』字誤作『魔』，各本已改。

第三折

（净開，一折）（關舍人上，開，一折）（净上）（都下了）（正末扮尊子燕居，將麈拂子〔一〕上，坐定云）方今天下鼎峙三分，曹公占了中原，吴王占了江東，尊兄皇叔占了西川。封關某〔二〕爲荆王，某在荆州撫鎮。關某暗想，日月好疾也！自從秦始皇滅，早三百餘年也。又想起楚漢紛争，國王霸業，不想有今日。

【中吕粉蝶兒】天下荒荒，却周秦早屬了劉項，定君臣遥指咸陽〔三〕。一個力拔山，一個量容海，這兩個一時開創。想當日黄閣烏江，一個用了三杰，一個立誅了八將。

【醉春風】一個短劍一身亡，一個静鞭〔四〕三下響。想祖宗傳授〔五〕與兒孫，却都是枉！枉〔六〕！獻帝又無靠無挨，董卓又不仁不義，吕布又一衝一撞。

【十二月】那時節兄弟在范陽，兄長在樓桑〔七〕，關某在解梁，諸葛在南陽。一時英雄四方，結義了皇叔關張〔八〕。

【堯民歌】一年三謁卧龍岡，早鼎足三分漢家邦。俺哥哥稱孤道寡〔九〕作蜀王，關某疋馬單刀鎮荆襄。長江，經今幾戰場，恰便似後浪催前浪。

【石榴花】兩朝相隔漢陽江，寫着道魯肅請雲長。這的每安排〔一〇〕着筵宴不尋常！休想道畫堂，别是風光〔一一〕。休想鳳凰盃滿捧瓊花釀，决然安排着巴豆砒霜！玳瑁筵擺列着英雄將〔一二〕，休想肯開宴出紅粧！

【鬥鵪鶉】安排下打鳳撈龍，準備着天羅地網。那裏是待客筵席，則是個殺人的戰場！他每誠意誠心便休想，全不怕後人講。既然他謹謹相邀，我與你親身便往。

【上小樓】你道他兵多將廣，人强馬壯？大丈夫雙手俱全，一人拼命，萬夫難當！你道隔漢江，起戰場，急難親傍〔一三〕？交他每鞠躬躬送的我來船上！

【幺篇】你道先下手强，後下手殃。一隻手揝住寶帶，臂展猿猱，劍扯秋霜。他待暗暗藏，我索緊緊防〔一四〕。都是狐朋狗黨，小可如我千里獨行五關斬將！

【快活三】小可如我携親侄訪冀王，引阿嫂覓蜀皇。灞陵橋上氣昂昂，側坐在雕鞍上。

【鮑老兒】戰鼓鼜擓斬了蔡陽，血濺在沙場上。刀挑了征袍離了許昌，癱了曹丞相〔一五〕。向單刀會上，對兩朝文武，更小可如三月襄陽。

【剔銀燈】折末他雄糾糾軍排成殺場，威凜凜兵屯合虎帳。大將軍氣鋭〔一六〕在孫吴上，倚着馬如龍人似金剛。不是我十分强，硬主張，題着厮殺去磨拳擦掌。

【蔓菁菜】他便有快對兵，能征將〔一七〕，排戈戟列旗槍〔一八〕。對陣〔一九〕，三國英雄漢雲長，端的豪氣有三千丈！

【柳青娘】他止不過擺金釵六行，教仙音院奏笙簧〔二〇〕；按承雲樂章，教光禄司準備〔二一〕瓊漿。將他那珍饈百味□□□，□□□金盃玉觴，暗藏着〔二二〕闊劍長槍。我不用三停刀，□□□，□□□鐵衣郎〔二三〕。

【道和】我斟量，我斟量〔二四〕，東吴子敬有□□〔二五〕。□□□，把咱把咱〔二六〕無謙讓，把咱把咱閑磨障。我這龍泉□□□，□□□。□□都只爲競邊，你見了咱掐搜相，交他家難侵傍〔二七〕。□□□□□□，交他交他精神喪〔二八〕，綺羅叢血水似鑊湯，覓□□□□□□□，殺的死尸骸屯滿〔二九〕屯滿漢陽江。

【啄木兒煞】〔三〇〕須無那會臨潼秦穆公〔三一〕，又無那宴鴻門楚霸王。折末滿筵人都列着先鋒將〔三二〕，□□□你前日上〔三三〕。放心！小可如我萬軍中下馬刺顔良時那一場攘〔三四〕！

校勘記

〔一〕麈拂子：原本『麈』字，省爲『主』，今改。

〔二〕關某：原本『某』，由古體『厶』誤增爲『公』，今改。

〔三〕定君臣遥指咸陽：『定』字，原本音假爲『庭』。《漢書·高祖本紀》：『初，懷王與諸將約，先入定關中者王之。』即指此事。脉鈔本改『庭』爲『分』，鄭本改爲『楚』，徐本改爲『建』，均誤。按：『定』，古音特丁切，讀如『亭』，故得相假。《漢書・張湯傳》：『（張湯）平亭疑法。』又，《漢書・西域傳》：『其水亭居，冬夏不增減，皆以爲潛行地下，南出於積石，爲中國河云。』以上二『亭』字，本字皆當爲『定』。其假『庭』爲『定』者，如敦煌殘卷P.2555無名氏《夢到沙州奉懷殿下》詩：『流沙有幸庭人主，惟恨無才遇尚賒。』又，明成化本《包龍圖斷歪烏盆傳詞話》：『長街短巷高聲叫，處處街頭叫得頻。人人盡道庭風漢，這般必是失心人。』以上諸例，皆可互相發明。

〔四〕静鞭：原本『静』字，假作『净』，今改。

〔五〕傳授：原本『傳』字，音假爲『專』。按：二字古音本通，故多相假。各本已改。

〔六〕却都是枉！枉：原本『枉』字三叠。《南北詞簡譜》云：『此曲（【醉春風】）本與詩餘同，但詩餘叠三字，此叠二字而已。』王校：『元劇【醉春風】無叠三字者，此處多一枉字。』今删。徐本以本曲叠句，可『二三叠不等』，未删，失考。

〔七〕樓桑：原本誤作『樓葉』，今改。

〔八〕皇叔關張：原本『關張』誤作『關某』，今改。

〔九〕稱孤道寡：原本『孤』字，當假作『古』。『稱古』二字，遂形誤爲『你吉』，據脉鈔本改。盧本改作『你只』，誤。徐本改作『稱君』，亦失，不取。

〔一〇〕安排：本劇所有『排』字，均省形作『非』。按：『非』，古讀邦母，布回切，音杯，元代是否仍如古讀，俟再考。

〔一一〕休想道畫堂，别是風光：化用蘇軾《滿庭芳》詞：『畫堂别是風光，主人情重，開宴出紅妝。』

〔一二〕擺列着英雄將：原本『擺』字，形誤爲『摇』；『英』字，省作『央』，據脉鈔本改。各本已改。

〔一三〕親傍：原本「親」，音假作「侵」，據脉鈔本改。徐本同。

〔一四〕他待暗暗藏，我索緊緊防：「我索」二字原無，語意未足。徐本據脉鈔本補，今從。

〔一五〕攤了曹丕相：「攤了」，即唬攤了、唬軟了。此爲民間口語。原本「攤」字，音假爲「撣」。鄭本改作「辭」，無據；徐本改作「挣」，亦失。

〔一六〕氣鋭：原作「奇鋭」，依徐本改。

〔一七〕快對兵，能征將：原本「兵」字，誤作「不」。此亦文字待勘符號「卜」之形誤，《元刊雜劇三十種》中即有此例。如《周公攝政》第三折【綿搭絮】曲：「白首無堪問鼎不」，當爲「問鼎彝」。又，《替殺妻》第一折【勝葫蘆】曲【幺篇】「你唬的我手兒脚兒滴羞都速難動不」，當爲「難動轉」。以往各家不明此例，多有奮筆亂改之嫌。鄭本改「快對不」爲「快對付」，徐本則改爲「快對才」，均失。

〔一八〕列旗槍：原本「旗槍」二字省作「其倉」，各本已改。

〔一九〕對陣：原本「陣」字，音假爲「幛」。「真文」轉入「庚青」。元曲中實有此例，如元刊《太平樂府》卷四張小山【滿庭芳】小令《湖景》：「花圍富貴，柳陣嬋娟。」清何夢華據另一元本校改作「柳幛」，可證。又，「對陣」，元人常語。《白兔記》第二十七齣【番鼓兒】曲：「手持刀劍，潑無徒敢來對陣。」何録改「對幛」爲「對幢」，非；徐本改作「對仗」，亦失。

〔二〇〕奏笙簧：原本「奏」字，形誤爲「秦」；「笙」字，省作「生」；「簧」字雖較模糊，猶可辨識。仿刻本「簧」字空，盧本徑刪，似以「秦生」爲人名，誤。鄭本、徐本均已改正。

〔二一〕準備：原本無「備」字，盧、徐二本補，今從。

〔二二〕暗藏着：原本「暗」字，音假爲「按」，今改。

〔二三〕鐵衣郎：原本『鐵』字殘空，依文義補。又，鄭本補『錦』字，亦可。

〔二四〕我斟量，我斟量：原本首句『斟』字模糊，仿刻本誤爲『商』，各本多沿其誤，徐本已予辨正。

〔二五〕有□□：原本『有』字殘存上半，當補。

〔二六〕把咱把咱：原本首『把咱』二字殘缺，下『把咱』二字俱作重文符號『〈』。徐本依下句句式補，是，今從。

〔二七〕難侵傍：原本『侵』字殘存上部，『傍』字缺，依文義補。

〔二八〕精神喪：原本誤作『情神喪』，依王校改。徐本已改。

〔二九〕屯滿：原本『屯』字末筆與『滿』字相連。何録改作『平』，盧本改作『流』，均誤。今徐本已改。

〔三〇〕啄本兒煞：原本省題作『尾』，依鄭本改。

〔三一〕須無那會臨潼秦穆公：原本僅存『須』『公』二字，『無』字殘存上部。何録所見元本此句尚全，據補。鄭、徐二本同。

〔三二〕折末滿筵人都列着先鋒將：原本『折末』二字誤作『行下』，并缺『列着先鋒將』五字，據脈鈔本補。鄭、徐二本同。

〔三三〕□□□你前日上：徐本以『你前日上』作夾白處理，實誤，不取。

〔三四〕剌顏良時那一場攘：原本『剌』字以下七字均缺，據脈鈔本補。鄭、徐二本同。

第四折

（舍人云住）（一行都下）（净上，云）〔一〕□□□□（正末扮文子〔二〕席間引卒子，做船上坐，云）□□□□□你是小可。

【雙調新水令】大江東去浪千叠〔三〕，引着這數十人駕着這小舟一葉〔四〕。不比九重龍鳳闕，這裏是千丈虎狼穴〔五〕。大丈夫心别〔六〕，來，來，來！我覷的單刀會似村會社。

【駐馬聽】〔七〕水湧山叠〔八〕，年少周郎何處也？不覺灰飛烟滅，可憐黄蓋轉傷嗟〔九〕。破曹的檣櫓〔一〇〕當時絶，鏖兵〔一一〕的江水猶然熱，好交我心慘切〔一二〕。這也不是江水，二十年流不盡英雄血〔一三〕。

【風入松】文學德行與□□，□□□□□。□□□國能謂不休説，一時多少豪杰！人生百年□□，□□□□□□□不奢。

【胡十八】恰一國興，早一朝滅，那裏也舜五人，漢三杰〔一四〕？二朝阻隔六年别，不甫能見也，却又早老也。開懷的飲數盃，盡心兒笑一夜〔一五〕。

【慶東原】你把我真心待〔一六〕，將筵宴設〔一七〕。你這般攀今攬古閑枝節〔一八〕，之乎者也，詩云子曰〔一九〕。這句話早該豁口截舌〔二〇〕。有意道説孫劉〔二一〕，生被你搬的如吴越。

【沉醉東風】〔二二〕想着俺漢高皇圖王霸業〔二三〕，漢光武秉正除邪，漢獻帝把董卓誅〔二四〕，漢皇叔把温侯滅〔二五〕。俺皇親〔二六〕合情受漢朝家業，則您那吴天子是俺劉家甚枝葉〔二七〕？請你個〔二八〕不克己的先生自説！

【雁兒落】則爲你三寸不爛舌〔二九〕，惱犯〔三〇〕這三尺無情鐵。這劍，飢飡上將頭，渴飲仇人血〔三一〕。

【得勝令】子是條龍在鞘中蟄，唬得人向座間呆。俺這故友纔相見，劍呵！休交俺弟兄每厮間别。我這裏聽者，你個魯大夫休喬怯。暢好是隨邪〔三二〕，休怪我十分酒醉也。

【攪箏琶】鬧吵吵軍兵列，上來的休遮擋莫攔截。我都交這劍下爲紅〔三三〕，目前見血！你好似趙盾，我飽如靈輒〔三四〕。使不着你謅口張舌〔三五〕，枉念的你文竭！壯士一怒，别話休提〔三六〕。來，來，來，好生的送我到船上者，咱慢慢的相别！

【離亭宴帶歇指煞】見紫袍銀帶公人列，晚天凉江水冷蘆花謝〔三七〕，心中喜悦。見昏慘慘晚霞收，冷颼颼江風起〔三八〕，急颭颭雲帆扯。重管待多承謝〔三九〕，道與梢工且慢者。早纜解放岸邊雲，船分開波中浪，棹攪碎江心月。笑談有甚盡期，歡會分甚明夜〔四〇〕？兩國事須當去也。隨不了老兄心，去不了俺漢朝節〔四一〕。

【沽美酒】魯子敬没道理〔四二〕，請我來〔四三〕吃筵席。誰想你狗行狼心〔四四〕使見識〔四五〕，偷了我衝敵軍的軍騎，拿住也怎支持！

【太平令】交下麻蠅牢拴子〔四六〕行下省會，與愛殺人懺烈關西〔四七〕，用刀斧手施行可忒到爲疾。快將斗來大銅鎚〔四八〕準備，將頭稍釘起，待□□掂只〔四九〕，打爛大腿，尚古自豁不盡我心下惡氣！

題目　喬國老諫吴帝　司馬徽〔五〇〕休官職

正名〔五一〕魯子敬〔五二〕索荆州　關大王〔五三〕單刀會

關大王單刀會終

校勘記

〔一〕净上，云：原本『上』字，由文字待勘符號『卜』形誤爲『一』。參看前《拜月亭》第二折校記第〔八〕。

〔二〕正末扮文子：鄭本據第三折【粉蝶兒】曲前科白，改『文子』爲『尊子』，似是，當再考。

〔三〕大江東去浪千叠：『浪千叠』三字原缺，據脉鈔本補。本折曲文殘缺較多，今可據以校補看，一爲脉鈔本，一爲《集成曲譜》本。由於襯字多寡不同，二本皆與元刊有些小出入。以往，鄭本依違於二者之間，未盡劃一，今依徐本之例，概以脉鈔本爲準。

〔四〕引着這數十人駕着這小舟一葉：原本自『舟一葉』以上各字皆缺，據脉鈔本補。

〔五〕千丈虎狼穴：『千』字以下四字原缺，據脉鈔本補。

〔六〕大丈夫心别：五字原缺，據脉鈔本補。

〔七〕駐馬聽：三字原缺，據脉鈔本補。

〔八〕水湧山叠：四字原缺，據脉鈔本補。

〔九〕可憐黄蓋轉傷嗟：『可憐』以下五字原缺，據脉鈔本補。又『憐』字，原本音假爲『令』，殘存上半。仿刻本誤爲『今』，盧本沿誤。鄭本以『令』爲誤字，非。《方言》：『悽，哀也。趙魏燕代之間曰悽。』

可見『憐』之讀『令』，實古音之遺留。元曲中別有此例，元刊《三奪槊》第一折【醉扶歸】曲二：『則他家自賣弄憐俐半晌，把一條虎眼鞭直攬頭直上。』『憐俐』，即『伶俐』。

〔一〇〕破曹的檣櫓：五字原無，據脉鈔本補。

〔一一〕鏖兵：原本『鏖』字，形誤爲『麈』，各本已改。

〔一二〕心慘切：原本『慘』字，誤作『下』；又，『切』字殘缺，脉鈔本三字作『情慘切』，照補。按：『下』，亦爲文字待勘符號『卜』之形誤。本折【慶東原】曲之『心下』，【沉醉東風】曲之『董卓下』，【攪箏琶】曲之『靈下』，【離亭宴帶歇指煞】之『下談』『雖不下』等，均同。徐本不明此例，誤增爲『心下情慘切』，則意複而詞贅矣。

〔一三〕這也不是江水，二十年流不盡英雄血：原本自第二個『不』字以上十字全缺，據脉鈔本補。

〔一四〕那裏也舜五人，漢三杰：原本『那』字以下八字缺，據脉鈔本補。

〔一五〕開懷的飲數盃，盡心兒笑一夜：原本自『心』字以上七字全缺，據脉鈔本補。

〔一六〕真心待：原本作『心下待』，『心下』二字宜倒，『下』，爲文字待勘符號『卜』之形誤，據脉鈔本改。

〔一七〕將筵宴設：原本『將』字殘存上半，以下全缺，據脉鈔本補。

〔一八〕你這般攀今攬古閑枝節：首四字原缺。又，『攬』原作『□』；『枝』，省作『支』，據脉鈔本校補。

〔一九〕詩云子曰：原脱『云』字，據脉鈔本補。

〔二〇〕早該豁口截舌：原本『早』字殘存上半，以下五字全缺，據脉鈔本補。

〔二一〕有意道說孫劉：『有意』二字原缺，據脉鈔本補。

〔二二〕沉醉東風：原本『東』字殘存上半；『風』字缺，據脉鈔本補。

〔二三〕想着俺漢高皇圖王霸業：原本「霸」字以上約缺五六字；「霸」原誤作「子」，據脉鈔本校補。

〔二四〕漢獻帝把董卓誅：原本「獻」作「王」；「董」作「重」；「誅」作「下」，據脉鈔本改。

〔二五〕漢皇叔把温侯滅：原本「漢」字以下六字全缺，據脉鈔本補。

〔二六〕俺皇親：「俺」字原缺；「皇」原作「王」，依徐本補。鄭本此句補作「是皇親」。

〔二七〕是俺劉家甚枝葉：原本「俺」字以下五字缺，據脉鈔本補。仿刻本誤「俺」爲「筏」，鄭本又誤認爲「花」，遂改全句爲「是花兒的甚枝葉」，誤甚。

〔二八〕請你個：「請」字原缺，據脉鈔本補。

〔二九〕三寸不爛舌：五字原缺，據脉鈔本補。

〔三〇〕惱犯：「惱」字原缺，據脉鈔本補。

〔三一〕這劍，飢飡上將頭，渴飲仇人血：原本「劍」字，涉上文誤作「鐵」；「飡」省作「食」；「渴」殘壞，據脉鈔本改。

〔三二〕隨邪：原本「隨」字筆劃略殘，仿刻本誤作「暗」，各本多沿其誤。徐本已正。

〔三三〕劍下爲紅：「紅」字，原本音假爲「江」，參見《西蜀夢》第一折校記第〔二八〕。徐本依脉鈔本改此句爲「劍下身亡」，非。《清平山堂話本·張子房慕道記》：「不是微臣歸山去，免被雲陽劍下丹」。「劍下丹」，即「劍下爲紅」。

〔三四〕你好似趙盾，我飽如靈輒：此處用春秋時趙盾設食款待桑下餓夫靈輒事。原本「好」字，形誤爲「奸」，各本失校。又「輒」，原作「下」，乃文字待勘符號「卜」之形誤，今改。

〔三五〕諞口張舌：原本「諞」字，音假爲「片」，今改。

〔三六〕壯士一怒，別話休提：原爲大字，與曲文相混。吴本疑爲夾白，徐本從改，是。

〔三七〕晚天凉江水冷蘆花謝：原本「冷」字，由文字待勘符號「卜」形誤爲「一」。吴本疑爲「上」字；徐本疑爲衍文，徑删，非。今據脉鈔本校改爲「冷」，鄭本同。

〔三八〕冷颼颼江風起：原本「冷」字，省作「令」；「颼颼」二字，涉下文誤作「颭颭」，據脉鈔本改。

〔三九〕重管待多承謝：原本「重管待」誤作「重重待」，依鄭本改。

〔四〇〕笑談有甚盡期，歡會分甚明夜：「笑談」「歡會」二句對文，原本「笑」字爲文字待勘符號「卜」，形誤爲「下」。脉鈔本此二句作：「正歡娱有甚進退，且談笑不分明夜。」「談笑」即「笑談」之倒文，據改。徐本不明此例，誤以「下」爲「卞」之形誤，改作「辯談」，則與下句文意不相銜接矣。

〔四一〕隨不了老兄心，去不了俺漢朝節：原本「隨」字，音假爲「雖」；「了」字，原爲文字待勘符號「卜」，形誤爲「下」。又，「兄」字原脱；「去不」二字誤倒。今參脉鈔本，悉爲改正。徐本以「雖」爲「稱」字之形誤，改「雖不了」爲「稱不了」，然二字字形相去實遠，恐非。

〔四二〕没道理：原本「理」字不清，仿刻本改作「忙」，何録作「理」。徐本校云「理字叶韵」，從改。按：徐本所説是，今從。

〔四三〕請我來：原本「請」字作「也」，依盧、徐二本改。

〔四四〕狗行狼心：原本「狗行」作「狗幸」，依王校改。盧、吴二本改作「狗肺」，實非，徐本已予辨正。

〔四五〕使見識：原本「識」字作「了」，亦文字待勘符號「卜」之形誤。何録改作「便見了」，非。盧、吴二本均沿其誤。徐本已正。

〔四六〕牢栓子：「子」爲語助，徐本依孫楷第説改爲「了」，似可不必。

〔四七〕 憹烈關西：即《西蜀夢》第三折與本劇第一折之『懆關西』，指性格暴躁而言。『憹』字，原本省作『敝』。徐本誤以爲『勇』字之變形，改作『勇烈』，非。

〔四八〕 銅鎚：原本『鎚』字模糊，僅偏旁可辯。仿刻本空缺，徐本改作『鎚』，是，今從。

〔四九〕 待□□掂只：徐本補作『待腿挺掂只』，『待』，原假『大』。

〔五〇〕 司馬徽：原缺『馬徽』二字，今補。

〔五一〕 正名：二字原無，依明刊元雜劇劇本例補。

〔五二〕 魯子敬：原缺『魯子』二字，今補。

〔五三〕 關大王：原缺『關』字，今補。

詐妮子調風月

關漢卿 撰

簡要説明

《詐妮子調風月》，關漢卿撰。原題『新刊關目詐妮子調風月』。原本未標明折數，科白極簡。《録鬼簿》《太和正音譜》《元曲選目》《今樂考證》《曲録》并録本劇劇目。

《北詞廣正譜》【商調】套，於【逍遥樂】一調之第五格，舉關漢卿《調風月》爲例，云『止用首三句』，惜未録曲文。又，今本第四折爲【雙調】套，其【水仙子】一曲雖見於《北詞廣正譜》，但已改題作【商調】【勝葫蘆】，句式亦有出入。這樣，不能不引起人們的疑問，即李玉所見之《調風月》第四折，果【商調】乎？抑爲後人改竄乎？書此待考。

第一折，老孤扮金國某地老千户，正末爲其子小千户延壽馬。正旦扮洛陽某貴族家的侍婢燕燕，夫人是這個家庭的女主人，和老千户家是親戚。開場，小千户奉其父之命，到洛陽探親。夫人言語：『交燕燕伏侍去。』小千户趁機誘騙了她，許燕燕作小夫人。

第二折，外孤爲洛陽另一個貴族家庭的主人，時臨寒食，讓女兒鶯鶯去郊外踏青，得遇小千户，送手帕表示傾慕。小千户回來後，想念鶯鶯，無情無緒，被燕燕識破。她十分惱怒。

第三折，小千户到燕燕住處來作解釋，爲燕燕所拒。於是，他又攛掇夫人，讓燕燕去鶯鶯家爲自己説親。燕燕推辭不得，她想趁機説幾句話壞了這門婚事，不想小姐一説就肯，燕燕悲憤萬分。

第四折，雖則如此，她還得强忍悲痛，爲出嫁前的小姐鶯鶯梳妝打扮。在婚禮進行中，她實在忍無可忍，當着親友之面，揭穿了小千户的欺騙行爲，引起一場風波。最後，得到貴族家長們的同意，燕燕作了小千户的小夫人。這樣，在飽含着屈辱和眼泪的氣氛中，結束了這場糾紛。

本劇校本，今有盧、隋、吴、北大、鄭、徐六種。王季思先生有寫定本一種，并另有校語。以上各種，一并用以入校。

第一折

（老孤、正末一折）（正末、六兒一折〔一〕）（夫人上，云住）（正末見夫人住）（夫人云了，下）（正末書院坐定）（正旦扮侍妾上）夫人言語道：『有小千户到來，交燕燕伏侍去。别個不中，則你去〔二〕。』想俺這等人好難呵！

【仙吕點絳唇】半世爲人，不曾交夫人〔三〕心困。雖是搽胭粉，子争不裹頭巾。將那等不做人的婆娘恨。

【混江龍】男兒人若不依本分，一個搶白〔四〕是非兩家分。壯鼻凹硬如石鐵，交滿耳根都做了燒雲。普天下漢子儘他都先有意〔五〕，牢把定自己休不成人。雖然兩家無意，便待一面成親。不分曉便似包着一肚皮乾牛糞，知人無意，及早抽身。

【油葫蘆】大剛來婦女每常川有些没事狠〔六〕，止不過人道村，至如那村字兒有甚辱家門？更怕我脚踏虛地〔七〕難安穩，心無實事自資隱。即漸裏虛變做實〔八〕，假做真，直到説得交大半人評論，那時節旋洗垢求瘢痕〔九〕。

【天下樂】合下手休交惹議論。（見末了）（末云了）哥哥的家門，不是一跳身。（末云了）便似一團兒搓成官定粉。燕燕敢道末〔一〇〕？（末云了）和哥哥外名，燕燕也記得真，唤做摩合羅小舍人。

（末云了）（捧砌末，唱）

【那吒令】等不得水温，一聲要面盆〔一一〕；恰遞與面盆，一聲要手巾；却執與手巾，一聲解紐門。使的人，無淹潤，百般支分。

（末云了）（笑云）量姊妹房裏有甚好？

【鵲踏枝】入得房門，怎回身？一個獨卧房兒〔一二〕窄窄别别，有甚鋪陳〔一三〕？燕燕己身有甚末孝順？拗不過〔一四〕哥哥行在意殷勤。

【寄生草】卧地觀經史，坐地對聖人。你觀國風雅頌式古訓〔一五〕，誦的典謨訓誥居堯舜，（末云）説的温良恭儉行忠信。燕燕子理會得龍盤虎踞滅燕齊，誰會甚兒婚女聘成秦晉！

（末云）這書院好。

【幺篇】這書房存得阿馬，會得客賓。翠筠月朗龍蛇印〔一六〕，碧軒夜冷燈香信，緑窗細雨琴書潤。

每朝席上宴佳賓，抵多少十年窗下無人問。

（云住）

【村里迓鼓】更做道一家生女，百家求問。纔説貞烈，那裏取一個時辰！見他語言兒栽排〔一七〕得淹潤，怕不待言詞硬，性格村。他怎比尋常世人。

（末云）

【元和令】無男兒只一身，擔寂寞〔一八〕受孤悶。有男兒役夢入勞魂，心腸百處分〔一九〕。知得有情人不曾來問肯，便待要成眷姻。

【上馬嬌】自勘婚自説親，也是賤媳婦貴媒人〔二〇〕。往常我冰清玉潔難親近，是他因子管交話兒因〔二一〕。我煞待嗔，我便惡相聞。

【勝葫蘆】怕不依隨蒙君一夜恩，争奈忒達底忒知根〔二二〕，兼上親上成親好對門。覷了他兀的模樣，這般身分，若脱過這好郎君？

【么篇】交人道眼裏無珍一世貧！成就了又怕辜恩。若往常烈焰飛騰情性緊，若一遭兒恩愛，再來不問，枉侵了這百年恩！

子末你不志誠？（云了）

【後庭花】我往常笑别人容易婚，打取一千個好唦噴；我往常説貞烈自由性，嫌輕狂惡盡人。不争你話兒因。自評自論，這一交直是狠，虧折了難正本。一個個忒忺新〔二三〕，一個個不是人。

【柳葉兒】一個個背槽抛糞，一個個負義忘恩，自來魚雁無音信。自思忖，不審的話兒真，枉葫蘆

提了燕爾新婚。（調讓了）許下我的休忘了。（末云了）（出門科）

【賺煞】[二四] 忽地却掀簾，兜地回頭問，不由我心兒裏便親。你把那并枕睡的日頭兒再定論[二五]，休交我逐宵價握雨携雲。過今春，先交我不繫腰裙，便是半簸箕頭錢撲個復純。交人道眼裏有珍，你可休言而無信。（云）許下我的包髻、團衫、紬手巾[二六]，專等你世襲千户的小夫人！

（下）

校勘記

〔一〕正末、六兒一折：元曲中多稱書童爲『六兒』，猶丫環之稱『梅香』。此處指小千户帶領書童六兒去洛陽探親。原本『六兒』，誤作『卜兒』，各本失校。

〔二〕則你去：原本『你』字，多省寫作『尔』，以下不再一一出校。

〔三〕夫人：原作『大人』，依盧本、王校改。

〔四〕一個搶白：原本『一個』二字，誤合爲『不』，依王校改。

〔五〕儘他都先有意：原本『他』字可辨，仿刻本空缺，隋、鄭二本沿空，盧本徑删。王校補『教』，徐本補『做』，均非。

〔六〕没事狠：原本『事』字，音假爲『是』，依王校改。

〔七〕脚蹅虚地：原本『蹅』字，省寫爲『查』，盧本誤改爲『踏』，各本多沿其誤。北大本及徐本已正。

〔八〕虛變做實：仿刻本誤『變』爲『交』，盧、隋、鄭三本沿其誤。

〔九〕旋洗垢求瘢痕：語出後漢趙壹《刺世疾邪賦》：『所好則鑽皮出其毛羽，所惡則洗垢求其瘢痕。』斯後，『洗垢求痕』漸成爲人們口語。如敦煌文書S. 2679《奏請僧徒及寺舍依定》：『意求考課，自薦己功；洗水（垢）求痕，主存枉解。』又，元王惲《諭平陽路官吏文》：『總府固當持大綱，略苛細，不宜求痕洗垢，以察爲明。』《東窗事犯》第四折【滾綉球】曲四：『不想他苦懨懨痛遭危困，子因笑吟吟陷平人洗垢尋痕。』皆可爲證。原本『求』字，由文字待勘符號『卜』，形誤爲『不』。參見前《單刀會》第三折校記第〔一七〕：『瘢』，音假爲『盤』；『痕』，音假爲『根』。凡此，皆爲元代北方之方音異讀，爲節省篇幅，茲不一一具引。以往諸家，由於不明方音，不知假借，難求語源，故皆失考。

〔一〇〕燕燕敢道末：原本皆爲大字，與曲文相混，今依各本作夾白處理，改小字以清眉目。

〔一一〕面盆：原本『盆』字，誤作『盤』，各本已改。

〔一二〕一個獨卧房兒：原本『一個』二字，誤合爲『斤』字。鄭本已改，今從。

〔一三〕鋪陳：鋪張陳設。《薦福碑》第二折【煞尾】：『一幅丹青寫容貌，堂上鋪陳掛幔幕。』原本『陳』字，音假爲『呈』，由『真文』轉入『庚青』，依王校改，徐本同。

〔一四〕拗不過：原本『拗』字，形誤爲『描』，依王校改，徐本同。

〔一五〕你觀國風雅頌式古訓：語出《詩經·大雅·烝民》：『古訓是式，威儀是力。』《詩集傳》：『古訓，先王之遺典也。式，法。』按譜，【寄生草】此句，與下二句『誦的典謨訓誥居堯舜，説的温良恭儉行忠信』，須成扇面對。原本『頌』字，音假爲『訟』；『式』字，音假爲『施』；『古』字，音假爲『頡』。各本改『訟』爲『頌』，是，惟以『施頡訓』爲『施故訓』，則失。

〔一六〕翠筠月朗龍蛇印：原本『印』字，音假『⿰彳⿵月乚』（即『胤』）。各本或改爲『徹』，或改爲『亂』，均失。惟鄭、徐二本作『印』。鄭校云：『謂竹影如龍蛇印於地上。』此説是，今從。

〔一七〕栽排：原本『栽』字，形誤爲『裁』，依王校改。

〔一八〕寂寞：原本脱『寂』字，依盧本補。

〔一九〕役夢入勞魂，心腸百處分：『役夢』，原作『意夢』。按語出柳永《征部樂》詞：『役夢勞魂苦相憶。』今改。

〔二〇〕賤媳婦貴媒人：此爲元人常語。《剪髮待賓》第四折【得勝令】曲：『這的是賤媳婦貴媒人。』原本『貴』字，形誤爲『責』。各本失校。

〔二一〕是他因子管交話兒因：『因』字，古有親義。《詩經·大雅·皇矣》：『因心則友。』《毛傳》：『因，親也。』以往各本不明『因』之古義，多有誤解之處。北大本校云：『此句疑有訛字。』盧本則改第二『因』字爲『困』，皆失。王季思先生以元代『姻親』二字常連用，刻書人爲減少筆劃，用『姻』代『親』，又省作『因』，故應回改爲『親』，徐本今從。按：馬致遠小令【壽陽曲】：『逢一個見一個因話説，不信你耳輪兒不熱。』亦正用『因』，似可不改。

〔二二〕忒達底忒知根：原本『底』字，音假爲『地』。達底知根，即達知根底。此爲元人常語，也有寫作『踏地知根』的。以往各本，由於『底』字未能校出，故詞義不太顯豁，今爲改正。

〔二三〕忺（xiān）新：『忺』，喜也。『忺新』，即喜新，言外之意就是厭舊。盧本改爲『坎新』，隋本改爲『欺新』，均誤。

〔二四〕賺煞：原本省題作『尾』，今改。

〔二五〕定論：即論定之倒文，原本『論』字，音假爲『輪』，今改。

〔二六〕包髻、團衫、紬手巾：原本『紬』字，省借爲『由』，盧、隋二本誤改爲『袖』。按：元人寫書，『綢』字多寫作『紬』。

第二折

（外孤一折）（正末、外旦郊外一折）（正末、六兒上）（正旦帶酒上）却共女伴每蹴罷鞦韆，逃席的走來家。這早晚小千户敢來家了也。

【中呂粉蝶兒】年例寒食，鄰姬〔一〕每鬥草邀會〔二〕。去年時没人將我拘管收拾，打鞦韆〔三〕，閑鬥草，直到個昏天黑地。今年個不敢來遲，有一個未拿着性兒女婿。

（做到書院見末）你吃飯末未〔四〕？（末不奈煩科）

【醉春風】因甚把玉粳米牙兒抵？金蓮花攢枕倚？或嗔或喜臉兒多？哎！你，你！交我没想没思，兩心兩意，早晨古自一家一計。

（旦云）我猜你咱。（末云）

【朱履曲】莫不是郊外去逢着甚邪祟？又不風又不呆痴，面没羅、呆答孩、死灰堆。這煩惱在誰身上？莫不在我根底，打聽得些閑是非？

（末云了）（審住）是了。

【滿庭芳】見我這般微微喘息，語言恍惚，脚步兒查梨；慢鬆鬆〔五〕胸帶兒頻挪繫〔六〕，裙腰兒空閑裹偷提；見我這般〔七〕氣絲絲偏斜了鬏髻，汗浸浸折皺了羅衣。似你這般狂心記，一番家搓揉人的樣勢，休胡猜人短命黑心賊！

（末云了）你又不吃飯也，睡波。（末更衣科）

【十二月】直到個天昏地黑，不肯更换衣袂。把兔鶻〔八〕解開，紐扣相離；把襖子疎剌剌鬆開上拆，將手帕撇漾在田地。

（末慌科）

【堯民歌】見那廝手慌脚亂緊收拾，被我先藏在香羅袖兒裏。是好哥剌〔九〕和我做頭敵，咱兩個官司有商議。休題，休題！哥哥撇下的，手帕是阿誰的？

（末云了）

【快活三】〔一〇〕老阿者使將來伏侍你，展污了咱身起。你養着別個的看我如奴婢，燕燕那些兒虧負你！

（旦做住）（末告科）

【上小樓】我敢摔碎這盒子，玳瑁納子交石頭砸碎〔一一〕。剪了做靴檐，染了做鞋面，攞了做鋪持〔一二〕，一萬分好待你，好覷你。如今刀子根底，我敢割得來粉碎麻碎〔一三〕！

（末云了）直恁值錢？

【幺篇】更做道你好處，打换來的，却怎看得非輕，看得值錢，待得尊貴！這兩下裏，撚捎的〔一四〕，

有多少功績〔一五〕？到重如細攙絨綉來胸背！（云了）

【哨遍】并不是婆娘人把你抑勒，招取那肯心兒自説來的神前誓。天果報無差移，子爭個來早來遲。限時刻，十王地藏，六道輪迴，單勸化人間世。善惡天心人意。人間私語，天聞若雷。但年高都是積行〔一六〕好心人，早壽夭都是辜恩負德賊。好説話清晨，變了卦今日，冷了心晚夕。（末云）（出來科）

【耍孩兒】我便做花街柳陌風塵妓，也無那則忺過三朝五日。你那浪心腸看得我忒容易〔一七〕，欺負我是半良半賤身軀〔一八〕。半良身情深如你那指腹爲親婦，半賤體意重似拖麻拽布妻。想不想於今日〔一九〕，都了絶爽利，休盡我精細。（云）我往常伶俐，今日都行不得了呵！

【五煞】别人暌眉我早舉動眼，道頭知道尾〔二〇〕。你這般沙糖般甜話兒多曾吃。你又不是閑花醖釀蜂兒蜜〔二一〕，細雨調和燕子泥。自笑我狂踪迹〔二二〕。我往常受那無男兒煩惱，今日知有丈夫滋味。

【四煞】待爭來怎地爭，待悔來怎地悔〔二三〕？怎補得我這有氣分全身體？打也阿兒包髻真加要帶，與别人成美況團衫怎能够披〔二四〕？他若不在俺宅司内，便大家南北，各自東西。

【三煞】明日索一般供與他衣袂穿，一般過與他茶飯吃。到晚送得他被底成雙睡。他做成暖帳三更夢，我撥盡寒爐一夜灰。有句話存心記：則願的辜恩負德，一個個蔭子封妻！

【二煞】出門來一脚高，一脚低，自不覺鞋底兒着田地。痛連心〔二五〕除他外誰根前説？氣夯破肚别人行怎又不敢提？獨自向銀蟾底，則道是孤鴻伴影〔二六〕，幾時乞駟馬攢蹄〔二七〕！

【尾】 呆敲才呆敲才休怨天，死賤人死賤人自駡你。本待要皂腰裙，剛待要藍包髻，則這的是接貴攀高〔二八〕落得的！

（下）

校勘記

〔一〕 鄰姬：原本『鄰』字，音假爲『憐』，各本已改。

〔二〕 鬥草邀會：原本『草』字，形誤爲『來』，今改。古代風俗，於清明踏青之日，婦女行鬥草之戲，又名『鬥百草』。各本失校。

〔三〕 鞦韆：原本當爲俗體字『秋千』，乙作『千秋』，依諸本改。

〔四〕 你吃飯未未：即你吃飯了没有？各本或删『末』字，或删『未』字，均失原本語氣之真，不取。

〔五〕 慢鬆鬆：原本『鬆鬆』二字，音假爲『惚惚』，今改。以下不另出校。

〔六〕 挪繫：原本『挪』字，省借爲『那』；『繫』字，形誤爲『擊』，今改。

〔七〕 這般：原本脱『這』字，今補。

〔八〕 兔鶻：白色的獵鷹，這裏指裝飾有兔鶻的腰帶。原本『鶻』字，音假爲『胡』，今改。

〔九〕 好哥刺：即『好哥呵』。『刺』爲語助，無義。徐本依王校改作『好哥哥』，不取。

〔一〇〕 快活三：原本誤題『江兒水』，依鄭本改。

〔一一〕砸碎：原本「砸」字，音假爲「雜」，各本已改。

〔一二〕剪了做靴檐，染了做鞋面，攞了做鋪持：「攞了」二字原無。王校：「【上小樓】曲第三、四、五句本應是彼此相對的句子，因此原文應是『剪了做靴檐，染了做鞋面，攞了做鋪持』。都是就鶯鶯贈給他的手帕説的。」此説是，從補。徐本同。

〔一三〕粉磕麻碎：原本「磕」，音假爲「各」。粉糰、胡麻，都是至脆之物，一經磕碰，即成齏粉，故藉以爲喻。巾箱本《琵琶記》第九齣丑叫白：「我攧得渾身都粉磕麻碎了。」所用正爲本字。由於元代北方方音多讀「磕」爲「各」，故早期的一些元曲刊本多假「合」爲「磕」。如古名家本《薦福碑》第四折【落梅風】曲：「不想那避乖龍，肯分的去碑上起，可早霹靂做粉合麻碎。」又，脉鈔本《小尉遲》第三折【紫花兒序】曲：「鞭着處粉合麻碎。」稍後，臧晋叔編《元曲選》，這兩個劇本都被選録，但由於其不明假借，不識北方語音，誤以「粉合麻碎」不通，改作「粉零麻碎」，實失。鄭、徐二本，以臧氏誤本爲據，從改，亦屬失考。

〔一四〕撚捎的：原本「捎」字，假做「綃」，稍僻，依元人常用字改之。「撚捎」，指在男女雙方奔走撮合以成其事者。此處是説手帕，指借此物兩下裏傳遞消息。盧本改作「撚絹」，誤。

〔一五〕功績：原作「功積」，依王校改。

〔一六〕積行：即積累功行，積累陰德。本道家語。金代王喆《滿庭芳・劉公索賢》詞：「暗中積行，便得賢良。」元尹志平《道無情》詞：「積行要無邊，性方圓。」原本「行」字，音假爲「幸」。盧、隋、吴、鄭四本誤改爲「善」，北大本又誤以爲同「倖」，此從王校。

〔一七〕忒容易：原本「忒」字殘缺，依鄭本補。

〔一八〕半良半賤身軀：即半主半奴身份。燕燕得寵於夫人，地位高於一般奴婢，故云。原本第二個『半』字，由文字待勘符號『卜』，形誤爲『不』。參看前《單刀會》第三折校記第〔一七〕。此條各本失校，遂與以下『半良身』『半賤體』二語失去呼應。

〔一九〕於今日：原本『於』字壞，各本多從盧本改作『在』，疑非。今從北大本。

〔二〇〕道頭知道尾：原本句首『道』字，音假爲『到』，依徐本改。

〔二一〕閑花醞釀蜂兒蜜：與下句『細雨調和燕子泥』，均胡紫山小令【喜春來】曲中語。『閑』字，原本音假爲『殘』，今改。紫山此曲，《太平樂府》《樂府群珠》《中原音韵》均録，除《太平樂府》作『殘花』外，其餘二本均作『閑花』。按：當以『閑花』爲正。因爲『殘花』不可釀蜜，故取《中原音韵》。

〔二二〕踪迹：原本誤作『迹迹』，依盧本改。

〔二三〕怎地悔：原本『悔』，誤作『再』字，依各本改。

〔二四〕打也阿兒包髻真加要帶，與別人成美况團衫怎能够披：依王校斷句。『打也阿兒』疑爲女真語，待考。

〔二五〕痛連心：原本『連』字，音假爲『憐』。如依假借字作解，則文義全非。各本多失校，徐本已改。

〔二六〕孤鴻伴影：原本『孤』字，音假爲『辜』，各本已改。

〔二七〕幾時乞駟馬攢蹄：即幾時能够乘駟馬香車，攢蹄急馳。這裏是燕燕原先對婚後生活的向往。即《拜月亭》第四折【夜行船】曲所云：『便坐駟馬香車，管着滿門良賤，但出入唾盂掌扇。』原本『乞』，音假爲『吃』；『駟』，省借爲『四』，今改。

〔二八〕接貴攀高：『接貴』原作『折桂』，依徐本改。

第三折

（外孤一折）〔一〕（夫人一折）（末、六兒一折）（正旦上云）好煩惱人呵！（長吁了）

【越調鬥鵪鶉】短嘆長吁，千聲萬聲；搗枕搥床〔二〕，到三更四更。便似止渴思梅，充飢畫餅。因甚頃刻休？則傷我取次成。好個個舒心，乾支剌没興。

【紫花兒序】好輕乞列薄命，熱忽剌姻緣，短古取恩情！（見燈蛾科）哎！蛾兒！俺兩個有比喻。見一個要蛾兒來往向烈焰上飛騰，正撞着銀燈，攛頭送了性命。咱兩個堪爲比并：我爲那包髻敗身，你爲這燈火輕生〔三〕。

（云）我救這蛾兒。（做起身挑燈蛾科）哎！蛾兒，俺兩個大剛來不省呵！

【幺篇】我把這銀燈來指定，引了咱兩個魂靈，都是這一點虛名。怕不百伶百俐，千戰千贏，更做道能行怎離得影？這一場其身不正〔四〕，怎當那厮大四至鋪排，小夫人名稱？

（末、六兒上）（開門了）（末云

【梨花兒】是交我軟地上吃交〔五〕我也不共你争，煞是多勞重降尊臨卑〔六〕，有勞長者車馬，貴脚踏於賤地〔七〕。小的每多謝承。本待麻綫道上不和你一處行，（云）你依得我一件事。依得我願隨鞭鐙。

（云）你要我饒你咱，再對星月，賭一個誓。（云了）（出門了）

【紫花兒序】你把遥天指定，指定那淡月疎星，再説一個海誓山盟。我便收撮了火性，鋪撒了人情，忍氣吞聲，饒過你那虧人不志誠。賺出門桯[八]，（入房科）呼的關上櫳門，鋪的吹滅殘燈。（旦上，見夫人了）（夫人云了）燕燕不會，去不得！

（末告）（不開門了）（末怒云了，下）（旦閃下）（夫人上住）（末上、見住，云了）（夫人喚了）

【小桃紅】燕燕上覆傳示煞曾經，誰會甚兒女成婚聘？甚的是許出羞下紅定？向這洛陽城[九]，少甚末能言快語官媒證？燕燕怎敢假名托姓？但交我一權爲政，情取火上等冬凌！

燕燕不去！（末云）（夫人怒云了）

【調笑令】這厮短命，没前程，做得個輕人還自輕。横死口裏栽排定，老夫人隨邪水性，道我能言快語説合成。我説波娘七代先靈[一〇]！

【聖藥王】然道户厮應[一一]，也合再打聽，兩門親便走一遭兒成？我若到那户庭，見那娉婷，若是那女孩兒言語没實誠，俺這厮强風情。（虚下）

（外孤上）（旦上，見孤云）夫人使來問小姐親事，相公許不許，燕燕回去。（外孤云了，閃下）（外旦上）（旦隨上，見了）特地來問小姐親事，許不許，聞去[一二]。（外旦許了）[一三]

【鬼三臺】女孩兒言着婚聘，則合低了胭頸，羞答答地噤聲。剗地面皮上笑容生，是一個不識羞伴等。俺那厮做事一滅行，這妮子更敢有四星。把體面粧沉，把頭梢自領。

【雪裏梅】[一四]你道是延壽馬素聞名，你莫不背地裏早先曾，先曾這般悄悄冥冥，潛潛等等，你兩個嫌殺月兒明。

（旦背云）着幾句話破了這門親。（對外旦云）小姐，那小千户酒性歹。（外旦罵住）呀！早第一句兒！

【天净沙】先交人掩撲[一五]了我幾夜恩情，來這裏被他罵得我百節酸疼，我便似剅墻賊蝎螫噤聲。空使心作倖，被小夫人引了我魂靈。

【東原樂】（外旦云）[一六]你道有鐵脊梁的，你手裏做媳婦！我是你心頭病，你是我眼内釘，都是那等不賢慧的婆娘傳槽病。你子牢踏着八字行，俺那廝陷坑，没一日曾乾净！

【綿搭絮】我又不是停眠整宿，大剛來竊玉偷香。一時間寵倖，數日[一七]間忺過。俺那廝一日一個王魁負桂英，你被人推、人推更不輕。俺那廝一霎兒新情，撒地腿脡麻，歇地腦袋疼。

【拙魯速】終身無[一八]，簸箕星，指雲中，雁做羹。時下且口口聲聲，戰戰兢兢，裊裊婷婷，坐坐行行，有一日，孤孤另另，冷冷清清，咽咽哽哽，覷着你個拖漢精！

【收尾】[一九]大剛來主人有福牙推勝，不似這調風月媒人背廳[二〇]。説得他美甘甘枕頭兒上雙成，閃得我薄設設被窩兒裏冷。

（下）

校勘記

〔一〕外孤一折：指鶯鶯之父。原無『外』字，依徐本補。

〔二〕搗枕搥床：原本『搗』字，音假爲『倒』。各本已改。按，敦煌《開蒙要訓》：『搗，音到。』

〔三〕我爲那包髻敗身，你爲這燈火輕生：『敗身』，指燕燕爲了那『小夫人名稱』被小千户引誘上當；『輕生』，指撲燈蛾爲了追逐燈火的明亮而不愛惜自己的性命。『敗身』，原本假作『白身』，由去聲改讀陽平。《畿輔通志》卷七十二引元氏、萬全各縣志：『白，讀作拜，平聲。』元曲中亦有此例，《不伏老》第三折【絡絲娘】曲：『只被你白破了我謊也軍師的世勳。』明傳奇《金貂記》附刊本則作『敗破』。『敗』之假『白』，信而有徵。又，『輕生』，原本作『清□』，『生』字適當句尾，偶脱。按律，【紫花兒序】曲，要求兩個互相對仗的四字句作結：『燈蛾撲火，惹焰燒身。』（見《水滸全傳》第二十七回）實爲宋元俗語，因而校補末句爲『燈火輕生』，與上句『包髻敗身』呼應。以此兩句，隱括全曲，似尚穩妥。今鄭、徐二本，『包髻白身』一語未校，僅徵引前人類似詞句，如東坡《次韵・柳子玉過陳絶糧二首》其二：『燈火青熒語夜深。』又如孫周卿《水仙子・舟中》：『燈火青熒對客船。』校補次句爲『燈火青熒』，與上句失對，實誤。

〔四〕其身不正：語出《論語・子路篇》：『其身不正，雖令不從。』原本『其』字，由文字待勘符號『卜』，形誤爲『了』。參看前《單刀會》第四折校記第〔四五〕。依王校改正。

〔五〕吃交：即跌交。《瀟湘雨》第三折【出隊子】曲：『上路時又淋濕我這布裹肚，吃交時掉下了一個棗木梳。』《北詞廣正譜》引此曲作『吃喬』，蓋借其音，非爲本字。

〔六〕煞是多勞重降尊臨卑：『卑』字失韵，疑誤。《北詞廣正譜》引本曲此句作『索是輕勞重降尊臨』。雖『真文』可協『庚青』，然語意晦澀難通，似亦不妥。俟再考。

〔七〕有勞長者車馬，貴脚踏於賤地：二句原作大字，與曲文誤連。今依各本改用小字，作夾白處理。又『勞』字，原假作『老』；『踏』字，原省作『沓』；『賤』字，原假作『踐』，并改。

〔八〕門桯：原本『桯』字，形誤爲『程』，各本已改。

〔九〕向這洛陽城：『向』，面向、對着。盧、隋二本改作『像』，徐本依王校改作『問』，似均失。

〔一〇〕七代先靈：原本『靈』字，由俗體『灵』形誤爲『天』，盧本改作『人』，非。

〔一一〕户厮應：即門户相當。《倩女離魂》第四折【四門子】曲：『是這等門厮當，户厮應。』原本『應』字，音假爲『迎』。各本失校，今爲改正。

〔一二〕許不許，聞去：與上文『相公許不許，燕燕回去』義同。『回』，即回復，回家復命於主人；『聞』，即聞知，以所得消息上聞於主人。徐本依趙景深先生《談〈詐妮子調風月〉》一文，以『聞』爲誤字，改作『回』，非。

〔一三〕外旦許了：『了』字後原本誤衍一『下』字，依王校删。

〔一四〕雪裏梅：此曲原本脱，依《北詞廣正譜》補。於此，可知小千户名字叫『延壽』。『馬』，爲金人對男子之尊稱。呼小千户爲『延壽馬』，猶云『延壽少爺』。

〔一五〕掩撲：偷襲，掩取。原本『掩』字，音假爲『俺』，今改。《任風子》第二折【呆古朵】曲：『（怕）妖精禁持，怕狼虎掩撲。』又，《金史·烏古論鎬傳》：『殊有穢迹，上微聞之，敕有司掩捕，已逃去。』

〔一六〕外旦云：『旦』字原脱，依王校補。

〔一七〕數日：原作『數月』，依徐本改。

〔一八〕終身無：徐本誤作『終生無』。

〔一九〕收尾：原本省題作『尾』，依鄭本改。

〔二〇〕背廳：鄭本改作『背斤』。校云：『疑是「聽」字之誤，但「背聽」意不可解，存疑待校。』

第四折

（老孤、外孤上）（衆外上）（夫人上住）（正末、正旦、外旦上住）

【雙調新水令】　雙撒敦是部尚書，女婿是世襲千户。有二百疋金勒馬，五十輛畫輪車。説得他兒女妻夫〔一〕，似水如魚，撇得我鰥寡孤獨。那的是撮合山養身處！

【駐馬聽】　官人石碾連珠，滿腰背無瑕玉兔鶻。夫人每是依時按序，細攙絨全套綉衣服。包髻是纓絡大真珠，額花是秋色玲瓏玉。悠悠的品着鷓鴣，雁行般但舉手都能舞〔二〕。

（做與外旦插帶了科）（外旦云）

【甜水令】　姐姐骨甜肉浄，堪描堪塑，生得肌膚似凝酥。從小裏梅香嬷嬷抬舉，問燕燕梳裹何如〔三〕？

【折桂令】　他是不曾慣傅粉施朱，包髻不仰不合，堪畫堪圖。你看散插花枝〔四〕，顫巍巍穩當扶疎。則道是烟霧内初生月兔，元來是雲鬢後半露瓊梳。百般的觀覷，一剗〔五〕的全無、市井塵俗，壓盡其餘。

（末云了）〔六〕（揪搜末科）

【水仙子】　推挪領係眼落處，采揪住那繫腰行掐胯骨〔七〕。我這般拈拈掐掐有甚難當處！想我那聲冤不得苦痛處，你不合先發頭怒〔八〕。你若無言語，怎敢將你覷付〔九〕？則索做使長郎主。

（孤云了）

【殿前歡】俺千户跨龍駒，稱得上的敢望七香車。願得同心結永掛合歡樹。鸞鳳嬌雛，連理枝比目魚。千載相完聚，花發無風雨。頭白相守，眼黑處全無〔一〇〕。

（老孤問了）煞曾勘婚來。

【喬牌兒】勘婚處掐歲數，出嫁後有衣禄〔一一〕。若言招女婿，下財錢將他娶過去。

【掛玉鈎】是個破敗家私鐵掃帚〔一二〕，没些兒發旺夫家處。可更絶子嗣妨公婆剋丈夫！臉上承泪靨無其數〔一三〕。今年見吊客臨，喪門聚。反陰復陰，半載其餘。

【落梅風】據着生的年月，演的歲數，不是個義夫節婦。休想得五男并二女，死得交滅門絶户！

（云了）（旦跪唱）

【雁兒落】燕燕那書房中伏侍處，許第一個夫人做。他須是人身人面皮，人口人言語。

【得勝令】到如今總是徹梢虚！燕燕不是石頭鎸鐵頭做，交我死臨侵身無措，錯支刺心受苦！

（夫人云）痰冲着身軀〔一四〕，交我兩下裏難停住；氣夯破胸脯，交燕燕兩下裏没是處。

【太平令】〔一五〕滿盞内盈盈緑醑，子合當作婢爲奴。謝相公夫人抬舉，怎敢做三妻兩婦？子得和丈夫，一處，對舞，便是燕燕花生滿路。

正名　雙鶯燕暗争春

詐妮子調風月

詐妮子調風月終

校勘記

〔一〕兒女妻夫：原本『妻夫』二字誤倒，失韵，依鄭本改。

〔二〕但舉手都能舞：原本『舞』字下誤衍一重文符號『く』，依王校删。

〔三〕何如：原本二字誤倒，失韵，依各本改。

〔四〕散插花枝：原本『散』字，音假爲『三』。按：金元婚禮習俗，新娘戴滿頭花，故以『散』字爲義長。《墻頭馬上》第三折【駐馬聽】曲：『也强如帶滿頭花，向午門左右把狀元接；也强如掛拖地紅，兩頭來往交媒謝。』又，《謝天香》第四折【二煞】曲：『則是深閨在閫底，又何曾插個花頭。』以上皆言結婚之事，可以參看。

〔五〕一剗：原本『剗』字，誤作『扨』，依隋本改。

〔六〕末云了：原本『末』，形誤爲『夫』。盧、吴、隋、北大、鄭各本皆誤改爲『夫人云了』，依王校改。

〔七〕采揪住那繫腰行行掐胯骨：原本『住』字，當省爲『主』，形誤爲『毛』；『掐』字，音假爲『恰』，依王校改。

〔八〕先發頭怒：原本『怒』字，形誤爲『恕』，各本已改。『頭怒』一詞費解，疑誤。或原本此句當作『先頭發怒』，指本曲前小千户的科白（末云了）而説。俟再考。

〔九〕覷付：即托付。鄭本改『付』爲『你』，屬下讀，實誤。

〔一〇〕頭白相守，眼黑處全無：原本『眼』字，形誤爲『服』。吴、隋、北大三本未改，屬上讀，誤。此處取王校。按：『眼黑』，吴語，指怒眼相視，翻眼不識人。

〔一一〕出嫁後有衣禄：原本「嫁」字，省作「家」，依王校改。「後」，此處爲相當於「呵」的語氣助詞。

〔一二〕鐵掃帚：原本誤作「鐵帚帚」，各本已改。

〔一三〕承泪靨無其數：原本「承」字，誤作「肇」。王校：「承泪靨是婦女泪腺下面的瘊痣，相書裏認爲是苦命的標注。」據改。又「其」字，原本誤作「里」。徐本改爲「重」，實非。因瘊痣非紋，不得言「重」，故取王校。

〔一四〕痰冲着身軀：與下文「氣夯破胸脯」對文。「痰」即痰涎。中醫以痰瘀上潮凝聚，導致精神錯亂、神志不清，喉間作響爲「痰」。或云「痰迷心竅」。「氣」，即怒氣，憤氣。《貨郎旦》第一折【賺煞】曲，叙李彦和娶妓女張玉蓮爲小婦，其妻被活活氣死一段：「氣勃勃堵住我喉嚨，骨嚕嚕潮上痰涎沫，氣的我死没騰軟癱做一垛。」可與此曲二語合看。原本「痰」字，音假作「癱」；「冲」字，省借爲「中」。今改。又「冲」，此處指怒氣上升，胸膈脹滿。《梧桐雨》第四折【滚綉球】曲一：「險些兒把我氣冲倒。」意同。

〔一五〕太平令：原本誤題「阿古令」，參見前《拜月亭》第四折校記第〔一二〕。

好酒趙元遇上皇

高文秀 撰

簡要説明

《好酒趙元遇上皇》，高文秀撰。原題『新刊關目好酒趙元遇上皇』。原本未標明折數，科白極簡。《録鬼簿》《太和正音譜》《元曲選目》《也是園書目》《今樂考證》《曲録》并録本劇劇目。

第一折，正末扮開封府射糧軍趙元，家貧爲人作贅。因嗜酒，爲妻家所厭苦。其妻與開封府司公相好，一起合謀，逼趙元寫了休書，并派往西京申解文書，意圖使之因酒誤期，置其於死地。

第二折，途中，遇大風雪，趙元入一酒店飲酒向火。適宋徽宗與近臣二人，扮作秀才私行，也到酒店飲酒，因忘帶酒錢，與店小二發生争執。趙元替還酒錢，宋徽宗認爲義兄弟。趙元哭訴了自己的不幸和慫誤期限的憂慮，宋徽宗在他臂上寫字修書，保其無事。

第三折，趙元到西京呈遞文書，誤期當斬，危急中出示臂上書信，官員見後，知宋徽宗已任命趙元爲開封府尹，爲之設座披秉。

第四折，宋徽宗召見，趙元不願做大官，祇願在汴梁城做個小小的管酒的『都監』。宋徽宗爲之報仇，斬了開封府司公等人。

本劇校本，今有盧、鄭、徐三種。王季思先生另有校語。又，除元刊外，本劇尚有明脉望館鈔校於小谷本一種。以上各種，一并用以入校。

第一折

（等孛老、旦一折了）（等外一折了）〔一〕（正末扮醉上，便放）

【仙吕點絳唇】東倒西歪，後磕前搶〔二〕，離席上。這酒興顛狂，醉魂兒望家往。

【混江龍】猛然觀望，見風吹青旆喚高陽。吃了些釃醅醇糯〔三〕，勝如玉液瓊漿。喜的是兩袖清風和月偃，一壺春色透瓶香。花前飲酒，月下掀髯〔四〕，鬅頭垢面，鼓腹謳歌。茅舍中酒瓮邊喇登哩登唱。三盃肚裏，由你萬古談揚。

（做入酒務吃酒科）（等孛老、旦上，云了）

【油葫蘆】你道我戀酒貪杯厮定當，你暢好村莽撞〔五〕，可知道外名兒〔六〕喚做一窩狼！你不見桃花未曾來腮上，可早闌珊了竹葉尊前唱。嗤嗤把頭髮揪。使脚撞〔七〕，耳根上一迷的直拳搶。都扯破我衣裳。

【天下樂】捨拚了〔八〕今番做一場，打罵恁孩兒，有甚勾當？又不曾遊手好閑厮定當。動不動要手模，是不是取招狀，欺負煞受飢寒窮射糧。

（等孛老云了）〔九〕這三日吃呵，有些人情來。

【那吒令】前日，是瞎王五上梁；昨日，是村李胡賽羊；今日，是酒劉洪貴降。待不去來，他來相訪，相領相將。

（云）這酒有好處。

【鵲踏枝】有酒後聚得親房，有酒後會得賢良。豈不聞古語常言，酒解愁腸！我有酒後寬洪海量，没酒後腹熱腸慌。

（等孛老云了）（云）交我斷酒！

【寄生草】折末爲經紀，做貨郎，使牛作豆將田耩〔一〇〕，搽灰抹土學搬唱，剃頭削髮爲和尚。交我斷消愁解悶瓮頭春，斷不得！願情雲陽鬧市伸着脖項！

（等云了）（云）交我斷一年？斷不的！我説這四季斷不得：

【醉中天】春裏斷呵，春暖群芳放〔一一〕，夏裏斷呵，夏暑芰荷香，秋裏斷呵，金井梧桐敗葉黄，冬裏斷呵，瑞雪飛頭上。天有晝夜陰晴，人有旦夕禍福！人生死子在一時半晌。斷了金波緑釀，却不我等閑的虚度時光。

（等云了）（云）你交村裏住，須没酒吃。兩件，更斷不得！

【金盞兒】〔一二〕交我村舍裏伴芒郎，養皮袋住村坊，每日風吹日炙將田耩，和那沙三趙四受風霜。怎能够百年渾是醉，甚的是三萬六千場！那兩件？敢休交野花攢地出，我則怕村酒透瓶香。

（等孛老扯見孤科）〔一三〕（等孤上，云了）（見净住，净云了）（做驚科，云）今番當別人去也，不干小人

事。（浄云了）（等旦索休書了）（做猶豫[一四]寫了，哭科）

【遊四門】待將這好花分付與富家郎，夫婦兩分張。目下[一五]中文書難回向，眼見的一身亡，他却待配鸞凰。

【柳葉兒】赤緊司公他厮向，走將來雪上加霜[一六]。幽幽地唬的、唬的魂飄蕩，何處呈詞狀？若寫呵免灾殃，呵，不寫後又待何妨！

（做與了休書，出來啼哭科）

【賞花時】則爲一貌非俗離故鄉，二四的司公能主張，三個人狠心腸。做夫妻四年向上，五十次告官房。

【幺篇】六合内[一七]曾經你不良，把我七代先靈信口傷，八下裏胡論告厮商量。做夫妻久想目懸[一八]，實指望[一九]便身亡。

【賺煞】[二〇]十倍兒養家心，不怕久後旁人講。八番價攞街拽巷，七世親娘休過當，尚自六親見也慚惶[二一]。自度量，五更裏搭手思量，動不動驚四鄰告社長。我待横三盃在路旁，都無二十日索身喪。你休别處招魂。我這一靈兒不離了酒糟房！

校勘記

[一]等外一折了：此處『外末』，係酒店小二，脉鈔本作『外扮店家上云』，可證。徐本改作『浄』，謂指府尹，實非。

〔二〕後磕前搶：狀醉態，即身體摇晃，後倒前爬。原本『磕』，音假爲『合』。參看《調風月》第二折校勘記〔一三〕。

〔三〕醱醅醇糯：原本『醱』，音假爲『潑』；『醇』，音假爲『淳』，依徐本改。

〔四〕掀髯：原本『掀』，省借爲『欣』；『髯』，音假爲『然』，據脉鈔本改。『掀髯』，爲元曲之熟語，兹不一一具引。

〔五〕莽撞：原本『撞』，音假爲『壯』，徐本已改。

〔六〕外名兒：原本『名』，形誤爲『各』，今改。

〔七〕使脚撞：原本『撞』，音假爲『疰』，脉鈔本假作『壯』，王季烈《孤本元明雜劇》校改爲『撞』，今從。

〔八〕捨拚了：原本『拚』，省寫作『弁』。盧、鄭、徐三本并誤，今據脉鈔本改正。

〔九〕等孛老云了：原本『孛老』誤作『外』。脉鈔本作：『（孛老云）趙元，我着不要吃酒，你怎麽這兩三日又吃酒，不來家？』與元刊本劇情相符，據補。徐本改作『等旦云了』，似非。

〔一〇〕將田耩：原本『耩』，形誤爲『構』，據脉鈔本改。

〔一一〕群芳放：原本『放』，形誤爲『收』，據脉鈔本改。

〔一二〕金盞兒：原本誤脱曲牌名，據脉鈔本改。

〔一三〕等孛老扯見孤科：原本『孤』，誤作『外』，徐本據脉鈔本、科白改『孤』，是，今從。

〔一四〕猶豫：原本寫作『怞忬』，實爲元代民間通行之俗體，今改。古名家本《蝴蝶夢》第二折【鬥蝦蟆】曲：『這壁廂、那壁廂由由忬忬。』『由由』二字，則爲假借。

〔一五〕目下：原本二字誤倒。徐本據脉鈔本乙轉，是，今從。

〔一六〕雪上加霜：原脱『上』字，據脉鈔本補，各本同。

〔一七〕六合内：原本誤作『六天下』，據脉鈔本改。

〔一八〕做夫妻久想目懸：『久想目懸』，言其妻長久以來盼望與開封府司公成親，巴不得趙元早死，故下句云『實指望便身亡』。原本『目』，音假爲『莫』。元代北方方音中有此異讀，故二音多得相假。如《氣英布》第二折【金盞兒】曲：『唬的我面没羅，口搭合，誰似你一片横心惡膽天來大。』『没羅』，本字爲『懡㦬』，羞慚也，見《集韵》。又，《燕青博魚》楔子科白『正末做没眼科』，當爲『摸眼科』，指燕青受責後，怨氣上衝，雙目失明，因而兩手摸眼的舞臺動作。『莫』『目』異讀的語音現象，可能起於晚唐以後。元李治《敬齋古今注》卷七引陶谷詩云：『尖檐帽子卑凡厮，短靿靴兒末厥兵。』謂歐陽修自云不知『末厥』何所取義。他認爲：『大抵末厥者，猶今俚語言木厥耳。木厥者，木强刁厥之謂。』此解頗含音理。趙清常抄校於小谷本《遇上皇》，不知『莫懸』爲『目懸』之假，妄改爲『莫要』，且以二字屬下讀，作『做夫妻久想，莫要十指望便身亡。』殊不知『懸』之與『要』，在形、音、義各方面均無混淆致誤之理。這樣的亂改，不僅文理不通，而且有乖曲律。按譜，【賞花時】及其【幺篇】第四句，爲四字，可不叶韵，『久想目懸』，正復合調。鄭本『莫懸』二字未改，屬下讀則失；徐本則承趙清常之誤，亦應辨正。

〔一九〕實指望：原本『實』，音假作『十』，徐本已校。

〔二〇〕賺煞：原本省題作『尾』，據脉鈔本改。

〔二一〕慚惶：原本『慚』，音假作『慘』，據脉鈔本改。

第二折

（等賣酒的上，云住）（駕引一行上，坐，云了）（正末扮冒風雪上，放）

【南吕一枝花】湯着風把柳絮迎，冒着雪把梨花拂。雪遮得千樹老，風剪得萬枝枯。這般風雪程途，雪迷了天涯路。風又緊雪又撲，恰渾如杴瀽篩揚，却便似挦綿扯絮。

【梁州第七】假若韓退之藍關外不前駿馬〔一〕，孟浩然灞陵橋也不肯騎驢，凍得我手脚如麻粟〔二〕。天寒日短，迥野消踈，關山苦楚，風雪交雜。渾身上單裌衣服〔三〕，舞東風〔四〕亂糝珍珠。我抬起頭似出窟的獾貛〔五〕，縮着肩恰便似水淹老鼠〔六〕，躬着腰恰便似人樣蝦朐〔七〕。幾時，到帝都？颩天颩地狂風鼓〔八〕，誰曾受這番苦！見三疋金鞍馬拴在老桑樹，多敢是國戚皇族。

（做入去向火，聞得酒香科，云）打二百錢酒來。（等將酒過來科）

【牧羊關】見酒後忙參拜，飲酒後再取覆，共這酒故人今日完聚。酒呵，則道永不相逢，不想今番一處。爲酒上遭風雪，爲酒上踐程途。這酒浸頭和你重相遇，哎！酒爹爹安樂否？

（做與外把盞科）（等外與酒吃了）

【隔尾】小人則是隨驢把馬喬男女，你須是説古論文士大夫。這六點兒運人不曾把人做。雖是愚濁的匹夫，不會講先王禮教，咽咽的咽喉中嚥下去。

（等外厮打了）（聽住）

【感皇恩】我恰待自飲芳醑，是誰唱叫喧呼？則聽的絮叨叨，不住的，罵寒儒，不住地〔九〕推來搶去，則管扯拽揪捽。可知道李太白，留劍飲，典琴沽！

【采茶歌】一個扯着衣服，一個更血模糊。秀才，早難道滿身花影倩人扶。三個儒人何消恐懼，我替還口債〔一〇〕出青蚨。（等駕認做兄弟科）（做過來吃酒科，做啼哭）（駕問了）（做説關子了）

【紅芍藥】丈人丈母狠心毒，司公做官糊涂。果然這美女戾其夫。他可待似水如魚。好模樣歹做處，不覩事要休書。倚官强拆散俺妻夫，真乃是馬牛襟裾〔一一〕。

【菩薩梁州】我雖是鰥寡孤獨，對誰人分訴？銜冤負屈，因此上氣填胸雨泪如珠，這書，一個舉霜毫〔一二〕，一個扳着臂膊，一個把咱扶着，道兩行字便是我生天疏，却交無事還鄉故。這好事要人做，不想二百長錢買了命處〔一三〕！哥哥！你着指修書〔一四〕。（做辭了）（等駕云了）

【黄鍾尾】〔一五〕不想今番横死身亡得回首〔一六〕，遥指雲中雁寄書。兩隻脚，不停住。這憂愁，這凄楚〔一七〕，這煩惱，對誰訴〔一八〕？怎聲揚，忒負屈！趙上皇你穩坐皇都，怎知這挨風雪的射糧軍乾受苦！

校勘記

〔一〕藍關外不前駿馬：原本『前』，音假爲『遷』，據脉鈔本改。

〔二〕凍得我手脚如麻粟：因外感風寒皮膚所起之斑疹，大如麻子，小如粟米。原本『粟』字殘存上部一畫。仿刻本作『一』，非。盧本補作『木』，徐本同。但『如麻木』一語不文，故不取。按：『如麻似粟』爲當時俗語。《五燈會元》卷三：『澄一禪客逢見行婆，便問：「怎生是南泉猶少機關在？」婆乃哭曰：「可悲可痛。」一罔措。婆曰：「會麽？」一合掌而立。婆曰：「伎死禪和，如麻似粟。」』

〔三〕渾身上單裌衣服：依律，本句與下句『舞東風亂糁珍珠』，句式均爲上三下四之七字句。原脱『上』字，據脉鈔本補。

〔四〕舞東風：原本『東』字殘缺，各本均據脉鈔本補。

〔五〕出窟的獾雛：原本『獾雛』二字誤倒，失韵；又『獾』音假作『歡』，今改。按：獾，似狗而脚短，穴土而居，晝伏夜出，食果實及蟲蟻，見《本草綱目》。盧本改作『雛鷄』，鄭本因之，非；徐本校作『鸜雛』，亦失。

〔六〕水淹老鼠：原本『老』字殘缺，各本均據脉鈔本補。

〔七〕人樣蝦朐：『蝦朐』原作『鰕巨』。徐本依王季思先生《西厢記》第五本第四折『俺姐姐更做道軟弱囊揣，怎嫁那不值錢人樣猳駒』校注，謂『猳駒』與《遇上皇》第二折【梁州第七】曲之『鰕巨』，均爲『蝦朐』之誤。『蝦朐』即蝦之乾製者。此説是，今從。

〔八〕狂風鼓：原本『鼓』，音假爲『古』，據脉鈔本改。

〔九〕不住地：原本『地』，形誤爲『他』，各本已改。

〔一〇〕還口債：脉鈔本作『還酒債』，義同。《酷寒亭》第四折【新水令】曲：『我如今向槽房邊連瓮掇將來，償還了我弟兄每口債。』可證。

〔一一〕馬牛襟裾：原本『裾』，形誤爲『裙』，據脉鈔本改。

〔一二〕舉霜毫：原本『舉』，由俗體『举』形誤爲『斈』，依文義改。

〔一三〕二百長錢買了命處：原本『處』，音假爲『卒』，據脉鈔本改。如依假字『命卒』作解，則不文甚矣。各本失改。

〔一四〕着指修書：即下指修書，動手修書。原本『指』，音假爲『紙』，今改。

〔一五〕黄鍾尾：原本省題作『尾』，今改。

〔一六〕横死身亡得回首：原本『得回』二字爲墨丁，鄭本依文義補作『故回』，且以二字分屬上下兩讀，作『横死身亡故，回首遥指雲中雁寄書』，顯誤。因【黄鍾尾】首二句均須七字對句。徐本則依脉鈔本補改爲『横死身亡得恩顧』，雖文義可取，然原本『顧』字實爲『首』字，仍失原本之真。今參兩家所校，改校如上。

〔一七〕凄楚：原本『楚』字作『戚』，失韵，依鄭本改。

〔一八〕這煩惱，對誰訴：原本脱『這』字；『誰訴』二字爲墨丁，盧、鄭二本依脉鈔本僅補『誰訴』二字。按律，此二句皆當爲三字句，徐本并補『這』字，是，今從。

第三折

（等孤上，云住）（正末便上，放）

【中吕粉蝶兒】六出花飛，碧天邊凍雲不退。抱雙肩緊把頭低。醉魂消，酒纔醒，四肢無力。眼見得命掩泉泥，這場災怎生迴避！

【醉春風】送了我也竹葉似瓮頭春，花枝般心愛妻。則爲戀香醪，尋着永別盃，待怎生悔？怎生悔？也是前世前緣，自生自受，怨天怨地。

【迎仙客】排着從人，排着公吏，這無常暗來人不知。又不會，插翅飛，止不住泪若扒推。嗨！這的是自尋的没頭罪！

（做見孤了）（交外推轉了）（做慌云）相公！有你哥哥信將着哩！（等孤云了）

【上小樓】有你哥哥信息，小人階前分細。快快疾疾，端端的的，數説真實。若趙元，説得來，差之毫厘，情願〔一〕便命歸泉世。

（等問了）

【么篇】一行三個人，殷勤勸一盃。少酒債，主人家，唱叫揚疾。替還了，二百錢，別無思議，因此上認我做兄弟。

（等問了）（云）小人上月〔二〕申解文書，來到草橋店上，見三個秀才吃酒没錢，小人替還了。問我姓甚？小人道『姓趙』。他道『我也姓趙』。我拜做了哥哥，因此修一封書。他道是相公哥哥哩！（等孤云了）

（做臂膊上見了科）（等孤披秉了，衹候人納坐了）（失驚科）

【十二月】納我在交椅上坐地，挪着手脚身起〔三〕。地鋪着綉褥，香噴金猊。喚大夫是甚脉息，我這病眼難醫。

【堯民歌】幾曾見卑田院土地拜鍾馗，判官當廳問牙推？這神針法灸那般疾，似藍采和舞不的看花回。冷笑微微，吾皇敕賜與，判斷開封位〔四〕。

（等云了）（云）交我做南京府尹？這衙裏有酒末？

【耍孩兒】不會做官仿他傍州例〔五〕，五刑之書整理。咱〔六〕蕭曹律令不曾習，有當案分令吏支持。没酒的休入衙門裏，除睡人間總不知。無縈繫，問甚從人司吏，吃了後回席。

【二煞】飲酒如李太白，糊涂如包待制。唤我個没底瓶普天下人都識。青霄有路終須到，好酒無名誓不歸！每日價醺醺醉，問甚三推六問，不如撞酒衝席〔七〕。

【尾】問甚秋泉竹葉青，九醖荷葉盃？不揀你與我滄浪水，也强如忍風雪飢寒半路裏。

校勘記

〔一〕情願：原本誤作『情人』，據脉鈔本改。盧、徐二本同。

〔二〕上月：原本誤作『下月』，依文義改。徐本改作『目下』，似非。

〔三〕挪着手脚身起：即由人擺置着手脚身體。原本『挪』，寫作『拿』，當爲『那』字之假，『挪』字之省，依文義改。

〔四〕判斷開封位：本折韵用『齊微』，原本『位』字作『取』，誤入『魚模』，據脉鈔本改。

〔五〕仿他傍州例：原本誤作『做地偷有例』，依鄭本改。鄭云前三字形誤，『有』字音誤，此説是。徐本依脉鈔本改作『看取旁州例』，與原本字形不符，不取。

〔六〕咱：原本當省借爲『自』，形誤爲『旨』（着），諸本不察，遂誤爲『着』，今改。

〔七〕撞酒衝席：原本『衝』，音假爲『充』，今改。

第四折

（等孛老、净、旦一折）（駕上，云了）（宣住）（正末披秉共楊戩上）（等外云了）

【雙調新水令】要甚末兩行祇從鬧交參〔一〕，怎如馬頭前酒瓶十擔。這紗幞頭真紫襴，怎如白纏帶〔二〕舊紬衫！又不會闊論高談，休想做官濫。

（等外云了）（云）那裏有龍虎，去不得！

【喬牌兒】這言語没掂三，可知水深把杖兒探。對君王休把平人陷，趙元酒性釅〔三〕。

【甜水令】不戀高官，不圖富貴，休將人賺〔四〕。這煩惱怎生擔？你道相逢，□□□□，驚了人膽〔五〕，不如我住草舍茅庵。

【折桂令】不做官我怕的是鬧吵吵虎窟龍潭。元來這龍有風雲，虎有山岩。子怕虎鬥龍争，惹起奸讒。朝野裏〔六〕誰人似俺，懵懂愚濫痴憨〔七〕。語語喃喃，争争攙攙〔八〕。早難道〔九〕宰相王侯，倒如不李四張三。

（做見駕科）

【七弟兄】微臣，怎敢，大官參，我則知苦澀酸渾淡。清光滑辣任誰貪，下民易虐何曾濫！

【梅花酒】微臣最小膽，則待逐日醺酣〔一〇〕。聖主台鑒，休兩兩三三。也不做明廉共暗察〔一一〕，伯子共公男。自羞慘，官高後惱兒俺，禄重自忒貪。

【收江南】我汴梁城則做酒都監，自斟自舞自清談，没煩没惱口啐噸[一二]。是非處没俺，這玉堂食怎如瓮頭甘[一三]！

（等勾浄、旦一行上，云了）

【雁兒落】姜太公顛倒敢，魯義姑心中鑒。倚官府要了手模，怎也你遭坑陷[一四]。

【得勝令】却不道[一五]風月擔兒擔，早則蜻蜓把太山撼。往日忒愚濫[一六]，今番刀下斬。忍不住拳攙[一七]，風雪裏將人賺。唬得臉如藍[一八]，索休書却大膽！

（駕斷出）

題目　丈人丈母狠心腸

司公倚勢要紅粧

正名　雪裏公人大報冤

好酒趙元遇上皇

好酒趙元遇上皇終

校勘記

〔一〕鬧交參：本折韵用『監咸』，原本『參』作『泰』，誤入『皆來』，據脉鈔本改。

〔二〕白纏帶：原本『纏』，形誤爲『僵』，據脉鈔本改。

〔三〕酒性醲：「醲」，濃烈也，原本音假作「淹」，依文義改。徐本改作「腌」，謂酒性惡劣，亦可。

〔四〕不戀高官，不圖富貴，休將人賺：依律，【甜水令】首四字三句，一氣貫穿。原本脱「不圖富貴」一句，依王校據脉鈔本補。

〔五〕你道相逢，□□□□，驚了人膽：依律，中脱四字一句，待補。脉鈔本此三句作：「也不索建立廳堂，修蓋宅舍，粧鑾堆嵌。」

〔六〕朝野裏：原本「野」，音假作「冶」，據脉鈔本改。

〔七〕懵懂愚濫痴憨：依律，本句當爲六字，原本脱「濫」字，今補。「愚濫」，爲元曲中熟語。《西遊記》雜劇第四本第十三齣【寄生草】曲：「狼心狗行潜蹤闞，鵝行鴨步懷愚濫。」可證。各本失補。盧本以「憨」字屬下，亦失。

〔八〕争争攙攙：原本「争争」音假爲「凈凈」，今改。「争争攙攙」，爲「争攙」一詞的重疊，義爲争鬥。王伯成《般涉調·哨遍·贈長春宫雪庵學士》套：「出凡籠再不争攙。」又，雜劇《敬德不伏老》第二折【滿庭芳】曲：「上陣處攙争鬥。」元刊《氣英布》第二折【一枝花】曲：「兩國纔（攙）争，難使風雷性。」并其例。以上引李崇興《〈新校元刊雜劇三十種〉商榷》一文。按：「凈」字，古屬從母，在元代仍讀如「争」。元刊二卷本《陽春白雪》貫酸齋小令【殿前歡】「夜來微雨天階争」；元刊《太平樂府》卷八吕天用《南吕一枝花·白蓮》套「秋水澄澄，洗得胭脂争」；息機子本《玉壺春》雜劇第二折【隔尾】曲「每日家争洗雙眸樂心兒賞」，以上諸「争」字，都應回改爲「凈」，與本曲可互爲佐證。

〔九〕早難道：原本脱「道」字，據脉鈔本補。

〔一〇〕醺酣：原本二字音假爲「熏憨」，據脉鈔本改。

〔一一〕明廉共暗察：《金史·世宗本紀中》（大定十二年二月）：『丙午，尚書省奏，廉察到同知城陽軍事山和尚等清强官，上曰：「此輩暗察明訪皆著政聲，可第其政績，各進官旌賞。」』脉鈔本作『明廉共按察』，誤，不取。

〔一二〕口哰囒：『哰囒』，原本音假爲『勞嚂』，今改。『哰囒』，即『囒哰』之倒文。《方言》卷十：『哰囒……拏也。東齊周晋之鄙曰哰囒。』又見《廣韵》。這裏指酒後言語絮絮叨叨，夾纏不清。

〔一三〕瓮頭甘：原本『甘』，音假爲『泔』，據脉鈔本改。

〔一四〕怎也你遭坑陷：原本『怎也』二字誤倒；又『怎』字，原作『暫』，今改。

〔一五〕却不道：原本脱『道』字，據脉鈔本補。

〔一六〕愚濫：原本『愚』字，音假爲『余』，今改。

〔一七〕拳攙：原本『攙』字，俗寫作『搀』，依盧本改。『拳攙』，即加之以拳，捶打也，徐本改作『拳揝』，謂『握緊拳頭作憤怒狀』，實失。

〔一八〕臉如藍：原本『臉』字，音假爲『斂』，今改。

楚昭王疎者下船

鄭廷玉　撰

簡要説明

《楚昭王疎者下船》，鄭廷玉撰。原題『大都新編楚昭王疎者下船』。原本未標明折數，無科白，僅存曲文。《録鬼簿》《太和正音譜》《寶文堂書目》《元曲選目》《也是園書目》《曲録》并録本劇劇目。

楔子，正末扮楚昭王。平王死後，昭王即位。雖然他斬了賊臣，封了兄弟，重新安定了楚國，但隨時都在提心吊膽，害怕伍子胥借兵報仇。

第一折，楚昭王得知申包胥當初和伍子胥曾一起發願，一個要滅楚，一個要復楚，就派其向秦穆公乞師求援，并希望他能在一個月内領兵回還。

第二折，伍子胥領兵殺入楚國。楚軍連連失利，秦國援軍不到，昭王和妻、子、兄弟嫡親四口，商議逃亡之事。

第三折，楚昭王逃至江邊，遇一漁父，乘船渡江。忽然風浪掀天，船小將没，漁父急請疏者下船。昭王以兄弟之情最親，其妻和子，相繼投身於水，霎時風平浪静。登岸後，昭王兄弟分路逃亡。

第四折，伍子胥因秦軍至而退回吴國，楚昭王再整江山，重新娶妻生子。其弟也趕回相聚，依然一家四口，皆大歡喜。對於死去的妻、子，則爲之建廟立碑，使之名流千古。

這個故事，今本《殺狗記》第十七齣曾予轉述，云出於《春秋傳》，可能就是已佚的宋元講史話本《七國春秋平話》的前集，可與本劇合看。

除元刊外，本劇刊本雖尚有明脉望館鈔校内府本和《元曲選》刊本兩種，但都改得面目全非。增加了吴王失劍、吴楚交兵、夫人太子落水遇救、團圓復會等無聊情節，自不應再屬於鄭氏名下。

本劇校本，今有鄭、徐兩種。王季思先生另有校語。以上各種，一并用以入校。

楔　子

【仙吕端正好】　斬了賊臣，封了兄弟，新安治楚國華夷。若是子胥雪恨亡了先帝〔一〕，怕來時節我當屈斬了功臣罪。

（下）

校勘記

〔一〕亡了先帝：原本『亡』，音假爲『忘』。《中原音韻》『忘』『亡』二字并爲一空，故得相假。鄭、徐二本失校。

第一折

【仙吕點絳唇】怕楚國難安，子胥質辨〔一〕，直言諫。早被〔二〕亂言間，讒臣譖，忠臣叛。

【混江龍】興亡有恨，二人發願一席間。子胥勝天翻地亂，包胥勝國泰民安。若是子胥船臨□□〔三〕，多成多敗，非易非難。一龍離水，二虎交山。只爲君臣争氣，將相分顔。九間大殿，百尺高竿，我則是側身撒手遭涂炭。怕的城荒國破，常子是膽戰心寒。

【油葫蘆】屈斬了功臣血未乾，天好還，夢中驚覺兩三番。日西沉朝退群臣散，月東生〔四〕燭滅深宫晚，漸將御酒嘗，恰將御膳餐。夜深沉困卧纔合眼，驚恐睡難安。

【天下樂】子見鐵甲將軍夜過關。非干，不奈煩，他將斬父恨處心將天下反〔五〕。子爲咱兵將少〔六〕，以此上心膽寒，怎敢將他一例看。

【那吒令】咱端坐在常朝殿九間，列着忠直臣兩班。聽説了臨潼會一番，那裏取這般忠孝人，英雄漢，頓劍摇環。

【鵲踏枝】秦姬輦怎敢爲頭？百里奚不敢邀攔。扯住秦皇，直交他送出潼關。交十二國〔七〕諸侯每現眼〔八〕，唬的四百員文武無顔〔九〕。

【寄生草】無祥女顔如玉，楚平王傾江山〔一〇〕。當時〔一一〕則有讒臣反，臨危越把忠臣慢，出師不聽忠臣諫。誰當敵〔一二〕借吴兵雪恨伍將軍，子索〔一三〕告抱成王攝政周公旦〔一四〕。

【幺篇】卿呵！你常想歸期急〔一五〕，休辭憚〔一六〕去路難。止不過船横古渡垂楊岸〔一七〕，路逢庾嶺灘頭澗〔一八〕。小可如軍騎羸馬連雲棧〔一九〕。你休辭憚山高水遠路三千，我等你錦衣綉襖軍十萬。

【金盞兒】你道一個月借軍還，我道三十日却得身安〔二〇〕。信着寡人心嫌晚，早違了初限〔二一〕，借秦兵登陌路〔二二〕，從日出至夜將闌。爲甚早交賢臣還楚國，子怕虎將過昭關。我委實當不的〔二三〕八面威，你休辭憚五更寒。

【賺煞】〔二四〕你去後我夜憂到明，明憂到晚。若是秦穆公將卿傲慢，你子是必曲着脊躬着身將火性減，善取奏你休冒瀆天顔。那其間〔二五〕，借的金鼓旗幡，你那洗塵酒開懷如送路盞。可爲軍民不安，朝廷有難，你卿呵，休别時容易見時難！

（下）

校勘記

〔一〕質辨：質對、辨白。原本『辦』，借爲『辨』，作俗字『办』，各本已改。

〔二〕被：原本音假作『背』，今改。

〔三〕子胥船臨□□□：依律，【混江龍】五、六兩句皆應爲七字，此處疑有脱文。

〔四〕月東生：原本涉上誤作『日』，各本已改。

〔五〕他將斬父恨處心將天下反：原本『恨』，音假爲『根』。元代小説、戲曲中多有此例。如《三分事略》卷中叙張飛背後旗上寫着『車騎將軍』字樣，周瑜大怒，言曰：『牧牛村夫故言欺我，我家孫權官小如張飛！』因而『根在懷中』。『根』，即爲『恨』字之假。又，《哭存孝》第二折【紅芍藥】曲『見阿者一頭下馬入宅門，慢慢的行過階痕』；《神奴兒》第四折【折桂令】曲『見一陣旋風兒打個盤過，足律律繞定階痕』，均應爲『階根』。『處心』，即居心蓄意。原本『處』，音假爲『讎』。此類音假之例，元曲中多有。如本劇第二折【紫花兒序】曲之『儲君』，原本作『讎君』（詳下）。兹不具引。其見於唐代變文者，如P. 3375《歡喜國王緣》：『夫人曰：「人間矩（短）燭，弟子常當知，未委何方，命壽長遠？」』『矩燭』，另本作『短促』，見《敦煌變文集》校記。其見於元代以後文書者，如成化本詞話《花關索下西川傳》續集：『來到陣前高聲喊，明罵張飛將一人。自家不曾相出你，占我西川五路頭。』則當爲『相仇』。可證。徐本『根』字已改，『讎』字未校，似以『恨讎（仇）心』爲詞，誤。

〔六〕兵將少：原缺『兵』字，依王校補。

〔七〕十二國：當爲『十七國』之誤。

〔八〕現眼：原本『現』，音假爲『獻』，殘迹可辨。仿刻本空缺，各本失補。

〔九〕唬的四百員文武無顏：『無顏』，與上句『現眼』一詞呼應。原本『無』，音假爲『如』，今改。又『唬』，形誤爲『説』，徐本失改。

〔一〇〕無祥女顔如玉，楚平王傾江山：原本「傾」，音假爲「情」；「情江」二字，依稀可辨。仿刻本空缺，鄭本失補。徐本補作「恨似」。校云：「本劇情事，秦穆公之女無祥公主，似爲伍子胥所得，因此楚平王懷恨在心。」按：此説非。「傾」，即傾覆、滅亡。《漢書·孝武李夫人傳》：「北方有佳人，絶世而獨立，一顧傾人城，再顧傾人國。寧不知傾城與傾國，佳人難再得。」鄭廷玉正用此語。至於本劇第三折【粉蝶兒】曲所云伍子胥「劍嚇他無祥公主」一事，見於脉鈔本《十八國臨潼鬥寶》。雜劇叙子胥於臨潼會上，文勝百里奚，武勝甘蠅後，穆公擬令甲士上前，生擒各國諸侯，爲子胥看破。子胥乃一手仗劍，一手揪住穆公云：「大王教甲士退後，但有一個向前，我教大王目下便死也。」然後威逼穆公將無祥公主許與楚公子芊建爲妻。最後逼使穆公親送各國諸侯出了潼關，得勝而歸。無祥女到楚國後，由於貌美，平王自納爲妻，伍子胥之父伍奢進諫被殺，其兄伍尚亦被處死，這纔引起伍子胥出國逃亡、借兵復仇各事，故云「楚平王傾江山也」。

〔一一〕當時：原作「當的」，依王校據脉鈔本改。徐本誤作「當初」。

〔一二〕當敵：原本「敵」，形誤爲「敦」。關漢卿《石榴花·怨別》套【賣花聲煞】曲：「愁山悶海不許當敵，好着我無個剖劃。」又，《白兔記》第二十七齣【雙勸酒】曲：「打爺大拳，誰敢當敵。」鄭本依脉鈔本改作「當敵」，非。

〔一三〕子索：原本「索」，音假爲「色」，據脉鈔本改。《中原音韵》：「色」「索」并爲一空，自可相假。按敦煌《開蒙要訓》：「索」，直音「色」。又，《敦煌雜抄》：「見他著新衣，强問他色。」「色」即「索」之假。

〔一四〕抱成王攝政周公旦：原本「抱」，形誤爲「把」；「政」，省作「正」，各本已改。

〔一五〕歸期急：原本「期」，誤作「去」，據《元曲選》改。

〔一六〕辭憚：原本『憚』，音假爲『但』，據脉鈔本改。

〔一七〕止不過船横古渡垂楊岸：原本『止』，音假爲『指』；『渡』，省借爲『度』，據脉鈔本、《元曲選》改。

〔一八〕路逢庚嶺灘頭澗：徐本以原本模糊，劇情與『庾嶺』無涉，依脉鈔本改作『峻嶺』，非。按：原本『庾』字可辨，作『庾嶺』不誤。元曲用典，多取其意，不可落實。《清平山堂話本·陳巡檢梅嶺失妻記》入話詩曰：『歷覩天下險嶇嶠，大庾梅嶺不堪言。』語當出此。

〔一九〕軍騎羸馬連雲棧：原本『軍』作『君』。此語亦出於《陳巡檢梅嶺失妻記》入話詩，亦作『君』，但元曲中多改作『軍』字，因從。

〔二〇〕却得身安：原本『得』作『的』，今改。又，徐本『身安』誤作『心安』。

〔二一〕信着寡人心嫌晚，早違了初限：原本『嫌』，當音假爲『先』，形誤爲『天』；『限』，形誤爲『恨』，今改。脉鈔本此句作『先天晚』，顯將校文『先』與誤字『天』，一并闌入正文。趙清常不知其誤，又誤增補作『先天先見』，并删去『晚』字，愈不成文義。鄭、徐二本『天晚』二字均失校。

〔二二〕陌路：即路陌。原本『陌』字，形誤爲『旧』，各本失校。

〔二三〕當不的：即受不的。徐本改作『擋不的』，非。

〔二四〕赚煞：原本省題作『尾』，今改。

〔二五〕那其間：原本『那』字模糊，據脉鈔本《元曲選》改。鄭、徐二本依仿刻本作『這』，非。

第二折

【越調鬥鵪鶉】他爲那兄父竟縈心〔一〕，借吴兵應口。離楚國青春，過昭關皓首。柳盗跖爲先鋒，孫武子爲師首〔二〕，惡噷噷，雄糾糾，早是狀貌威嚴，可更精神抖擻。

【紫花兒序】將他乾坤忠孝，蓋世英雄，來報那〔三〕殺父母冤仇。俺弟兄每捨弃，將您子母收留。你好優遊，兀的是幾處笙歌幾處愁？你好不焦死，儲君皇后〔四〕！你御宴上開懷，殺場上鑽頭。

【小桃紅】眼前煩惱腹中愁，泪落在盃中酒。痛泪偷掩錦袍袖，死臨頭，便道錦封未拆香先透。準備着截舌豁口，剮皮割肉，休想一醉解千愁！

【憑欄人】你道簾懶捲空垂玉控鈎，風送兵塵滿畫樓。俺殘生頃刻休〔五〕，您逃生疾快走。

【寨兒令】你道腰勝柳，襪如鈎，亡家敗國有甚羞？身似海底沉舟，命似水上浮漚〔六〕，抵多少風雨替花愁！急煎煎不敢抬頭，意遲遲争忍凝眸〔七〕。口不做聲兒哭，泪不做點兒流。不自由，怕心去意難留。

【調笑令】他每是，有些父兄仇，可敢一日無常萬事休。恨心不捨鞭尸首，抵三千個武王伐紂。打的皮開肉綻碎了骨頭，兀的是和後怎生干休。

【雪裏梅】俺不曾創蓋摘星樓，又不曾烽火戲諸侯。把俺祖宗凌持，欺負兒孫每軟弱，倚着他軍權在手。

【紫花兒序】伍子胥除天可害〔八〕，楚昭王無地逃生，申包胥有國難投。百里奚你可甚當權積行〔九〕，秦穆公〔一〇〕却甚納諫如流。你好優遊，百萬貔貅，手段似天力扯牛〔一一〕，眼睁睁的見死不救。望人急偎親，顛倒火上澆油。

【禿厮兒】馬到處敵軍亂走，槍舉處鮮血交流，是他偏愛〔一二〕殺伐争戰鬥。君臣意不相投，難休。

【聖藥王】他槍似虬，馬似彪，五六行地下滚死人頭。咱見陣休，一鼓收，片時間血濺了鳳凰樓。休想分破帝王憂！

【麻郎兒】〔一三〕你叔侄每免憂，俺夫婦每承頭〔一四〕。俺把你殘生搭救，你抱機關休泄漏。

【幺篇】俺兩口、死後、了休〔一五〕，子怕一家兒潑水難收。四口兒都遭機彀，幾輩兒君王絶後。

【絡絲娘】救你叔侄命則合藏舌閉口，講甚君臣禮誠惶頓首！子怕扶侍君王不到頭，寡人依卿所奏。

【收尾】〔一六〕將文班武職難收救，最繫的是嫡親〔一七〕四口。他來呵眼見的去前殿後宫裏搜，子索〔一八〕向深山大林裏走。

校勘記

〔一〕他爲那兄父竟縈心：原本「爲」作「與」，依徐本改。又「父」字壞不可識，據脉鈔本補。鄭本改「竟」爲「意」，似非。

〔二〕師首：徐本改爲「帥首」。按：「師」「帥」二字義同，可不煩改。

〔三〕來報那：原本『報』字，由俗體『报』形誤爲『根』，各本已改。

〔四〕你好不焦死，儲君皇后：原本『焦』，音假爲『交』；『儲』，音假爲『雛』，今改。《介子推》第三折正末歌曰：『忠心替代仇君死，孺子疾忙取劍來。』『又，《三國志平話》下敘曹操斬太子，逼獻帝立己子曹丕爲天子，築受禪臺，詩曰：「屈斬東宫絶漢孫，禪臺魏祖立仇君。」』『仇君』，亦爲『儲君』之假。鄭、徐二本於《介子推》一劇，已進行正確的回改，於本劇却未加改正，失考。又，按律，【紫花兒序】曲此句必爲四字，故『你好不焦死』當爲曲中夾白，二本連屬而下，亦誤。

〔五〕頃刻休：原本『頃』，形誤爲『頭』，今改。

〔六〕水上浮漚：原本『漚』，當音假爲『鷗』，形誤爲『鴟』，今改。

〔七〕意遲遲争忍凝眸：原本『遲』字未重，依文義補。又，『凝』，原音假作『迎』，依鄭本改。

〔八〕除天可害：原本『天』，形誤爲『夫』，此爲元人常語。《周公攝政》第四折【太平令】曲：『這人説是非的除天可害。』據改。

〔九〕當權積行：積行，即積累功行。原本『行』，音假爲『幸』，徐本失校。

〔一〇〕秦穆公：原本作『秦莊公』，誤。春秋以迄戰國，秦實無莊公。謹按《史記》：申包胥哭秦廷，係秦哀公三十一年（公元前506）事。鄭本有鑒於此，徑改爲『哀公』，雖合於史事，惟本劇第一折【賺煞】、第三折【煞尾】，均作『穆公』，似不可一概歸之於筆誤。雜劇所敘，本出於野史，自不可一一證實於史，故依本劇前後提法，改作『穆公』。

〔一一〕手段似天力扯牛：原本『扯』，音假爲『才』。此句謂秦穆公有雄兵百萬，勢可回天，力能扯牛。『扯牛』，如《三國志通俗演義》敘許褚神勇：『雙手掣二牛尾，倒行百餘步。』徐本不明此義，改全句爲

『手段衝天射斗牛』，失甚。

〔一二〕偏愛：原本『偏』字，模糊不可辨識，據脉鈔本補。徐本同。

〔一三〕麻郎兒：該曲及其【幺篇】原本二曲誤合爲一，題作『鬼三臺』，依鄭本改。徐本失校。

〔一四〕承頭：原本『承』，音假爲『成』，今改。

〔一五〕俺兩口、死後、了休：依律，【麻郎兒】曲之【幺篇】須换頭，作短柱體，兩字一韵三句。如《西厢記》第一本第三折之『我忽聽、一聲、猛驚』。原本脱『休』字，依鄭本補。徐本於此失考，以『了』字爲衍文，徑删，又增補一『兒』字，遂改全句爲『我兩口兒死後』，誤甚。

〔一六〕收尾：原本省題作『尾』，今改。

〔一七〕嫡親：原本『嫡』，音假爲『滴』，今改。

〔一八〕索：原本作『色』，今改。

第三折

【中吕粉蝶兒】　一勇征夫，臨潼會你爲盟府〔一〕。憑着一管筆三尺錕鋙，你救了姬光，伏了秦帝，不合劍嚇他無祥公主。子落雁沉魚，亂了君臣，間别〔二〕了子父。

【醉春風】　是你送了正直臣，是你昏俺明聖主。自從盤古到如今，數，數。不曾見篡〔三〕君王江山，弑君王性命，揭君王墳墓。

【迎仙客】吴邦助着子胥，楚國陷了包胥。亂殺弟兄〔四〕，慌殺子母。急煎煎死臨頭，眼睁睁活受苦。後面鬧吵吵〔五〕軍卒，前面翻滚滚野水無人渡。

【紅綉鞋】不得已央及漁父。那裏問不分世事指斥鑾輿〔六〕，十數載君臣一鄉閭。能可長江中亡了性命，也强如短劍下碎了身軀。怎下的眼睁睁不救主！

【石榴花】見雲濤烟浪接天隅，這的是雲夢山洞庭湖。那厮大驚小怪老村夫，叫苦，唬的我魄散魂無。他道親的身安踈的交命卒〔七〕。四口兒都是親那個踈〔八〕？自猶豫〔九〕，怎割情腸，難分手足。

【普天樂】親的身安，踈的休疑慮。踈的休辭性命，親的不放衣服。對面覷〔一〇〕，排頭覷，這個那個相牽情腸肚，難分生死怎辨親踈？你有留人詔書，你有免死赦書，你又有義斷休書！

【上小樓】我交你名傳萬古〔一一〕，那裏有相隨百步？我交他替了御榻，逃了吾當〔一二〕，救了皇族。望老祖，善兒女，從新革故〔一三〕。交後人説楚平王家有義夫節婦。

【幺篇】咱兩個親子父，我和他一父母〔一四〕。他和我近，我和他親，你比他踈。交去水府，往地獄，兒尋娘去！能可交我無兒，怎肯交你先絶户？

【滿庭芳】哀哉子母〔一五〕，古今稀有，前後俱無。是孝子真賢婦〔一六〕，枉祭了群魚。兒呵，你捨命投江救主，妻呵，你抵多少出嫁從夫！知名目，瞽叟堂中生舜主，堯王殿下長丹朱。

【耍孩兒】〔一七〕怕不待相隨相從相將去，子怕逢虎將無人祭祖。各分路逃生，兩下裏禱告青虚。你心肝厚休逢柳盗跖〔一八〕，我尸首全休撞着伍子胥〔一九〕。無拔濟誰相助？我弟兄每時乖在咫尺，運拙在須臾〔二〇〕。

【三煞】或是道家庵觀〔二一〕藏，或是僧家寺院裏居，者莫農家鸚鵡洲邊住。吴邦軍至〔二二〕聽着號令，秦國兵來等着詔書。今年天之禄。子胥退去灾爲福，包胥至復舊如初。

【二煞】弟兄每有限生〔二三〕，别離無限苦〔二四〕。兩下裏欲去回頭覷，睁着眼〔二五〕刀刃心頭攪，倒不如咬着牙仇人劍下誅。哭一聲行一步，弟兄情〔二六〕氣吁昏日月，子母恨〔二七〕泪灑滿江湖。

【尾】這的是等人天易得久，秦穆公真個醜〔二八〕。九間大殿交人住，和俺那七代先靈做不得主。

（下）

校勘記

〔一〕盟府：原本『盟』，音假爲『明』；『府』，音假爲『甫』，今改。按：『盟府』，本古代掌管盟約、盟書之官府。《左傳》僖公五年：『勛在王室，藏於盟府。』注：『盟府，司盟之官。』由於語音的流變，『盟』，後世多讀爲『明』。馬王堆帛書《縱横家書》：『使明周室而棼（焚）秦符。』又，《十大經・五正》：『帝著之明，明曰：「反義逆時，其刑視之（蚩）尤。」』以上『明』字，本字均當爲『盟』。本劇稱伍子胥爲『盟府』，實因民間傳説他在臨潼會上主持十八國諸侯會盟之事，故云。

〔二〕間别：原本『間』，音假爲『諫』，今改。

〔三〕篡：原本形誤爲『暮』，依徐本改。

〔四〕亂殺弟兄：原無『殺』字，鄭本依文義補，今從。徐本補作『没亂殺』。

〔五〕鬧吵吵：原本誤作『鬧妙了』。『妙』，爲『吵』之形誤；『了』，爲重文符號之誤。各本已改。

〔六〕指斥鑾輿：原本假作『止尺欒輿』，各本已改。

〔七〕親的身安踈的交命卒：原脱『親』字，依文義補。徐本同。

〔八〕四口兒都是親那個踈：『親』字原無，依文義補。徐本同。

〔九〕猶豫：原本寫作『怞忬』（『忬』笔誤作『忬』），爲宋元以來之俗體。參見前《遇上皇》第一折校勘記〔一四〕。徐本不知俗體，同爲『怞忬』，《遇上皇》改作『猶豫』，此處却又改爲『躊躇』，實失。

〔一〇〕對面觀：『觀』原本形誤作『歡』，今改。

〔一一〕名傳萬古：原本『傳』，概由俗體字『传』形誤爲『作』，依徐本改。鄭本依脉鈔本、《元曲選》改作『標』，與原本字形相去較遠，不取。

〔一二〕逃了吾當：原本『逃』，音假爲『道』。元代北方方音有此異讀，二音多得相假。如脉鈔本《哭存孝》第四折【沽美酒】曲：『康君立你自道，李存信禍來到。』當爲『自討』。按：《史記・高祖本紀》：『漢將别擊布軍洮水南北，皆大破之。』《集解》：『徐廣曰：洮音道，在江淮間。』於此可見古代語音演變之迹。各本於此失校。

〔一三〕望老祖，善兒女，從新革故：即仰望祖先神靈，好兒好女從新革故。與下句『楚平王家有義夫節婦』相應。原本『望』，音假爲『忘』；『老』，音假爲『了』；『新』，省作『辛』，今改。按：『老』『了』相假，元曲多有此例。如《霍光鬼諫》第一折科白正末云：『僚臣就今日辭了我主，向五南采訪，走一遭去。』當爲『老臣』。又，脉鈔本《獨角牛》第二折科白折拆驢云：『則有老蜻蜓腰兒的氣力，撲螞蚱的威風。』則當爲『撩蜻蜓』，撩逗也。鄭、徐二本『忘了』兩字失校；徐本更誤改『善』爲『先』字，斷作『忘了祖先兒女，從新革故』。不知【上小樓】曲此三句，當爲『三三四』，不可亂改。

〔一四〕一父母：原本『父』字漫漶不清，據脉鈔本、《元曲選》補。

〔一五〕哀哉子母：原本『哀』字壞不成形，據脉鈔本、《元曲選》補。

〔一六〕是孝子真賢婦：原本誤倒爲『孝子是真賢婦』，今改。按：『真』，真實，正是。此處與『是』字爲互文。《陳摶高卧》第二折【牧羊關】曲三：『散誕是長生法，清閑真道本。』可見，『是……真……』，爲元人習用語例，據改。徐本改此句爲『兒是孝子，妻是真賢婦』，贅甚。

〔一七〕要孩兒：原本誤題『四煞』，今改。

〔一八〕你心肝厚休逢柳盗跖：原本『厚』，音假爲『後』；『跖』，形誤爲『拓』，依鄭本改。按：『心肝厚』與下句『尸首全』爲對文。徐本『後』字失校，又臆補一『去』字，作『心肝去後』，誤。

〔一九〕伍子胥：『伍』字原脱，各本已補。

〔二〇〕無拔濟誰相助？我弟兄每時乖在咫尺，運拙在須臾：原本脱此三句，據脉鈔本補。徐本同。

〔二一〕道家庵觀：原本『道』，音假爲『到』，今改。徐本同，鄭本失校。

〔二二〕吴邦軍至：原脱『邦』字，依鄭本補。

〔二三〕有限生：原本『生』，音假爲『身』，『庚青』轉入『真文』。參見前《拜月亭》第三折校勘記〔七〕。各本失校。

〔二四〕别離無限苦：原本『離』『限』二字依稀可辨；『無』字，由俗體『无』形誤爲『先』，據脉鈔本、《元曲選》改。

〔二五〕睁着眼：原本『睁』，省作『争』；又脱『眼』字，依王校改補。

〔二六〕弟兄情：原本『情』，形誤爲『性』，據脉鈔本、《元曲選》改。

〔二七〕子母恨：原本『恨』，形誤爲『眼』，據脉鈔本、《元曲選》改。

〔二八〕等人天易得久，秦穆公真個醜：原本爲『等人天一個人，秦穆公一十女』，文義不通。『一』『十』爲『人』爲文字待勘符號之誤，參見前《拜月亭》第二折校記第〔八〕與《單刀會》第二折校記第〔四〕。至於文字待勘符號之誤，《元刊雜劇三十種》中更爲常見。如《老生兒》第一折【那吒令】曲：『做女的，從（縱）心兒放人！爲人的，人心兒愛財！』以上三個『人』字，據《元曲選》諸本，分别應爲『乖』『婿』『貪』。又，《小張屠》第一折【油葫蘆】曲：『爲夫的文章冠世詩書廣，爲妻的孝人仁義名真人。』末句二『人』字，均誤，依文義當改爲『孝順仁義名真娘』，可證。又『個』字，俗體『个』與文字待勘符號『卜』形相近，亦當由此而誤。次句末尾之『女』字，則爲『醜』字俗體『丑』之形誤。按：『等人易得久，嗔人易得醜』，本宋元時吴中俗語，見徐度《却掃編》，據改。徐本改二句爲『等東吴國一個人，秦穆公一個女』，又疑當作『東吴國伍子胥，秦穆公無祥女』，均誤。

第四折

【雙調新水令】包胥忠孝子胥知，聽得借將軍來引軍先退。借軍的重扶的楚國安〔一〕，報仇的齊和凱歌回。名姓與天齊，忠孝兩完備。

【駐馬聽】子胥無敵，雪恨鞭尸惹是非；包胥有智，借兵救主定華夷。想過昭關八面虎狼威〔二〕，怎如〔三〕哭秦庭七日英雄泪。我身立在寶殿裏，子不見同胞共乳親兄弟。

【沉醉東風】自間别伯夷叔齊，央及泪眼愁眉。弟兄情，講甚君臣禮？下金階再觀天日〔四〕，惶恐慌張爲甚的？又怕是南柯夢裏。

【滴滴金】雖然更了名姓，改了顔貌，争着年紀，非是庶子不是偏妃。一般衣冠，一般宫殿，一般官職，問甚貴賤高低！

【折桂令】這的是楚昭王嫡子親妻，這的是殿下丹朱，這的是重添墻上泥皮。暗想當日，船難行五千水接雲齊。賢皇后三從四德，孝皇儲百縱千隨〔五〕。妻子别離，天地輪迴。不防兄弟，再得完備，本待勸化人心，誰想泄漏天機。

【落梅風】他身死在波光内，名標在書傳裏。一個忠則盡命，一個孝當竭力。救得我爲君有子共妻，我交那裏尋同胞兄弟〔六〕。

【雁兒落】見爺匹羸愁養耽遲〔七〕，見娘殘疾長迴避，見兄貧寒似世人，見弟愚魯看作奴婢。

【得勝令】最軟的是房下子脚頭妻，最敬的是大舅舅小姨姨。見丈母十分怕，見丈人百事隨。有一個富相知，忒曰一輩冘傳一輩冘〔八〕。見一個貧劣的親戚，識的他却皮隔皮。

【水仙子】人乘華輦〔九〕赴朝疾，我子怕船到江心補漏遲，淘淘雪浪添風力，唬得他悠悠魄散魂飛。近山村建所墳圍，蓋座賢妻碣〔一〇〕，立個孝子碑，交後代人知。

楚昭王疎者下船終

校勘記

〔一〕楚國安：與下『凱歌回』均爲三字對句。原本『安』，形誤爲『家』。徐本依脉鈔本改，是今從。

〔二〕八面虎狼威：原本『面』字，形誤爲『百』，據脉鈔本、《元曲選》改。

〔三〕怎如：原本『如』字，形誤爲『知』，今改。

〔四〕下金階再觀天日：原本『階』，假作『皆』；『觀』字作『雚』，今改。

〔五〕百縱千隨：原本『縱』，省寫作『從』，今改。

〔六〕同胞兄弟：『同胞』二字，原本誤作『十一』，亦文字待勘符號『卜』之形誤，據《元曲選》改。鄭本僅補一『個』字，徐本補『個親』二字，似非。

〔七〕見爺厓羸愁養耽遲：即害怕奉養衰病的老子而有意耽誤、遲緩。原本『耽』，省寫作『冘』，鄭、徐二本改作『兒』字，非。

〔八〕忒曰一輩冘傳一輩冘：『冘』疑爲『兒』之形誤，待校。

〔九〕華輦：原作『夲輦』，依徐本改。

〔一〇〕賢妻碣：與下句『孝子碑』爲對文。原本『碣』，音假爲『借』，今改。徐本改爲『廟』字，失韵，非。

看錢奴買冤家債主

鄭廷玉 撰

簡要説明

《看錢奴買冤家債主》，鄭廷玉撰。原題『新刊關目看錢奴買冤家債主』。原本未標明折數，科白簡略。《録鬼簿》《太和正音譜》《元曲選目》《也是園書目》《曲録》并録本劇劇目。

第一折，正末扮天曹增福神，净扮窮漢賈弘義。開場，賈弘義於東嶽廟埋天怨地，怪恨神靈，希求富貴。聖帝不耐其煩，命增福神權借曹州曹南周家福力二十年，命他掌管，到時交與本主。賈弘義夢醒後，掘得窟藏而致富。

第二折，正末改扮周榮祖，外末扮陳德甫。周榮祖因家業消乏，帶領妻子去曹州曹南投親不着，凍餓難挨。後經酒家陳德甫爲中，把三歲孩兒長壽賣與賈員外爲子。誰知員外狡猾狠毒，騙得文書在手，就撒賴不付恩養錢。周榮祖萬般無奈，由陳德甫周濟而去。

第三折，二十年後，賈員外害病，叫孩兒長壽去東嶽廟代還香願，與周榮祖夫婦相見。因争搶廟裏宿處，賈長壽毆打周榮祖。

第四折，周榮祖燒香還願以後，到曹州曹南打聽孩兒下落，再遇陳德甫，知賈員外已死，父子相認。周榮祖一見孩兒原是打他的豪門義子，氣恨異常，準備送官；其子拿出銀子求免，誰知銀錠上面都有周家祖公的名字。這樣看來，賈員外祇不過替别人做了二十年的『看錢奴』。本劇校本，今有鄭、徐二種。王季思先生另有校語。又，除元刊外，本劇現存版本，尚有明脉望館藏息機子《古今雜劇選》及《元曲選》刊本兩種，息機子本且由何煌用元刊本校過。以上各種，一并用以入校。

第一折

（净扮賈弘義上，開。做睡的科）（聖帝〔一〕一行上，開了。問净，云了）（尊子云了）（净云了）（正末披秉扮增福神上，開）小神乃天曹增福之神。今聞聖帝呼召，不知有甚事，只索走一遭去。（做見尊子了）（尊子云了）（云）告上聖：此人有歸怨於上天，不宜憫恤。（尊子云了）

【仙吕點絳唇】這等人輕視貧乏，不恤鰥寡。天生下，狡佞奸猾，和我這神鬼都謾唬〔二〕。

【混江龍】休攬他貪財聲價，子存着心田一寸種根芽。不肯甘貧立事，子待狡倖成家。自拿着殺子殺孫笑裏刀，怎存的好兒好女眼前花。這等人夫不行孝道，婦不盡賢達；爺瞞心昧己，娘剜刺挑茶；兒焦波浪劣，女利齒伶牙。笑窮民寒賤，趨富漢奢華〔三〕。他有的驅駕〔四〕，他没的頻拿。挾權處追往，倚勢處行踏〔五〕。少一分也告狀，多半錢也隨衙。買官司上下，請機察鈐轄。這等人，忘人恩，背人義，賴人錢！壞風俗，殺風景，傷風化！倒能够肥羊法酒，異錦輕紗〔六〕。

（尊子云了）

【油葫蘆】一個胡臉兒〔七〕閻王不是耍，一個捏胎鬼依正法，一個注生的分數不争差。這等人向公侯伯子難安插，去驢騾馬豕〔八〕剛生下。又不曾油鼎内煤〔九〕，劍樹上踏。據他那阿鼻罪過天來大，得個人身也不虧他。

【天下樂】子好交披上片驢皮受罪罰！他前世托生在京華，貪財心没命煞，他油鐺内見財也去抓。富了他三五人，窮了他數萬家，今世交受貧乏還報他。

（尊子云了）告上聖：此人不可憫恤。

【那吒令】這等人前世裏造下，今世受折罰；前世裏狡猾，今世裏叫化；前世裏抛撒，今世裏餓殺。但説的事事知，子説謾心話，不肯做本分生涯。

【鵲踏枝】你虧心也子由他，造惡也儘交他。謾不過湛湛青天，離不了漫漫黄沙〔一〇〕。上聖試鑒察，枉將他救拔，管他甚富那貧那！

【寄生草】你爺娘在生時常憂飯，死去後奠甚茶？乾把些泪珠兒滴盡空瀟灑。潑了些漿水飯那肯停時霎，巴的紙錢灰燒過無牽掛。潑了這百壺漿濕不徧墓兒前，乾澆了千盃茶浸不透黄泉下。

（云）這等人粧幺處更不可恕。

【幺篇】窮漢每祇揖頭也不點，佯呆着手也不叉。動不動掀騰〔一一〕七代先靈駡，坑陷得一郡衆生打，欺負得五嶽神祇怕。這等人直化身做十二相屬分，敢翻生到六道輪迴罷〔一二〕。

（尊子[一三]云了）（云）告上聖：若借與此人[一四]二十年富貴，更是無禮。

【六幺序】這等人斗筲器難容物，毬子心怎捉拿？打扮的似宰相人家，聳着肩胛，并着鼻凹，更無些和氣謙洽[一五]。貧兒乍富把征驗跨，早不肯慢慢行咱。馬兒上扭捻身子兒詐，鞍橋柞木，鐙挑葵花[一六]。

【幺篇】子是街狹，更人雜。把捽胸牢拿，玉鞭[一七]忙加；走咱行咱[一八]，攛行花踏；見得白踏，問甚鄰家！那裏肯攀鞍下馬，把窮漢每傲慢殺。他雖[一九]是家業消乏，禮義先達，也合當禮數還他。你自尊自大無高下，真乃是井底鳴蛙，濟窮漢肚腸些娘大。他子好酸寒乞儉，怎消得富貴榮華！

（尊子云了）（净云了）

【賺煞尾】他成家人未身安，破家鬼先生下[二〇]。借與他個錢龍入家，有限次家私交你權掌把，借與你二十年不管消乏。你待告增加，禍福無差，貧富天公定論下。爲緣何夭桃三月分奮發[二一]，籬菊九秋開罷，大剛是乾坤不放一時花。

（尊子云了）（净做睡覺科，云了）（尋的窟藏科[二二]，云了）

校勘記

〔一〕聖帝：至元二十八年二月，加東嶽爲『天齊大生仁聖帝』，見《元史·祭祀五》。又，此前宋真宗祥符四年五月，封『天齊仁聖帝』。

〔二〕謾唬：原本『唬』，音假爲『下』，今改。

〔三〕趨富漢奢華：『趨』，即趨附。原本音假作『取』，殘壞，仿刻本空闕。惟何煌所見元本仍作『取』字，據以回改。鄭本補作『愛』。徐本補作『羨』，均與原本殘迹不符，不取。

〔四〕他有的驅駕：原本『有』，形誤爲『用』。徐校按云：『下句「没的」，上句當作「有的」，對應成文。』此説是，從改。

〔五〕行踏：原本『行』字殘缺，『踏』字可辨。何録誤作『□路』，依鄭本補。

〔六〕異錦輕紗：原本『異』，音假爲『衣』，據息機子本、《元曲選》二本改。鄭本未改。

〔七〕胡臉兒：原本『臉』，音假爲『斂』，今改。按：息機子本、《元曲選》均作『紅臉兒』，疑『胡』，即『紅』之音假。今山、陝方言有讀『紅』若『渾』者。俟再考。

〔八〕驢騾馬豕：原本『豕』，形誤爲『象』。象非六畜，不可入驢馬之列。依徐本改。

〔九〕油鼎内煠：原本『煠』(zhá)，音假爲『叉』，據息機子本、《元曲選》改。鄭、徐二本失校。

〔一〇〕離不了漫漫黄沙：原本『離』，寫作『难』，形誤爲『難』，今改。

〔一一〕掀騰：原本『掀』，音假爲『軒』，今改。

〔一二〕直化身做十二相屬分，敢翻生到六道輪迴罷：謂歷盡衆生善惡人鬼之道。原本『化身』，作『化生』；『翻生』，作『翻身』，依文義改。按：『身』『生』二音互假，參看《拜月亭》第三折校勘記〔七〕。

〔一三〕尊子：原本誤作『尊了』，今改。

〔一四〕此人：原脱『人』字，依王校補。

〔一五〕和氣謙洽：原本『洽』，音假爲『狎』，據息機子本、《元曲選》改。

〔一六〕鐙挑葵花：原本「挑」，音假爲「跳」，今改。

〔一七〕玉鞭：原本誤作「玉鞍」，據息機子本、《元曲選》改。

〔一八〕走咱行咱：原本「行」字誤重，今删。

〔一九〕雖：原本「雖」，音假爲「須」，今改。

〔二〇〕他成家人未身安，破家鬼先生下：原本「鬼」字，由文字待勘符號形誤爲「人」。參看《疎者下船》第三折校勘記〔二八〕。據息機子本、《元曲選》改。鄭、徐、二本失校。

〔二一〕夭桃三月分奮發：原本「三」，形誤爲「二」，據息機子本、《元曲選》改。鄭本失校。徐本删去「分」字。

〔二二〕尋的窟藏科：原本「窟」，音假爲「古」。此處指周榮祖家祖公之窟藏，因改。按：「窟」「古」二音互假，元曲多有此例。如《任風子》第一折【鵲踏枝】曲：「他每苦腦争頭，赤手空拳」。當爲「鼓腦争頭」。又，第二折【二煞】曲：「高山流水知音許，枯木蒼烟入畫圖。」則當爲「古木蒼烟」。

第二折

（正末襤扮〔一〕，同旦兒、俫兒上，開）小生姓周名榮祖，字伯誠，洛陽居住。渾家張氏，孩兒長壽。爲家私消乏上，三口兒去曹州曹南鎮上探親來。不想命不快，探親不着，又下着這大雪。大嫂，似這般怎生呵！

【正宫端正好】路難通，家何在，乾坤老山也頭白。四野凍雲垂，萬里冰花蓋。肯分我三口兒離鄉外。

【滚綉球】似銀沙漫了山海，瓊瑶砌世界。玉琢成九衢十陌〔二〕，粉粧成十二樓臺。似這雪韓退之馬鞍心冷怎當，孟浩然驢背上凍下來，剡溪中禁回了子猷訪戴。三口兒敢凍倒在長街。把不住兩條精腿千般戰，這早晚十謁朱門九不開，冷凍難挨。

（外末扮陳德甫上，做賣酒科，云了）

【倘秀才】餓的我肚裏飢少魂失魄，凍的我〔三〕身上冷無顔落色。這雪飄在俺窮漢身邊冷的分外〔四〕，雪深遮脚面，風緊透人懷，忙將手揣。

（云）兀那酒務兒裏，着孩兒去竈窩兒裏向把火咱。（做與外末厮見禮數了）（外云了）（與酒了）（再云了）

【滚綉球】酒斟着磁盞臺，香濃紅琥珀。哥哥莫不見現錢多賣？（外末云了）管甚麽醱醅新釀茅柴〔五〕！這酒勝厨中滿殿香，趕青州從事白，不枉唤做鳳城春色。飲一盃似添上一個綿胎。外頭見千團柳絮隨風舞，我這裏早兩朵桃花上臉來。便有些和氣開懷。

（外末問了）（正末云）自家共大嫂張氏，孩兒長壽。咱三口兒洛陽居住，往曹州曹南探親來。（外末云了）（正末與旦兒商議了，云）哥哥！小生肯過房這孩兒。

【倘秀才】典與一個有兒女官員是孩兒命乖，賣與個無子嗣的人家是孩兒大采，撞見個有道理爺娘是他修福來。你救孩兒一身苦，强如把萬僧齋，顯的哥哥你敬客。

（外末引正末三人下了）〔六〕（净同外旦上了）（外末引正末三人上了）（外末與净云了）（正末、旦兒、俫

兒云了，正末做寫文書了）

【滚綉球】我濃濃研着墨色〔七〕，淋淋〔八〕下着筆劃。不得已委實無奈，想着這子父情斑管難抬！這孩兒是爺精髓結就胎，娘腸肚上摘下來。今日把俺子父情都撇在九霄雲外，三口兒生扢插兩處分開。做娘的剜心似痛殺殺〔九〕刀攢腹，做爺的滴血似撲簌簌泪滿腮。苦痛傷懷！

（净云了）〔一〇〕（寫文書了）（將過孩兒了，净打俫兒了）

【倘秀才】這孩兒差訛了一個字千般兒見責，揸〔一一〕着五個指十分便摑，打的孩兒連耳通紅了半壁腮。他不敢偷眼覷，不敢放哭聲來，偷將泪揩。

【呆古朵】奶奶可憐見小冤家把你做七世親娘拜，高抬手饒過這嬰孩。我不怕煩惱殺他爺爺，我則怕凄凉〔一二〕殺他奶奶。怕有些不周處權耽待，做一床錦被都遮蓋。把孩兒姓字從今夜排〔一三〕，交小名兒自來日改。

（正末做欲去請錢科）（净做賴錢科）（外末做陪錢了）

【倘秀才】今只有錢學不的哥哥五湖四海，更他也受用不的千年萬載。你個勒揹窮民狠員外，或有典緞疋，或是當鉀釵，恨不的加一價放解。

【滚綉球】典玉器有色澤你寫没色澤，解金子赤顏色寫着淡顏色。你常安排着九分厮賴，把雪花銀寫做雜白。解時節將爛鈔擲〔一四〕，贖時節將料鈔抬。恨不的十兩鈔先除了折錢三百，那裏肯周急心重義踈財！今日孟嘗君緊把賢門閉，交你個柳盗跖新將解庫開，又不是官差！

（云）他既昧了〔一五〕我的恩養錢，你看我揭底罵一場〔一六〕，出些怨氣咱。

【脱布衫】那一個開解庫的曾受宣牌？子這蟲傷鼠蛀，并不陪償，這是你自立下條劃。你做的私倒金銀買賣，子是打劫我小民山寨。

【小梁州】有一日激惱的天公降禍災，不似你這不義之財。風雹亂下一齊來，把農桑壞，衝不倒您富家宅。

【幺篇】你子與我飢餓民爲害，您豪家有細米乾柴，飄不了你放課錢，失不了你籌人債〔一七〕。折末水淹到門外，子把利錢來。

【塞鴻秋】疾忙把公孫弘東閣門桯驀〔一八〕，休等他漢孔融北海樽席待。你依着范堯夫肯付舟中麥，他不學龐居士放取來生債。掐破三思臺，險攧破天靈蓋。早離了晉石崇金谷園門外。

【三煞】我不是侍親娘弃子明達賣，又不是敬老母踈兒郭巨埋。賣子的四海聲揚，埋子的〔一九〕萬年名在。乾陪了十月懷躭，剛博的兩貫錢來〔二〇〕。怎生擘的住我這眼泪，把的住我這情腸，放的下我這愁懷〔二一〕！明日將印板旋開，雕着〔二二〕孩兒年月日時胎。

【二煞】比及他這曲杈兒〔二三〕歲寒成松柏，閃得我這蓮子花乾枯了老骨揣。終有個人急偎親，否極生泰。怕孩兒福至心靈〔二四〕，便是我苦盡甘來。急去不了斗筲之器，倒不了糞土之墻，壞不了朽木之材。這廝不分個菽麥，恨不的攬盡世間財。

【收尾煞】把當的一週年下架休贖解，趲的五個月還錢本利〔二五〕也該。納了利從頭再取索，還了錢文書又廝賴。陷窮人的心兒毒性兒歹，罵窮人的舌兒毒口兒快。打了人衙門錢主劃〔二六〕，殺了人官司鈔分拆。有鋒利曹司寶貝挨，敢決斷〔二七〕的官人賄賂買。强證的凶徒暢不該，代訴的家奴更叵耐。問不問有錢的自在，是不是無錢的吃嗔責。無官司勾追不請客，有關節臨危却相待。請人排筵度量窄，待客樽席不寬泰。爲錢呵當房惡了叔伯〔二八〕，爲錢呵族中失了宗派。與他行錢運氣衰，與他財交〔二九〕命不快。無仁義愚濁却有財，有德行〔三〇〕聰明少人債。青湛湛高天眼不開，窮滴滴飢民苦怎挨！錢流轉時辰有該載，天打算日頭輪到來。發背疔瘡富漢灾，反食病根源有錢的害。賊打劫天火燒了院宅，人連累抄估了你舊錢債。合着鍋没錢買米柴，忍着餓無鹽少虀菜。常受飢寒貧不擇，纔有些餘資狠心在。你看他跋扈形骸，毒害心腸，不着他家破人亡那裏采？直待失了火遭了喪恁時節改。

（下）（净云了，下）

校勘記

〔一〕正末襤扮：『襤』，即襤褸。謂正末穿破衣作叫化打扮。原本『襤』，音假爲『藍』，今改。

〔二〕九街十陌：原本『十』，形誤爲『千』，今改。『九街』『十陌』爲同義複詞，徐本改作『阡陌』，非。

〔三〕凍的我：原脱『我』字，據息機子本、《元曲選》補。

〔四〕冷的分外：原脱『外』字，依王校補。

〔五〕醱醅新釀茅柴：原本『醱』，音假爲『潑』；『茅』，音假爲『毛』，今改。

〔六〕外末引正末三人下了：原本誤作『外末上了』，依徐本改。

〔七〕研着墨色：原本『研』，音假爲『完』，據息機子本、《元曲選》改。按：『研』，即『硯』之古體。元人呼硯臺爲『圓瓦』。楊維禎《題萬松圖》詩：『亟呼圓瓦倒墨汁，盡寫髯官立成仗。群争十丈百丈身，氣敵千人萬人將。』由於各處方音的歧出，『圓』『完』『研』各字，在元明民間刊本書籍中，亦多有相互假借者。其『圓』『完』相假之例，參看《單刀會》第二折校勘記〔二三〕；至於『圓』『研』二音之假，則如《貶夜郎》第四折【新水令】曲：『眕（整）眼的湖水湖淵，豁達似翰林院。』當爲『湖水湖烟』。又，明成化刊本《白兔記》第十九齣【玉抱肚】曲：『你叔叔答報，訴不盡閑言負屈。』今《六十種曲》本第十齣則作『銜冤負屈』。根據以上諸例，元刊本之『完』，即息機子本、《元曲選》二本之『研』，可以論定矣。

〔八〕淋淋：原本音假爲『臨臨』，今改。

〔九〕痛殺殺：原本『殺』字失重，依下句『撲簌簌』語式補。

〔一〇〕净云了：原無『了』字，今補。

〔一一〕揸：原本『揸』，省寫爲『查』，今改。

〔一二〕凄凉：原本音假作『乞良』，今改。

〔一三〕把孩兒姓字從今夜排：原本無『排』字，依徐本補。

〔一四〕將爛鈔擲：原本『擲』字爲俗體，作『扠』，今改。徐本以湯式《一枝花·自省》套『但有個權勢的姨夫大大塊子扠』句，别本有作『大塊子揣』者，改『扠』爲『揣』，非。

〔一五〕昧了：原本『昧』，音假爲『賣』，今改。鄭本疑『賣』當作『賴』，何録、徐本徑改爲『賴』，皆非。按：《元曲選》本《趙氏孤兒》第三折【駐馬聽】曲：『是那個埋情出告，元來這程嬰舌是斬身刀。』又，南戲《趙氏孤兒》第十七齣【女織機】曲：『論屠岸直恁埋心，好没道理，我舉私仇必害你。』以上二

『埋』字，都是『昧』字的假借，可證。

〔一六〕你看我揭底罵一場：原脱『我』字；又『揭』音假爲『折』，依文義補改。

〔一七〕籌人債：與上句『放課錢』爲對文。『籌』，謀也，算也。原本『籌』，音假爲『諸』（讀chū）。參看《踈者下船》第一折校勘記〔五〕，《漢書·貨殖傳》：『運籌算，賈滇蜀民，富至童八百人，田池射獵之樂，擬於人君。』

〔一八〕門桯驀：原本『桯』，形誤爲『程』；『驀』，音假爲『陌』，今改。

〔一九〕埋子的：指郭巨埋兒。原本『埋』，音假爲『賣』，今改。

〔二〇〕剛博的兩貫錢來：原本『博』，音假爲『剥』，今改。

〔二一〕放的下我這愁懷：原脱『我』字，今補。

〔二二〕雕着：原本『雕』，由異體『彫』形誤爲『彤』，依何録改。鄭本同。

〔二三〕曲杈兒：原本『杈』，音假爲『茶』。今河北省方言呼樹枝爲『孤杈兒』。『曲』，疑爲『脆』之音假。『脆杈兒』，即嫩枝兒，與下句『老骨揣』相應。

〔二四〕福至心靈：原脱『至』字，何録誤改爲『福星靈』，依王校、鄭本改。

〔二五〕本利：原本『利』，形誤爲『和』，今改。

〔二六〕打了人衙門錢主劃：原本『衙』音假爲『牙』，又脱『門』字，依鄭本改。

〔二七〕敢決斷：仿刻本誤『敢』爲『散』，鄭本沿誤。

〔二八〕叔伯：原脱『伯』字，依何録補。

〔二九〕財交：即錢財來往。原本『財』，音假爲『才』，徐本乙作『交財』，似可不必。

〔三〇〕德行：原脱『行』字，據息機子本、《元曲選》補。

第三折

（净做抱病上）（外旦一行上，云）（净云）〔一〕二十年前有炷東嶽香願，交俫兒替還者。（下）（正末又扮莊老〔二〕上，開）自曹州曹南莊上賣了長壽孩兒，又早二十年了呵！我曾口許下香願。婆婆！咱兩口兒泰安州還了香願，却來曹州曹南打聽孩兒消息咱。

【商調集賢賓】區區步行離了汴梁，過了些山隱隱水茫茫。盼了些州城縣鎮，經了些道店村坊。望見那東岱嶽萬丈巔峰〔三〕，不見泰安州四堵城墻。這安仁殿蓋的來接上蒼，映祥烟紫霧紅光。神州三月天，仙闕五雲鄉。

【逍遥樂】這的是人間天上，燒的是御賜名香，蓋的是敕修廟堂。見這不斷頭客旅經商，還口願百二十行。聽的道兒替爺燒香交我情慘傷。又見這校椅兒上戴頂着親娘，交我千般想念，萬種恓惶，百倍思量。

（云）婆婆，咱今夜子這裏宿睡，明早五更時趕燒頭爐香咱。（小末、來興上，做住）（正末云）哥哥好狠呵！

【金菊香】我子理會得雕梁畫棟聖祠堂，又不是錦帳羅幃你的卧房。你這裏厮推厮搶老丈丈，不顧危亡，一迷地先打後商量。

【後庭花】 偏向廟官行圖些犒賞，咱客人行有甚盼望。他見有鈔的都心順，子俺這無錢的不氣長。枉了你獻千章，枉了你沉檀箋降。你攙頭爐意不臧〔四〕，瞞人在斗秤上。一斤稱十四兩，糴一斗加二量。瞞天地來賽羊，欺窮民心不良，昧神祇燒禬狀。

【雙雁兒】 這的是你虧心枉爇萬爐香！要兒孫，往上長，休把那陷百姓兒羊羔兒利錢放。兒開不的敬客坊，爺修不的不死方；兒戀不的富貴鄉，爺已卧在安樂堂。

【青哥兒】 他病在膏肓、膏肓之上，誰家問間别、間别無恙。鋪裀褥重重被一張，又不敢靠着他旁，行行離了門旁，離了他方〔五〕。子怕那奉母求魚孝王祥，卧死在冬凌上〔六〕。

（各做睡科）（正末云）婆婆，我怎睡得着！

【梧葉兒】 料是前生罪，今世裏當，末不燒了斷頭香？搵不迭腮邊泪，撓不着心上痒，割不斷業心腸。兒呵，爲你但合眼眠思夢想。

（云）兒呵，知他你那裏？（小末打噴嚏了）（等神鬼卒子拿浄上）（外、浄云了）〔七〕

【村里迓鼓】 做了個啞子托夢，説不的這場反障〔八〕。奴婢和使長，一合相風波千丈。看這後生形像，好似孩兒模樣。子爲他茶裏飯裏思，行裏坐裏念，眠裏夢裏想。作念着團圓了半晌。

（小末、來興云了）〔九〕

【元和令】 睡時節移在這厢，换時節倒在身上。元來是倚强壓弱富家郎，下的手也王伯當！他叫爺爺我這裏便應昂，都做了浮生夢一場。

【上馬嬌】 爲他把惡語傷，劈面搶，先打後商量。你這般欺良壓善心偏向，將性命償，自身做自身當。

【遊四門】 你也養着親生兒女老爺娘，各自要到家鄉。五陵豪氣三千丈，打扮的不尋常。强，穿着些謊衣裳。

【聖葫蘆】 你子是驢糞毬兒外面光，賣弄星斗焕文章，没些個夫子温良恭儉讓。我人貧志短，你才高語壯，是王子入學堂。

【後庭花】 你不肯冬三月開暖堂，夏三月設玉漿。情狠敢身中病〔一〇〕，心平是海上方。爺休想得安康，情取没人埋葬，泪汪汪無兒看孝堂。他急慌慌爲親爹來獻香，我疼殺殺身軀無倚仗；他絮叨叨活咒願都是謊，我孤莊莊旁人誰儘讓？他氣昂昂不做好勾當。

【柳葉兒】 一似個人模人樣，生一片不本分心腸。有一日打在你頭直上，天開眼無輕放，有灾殃，情取個家破人亡。

【高過煞】 若見我親兒那裏怕早無常，欺負我無人侍養。想我那頑子精神〔一一〕，也似你這般血氣方剛。暢道想我這受苦糟糠，賣兒時也合把爺攔當〔一二〕。這養小防備老，栽樹要陰凉。那忤逆兒郎，成人也不認爺娘。直待激惱着穹蒼，損壞農桑，兒呵，不怕五六月裏雷聲在半空裏響！

【浪來裏煞】 我想一家父母昌，生下一輩子孫壯。靈椿一株老，丹桂五枝芳〔一三〕，古賢人教子有義方。您家裏也出不的個伯瑜泣杖，諒您看錢奴也學不的竇十郎！

（下）

校勘記

〔一〕浄云：原本誤作『正末云』，依劇情改。

〔二〕正末又扮莊老：原本『又扮』作『又抹』。徐本引周貽白《中國戲劇史長編》謂『抹』爲面部化妝，此説似非，因『又扮』一詞，多見於元曲他本，今改。

〔三〕萬丈巔峰：原本『丈』，當由草書而誤爲『年』；『巔』，省借爲『顛』，據息機子本、《元曲選》改。

〔四〕意不臧：原本『臧』，音假爲『藏』，依何録改。

〔五〕又不敢靠着他旁，行行離了門旁，離了他方：按律，此三句爲【青哥兒】四字增句。原本『行行』，音假作『相相』，省書作『相又』。鄭本以『相』字屬上讀，又以重文符號爲『又』字，屬下句，非。徐本誤同，惟改『相』爲『厢』。

〔六〕冬淩：原本『冬』，音假爲『東』，今改。

〔七〕外、浄云了：徐本删『外』字，似非。以上科白爲『等神鬼卒子拿浄上』，『外』，當扮神鬼。

〔八〕反障：即反常、詭異。徐本改爲『板障』，似與曲意不合。

〔九〕小末、來興云了：『來興』，原本誤作『來兒』，依上文『小末、來興上』改。

〔一〇〕情狠敢心中病：原本『敢』，音假爲『感』，依何録改。

〔一一〕頑子精神：原本『頑』，形誤爲『顧』，據息機子本改。鄭本失校。

〔一二〕攔當：原本『攔』，形誤爲『挣』，據息機子本、《元曲選》改。鄭、徐二本失校。

〔一三〕靈椿一株老，丹桂五枝芳：用馮道《贈竇十》詩句。原本『株』，形誤爲『校』，今改。

第四折

（外末上，提賈員外死了）（小末上了）（正末、卜兒[一]上，開）咱泰安州燒了香，兩口兒去曹州曹南打聽孩兒消息。咱共婆婆兩口兒虔心[二]燒香，想神聖也多靈感呵！

【越調鬥鵪鶉】賽五嶽靈神，誰不奉一人聖旨[三]！總四大神州，受千年典祀；護百二山河，掌七十四司[四]。咱獻香，醮錢紙[五]。道積善的長生，造惡的便死。

【紫花兒序】怎生顏回短命，盜跖延年，伯道無兒？誰不道靈神有驗，正直無私，勸化的人心慈。便道東嶽新添速報司[六]，孔子言鬼神之事。大剛來把惡事休行，擇善者從之。

（卜兒做急心疼的科）（正末慌科）

【東原樂】疼的他合了雙目，把捉定冷了四肢。（帶云）恰纔不合道了一句言語！降灾禍來疾追魂使，顯靈聖的尊神信有之。全不報我親兒，作螟蛉近來何似？

【綿搭絮】但行處人間私語，天聞若雷。一時報應，更不差遲，專設着未説先知舉意司，又差着千里眼能聽呵順風耳，那謗神道言詞。子是這老丑生不三思。

（做請心疼藥了）[七]（外末與藥了）（外提陳德甫散藥了）

【小桃紅】你這般雪盔頭髮鬢如絲，和你説的是二十年前事。（外末云了）[八]剗地問我姓甚名誰那裏人氏？（外末云了）説起來和你也痛嗟咨。（外云了）德甫！你直待聞鐘始覺山藏寺！這答兒曾賣了老夫一個小厮，專記着恩人名字。（外云）德甫！怎忘了你那周急濟貧借錢時〔九〕！

（外云了）（外末提賈員外〔一〇〕死了）

【鬼三臺】説着那龐居士做了些虧心事，恨不的把窮民來揹死。若是算他與人結交時，也久而敬之。寃家債主元來是〔一一〕，我那兔毛大伯有鈔使。全壓着郭巨埋兒，也强如明達賣子。

【禿厮兒】子落的三十分燒錢烈紙，一身衣裹骨纏尸。千兩金買不的一個死，將不去半分兒，家私。

（等小末拜了〔一二〕，云住）

【鬼三臺】兒親愛無行止，女親家無瑕玼〔一三〕。當初不合把小家兒嫁事。正不是〔一四〕爺做着縣衙司，又不是〔一五〕西臺御史。折末玉皇大帝女艷姿，攢天令公媳婦兒，也合參這皓首婆婆，也合拜我這白頭老子！

（小末云了）

【金蕉葉】見説罷交我咬牙切齒，他看了我揉腮撧耳。當夜燒香元來是這豪家義兒，我子道是誰家蕩子。

【調笑令】元來是這厮，捉拿去告官司。你這般毆打親爺甚意思？又難同抵觸爺娘事！老賤人一家無二。我行木驢上剮了這忤逆子，他也不是孝順孩兒。

【聖藥王】知他是你先死，我先死，我打簸箕糞栲栳送京師。賣了親子〔一六〕，停了死尸，無兒無女起靈時，能可交驢駕了輿車兒。

【調笑令】我看了姓氏，這是正明師。我祖上流傳三輩兒。賈員外爲錢乾絶嗣，説的俺祖公名字。二十年用心把鑰匙，元來都是俺祖上金資。

【收尾】貧窮富貴輪迴至，積攢下這萬萬貫資財一分也不使。只爲折陪口含錢，乾折了拖麻拽布子。

題目　踈財漢典孝子順孫

正名　看錢奴買冤家債主〔一七〕

看錢奴買冤家債主終

校勘記

〔一〕卜兒：原本『卜』，形誤爲『小』，今改。

〔二〕虔心：原本『虔』，形誤爲『處』，依何録改。

〔三〕賽五嶽靈神，誰不奉一人聖旨：原本『誰』，音假爲『雖』，依徐本改。又，『聖旨』二字，原本諱作『〇〇』。元人寫書，凡遇『皇帝』『聖旨』字樣，或二文全諱作『〇〇』，或偏諱。下字作『皇〇』『聖〇』。《元史·孛术魯翀傳》叙文宗時，帝祀天地、社稷、宗廟，翀爲禮儀使，詳紀儀節於笏：『遇至尊不敢直書，必識以兩圈。帝偶取笏視，曰：「此爲皇帝字乎？」因大笑，以笏還翀。』又，《介子推》第二折於『聖旨』『懿旨』諸字，或識以雙圈，或寫作『聖〇』，皆可爲證。徐本雖有見於此，又據息機子本、《元曲選》二本補作『聖慈』，實誤。

〔四〕七十四司：徐本改作七十二司，未言何據。按：《水滸全傳》七十四回敘東嶽廟：『蒿里山下，判官分七十二司；白騾廟中，土神按二十四氣。』似以『七十二司』爲是，然息機子本、《元曲選》皆作『七十四司』，未可遂定是非，姑仍元本之舊，俟再考。

〔五〕醮錢紙：原本『醮』，形誤爲『蘸』，今改。

〔六〕新添速報司：元好問《續夷堅志》卷一《包女得嫁》載『世俗傳包希文以正直主東嶽速報司』，似此説起於金末。

〔七〕做請心疼藥了：原本句首誤衍一『外』字，依何録删。

〔八〕外末云了：原脱『外末』二字，依劇情補。

〔九〕怎忘了你那周急濟貧借錢時：原本脱『你那』二字；又，『濟貧』二字殘缺，據息機子本、《元曲選》補。

〔一〇〕賈員外：原本誤作『賈充』，今改。

〔一一〕元來是：原爲小字，今改大字，作曲文處理。

〔一二〕等小末拜了：『小末』二字原無，依劇情補。

〔一三〕瑕玼：原本『玼』，形誤作『玭』，今改。

〔一四〕正不是：『是』字原缺，依原校補。

〔一五〕又不是：『又不』二字原缺，依文義補。

〔一六〕賣了親子：原本『子』字涉上誤作『了』，今改。

〔一七〕正名　看錢奴買冤家債主：原本脱，依本劇劇名及明刊本元曲通例補。

泰華山陳摶高卧

馬致遠　撰

簡要説明

《泰華山陳摶高卧》，馬致遠撰。原題『新刊的本泰華山陳摶高卧』。原本未標明折數，科白極簡。《録鬼簿》《太和正音譜》《元曲選目》《也是園書目》《今樂考證》《曲録》并録本劇劇目。

第一折，正末道扮陳摶先生。因見中原地分，有王者之氣，遂至京都賣卦尋訪，得遇趙匡胤和鄭恩，知爲真主。乃爲之出謀畫策，勸以汴梁爲都，收拾五代殘局，搭救天下生靈。

第二折，趙匡胤平定天下後，派使臣党繼恩請陳摶下山。他雖不願再入紅塵，但也不敢違了聖命，衹好隨宣使進京。

第三折，趙匡胤封陳摶爲希夷先生。他再次表明自己不願爲官、衹願歸山的思想。

第四折，趙匡胤派鄭恩以美女勸酒，陳摶不爲所動，終於再返華山，過着無榮無辱的山林生活。

本劇校本，今有鄭、徐兩種。王季思先生另有校語。又，除元刊外，本劇今存刊本，尚有《改定元賢傳奇》、息機子《古今雜劇選》、《古名家雜劇》、《陽春奏》、《元曲選》五種，除《改定元賢傳奇》未見外，其餘四本與以上校本，一并用以入校。四本文字相同者，則省稱爲『諸本』。

第一折

（外云了）（正末道扮上，開）貧道陳摶先生的便是，能通陰陽妙理。五代間朝梁暮晋，塵世紛紛。這幾日泰華山頂上，觀見中原地分，王氣〔一〕非小，當有真命治世。貧道下山，去那長安市上，開個卦肆指迷咱。

【仙吕點絳唇】定死知生，指迷歸正，皆神應。著插方瓶，香爇雷文鼎〔二〕。

【混江龍】俺今日開壇講命，斷文明白鬼神驚。傳聖人清高道業，算君子暗昧前程。我這袍袖拂開八卦圖，掌中〔三〕躔度一天星。怕有辨榮枯，問凶吉，冠婚宅葬，求財干仕〔四〕。若有買卦的聞人敬〔五〕，全憑聖典，不順人情。

（外云了）

【油葫蘆】古聖留傳《周易經》，有幾人能窮究的精？誦讀如坐井不能明。這《易》伏羲以上無人定，仲尼之下無人省。俺下的數又真，傳的課又靈。待要避凶趨吉知天命，試來這簾下問君平。

（外云了）

【天下樂】憑着八字從頭斷您一生，叮嚀，不交差半星。論旺氣相死囚憑五行。雖然是子丑寅卯，甲乙丙丁，也堪交高士聽。

（外上問卦，云了）

【醉中天】我等您呵似投吴文整，尋您呵似覓吕先生。交我空踏子斷麻鞋繩倦整〔六〕，您君臣每元來在這答兒相隨定。這五代史裏胡廝殺不曾住程，休則管埋名隱姓，却交誰救那苦懨懨天下生靈。

【後庭花】你命幹是丙丁戊己庚，乾元亨利貞。正是一字連珠格，三重坐禄星〔七〕。你休道俺不着情，不應後我敢罰銀十錠，未酬勞〔八〕先早陪了壺瓶。

（外云了）

【金盞兒】到這戌字上主冠帶，水成形火長生，避乖龍大小運今年并。若交得丙辰一運大崢嶸，向日犯空亡爲將相，逢禄馬〔九〕的作公卿。你是南方赤帝子，上應北極紫微星。

【後庭花】黄河一旦清，早子東方日已明。有興處〔一〇〕飲緑醑千鍾醉，無人處倒山呼萬歲聲。貧道煞是失祗迎，開基真命，拚今朝醉不醒。

（做迎駕科）

【金盞兒】左關陝右徐青，背懷孟俯襄荆〔一一〕，用兵的形勢連着唐鄧，太行天險壯神京〔一二〕。折末江山埋旺氣，草木動威靈。欲尋那四百年興龍地，除是八十里卧牛城。

【醉中天】你是五霸諸侯命，有一品大臣名，乾打哄〔一三〕胡廝噥過了半生。注定你不帶破多殘病，命裏有愁甚眼睛？兀那明朗朗〔一四〕群星雖盛，不如孤月獨明。

（外云了）（云）貧道出家兒，不須酬謝。二公保重者。

【金盞兒】投至我石枕上夢魂清，布袍底白雲生。我但睡呵一年半歲没乾净，子看您那朝臺暮省幹功名。我睡呵黑甜甜倒身如酒醉，喝嘍嘍的鼾睡似雷鳴。誰理會的五更朝馬動，三唱曉鷄聲。

【賺煞】出世聖人生，天下惡乎定〔二五〕。（外云了）〔二六〕何須把這山野陳摶拜請？若久後忘了這青眼相看旧弟兄〔二七〕，也不索重酬勞賣卦的先生。從今後罷刀兵，四海澄清，且放閑人看太平。我也不似出師的孔明，休官的陶令，則待學那釣魚臺下老嚴陵。

（下）

校勘記

〔一〕王氣：原本『王』，音假爲『旺』，依徐本改。

〔二〕雷文鼎：原本『雷』，音假爲『罍』，據《元曲選》改。

〔三〕掌中：原本『掌』，形誤爲『堂』，據諸本改。

〔四〕求財干仕：『干仕』，即『干禄』。原本音假爲『干事』，今改。

〔五〕聞人敬：原本『敬』，音假爲『静』。《元曲選》作『心尊敬』，從改。

〔六〕交我空踏子斷麻鞋繩倦整：原本『倦整』二字誤作『捲疲』。徐本彙聚元曲有關語例改作『倦整』，是，今從。惟『繩』，原本音假爲『神』，仍未校出。『倦整』，謂懶於修整。如徐本所舉《倩女離魂》第四折【醉花陰】曲『行李蕭蕭倦修整』是也。《元曲選》本《魔合羅》第一折【天下樂】曲：『百忙裏鞋兒斷了乳，好着我難行，也是我窮對付，扯將這蒲包上䌰麻且繫住。』與本句曲意近，可參考。『繩』，音假爲『神』，參看《拜月亭》第三折校記〔七〕。

〔七〕三重坐禄星：『星』，原本音假爲『生』，依諸本改。參看《西蜀夢》第二折校勘記〔一二〕。

〔八〕酬勞：原本『勞』，音假爲『樂』，據諸本改。按：『勞』『樂』二音之假，元曲中亦多有此例。如《雲窗夢》第三折【耍孩兒】曲：『怎禁蒼梧老葉凋金井，銀燭秋光冷畫屏。』當爲『蒼梧落葉』。又，《降桑椹》第三折科白興兒云：『小哥，我跟着你張勞這一日，我也打個盹。』則當爲『張羅』。

〔九〕逢禄馬：原本『逢』，當省爲『夆』，形誤爲『垂』，據諸本改。鄭、徐二本失校。

〔一〇〕有興處：原本『處』字散壞，據諸本改。

〔一一〕背懷孟俯裏荆：言汴梁形勢背靠懷孟，俯視荆襄。原本『俯』，音假爲『附』，依徐本改。

〔一二〕太行天險壯神京：原本『險』，作『塹』；又，『神京』二字脱，據《元曲選》校補。徐本以下句『折末』二字爲『神京』之誤，删，非。

〔一三〕打哄：原本『哄』，音假爲『供』，據諸本改。按：『哄』『供』二音之假，屢見於元曲。如《元曲選》本《小尉遲》第一折【上馬嬌】曲：『他將那袍鎧披，兵器攻，端的是人如虎，馬如龍。』『攻』，當依脉鈔本作『横』。又，脉鈔本《豫讓吞炭》第四折【醉春風】曲：『把我搶了臉向前推，顛破頭往後擁。這夥刁天厥地小敲才，只管把我來哄，哄，哄！』末尾三個『哄』字句，依劇情都應回改爲『攻』，就是上面所説的『向前推』『往後擁』種種推搶動作。凡此，皆可爲證。這種語音異讀現象，最晚可上推到中古。如敦煌《孟姜女變文》：『更有數個髑髏，無人搬運，姜女悲啼，向前供問。』當爲『慌問』。又《王昭君變文》，叙昭君死後，漢朝派使臣來吊：『單于聞道漢使來吊，倍加喜悦，光依禮而受漢使吊。』末句『光』字，亦當爲『慌』字之假。

〔一四〕明朗朗：原本「朗朗」二字，皆形誤爲「朝」，據諸本改。

〔一五〕天下惡乎定：原本「惡」，音假爲「鳴」，用《孟子·梁惠王上》語，依徐本改。

〔一六〕外云了：「外」，原本誤「往」，今改。

〔一七〕旧弟兄：原本「旧」，形誤爲「田」，據諸本改。

第二折

（使上，云了。虛下）（末上，云）貧道自從長安市上，算了那兩人君臣之命，回歸山中。醒時煉藥，醉後高眠，倒大清閑快活呵。

【南吕一枝花】我往常讀書求進身，學劍〔一〕隨時混。讀書匡社稷，學劍定乾坤。豪氣凌雲，心志如伊尹。本待交六合入并吞，伐天下不義諸侯，救數百載生靈萬民。

【梁州第七】從遇着那買卦的潛龍帝主，饒却〔二〕算命的開國功臣，便即時拂袖歸山隱。進時節道行天下，退時節獨善其身。修煉成内丹龍虎，降伏盡〔三〕姹女嬰兒。思飄飄〔四〕出世離群，樂陶陶的順化存神。想那亂擾擾紅塵中争利的俗人，鬧攘攘的黄閣上爲官的貴人，怎强如那閑遥遥華山中得道仙人？一身，駕雲，四溟八表〔五〕神遊盡，覷浮世暗中哂。坐看蟠桃幾度春，抵多少華屋生存。

【隔尾】放着這高山流水爲檀信〔六〕，索甚野草閑花作近鄰！滿地白雲掃不盡。你與我閉上洞門，休放個客人，我待静倚蒲團〔七〕自在盹。

（使上，云了）（迎接使科）

【牧羊關】我恰遊仙闕，謁帝閽，猛驚得我跨黄鶴飛下天門。你揮的玉塵特遲，打的金鐘暢緊[八]。又不是紙窗明覺曉，布被暖知春。驚的夢莊周蝶飛去，尚古自炊黄粱鍋未滚。

（使云了）（云）貧道山間林下，物外之人，無心名利。望天使回朝，方便回奏咱。

【紅芍藥】開基創業聖明君，舜迹堯仁，玉帛萬國盡來尊。一統乾坤，滅狼烟掃戰塵，恩澤及萬姓黎民。招賢納士禮殷勤，幣帛[九]似微塵。

【菩薩梁州】特遣天臣，把賢良訪問；當今至尊，重酬勞算卦的山人。過蒙君寵賜天恩，風雲不憶風雷信，琴鶴自有林泉分。想名利有時盡，乞得田園自在身，我怎肯再入紅塵。

【隔尾】俺子是下棋白日閑消困，高柳清風睡殺人，世事無由惱方寸。子除你個繼恩，使臣，方便向君王行奏得准。

（外云了）[一〇]

【牧羊關】既然海嶽歸明主，敢放這巢由[一一]作外臣，誰望你那千年調[一二]高塚麒麟！誰待老年攀蟾，子待閑身卧雲。試看蓬萊尋藥客，商嶺采芝人[一三]，天下已歸漢，山中猶避秦。

【賀新郎】我往常鷄鳴舞劍學劉琨，看三卷天書，演八門五遁[一四]。説談諸國遊天下，賣卦處逢着聖君，以此入山來訪道修真。看猿鶴知導引，觀山水爽精神[一五]。興常存，性於遠習於近。這黄冠野服一道士，伴着清風明月兩閑人。

（外云了）

【牧羊關】也不是九轉火裏燒丹藥，三足鼎裏煉水銀。若會的《參同契》便是真人。教雖没千言，道不離一身。你寸心休勞苦，四體省殷勤〔一六〕。散誕是長生法，清閑真道本。

【哭皇天】酒醉漢難朝覲〔一七〕，睡魔王怎做宰臣？穿着底紫羅袍便似酒布袋，秉着白象笏似睡餛飩。若做官後每日家行眠立盹，休，休！枉笑殺凌烟閣上人。早是踈慵愚鈍，更孤陋寡聞。

【烏夜啼】幸然恁法正天心順，索甚我横枝兒〔一八〕治國安民？我則有住山緣那裏有爲官分！樂道甘貧，誰羨畫戟朱門？丹砂好煉養閑身，黄金不鑄封侯印。我實戴不得展髻緊〔一九〕，着不得公裳坌〔二〇〕。倒不如我這拂黄塵〔二一〕的布袍，漉渾酒的綸巾。

（使云了）（云）既蒙天使到來，不敢違了聖恩，必索下山。

【帶黄鍾煞】〔二二〕也不索雕鞍緩緩的登程進〔二三〕，也不索駿馬驅驅的踐路塵。雖然聖旨緊〔二四〕，請將軍勿心困〔二五〕。儘交山列着屏，草展裀，鶴看家，雲鎖了門，子消得順天風駕一片白雲，較他那宣使乘的紫藤兜轎穩。

（同使下山。下）

校勘記

〔一〕學劍：原本『學』，由俗體『学』形誤爲『斈』，據諸本改。

〔二〕饒却：原本『却』，形誤爲『恰』，依徐本改。

〔三〕降伏盡：原作『消磨盡降伏』。王校：『「消磨」下，疑脱四字。』姑據諸本改。

〔四〕思飄飄：三字原脱，據諸本補。

〔五〕四溟八表：原本『四』，形誤作『山』，據《古名家雜劇》、息機子本、《陽春奏》改。

〔六〕檀信：梵語『檀那』與漢語『信心』的複合詞，其義爲布施或施主。《五燈會元》卷九：『（霍山景通禪師）化緣將畢，先備薪於郊野，徧辭檀信。食訖，至薪所，謂弟子曰：「日午當來報。」至日午，師自執炬登積薪上。』原本『檀』，音假爲『澶』，今改。

〔七〕静倚蒲團：原本『静』，音假爲『净』；『蒲』，形誤爲『滿』，據諸本改。

〔八〕暢緊：即甚緊。原本『暢』字左旁壞，仿刻本改爲『鳴』，非，今改。

〔九〕幣帛：原本『幣』字，音假作『弊』，據諸本改。

〔一〇〕外云了：徐本改爲『使臣云了』，云：『本劇以「外末」扮鄭恩，本折使臣爲党繼恩，而非鄭恩也。』此説非。元劇中同一脚色，在不同場次中可改扮不同的角色，例不具引。

〔一一〕巢由：原本『巢』字，誤省爲『果』，據諸本改。

〔一二〕千年調：原本『調』字，音假爲『釣』。古詩：『世無百年人，强作千年調。』據改。

〔一三〕商嶺采芝人：原本『商』字，誤作『岩』，據諸本改。

〔一四〕演八門五遁：古代術數家語。原本『演』字，誤作『名』；『五』字，誤作『壬』，據諸本改。

〔一五〕觀山水爽精神：原本脱『山』字，據諸本補。

〔一六〕四體省殷勤：原本『省』字，形誤爲『眘』（着），今改。

〔一七〕難朝覲：原脱『難』字，據諸本補。

〔一八〕横枝兒：『横』字，原作『楴』，不識，姑依諸本校改。

〔一九〕我實戴不得展髻緊：原本『我』字，誤作『幸』；『戴』字，音假爲『帶』，據諸本改。『展髻』，疑指展脚（角）幞頭，一名朝天巾。《元史·輿服志一》：『幞頭，漆紗爲之，展其角。』《水滸全傳》第七十四回：『李逵扭開鎖，取出幞頭，插上展角，將來戴了。』

〔二〇〕公裳坌：原本『坌』字，誤離爲『分上』，據諸本改。

〔二一〕黄塵：原本『塵』字，誤作『壁』，據諸本改。

〔二二〕【帶黄鍾煞】：『帶』字疑衍，徐本删。

〔二三〕登程進：原脱『進』字，依諸本補。

〔二四〕雖然聖旨緊：『聖旨』，原本諱作『聖〇』，今改。

〔二五〕勿心困：原本『勿心』二字誤合爲『忽』。今改。按律，此處當爲三字句，明刊各本多改作『休困』，鄭本改作『勿困』，均誤。

第三折

【正宫端正好】下雲臺，來朝會，不聽的華山裏鶴唳猿啼。道人不爲蒼生起，子是報聖主招賢意。

【滚綉球】俺便似片閑雲自在飛，心情與世違。可又不貪名利，怎生來交天子達知？是未發迹，卦鋪裏，恁時節相識，曾算着他面南登基。因此上將龍庭御賓皇宣詔，（使云）〔一〕駕賜衣冠，道號希夷，賜與我鶴氅金冠碧玉圭，加道號希夷。

（謝恩了）

【倘秀才】俺這草舍花欄藥畦，石洞松窗竹几〔二〕，您這玉殿朱樓未爲貴。您那人間千古事，子是松下一盤棋。富貴把浮雲可比。

【滚綉球】不住地使命催，奉御逼〔三〕，便交早朝入内，俺便似野人般不知個遠近高低。至禁闈，上鳳池，近臨寶砌，列鵷鸞〔四〕簾捲班齊。見這玉階前松擺龍蛇影，金殿上風吹日月旗，天仗朝衣。

（見駕打稽首科）

【倘秀才】無那舞蹈揚塵體例，子打稽首權充拜禮，（駕云了）願陛下萬歲萬萬歲。如今黄閣功臣少，白髮故人稀，見貧道自喜。

（駕云了）（云）貧道山野之人〔五〕，不能爲官。

【叨叨令】向那華山中已覓下終焉計，怎生都堂内纔看傍州例。議公事枉淘了元陽氣，理朝綱怕攪了安眠睡。貧道做不的也末哥，做不的也末哥，不要紫羅袍乞賜黄紬被。

【倘秀才】但睡呵〔六〕十萬根更籌轉刻，七八瓮銅壺漏水，恨不得生扭死窗前報曉鷄。休想我惜花春起早，愛月夜眠遲，道理。

（駕云了）

【滚綉球】貧道穿的蔀落衣，吃的是藜藿食。睡時節幕天席地，喝嘍嘍鼻息如雷。二三年，唤不起，若在省部裏敢每日晝不着卯曆。子有句話對聖主先題：貧道子得身閑心上全無事，除睡人間總不知，交人道貼眼鋪眉。

【倘秀才】陛下説君子周而不比，貧道呵小人窮斯濫矣。俺須索志於道依於仁據於德〔七〕。本待用賢去不肖，舉枉錯諸直，更是不宜。

【滚綉球】四百貫四百石，一品官二品職，子落的故紙上兩行史記，雖然重裀卧列鼎而食。臣事君以忠，君使臣以禮，呀！便是死無葬身之地，敢向那雲陽市血染朝衣。本居林下絶名利〔八〕，貧道呵自不合剛下山來惹是非。不如歸去來兮。

【倘秀才】道有個治家治國，俺索學分個爲人爲已，不患人之不己知。土坑上淡白粥，瓦鉢内醋黄虀，采那首陽山蕨薇。

【三煞】身安静域蟬初蜕，夢繞南園蝶正飛〔九〕。卧一榻清風，看一輪明月，蓋一片白雲，枕一塊頑石。直睡到陵遷谷變，石爛松枯，斗轉星移。抱元守一，窮妙理造化玄機。

【二煞】鷄蟲得失何須計，鵬鷃逍遥各自知。看蟻陣蜂衙，虎争龍鬥，燕去鴻來，兔走烏飛。浮生似透窗飛馬〔一〇〕，光明似過隙白駒，世人似舞瓮醯鷄。一階半職，何足算、不堪提。

【煞尾】〔一一〕俺那雲間太華烟霞細，鼎内還丹日月遲；山上高眠夢寐稀，殿下朝元劍佩齊。玉闕仙階我曾履，王母蟠桃我曾吃。欲醉不醉酒數盃，上天下天鶴一隻。有客相逢問浮世，無事登臨嘆落暉〔一二〕。危坐談玄講《道德》，静室焚香誦《秋水》〔一三〕。滴露研朱點《周易》，散誕逍遥不拘繫〔一四〕。赴召離山到朝裏，央及陳摶受宣敕，送上都堂入八位，掌管台衡〔一五〕總百揆。御史臺綱索省會，六部裏當該各詳細。攘攘垓垓没伶俐，是是非非没盡期，好交我〔一六〕戰戰兢兢睡不美！

校勘記

〔一〕使云：二字原無，據諸本補。

〔二〕竹几：原本『竹』字殘壞，據諸本補。

〔三〕不住地使命催，奉御逼：『奉御』，官名。元侍正府設奉御二十四員，秩五品。計尚冠、尚衣、尚輦、尚沐、尚飾、奉御掌簿各四員。此處指天子近臣。徐本改爲『奉御筆』，誤。

〔四〕鵷鸞：原本『鵷』字壞，據諸本改。

〔五〕山野之人：原本『之人』二字誤倒；『之』，又誤爲『云』，今改。

〔六〕但睡呵：原本『但』字，音假爲『貪』，今改。各本失校。

〔七〕志於道依於仁據於德：『志於道』，原作『由道義』，今改。按：語出《論語·述而篇》：『志於道，據於德，依於仁，遊於藝。』

〔八〕絶名利：原脱『利』字，據諸本補。

〔九〕夢繞南園蝶正飛：徐本據明刊諸本改作『夢繞南華』，疑非。莊周夢蝶，見《莊子·齊物論》。《警世通言》卷二《莊子休鼓盆成大道》：『莊生常晝寢，夢爲蝴蝶，栩栩然於園林花草之間，其意甚適。』似即本曲所云之『南園』，俟再考。

〔一〇〕浮生似透窗飛馬：《莊子·逍遥遊》『野馬也，塵埃也，生物之以息相吹也』，言春天遊氣飛奔若馬。鄭本改作『飛鳥』，誤。

〔一一〕煞尾：原本誤題作『三』，據諸本改。

〔一二〕嘆落暉：原本「嘆」字壞不成形，據諸本改。
〔一三〕誦《秋水》：原本「誦」字，形誤爲「漏」，據諸本改。
〔一四〕拘繫：原本「繫」字，形誤爲「繁」，據諸本改。
〔一五〕台衡：原本「衡」字，形誤爲「衜」，據諸本改。
〔一六〕好交我：原脱「我」字，據諸本補。

第四折

【雙調新水令】半生不識曉來霜，把五更寒打在老夫頭上〔一〕。您滿朝朱紫貴，怎如我一枕黑甜鄉。揭起俺那翠巍巍太華山光，那一幅綉幃帳。

【駐馬聽】白酒尊旁，閑慰眼金釵十二行，誤了我清風嶺上，不翻身惡睡一千場〔二〕。怕您待醉蟠桃到處覓劉郎，我委實畫蛾眉不會學張敞。好没鑒量，出家兒怎受閑磨障？

（女色試探科）

【步步嬌】折末硬厮纏到晨鐘撞，休想我一點狂心蕩。唤陳搏有甚勾當？命不快上遭逢着這火醉婆娘。乾誤了我晚夕參聖一爐香，半夜裏觀乾象。

【沉醉東風】這茶采得一旗半槍，來從五嶺三湘。泛一甌瑞雪香，生兩腋松風響。潤不得七碗枯腸。辜負一醉無憂老杜康〔三〕，誰吃您盧仝建貢〔四〕！

【攪筝琶】您好是輕薄相，我又不寂寞恨更長。乾把那蝶夢驚回，多管葫蘆蹄害痒。早上卧破月昏黄，直睡到〔五〕日出扶桑。知我着忙，不争如此顛狂。早聽的〔六〕静鞭三下響，識甚酬量〔七〕。

【雁兒落】官封一字王，位列頭廳相。那裏是有官的我算着？子是無眼的天將傍！

【川撥棹】恰離高唐，躲巫山窈窕娘〔八〕。戰鼎的遊仙夢悠揚〔九〕。則想道邯鄲道上，元來在佳人錦瑟旁。

【七弟兄】這場〔一〇〕，廝央，不尋常，粉白黛緑粧宫樣，茜裙羅襪縷金裳，綉幃中取樂催身喪。

【梅花酒】會定當，要論道經邦，燮理陰陽〔一一〕，却惜玉憐香！撮合山錯了眼光，就裏我也委實倉惶。您休使智量〔一二〕，俺樂處是天堂。

【收江南】硬哄我金殿鎖鴛鴦，高燒銀燭照紅粧。出家兒心地本清凉，纏殺我也恁般鬧嚷〔一三〕，便是一千年不見也不思量。

【水仙子】一靈暫到華山莊，袖拂白雲出汴梁。不争你拽金環呀地把門關上，悶煞人也瞎大王。扭得身化一道金光，索甚你圍來圍去疾〔一四〕，迷羞摩娑慌，分付取臭肉皮囊。

【太平令】現如今山鬼吹燈顯像，野猿掄筆題墻。子怕腐爛了芒鞋竹杖，塵昧了蒲團紙帳。塵世上，勾當，頓忘，枉交盹睡了都堂裏宰相。

【離亭宴帶歇指煞】〔一五〕把投林高鳥西風裏放，也强如銜花野鹿深宫裏養。大王加官賜賞，交臣頭頂紫金冠，手執碧玉簡，身着白鶴氅。昔年舊草庵，今日新方丈，除睡外别無伎倆。本不是個貪名利的世間人，是一個樂琴書的林下客，絶寵辱的山中相。從今後飯餘皮袋飽，茶罷精神爽，高打起南軒吊窗，烟雨外種蓮花〔二六〕，雲臺上看仙掌。

奏華山陳摶高卧終

校勘記

〔一〕老夫頭上：原本「夫」字，形誤爲「天」，據諸本改。

〔二〕惡睡一千場：原脱「一」字，據諸本補。

〔三〕老杜康：原脱「老」字，據諸本補。

〔四〕盧仝建貢：泛指名茶。原本「貢」字，音假爲「湝」。仿刻本改作「衖」。按：福建建安之北苑，以産茶著名，自北宋太平興國年間，供奉朝廷，爲龍鳳團茶。其品有貢新、試新、龍團勝雪、御苑玉芽諸目，至爲名貴，雖輔相之臣，亦未輕賜。歐陽修《茶録後序》自謂自諫官供奉内廷，二十餘年，始獲一餅。「建貢」，即建州貢奉朝廷之茶。明刊諸本，不知「衖」爲「貢」字之假，改此句爲「誰信您盧仝建忘」，全非。徐本又改「建衖」爲「建湯」，并云建湯「是一種茶的名稱」。不知宋元茶坊，兼買湯。茶與湯，不可混也。

〔五〕直睡到：原本「直」字前有「煮絮」二字，明刊諸本皆無，當爲衍文，今删。

〔六〕早聽的：原本作「早朝聽到的」，據《古名家雜劇》、息機子本、《陽春奏》删改。

〔七〕酬量：原本「酬」字右半壞，據《古名家雜劇》、息機子本、《陽春奏》改。

〔八〕窈窕娘：原本「娘」字，省借爲「良」。元代北方方音當有此異讀，今改。

〔九〕戰鼎的遊仙夢悠揚：此句有誤，待校。按律，此處應爲四字二句。徐本依《元曲選》改作『客舍淒涼，仙夢悠揚』，雖合於律，惟與原本字形不符，故不取。

〔一〇〕這場：原本『場』，形誤爲『揚』，據諸本改。

〔一一〕爕理陰陽：原本『爕』，形誤爲『奕』，據諸本改。

〔一二〕您休使智量：『您休』二字原脱，據諸本補。

〔一三〕纏殺我也恁般鬧嚷：『恁般鬧嚷』四字原無，據諸本補。

〔一四〕圍來圍去疾：原本兩『圍』字，均形誤爲『回』；又，『疾』字原無，依文義校補。

〔一五〕離亭宴帶歇指煞：原本省題作『離亭煞』，據諸本補。

〔一六〕烟雨外種蓮花：原本誤作『烟雨裏外』，據諸本改補。

馬丹陽三度任風子

馬致遠　撰

簡要説明

《馬丹陽三度任風子》，馬致遠撰。原題『新刊關目馬丹陽三度任風子』。原本未標明折數，科白簡略。《録鬼簿》《太和正音譜》《元曲選目》《也是園書目》《曲録》并録本劇劇目。

第一折，正末扮屠家任風子，於生日筵上聽説神仙馬丹陽化的一方人都吃素，壞了屠户們的衣飯，準備殺死這個老道。

第二折，任風子夜間去殺馬丹陽，連殺三次未死，被馬丹陽遣神將責罰。於是放下屠刀，立地省悟，拜馬爲師，出家苦修。

第三折，任屠出家後，他的妻子抱着小孩，由另一屠户領來見他，勸他回去。他執意不肯，結果休了妻子，更摔死自己的孩子。

第四折，任屠在苦修中，馬丹陽使用種種法術對之考驗。先是强盗打劫，接着已死的孩子問他索命，被責後纔知道這一切都是師父的『圈套』，更加誠心地過着苦修的生活。

此劇本色當行，與馬致遠其他劇本風格迥異。譚正壁先生《元曲六大家略傳》謂元代有三個馬致遠，惜言之不詳。此劇是否當屬東籬，終有疑問。姑依舊説，繫於東籬名下，俟再考。

本劇校本，今有鄭、徐兩種。王季思先生另有校語。又，除元刊外，本劇現存版本尚有脉望館藏明内府鈔本一種及《元曲選》《酹江集》刊本兩種。以上各種，一并用以入校。明刊三本文字相同者，則省稱『諸本』。

第一折

（等衆屠户上，一折下）（等馬一折下）（正末扮屠家引旦上，坐定，開）自家姓任，任屠的便是。嫡親三口兒。在這終南縣〔一〕居住。爲我每日好吃那酒〔二〕，人口順都叫我任風子。頗有些家私。但見弟兄每生受的，我便借與他些錢物做本，并不要利息。因此上相識伴當每都將我厮敬。今日是自家生日，小孩兒又是滿月，怕有相識弟兄每來時，大嫂，篩着熱酒着，看有甚麽人來。（外上，見住）

【仙吕點絳唇】朋友相憐，弟兄錯見，任屠面。今日非專，因賤降來宅院〔三〕。

【混江龍】俺屠家開宴，端的肉如山嶽酒如川。都是吾兄我弟，等輩齊肩。直吃得月上花梢傾盡酒〔四〕，風吹荷葉倒垂蓮。我子見客圍席上，酒到根前，何曾側厭，并不推撚〔五〕，接入手一盞盞乾乾嚥。他每説掂斤播兩〔六〕，撥萬論千。

（云）〔七〕將酒來。（外云了）〔八〕

【油葫蘆】你覷那扎手風喬人酒量淺〔九〕，吃不得往外㶎，噇不了〔一〇〕的牛肉把指頭填。恰便似餓狼般搶入肥猪圈，便一似乞兒鬧了悲田院〔一一〕。吃得來眼又睁，氣又喘。都是些猪脖臍〔一二〕狗奶子喬親眷，擺坐滿一圓圈〔一三〕。

【天下樂】我却甚畫戟門開見醉仙〔一四〕？許大來家緣，不少吃共穿，得一個魔合羅娘好兒〔一五〕天可憐。花謝了花再開，月缺了月再圓，人老何曾再少年！

（外云了）大嫂，取些錢來，借與兄弟每。（旦云了）

【那吒令】非任屠自專，大河裏有船；相知每共傳，旱路上有田〔一六〕；婆娘家不賢，頭直上有天。非是我自誇，伊親見〔一七〕，都是些做屠行院。

【鵲踏枝】一個道缺盤纏，這個道少人錢，他每鼓腦爭頭〔一八〕，赤手空拳。謝天地葫蘆提過遣，稍有些水陸莊田。

（末云）兄弟每，常借與您錢物，你尋常少盤纏〔一九〕，爲何？

【寄生草】道士每都修善，他每更不吃羶。先生每住滿全真院，道士每鬧了終南縣，莊家每都看《神仙傳》。到晚來姑姑每屯滿〔二〇〕七真堂，没半年摇車兒擺滿三清殿。

（等旦下）

【醉中天】似恁的呵，都受了清净無爲願，覓不得温暖養家錢。百姓每都將畫峥〔二一〕懸，但吃酒先澆奠。有這的呵，不動刀砧半年，更撩丁不見，散甚娘利市神仙！

（等外云了）不争那厮化的俺一方人都吃素〔二二〕吵，俺屠家却吃甚麽？（等外云了）你道我近不得他？來，

咱白厮打，你贏的我，你便去；我贏的你，我便去。（做厮打科）

【金盞兒】這個拳來到眼根前，躲閃過把臂忙搧。這個滴溜板踅的似風車轉，拳來躲過似放過一蠶椽。一個胸膛裏着翻背，一個嘴縫上中直拳。一個早撲地腮搵土，一個哼地脚梢天。

（等外云）兄弟放心，我殺那厮去！

【賺煞】[二三] 我將這拍老牛力升騰[二四]，殺劣馬心施展，提着過性命[二五] 身輕體健。俺兩個如還厮撞見，使不着巧語花言。（外云了）他若是駕雲軒[二六]，折末平地升仙，我將這摘膽剜心手段顯。休道在玉皇殿前，直趕到月宮裏面，把那厮似死羊兒般扯、扯、扯下九重天。

（下）（等外云了）

校勘記

〔一〕終南縣：據《元史·世祖本紀》：終南縣於至元七年（1270）省入盩厔縣。

〔二〕好吃那酒：原本『吃』字，音假爲『乞』，今改。下同。參看《調風月》第二折校勘記〔二七〕。

〔三〕宅院：原脱『宅』字，據諸本補。

〔四〕傾盡酒：原本『傾』字，形誤爲『休』，據諸本改。

〔五〕推撚：原本作『推辭』，失韵，據脉鈔本改。

〔六〕他每説掂斤播兩：原本『他』字，寫作『佗』，仿刻本誤爲『俺』，鄭、徐二本沿誤。又，原本『播』字漫漶不清，依諸本改。

〔七〕云：原無，此係正末所云，今補。

〔八〕外云了：原無「外」字，今補。

〔九〕你覷那扎手風喬人酒量淺：原本「覷」字，模糊不清，仿刻本誤改爲「顯」，鄭、徐兩本沿誤。又，「扎」字，原本音假爲「查」。參看《拜月亭》第四折校勘記〔七〕。「扎手風」，俗名鷄爪風，手指拘攣顫抖不已。據《元曲選》《酹江集》改。「喬人」，原作「咳人」，據諸本改。

〔一〇〕噇不了：「噇」，吃喝無度的意思。原本寫作「哧」，今改。

〔一一〕悲田院：原本「悲」字，音假爲「卑」，據諸本改。

〔一二〕猪脖臍：原本「脖」字，音假爲「皮」，據《元曲選》《酹江集》改。鄭本失校。按：「皮」，古音婆，蒲波反，與今讀異。

〔一三〕擺坐滿一圓圈：原本「滿」字漫漶不可辨識，仿刻本改作「紙」，實非。據《元曲選》《酹江集》補。

〔一四〕醉仙：原本「醉」字，音假爲「隊」，據諸本改。按：《大唐秦王詞話》第二十三回：「一輪火鏡，須臾隊岫含山；二氣浮沉，頃刻明消暗長。」當爲「墜岫含山」。

〔一五〕魔合羅娘好兒：此處「娘」字爲語助，徐本依《元曲選》《酹江集》改爲「般」字，非。

〔一六〕旱路上有田：與上文「大河裏有船」，均爲當時成語。原本「田」字，作「錢」，今從徐本據脉鈔本、《酹江集》校改。

〔一七〕親見：原本「見」字，音假爲「眷」，據諸本改。鄭、徐二本失校。

〔一八〕鼓腦争頭：原本「鼓」字，音假爲「苦」，據諸本改。參看《看錢奴》第一折校勘記〔二二〕。

〔一九〕你尋常少盤纏：「常」字原無，依徐本補。

〔二〇〕屯滿：原本『屯』字，模糊不清，據諸本補。鄭、徐二本皆從仿刻本作『住』，似非。

〔二一〕畫㑏：原本『㑏』字，音假爲『掙』，今改。

〔二二〕都吃素：原本『吃』字，衍作『乞乞』，今删。

〔二三〕賺煞：原本省題作『尾』，今改。

〔二四〕拍老牛力升騰：原本『力』字，形誤作『刀』，據諸本改。鄭本失校。

〔二五〕過性命：『過』，過與，給也。『過性命』，即拼命。徐本改爲『這性命』，誤。

〔二六〕駕雲軒：原本『軒』字，形誤爲『輕』，據諸本改。

第二折

（等馬上，坐定，云住）（末扮刺客上，云）□□□□先生咱，子不我要殺你。趁着這一弄兒景，到來殺你呵！

【正宫端正好】消酒力晚風凉，助殺氣秋天暮，尚兀自身趔趄醉眼模糊。化的俺一方之地都滄素，顯的出家兒無榮辱。

（等旦街上見末，云了）你來這裏子末？（等旦云了）

【滚綉球】休怕畏，我也不恍惚，常言道避者不做。（旦云了）你莫不養着那先生哩麽？（旦云了）你莫不共馬丹陽綰角兒妻夫？一隻手拿住繫腰，一隻手揝住道服〔一〕。我却兩隻手輕舉，的溜撲摔下階除〔二〕。咱是個敲牛宰馬任風子，渾家放心。不帶累你個抱侄携男魯義姑。此語無虛。

（旦云了）

【倘秀才】你道苦勸着不聽你個媳婦，常言道壞衣飯如殺父母。（等旦云了）自古道無毒不丈夫！親生子，快啼哭〔三〕，你與我覷去！

（末云）我去城外趕兩個猪兒去。我那裏殺人？你家去。（旦云了）婆娘家到得那裏，子三句言語，早走將回去。我那裏趕猪？我一心待殺那厮去。（做轉一遭科）兀底是那庵兒，閉着門子哩。我與你跳過墻去咱。（做攀望科）（等衆叫稽首了）（做□□下科）劈頭裏見一個先生，後地有五七百個小先生，都叫一聲稽首。莫不眼花？既到這怕甚麽〔四〕？（跳墻科）

【滚綉球】土磚墻騰的跳過來，轉茅庵厭的行過去。褪身在背陰黑處，我子怕馬丹陽先有埋伏。我則聽得〔五〕悄悄人説咱，元來是瀟瀟風弄竹，晃的這月華明閃，雲來雲去〔六〕，似人行竹影扶踈〔七〕。爲甚壞馬丹陽刺客心頭怕〔八〕，殺劣馬賊兒膽底虛，罷，便死待何如〔九〕！

先生呵，你□□□□□□□□□□□□□。

【呆古朵】出家兒□□□□□，□□□□，□□□□□。怕妖精禁持，怕狼虎掩撲。怕妖精□□□，□□□□□□。□□□□□，也是道高龍虎伏。

（做見馬丹陽科）〔一〇〕我是一個屠家，□□□□□□□□□□□□殺你。（馬云了）道你是個神仙，你變些本相交我看，我便不殺你。

【倘秀才】你攝伏下北極真武，活請下東華帝主。我道來你是南方左道術。便有縮地法，混天圖，與你快取。（做殺科）（做殺不的三科）先生嗏，你今日不合死，明日我來殺你。（馬云了）你怎生殺的我！（等馬呼神上）（神上）（末見神，驚放）

【窮河西】觀覷了悠悠五魂無，你個馬丹陽師父元來有護身符。跨鶴來怎生插翅羽〔一一〕，他把我擋攔住。（等神喝住）叫一聲如何敢過去！（等神責了，下）（做猛省科）任屠！兀自不省哩！根師父出家去。（做來見馬科，云）稽首！弟子省也，待根師父出家去。（馬云了〔一二〕，弟子做得！）

【叨叨令】師父道神仙子許神仙做，凡人只尋〔一三〕凡人去。（馬云了）俺爺娘枉受爺娘苦，兒孫自有兒孫福。弟子省得也末哥，省得也末哥，謝師父指引上天堂路。（馬云了）〔一四〕

【三煞】從今後栽五株緑柳侵蓬户，種三徑黄花近草廬。學師父伏虎降龍，跨鶴乘風，再不去宰馬敲牛，殺狗屠猪。我心中不恍惚，有甚工夫，惡紫奪朱！雖然我愚魯，看小裹看文書〔一五〕。

【二煞】高山流水知音許，古木蒼烟入畫圖〔一六〕。我待學列子乘風，子房達道，陶令休官，范蠡歸湖。搭救了蠢蠢之物，泛泛之材，落落之徒。撇下了砧刀活計，待請佃你個藥葫蘆。

【收尾】每日爲屠猪殺狗生涯苦，都不想玉兔金烏死限拘。從今後興無量樂有餘，朱頂鶴銜花鹿〔一七〕，嗅月猿嘯風虎；雲滿窗月滿户，花滿階酒滿壺，風滿簾香滿爐。看讀宣王孔聖書〔一八〕，習學清虚莊列術。閉口藏舌有若無，飲氣吞聲實若虛。苦眼鋪眉恰似愚，縮項潛身子粧古。滚滚韶華隙内駒，急急光陰風内燭。姹女嬰兒自此伏〔一九〕，玉鎖金枷已得疎。千丈風波再不圖，一厦茅庵足可居。麞鹿獐犯放岩谷，狗彘鷄豚繞園圃。茶藥琴棋盡得數，春夏秋冬總不負。春天園中賞花木，夏日山間避炎暑。秋月籬邊玩松菊，冬雪岩前看梅竹。白叟黄童作賓主，皓月清風爲伴侣。流水高山是琴譜，古木蒼松作畫圖。壺裏乾坤不可拘，風内藍袍自在舞。酒又不飲色又無，財又不貪氣又除。酒誤沙陀裂飛虎〔二〇〕，色迷金陵陳後主，財壓滎陽范亞父〔二一〕，氣逼烏江楚項羽〔二二〕。人我鄉中盡不許，名利場中都間阻。淘净溝渠洗□□〔二三〕，鋤了〔二四〕田園種菜蔬。準備麻繩絞轆轤，收拾荆筐擔糞土。先做莊家後做屠，師父呵，更怕我打不的塵勞受不的苦〔二五〕！

（下）（等馬云了）

校勘記

〔一〕揩住道服：原本『揩』字，模糊不清，據諸本補。

〔二〕階除：原本『除』字，音假爲『衢』，今改。

〔三〕快啼哭：即愛啼哭。原本『快』字，形誤爲『决』，據諸本改。鄭本失校。

〔四〕既到這怕甚麽：原無『既』字，語意未完，依鄭本補。

〔五〕我則聽得：原本『我則』二字不可辨識，據脉鈔本、《元曲選》補。

〔六〕月華明閃，雲來雲去：原本八字殘空，據《元曲選》《酹江集》補。

〔七〕似人行竹影扶疎：原本『似人行竹』四字殘空，《元曲選》字數恰符，照補。

〔八〕壞馬丹陽刺客心頭怕：原本「壞」字涉下誤作「怕」，依鄭本改。徐本失校。

〔九〕殺劣馬賊兒膽底虛，罷，便死待何如：原本「殺」字殘迹可辨，以下各字均殘空，據脉鈔本補。

〔一〇〕做見馬丹陽科：「丹陽科」三字原本殘空，今補。

〔一一〕跨鶴來怎生插翅羽：脉鈔本句前有「我待」二字，似應補。

〔一二〕馬云了：「馬云」二字原無，依劇情補。

〔一三〕只尋：即「則尋」，仿刻本誤作「又尋」，鄭本沿誤。

〔一四〕馬云了：原本「馬」字，誤作「旦」。按此處旦已下場，今改。

〔一五〕看小裏看文書：「看小裏」，即從小裏。今河南方言仍有此語詞。明刊諸本皆誤改爲「從小裏」。鄭、徐二本沿誤。

〔一六〕古木蒼烟入畫圖：原本「古」字，音假爲「枯」。參看《看錢奴》第一折校勘記〔二二〕，據脉鈔本、《元曲選》改。徐本失校。

〔一七〕朱頂鶴銜花鹿：原本「鶴」字漫漶不清；又「銜」，音假爲「獻」，據諸本改。

〔一八〕看讀宣王孔聖書：「宣王孔聖書」，與下句「清虛莊列術」爲對文。孔子唐代封「文宣王」，宋代封「至聖文宣王」，元大德間又加封爲「大成至聖文宣王」。原本「宣」字，音假爲「先」；「王」字，形誤爲「生」，今改。鄭、徐二本改爲「先王」，非。

〔一九〕姹女嬰兒自此伏：原本「伏」字漫漶不清，仿刻本空缺。徐本以《陳摶高卧》第二折「降伏盡姹女嬰兒」句補「伏」字，是，今從。

〔二〇〕酒誤沙陀裂飛虎：李克用酒後誤殺飛虎將李存孝事。關漢卿有《哭存孝》雜劇，可參看。原本「裂」

字，省借爲『列』，今改。

〔二一〕財壓滎陽范亞父：『壓』，原由文字待勘符號『卜』形誤爲『下』。參看《單刀會》第四折校勘記〔一二〕。據脉鈔本、《酹江集》改。

〔二二〕氣逼烏江楚項羽：原本『逼』字漫漶不清，據脉鈔本、《酹江集》補。

〔二三〕淘浄溝渠洗□□：原本句尾二字漫漶不清，徐本補『衣服』二字，似非。

〔二四〕鋤了：原本『鋤』字不可辨識，據脉鈔本、《酹江集》補。

〔二五〕打不的塵勞受不的苦：原本『塵』字，音假爲『勤』，今改。按：宗教徒以世俗事務之擾擾爲『塵勞』。《無量壽經》上：『散諸塵勞，壞諸欲塹。』《維摩慧遠疏》：『煩惱坌污，名之爲塵，彼能勞亂，說以爲勞。』又，元王惲《秋澗集》卷六十一《提點彰德路道教事寂然子霍君道行碣銘》：『全真家禁睡眠，謂之消陰魔；服勤苦，而曰打塵勞，以折其强梗驕吝之氣。』可證。各本失校。

第三折

（外、旦上，云了）（等馬上坐定，云了）（正末挑擔扮先生上，云）嗨，任屠，若不是師父點覺了吵，倒大來快活。

【中吕粉蝶兒】每日價園内修持。猜着我師父的意，先交我栽排下久長活計。若不是參透玄機，利名場，風波海，虛耽一世。雖然吃淡飯黄虀，淡則淡淡中有味。

【醉春風】閑時節與師父石鼎内煮茶芽，更去瓦瓶添净水。一聲鷄唱五更鐘，師父叫一聲：任風子！我又索起，起。識破這轉眼韶華，迅指光景〔一〕，轉頭時世。

（等旦、外上，云）（末不睬旦科）

【紅綉鞋】自撇下酒色財氣〔二〕，誰曾離茶藥琴棋？子規聲裏猶道不如歸。（旦云了）又不曾遊閬苑，又不曾赴瑶池，止不過在終南山色裏。

（旦云了）

【石榴花】我把轆轤繩直絞到衆星稀，我却甚愛月夜眠遲！春裏夏裏秋裏冬裏〔三〕受驅馳，休想我後悔，又無人把我央及。（等旦云了）婆娘家子管裏誇賢惠，有甚早行不的這些田地〔四〕。范杞良北築在長城内，迤逗的個孟姜女送寒衣。

（等旦云了）

【鬥鵪鶉】大古裏萬水千山，賣弄你三從四德。（旦云了）（打旦科）我漾起拳頭，（等旦云了）他膍與〔五〕我個面皮。休，休，休！今世裏饒人不是痴。咱兩個善厮離，我來到林下山間，再誰想星前月底！

（等旦討休書科）他問我要休書，我問師父咱：與的是？不與的是？（做見馬科，云）有任嫂兒問弟子要休書〔六〕，與的是？不與的是？（等馬云了）（末做自退）師父道：『與和不與，不由你那！』

【普天樂】闌閾出虎狼叢，拜辭了鴛鴦會。這的中做布襬，好做鋪持。急切裏無片紙，將手帕鋪在田地〔七〕，水渠中插手在青泥内，與你個泥手模便當休離。我和你恩斷義絶，花殘月缺，再誰戀錦

被羅幃〔八〕！（等旦云了）

【上小樓】你道是夫唱婦隨，夫榮妻貴！早起晚夕，摘菜挑薺〔九〕，打水澆畦。（等旦云了）你向這裏，撒殢殢，休尋自縊，菜園中撧葱人脆。（外云了）〔一〇〕

【幺篇】兄弟！今日你勸我，我笑你，昧己瞞心，劈兩分星，細切薄批。你道這幾日，做屠的，虧折本利，到今日管他甚猪賤羊貴〔一一〕。（外挑擔説重，云了）

【滿庭芳】這擔輕如你底。你道我擔荆筐受苦，强如你擔火院便宜。兩頭來往搬興廢，休想我擔是擔非。（等外云了）雖不如張子房休官罷職，（外云了）我待學陶淵明歸去來兮。咱休罪，今朝斷離。（等旦云了）由你做張郎婦李郎妻。

【耍孩兒】想人生六合乾坤内，活到七十都能有幾？人身幻化比芳菲〔一二〕，人愁老花怕春歸。人貧人富無多限，花落花開能有幾？咱想着人子有三寸元陽氣，貫穿着凡胎濁骨，使作那肉眼愚眉。（旦云了）

【六煞】〔一三〕第一來將女色再不親，第二來把香醪再不吃，堆金積玉成何濟。人生一世心都愛，誰爲三般事不迷？跳出紅塵内，尋泛錦槎天浪，爛斧柯仙棋。（旦云了）

【五煞】我子待玄鶴出入隨，誰想香腮左右偎。你那綉衾不耐如黄紬被〔一四〕！我待學彈夜月琴三弄，誰待細看春風玉一圍。我無福共你諧連理，你愛的是百年姻眷〔一五〕，我怕的是〔一六〕六道輪迴。

（旦云了）

【四煞】這菜園枯有似我，花枝殘恰似你。喒兩個花殘菜老成何濟？殘花不可重簪帶，蔫菜那能再入畦〔一七〕！（等旦云了）學老圃尋歸計，但澆得菜蔬清秀，問甚麽滄浪之水濁兮。

（等旦云了）

【三煞】一投匆匆月出東，却早厭厭日落西，秋鴻社燕〔一八〕相催逼。玉天仙妻子權休罷。（等旦與倈兒云了）（末做孩兒摔死）魔合羅孩兒誰是誰？（等旦悲云了）我見他揾不迭腮邊泪。問甚麽水胡花性命，愛惜你花朵兒身起。

（等旦云了）

【二煞】折末你叫吖吖叫到明，哭啼啼哭到黑。一任你打悲呵休想我還俗意。（旦云了）緑豆皮姐姐疾忙退，（等外末云了）〔一九〕没梁斗哥哥你枉了提。子管裏閑眺氣。折末絮得你口困，休想勸的我心回。

（旦云了）

【收尾】由你死共死活後活，我二則二一則一。休道是〔二〇〕嬌妻幼子和兄弟，我跳出七代先靈稽首也勸不的！

（下）（等旦共外都云，下）（等馬云了，下）

校勘記

〔一〕迅指光景：原本「迅」，音假爲「笋」，據《酹江集》改。

〔二〕酒色財氣：原本「色」字涉下誤作「氣」，據諸本改。

〔三〕秋裏冬裏：原本「秋」「冬」二字誤倒，據諸本改。

〔四〕有甚早行不的這些田地：「早行」，疑爲「找尋」之假。《元曲選》此句作「直尋到這搭兒田地」。

〔五〕⿰月怱與：「⿰月怱」字不見於字書，仿刻本誤作「⿰月怱」。脉鈔本作「拏」，當爲「弩」之訛體。顧曲齋本《對玉梳》第一折【天下樂】曲：「一會家難禁，弩目詘筋。」今山西晉南方言以强負重力曰「努」。「⿰月怱與」，即硬與，硬支着。鄭、徐二本依《元曲選》《酹江集》改作「揣與」，實誤。

〔六〕問弟子要休書：原無「子」字，依鄭本補。徐本補作「徒弟」。

〔七〕將手帕鋪在田地：原本「手帕」二字，涉上文「這的中做布碾」，誤作「這的」，據《元曲選》《酹江集》改。徐本失校。

〔八〕再誰戀錦被羅幃：「再誰戀」三字原無，據《元曲選》《酹江集》補。

〔九〕摘菜挑薺：原本「摘」字，音假爲「擇」；「薺」字，音假爲「虀」，今改。

〔一〇〕外云了：原本「外」，誤作「旦」，今改。

〔一一〕猪賤羊貴：原本「猪賤」二字誤倒，依徐本改。

〔一二〕人身幻化比芳菲：原本「身」，音假爲「生」；「比」，音假爲「北」，據《元曲選》《酹江集》改。

〔一三〕六煞：原本誤作「幺」，今改。

〔一四〕黄紬被：原本「紬」，形誤爲「袖」，據諸本改。

〔一五〕百年姻眷：原本「百」字，涉下誤「姻」，據諸本改。

〔一六〕怕的是：原無「的」字，據諸本補。

〔一七〕蔫菜那能再入畦：原本「蔫」，音假爲「淹」，今改。按：上文云「花殘菜老」。菜老，即枯萎將乾也。各本失校。

〔一八〕秋鴻社燕：原本「社」，音假爲「塞」；「燕」，誤作「雁」，據《酹江集》改。按：蘇軾《送陳睦知潭州》詩：「有如社燕與秋鴻，相逢未穩還相送。」語出此。徐本依《元曲選》改作「秋鴻春燕」，與原本「塞」字音義不符，不取。

〔一九〕等外末云了：原本「外末」，誤作「外旦」，依劇情改。

〔二〇〕休道是：「休」，仿刻本誤作「你」，鄭、徐二本沿誤。

第四折

（末上，云）若不是師父點覺吵，怎能夠如此快活呵。

【雙調新水令】雖不曾倒騎箕尾上青霄，子爲人叫任風子今日積功成道〔一〕。編四圍竹寨籬〔二〕，蓋一座草團瓢，枕着野水横橋，不聽的紅塵内是〔三〕非鬧。

【駐馬聽】散誕逍遥，又不曾閬苑仙家采瑞草；又無甚憂愁煩惱，海山銀闕赴蟠桃。新種下黄花三徑有誰澆，白雲滿地無人掃。人道我歸去早，春花秋月何時了。

【川撥棹】那裏這般有賊盜，這庵門前是誰吵鬧？俺這裏山水周遭，松柏圍着，踈竹瀟瀟，落葉飄飄。有人來到，言語低高，我則道是鶴鳴九皋，開開門覷覷了山庵人靜悄。

【雁兒落】人不知鬼不覺，馬也，你空叫咱空鬧。你道是名可名無姓名〔四〕，正是道可道非常道。

【得勝令】呀！走將來揪住我這吕公縧，哎喲！險跌破我這許由瓢。鶴唳松風頂，猿啼夜月高。他將駿馬牽着，苦也，這正是馬有垂韁報。稽首！把性命耽饒，休也。却人無刎頸交。

【川撥棹】唬的我來五魂消，怎提防這笑裏刀。他待要顯耀英豪，亂下風雹。天那！我幾時能够金蟬脱殼？可不道家有老敬老，家有小敬小！

【七弟兄】我這裏勸着，道着，他那裏不睬分毫。别人的首級他强要，則你那小心兒裏不肯自量度。休也，可不道君子不奪人之好。

【梅花酒】你若將我惱犯了，我敢搯住你那頭梢，膀轉身摇，騰的〔五〕漾過你那花梢。我敢腌臢臢打碎你腦，我敢各支支攧斷你腰。稽首！師父道且忍着。又不會赴蟠桃，又不會上青霄，不死去幾時了〔六〕？把□了〔七〕便舒眉□□□。

（做跪下科）

【收江南】來來來，咬着牙吃你殺人刀！（等小邦責了〔八〕，下）（末扯住，喝云）有殺人賊！（馬云了）（見馬驚，唱）元來馬丹陽又使這圈套，把殘生弃與小兒曹。師父又撞着，我索區區每日打塵勞。

（下）

題目　爲神仙休了脚頭妻
菜園中摔殺親兒死
正名〔九〕王祖師雙赴玉虛宫
馬丹陽三度任風子

馬丹陽三度任風子終

校勘記

〔一〕積功成道：原本『功』，誤作『陀』，據諸本改。

〔二〕寨籬：仿刻本誤作『塞籬』。按：今河北方言謂籬笆爲『寨籬』或『宅籬』。

〔三〕紅塵内是：以下原本脱去一葉，以諸本比勘，當缺【駐馬聽】【川撥棹】【雁兒落】【得勝令】【川撥棹】【七弟兄】六曲；又【梅花酒】『又不會赴蟠桃』句『又不』二字以上各句亦缺。總計三百七十餘字，姑據脉鈔本補。

〔四〕名可名無姓名：脉鈔本第二『名』字原脱，據《元曲選》《酹江集》補。

〔五〕騰的：脉鈔本原無『的』字，依徐本補。

〔六〕不死去幾時了：原本『去』字，仿刻本誤爲『法』，鄭本沿誤。

〔七〕把□了：缺字原本似『肢』，待考。

〔八〕等小邦貴了：『小邦』即小賊，仿刻本誤作『等小那貴了』，鄭本沿誤。徐本改『貴了』爲『殺了』，亦非。按《清平山堂話本·蕭琛貶霸王》：『齊永平年間，李太守不信，亦然受責而亡。』又，『君至言責項籍，曲盡其理。』故此處『小邦責了』，亦當爲怒言喝斥之意。

〔九〕正名：二字原無，今補。

散家財天賜老生兒

武漢臣　撰

簡要説明

《散家財天賜老生兒》，武漢臣撰。原題『新刊的本散家財天賜老生兒』。《録鬼簿》《太和正音譜》《也是園書目》《今樂考證》《曲録》并録。

楔子，東平府財主劉禹，家財萬貫，年老無子，有侄不爲婆婆所喜，因招女婿上門同住。其妾小梅時懷身孕，劉禹盼子心切。

第一折，劉禹在田莊計點，等待消息，婆婆來説小梅出走，這個意外的打擊使他心灰意懶，决定向窮人散發家財。

第二折，劉禹散錢時，其侄也來要求周濟，因爲礙着婆婆之面，未與之錢。

第三折，清明時分，侄兒先上過祖墳，女兒女婿却姍姍來遲，因爲他們先去祭了女婿家的祖墳。劉禹借此勸婆婆回心轉意，讓侄兒回家同住，并趕女兒女婿出門。

第四折，三年後，女兒女婿上門探問，劉禹執意不認。直待女兒説出當年保護小梅生子之事，小梅并引孩兒來會。劉禹喜從天降，把家私三分分開，女兒、侄兒和自己孩兒各得一分。全劇遂在一家團圓的喜劇氣氛中結束。

本劇校本，今有鄭、徐兩種。王季思先生另有校語。又，除元刊本外，本劇刊本尚有《元曲選》《酹江集》兩種。以上各種，一并用以入校。

楔　子

（正末引一行上，坐定開）老夫姓劉名禹，字天錫。渾家李氏，女孩兒引璋，女婿張郎〔一〕。一家四口兒〔二〕，在這東平府在城居住，有侄兒劉端，字正一，是個秀才，爲投不着婆婆意，不曾交家來。如今老夫六十歲也，空有萬貫家財，争奈别無子嗣。往日子是在這幾文錢〔三〕上，不知有神佛。近煞多做好事，感謝天地，不想這使唤的小的〔四〕，有八個月身孕。倘或得個厮兒，須是劉家後，我有心待將〔五〕這家私三分兒分開，一分婆婆，一分女婿，一分我有用處。婆婆，我如今往莊上去計點〔六〕，怕小梅分娩時分，若得個兒孩兒，千萬存留了咱。

【仙吕端正好】子您治家勤，齊家儉，因此上惹得人賤〔七〕。我這子孫缺少〔八〕子被錢財占。從今後錢財減〔九〕，子孫添。且得内人喜，一任外人嫌〔一〇〕。因此上將轉世浮財厭〔一一〕。

（下）（等一行人下了）

校勘記

〔一〕女婿張郎：原本『婿』，由文字待勘符號『卜』，形誤爲『人』。據《元曲選》改。以下『婿』字誤同，不再出校。

〔二〕一家四口兒：原本『一家』二字，由文字待勘符號『卜』，形誤爲『人一』，今改。總計全劇此類誤例，不下一百餘處，不再一一細爲説明。

〔三〕幾文錢：原本『文』字殘缺，今補。

〔四〕使喚的小的：原本『小的』，誤作『小人』，依元人語例改。

〔五〕待將：原本誤作『一將』，今改。

〔六〕往莊上去計點：原本『往』，形誤爲『住』，今改。

〔七〕惹得人賤：原本『賤』，音假爲『見』，今改。鄭、徐二本失校。

〔八〕子孫缺少：『缺』字原本誤作『人』，依原本校筆補，仿刻本空缺。

〔九〕錢財減：『財』字原本省借爲『才』。原本校筆改作『物』，不取。仿刻本空缺。

〔一〇〕外人嫌：『嫌』字原本誤作『人』，依原本校筆改。仿刻本空缺。

〔一一〕轉世浮財厭：原本『轉』『厭』二字均誤作『人』，依原本校筆改。

第一折

(正末上開)歡來不似今朝。喜後那如今日。我雖在此計點，一心子想着小梅。若是分娩了時，婆婆決然來報喜也。

【仙吕點絳唇】我量力求財，在家出外，諸般快。湧迸也似錢來[一]，却怎還不了冤家債！

(云)當日婆婆上席去來，我暗使人喚的個穩婆與小梅憑脉[二]來。

【混江龍】喚的個穩婆憑脉，他道老兒歡喜是個厮兒胎。頻頻加額，暗暗傷懷。但得個生忿子帶孝引魂[三]駕轝車，煞强如孝順女羅裙包土築墳臺[四]。往常我將心硬□[五]，信口胡開，將神佛[六]毁謗，把僧道搶白。如今因子孫缺少，爲髮鬢斑白，人説的便去，人叫處忙來，看經的便請，化飯的慌齋，燒香滅罪，捨鈔消灾。急煎煎將藥婆老娘尋，曲躬躬把土塊磚頭拜。使不着人强馬壯，則索告[七]鬼使神差。

(云)我爲甚末來這莊上住，子爲城裏有幾個閑官秀才每，知道我家得了個兒孩兒，這人每待去借個剗驢[八]，交俺騎着，將草棍子打我哩。有人説與我知道也。你每背地裏商量去[九]，我子是歡喜哩！

【油葫蘆】那幾個首户閑官老秀才[一〇]，他每都很利害，把老夫監押的去遊街。我謝神天便將羊兒賽，我待相知便把羔兒宰。折末將剗驢騎[一一]，休道將草棍挨，但得人不駡我做絶户的劉員外，情願濕肉伴乾柴[一二]。

【天下樂】但得一個殘疾小厮來，興衰，天數該，將時辰問甚好共歹！但得他摇車兒上縛〔一三〕，方得我墓子裏埋，便死後做一個鬼魂兒也快哉。

（卜兒〔一四〕一行云了）小梅怎生走了？能有甚難見處〔一五〕，這厮每見小梅得個孩兒也，這人每所算了他。他若家裏快活呵，如何肯走了？罷！罷！

【那吒令】是你主家的，興心兒妬色！做女的，縱心兒放乖〔一六〕！爲婿的，貪心兒愛財〔一七〕！閃得我後代絶，便留的他殘生在，休想苦盡甘來。

【鵲踏枝】〔一八〕你便待把他賣，不思量我年邁。然是雙身，不是重胎。併了他也當家的嬌客〔一九〕，送了我也轉世浮財〔二〇〕。

【寄生草】我當初窮翻做了富，誰想富變做灾？爲人做小包藏着大，治家人成天伏着敗〔二一〕，有本圖利隄防着害。想這錢石季倫翻做殺身術，倒不如龐居士放做來生債。

（卜兒云了）

【幺篇】不把我人也似覷，可將我謎也似猜〔二二〕。他道二十有志人先愛，若是三十立身人都待，但到〔二三〕四十無子人不拜。我哭呵，我子爲未分男女小兒胎，誰想甚不施朱粉天然態。

【後庭花】我爲治家忒心分外〔二四〕，我爲求財絶後代〔二五〕。元來慳吝的招嫉妬，休想慈悲生患害。我今日捨浮財，向村城裏外。因富家事不諧，見窮家苦怎挨，都交他請鈔來，强如我將物件買。缺食的買米柴，無衣着截絹帛，正飢寒〔二六〕愁滿懷，得豐榮喜滿腮。咱在時他見弊宅，咱死後他到外宅。

【青哥兒】敢燒香燒香禮拜，祖先祖先般看待。將生葬親修把古道挨〔二七〕，將尸首〔二八〕深埋，把松柏多栽，善名長在。怕後人不解，壘座墳臺〔二九〕，鐫面碑牌，將前事該載〔三〇〕，後事安排，免的疑猜，寫着道六十歲無兒散家財的劉員外。

（做意兒了）（卜兒云了）這窮的街上極多。咱散這錢呵不爲別，子求俺劉家後嗣來！

【金盞兒】窮的每飢難受冷難挨，我散與錢和絹米和柴。敢望天頂禮望門拜，道俺夫妻寬大，喧起後巷鬧了前街，諸人皆稱贊，衆口必消灾。咱既無房下子，何用世間財！

【賺煞】〔三一〕我塵世六十年，做富漢三十載，則是無明夜擔着利害。眼睁睁因財把我絶後代〔三二〕，從今後爲頭兒仗義踈財。不索把錢懷，壘七追齋〔三三〕。則兩件兒消磨了半世兒灾：再休尋便宜放解，再不惹官司征債，着然一天好處過門來。

（下）

校勘記

〔一〕湧迸也似錢來：原本『湧』字誤作『活』，依校筆改。《元曲選》《酹江集》二本作『擁併』，義同。鄭本失校。

〔二〕憑脉：原本誤作『準脉』，今改。《元曲選》《酹江集》二本作『憑脉』，義同。

〔三〕帶孝引魂：原本誤作『布孝引塊』，依徐本改。

〔四〕羅裙包土築墳臺：原本『土』字，誤增爲『去』；『墳臺』誤作『人一』，據《元曲選》《酹江集》改。

〔五〕心硬□：原本缺字誤作『人』。徐本補作『揣』，仍須再斟。

〔六〕神佛：原本誤作『神人』，據《元曲選》改。

〔七〕則索告：原本『索』字誤作『人』，依鄭本改。

〔八〕剗驢：原本『剗』，音假作『産』。剗驢，即無鞍轡的驢子。

〔九〕背地裏商量去：原本『裏』字誤作『人』，今改。徐本改作『盡』。鄭本失校。

〔一〇〕首户閑官老秀才：『首户』，即大户，與閑官、老秀才，都是城裏有地位的人物，故并舉。原本『首户』，音假『守户』。鄭、徐二本失校，《元曲選》《酹江集》改作『守護』，亦誤。

〔一一〕折末將剗驢騎：原本全句誤作『折人將□大人』。校筆改作『折末將蹇驢騎』。『蹇驢』義雖可通，離口語稍遠，兹據曲前説白改作『剗驢』。北方方言以騎無鞍之馬曰『剗騎』，兹不具引。徐本同。

〔一二〕情願濕肉伴乾柴：『濕肉伴乾柴』，爲元人俗語，指受杖刑，被棒子打。原本『情』字，省作『青』；『願』誤『人』；『濕』字由俗體『湿』形誤爲『温』，據《元曲選》《酹江集》改。

〔一三〕摇車兒上縛：原脱『摇』字，據《元曲選》《酹江集》補。

〔一四〕卜兒：原本誤作『小兒』，今改。

〔一五〕能有甚難見處：原本『甚』字，形誤爲『其』；『難』字，誤作『人』，依王校改，鄭本同。徐本『人』字失改。

〔一六〕縱心兒放乖：原本『縱』字，省作『從』；『乖』字，誤作『人』，據《元曲選》《酹江集》改。

〔一七〕爲婿的，貪心兒愛財：原本『婿』『貪』二字，均誤作『人』，依原本校筆改。

〔一八〕鵲踏枝：原本誤題『鵲橋仙』，依鄭本改。徐本失校。

〔一九〕嬌客：原本誤作『人客』，據《元曲選》《酹江集》改。

〔二〇〕送了我也轉世浮財：原本『我』『轉』二字，均誤爲『人』，據《元曲選》《酹江集》改。

〔二一〕治家人成天伏着敗：人成天敗，爲宋元俗語。原本『天』字誤爲『人』，今改。鄭本改作『埋』，似亦可。

〔二二〕不把我人也似覷，可將我謎也似猜：原本『覷』『謎』二字，均誤爲『人』，據《元曲選》《酹江集》改。

〔二三〕但到：原本『到』字，音假爲『道』，今改。

〔二四〕忒分外：原本『忒』字誤爲『人』，據《元曲選》《酹江集》改。

〔二五〕我爲求財絶後代：原本『求財』二字，均誤爲『人』。《元曲選》《酹江集》二本作『無子』，不若徐本作『求財』義長，兹從改。

〔二六〕正飢寒：原本『寒』字，形誤爲『塞』，據《元曲選》《酹江集》改。

〔二七〕將生葬親修把古道挨：活着時自造墓穴，俗語呼『生葬』。徐本改爲『生壙』，又於『古道』後增『長』字，不取。

〔二八〕尸首：『尸』字原誤爲『人』，依原本校筆改。

〔二九〕壘座墳臺：原本『壘』字誤爲『人』，據《元曲選》《酹江集》改。

〔三〇〕前事該載：『載』字原誤爲『人』，依原本校筆改。

〔三一〕賺煞：原本省題作『尾』，今改。鄭本同。

〔三二〕絶後代：原作『絶嗣了』，失韵，據《酹江集》改。徐本同。

〔三三〕壘七追齋：『壘七』二字原本不可辨識，校筆補作『打醮』，今據《元曲選》《酹江集》補。徐本同。

第二折

（卜兒、婿等上，云了）（正末〔一〕引衆上，指砌末云）老夫今日散這錢也。俺子爲這錢呵！

【正宫端正好】引的我半生忙〔二〕，十年鬧，無明夜攘攘勞勞。爲這快心如意隨身寶〔三〕，恨不的蓋一座通行廟。

【滚綉球】那時節正年少，爲錢少，恨不得〔四〕去問人强要，則争不戴着一頂紅頭巾仗劍提刀。痛殺殺〔五〕將父母離，眼睁睁把妻子抛。却是那田地裏不到，向賊人窟裏把性命剛逃〔六〕！錢呵，爲你呵！去那虎嘯風泰山頂過到三千遍〔七〕，去那龍噴浪〔八〕長江裏走迭二百遭。但説着後魄散魂消〔九〕！

【倘秀才】我正貧困〔一〇〕奪得富豪，今日做上户却無了下梢，幼年虧心老來報。共人瞞着心賭咒誓〔一一〕，睁着眼犯王條，看時節窨約。

（云）老夫劉禹，啓告上蒼，不絶下民祭祀。想劉禹不孝父母、不敬六親上頭，折罰〔一二〕劉禹子嗣。今發心散錢燒契，禱天悔罪〔一三〕，神天鑒察。（做坐定了）（卜兒云了）（云）婆婆，咱爲人子是這幾文錢上，死生不顧。投至積得家緣成，咱又無孩兒，不散呵要子末？

【呆古朵】俺〔一四〕這做經商的那一個合神道，甚的是善與人交！往常我好賄貪財〔一五〕，今日却除根剪草〔一六〕。因甚散錢把窮民濟，便是悔罪把神靈告。則是問天博换一個兒，却指望養小防備老〔一七〕。

【倘秀才】錢呵！爲你搬得人貧漢爲賊落草〔一八〕，搬的人〔一九〕幼女私期暗約。可知把良吏清官〔二〇〕困罷了。搬的親兄弟分的另住，好相知惡的絶交，把平人陷了〔二一〕。

【滚綉球】錢呵！有你的不讀書便逍遥〔二二〕，没你的不違法便下牢〔二三〕。你搬得世間事都顛倒，將我這不顧後的呆漢搬調。有你的不唱喏便唱喏，没你的不高傲便高傲〔二四〕。認識〔二五〕你鴉青神道，有你没你的我便猜着〔二六〕。使脱你的眼腦〔二七〕便十分怕，揣着你的胸脯增五寸高，更没地差錯分毫〔二八〕。

（窮民一行上了）（做散錢科）（等做住）

【脱布衫】與你錢不合閑焦〔二九〕，你看我面也合相饒〔三〇〕。主着意從心信口，睁着眼大呼小叫〔三一〕。

【小梁州】那漢罵絶户的人纔敢放刁，只一句道的我肉戰身摇〔三二〕，我心痛似熱油澆〔三三〕。那漢慌陪笑，你敢笑裏藏刀。

【幺篇】可怎生父親鬭了孩兒又要〔三四〕，不尋思枉物難消〔三五〕。你自小合教，怎由他〔三六〕撒拗，大古是家富小兒驕〔三七〕。

（一行都下）〔三八〕（外上云了）

【倘秀才】有錢時待朋友花花草草，没錢也央親眷煩煩惱惱。你却甚貧不憂愁富不驕？（外云了）做經商尋資本，依本分教村學，便了。

【滚綉球】　讀書的志氣高，爲商的肚量小，是各人所好，便苦做争似勤學。爲商的小錢翻做大本[三九]，讀書的白衣换了紫袍。休題樂者爲樂，則是做官比做客較裝幺。若是那功名成就心無怨，抵多少買賣歸來汗未消，枉了劬勞！

（做背着云）我待與這廝些錢物，婆婆决是不與。我别有個主意，目下且不與。（做怒科，云）嗏！劉大，你來這裏子末？去！這錢没與你。（卜兒云了）（外云了）

【煞尾】[四〇]　姐姐祭奠何須教，張郎富家索甚教？缺少兒孫我無靠，祭奠先靈你當孝。幾句良言耳邊道，三載忠心眼前報。一志心懷這一着，你一日墳中[四一]走一遭，鄉内尋錢買紙燒，他處煩人沽酒澆。你若是執性迷心不聽我教，直交你淡飯黄虀直到老。

（下）（外末做了，下）

校勘記

〔一〕正末：原本『末』字誤作『人』，今改。

〔二〕半生忙：原本『半』字空缺，『忙』字誤作『一』，據《元曲選》《酹江集》改補。

〔三〕快心如意隨身寶：原本『隨』字誤作『人』；『寶』字由俗體『宝』形誤爲『生』，據《元曲選》《酹江集》改。

〔四〕恨不得：原本『得』字誤作『人』，校筆改爲『得』，今從。

〔五〕痛殺殺：原本『殺殺』二字誤作『㭊㭊』，據《元曲選》《酹江集》改。

〔六〕向賊人窟裏把性命剛逃：原本「向」字形誤爲「何」；「人」字殘空；又「裏」「剛」二字均誤作「一」，兹依鄭本參《酹江集》校改。

〔七〕去那虎嘯風泰山頂過到三千遍：原本「風」字誤作「一」，又「三千遍」原作「二十通」，據《元曲選》《酹江集》改。

〔八〕去那龍噴浪：原本脱「那」字，「噴」字誤「一」，據《元曲選》《酹江集》改補。

〔九〕魄散魂消：原本脱「魄散」二字；「魂」誤作「皃」，據《元曲選》《酹江集》改補。

〔一〇〕我正貧困：原本誤作「悲正人困」，據《元曲選》改。

〔一一〕賭咒誓：原本「賭」字，當音假爲「讀」，形誤爲「譊」；又「誓」字誤作「抱」。《元曲選》《酹江集》二本作「説咒誓」，鄭本從；徐本作「説咒搶」，似不詞，今參諸本改校。

〔一二〕折罰：原本二字散壞如「拆尔」，依徐本改。

〔一三〕散錢燒契，禱天悔罪：原本「禱」，音假爲「到」，今改。徐本誤以「契」爲「吃」，補「燒契」爲「燒香吃齋」；「到」字改爲「對」，失。

〔一四〕俺：原本誤爲「作」，據《元曲選》《酹江集》改。

〔一五〕往常我好賄貪財：原本「常」字，形誤爲「當」；「我」誤「一」；「賄」省借爲「有」，據《元曲選》改。按：「賄」「有」古音皆在一部，故得通假。

〔一六〕除根剪草：原本「草」，音假爲「早」。《敦煌目連變文》：「道眼他心，草知次弟。」「草知」，即「早知」。又，脉鈔本《龐掠四郡》第三折簡雍云：「説與張飛，疾去草來。」「草來」，即「早來」。於此，知「草」「早」互假有據，因改。

〔一七〕養小防備老：原本『小』『老』二字空缺，據《元曲選》《酹江集》補。

〔一八〕爲你搬得人貧漢爲賊落草：原本『搬』字誤作『一』；『人』字脱；又，『貧』字誤作『人』，姑依鄭本校補。

〔一九〕搬的人：原本『搬』字，當省作『般』，形誤爲『股』，今改。

〔二〇〕良吏清官：原本『官』字誤作『一』，今改。

〔二一〕把平人陷了：原本『了』字誤作『一』。王校改作『陷落』，徐本作『陷倒』，今取鄭本。

〔二二〕不讀書便逍遥：原本『逍』字，當省借爲『肖』，散壞如『日』；又『遥』，形誤爲『遊』，今改。鄭本改作『進學』，徐本作『出遊』，似均不妥。

〔二三〕下牢：原本『牢』字誤作『的』，今改。鄭、徐二本皆同。

〔二四〕有你的不唱喏便唱喏，没你的不高傲便高傲：鄭本云：『有、没二字，似應對調。』此説似是，録以備考。

〔二五〕認識：原本音假作『人是』，今改。

〔二六〕我便猜着：原本『猜』字誤作『人』，此依徐本，鄭本作『分着』。

〔二七〕眼腦：原本『腦』字，形誤爲『脱』。元人稱眼曰『眼腦』或『眼老』，據改。徐本改作『眼睛』，似非。

〔二八〕更没地差錯分毫：原本脱『没』字，今補。徐本改『地』爲『没』，亦可。

〔二九〕閑焦：原本『焦』字誤作『一』，據《元曲選》《酹江集》改。

〔三〇〕相饒：原本『饒』字誤作『人』，據《元曲選》《酹江集》改。

〔三一〕睁着眼大呼小叫：原本『睁』字誤作『人』，『大』誤作『天』，據《元曲選》《酹江集》改。

〔三二〕肉戰身摇：原本『戰』字誤作『人』，據《元曲選》《酹江集》改。
〔三三〕我心痛似熱油澆：原本『我』字誤作『人』，『澆』字誤作『一』，據《元曲集》《酹江集》改。
〔三四〕孩兒又要：『要』字原脱，據《元曲選》《酹江集》補。
〔三五〕枉物難消：原本誤作『在不難一』，據《元曲選》《酹江集》改。
〔三六〕怎由他：原本『怎』字誤作『人』，又『由』字散壞，據《元曲選》《酹江集》改。
〔三七〕家富小兒驕：原本『富』字空缺，『驕』誤作『人』，據《元曲選》《酹江集》改。
〔三八〕一行都下：原脱『一』字，今補。
〔三九〕小錢翻做大本：原本『翻』字省作『番』，形壞如『米』，據《元曲選》《酹江集》改。
〔四〇〕煞尾：原本省題作『尾』，依鄭本改。
〔四一〕墳中：原本『墳』字誤作『人』，今改。以下『墳』字，或誤作『人』，或誤作『一』，徑改，不再出校。

第三折

（張郎、引璋上，云了）（外祭了，忘了水瓶科）（正末引卜兒上，開）俺兩口兒到墳頭也。（卜兒云了）
（做放）

【越調鬥鵪鶉】誰肯築祭臺墳臺？誰再修石墻土墻？都長出些棘科荆科，那裏見白楊緑楊！

（云）婆婆兒末，這堝兒有人上墳祭奠來。這上墳是女兒侄兒？是近房遠房？光塔塔墳墓前，濕浸浸田地上，不聞得魚腥肉腥，茶香酒香。

【紫花兒序】兀的添到兩坎兒新土，燒到一陌兒銀錢，瀽到半碗兒凉漿。這上墳的瀟灑，祭祖的凄凉。斟量，是兩下裏人來的稀草長的荒。俺可甚子孫榮旺？久以後少不的放真馬真牛，休想立石虎石羊。

（卜兒云了）婆婆，咱兩口兒久已後葬在那窩兒裏？（卜兒云了）（云）我和你没主意，不能够在這窩兒裏，子索葬在兀那絶地上！（卜兒云了）（云）他是外嫁了的人，已後自入張家墳，如何主得我和您！（卜兒云了）（云）有俺侄兒劉大，他都主得。（卜兒云了）

【調笑令】咱一雙，老孤椿，爲没兒孫不氣長。百年之後還埋葬，墳穴内盡按陰陽。咱這兩把死骨頭，葬兀那絶地上，誰肯來哭啼啼烈紙燒香！

（劉大做取水瓶科）（做打科）（卜兒云了）（云）婆婆不知，我説與你咱。（等問了）

【小桃紅】因甚弟兄兒女總排房，一個墳塋裏葬，輩輩留傳祭祖上？俺兩口兒大如你爺娘，你個蓮子花放了我這過頭杖〔一〕。咱在時早這般祭祖没些兒大量，咱死後便是上墳的小樣，我因此上先打後商量。

（卜兒〔二〕做住）

【鬼三臺】好事從天降，呆厮回頭望，則拜你那恰回心〔三〕的伯娘。見子母，哭嚎咷，難的是〔四〕淚出痛腸。恰纔時唬的我慌上慌，從今後不索你忙上忙。既然墳院兒屬劉，怎肯着家緣姓張？

（外一行擺住了）

【金蕉葉】炒鬧了前莊後莊，挨匝滿高墻矮墻。見他擺列着兒孫兩行，把我驚唬得痴呆半餉。

【寨兒令】是誰家些賢婦女，孝兒郎，準備的整齊拖拽着慌。糖餅每香，酸餡兒光〔五〕，村酒透瓶香。動鼓板的〔六〕的非常，做雜劇的委實長。快喇歌呆木大〔七〕，能打手浪猪娘〔八〕。這一場，更强似賽牛王。

（卜兒云了）

【雪裏梅】前頭是張郎，後面是引璋。（卜兒做住）若唬的眼若生獐。使不着携如恩犬〔九〕，子懷着心似餓狼。

【紫花兒序】勸你個〔一〇〕擇鄰的孟母，休打這刻木的丁蘭，則問這跨虎的楊香。交女婿兒出舍，閨女兒回房。相將，得意的梁鴻引着孟光，早則名留在太公莊上〔一一〕。（小末云）（云）〔一二〕噤聲！你不把俺一分錢財，我也無半米咱公房〔一三〕。

【禿厮兒】這招女婿的別無望想，要補後代〔一四〕祭奠靈堂。家私裏外在你行〔一五〕，待父母，有情腸，子待等我身亡。

【聖藥王】想這一場，胡主張，你家熱鬧我淒凉。您理短，我見長。姓劉的家業姓劉的當，您莫埋怨爺娘〔一六〕。

【收尾】〔一七〕休和他争競〔一八〕休和他强，從來女生外向。你待要重對面且休提，再踏門便休想！

（下）（小末再云了）（外下）（提住）

校勘記

〔一〕過頭杖：原本『杖』字，形誤作『杸』，據《元曲選》《酹江集》改。

〔二〕卜兒：原本『卜』字誤作『小』，今改。

〔三〕恰回心：原本『恰』字，形誤作『拾』，據《元曲選》《酹江集》改。

〔四〕難的是：原本『難』，殘存偏旁『又』，今改。鄭本改作『端』，徐本改作『兀』，似與原本殘迹不符。

〔五〕糖餅每香，酸餡兒光：原本『兒』字，誤作『白』，今改。

〔六〕鼓板：原本『鼓』，音假爲『古』；『板』，形誤爲『根』，今改。

〔七〕快喇歌呆木大：原本句前衍一『粒』字，今删。又，『喇』，原假作『倬』，今改。徐本依任半塘《唐戲弄》、胡忌《宋金雜劇考》改『快』爲『妝』，誤。依律，【寨兒令】九、十兩句須對。『快喇歌呆木大』，與下句『能打手浪猪娘』，正複合調。

〔八〕能打手浪猪娘：原本『能』字爲宋元俗體作『去』。徐本誤爲『長』字。

〔九〕携如恩犬：與下句『心似餓狼』呼應，意謂表面温順如護家之犬，實際上内懷虎狼噬人之心。原本『恩犬』二字，形誤爲『思大』，今改。鄭本改作『惡犬』，失；徐本改作『攫如惡犬』，亦非。

〔一〇〕勸你個：原本『勸』字，形誤爲『觀』，今改。

〔一一〕太公莊上：原本『上』字，形誤爲『下』，今改。

〔一二〕云：原本壞亂爲『二人』，今改。

〔一三〕半米咱公房：原本『咱』，音假爲『旦』，今改。鄭、徐二本改作『兒』，似非。

〔一四〕補後代：原本『代』字，形誤爲『伐』，今改。

〔一五〕家私裏外在你行：原本『你』字空缺，依徐本補。

〔一六〕您莫埋怨爺娘：原本『莫』，音假爲『没』，今改。參看《遇上皇》第一折校記〔一八〕。徐本失校。

〔一七〕收尾：原本省題作『尾』，今改。

〔一八〕争競：原本『争』字，形誤爲『急』，今改。

第四折

（正末引卜兒、外上，放）

【雙調新水令】一席閑話勸諸親〔一〕，我有滿懷愁一言難盡。只因我萬貫財，纏殺我也百年身，萬苦千辛。吃了半生罵，受了一生揹。

【駐馬聽】着布素粧貧，疋絹綾羅不挂身；用虀鹽守分，茶甌酒盞〔二〕不沾唇。不看經乾斷了二十年葷，怕回席整受了三十年悶。我共那受用人，都一般白髮侵雙鬢。

【七弟兄】那錢兒一文，兩文，似車輪。爲貪婪不共高人論，愛家財真共弟兄分，放錢債多把窮民揹。

【梅花酒】見買賣人，塞户屯門，巧語花唇，唬鬼謾神。我那時節〔三〕，不識爺不識娘也無遠近，那裏肯使半文？墳塋裏〔四〕忘了房親，街巷裏鬧了親鄰，酒店中撒了風塵，腰棚上惡了伶倫〔五〕。錢引了我一生魂，土埋了半截身。捨了命拴家門，睁着眼與了別人〔六〕。

【收江南】因此上看錢奴翻做了孟嘗君。見窮侄兒祭奠祖先墳，將家緣分付交養雙親。免了人議論，常言道女聘是他人。

(小末、小旦禮了)(小旦云了)

【落梅風】你自合學賢慧，誰交你不孝順，做賢達變成生分。順着這夫婦情，忘了養育恩，你這老爺娘恨也那不恨？

【江兒水】聽得他女孩兒女婿來探問，交我氣忿忿難吞忍。你使了劉家錢，却上張家墳，俺這兩口兒好無氣分！

【碧玉簫】你言而無信，來呵吃搶問〔七〕。世做的〔八〕生忿，爺娘不偢問。我想這等人，真個不孝順。不聽我處分，踏着正房門，我狠剁你娘三行棍！

(云)俺今日有甚親？你自姓張，你自交夫家去了。(小旦云了)可知哩！(小梅引梅香、俫上了)(小梅云了)〔九〕

【水仙子】你道我三年別盡數年親〔一〇〕，你却甚一夜夫妻百夜恩？誰非誰是都休論〔一一〕，早子有拖麻拽孝人。(俫兒唤了)叫一聲險引了我三魂！因貪財心一片，爲龜背錢幾文，險送的我剪草除根。

(小梅云了)(云)元來是恁地！今日俺子父每能够團圓，無過謝我女兒一個。孩兒，你不家來子末？(小旦還科了)(云)我是一時鬥你來〔一二〕。從善老兒歡喜也〔一三〕。

【雁兒落】元來親的子是親，恨後須當恨。那裏是〔一四〕女不將娘敬重，却是錢引的人生分。

【得勝令】咱早子絶地上不安墳，向孝堂裏有親人。你却行病能醫病，女呵，我怎肯知恩不報恩！一世兒爲人，侄兒呵，大富貴十年運。（云）當時若不是女兒賢慧，將小梅藏在姑姑家裏，怎能够子父團圓？這家私：女孩兒一分，侄兒一分，我孩兒一分。子是這踈財留子之法。（唱）〔一五〕咱四口兒都親，把這潑家緣三分兒分。

題目　舉家妻從夫別父母
　　　臥冰兒祭祖發家私
正名　指絶地死勸糟糠婦
　　　散家財天賜老生兒

散家財天賜老生兒終

校勘記

〔一〕諸親：原本『諸』，形誤爲『措』，據《酹江集》改。

〔二〕茶甌酒盞：原本『盞』字當省爲『戔』，誤作『我』，依王校改。鄭本、徐本亦同。

〔三〕那時節：原本『時』字，誤作『困』，今改。

〔四〕墳塋裏：原本『塋』，音假爲『云』，今改。徐本改作『墳臺裏』，亦可。

〔五〕伶倫：原本『伶』，音假爲『怜』，今改。

〔六〕與了別人：原本『與』字誤作『的』，今改。

〔七〕搶問：即搶白、質問。原本『問』，音假爲『聞』，今改。

〔八〕世做的：原本『世』字，形誤爲『旧』，依徐本改。

〔九〕小梅云了：原本『梅』字不清，今補。

〔一〇〕三年別盡數年親：原本『三』字後誤衍一『十』字，據《元曲選》《酹江集》删。

〔一一〕都休論：原本『論』字，形誤爲『誰』，據《元曲選》《酹江集》改。

〔一二〕我是一時鬥你來：原本『我』字缺空，依仿刻本補。又『鬥』字，原本作『閗』，徐本改爲『聞』，失。

〔一三〕從善老兒歡喜也：原本『從善老兒』四字殘迹可辨。『歡喜也』三字，依文義補。

〔一四〕那裏是：原本『裏』字空缺，今補。

〔一五〕唱：原本誤作『喝』，今改。

尉遲恭三奪槊

尚仲賢　撰

簡要説明

《尉遲恭三奪槊》，尚仲賢撰。原題『古杭新刊的本尉遲恭三奪槊』。原本未標明折數，科白極簡。《録鬼簿》《太和正音譜》《元曲選目》《今樂考證》《曲録》并録本劇劇目。

第一折，叙唐高祖李淵時，太子建成與齊王元吉共謀篡位，深懼秦王李世民部下尉遲恭英勇難敵，乃獻《美良川圖》於高祖，誣奏尉遲久有反唐之心。大臣劉文静爲此不平，獻《榆科園圖》，力言尉遲降唐後，曾在榆科園單鞭奪槊，力敗單雄信，有搭救李世民之大功。雙方争執不下，最後李淵下令，讓元吉與尉遲次日比武，重演當年榆科園故事，以辨真僞。

第二折，建成、元吉心懷鬼胎，同去拜訪秦瓊，詢問當年美良川與尉遲相持之事。秦瓊講了三鞭換兩鐧的故事，力誇尉遲武藝，説明元吉絶非對手，二人惴惴而去。

第三折，李世民與軍師徐茂公同訪尉遲，尉遲訴説了胸中怨氣。『聽元帥説元因，心頭上一千團火塊滚』。當他得知元吉陰謀後，决心比武時將其打死『須定無論』。

第四折，御園中，二人比武，元吉被尉遲打死，以尉遲免罪作結。

本劇校本，今有盧、隋、鄭、徐四種，王季思先生亦有校語。又，《盛世新聲》《詞林摘艷》《雍熙樂府》并録本劇第二折全套。以上各種，一并用以入校。

第一折

（疋先扮建成、元吉上開）咱兩個欲待篡位〔一〕，争奈秦王根底，有尉遲無人可敵。（元吉道）我有一計，將美良川圖子獻與官裏，道的不是反臣那甚麼？交壞了尉遲，哥哥便能够官裏做也。（駕云了）（呈圖科）（高祖云了，大怒）將尉遲拿下〔二〕！（末扮劉文静〔三〕將榆科園圖子上了）

【仙呂點絳唇】想當日霸業圖王，豈知李氏，把江山掌。雖不是外國他邦，今日做僚宰爲卿相。

【混江龍】不着些寬洪海量，剗地信讒言佞語損忠良。誰不曾忘生捨死？誰不曾展土開疆？不枉了截髮搓繩穿斷甲，扯旗作帶勒金瘡〔四〕。我與你不避金瓜下喪，直言在寶殿，苦諫在昭陽。

【油葫蘆】陛下！想當日背暗投明歸大唐，却須是真棟梁，剗地□□厮提防〔五〕！比及武官砌壘個元戎將，文官挣揣個頭廳相，知他是幾個死？知他是幾處傷？今日太平也都指望請官賞，剗地胡羅惹斬在雲陽。

【天下樂】誰似俺出氣力功臣不氣長？想當時反在晋陽，若不是唐元師少年有紀綱，義伏了徐茂公，禮設了〔六〕褚遂良，智降了蘇定方〔七〕。

【醉扶歸】當日都是那不主事蕭丞相，更合着那没政事漢高皇，把韓元帥葫蘆蹄斬在未央。今日個人都講，若有舉鼎拔山的霸王，哎，漢高呵！你怎敢正眼兒把韓侯望。

【後庭花】陛下則將這美良川裏冤恨想，却把那榆窠園裏英雄忘。更做道世事雲千變〔八〕，敬德呵則消得功名紙半張！陛下試參詳，更做道貴人多忘，咱數年間有倚仗。

【金盞兒】那敬德自歸了唐，到咱行，把六十四處烟塵蕩。殺得敵軍膽喪，馬到處不能當。苦相持一萬陣，惡戰鬥〔九〕九千場。全憑着竹節鞭，生併了些草頭王。

【賞花時】元帥不合短箭輕弓觀他洛陽，怎想闊劍長槍埋在淺岡，映着秋草半蒼黄。初間那唐元帥怎想，腦背後不提防。

【幺篇】呀！則見那骨剌剌征旗遮了太陽，赤力力征鼙振動上蒼，那單雄信恁高强。他猛覷了敵軍勢況，忙撥轉紫絲繮〔一〇〕。

【勝葫蘆】打得疋不剌剌征駹走電光，藉不得衆兒郎，過澗沿坡尋路慌。過了些亂烘烘的荆棘，密稠稠榆柳，齊臻臻長成行。

【幺篇】是他氣撲撲慌攢入裏面藏，眼見的一身亡，將弓箭忙拈胡抵當。呀呀寶雕弓拽滿，咻咻紫金鈚連發，火火都閃在兩邊厢。

【金盞兒】元帥却是那些兒慌，那些忙，（帶云）忙不忙，元帥也記得。（唱）把一領錦征袍，扯裸得没頭當。單雄信先地趕上，手撚着緑沉槍，槍尖兒看看地着脊背，着脊背透過胸膛。那時若不是胡敬德，陛下聖鑒，誰搭救小秦王！

【醉扶歸】索甚把自己千般獎，齊王呵！不如交别人道一聲强。若共胡敬德草草的鞭鬥槍，分明立了執結并文狀。則他家自賣弄伶俐半晌，把一條虎眼鞭直攬頭直上。

【賺煞】〔一二〕這厮則除了鐵天靈，銅脖項，銅腦袋石鐫就的脊梁。那鞭上常有半指血糊涂的人腦漿〔一三〕，則那鞭則是鐵頭中取命的閻王。若論高强，鞭着處便不死十分地也帶重傷。也是青天會對當，故交這尉遲恭磨障，磨障這弑君殺父的劣心腸。

（下）

校勘記

〔一〕欲待篡位：原本『待』字，音假爲『帶』，各本已改。

〔二〕將尉遲拿下：原本『拿』字，音假爲『那』，各本已改。

〔三〕劉文静：隋末爲晋陽令，高祖即位，爲民部尚書，見《唐書》本傳。原本『静』字，音假爲『靖』。各本已改。

〔四〕截髮搓繩穿斷甲，扯旗作帶勒金瘡：二語用元初詩人元淮《歷涉》詩句。原本『扯旗』誤作『征旗』。各本失校。依王校改。

〔五〕剗地□□厮隄防：依律，本句當爲七字，疑有脱誤，待補。

〔六〕禮設了：即以禮安置。《説文·言部》：『設，施陳也。』徐本改爲『禮懾了』，不取。

〔七〕智降了蘇定方：見《大唐秦王詞話》第五十二回。

〔八〕世事雲千變：用金王庭筠《書西齋壁》句。原本『雲』，音假作『紜』，各本已改。

〔九〕惡戰鬥：『鬥』字原脱，依王校補。

〔一〇〕紫絲韁：原本『紫』字，當省借爲『此』，形誤爲『些』。除盧本外，各本已改。

〔一一〕賺煞：原本省題作『尾』，今改。

〔一二〕半指血糊涂的人腦漿：原本『指』字，音假爲『紙』，今改。各本失校。

第二折

（末扮秦叔寶上了）〔一〕

【南吕一枝花】箭空攢白鳳翎，弓閑掛烏龍角，土培損金鎖甲，塵昧了錦征袍。空喂得那疋戰馬咆哮，劈楞鐧〔二〕生踈却，那些兒俺心越焦。我往常雄糾糾的陣面上相持，惡喑喑的沙場上戰討。

【梁州】這些時但做夢早和敵軍對壘，纔合眼早不剌剌地戰馬相交。則聽的韵悠悠的耳畔吹寒角，一回價不鼕鼕的催軍鼓擂，響當當的助戰鑼敲，稀撒撒地朱簾篩日〔三〕，滴溜溜的綉幕翻風，只疑是古剌剌雜彩旗摇。那的是急煎煎心癢難揉。往常則許咱遇水叠橋，除了咱逢山開道，嗨！如今央別人跨海征遼。壯懷，怎消？近新來病體兒直然較〔四〕，我自喑約也枉了醫療。被這秋氣重金瘡越發作，好交我痛苦難消！

【賀新郎】我欠起這病身軀，出户急相邀，你知我迭不的相迎，不吵，賊丑生！你也合早些兒通報。見齊王元吉都來到，半晌不迭手脚，我强强地曲脊低腰。怪早來〔五〕喜珠兒的溜溜在檐外垂，靈鵲兒咋咋地頭直上噪，昨夜個銀臺上剥地燈花爆。他兩個是九重天上皇太子，來探俺這半殘不病舊臣僚。

【牧羊關】這些腌臢病，都是俺業上遭，也是俺殺人多一還一報。折倒的黄甘甘的容顔，白絲絲地鬢脚。展不開猿猱臂，稱不起虎狼腰。好羞見程咬金知心友，尉遲恭老故交。

【隔尾】我從二十三上早驅軍校，經到四五千場惡戰討，怎想頭直上輪還老來到。我暗約，慢慢的想度，嗨！過馬〔六〕似三十年過去了。

【牧羊關】當日我和胡敬德兩個初相見，正在美良川厮撞着，咱兩個比併一個好弱低高。他滴溜着虎眼鞭颩，我吉丁地着劈楞鐧架却。我得空便也難相縱〔七〕，我見破綻也怎耽饒？我不付能卒卒地兩鐧纔颩去〔八〕，他搜搜地三鞭却還報了。

【隔尾】那鞭却似一條玉蟒生鱗角，便是半截烏龍去了牙爪。那鞭着遠望了吸吸地腦門上跳。那鞭休道十分的正着，則若輕輕地抹着，敢交你睡夢裏驚急列地怕到曉。

【鬥蝦蟆】〔九〕那將軍剗馬騎單鞭掿，論英雄半勇躍。他立下功勞，怎肯伏低做小，倚强壓弱！不用吕望《六韜》，黄公《三略》，但征敵處躁暴，相持處懒懆。那鞭若脊梁上抹着，忽地咽喉中血幾道〔一〇〕。來來來他煩煩惱惱，焦焦燥燥。滴溜撕那鞭着，交你悠悠地魄散魂消。您自量度〔一一〕，匹頭上把他標寫在凌烟閣。論着雄心力，劣爪牙，今日也合消，合消封妻蔭子，禄重官高。

【哭皇天】交我忍不住微微地笑，我迭不得把你慢慢地教。來日你若見[一二]那鐵幞頭紅抹額，烏油甲皂羅袍，敢交你就鞍心裏驚倒！若是來日到御園中，忽地門旗開處，脱地戰馬相交，哎，齊王呵！這一番要爬交[一三]！那鞭不比衠鋼槍槊，霜毛劍鑿[一四]。

【烏夜啼】雖是没傷損難貼金瘡藥，敢二十年青腫難消。若不去脊梁上颩[一五]，敢向鼻凹裏落。唬的怯怯喬喬，難畫難描。我則見滴溜溜的[一六]立不住腿脡搖，圪撲撲地把不住心頭跳。不如告休和，伏低弱，留得性命，落得軀殼。

【煞尾】[一七]可知道金風未動蟬先覺，那寶劍得來你怎消。不出君王行廝搬調。近着眉棱，擦着眼角[一八]，則若是輕輕的虎眼鞭抹着，穩情取你那天靈蓋半截不見了。

（下）

校勘記

〔一〕末扮秦叔寶上了：『秦叔寶』三字原無，依盧本補。

〔二〕劈楞鐗：原本寫作『皮楞簡』。以下【牧羊關】曲二又作『脾罗簡』，字無定形，俱改。

〔三〕朱簾篩日：原本脱『朱』字，據《盛世新聲》《詞林摘艷》補。

〔四〕病體兒直然較：原本『較』字，音假爲『覺』，據《雍熙樂府》改。

〔五〕怪早來：原本『早』字下部殘壞如『曰』，依徐本改。

〔六〕過馬：原本『過』字，音假爲『刮』。『過馬』，指春日天空浮動之遊氣，奔馳如馬。吴克齋小令《醉高歌・嘆世》：『風塵天外吹沙，日月窗間過馬。』所用正爲本字，據改。

〔七〕難相縱：原本『縱』字，省借爲『從』。『相縱』，與下句『耽饒』意同，依徐本改。

〔八〕兩鐧纔颩去：原本『去』字，形誤爲『重』，依隋本改。

〔九〕鬥蝦蟆：原本誤題『鬥鵪鶉』，依鄭本改。徐本改作『鵪鶉兒』，似非。

〔一〇〕血幾道：原本『幾』字，形誤爲『我』，依徐本改。

〔一一〕您自量度：原本『您』字，誤離爲『你心』二字，今改。諸本失校。

〔一二〕你若見：原脱『見』字，語意未完，依鄭本補。

〔一三〕這一番要爬交：『爬交』，即跌交，栽跟頭。原本『爬』字，音假爲『把』，今改。鄭本失校。徐本改作『把捉』，誤；盧、隋二本改作『把教』，屬下讀，亦誤。

〔一四〕霜毛劍鑿：與上句『衡鋼槍槊』爲對句。言劍鑿霜白鋭利，吹毛可斷。原本『霜毛』二字，音假作『雙眸』。《盛世新聲》改作『霜鋒』，《詞林摘艶》改作『雙鋒』，俱誤。元代北方方音讀『毛』若『眸』，故得相假。參看《單刀會》第二折校勘記〔二八〕。

〔一五〕脊梁上颩：原本脱『颩』字，依徐本補。

〔一六〕滴溜溜的：原本『溜』字失重，依下句『圪撲撲地』語例補。徐本同。

〔一七〕煞尾：原本省題作『尾』，依鄭本改。

〔一八〕擦着眼角：原本『擦』字，形誤爲『際』，今改。

第三折

（末扮敬德上）

【雙調新水令】你今日太平也不用俺舊將軍，呀！來來把這厮豁惡氣鏈您娘一頓〔一〕。可知道家貧顯孝子，直到國難用功臣〔二〕。如今面南稱尊〔三〕，便撇在三限裏不偢問。

【駐馬聽】想我那撞陣衝軍，百戰功名百戰身。枉與你開疆展土，也合半由天子半由臣。俺沙場上經歲受辛勤，撇妻男數載無音信。劉地信別人閑議論，將俺胡羅惹没淹潤。

【步步嬌】便折末爛銼得我尸骸爲泥糞，折末金瓜打碎我天靈盡〔四〕。既然俺不怨恨，問那厮損壞忠臣佞詞因。咱那亢金上聖明君〔五〕，則但搬着半句兒十分地信。

【攪箏琶】我便手段施呈盡，劉地罪過不離身！俺那沙場上武藝僻合〔六〕，他每枕頭邊關節兒更緊。他每親父子，俺然是〔七〕舊忠臣，則是四海他人，比他是龍子龍孫。則軍師想度，元帥尋思。休！休！是他親的到頭來也則親，怎辨清渾！

【沉醉東風】我也曾箭厮射〔八〕叠着面門，刀厮劈咬着牙根。也曾殺的槍桿上濕漉漉血未乾，馬頭前古鹿鹿人頭滚，滅了六十四處烟塵。劉地信佞語讒言損害人，因此上别了西府秦王處分。

【川撥棹】聽元帥説元因，心頭上一千團火塊滚。氣的肚裏生嗔，愁的似地慘天昏。恰便似心内火焚〔九〕，好交人怎受忍！

【七弟兄】這的是聖恩，重臣，你看我發回村〔一〇〕。他雖是金枝玉葉齊王印，我好煞則是階下的小作軍，也是痴呆老子今年命。

【梅花酒】你看我發回村，惱犯魔君，撞着喪門，我想那榆窠園實是狠〔一一〕。他不若如單雄信，則我這鞭穩打死須定無論。

【收江南】水磨鞭來日再開葷。大王怎做聖明君，信讒言佞語損忠臣。好交我氣忿，元吉打死須并無論。

【鴛鴦煞】〔一二〕來日鬧垓垓列着軍卒陣，就着哭啼啼接送齊王殯。恨不得待摘膽剜心，剔髓挑筋。唱道待交這虎將難存忠信，向那龍床側近，調泛得君王一星星都隨順。咱則待剪草除根，直把這坑陷我的冤仇證了本。

校勘記

（下）

〔一〕鍵您娘一頓：原本『鍵』字，省借爲『建』。第四折【伴讀書】曲『看元吉將天靈建』，亦應回改爲『鍵』。『鍵』，本指鑼鼓之槌。揚州評話《前三國·古城會》：『把鼓鍵子一拿……咚噗咚咚試了幾下子。』又，《緑牡丹·揚州劫法場》叙濮天鵬左手『拿了一面銅鑼，右手拿的個鑼鍵子』云云。本劇『鍵』，引申作捶打解，故改。各本失校。

〔二〕國難用功臣：原本『難』字下，涉上文『家貧顯孝子』，誤衍一『顯』字，今删。

〔三〕面南稱尊：原本『稱』字，音假爲『成』，各本已改。

〔四〕盡：原本作『尽』，『盡』之俗體字。『天靈盡』不文，疑因『蓋』『盡』形近致訛。而若作『蓋』則出韵，姑存此。

〔五〕亢金上聖明君：亢宿四星皆在西方，故稱『亢金』。古人以亢宿爲朝廷之象。《史記索隱》引《元命苞》曰：『亢四星爲廟廷。』又《正義》曰：『聽政之所也。』故『亢金上』，即『朝廷上』。盧本補作『亢金殿上』，徐本補作『亢金椅上』，均非。此條采華中工學院（現華中科技大學）李崇興同志《〈新校元刊雜劇三十種〉商榷》一文。

〔六〕武藝僻合：原本『武』字，形誤爲『我』，今改。

〔七〕然是：即雖然是。元曲中『雖然』一詞多單用，或作『雖』，或作『然』，意同。盧本改『然』爲『雖』，隋本增作『雖然』，均非。

〔八〕箭厮射：原脱『厮』字，依下句『刀厮劈』語例補。

〔九〕心内火焚：原本『焚』字作『衮』，與上文『火塊滚』韵重，依徐本改。

〔一〇〕你看我發回村：原本『你』字，形誤爲『休』，今改。各本失校。

〔一一〕實是狠：原本『實』字，由俗體『实』形誤爲『灾』，今改。

〔一二〕鴛鴦煞：原本省題作『尾』，今改。

第四折

（末扮敬德上了）〔一〕

【正宫端正好】〔二〕如今罷了干戈，絶了征戰，扶持俺這唐十宰文武官員〔三〕。那回是真個今番演，越顯得俺經熬煉。

【滚绣球】却受着帝王宣，要施展，顯我那舊時英健，不索説在鞍馬之前。我身上不曾掛鎧甲，腰間不曾帶弓箭，手中不曾將着緑沉槍撚，我則是赤手空拳。我坐下劖騎着追風馬，腕上〔四〕只彫着打將鞭，我與你出馬當先。

【倘秀才】這裏是競性命的沙場地面，且講不得君臣體面，則怕犯風流見罪愆〔五〕。我呵圪塔地〔六〕勒住征騣，立在這邊。

【滚绣球】我則見御園、怎生選〔七〕，這戰場寬展，却煞强如那亂哄哄地荊棘侵天。我則見嫩茸茸緑莎軟，寬轉轉翠袖展〔八〕，撒撒地馬蹄兒輕健，你便丹青巧筆也難傳。我則見皂羅袍都掠濕宫花露〔九〕，深烏馬衝開緑柳烟，殺氣盤旋。

【倘秀才】那廝門旗下把我容顔望見，則唬得那廝鞍心裏身軀倒偃，則看你再敢人前説大言。這廝爲甚麽則管裹廝俄延，不肯動轉？

【呆古朵】那廝管見我這單雄信屈死的冤魂現，嗏！你今日合交替他生天。這的又打不得關節，立不得證見。你也難把殘生免，你則照管着天靈片。你待變龜來難入水，化鶴來難上天。

【叨叨令】那廝槍尖兒武藝都呈遍，被我遮截架隔難施展。這廝輸贏勝敗登時現〔一〇〕，存亡死活分明見。嗏！論到打也末哥，論到打也末哥，這番交馬應無善。

【伴讀書】則見颯颯地陰風剪〔一一〕，將這昏澄澄塵埃踐。不剌剌征駹似紗燈般轉，都速速把不定渾身戰。看元吉將天靈鍵〔一二〕，見元帥到根前。

【笑和尚】您您您弟兄每廝顧戀，俺俺俺臣宰每實埋怨，休休休終久是他親眷。嗏嗏嗏這鐵鞭，你你你合請奠，來來來俺且看俺西府秦王面。

【倘秀才】我接住槍待使些兒空便〔一三〕，是誰班住手不能動轉？把這廝不打死呵朝中又弄權，他苦哀告，意懸懸，赦免。

【滚綉球】我煞不待言，不近前。你也不分良善，又不是不知我抱虎而眠。這廝不納賢，不可憐，不鬆俺一遍〔一四〕，交這廝落不的個尸首完全〔一五〕。這廝不颩折脊梁也難消我這恨，把這廝〔一六〕不打碎天靈吵怎報我冤？怎不交我忿氣衝天！

【快活三】謝吾皇把罪愆免，打元吉喪黄泉。我這裏曲躬躬的朝拜怎敢訛言〔一七〕，再把天顔見。

【鮑老兒】我吃一萬金瓜也不怨天，則稱了我平生願。元吉那廝一靈兒正訴冤，敢論告他閻王殿。這廝那囂浮詐僞〔一八〕，輕薄諂佞，那裏有納士招賢？那凶頑狠劣，奸滑狡倖〔一九〕，則待篡位奪權！

題目　齊元吉兩争鋒
正名　尉遲恭三奪槊

尉遲恭三奪槊終

校勘記

〔一〕末扮敬德上了：『德敬』二字原無，依徐本補。

〔二〕端正好：曲牌名原脱，今補。

〔三〕唐十宰文武官員：指唐初十家文武功臣。汪元亨小令《朝天子・歸隱》：『漢室三杰，唐家十宰，數英雄如過客。』又，陳以仁《存孝打虎》第一折【那吒令】曲：『且休説漢三杰，更和這唐十宰，他每都日轉千階。』可證。原本『宰』字，音假爲『在』，今改。此條，唯鄭本已改。盧本作『唐世在』，徐本作『唐世界』，均誤。《茶香室三鈔》卷八《唐十在》云：『蜀何光遠《鑑戒録》云：有《唐十在》，著自簡編，爲古今之美談，顯君臣之强盛。林員外犀亦著《前蜀十在》，明禍福之由，示君臣之醜。雖爲謗訕，深鑒是非。按：《唐十在》不知何人所作，今未覩其文。《蜀十在》則諷喻之詞，其文以「蜀主臨軒，龍顔不悦」發端，檢校太傅顧在珣越班請罪，帝告以北有後唐霸盛，南有蠻蜑强梁。珣奏曰：「只如興土木於禁中，選驍雄於手下云云，有王承休在。擢挫英雄，吹揚佞媚云云，有宋光嗣在。」末云：「唱亡國之音，衒趨時之術，每爲巫覡，以玩聖朝，致君爲桀紂之行，昧主乏唐虞之化，有臣珣在。陛下任臣如此，何憂社稷不安。」帝聞所奏，大悦龍顔，賜顧在珣絹百匹。自王承休至臣珣凡十人，皆云『有某某在』，故謂之『十在』。以此推唐之十在，必是舉唐一代名臣十人，惜未得其文而讀之也。」

〔四〕腕上：原本『腕』字，音假作『剜』，各本已改。

〔五〕則怕犯風流見罪愆：原本『犯』字，形誤爲『祀』，今改。

〔六〕圪塔地：原本脱『圪』字，今補。

〔七〕怎生選：原本『選』字，由俗體『选』形誤爲『送』，失韵，依鄭本改。

〔八〕寬轉轉翠袖展：原本無『寬』字，今補。徐本補作『宛轉轉』，似不文。

〔九〕掠濕宫花露：原本『掠』，音假爲『畧』，今改。

〔一〇〕輸贏勝敗登時現：原本『勝』字，音假爲『盛』；又『現』後誤衍一『見』字，今改。

〔一一〕陰風剪：原本『陰』字，音假爲『因』，今改。

〔一二〕看元吉將天靈鍵：原本作『看元告將元吉吴靈建』。『元告』二字當爲衍文；『吴』，爲『天』之形誤；『建』，爲『鍵』之省借，參徐本改正。

〔一三〕空便：原本『空』，音假爲『控』，今改。

〔一四〕不鬆我一遍：原本『鬆』字，音假爲『送』，今改。各本失校。

〔一五〕尸首完全：原本『完』，音假爲『元』，今改。

〔一六〕把這厮：原脱『厮』字，今補。

〔一七〕怎敢訛言：即不敢胡言。徐本改作『怎敢俄延』，似非。

〔一八〕囂浮詐僞：原本『囂』字，形誤爲『器』，今改。

〔一九〕奸滑狡倖：原本『狡』字，音假作『校』，今改。

漢高皇濯足氣英布

尚仲賢　撰

簡要説明

《漢高皇濯足氣英布》，尚仲賢撰。原題『新刊關目漢高皇濯足氣英布』。原本未標明折數，科白簡略。《録鬼簿》《太和正音譜》《寶文堂書目》《元曲選目》《也是園書目》《今樂考證》《曲録》并録本劇劇目。

第一折，楚漢相争，隋何受命説英布背楚歸漢。英布舉棋不定，適楚使來赦免其以往罪過，隋何趁機殺了使臣，英布無奈，衹得降漢。

第二折，英布率大軍四十萬至漢營拜見劉邦，看見劉邦正在洗脚，對他很不禮貌。英布一怒而去驪山落草，準備反漢。

第三折，劉邦先派張良等人挽留英布，接着又親自前往迎接，跪着勸酒。英布受寵若驚，投降漢軍。適項羽領兵趕來，英布出戰應敵。

第四折，由探子口中報告英布戰敗項羽的情況，最後，以英布封王作結。

本劇校本，今有鄭、徐兩種；王季思先生亦有校語。又，除元刊外，本劇現存版本尚有《元曲選》刊本一種。另外，《盛世新聲》《詞林摘艷》《雍熙樂府》并録本劇第四折全套。以上各種，一并用以入校。

第一折

（正末扮英布引卒子上，開）某乃黥額夫英布，佐於霸王麾下〔一〕，鎮守着揚州〔二〕、六合、淮地。漢中王有意東遷，重臣子房〔三〕已奏：『陛下不可。有虞子琪〔四〕告變，不合襲於殿後。』漢王不從，濉水大敗，折漢軍四十六萬，片甲不回。

【仙吕點絳唇】楚將極多，漢軍微末，特輕可。戰不到十合，向濉水河邊破。

【混江龍】今番已過，這回不索起干戈。主公倚仗着范增、英布，怕甚末韓信、蕭何！我則待獨分兒興隆起楚社稷，怎肯交劈半兒停分做漢山河。（外云了）階直下人來報，不由我嗔容忿忿，冷笑呵呵。

隋何來？他是漢家臣，這的是楚軍寨，他來這裏有甚事？這漢好大膽呵！（怒唱）

【油葫蘆】這漢似三歲孩兒小覷我，怎生敢恁末？是他不尋思到此怎收羅？恰便似寒森森劍戟旁邊過，有如他明颩颩斧鉞叢中坐。是他忒不合，忒騁過〔五〕。恰便似個飛蛾兒急颭颭來投火，便是他自攬下一頭蹉。

【天下樂】這漢滅相咱家煞小可〔六〕，如還我，不壞了他，則俺那楚王知倒做了咱的罪過。他待要使見識，斷勾羅，不由我按不住心止火。

小校那裏！如今那漢過來，持刀斧手便與我殺了者〔七〕。交那人過來。（等隋何過來見了）（唱賓）住者！你休言語，我根前下說詞那！（等隋何云了）

【那吒令】三對面先生行道破，那裏是八拜交仁兄來探我，是你個兩賴子隋何來說我。（等外云了）你待要着死撞活，將功折過，你休那裏信口開呵。

【鵲踏枝】你那裏話兒多，着言語斷勾羅〔八〕。你正是剔蝎撩蜂，暴虎憑河。誰交你自撞入龍潭虎窩〔九〕，飛不出地網天羅。

【寄生草】你將你舌尖來扛，我將我劍刃磨。我心頭怎按無明火，我劍鋒磨的吹毛過，你舌頭便是亡身禍。你道是特來救我目前憂，嗷！你正是不知自己在壕中卧。

你道是救我來，你說我有甚罪過？（等外云三個『死』字了）〔一〇〕（做背驚云）打呵打着實處，道呵道着虛處。這漢怎生知道？我雖有這罪過，如今赦了我也。（等天臣上云了）〔一一〕

【玉花秋】那裏發付這殃人貨，勢到來怎生奈何？楚國天臣還見呵，其實也難收斂，怎求和？小校裝香來。我與你一下裏相迎，你且一下裏躲。

你且兀那屏風背後躲者。（等使命開了）我道楚使來取我首級，却元來不是，倒赦了我罪過。

【後庭花】不爭這楚天臣明道破，却把你個漢隋何謊對脫。去了天臣呵！我如今喚你來從頭兒問，隋何，看你支吾咱說個甚末？這風波，忒來的歘禍〔一二〕，元來都翻成他的做科〔一三〕。

（等外出來共使命相見了）（做門外猛見科）這漢大膽麽，誰請你來？自走出來了。（做共外打手勢科）你且藏者！

【金盞兒】唬的我面没羅，口荅合，想伊膽倒天來大！料應把那口吹毛過的劍先磨，圪察的〔一四〕着咽頸，血瀝瀝帶着肩窩。不争你殺了他楚使命，則被你送了我也漢隋何！拿着那漢者！這人大膽，俺楚家使命，你如何敢殺了他？（等外云了）我門外摇着手做意哩〔一五〕，道你且休出來，且藏者！我幾時交你殺了他使命來？（等外再云了）（怒云）小校！拿着這漢，咱見楚王去來！（等外云了）（做慘科，背云）我若拿將這漢見楚王去，這漢是文字官，不曾問一句，敢説一堆老婆舌頭！我是個武職將，幾時折辨過來？（做尋思科，住）

【雁兒】楚王若是問我：英布！他是漢家，咱是楚家，你不交書叫他去吵，他如何敢來？到底難將伊着末。你恰施劣缺，顯雄合。你個哥，哎！你殺他楚使，却不道我如何！似此怎生了？（等外云『降漢』了）你交我降你漢家，這楚王不曾虧我。我使降漢，肯重用麽？（外云了）

【賺煞】〔一六〕休把我厮催逼，相攛掇，英布也今番去波〔一七〕。我若是不反了重瞳楚項籍，赤緊的做媳婦兒先惡了翁婆。怎存活？便似睁着眼跳黄河。你則着我歸順您君王較面闊。你這裹怕不千般兒啜摩，却將我一時間謾過。友人！我則怕你没實誠閑話我赤心多〔一八〕。

（下）

校勘記

〔一〕佐於霸王麾下：原本『佐於』二字漫漶不清，姑依文義補。鄭本補作『在楚』，徐本補作『今在』。

〔二〕揚州：原本寫作『楊州』，今改。

〔三〕重臣子房：原本『重』字，音假爲『衆』，今改。徐本改作『宰臣』，似失。

〔四〕虞子琪：原作『于子琪』，今改。

〔五〕忒騁過：原本『騁』字，形誤爲『聘』，今改。

〔六〕滅相咱家煞小可：原本『咱』字，省借爲『自』，今改。鄭、徐二本失校。

〔七〕便與我殺了者：原本『我殺』二字漫漶不清，『了』，形誤爲『丁』，姑依徐本校補。

〔八〕厮勾羅：原本『勾』，形誤爲『多』，依本劇上文【天下樂】曲語例及《元曲選》改。鄭、徐二本失校。

〔九〕自撞入龍潭虎窩：原本『撞』字，音假爲『創』，今改。

〔一〇〕等外云三個『死』字了：原本『了』字猶可辨識，仿刻本空缺，鄭本沿誤。

〔一一〕等天臣上云了：原本『云』字，形誤爲『去』，今改。

〔一二〕歇禍：鄭本云二字待校。按：二字實不誤，今河南方言以上緊、厲害爲『歇禍』，正得其解。然金元文書中多有異寫，除徐本所舉『歇和』『協和』『葉和』外，金趙可《席屋上戲書》詞云：『趙可可，肚裏文章可可，三場捱了兩場過，衹有這番解火。』『解火』，亦即『歇禍』，本字或當爲『蠍虎』，待考。

〔一三〕做科：原本『做』字，音假爲『佐』，依王校改。鄭本改爲『作科』。

〔一四〕圪察的：原本『圪』字，形誤爲『坑』，今改。

〔一五〕做意哩：原本無『做』字；『哩』作『里』。依徐本校補。『做意』，爲元雜劇舞臺演出術語，據改。

〔一六〕賺煞：原本誤題『收尾』，今改。

〔一七〕英布也今番去波：原本『也』字，誤作『去』字，據《元曲選》改。

〔一八〕赤心多：疑當爲『痴心多』，俟再考。

第二折

（正末上）隋何，咱閑口論閑話。這裏離成皋關〔一〕則是一射之地，你言請我降漢，交天子擺半張鑾駕出境來接，兀的天子爲甚不來接？（等外末云了）你是個謊説的好！

【南吕一枝花】抵多少個欽奉皇帝宣，遵敬將軍令〔二〕。不由我不背反，不由我不掀騰。兩國攙争〔三〕，難使風雷性。三不歸一滅行，着死圖生，劍砍了差來的使命。

【梁州第七】不由我實丕丕興劉滅楚，却這般笑吟吟背暗投明。太平只許將軍定。折末提人頭廝摔，噙熱血相噴。折末勢雄雄廝併，威糾糾相持〔四〕，齊臻臻領將排兵，鬧垓垓虎門龍争。俺也曾濕浸浸卧雪眠霜，圪搽搽登山驀嶺。俺也曾緝林林劫寨偷營。隋何！喒是綰角兒弟兄，漢中王不把咱欽敬，都説他是真命。似這般我覷重瞳煞輕省，那武藝我手裏怎地施呈！

（做到寨科，城外屯軍了）（等外末云了）我則這營門外等者，你則疾出來。

【隔尾】我這裏撩衣破步寧心等，瞑目攢眉側耳聽。我恰待高叫聲隋何——那漢一步八個謊，却也喚不應。我則道有人，覷了這動静，元來不是人，却是這古剌剌風擺動營門前是這綉旗影。

（等外出來了，做怒云）鑾駕那裏也？隋何，我知道，自古已來，那裏有天子接降將禮來！隋何，一句話，則是你忒説口了些個。（做過去見駕，拜住。做猛見濯足科。做氣煩惱意科）（怒唱）

【牧羊關】分明見劉沛公濯雙足，慢咱家有四星。却交我撲鄧鄧按不住雷霆。眼睁睁謾打回合，氣撲撲還添意挣。怒從心上起，惡向膽邊生。却不見客如爲客，您做的個輕人還自輕。

（做怒住，出來氣科）濯足而待賓，我不如你脚上糞草！衆軍聽我將令，則今日便回去！（等外云了）住！住！我若見楚王，楚王問我：『英布！你降漢家，今日不用你也，你却來！與推轉者！』嗨！這的便好道有家難奔，有國難投。

【哭皇天】誰將我這臂膊來牢扶定，（外云了）（怒放）待古你是知心好伴等！潑劉三端的是、端的是負功臣。既劉沛公無君臣義分，嗏！漢隋何喒有甚麽相知面情！（帶云）你把劉邦來奚落：『將英布相扶。』這公事其中間都是你的弊倖[五]！你殺了他生性，你失了他信行。（帶云）若不看從來相識，往日班行，這堝兒翻了面皮。

【烏夜啼】敢交你這漢隋何，這答兒裏償了俺那天臣命。漢中王見面不如聞名，分明見把自家輕[六]。交你做了人情，交我枉了撲騰[七]。覷楚江山[八]似火上弄冬凌，漢乾坤如碗内拿蒸餅。你也不言語，不答應，却不但行好事，莫問前程。

（等外云了）（做氣怒科）四十萬大軍聽者：我也不歸漢，也不歸楚，一發驪山内落草爲賊。隋何！我説與你：我若反呵，抵一千個霸王便算。（做氣不忿科）

【收尾】不争漢中王這一遍無行徑，單注着劉天下争十年不太平。心下焦意下潁〔九〕，氣如虹汗似傾。劉家邦怎要清？劉家邦至不寧？怨隋何枉保奏，自摧殘自争競〔一〇〕！幾番待共這説我的隋何不乾浄，（等外末云了）（打喝，唱）你那裏噤聲噤聲，誰待將恁那没道理的君王他那聖旨〔一一〕來等！

（下）

校勘記

〔一〕成皋關：原本『成』字，音假爲『城』，今改。

〔二〕抵多少個欽奉皇帝宣，遵敬將軍令：原本『個』字，由俗體『个』形誤爲『不』；『皇帝』，諱作『皇〇』；『遵敬』前，誤衍一『不』字，今改。《元曲選》二句均無『不』字，『皇帝宣』作『帝主宣』。

〔三〕兩國攙争：原本『攙』，音假爲『巉』，今改。『攙争』，即争鬥。

〔四〕折末勢雄雄厮併，威糾糾相持：鄭本疑二句誤倒，以上句不當協韵而協，下句應協而未協。書此備考。

〔五〕弊倖：原本『弊』字音假作『變』，今改。

〔六〕漢中王見面不如聞名，分明見把自家輕：意謂劉邦怠慢於己，不過是『輕人還自輕』。原本『輕』，音假爲『清』，今改。

〔七〕交我枉了撲騰：依律，【烏夜啼】第五句四字當韵。原本作『交我□浦騰』，顯脱一字，故校補如上。

徐本補作『氣撲騰』，不取。

〔八〕楚江山：原本『山』字，形誤爲『上』，據《元曲選》改。

〔九〕心下焦意下穎：徐本改『穎』爲『憎』，未言所出。按：原本作『穎』不誤。《禮記·少儀》集解『枕、几、穎、杖』，《困學紀聞》引文作『穎』，謂『穎然警悟也』。義當出此。

〔一〇〕争競：原本『争』字，形誤爲『急』，依王校改。

〔一一〕聖旨：原本諱作『聖〇』，今改。

第三折

（正末上，怒云）休動樂者！英布，你自尋下這不快活來受。

【正宫端正好】鎮淮南，無征鬥，倒大來散袒優遊。信隋何説謊謾天口〔一〕，待把富貴奪功名就。

【滚綉球】折末恁皓齒謳，錦臂韝，列兩行翠裙紅袖，製造下百味珍饈，顯的我越出醜。好呵！我元來則爲口，待古裏不曾吃酒肉？您送的我荒荒有國難投。恁便做下那肉麵山，也壓不下我心頭火；造下那酒食海，也洗不了我臉上羞〔二〕，須有日報冤仇！（等外把盞科，做不吃酒科）

【倘秀才】既共俺參差卯酉，誰吃恁這閑茶浪酒？你一個燒棧道的先生忒絶後！你當日施謀略，運機籌〔三〕，煞有！

(等子房云臣僚了)丞相，你説漢朝有好將軍，好宰相，有誰？你説！(等子房云王陵了)王陵比我會沽酒！(等又云周勃了)周勃比我會吹簫送殯！(等又云隋何了)你漢朝子一個好隋何！(等隋何云了)他隋何祖上是燕國上大夫，他家裏會鑽秤！(等又云樊噲了)[四]您子一個好樊噲！(等子房云了)

【滚綉球】一個樊噲封做萬户侯，他比我會殺狗，托賴着帝王親舊，統領着百萬貔貅。和我不故友，枉插手，他怎肯去漢王行保奏？我料來子房公子你傖頭。一池緑水渾都占，却怎不放旁人下釣鈎，不許根求。

(等外云了)丞相，這般説，我來降漢，我須没歹意。您濯足而待賓，我不如您脚上糞草！(等子房云了)[五]是天子從小裏得來的症候？

【脱布衫】那時節豐沛縣裏草履團頭，早晨間露水裏尋牛，驪山驛監夫步走，拖狗皮醉眠石臼。

【小梁州】那時節偏没這般腌症候，陡恁的納諫如流？輕賢傲士慢諸侯，無勤厚，惱犯我如潑水怎生收！

我不認得恁劉沛公，放二四，拖狗皮，誓不回席[六]。兀的不羞殺微臣！(等駕做住，把盞了)(唱)

【幺篇】[七]被聖恩威懾的忙繞後[八]，見笑吟吟滿捧着金甌，見他忙勸酒，施勤厚。怎生見天子待花白一會來，却又無言語了？哎！無知禽獸，英布！你如鑞槍頭。

(等駕跪着把盞科)(做接了盞兒，慌科。背云)後代人知，漢中王幾年幾月幾日，在館驛内跪着英布，吃了一盞酒，便死呵也死的着也！(拜唱)

【叨叨令】請你一個漢中王龍椅上端然受，早來子房公半句兒無虚謬。光禄寺[九]幾替兒分着前後，教坊司一派簫韶奏。英布！你早則快活也末哥〔一〇〕，你早則快活也末哥，這般受用誰能够！

【剔銀燈】舌剌剌言十妄九，村棒棒呼幺喝六。查沙着打死麒麟手，這的半合兒敢慢罵諸侯。就裏則是個大村叟，龍椅上把身軀不收。

【蔓菁菜】捋袒開龍袍扣，依法次坐着那豐沛縣裏麥場頭，碌軸。舉止雖然不風流，就裏沒㗖和衕寬厚。

【柳青娘】早是君王帶酒，休驚御莫聞奏。子房公免憂，看英布統戈矛。今番不是誇强口，楚項籍天喪宇宙，漢中王合霸軍州。此番絶，今後了，這回休！

【道和】把軍收，把軍收，江山安穩總屬劉。不剛求。看咱看咱恩臨厚，交咱交咱難消受，終身答報志難酬。恨無由，直殺的喪荒丘，遥觀着征驍驟，都交他望風走。看者看者咱爭鬥，您每您每休來救。看者看者咱爭鬥，都交死在咱家手。荒郊野外橫尸首，直殺的馬頭前急留古魯、急留古魯亂滾死、死、死、死人頭！

【隨煞】免了魏豹憂，報了濰水仇，殺的塞斷中原江河溜。早子不從今已後，兩分家國指鴻溝。（下）

校勘記

〔一〕説謊漫天口：原本『天』字，形誤爲『人』，據《元曲選》改。

〔二〕洗不了我臉上羞：原本『洗』字，當省借爲『先』，形誤爲『充』，據《元曲選》改。按：『洗』，古讀若

『先』。《易·繫辭》『聖人以此洗心』，漢石經作『先心』；《戰國策》魯仲連謂孟嘗君曰：『後宫十妃，皆衣縞紵，食粱肉，豈有毛廧、先施哉？』『先施』，即『西施』。凡此之例甚夥，兹不一一列舉。徐本改作『冲不了』，誤。

〔三〕運機籌：原本『籌』字，音假爲『疇』，據《元曲選》改。

〔四〕等又云樊噲了：六字原無，依劇情補。

〔五〕等子房云了：五字原無，依劇情補。

〔六〕拖狗皮，誓不回席：原本『誓』，音假爲『是』，今改。

〔七〕幺篇：原脱曲牌名，今補。

〔八〕忙繞後：即忙退後。原本『繞』字，音假爲『鐃』，今改。徐本失校。

〔九〕光禄寺：原本『寺』字，音假爲『司』，據《元曲選》改。

〔一〇〕你早則快活也末哥：原本『則』字，形誤爲『到』，次句同，今改。

第四折

（正末拿砌末扮探子上）

【黄鍾醉花陰】楚漢争鋒競寰宇，楚項籍難贏敢輸。此一陣不尋俗，英布誰如！據慷慨堪推舉，多應敢會兵書，没半霎兒，嗏！出馬來熬翻楚霸主〔一〕。

【喜遷鶯】他那壁古刺刺門旗開處，楚重瞳陣上高呼：無徒，殺人可恕，情理難容！相欺負，廝耻辱。他道我看伊不輕！我負你何辜？

【出隊子】喒這壁先鋒前部，會支分能對付。咮咮咮響颼颼陣上發金鏃，吵吵吵齊臻臻坡前〔二〕排士卒，呀呀呀撲剌剌的垓心裏驟戰駒。

【颩地風】鼕鼕鼕不待的三聲凱戰鼓，火火火古刺刺兩面旗舒，脱脱脱撲剌剌二馬相交處，喊振天隅。我子見一來一去，不當不覩。兩疋馬，兩個人，有如星注。使火尖槍的楚項羽，是他便刺胸脯。

【四門子】九江王那些兒英雄處，火尖槍〔三〕輕輕早放過去。兩員將各自尋門路。動彪軀，掄巨毒。虛裏着實，實裏着虛，廝過謾各自依法度。虛裏着實，實裏着虛，呵！連天喊舉。

【水仙子】〔四〕紛紛紛濺土雨，靄靄靄黑氣黃雲遮太虛。騰騰騰馬蕩動征塵，隱隱隱人盤在殺霧，吁吁吁馬和人都氣促〔五〕。道，吉丁丁火，槍和斧籠罩着身軀，道，足呂呂忽，斧迎槍數番烟焰舉，道，坑察察着，槍和斧萬道霞光注，道，廝郎郎呀，斷鎧甲落兜鍪。

【收尾】把那坐下征駹猛兜住。嗔忿忿氣夯破胸脯，生搭損那柄黃烘烘簸箕來大金蘸斧。

（趕霸王出）（駕封王了）（散場）

題目　張子房附耳妬隋何〔六〕

正名　漢高皇濯足氣英布

漢高皇濯足氣英布終

校勘記

〔一〕多應敢會兵書，没半霎兒，㗖！出馬來𢞞翻楚霸主：此二句原本移至下曲【喜遷鶯】之先，然按之文義、曲律，均當屬上【醉花陰】。《盛世新聲》《詞林摘艷》《雍熙樂府》《元曲選》均屬【醉花陰】，從改。

〔二〕坡前：原本『坡』字，形誤爲『披』，今改。

〔三〕火尖槍：原本『尖』字，誤作『出』；又脱『槍』字，依上曲【颩地風】校補。

〔四〕水仙子：原本『水』字，誤作『山』，今改。

〔五〕馬和人都氣促：原本『促』，音假爲『出』，今改。

〔六〕張子房附耳妬隋何：或疑『妬』爲誤字，非。『妬』，即妬發，也就是口語中所説的激將法。《金鳳釵》楔子店小二云：『如何？不是妬發他，他也不肯應舉去！』本劇由於賓白過簡，實缺『妬發』這個關目。明脉望館鈔本《運機謀隋何騙英布》第一折，叙蕭何、張良欲遣隋何説英布，恐其不去，乃設『考功宴』，有功者插花飲酒，無功者令其退班。隋何功少，連續三次受辱，憤而自請前去。臨行時，張良授以『書擒太宰，舌騙英布』八字妙計，助其成功。這也許是元本《氣英布》中『附耳妬隋何』的内容。書此備考。

冤報冤趙氏孤兒

紀君祥 撰

簡要説明

《冤報冤趙氏孤兒》，紀君祥撰。原題『趙氏孤兒』。原本未標明折數，無科白，僅存曲文。《録鬼簿》《太和正音譜》《元曲選目》《也是園書目》《今樂考證》《曲録》并録本劇劇目。

楔子，春秋晋靈公時，奸臣屠岸賈專權，趙盾滿門被斬，其子駙馬趙朔被迫自殺，公主被禁錮宫中。

第一折，公主於宫中生下遺腹子趙武，駙馬門客草澤醫人程嬰冒險入宫，救出孤兒，被守門將軍韓厥發現。程嬰曉以大義，韓厥放走了程嬰和趙孤，當場自刎而死。

第二折，屠岸賈得知後，通令全國，獻出趙孤有賞，否則將殺盡晋國嬰兒，以除後患。程嬰携趙孤至趙盾友人公孫杵臼處，請其撫養孤兒成人復仇。另外，程嬰有子與趙孤同時出生，願替孤兒一死，故請公孫赴屠岸賈處告密，稱程嬰藏匿孤兒。公孫以自己年老，不能擔任撫養的重任，願意捨命，叫程嬰把兒子送來，與孤兒互换，再去出首。這樣，公孫捨命、程嬰捨子的悲劇慢慢展開。

第三折，屠岸賈得報後，率程嬰一起到公孫莊上搜查趙孤，搜出小兒（程子），當場殺死，公孫亦撞階基而死。屠岸賈以程嬰告密有功，視爲心腹，聞知程嬰有子（趙孤），認爲義子，留在家中撫養。第四折，二十年後，孤兒長大成人。程嬰將當年趙盾全家被害的慘事畫成一幅手卷，細細講説給孤兒聽。這時，孤兒纔知自己是趙家的後代，立誓殺掉屠岸賈，以報此血海深仇。明刊本尚有第五折，叙晉悼公即位，孤兒得大臣魏絳的幫助，殺了屠岸賈全家，改名趙武，仍爲晉卿。所有這個悲劇中死難諸人，都受到朝廷的褒獎。

本劇校本，今有鄭、徐兩種；王季思先生亦有校語。又，除元刊外，本劇刊本尚有《元曲選》《酹江集》兩種。以上各種，一并用以入校。

楔　子

【仙吕賞花時】　晉靈公江山合是休，屠岸賈〔一〕賊臣權在手，挾天子令諸侯，把俺雲陽中斬首，兀的是出氣力下場頭！

【么篇】　落不得身埋土一丘，分付了腮邊雨泪流〔二〕。將别話不遺留，怕孩兒成人長後，交與俺子父每〔三〕報冤仇！

校勘記

〔一〕屠岸賈：原本「賈」字，音假爲「古」，今改。以下徑改，不再入校。

〔二〕雨泪流：原本「流」字，涉上誤作「淚」，今改。

〔三〕子父每：原本「每」，音假作「母」，今改。徐本失校。

第一折

【仙吕點絳唇】拒敵西秦，立成東晋，纔安穩。被屠岸賈賊臣，將金階下公卿損。

【混江龍】晋靈公偏順，朝廷重用這般人。忠正的市曹中斬首，讒佞的省府内安身。爲國有功的〔一〕當重刑，於民無益的受君恩。縱得交欺凌天子，恐嚇諸侯。但違他的都誅盡，誅盡些朝中宰相，閫外將軍。

【油葫蘆】現如今天下荒荒起戰塵，各將邊界分，信讒言播弄了晋乾坤。目今世亂英雄困，看何時法正天心順！那漢虐上蒼，損下民。試將碧悠悠陽府高天問〔二〕，腆着個青臉子〔三〕不饒人。

【天下樂】子怕你遠在兒孫近在身。待把江山，他并吞。爲趙盾不從厮記恨。他興心使歹心，道賢臣是反臣，朦朧〔四〕向君王行胡奏准。

【那吒令】想趙盾濟民，曾分飯待賓；慚鉏麑爲人〔五〕，曾觸槐捨身；救靈輒受窘，曾扶輪報恩。治百姓有功勞，扶一人無私徇〔六〕。落不得尸首胡倫。

【鵲踏枝】枉了掃烟尘〔七〕，立功勛，不能够高卧麒麟，古墓荒墳。斷頸分尸了父親，剗地狠毒心所算兒孫！

【寄生草】那孩兒難逃遁，屠岸賈有議論。讒臣便有讒臣弄〔八〕，仇人自有仇人恨，兒孫自有兒孫分。朝朝挾恨幾時休，寃寃相報何時盡？

【後庭花】説你是趙駙馬〔九〕堂上賓，我是屠岸賈門下人。道你藏着一歲麒麟子，也飛不出九重龍鳳門。我若不關心，不將伊盤問，有恩的合報恩。

【金盞兒】子見他腮臉上泪成痕，口角内乳食噴，子轉的一雙小眼將人認。緊幫幫匣子内束着腰身，窄狹狹難回轉，低矮矮怎舒伸。正是成人不自在，自在不成人。

【醉中天】我若獻利便圖名分，便是安自己損他人。三百口家屬斬滅門，枝葉都誅盡。若見這小厮，決定粉骨碎身，不留齠齔。你白甚替别人剪草除根？

【賺煞】〔一〇〕我待自身上受凌持，怎肯那厮行挨推問？能可三尺龍泉下自刎！眼見的畫影圖形尋覓緊，向深山曠野潛身。這孩兒近初旬，便交他演武修文。若學得文武雙全那時分，將有仇的記恨，把有恩人尋趁。若殺了有仇人，休忘了有恩人！

校勘記

〔一〕爲國有功的：與下句『於民無益的』爲對文。原本『國』字，省借爲『王』(玉)，今改。按：此例亦見於敦煌寫書，《蘇莫遮・大唐五臺子》曲：『印玉真僧，往往來瞻迎(仰)。』『印玉』，即印國，指印度。鄭本『王』字未校，徐本改『王』爲『主』，均失。

〔二〕試將碧悠悠陽府高天問：『陽府高天』，即上天，老天。原本『府』字，音假爲『福』，今改。《大唐秦王詞話》第五十三回：『建成雙手加額，朝着上蒼，口内宣誓：「青湛湛陽府高天，緑沉沉陰司后土，我建成若有害世民之心，日後死在秦叔寶箭下。」』又，《薛仁貴跨海征遼故事》云：『唐天子離鞍下馬，拈土焚香禱告：「清湛湛陽府，緑沉沉陰司。若世民果有洪福齊天，拍馬跳過清波。」』均可爲證，各本失校。

〔三〕青臉子：原本『臉』字，音假爲『斂』，今改。

〔四〕朦朧：原本『朧』字，省借爲『龍』，今改。

〔五〕慚鉏麑爲人：即感動鉏麑做人上進。原本『慚』，音假爲『讒』；『鉏麑』作『鋤霓』，今改。

〔六〕無私徇：原本『徇』字，音假爲『循』，依王校改。

〔七〕掃烟尘：原本『尘』字，形誤爲『坌』，今改。

〔八〕讒臣便有讒臣弄：本套韵用『真文』，徐本以『弄』字出韵，改爲『論』，實失。元曲中多有異讀，此『弄』字，當改讀如『論』，由『東鍾』轉入『真文』。然『論』字實不若『弄』字義長，故不取。

〔九〕駙馬：原本『駙』字，音假爲『附』，今改。

〔一〇〕賺煞：原本省題作『尾』，今改。

第二折

【南吕一枝花】屈沉殺大丈夫，損壞了真梁棟。好臣强也屠岸賈，好君弱也〔一〕晉靈公。把讒佞來聽從，賊子掌軍權重，功臣難盡忠。怎不交我忿氣填胸，吃緊君王在小兒彀中。

【梁州第七】自從它朝野裏封侯拜相〔二〕，唬得我深村裏罷職歸農，便有安民治國的難隨从〔三〕。他官極一品，位至三公，户封八縣，禄受千鍾。見不平事有眼如盲，聽居民罵有耳如聾。如今挾天子的進禄加官，害百姓的隨朝請俸，令諸侯的受賞請功。且向困中，受窮，問甚死將不葬麒麟塚！非是我樂耕種，跳出傷身餓虎叢，且養踈慵。

【隔尾】您道讒臣自古朝中用，須是好事從來天下同〔四〕。越交萬人罵千人嫌一人重，更不廉不公，不孝不忠。如今普天下居民個個噥。

【賀新郎】誰敢着一封書奏帝王宫？順着屠岸賈東見東流，搬的晉靈公百隨百從。唬的兩班文武常驚恐，向班部裏都粧懵懂。緊潛身秉笏當胸，似鰾膠粘住口角〔五〕，似魚刺哽了喉嚨。低着頭似啞子尋夢。也是世間多少事，盡在不言中。

【牧羊關】未生時絶了親戚，懷着時滅了祖宗，養到大子是少吉多凶。他爺斬首在雲陽，他娘囚死在冷宫。也不是有血性的白衣相，子是個無恩念黑頭蟲。你道是報父母真男子，我道子是個妨爺娘小業種！

【紅芍藥】　你二十年可報主人公，恁時節正好崢嶸。我遲疾死後一場空，精神比往日難同。閃下這小孩兒怎建功？你急切老不動你儀容。我怕不待臘活一日〔六〕顯威風，難熬〔七〕他暮鼓晨鐘。

【菩薩梁州】〔八〕　向傀儡棚中，鼓笛兒搬弄。韶華又斷送，斷送的老盡英雄。有仇不報枉相逢〔九〕，見義不爲非爲勇，言而無信成何用！你不索把我陪奉，大丈夫何愁一命終，况兼我白髮蓬鬆！

【罵玉郎】　咱兩個誰先爲首誰爲從，少不得都斬首在市曹中。你爲趙家恩念着疼痛，我爲弟兄，廝敬重，似親昆仲。

【感皇恩】　怕甚三尺霜鋒，折末九鼎鑊中，快刀誅，毒藥吃，滚油烹。嘆英魂杳杳，對慘霧朦朦，散愁雲，隨落日，趁悲風。

【楚江秋】〔一〇〕　這老村翁，和小孩童，都一般瀟灑月明中。怨氣衝衝恨無窮，十年往事一場空！

【二煞】　那個麒麟閣上功臣種，我不信大蟲門前有犬脚踪，成人長大立綱宗。把屠岸賈萬剮猶輕，報不了三百口家屬苦痛。也不索做齋供，把腔子裹血拗將來潑在半空，祭你那父親和公公。

【煞尾】〔一一〕　憑着趙家枝葉千年永〔一二〕，扶立晋室山河百二雄。恁的顯八面威風統軍衆，擺兩行朱衣列車從。却想扶輪的靈輒志威猛，觸槐的鉏麑命斷送〔一三〕，把門的宮官不善終，殺身的公孫老無用，新生的孩兒受劍鋒，弃子的程嬰〔一四〕心不動。青史標名枉落空，那的是當來廝知重。不要他立碑碣亂墓叢中，子爲俺虚葬北邙山下塚。

校勘記

〔一〕君弱也：原本『也』字，由文字待勘符號『卜』，形誤爲『了』，依上句『臣强也』語例改。

〔二〕自從它朝野裏封侯拜相：原本『它』字，形誤爲『定』，依李崇興《〈新校元刊雜劇三十種〉商榷》一文改。

〔三〕便有安民治國的難隨从：原本『从』字，形誤爲『众』。《元曲選》《酹江集》此句作『再休想鵷班豹尾相隨從』，據改。

〔四〕好事從來天下同：原本『事』字，誤作『本』，依徐本改。

〔五〕似鰾膠粘住口角：原本『鰾』字，音假爲『膘』，依王校改。

〔六〕賸活一日：原本『賸』字，音假爲『盛』，今改。以下不另出校。

〔七〕難熬：原本『熬』字，當省借爲『敖』，形誤爲『教』，今改。鄭本失校。

〔八〕菩薩梁州：原本省題作『梁州』，今改。

〔九〕枉相逢：原本『枉』字，形誤爲『在』，今改。

〔一〇〕楚江秋：即【采茶歌】。原本題作『楚江雲』，今改。

〔一一〕煞尾：原本省題作『尾』，今改。

〔一二〕憑着趙家枝葉千年永：原本『永』字，音假爲『勇』，據《元曲選》《酹江集》改。

〔一三〕命斷送：原本『斷』字爲墨丁，依王校補。鄭、徐二本同。

〔一四〕程嬰：原本二字音假爲『陳英』，今改。以下不另出校。

第三折

【雙調新水令】我子見踐征塵飛過小溪橋，多管是令諸侯反臣來到。齊臻臻擺着士卒，明晃晃列着槍刀。眼見的死在今朝，更避甚痛凌虐。

【駐馬聽】俺雖是將老兵驕，共趙盾曾爲刎頸交。道了個臣强君弱，想公孫舌是斬身刀！大丈夫英勇結英豪，聖人言有道伐無道。把傳家兒絶嗣了〔一〕，天呵！嚴霜偏殺無根草！

【沉醉東風】休想大丈夫魂飛九霄，由他屠岸賈棒有千條。我疾招呵快察詳，遲招呵難疑覺，我能可挨一下有一下功勞。欲要不拔樹尋根覓下落，我子索臢吃些綁扒吊拷。

【雁兒落】搬公孫你泛調，順賊子把咱陳告。唬的我立不住篤速速膝蓋摇，把不定可丕丕心頭跳。

【水仙子】俺二人商議我先招，來到舌尖却嚥了。我死呵休想把你個程嬰道。我怎肯有上梢無下梢？休道打。折末便支起九鼎油鑊。老的來没顛倒，便死也死得着，一任你亂下風雹！

【川撥棹】你當日養神獒〔二〕，把忠臣良將咬。你待篡奪皇朝，所算臣僚。他把三百口全家老小，滿門都斬在市曹，把九族都滅了。將這小孩兒尋覓着，不鄧鄧生怒惡。

【七弟兄】是他變却，相貌，怎生饒，五蘊山當下通紅了。獅蠻帶上提起錦征袍，把龍泉刀扯離沙魚鞘。

【梅花酒】呀！可早卧血泊，訴生長劬勞。他天數難逃，你子嗣難消。程嬰！你可甚養子防備老？不信你不煩惱！這孩兒離蓐草，和今日却十朝，磣可可剁三刀！

【收江南】早難道家富小兒嬌。見他旁邊厢心癢難揉，雙眸中不敢把泪珠拋，背背地搵了，滿腹内有似熱油澆。

【鴛鴦煞】〔三〕我六旬死後偏何老，這孩兒一歲死後偏何小！我兩個一處身亡，須落得個萬代名標。唱道我囑咐你個程嬰，想着那横亡的趙朔，把孩兒抬舉的成人，將殺父母冤仇報，把這廝爛剁千刀，我不要輕輕素放了！

校勘記

〔一〕把傳家兒絶嗣了：原本『傳』字，音誤爲『全』，今改。鄭、徐二本失校。

〔二〕神獒：原本『獒』字，音假爲『傲』，今改。

〔三〕鴛鴦煞：原本省題作『尾』，今改。

第四折

【中吕粉蝶兒】也不用本部下兵卒，天子有百靈咸助，待交我父親道寡稱孤。要江山，奪社稷，似懷中取物。吃緊亢金上鑾與，歇膽似把咱怯懼。

【醉春風】　俺待反故主晉靈公，助新君屠岸賈。交平天冠碧玉帶衮龍服，别换個主，主。問甚君聖臣賢，既然父慈子孝，管甚主憂臣辱。

【迎仙客】　因甚掩泪痕〔一〕，氣長吁？我却纔叉定手向前緊取覆。憿支支惡心煩，惡歆歆生忿怒。低首躊躕，那的是話不投機處。

【紅綉鞋】　畫着青鴉鴉幾株桑樹，鬧吵吵〔二〕一簇村夫。這一人血漉漉臂扶着一輪車，這一個槐樹下死，這一個劍鋒誅。這個老丈丈，將個小孩兒分付與。

【石榴花】　這一個惡歆歆手内捁錕鋙，這一人膝跪在階隅，這個小孩兒劍鋒下一身卒。殺下個婦女，血泊裏躺着身軀。這個老丈丈爲甚遭誅戮？這個穿紅袍的大故心毒！想絶故事無猜處，畫着個奚幸我的悶葫蘆。

【鬥鵪鶉】　這殺場上是那個孩兒？這車車裏是誰家上祖〔三〕？這個更藉不得兒孫，這個更救不得父母！這手卷〔四〕是誰家宗祖圖？從頭兒對你兒數。這人是犯法違條？這人是銜冤負屈？

【普天樂】　我待問從初，拔刀相助。交我愁縈心腹，氣夯胸脯。元來這壞了的是俺父親，咱家宗祖！説到凄凉傷心處，便是鐵頭人也放聲啼哭。屠岸賈你爲帝王，咱爲宰輔，天意何如〔五〕？

【上小樓】　若不是爹爹覷付，將孩兒抬舉，二十年前，斷頸分尸，死在郊墟。屠岸賈，那匹夫，尋根拔樹，斬了我全家兒滅門絶户！

【幺篇】　既那廝背着一人，便合交滅了九族。剗地將天下軍儲，滿國黎庶，交那廝區處！元來你做主，你佑護，交他將諸侯欺負，元來你交他弑君殺父！

【十二月】〔六〕 想着銜冤父母，拿住那奸佞賊徒〔七〕，着那廝騎着木驢，剮那廝身軀。爛剁了他嬌兒幼女，不落下一口兒親屬。

【堯民歌】 今日人還害你你何如？子你是趙氏孤兒護身符！着那廝滿門良賤盡遭誅，你看我三尺龍泉血模糊。須臾，須臾，前生廝少負，今日填還去。

【耍孩兒】 到明朝若把仇人遇，將反賊長街上擋住。扯龍泉在手拽了衣服，稱動馬熊腰將猿臂輕舒〔八〕。班翻玉勒金鞍馬，摔下金花皂蓋車。無輕恕，猛虎猶豫〔九〕，不如蜂蠆之毒。

【三煞】 不將仇恨雪，難來冤恨除。想俺横亡爺囚死的生身母。我若不報泉下雙親恨，羞見桑間一餓夫〔一〇〕！休疑慮，索甚辨别好弱，審察實虚。

【二煞】 把那廝剜了眼睛豁開肚皮，摘了心肝卸了手足，乞支支拗折那廝腰截骨〔一一〕。常言恨小非君子〔一二〕，無毒不丈夫。難遮護，我不怕前後侍從〔一三〕，左右軍卒。

【尾】 欲報俺横亡的父母恩，托賴着聖明皇帝福。若是御林軍肯把趙氏孤兒護，我與亢金上君王做的主！

題目〔一四〕 韓厥救捨命烈士
程嬰説妬賢送子

正名 義逢義公孫杵臼〔一五〕
冤報冤趙氏孤兒

冤報冤趙氏孤兒終

校勘記

〔一〕掩泪痕：原本『掩』字，音假爲『淹』，今改。

〔二〕閙吵吵：原本『閙』字，形誤爲『閑』；『吵吵』作『炒炒』，今改。

〔三〕這車車裏是誰家上祖：徐本依《元曲選》改『車車』爲『市曹』，實誤。脉鈔本《智勇定齊》第二折晏嬰云：『如今公子將賢女車車載着同回，異日與你父母行禮，擇吉日良辰，成親如何？』又，《伊尹耕莘》第二折方伯云：『你領着駟馬車車（趙清常誤改爲「高車」），傘蓋儀仗，直至彼地，請命賢士伊尹。』可見『車車』一詞，實爲元人常語，不可亂改。

〔四〕手卷：手頭展視的小幅畫卷。原本『手』字，形誤爲『年』，今改。

〔五〕天意何如：原本『何如』二字誤倒，失韵，今改。

〔六〕十二月：原本與下曲合爲一曲，合題『堯民歌』。今依元曲刊本通例，析爲二曲。

〔七〕奸佞賊徒：原本『奸』字爲墨丁，依王校補。

〔八〕稱動馬熊腰將猿臂輕舒：原本『腰』字爲墨丁，今補。按熊腰虎背，爲小説戲曲中形容勇士之常語。徐本改作『打動馬如熊』云云，直爲改寫古書，不取。

〔九〕猛虎猶豫：原本『猶豫』二字爲俗體作『怞忬』，今改。

〔一〇〕桑間一餓夫：指趙盾於郊外以酒食救濟之靈輒。原本『一』字，誤增爲『二』，今改。

〔一一〕拗折那厮腰截骨：原本『拗』字，形誤爲『抛』，今改。徐本改作『撧』，與原本字形相去較遠，不取。

〔一二〕恨小非君子：原本『小』字，音假爲『消』，今改。

〔一三〕前後侍從：原本『後』字，涉上文『難遮護』誤爲『遮』，依王校改。

〔一四〕題目：二字原無，今補。

〔一五〕公孫杵白：原本『白』字，音假爲『旧』，今改。

諸宮調風月紫雲亭

石君寶　撰

簡要説明

《諸宮調風月紫雲亭》，石君寶撰。原題『古杭新刊的本關目風月紫雲亭』。原本未標明折數，科白極簡。《録鬼簿》《太和正音譜》《元曲選目》《今樂考證》《曲録》并録本劇劇目。按，曲家戴善甫亦有同名劇目一種，現存元刊本均無作者題名，所以很難斷定本劇作者爲誰，今姑依諸家所説，繫於石君寶名下。

楔子，完顔靈春與開封府諸宮調女藝人韓楚蘭相愛，由於雙方家長的間阻，衹好暫時分離。故事即由韓楚蘭爲靈春餞行開始。

第一折，完顔靈春離去以後，韓楚蘭愈不滿意送往迎來的賣藝生涯，因而與母親争吵，指責她是個『愛錢巴鏝』的『狠精靈』，深切感到失去愛情的痛苦。

第二折，原本開首脱去一頁，劇情發展不甚瞭瞭。大約是五年以後，完顔靈春的父親出任開封府同知，這一對情人又得時時暗中相會。一日，兩人正在靈春家相會，韓母聞知，趕來大鬧，驚動了靈春的父親。結果，楚蘭被公差監押，趕出開封府城；靈春也身帶鐵鎖，渡河北上，可能被禁於原籍。恰便似『雕鶚分開鶯燕期，虎狼衝散鳳鸞栖』。兩人的愛情生活再次發生波折。

第三折，儘管如此，這一對被拆散的情人，彼此都在苦苦思憶。靈春從家裏逃出，忍寒耽飢，找到楚蘭。兩人一起逃亡，浪迹江湖，以賣藝爲生。

第四折，一天，官府派樂探傳呼獻藝，恰與靈春父親相會，二人大驚。但意外的是，靈春的父親竟熱情地接待這對情人，承認了他們的婚姻關係，使『芰荷香裏再成雙』。這樣，一個微賤的女藝人争取自由和婚姻的鬥争，終於取得最後的勝利。這結局自然是符合廣大觀衆的心願的。

本劇校本，今有盧、隋、鄭、徐四種，王季思先生亦有校語。以上各種，一并用以入校。

楔　子

（卜兒上，一折了）（旦、末上了）（正末共外云住）（旦云，共末把盞，辭科。云）伯伯好去者呵！兀的是花發多風雨，人生足別離〔一〕。

【仙吕賞花時】客舍青青楊柳新，驛路茸茸芳草茵〔二〕。朝雨浥輕塵。一杯酒盡，歌罷渭城春。

【么篇】西出陽關無故人，則見俺在這南國梁園依舊親。舍人呵！誰不知俺娘劣憷爺狠！拍拍兩陣狂風是緊〔三〕，也不到得交吹散楚城雲。

（下）

校勘記

〔一〕花發多風雨，人生足別離：用唐人于武陵《勸酒》詩原句。原本「風雨」二字脱；又，「足」，形誤爲「是」，今予校補。

〔二〕芳草茵：原本「茵」，音假爲「裀」，今改。

〔三〕拍拍兩陣狂風是緊：原本「拍拍」二字，音假爲「伯伯」。今改。按，此爲古音之遺留，各本多誤爲叔伯之「伯」，失考。敦煌變文《秋吟》：「畫角□□，伯伯而傷殘侶夢。」「伯伯」，即「拍拍」之假，可證。

第一折

（外末云）（老孤做住）（卜兒云）（正末做住）（卜兒叫住）（旦云）娘呵！没錢事叫唤則甚？（卜云了）俺勾當呵，没一日曾净！

【仙吕點絳唇】怎想俺這月館風亭，竹溪花徑，變得這般嘿光景。我每日撇嵌爲生，俺娘向諸宫調裏尋争競〔一〕。

【混江龍】他那裏問言多傷幸，絮得些家宅神常是〔二〕不安寧。我勾欄裏把戲得四五回鐵騎，到家來却有六七場刀兵。我唱的是《三國志》先饒十大曲，俺娘便《五代史》續添《八陽經》。你〔三〕

你這般粗枝大葉，聽不的你那裏野調山聲。地崎險艱難〔四〕，銜撲得些掂人髓、敲人腦、剥人皮、釘人腿〔五〕得回頭硬！（卜云了）娘呵！我看不的覰波比及攛斷那唱叫，先索打拍那精神。起末得便熱鬧，團掿得更滑熟。并無那唇甜句美，一剗

（卜云了）

【油葫蘆】我但有些卧枕着床腦袋疼，他委實却也心内驚，他急慌的請醫人診了脉却笑容生。他道是喜的女孩兒感得些風寒症，慚愧呵謝天地不是相思病。你交俺盡世兒厮守着。娘呵！你這般毒害心，狠劣情。但見對錦鴛鴦他水上繳交頸，你早子着棒打過蓼花汀！

【天下樂】呵！你肯交雙宿雙飛過一生，便則我子弟每行依平。休有情，交我打叠起那暖和出落着冷，滿臉兒半指霜，通身兒一塊冰。娘呵！我到處也畫堂春自生。

（末云）

【醉中天】我唱到那雙漸臨川令〔六〕，他便腦袋不嫌聽；提起那馮員外〔七〕，便望空裏助采聲。把個蘇媽媽，便是上古賢人般敬。我正唱到不肯上販茶船的小卿，向那岸邊廂刁蹬，俺這虔婆道：兀得不好拷末娘七代先靈！

（卜云住）

【金盞兒】娘呵！爲甚這鷂子懶飛騰。我也是冥鴻惜毛翎〔八〕，委實怕這秋天萬里西風冷。誰似你把個嫩鵓兒揑定〔九〕怎將擎？嘴尖嚵嗓子〔一〇〕，爪快撮天靈〔一一〕。娘呵！委實道搦鴉的天上鶻〔一二〕，不如你個拿雁的海東青。

（卜云了）

【醉扶歸】這逗鏝的是咱些權柄，呵！色就事〔一三〕便是你得人情。那厮每拿着二分鈔便害疼。害疼，咱每就呵便廿錠，卅錠呵！更擱着如斤等〔一四〕。乾嗻唾〔一五〕相思得後生，那個不害這般乾使鈔乾嘿病〔一六〕。

（末云住）

【金盞兒】上俺門來的酒客每爲我這妙唱若雛鶯，引的他每豪飲〔一七〕似長鯨。我委實爲甚停杯聽曲教快成病，我安排桃花扇影〔一八〕他每便破香橙〔一九〕。尚自着瓦磁爲巨器，也則是陶瀉慶新聲。嗷！若還更酒斟金瀲灩〔二〇〕，待的好歌立玉娉婷！

（末云）（卜云住）

【後庭花】俺這老婆，肚皮裏將六韜三略盛，面皮把四時八節擎。末見錢囉呀，冬雪嚴霜降，得了鈔囉嚥，春風和氣生。俺這個狠精靈〔二一〕，他那生時節決定，犯着甚愛錢巴鏝的星。

（卜兒云）

【賞花時】我知你這一片心分明銜志誠，則因咱二意諧和便惹門争〔二二〕。俺這屋裏三句話不相應，便見世間泗洲大聖，交五嶽動天兵〔二三〕。

【么篇】也難奈何俺那六臂那吒般狠柳青，我唱的那七國裏龐涓也没這短命，則是八怪洞裏愛錢精。我若還更九番家厮併，他比的十惡罪尚猶輕。

【賺尾】郎君每我行有十遍雨云期〔二四〕，除是害九伯風魔病。俺家裏七八下裏窩弓陷坑，你便有七步才無錢也不許行，六藝全便休賣聰明。哎！爲甚恁這五陵人，把俺這等嘿交易難成？你便是四付馬上駝來也索兩平。俺這裏別是個三街市井，另置下二連等秤，恰好的交恁一分銀買一分情！

（下）

校勘記

〔一〕争競：原本『競』字，音假爲『竟』，今改。

〔二〕常是：原本『常』字，音假爲『長』，今改。

〔三〕你：原本省寫作『尔』，今改。以下不另出校。

〔四〕崎險艱難：原本『崎』字，音假爲『希』，依隋本改。以下不另出校。

〔五〕釘人腿：原本脱『人』字，依上文『掂人髓、敲人腦、剥人皮』語例補。

〔六〕唱到那雙漸臨川令：原本『到』字，音假爲『道』，今改。

〔七〕提起那蘇員外：原本『提』字，俗寫近似『搔』字，盧、隋二本因誤。

〔八〕冥鴻惜毛翎：元人常語。原本脱『冥鴻』二字，今補。《追韓信》一折【後庭花】曲：『既冥鴻惜羽毛，休想先生懶折腰。』與此語同。

〔九〕揑定：『揑』，强也。原本音假爲『丫』，今改。各本失校。

〔一〇〕嘴尖饞嗓子：『嗓子』即『咽喉』。原本『嗓』字，當爲『顙』，斷壞如『頴』，今改。《殺狗勸夫》第四折【鬥鵪鶉】曲『動不動掐人的嗓子』，與此語近。盧、隋二本改作『穎』，鄭本作『頸』，徐本作『脖』，均不取。

〔一一〕爪快撮天靈：原本『靈』字，音假爲『令』，今改。

〔一二〕搦鴉的天上鶻：與下句『拿雁的海東青』爲對文。原本『鴉』字，當省借爲『牙』，形壞如『[illegible]』。仿刻本誤改爲『[illegible]』（錢），各本遂沿其誤，今正。

〔一三〕色就事：徐本改作『索就事』。按：『色』『索』二字，《中原音韵》同爲一空，故元曲中常得通假，似可不改。

〔一四〕更擱着如斤等：『等』，即『戥』。原本『擱』，音假爲『磕』；『斤』，音假爲『今』，今改。各本失校。

〔一五〕乾嚥啞：原本『嚥』字，省借爲『燕』，今改。

〔一六〕乾使鈔乾嘿病：原本二『乾』字，均由俗體『干』形誤作『千』，今改。

〔一七〕豪飲：原本『豪』字，音假爲『毫』，今改。

〔一八〕桃花扇影：原本『影』字下，誤衍一重文符號，今删。

〔一九〕破香橙：疑用周邦彦《少年遊》詞『纖指破新橙』句，『香』，或當爲『新』。原本『橙』字，音假爲『悵』，今改。

〔二〇〕酒斟金瀲灩：原本『瀲』字，省借爲『斂』，今改。

〔二一〕精靈：原本『靈』字，音假爲『令』，今改。

〔二二〕惹鬥争：原本『惹』字，省借爲『若』，今改。

〔二三〕交五嶽動天兵：原本『兵』字，涉上文誤作『岳』，今改。

〔二四〕雨云期：原本『云』字，形誤爲『至』，今改。

第二折

（末云）（卜兒云，唤旦了）（旦引侍婢上，云，住）（外旦云）這妮子，却整五日也，却四日不來。則這五年裏呵，然這好事無間阻，幽歡却是尋常看。

【南吕一枝花】〔一〕□□□□，□□□□□。只教我，立化做一塊望夫石。我便似病人衝太歲，他管也小鬼見鍾馗，腌材料，風短命，欠東西〔三〕。

【感皇恩】〔二〕

【采茶歌】〔四〕百忙裏〔五〕，演收拾，嗏！早則不席前花影座間移。恰便似雕鶚分開鶯燕期，虎狼衝散鳳鸞栖。

（孤、末云了）

【隔尾】嗨！比俺娘那熬煎增十倍〔六〕，恰纔這些崎險艱難好做一回。哎！不做美的恩官幹壞了他把戲。哎！唱話的小一，則好打恁兀那把門的老嘿，切不可放過這没錢雁看的。

（末云住，卜兒打撞了）

【牧羊關】嚥！恁那狠爹爹纔赸過，呵！俺這善婆婆却來這裏。嗷！我能藏波你也能覓。我則是個五歲兒精靈，他是積年的老鬼〔七〕。我挪動脚囉過的何方去，咱那舉意他早先知。我便日赴三千處，他也坐觀十萬里。

（卜云住）

【紅芍藥】 兀的那般惡緣惡業鎮相隨，好交人難摘難離。也是某年某月不曾離，無是無非〔八〕。奶奶，你是老人家！須知些道理，有的事便挨不到家裏。（卜云住）越道着越喳聲破嗓越罵得精細，前面他老相公聽的。

【菩薩梁州】 告母親咱疾歸〔九〕，恁孩兒也知罪。這裏却是那裏？則管裏唇三口四，唱叫揚疾！不比咱那潑街衢妓館畫樓西，這的是好人家大院深宅内。我交人道尿盆兒刷煞净臊氣〔一〇〕，直這般顯相貌騁威勢〔一一〕。他見一日三萬場魋焦到不得哩〔一二〕，咱正踏着〔一三〕他泛子消息。

（卜云住）

【三煞】 交我這裏恨無地縫藏身體，這番早則難去床頭揭壁衣〔一四〕，嘚嘚亂下風雹的又没巴臂〔一五〕。更作你是開封府同知，却不取招平人無罪，却便硬監押〔一六〕莽迭配。你這般竄窩裏清談怎立碑〔一七〕？那公廳上施爲！

【二煞】 當日那梁公〔一八〕曾施行虎豹是真鋒利，哎！包龍圖呵！你這般拆散鴛鴦算甚正直？我也覷不得這光景掩不迭這泪。我這壁道防送早催逼，他那壁帶鐵鎖囚人監繫〔一九〕，俺兩處各心碎！是有遭間阻的也不似俺不吉利，兀的是甚末娘別離！

【收尾】 幾曾見遞流南浦人千里？怎飲這配役陽關酒一杯！到如今説甚的，比別得記相識〔二〇〕。你情知我心意，你知咱我知你。歹處無好處記，休想我再出入。我寸腸中似刀刺。恁尊君〔二一〕忒情理，割捨了怕甚的！哎！蓮子花官人願的你一千歲，嗨！怎直恁般下得！（卜云了）咭！則是你了得！吡！都是你個吸人髓虔婆直攘到底〔二三〕！

（下）

校勘記

〔一〕南吕一枝花：鄭本云：『原本此處當有缺頁，【一枝花】僅餘曲名，其下并佚去【梁州第七】等曲若干，故【感皇恩】殘文遂混於【一枝花】曲名之下。但原本頁碼相接，當爲書坊矇混改刻。』此説是，今從。徐本亦改。

〔二〕感皇恩：原缺曲牌名及開首兩句。

〔三〕腌材料，風短命，欠東西：原本『腌』字，音假作『暗』；『材』，省作『才』；并脱『西』字，依張相《詩詞曲語辭匯釋》卷五『欠』字條引文校補。

〔四〕采茶歌：原本誤題作『幺』，依鄭本改。徐本亦改。

〔五〕百忙裏：原本『忙』字涉下誤作『里』，今改。

〔六〕熬煎增十倍：原本『增』字，音假爲『争』，依徐本改。

〔七〕積年的老鬼：即多年的老鬼。原本『積』字，音假爲『几』，今改。各本失校。

〔八〕無是無非：原本『是』字，音假爲『事』，今改。

〔九〕咱疾歸：原本『歸』字，爲宋元俗寫作『怃』。盧、隋、鄭本俱誤改作『疣』，徐本不誤。

〔一〇〕尿盆兒刷煞净臊氣：此爲宋元俗語，謂尿盆兒再洗，也去不了臊味。原本『净』字，音假爲『將』；

〔一一〕『臊』，音假作『搔』，今改。徐本改作『腥臊』，義同，惟『腥』『將』音讀不類，故不取。

〔一二〕顯相貌騁威勢：原本『騁』字，形誤爲『騁』，今改。

〔一三〕他見一日三萬場魋焦到不得哩：徐本此句改小字，作賓白處理，似非。

〔一三〕踏着：原本『踏』字，省借爲『查』，今改。

〔一四〕早則難去床頭揭壁衣：原本『去』字，形誤爲『云』，依鄭本改。

〔一五〕没巴臂：没有來由，没有根據。器物無把無鼻，自然難以掌握，故當作『没把鼻』。

〔一六〕硬監押：原本『硬』字，形誤爲『哽』，今改。

〔一七〕竈窩裏清談怎立碑：原本『竈』字，音假爲『皂』；『談』作『啖』。徐本引關漢卿《謝天香》第三折『相公這一句言語可立碑』，云與本曲『清談怎立碑』語一正一反，相反相成，可以合看。按：徐説是，從改。

〔一八〕粱公：指狄仁杰。原本『粱』字，音假爲『良』，今改。

〔一九〕監繫：原本『繫』字，音假爲『計』，今改。

〔二〇〕記相識：原本『識』字，音假爲『失』，今改。

〔二一〕恁尊君：稱人父曰『尊君』。原本『君』字，音假作『居』，今改。

〔二二〕攘到底：原本『攘』字，形誤爲『壤』；『到』，音假作『倒』，依徐本改。

（卜云了）（正末云）（外末云）（旦上了）吁！靈春，思量殺我也！一股鸞釵半邊鏡〔一〕，世間多少斷腸人！

第三折

【中呂粉蝶兒】我本是個邪祟妖魔〔二〕，他那俏魂靈倒將咱着末，呵！大岡來意氣相合。今日把我情腸，他肺腑〔三〕，都混成一個。雖隔着千里關河，不曾有半個時辰意中挨過。

【醉春風】人害兀那鬼病〔四〕有時潛，則這相思無處躲。直到再團圓被兒裏得些温存，恁地後便可，可。我想世上這一點情緣，百般纏繳，有幾人識破。

（卜兒云）（外住）

【迎仙客】姨姨，我爲甚罷了雨雲，却也是避些風波。做這些淡生涯，且熬那窮過活。這些時調不上勤兒，却則是忙着俺老婆。都則爲我不肯張羅，以此上閑放着盤千斤磨。

（卜云住）

【紅綉鞋】我則想别後雲行地末，呵，嘆人生會少離多。（卜云住）呵，兀的是俺那心愛的龐兒舊哥哥。自從這人北渡，渾一似夢南柯。伯伯，問别來安樂末？

（外末云了）

【石榴花】常記得玉鞭驕馬宴鳴珂〔五〕，長安市少年他，似那鄰舟一聽惜蹉跎。聽一曲艷歌，細捲紅羅。呵！我今日守空房也墮下千金貨。（外末云）却則是央及殺那象板銀鑼。况兼俺正廳兒雖是則些娘大，坐着俺那愛鈔的劣虔婆。

【鬥鵪鶉】縱有〔六〕些燕友鶯朋，仰望着龍樓鳳閣。（外末云）咱若是跎漢呵由他，提着那覓錢後在我。（外云了）俺那老婆沙直見閻王也没奈何〔七〕。伯伯，你試想波〔八〕，若是共别人并枕同床，他便不送得我披枷帶鎖。

（外云）

【上小樓】外相兒行户小可，就裏最胸襟灑落。我覷了這般勢殺〔九〕，不發閑病，決定風魔。既不呵，便恁末，人行超剁〔一〇〕？（末云了）取將個托兒來快疾赸過！

（外云）

【幺篇】你道你少甚的，不剌，你却是召甚末？俺這外路打扮，其實没這異錦輕羅。（正末云住）你若打死他，路上呵，你獨自難過，却交誰牽你那虎皮馱駝？

（末云住）（做艱難了）（云）〔一一〕不争這厮提起那打毬詐柳，寫字吟詩，彈琴擘阮，攧行分茶，交我兜地腹痛〔一二〕，乍地心酸！伯伯呵！

【十二月】交我越思量俺、思量俺完顔小哥〔一三〕，他端的所爲兒有誰過？豈止這模樣兒俊俏，則那些舉止兒忒謙和。哎！不索你把阿那忽那身子兒搊撮，你賣弄你且休波。

【堯民歌】你則是風流不在着衣多，你這般浪子何須自開呵〔一四〕。啐！這厮白日街上打呆科〔一五〕，却怎生到晚人前逞僂儸〔一六〕。哎！哥哥，你明日吃甚末？古自〔一七〕忍不到那十分餓！

【快活三】無明火怎收撮，撅打會看如何？則交我烘地了半晌口難合，不覺我這身起是多來大。

【鮑老兒】從來撒欠颩風愛恁末，敲才古自不改動些兒個。你這般忍冷耽飢覓着我，越引起我那色膽天來大。我每日千思萬想，行眠立盹〔一八〕，不是存活。這般山長水遠，天遥地闊，不想你直來呵。（云住）

【哨遍】〔一九〕送的人赤手空拳難過，都是俺舌尖上一點砂糖唾。越精細的越着他，怎出俺這打多情地網天羅。且説俺這小哥哥，爲俺耽驚受怕，波迸流移，冷落了讀書院，一就把功名懶墮。自蓋交萱堂有夢，并不想蘭省登科。幾時得兩扶紅日上青天，空望着一片白雲隔黄河。則共我這般携手兒相將，舉步兒同行〔二〇〕。他想所事滿心兒快活。

【耍孩兒】早是你不合將堂上雙親躲，你却待改换你家門小可。這李亞仙苦勸你個鄭元和，再休提那撒板鳴鑼。若還俺娘知咱這暗私奔，倒毒似那倒宅計〔二一〕，若還恁爺見你這諸宫調，更狠如那唱挽歌。你脖頸上新開鎖〔二二〕。俺娘難道那風雲氣少，恁爺却甚末兒女情多！

（外云住）

【四煞】楚蘭則道是〔二三〕做場養老小，俺娘則是個敲郎君置過活。他這幾年間衠儹下些胡倫課。這條衝州撞府的紅塵路，是俺娘剪徑截商的白草坡，兩隻手衠撈摸〔二四〕。恁逢着的瓦廨〔二五〕，俺到處是鳴珂。

【三煞】今後去了這駝漢子的小鬼頭，看怎結末那吃勤兒的老業魔，再怎施展那個打鴛鴦抖擻的精神兒大。則明日管舞旋旋空把個裙兒繫，勞穰穰乾將條柱杖兒拖。早則没着末，致仕了弟子，罷任波虔婆。

【二煞】 這一件件得歇心，此一樁樁得解脱，暫不見那官身祇候〔二六〕閑差撥。委實倦那月斜楊柳樓心舞，風軟桃花扇底歌〔二七〕。欲將這把戲都參破，怎肯陶盡元陽真氣〔二八〕，直變做了虛損沉疴〔二九〕。

【煞尾】〔三〇〕 此行折末山村野店上藏，竹籬茅舍裏躲。能够得個桑榆景内安閑的過，也强如鑼板聲中斷送了我。

（下）

校勘記

〔一〕一股鸞釵半邊鏡：原本『股』字，形誤爲『肱』，今改。

〔二〕邪祟妖魔：原本『祟』字，形誤爲『崇』，今改。

〔三〕肺腑：原本『腑』字，音假爲『腹』，今改。

〔四〕鬼病：即相思病。原本『鬼』字，誤增爲『瘣』，依鄭本改。盧本改爲『疾』，隋、徐二本改爲『魔』，均失。

〔五〕嗚珂：原字『珂』字，形誤爲『呵』，今改。

〔六〕縱有：原本『縱』字，省借爲『從』，今改。

〔七〕俺那老婆沙直見閻王也没奈何：『沙』字在本句當爲語助，無義。原本形誤作『衫』。盧本改作

『杪』，徐本改作『抄』，均失。

〔八〕你試想波：原本『試』字，音假爲『是』，今改。

〔九〕勢殺：原本『勢』字，音假爲『世』，今改。

〔一〇〕超剁：元明行院市語以『坐』爲『超剁』，見《墨娥小録》。原本『超』字，形誤爲『𧺆』，今改。

〔一一〕云：原作『帶云』。以下『不争』一段説白，原本均在【十二月】曲牌之後，今依徐本移前。

〔一二〕腹痛：原作『皮痛』，依徐本改。

〔一三〕思量俺、思量俺完顔小哥：原本第一『俺』字下僅有重文符號一，依文義當重『思量俺』三字。徐本同。

〔一四〕自開呵：原本『呵』字，音假爲『阿』，今改。

〔一五〕打呆科：原本『科』，音假爲『歌』，今改。

〔一六〕逞僂儸：原本『逞』字，音假爲『程』，今改。

〔一七〕古自：原本『古』字，形誤爲『右』，今改。

〔一八〕行眠立盹：原本『行』字，係上句『千思萬想』末字『想』之重文符號；『盹』作『肫』，今改。

〔一九〕哨遍：原脱曲牌名，與上曲【鮑老兒】誤合，今依律析出。鄭本同。徐本改題『古鮑老』，實非。

〔二〇〕舉步兒同行：原本『兒』字，假借爲『而』，今改。

〔二一〕倒宅計：原本『宅』字，音假爲『寨』，今改。此爲鄭元和、李亞仙故事，見唐白行簡《李娃傳》。

〔二二〕脖項上新開鎖：原本『脖』字，省借爲『孛』；『鎖』，形誤爲『銷』，今改。

〔二三〕則道是：原本『則』字，形誤爲『明』，今改。

〔二四〕撈摸：原本『撈』字，省借爲『勞』，今改。

〔二五〕瓦觧：即瓦舍、瓦子，與下句之『鳴珂』爲對文。原本『觧』，省借爲『解』，今改。各本失校。

〔二六〕官員祇候：朱本『候』字，形誤爲『俠』，今改。

〔二七〕風軟桃花扇底歌：原本『軟』字下作一重文符號，『桃』字脱，今改。

〔二八〕陶盡元陽真氣：原本『陶盡』二字誤倒，今改。

〔二九〕虛損沉疴：原本『疴』字，形誤爲『屙』，今改。

〔三〇〕煞尾：原本題作『收尾』，今改。

第四折

（卜云了）（孤云了）（樂探上云）（梅香將衫子鑼板上了）

【雙調新水令】當日個爲多情一曲《滿庭芳》，曾貶得蘇東坡也趁波逐浪。何況這鶯花燕市客，更逢着雲雨楚山娘。我恁那想像高唐〔一〕，怎強如俺滿意宿鴛鴦。

【駐馬聽】他爲我墮落文章，生纏得携手同行不斷腸。直這般學成説唱，更則便受恩深處便爲鄉。則爲這情緣千尺藕絲長〔二〕，誤盡禹門三月桃花浪。我若是不正當，枉了他那呆心腸一向在咱身上〔三〕。

【落梅風】我恰猛可地向這廳堂〔四〕中見，唬得我又待尋幔幕中藏。哎！狠阿公間別來無恙！（做意了）可知我恰輕敲着他那邊厢越分外的響。相公呵！這的是那打香印使來的鑼棒。

【水仙子】相公那日正暴雷急雨怒在書房，幾曾這般和氣春風滿畫堂？（孤云）舍人也没那五陵豪氣三千丈，頹項上連鐵索兩托長！却雖是妾煩惱歡喜殺家堂，路歧人生死心難忘。謝相公賫發覷當，直把俺牒配還鄉〔五〕！

【雁兒落】相公把孩兒呵〔六〕腹内想，越交妾小鹿兒心頭撞。我如今引來這園圃〔七〕中，莫不是賺到這筵席上。

【得勝令】却又休金殿鎖鴛鴦，一似書幃中拆鸞凰。恁那秀才憑學藝，他却也男兒當自强。他如今難當，日寫在招兒上。相公試參詳，這的唤功名紙半張。

【川撥棹】不索你自誇揚，我可也知道你打了個好散場。休得行唐，火速疾忙，見咱個舊日個恩官使長，與咱多多的準備重賞。

【七弟兄】他也大岡，你行，也有些情腸，你那起初時敷演時曾聽你唱。轉階除行至短垣墻〔八〕，入花園進步蒼苔上〔九〕。

【梅花酒】厭地轉過秉墻〔一〇〕，携手兒相將，輕踏踐殘芳，直望着廳堂，將蛾眉澀道登〔一一〕，到毬樓〔一二〕軟門外，你却則末得慌張？房中舊名望，到今日怎遮藏，打扮的死床相。

【收江南】嚥！老官人分付取小學郎。（孤云了）則交你住構欄，不交你坐監房。（末云住）相公呵，〔一三〕當日個你分開這沙上宿鴛鴦，怎生般對當，却交俺芰荷香裏再成雙。

（卜兒云）（下）

【鷓鴣天】玉軟香嬌意更真，花攢柳襯足消魂〔一四〕。半生碌碌忘丹桂，千里驅驅覓彩雲〔一五〕。鸞鑑破，鳳釵分，世間多少斷腸人。風流公案風流傳，一度搬着一度新〔一六〕。

象板銀鑼可意娘，玉鞭驕馬〔一七〕畫眉郎。兩情迷到忘形處〔一八〕，落絮隨風上下狂。

題目〔一九〕　靈春馬適意誤功名

　　　　韓楚蘭守志待前程〔二〇〕

正名〔二一〕　小秀才琴書青瑣幃

　　　　諸宮調風月紫雲亭

諸宮調風月紫雲亭終

校勘記

〔一〕想像高唐：原本『唐』字，音假爲『堂』，今改。

〔二〕情緣千尺藕絲長：原本『絲』字，省爲『系』，今改。

〔三〕枉了他那呆心腸一向在咱身上：原本『身』字，涉上文誤作『心』，今改。各本失校。

〔四〕廳堂：原本『廳』字，音假爲『亭』，今改。

〔五〕牒配還鄉：原本『牒』字，形誤作『喋』，今依王校、鄭本改。徐本作『遞』，不取。

〔六〕孩兒呵：原本『呵』字，係上文『兒』字之重文符號，今改。

〔七〕園圃：原本『圃』，音假作『浦』，今改。

〔八〕轉階除行至短垣墻：原本『階除』二字，音誤爲『街衢』。按：此時二人已入府中，『短垣墻』，指花園之小圍墻，自不應尚在街上，因改。各本失校。

〔九〕入花園進步蒼苔上：原本「進」字，音假爲「盡」，今改。按：元曲中多有此例，如《周公攝政》楔子：「叔鮮盡封管叔。」同劇三折【東原樂】曲：「盡退兩難爲。」以上二「盡」字，皆爲「進」字之假。

〔一〇〕厭地轉過秉墻：「秉墻」，即屏墻，俗名照壁。各本或改作「東墻」，或改作「垣墻」，皆失。

〔一一〕將蛾眉澀道登：原本「澀」字，由俗體「澀」形誤爲「址」，今改。

〔一二〕毬樓：原本「毬」字，省借爲「求」，今改。

〔一三〕末云住，相公呵：原本「住」字，形誤爲「在」；「呵」字，形誤爲「听」，依徐本改。

〔一四〕花攢柳襯足消魂：原本「襯」，省借爲「寸」；「足」字，形誤爲「是」，今改。按：《聊齋俚曲·窮漢詞》：「蠢的蠢，夯的夯，空有臭錢不幫寸。」「幫寸」，即「幫襯」。

〔一五〕千里驅驅覓彩雲：「驅驅」，勞碌奔波之意，原本省作「區區」，今改。盧本改作「迢迢」，隋本作「侵侵」，徐本作「駸駸」，鄭本作「悠悠」，均非。《西厢記》四本二折紅娘云：「張生非慕小姐顏色，豈肯區區建退軍之策！」「區區」，即「驅驅」之假。

〔一六〕一度搬着一度新：原本「搬」字，省借爲「般」，今改。

〔一七〕玉鞭驕馬：原本「驕」字，誤作「嬌」，今改。

〔一八〕兩情迷到忘形處：原本「忘形」二字，誤作「志刑」，今改。

〔一九〕題目：二字原無，今補。

〔二〇〕待前程：原本「待」字，形誤爲「侍」，今改。

〔二一〕正名：原本誤置於「象板銀鑼」一詩前，今移於此。

相國寺公孫汗衫記

張國賓 撰

簡要説明

《相國寺公孫汗衫記》，張國賓撰。原題『大都新編關目公孫汗衫記』。原本未標明折數，科白簡略。《録鬼簿》《太和正音譜》《元曲選目》《今樂考證》《曲録》并録本劇劇目。

第一折，開封府馬行街張員外、婆婆趙氏、孩兒張孝友、媳婦李玉娥，冬日在看街樓上飲酒賞雪，救了乞丐陳虎，又救了充軍犯人趙興孫。陳虎與張孝友結義爲兄弟，留在張員外家看守倉庫。

第二折，李玉娥懷孕，未知男女。張孝友爲陳虎所惑，帶着妻子和財物，一起去東嶽廟占卜求子，張員外夫婦聞訊趕來阻攔，孝友執意不聽，衹好將一件汗衫撕爲兩半，各執其一，以作紀念。張員外回家，一場大火把家産燒得精光，流落到悲田院做乞丐。

第三折，陳虎途中推張孝友落水，霸佔了李玉娥，後生一子，取名陳豹。十七年後，兒子長大成人，應舉得官。李氏叫他去開封尋找張員外，托名是老親，并以半壁汗衫爲信。陳豹在相國寺打齋捨食，張員外夫婦前來乞討，由半壁汗衫上，公孫相認。陳豹帶員外夫婦一起回家。

第四折，途中，張員外巧遇做了山大王的趙興孫，向他訴説了陳虎的不義，興孫贈以銀兩以報其德。張員外拿着銀子去相國寺追薦兒子張孝友。原來孝友當年落水未死，恰好在寺内做和尚。同時，陳虎因案發潛逃，被趙興孫拿獲。一家三代終得團圓，恩仇皆報。

本劇校本，今有鄭、徐兩種：王季思先生亦有校語。又，除元刊外，本劇現存版本，尚有明脉望館鈔校内府本及《元曲選》刊本兩種。以上各種，一并用以入校。

第一折

（正末扮員外引卜兒、外末、外旦上，開）老夫南京人氏，姓張名文秀，婆婆趙氏，孩兒張孝友，媳婦李氏，在這馬行街居住。人口順子喚我做張員外，平日好善，救困扶危。時遇冬天，下着國家祥瑞。孩兒，道與交安排酒者，喒看街樓上賞雪咱！

【仙吕點絳唇】密布彤雲，亂飄瓊粉，朔風緊。一色如銀，這雪交孟老騎驢穩。

（帶云）大哥，這是冬天那春天？（等外末云了）

【混江龍】雖是孟冬時分，你言冬至我疑春。既不呵，可怎生梨花片片，柳絮紛紛？梨花墜變为銀世界〔一〕，柳絮飛翻做玉乾坤。將酒來！銀瓶注鵝黄嫩〔二〕。俺是鳳城中士庶，龍袖裏嬌民。

（等净上凍倒科）（等外末交救了）（等净禮了）

【油葫蘆】我子見百結鶉衣不蓋身，呵，呵，呵，怎直這般家道窘？（交與酒科）〔三〕交連珠兒熱酒飲

三樽。那蘇秦未遇青天困，他時來便掛黃金印。翻手是雨，合手是雲。讀書萬卷多才俊，少是末一世不如人。（交與衣服科）

【天下樂】把這一套兒衣服舊改新。（與十兩銀做盤纏）與了盤纏交速離門。休嫌少〔四〕，俺與你一時間周急〔五〕添些二氣分。有一日馬頷下纓似火，頭直上傘如雲，哥哥，早爲官早立身。（云）送下樓去者。（等外末云了）（净云了）

【金盞兒】恰纔賣花唇，顯精神，説他善搠槍、快使刀、能掄棍，那剛强和柔弱是老聃云。我見長不見短，他習武不習文。我敬善不敬惡，你宜假不宜真。（等外末云交净看庫了）（等解子〔六〕押外净趙與孫上，云住）（云）將十兩銀來與俺做盤纏。（等卜兒認義了）（等净奪銀了）

【後庭花】你道他眉下没眼筋〔七〕，口邊有餓文，豈不聞馬向群中覷，人居貧内親〔八〕？不索你怒生嗔，他如今身遭危困，你將他惡語噴，他將你斷怨恨。恩和仇兩個人，是和非三處分。

【青哥兒】休顯得我言而、言而無信，你便是交人、交人評論。他如今迭配遭囚〔九〕鎖纏着身，你枉了相聞。你亂説胡云〔一〇〕，他背義忘恩，道不是良民，一世孤貧。你問毗鄰，繞户巡門，你也曾一年春盡一年春，這般窮身分。（等解子、外净先下）

【賺尾】陳虎唻〔一一〕！壯士惜孤寒，好漢憐危困。他怎肯記小過忘人大恩？你□子〔一二〕肋底插柴怎不自隱，全没些敬老憐貧，惡相聞。不争你劈手奪銀[一三]，顯得我也慘、他也羞、你也狠。他待學靈輒[一四]的報恩，你便似龐涓般挾恨。我勸你個得時人休笑失時人！

（下）（等净提了，下）

校勘記

〔一〕變为銀世界：原本『为』字，形誤爲『与』，今改。

〔二〕銀瓶注鵝黄嫩：原本『瓶』字漫漶不清；『注』字殘損爲『主』；『鵝』字音假爲『蛾』，據脉鈔本、《元曲選》改。『鵝黄』，指酒的顔色。杜甫《舟前小鵝兒詩》：『鵝兒黄似酒，對酒愛新鵝。』可證。

〔三〕交與酒科：原本『與酒』二字不可辨識，姑依劇情補。

〔四〕休嫌少：原本『嫌少』二字可辨。仿刻本空缺，鄭本補作『謝者』，非。

〔五〕一時間周急：原本脱『一』字，文氣不足，據脉鈔本補。又『周』字，原本假作『週』。據脉鈔本、《元曲選》改。

〔六〕解子：原本『解』字，音假爲『界』，據脉鈔本、《元曲選》改。

〔七〕眉下没眼筋：原本『眼』字可辨，仿刻本空缺；又『筋』字，音假爲『斤』，今改。按：此語爲宋元常語。《五燈會元》卷二十：『三世諸佛，眼裏無筋；六代祖師，皮下無血。』

〔八〕馬向群中覷，人居貧内親：原本『覷』『居』『貧』三字，均漫漶不清，據脉鈔本、《元曲選》補。

〔九〕迭配遭囚：原本『迭』字不清，似誤爲『政』，據脉鈔本、《元曲選》改。

〔一〇〕亂説胡云：原本『亂』字空缺，依鄭本補，徐本同。

〔一一〕陳虎唻：原本『陳虎』二字不可辨識；『唻』，省作『來』，今補校。

〔一二〕你□子：原本『你』字猶存左邊偏旁，鄭、徐二本據脉鈔本本、《元曲選》補作『這廝』，恐非。

〔一三〕劈手奪銀：原本『劈』字，音假作『匹』，據脉鈔本、《元曲選》改。

〔一四〕靈輀：原本『輀』字，音假爲『轍』，今改。

第二折

（等外末上，云住）（等浄上，説説〔一〕。外末躲災，都下）（等卜兒叫住）（正末慌上）（等卜兒告）忤逆賊〔二〕！俺子是個開店的者波，您去呵，也合交我知道，休道〔三〕俺是親爺親娘！婆婆，喒趕去！（等卜兒云了）

【越調鬥鵪鶉】我有眼如盲，有口似啞。你緑鬢朱顔，我蒼髯皓髮〔四〕。不争背母抛爺，却須違條礙法。他不怕，天折罰！你閑遥遥喝婢呼奴，穩拍拍騎鞍壓馬。

【紫花兒序】没些事人離財散〔五〕，好可間水遠山遥〔六〕，平白的海角天涯。你將着那價高的行貨〔七〕，你引着個年小的渾家，若還〔八〕有些争差，您這雙没主意的爺娘〔九〕是怕也不怕？您暢好是心粗膽大！（帶云）婆婆，咱出酸棗門〔一〇〕，繞着〔一一〕黄河岸上趕去來！哎！俺這般拽巷攞街，都因他弃業抛家〔一二〕。

（等卜兒云了）

【天净沙】兀良踈林落日昏鴉[一三]，兀的淡烟老樹殘霞。咱趁着古道西風瘦馬，映着夕陽西下，子問叫那野橋流水人家。

（做問船科）

【酒旗兒】不知在那個桅竿下，排着舟楫，纜着船栰？張孝友住者！將我這泪眼揉乾[一四]，望不見他。（再叫）兀的不叫得我咽喉叉。（等外末一行上）（云）婆婆，拖住只！好也囉！[一五]却不父母在不合離家？你兀的不惹得旁人罵！

（等外末云了）

【小桃紅】要做道好兒好女眼前花，你説這不辭您爺娘的話[一六]。兀的是那一個袁天綱算來的卦？這言語唬莊家，却不憂父母病體着床榻。你去了呵，交人道做爺娘的鰥寡，做孩兒的謊詐，交人道你個媳婦兒不賢達。

（等外旦對卜兒云了）（卜兒云了）

【鬼三臺】聽言罷，無憑話，惹的聰明人笑話。那没子嗣，没根芽，燒大馳細馬，將金紙銀錢香火加，便賢孫孝子[一七]兒女多。早難道神不容奸，天能鑒察。

（等外末云了）

【紫花兒序】我問甚玉杯珓下下，偌大個東泰嶽爺爺，他閑管您肚皮裏娃娃？却不種穀得穀，種麻收麻！兀那積善之家，天網恢恢不道漏了纖掐。這言語有傷風化，我不信你調嘴摇舌，利齒伶牙[一八]。

(等外末云了)(云)婆婆，心去意難留，交他去！媳婦兒，大哥有着身穿的汗衫兒，脱將來。(等脱了，做拆開兩半了〔一九〕，云)媳婦兒，你將取一半，我收着一半。(做咬破小指，衫兒上抹血科)(卜兒問了)〔二〇〕

【調笑令】把衫兒拆下，着血糊搽。世上子有蓮子花，我別無甚弟兄没甚房下。萬一間命掩黄沙，將衫兒半壁向匣蓋上搭，便是你舉車前拽布拖麻。

(等外末一行辭了。先下)

【寨兒令】交俺空感傷，謾嗟呀，狠毒兒去也難戀他。交梢公楫開船楂，向水路行踏〔二一〕，早過了茅舍兩三家。棹篦摇撥散蒹葭，櫓椿〔二二〕鳴驚起鵝鴨。雲烟飛繚亂，榆柳鬧交雜。不見他，空望得我眼睛花。

(帶云)婆婆，他每去了，喒也家去來！

【絡絲娘】好家私便似水底捺瓜，親子父便似拳中揣沙。寺門前金剛鬥厮打，佛也理會不下。

【幺篇】〔二三〕陳虎那厮奸奸詐詐，張孝友又虔虔答答。媳婦兒當年整二八。嗏〔二四〕！只願得你出入通達。

(提入城了)(等外云失火了)

【幺篇】道張員外遺漏火發，立掙了呆答孩唬殺。待去來當街裏立着兵馬，俺却是怎生合煞？

【耍三臺】焰騰騰偌高下，火焰起狂風亂颭。擺一街鐵猫水瓮，列兩行鉤鐮麻搭。巡院裏高聲叫巷長，交把那爲頭兒失火的拿下。苦也！苦也！銅斗兒大院深宅〔二五〕，天那！天那！火燒的無根椽片瓦。

【青山口】這家，那家，叫吖吖，街坊每救火咱！幾家瓦廈，忽刺刺，被巡軍都拽塌。天呵！苦痛殺，真加，人唾罵。你浪酒閑茶，卧柳眠花，半世禁害殺。自矜自誇，兀的天折天罰。他也末他，不偢咱，；咱也末咱，可憐他〔二六〕。俺那張家，你那根芽，有傷人倫風化，你好不知個禮法。

【收尾】兒呵！俺從那水胡花抬舉的你偌來大，交俺兩個老業人索排門兒叫化。元是個卧牛城富豪民，少不得悲田院裏〔二七〕凍餓殺！

（下）

校勘記

〔一〕説説：以言語動人曰『説説』（shuì shuō）。原本第一『説』字模糊，徐本改作『詐』，實誤。此語多見於脉望館鈔本元劇。如《博望燒屯》四折管通云：『我先到新野，將諸葛亮一席話説説將來，同心協力，然後破劉關張，未爲晚矣。』又《樂府新聲》無名氏小令【滿庭芳】曲：『才有鈔不須用稅説，但無錢枉廢了唇舌。』『稅説』，即『説説』。

〔二〕忤逆賊：原本『忤』字，音假爲『五』，今改。

〔三〕休道：『道』字原本空缺，今補。

〔四〕蒼髯皓髮：『皓』字原本空缺，據脉鈔本、《元曲選》補。

〔五〕没些事人離財散：原本『些』字誤作『錢』，據脉鈔本改。徐本失校。

〔六〕好可間水遠山遥：原本『間』字，形誤爲『闌』，依徐本改。

〔七〕價高的行貨：原本『價』字爲墨丁，『高』字空缺，據脉鈔本、《元曲選》補。

〔八〕若還：原本脱『若』字，依元人語例補。

〔九〕没主意的爺娘：原本『意』字，音假爲『易』，今改。

〔一〇〕酸棗門：汴京外城北門之一。通延津之門，即舊之酸棗縣也。

〔一一〕繞着：原本『繞』字，形誤爲『邊』，今改。鄭、徐二本失校。

〔一二〕弃業抛家：原本『業抛』二字爲墨丁，『家』，誤作『[illegible]』（錢），據脉鈔本改。

〔一三〕踈林落日昏鴉：原本『林』字爲墨丁，今補。

〔一四〕泪眼揉乾：原本『揉乾』二字不可辨識，姑依鄭本補。

〔一五〕好也囉：原本『囉』字右半不可識，今補。徐本作『你』字，非。

〔一六〕你説這不辭您爺娘的話：指張孝友夫婦不告而走一事，徐本改『辭』爲『聽』，誤。

〔一七〕賢孫孝子：原本『孝』字，形誤爲『老』，據脉鈔本、《元曲選》改。

〔一八〕調嘴搖舌，利齒伶牙：原本『嘴』字，省借爲『觜』；『伶』字，音假爲『憐』，今改。

〔一九〕做拆開兩半了：原本『拆』字，形誤爲『折』，今改。

〔二〇〕卜兒問了：原本『卜』字，形誤爲『下』，今改。

〔二一〕行踏：原本『踏』字，省借爲『沓』，今改。

〔二二〕橹椿：原本『椿』字，省借爲『莊』，今改。

〔二三〕幺篇：原本【絡絲娘】共三曲。第二、第三曲題作『二』『三』。今按元劇刊本通例，均改題『幺篇』。

〔二四〕嗦：仿刻本刪，鄭本沿誤，徐本作『嘎』，似非。

〔二五〕大院深宅：原本『大』字，形誤爲『火』，據脉鈔本、《元曲選》改。

〔二六〕咱也末咱，可憐他：當與上句『他也末他，不偢咱』爲對文，原本作『多也末多，是非多』，似誤，姑依王校據脉鈔本改。

〔二七〕悲田院裏：原本『田』字，音假爲『天』，今改。

第三折

（等外末一行上）（浄打外末下水了）（等浄提得倈兒了）（等外末扮相國寺長老上，開關子下了）（等外旦、浄、小末上，云住）（交小末應舉科）（等浄囑咐了〔一〕，先下）（外旦與小末汗衫了）（等長老上，開住）（等小末扮孤上，見長老提打齋，坐定）（正末引卜兒扮都子上，叫街住）

【中呂粉蝶兒】繞着後巷前街，叫化些餘食剩湯殘菜，受了些霜欺雪壓風篩。我想五臟神，一頓飽，多應在九霄雲外。運拙時乖，叫幾聲爺娘佛有誰憐愛！

【醉春風】濟困的衆街坊，您是救苦的觀自在。誰肯與半抄粗米一根柴？街坊每歹，没個把俺保，着個甚買〔二〕！但得半片兒羊皮，一頭藁薦，俺便是得生天界。

（做跪下，放）

【快活三】風哨的〔三〕手倦抬，凍餓死怎挣揣！一場天火送了家財，婆子，我問你那少年兒今何在！

【朝天子】老邁，正該，命運拙飢寒煞。無鋪也末無蓋冷難挨，雪風緊没遮塞。俺不敢翻身，拳做一塊。你敢救冰雪堂地獄灾？俺這裏跪在、大街，把救苦的爺娘來拜！

（等卜兒云了）

【四邊静】冬寒天色，冷落窑中又没根柴〔四〕。凍死尸骸，無人偢倸。誰肯着坎土埋，少不得撇在荒郊外！

（等外云了）（等卜兒云了）（云）婆婆，前面引着，喒吃齋去來。

【普天樂】聽道了喜盈腮，剛行剛驀〔五〕，身軀强整，脚步難抬。（做到寺了）（外云了）（做回身云）婆婆，喒這口衣飯，子阿的是也！餓紋在口角頭，食神在天涯外。誰似俺公婆每窮得煞，喒怎生直恁地月滯年灾！能够殘湯半瓢，食充五臟，俺又索日轉千階〔六〕。

（等孤唤了，做過去）（等與齋飯了）（云）婆婆，你子在這裏，我那壁謝官人去。願官人一官未盡，一官到來。（打認科）

【上小樓】甚風兒吹你到來，來還鄉界。交我呆呆鄧鄧，哭哭啼啼，怨怨哀哀。你喜喜歡歡，停停當當，無妨無礙。也合探恁這老爺娘快也不快。

（等孤云了）官人姓甚底？（等云了）多少年紀？（等云了）（與卜兒云了）（等云了）不是，他十七也。

（打認了）

【幺篇】嗨！好似呵！便是一個印合，脱將下來，一般言語，一般容顔，一般身材！不是莽撞頭〔七〕，把官人，廝贏廝賽，錯認了把老身休怪。（等孤云了）（做接了衫兒看了）婆婆，喒那壁衫兒那裏？（等卜云了）（做將兩半衫兒比了，悲云）婆婆，我省得，喒張孝友孩兒被陳虎那廝虧圖了。喒媳婦兒去時，有三個月身小，經今去了十七年也！這官人道他姓陳，十七歲也。眼見的陳虎那廝送了俺孩兒性命，把媳婦强嚇爲妻也！

【脱布衫】覷絶時雨泪盈腮，俺那别離時我心規劃。被你盼望殺這爹爹奶奶，問俺那少年兒在也不在？

【小梁州】這半壁衫兒是我拆開，你可是那裏將來？（孤問了）二十年前有家財，我是張員外，家住在馬行街。

【幺篇】[八] 當年認得不良賊[九]，是俺一家兒横禍非灾。俺孩兒去做客，離鄉外，趁着黄河一派，一去不回來。（帶云）官人，你娘那裏？（等云了）（做把衫兒分付與孤了）

【要孩兒】將衫兒半壁親捎帶，你子道馬行街裏公婆每老邁。這消息莫交你爺知，子你娘行分付的明白。若是您一句射透千年事，强如俺十謁朱門九不開。那賊漢也合是敗。您福消灾至，俺苦盡甘來。

【收尾】强如俺佛剌佛剌頭又磕，天呵天呵手又擱。能够俺媳婦兒眼前把公婆拜，認識了俺孫兒大古裏采（等孤提了[一〇]，下）

校勘記

〔一〕等浄𡃁咐了：原本『𡃁』字，俗寫作『哇』，今改。

〔二〕街坊每歹，没個把俺倸，着個甚買：原本『倸』，字省借爲『采』，今改。按：【醉春風】曲，雜劇中例用二叠，此處爲三叠，且各異其字，實爲變格。然元曲中實有此例。如孔學詩《東窗事犯》二折云：『這言語單道着你！你！休笑我嚷，我乾浄如你。』可證。

〔三〕風哨的：原本『哨』字，音假爲『梢』，今改。

〔四〕又没根柴：仿刻本誤『又』爲『只』，鄭本沿誤。

〔五〕剛行剛驀：原本兩『剛』字，均省借爲『岡』；『驀』，音假爲『陌』，據脉鈔本、《元曲選》改。

〔六〕日轉千階：原本『階』字，諧音作『街』，今改。

〔七〕莽撞頭：原本『莽撞』二字，假作『忙壯』，今改。

〔八〕幺篇：原脱曲牌名，據《元曲選》補。

〔九〕不良賊：原本『賊』字，音假爲『才』，據《元曲選》改。本折韵用『皆來』，徐本以『賊』字出韵，不取，蓋不知『賊』字在元代尚有『才』字之異讀。《元曲選》『賊』字音釋，即作『池齋切』，可證。

〔一〇〕等孤提了：原本『提』字，形誤爲『捉』，今改。

第四折

（外旦上，云住）（孤上見住，云了）（等外旦説關子了）（等净上，云了）（等孤趕净下）（等外净扮邦老趙興孫，開住）（正末引卜兒隨外上，唱）

【雙調新水令】你要的是輕裘肥馬不公錢，却截打〔一〕俺這忍飢寒的范丹、原憲〔二〕。打聽俺兒死活，路過你山川。我又赤手空拳，越好漢越慈善。（等外云擁見太保〔三〕了）（等外净問了）

【風入松】俺夷門祖業百十年，頗有萬貫家緣。（等問了）我兒是張孝友，在海角天涯遠。（等認了，審住）〔四〕（等云了）果然道施恩在未遇之前。到今日無吃無穿，您將俺可憐見。（等外净云了，提插簡下）（等長老上，云住）（便上，見長老科）

【落梅風】日月尋俗見，山僧遇有緣。俺是不修來呵在這乞兒中貧賤。告吾師略將法藏轉，佛不與世俗人爲怨〔五〕。（等問了）（云）待插簡哩。告長老，寫個名牌兒咱。（等問了）

【沽美酒】若説着俺的祖先，大豪富有家緣。又道我披着蒲席説有錢〔六〕。（等問了）俺家鄉不遠，祖宗住在梁園。（等問了）

【太平令】 俺向馬行街開着個門面，(等問了)這五兩銀權做齋錢。您將那《梁武懺》多讀幾卷，《消灾咒》臢看與幾遍。你便，可憐，老夫[七]的命蹇，你將俺張老友孩兒來追薦。

(云)寫呵[八]，子七個字：追薦亡靈張孝友。(等長老做意)怕你寫不得，將來我自寫。(等悲了)不寫呵休，哭子末[九]？(等問了)

【小將軍】[一〇] 都因他歹業冤，折倒了俺好家緣。火燒了宅院，典賣了莊田[一一]，俺兩口兒難過遣。

【江兒水】 到晚來枕的是多半個磚，每日向長街上轉。叫殺爺娘佛，没個可憐見。陳虎賊，俺和你有是末殺父母冤！

【碧玉簫】 那厮心腸兒機變，色膽大如天。那厮容顔兒慈善，賊漢軟如綿。俺孩兒信他言，信他言，裝上船[一二]，去了十七年，不能够見。天[一三]，閃我在悲田院。

(等長老云了)(叫有鬼科)

【雁兒落】 一日家呫提到千萬言，片時間作念够三十遍。子被你閃殺我也張孝友。我子道能够見孩兒面。

【得勝令】 元來是和尚替鬼通傳，我活七十歲也不曾見。你那尸首兒歸何處？你這魂靈兒在眼前！休言，也是我作念的強魂現。你生天，也是俺心堅石也穿。

(等長老云鬬兒)(做説與卜兒，認住)(外旦上，云了，認住)(等孤趕浄上)(浄待下，外浄衝上[一四]，拿住)(出場)

題目〔一五〕　馬行街姑侄初結義
　　黄河渡妻夫相抛弃〔一六〕
正名　金沙院子父再團圓
　　相國寺公孫汗衫記

相國寺公孫汗衫記終

校勘記

〔一〕截打：原本「打」字，形誤爲「你」，依徐本改。
〔二〕范丹、原憲：原本「丹」字，假作「單」；「原」字，假作「袁」，據《元曲選》改。
〔三〕太保：原本「保」殘缺。元曲中例稱山寨好漢爲「太保」或「太僕」，據改。
〔四〕審住：原本「審」字，省借作「番」，今改。
〔五〕佛不與世俗人爲怨：原本「怨」字，音假爲「原」，今改。鄭本改作「願」，似非。
〔六〕披着蒲席説有錢：原本「席」字壞不可識，據脉鈔本、《元曲選》補。
〔七〕老夫：原缺「老」字，依鄭本補。
〔八〕寫呵：原缺「呵」字，依鄭本補。
〔九〕不寫呵休，哭子末：徐本改「休」爲「你」，屬下讀，誤。
〔一〇〕小將軍：《北詞廣正譜》《九宫大成南北詞宫譜》俱作【小陽關】，似是。

〔一一〕莊田：原本「田」字，形誤爲「由」，今改。

〔一二〕裝上船：原本「裝」字，音假爲「莊」，今改。

〔一三〕天：依律，【碧玉簫】此句當爲四字，《元曲選》作「哎喲天那」。

〔一四〕衝上：原本「衝」字，音假爲「充」，今改。

〔一五〕題目：二字原無，今補。

〔一六〕抛弃：原本「抛」，音假爲「抱」，今改。

薛仁貴衣錦還鄉記

張國賓　撰

簡要説明

《薛仁貴衣錦還鄉記》，張國賓撰。原題『新刊的本薛仁貴衣錦還鄉』。原本未標明折數，科白簡略。《録鬼簿》《太和正音譜》《元曲選目》《今樂考證》《曲録》并録本劇劇目。

楔子，唐太宗募兵征遼，農民薛仁貴應募投軍，其父薛大伯囑其早些返回家鄉。

第一折，平遼後，張士貴冒賴薛仁貴的功勞，二人争執不下。皇帝命兩人比武，結果，張士貴確爲冒功，削職爲民；薛仁貴封官得賞。

第二折，薛大伯思子心切，夢中見薛仁貴回家，儘管家裏很窮，仍然買酒殺猪，款待兒子。忽然張士貴出現，把仁貴抓走。醒來以後，纔知是夢。

第三折，薛仁貴奉旨衣錦還鄉，時届清明，遇見一對上墳的農民夫婦。這個農民告訴他，薛大伯如何思念兒子，生活是如何困苦，展現了一幅農村凋敝的圖景。

第四折，薛仁貴回到家裏，見到自己年邁的雙親。這時，薛大伯纔知道兒子不僅做了官，而且做了皇帝的女婿，成了駙馬。當媳婦向他行禮的時候，他感到手足無措，擔待不起。這樣，合家團圓，皆大歡喜。

本劇校本，今有鄭、徐兩種；王季思先生亦有校語。本劇現存刊本，除元刊外，尚有《元曲選》刊本一種。以上各種，一并用以入校。

楔子

（駕上開，一折了）（净上，一折）（外末一折）（正末同老旦上開）老漢本貫絳州龍門鎮人氏，世業莊農，姓薛，年紀大也，人口順叫我做薛大伯。嫡親三口兒。有孩兒薛仁貴。這孩兒從小不好莊農作業，子好掄槍使棒，學的十八般武藝皆全。目今聽知國家跨海征遼，召募民義充軍，孩兒待從軍去，兀的怎奈何！孩兒，你撇了俺兩口兒遠處充軍去，好下的呵！（外末云了）孩兒，你心去意難留。你去子去，你休問得官不得官，子早回家些兒者。

【仙吕端正好】你如今離了村莊，別了鄉黨。拜辭了年老爺娘[一]，你待忘生捨死在沙場上。威糾糾，氣昂昂，身凛凛，貌堂堂，臨軍陣，在沙場，服衣甲，執刀槍，得功業，顯高强，那時節，便還鄉。兒呵！休交兩口兒每日逐朝，眼巴巴的空倚定着門兒望。

（下）

校勘記

〔一〕拜辭了年老爺娘：原本「辭」字，誤作「净」，據《元曲選》改。

第一折

（駕上開，一折）（外末上，一折）（净上云）（净、末争功了）（駕上開住）（交宣了）（正末扮杜如晦上，開）老夫姓杜名如晦，官拜軍府參謀，職掌功勞簿。官裏聖旨〔一〕，宣徽臣定奪諸將功勞。這場是非，煞非小可〔二〕。據諸人心術呵！

【仙吕點絳唇】恰便似困虎當途，甚人敢去，長安路。子待要惡紫奪朱，不肯將賢人舉。

【混江龍】殺人可恕，誰敢把別人功業厮胡突？都待要勾籌伏虎，斬砍權謀。你子説慷慨將軍八面威，聖明天子百靈扶。我整羅襴，按幞頭，納金帶，秉象笏，望瑤階可捕捕忙挪步〔三〕。我與你定奪個功罪，別辨個實虛。

（見駕禮數了）（駕云了）（外末、净云了）〔四〕

【油葫蘆】對着這創業開基仁聖主，兩邊厢有文共武，都只道定天山三箭有誰伏〔五〕！也不索將軍争競功勞簿，你子似鳳凰飛上梧桐樹。別人有十大功，他可寸箭無。子待平地上放雕去拿獐兔，不肯滄海内釣鰲魚。

【天下樂】你兀的不枉做男兒大丈夫，我私曲實無，你的美除。你不會六壬遁甲吕望書，你待要領密院，坐帥府，那裏有無功勞的請俸禄！

（外末、净云了）（駕云了）（云）您二人心術，我都知道。

【金盞兒】一個秉着機謀，一個仗着陰符；一個待施仁義，一個行跋扈。交同畫字，理會軍儲。陛下！豈不聞舊的子是舊，踈的到頭踈〔六〕。他兩個正是賢愚難并居，水火不同爐。

（外末、净云）（駕云）

【醉扶歸】〔七〕天子交微臣坐都堂食君禄，子索行王道化風俗，豈不聞舉枉錯直民不伏，交兩個就殿下把輸贏賭。（駕云了）贏了的朝野内峥嶸侍主，輸了的交深山裏鋤刨去〔八〕。

（駕云了）（外末、净云了）

【憶王孫】薛仁貴君子斷其初〔九〕，張士貴賊兒膽底虚。一個話頭兒先順，一個口裏先囁嚅〔一〇〕。薛仁貴暗歡娱〔一一〕，張士貴似熱地上蚰蜒没是處。

（駕云）（射垜子了）

【醉扶歸】薛仁貴箭發無偏曲，手段不尋俗。張士貴拽硬射近〔一二〕却不大故。薛仁貴那箭，把金錢眼裏吉丁的牢關住，張士貴拽滿了弦鳴箭出，那箭離垛子有三十步。

（張士貴云了）（駕云了）

【那吒令】托賴着聖天子〔一三〕，有齊天洪福，特交老微臣將功勞盡數。薛仁貴這將軍，聽官封破虜。這將軍馬到處，無門路。却不道天理何如？

【鵲踏枝】他每待定機謀，見贏輸。托賴着聖明天子，百靈咸助，殺的敗殘軍前追後逐，趕的來一個皆無〔一四〕。（駕云了）（云）陛下不索説。

【金盞兒】見贏輸，定榮辱〔一五〕，賜的是將軍每建立功勞處。一個索剥官卸職，一個索掛金魚。張士貴，你將取刨種三頃地，扶手一張鋤〔一六〕。薛仁貴，你不謝恩子麽？你受取門排十二戟，户列八椒圖〔一七〕。（外謝恩了）

【賺煞尾】官裏待報答你那血濺的戰袍紅，草染的征靴緑〔一八〕。那一枝方天戟超今越古，你覷張士貴容顔如地土，他這賴功的是天理乘除〔一九〕。鎮皇都，四海無慮，倚着這百二山河壯帝居。爲你呼風唤雨，他拿雲握霧。不是我呵，你怎能够一封天子召賢書〔二〇〕！（下）（駕云了）

校勘記

〔一〕官裏聖旨：原本「聖旨」二字，諱作「〇〇」，今改。以下本劇不再出校。

〔二〕這場是非，煞非小可：原本第二個「非」字脱，依徐本補。

〔三〕望瑶階可捕捕忙挪步：原本「瑶階」二字，假借作「堯街」；「挪」，省借爲「那」，依徐本改。

〔四〕外末、净云了：「净」，原作「外净」。按：本劇上場角色衹有一净，故删。

〔五〕定天山三箭有誰伏：原本『伏』下誤衍一重文符號『又』，今删。

〔六〕舊的子是舊，踈的到頭踈：原本二『舊』字，均音假爲『久』，今改。鄭本失校。徐本改作『親』，雖與『舊』同義，但與原本字形、音讀不符，故不取。

〔七〕醉扶歸：原本誤題『醉中天』，今改。鄭、徐二本已改。

〔八〕鋤刨：原本『刨』字，音假爲『庖』，今改。

〔九〕君子斷其初：此爲元人成語。原本『君』字，形誤爲『若』，今改。鄭本失效。

〔一〇〕囁嚅：原本『嚅』字，形誤爲『喘』，今改。

〔一一〕歡娱：原本『娱』字，誤作『散』，依王校、鄭本改。徐本亦改。

〔一二〕拽硬射近：原本『近』字，音假爲『親』，今改。按：此語有打趣之意，拉硬弓，射近的，結果，『離垛子有三十步』，愈見其不濟。徐本依字形改作『規』，似非。

〔一三〕托賴着聖天子：原本『托』字，當省借爲『乇』，形誤爲『元』，今改。徐本失校。

〔一四〕皆無：原本『皆』字，誤離爲『比日』，今改。

〔一五〕定榮辱：原本『榮』字，當由『榮華』一詞常連用，誤作『華』，今改。徐本同。鄭本改作『枯』，不取。

〔一六〕刨種三頃地，扶手一張鋤：原本『刨種』二字，音假作『飽莊』；『扶』字，假作『伕』；『一』字空缺。今予校補。按：此處所叙，實爲元事。《元典章》卷四十七刑部軍官『侵盗官錢配役條』規定，犯者如賠償不起，罰去配役。『他每根底，交擔着糧食步行的交種田去者』。張士貴所受到的就是這種處分。鄭本改『飽莊』爲『刨椿』，徐本作『刨莊』，均非。

〔一七〕門排十二戟，户列八椒圖：原本『排』字破損似『挑』；『戟』字稍模糊；『椒』字假作『焦』，據《元曲選》改。

〔一八〕草染的征靴緑：原本『征靴』二字誤作『紅柳』，據《元曲選》改。

〔一九〕天理乘除：原本『乘』字，音假爲『升』，今改。

〔二〇〕不是我呵，你怎能够一封天子召賢書：原本『不』字，形誤爲『千』；『怎』字，省借爲『乍』；『召』字，假借爲『詔』，今改。

第二折

（外末做夢裏扣門科）（正末扮孛老同老旦上）

【商調集賢賓】子聽的吖吖地叫了我一聲薛大伯，天！是那一個迤逗我的小敲才？立不定前合後偃，行不動東倒西歪。折倒的我身體兒尫羸〔一〕，憂愁的髭髮斑白〔二〕。那當軍去了大郎安在哉！便是鐵頭人也感嘆傷懷。不能够掌六軍元帥府，敢子落的釘一面遠鄉牌！

【逍遥樂】我子爲你個孩兒出外，交我少精没神，失魂散魄！兒呵！他那裏日炙風篩〔三〕，多應陣場中土昧塵埋〔四〕。指望你一箭獲功把門户改，光顯咱薛家祖代。却交我没親没屬，没靠没挨，没米没柴。

（老旦云了）〔五〕

【梧葉兒】那劉太公菩薩女，却招了壯王二做布袋〔六〕，交衆親眷插環釵。到我行休交拜，我道是因甚來，子一句話道的我〔七〕泪盈腮。薛仁貴兒！子被你没主意了爺爺奶奶！

（老旦云了）

【掛金索】也是我前世前緣，少欠你寃家債，逐日逐朝〔八〕，思量得您爺娘害。我兒薛仁貴，那裏？你賺我到莊東，交我笑靨兒鑚破兩腮。不見我孩兒，交我直哭到門兒外。

（外末云了）（老旦云了）

【後庭花】割捨了〔九〕不一做二不該，孩兒，你也忒千自由百自在！你從二十二上投軍去，可怎三十三上恰到來？那一日離莊宅，朝登紫陌〔一〇〕，絳州城顯氣概，投義軍施手策，把家門待便改，怎承望十數載！

（外末云）

【柳葉兒】子想着〔一一〕我兒安在，誰承望你日轉千階！他向塵埃中展脚舒腰拜，我與你權耽待〔一二〕。只想你送燈哀〔一三〕，一去了却早回來。

（外云了）

【醋葫蘆】不索你糕也似糲，謎也似猜，我運漿擔水趲下資財。押出去的破鍋用尖擔抬〔一四〕，子落的這横材〔一五〕。兩塊，我兒得後怕爲灾。

（外云了）

【幺篇】婆婆，把酒快買，將猪便宰，却那店東頭當下舊麻鞋〔一六〕。你怕薛仁貴酒腸寬似海，床底下更有五升來蕎麥。笑的頑涎溜我一頷胲〔一七〕。

（净上，拿外末了）〔一八〕

【幺篇】[一九]見他㑳憿憿[二〇]的開聖旨，唬的我黃甘甘改了面色，見幾個惡喑喑的公吏人兩邊排[二一]。告你個南海南救苦觀自在，我與你磕頭禮拜，你放了我孩兒，勝如做萬僧齋。（拿外末下了）[二二]

【浪來裏煞】把孩兒捕魯魯推出寨門，磣可可待殺壞[二三]。眼見的苦厭厭血泊裏躺着尸骸[二四]，着麻繩子背綁[二五]怎掙揣？欲要你殘生得在，兒呵！子除是九重天滴溜溜飛下一紙赦書來。（下）（淨推末下了）

校勘記

〔一〕尫羸：原本「尫」字，音假爲「汪」，據《元曲選》改。

〔二〕斑白：原本「斑」字，音假爲「班」，據《元曲選》改。

〔三〕日炙風篩：原本「炙」字，形誤爲「灵」，據《元曲選》改。

〔四〕土昧塵埋：原本「埋」字，形誤爲「理」，今改。

〔五〕老旦云了：原本「旦」字，誤作「孤」，今改。鄭本失校。

〔六〕布袋：即「補代」之諧音。原本「袋」字，誤作「袱」，據《元曲選》改。

〔七〕道的我：原本脱「的」字，據《元曲選》補。

〔八〕逐日逐朝：原本第一「逐」字，形誤爲「遂」，今改。

〔九〕割捨了：原本「割」字，音假爲「合」；「捨」，由俗體「舍」形誤爲「旧」，據《元曲選》改。鄭本改作

『合就了』似非。

〔一〇〕朝登紫陌：徐本删『朝』字，誤。此爲【後庭花】第六句，依譜爲四字句。

〔一一〕子想着：原本『子』字，形誤爲『千』，今改。

〔一二〕權耽待：原本『待』字，音假爲『帶』，今改。

〔一三〕送燈哀：即『趙老送燈臺，一去不回來』二語之縮。鄭本改作『送曾哀』，徐本改作『送燈臺』，似可不改。

〔一四〕押出去的破鍋用尖擔抬：『押』，即抵押，原本音假爲『壓』；『尖擔』，兩頭成尖狀的扁擔，原本『尖』，音假爲『健』，今改。

〔一五〕横材：原本『材』字，省借爲『才』，今改。

〔一六〕麻鞋：原本『麻』字，形誤爲『府』，據《元曲選》改。

〔一七〕頑涎溜我一頷胲：即下巴殼流滿了口水。原本『頑』字，當音假爲『翫』，形誤爲『溻』；『頷』，當音假爲『含』，形誤爲『合』，今改。元人稱下巴爲『頷胲』。《元典章》卷三十禮部三，叙畏吾兒喪事體例：『合(含)胲上，乳頭上，肚臍上，放的金子。』可證。徐本改作『臺頦』，實誤。

〔一八〕净上，拿外末了：原本誤作『外末那外净了』，今改。

〔一九〕幺篇：原本題作『三』，今改。

〔二〇〕㑳慠慠：原本『慠慠』二字均省作『敖』，今改。

〔二一〕兩邊排：原本『排』字，省作『非』，據《元曲選》改。

〔二二〕拿外末下了：原本『下』字，形誤爲『上』，今改。

〔二三〕待殺壞：原本「待」字，形誤爲「持」，今改。

〔二四〕苦厭厭血泊裏躺着尸骸：原本「厭厭」二字，形誤作「厥厥」；又「血」字脱，依王校改。

〔二五〕背綁：原本「綁」字，音假爲「傍」，據《元曲選》改。

第三折

（駕上開了）（宣外末還鄉了）（外末云了）（正末扮拔禾上，云）叫胖姑兒，你醉了，等我咱！

【中吕粉蝶兒】節遇寒食，一家家上墳準備。煮煠了些祭奠茶食，有些個菜饅頭，瓢漏粉〔一〕，鷄豚狗彘。知他是甚娘喬爲，直吃得恁般來殺勢。

【醉春風】你失掉了〔二〕鑞釵鉀，歪斜了油鬏髻。上墳處是有醉的婆娘，也不似你，你〔三〕。吃得來東倒西歪，後合前偃，哧得來吐天吐地。

（旦醉了）

【朝天子】每日價這壁那壁〔四〕，哧的來醺醺醉。古語常言是真實，正是酒賤黄泥貴。走向前來，揪撏一會。這婆娘没道理。我敢打你，我也敢罵你，打你那醉了重還醉。

【十二月】〔五〕你把我扌丁揉了面皮，我把你扯住衣袂。不學他績麻上布，倒杼翻機〔六〕；不學些真純老實，子待要弄盞傳杯。

【堯民歌】滿城裏没你這般歹東西，我死了休想你〔七〕送寒衣！你便上青山立化做望夫石〔八〕，不與俺窮漢做活計。吡吡〔九〕！婆娘婦女每，子待每日醺醺醉〔一〇〕。

（外末一行上，云了）（做驚唬科）

【上小樓】見人言語，聽的馬嘶，來到根底。唬的我競競戰戰〔一一〕，悠悠蕩蕩，魄散魂飛。這壁廂，那壁廂，無處躲避，我只索可捕捕馬前膝跪。

（外末云了）

【幺篇】子是你圪皺眉〔一二〕，古都着嘴，全不似昨來，村村棒棒，叫天吖地。小的每，若說的，差之毫厘，我便是死無那葬身之地。

（外云了）

【滿庭芳】俺不是推東阻西，子怕言不諳典〔一三〕，話不投機〔一四〕。俺龍門鎮積祖當差役，力寡丁微。俺叔叔瘸臁跛臂〔一五〕，俺爺爺又老弱殘疾。怕着夫役，俺鄉都說知，折末要是末便依隨。

（外末云了）俺認得薛仁貴！

【快活三】俺兩個曾麥場上捎了穀穗〔一六〕，樹頭上摘青梅，倒騎牛背上品羌笛，偷的生瓜來連皮吃。

【紅芍藥】俺兩個從小裏相知，即地相隨。從小裏槍棒苦温習，不肯拽耙扶犁〔一七〕。是他拋農業，演武藝，便壓着一班一輩。與一付弓箭能射，與一疋劣馬能騎，也不使鞭鍊丫錐。

【鮑老兒】那上面更滴溜着金錢豹子尾，使一條畫杆方天戟。後來向義軍叢中占了第一，歡喜殺總管張士貴。他待要南征北討〔一八〕，西除東蕩，廝殺相持。問甚掄槍使劍，挾人捉將，扯鼓奪旗。

【哨遍】據男子成人長立，想爺娘不同天和地，那兩口兒忒尪羸，折倒的腰屈頭低。當村裏，沙三、牛表，伴哥、王留，提起來長吁氣。養小呵把老來防備〔一九〕。他如今騎鞍壓馬，蔭子封妻。待着嫡親兒女報深恩〔二〇〕，子除是肩擔着爺娘念阿彌。那廝早死遲生，落塹墮坑，下場少不的木驢上坐地！

（外末云了）

【耍孩兒】老爺娘受苦他榮貴，少不的〔二一〕那五六月雷聲霹靂。（外問了）（云）我認得薛仁貴，可知……（外又云了）你比那時節吃的較豐肥，更長出些苫唇髭髯〔二二〕。我恰罵了你幾句權休罪，須是咱間別了多年不認得。你馬兒上簪簪的。你記得共我摸斑鳩爭上樹，跨碌軸比高低〔二三〕。

（外末問了）

【一煞】〔二四〕你娘近七旬，你爺整八十，又没一個哥哥妹妹和兄弟。你那孤獨鰥寡爺耽冷，你那老弱殘疾娘受飢。你空長三十歲，枉了頂天立地，帶眼安眉！

【二煞】那兩口兒〔二五〕端的衣無遮體衣，食無充口食。這鄰莊近疃都知委。怕小的每眼前説謊胡支對，常言道路上行人口勝碑！説的都是的〔二六〕，受了些風寒暑濕〔二七〕，飢飽勞役。

（外末云了）

【三煞】俺斂與柴濟與些米，付能我拾下些吃的無穿的。您爺受絶臘月三冬冷，您娘撥盡寒爐一夜灰。餓的肝腸碎。甚的是羊肉白麵，子是些淡飯黃虀。

（外云）

【四煞】與人家擔好水，換惡水，又不會南頭販賤，北頭販貴〔二八〕。您享着玉堂裏臣宰千鍾禄，却覷着那草舍内爺娘三不歸。灑了些恓惶泪。子辨的煩煩惱惱，切切悲悲。

【收尾煞】從黄昏哭到早晨，早晨又哭到晚夕〔二九〕，作念殺離鄉背井〔三〇〕薛仁貴。（帶云）你今日得了官〔三一〕，佳人捧杯，壯士擊鞭〔三二〕早家去些兒個。你那一雙年老爺娘，兀的正盼望殺你！

（下）（外末云了）

校勘記

〔一〕瓢漏粉：原本『瓢』字，音假爲『飄』，據《元曲選》改。

〔二〕失掉了：原本『掉』字，音假爲『吊』，據《元曲選》改。

〔三〕你，你：原本【醉春風】曲『你』字三叠，今據曲律及《元曲選》删其一。

〔四〕這壁那壁：原本二『壁』字，均音假作『比』，今改。以下不另出校。

〔五〕十二月：原本與下曲合題『堯民歌』，今依律析爲二曲。

〔六〕績麻上布，倒杼翻機：原本『績』字，音假爲『緝』；『上』字，形誤爲『土』；『杼』，音假爲『苧』，今改。按：二語亦見於脉鈔本《雙獻功》三折【夜行船】曲。

〔七〕休想你：原本無『想』字，今補。

〔八〕上青山立化做望夫石：原本『立』字，由文字待勘符號『卜』，誤作『一』，依元人語例改。鄭、徐二本失校。

〔九〕呲呲：原本誤作『吡吡』，今改。鄭、徐二本失校。

〔一〇〕醺醺醉：原本『醺醺』二字，假作『薰薰』，今改。

〔一一〕兢兢戰戰：原本『兢兢』二字，音假作『驚驚』，據《元曲選》改。

〔一二〕扢皺眉：原本『扢』字，音假爲『合』，今改。

〔一三〕言不諳典：原本『諳』字，音假爲『按』，今改。此爲元人成語。《誤入桃源》三折【上小樓】曲：『吃緊的理不服人，言不諳典，話不投機。』

〔一四〕話不投機：原本『投』字，形誤爲『役』，今改。

〔一五〕瘸臁跛臂：即四肢病廢。原本『瘸』，形誤爲『瘤』；『跛臂』，誤作『疲跛』，今改。按：此亦元人熟語。《劉弘嫁婢》第一折【鵲踏枝】曲：『天也！我問甚麽那跛臂瘸臁，者麽他那眼瞎頭禿。』又，《降桑椹》第二折太醫云：『我會醫瘸臁跛臂。』均可爲證。徐本改作『瘤臁瘸跛』，誤。

〔一六〕捎了穀穗：原本『捎』字，形誤爲『俏』，今改。《元曲選》作『拾』，鄭本改作『偷』，均失。《說文》：『自關以西，凡取物之上者爲撟捎。』《中州音韵》：『捎，尸嘲切。取也，掠也。』今山東西部方言仍把穀穗用刀削下者叫『捎』（見任均澤《魯西方言詞彙》）

〔一七〕拽耙扶犂：原本『耙』字，當音假爲『罷』，形誤爲『擺』，今改。

〔一八〕南征北討：原本『北』字，形誤爲『比』，今改。

〔一九〕養小呵把老來防備：原本『養』字，誤作『胜』，依王校改。各本均改。

〔二〇〕嫡親兒女報深恩：原本『嫡』字，音假爲『的』；『報』字，由俗體『报』形誤爲『根』，今改。

〔二一〕少不的：原本脱『少』字，今補。

〔二二〕苫唇髭髣：原本『苫』字，形誤爲『苦』，據《元曲選》改。

〔二三〕跨碌軸比高低：原本『跨』字，省借爲『夸』；『碌』，音假爲『六』，今改。

〔二四〕一煞：原本誤題『五煞』，今改。

〔二五〕兩口兒：原本『口』字，形誤爲『日』，今改。

〔二六〕説的都是的：原本『是』字，音假爲『識』，今改。鄭、徐二本失校。

〔二七〕風寒暑濕：元人常語，原本『濕』字，形誤爲『温』，今改。

〔二八〕南頭販賤，北頭販貴：原本二『販』字，均形誤爲『敗』，今改。

〔二九〕晚夕：原本『夕』字，音假作『西』，今改。

〔三〇〕離鄉背井：原本『井』字，形誤爲『非』，今改。

〔三一〕得了官：原本『了』字，由文字待勘符號『卜』，誤作『不』，今改。

〔三二〕佳人捧杯，壯士擎鞭：原本『杯』字，音假爲『臂』，今改。按：朱庭玉散曲《青杏子・歸隱》套【還京樂】曲：『豈望皇宣省劄，壯士持鞭，佳人捧斝。』與此意同，可證。

第四折

（正末重扮孛老同老旦上）

【雙調新水令】爲你個養家兒，啼哭的我眼睛花〔一〕。兒呵！從你去十年，交我放心不下。你多應歸地府，掩黄沙。你可甚出入通達，這煩惱〔二〕甚時罷！

【陣陣贏】〔三〕你撇下〔四〕兩口兒老爺娘，却怎生一去不來家？□□□□，流落在天涯。□□，盼你似蝶戲鏡中花；□□，被你思量煞我也。兒呵！

【豆葉黄】〔五〕被你個小冤家，把我來迤逗殺。黄泉無旅店家，晚天〔六〕今夜宿在誰家？爺娘看看八十八〔七〕，死限兒來時，誰與我拽布拖麻，奠酒澆茶！

【慶東原】你把我難當門，作覷耍，睡夢裏迤逗得我心中怕。孩兒在呵，可是寒灰焰發；孩兒在呵，磁瓮長芽；孩兒在呵，子除是枯樹上開花！俺孩兒不能夠帝王宣，子落的漁樵話。

（外末云了）（衆云了）（一行做住）（外末云了）

【慶宣和】俺家裏没甚草料垛〔八〕，那裏取槽鍘？這幾年折倒的我家緣盡消乏。（帶云）我家驢也没一個騎，更那裏有鋪馬，副馬〔九〕。

（外末云了）（云）官人每可憐見，俺窮人家有甚末東西去！

【川撥棹】子聽得説根芽，一回家没亂殺。何須自誇，武藝熟滑，戰策通達，上陣處披袍貫甲〔一〇〕，把遼兵一陣殺，招捉你爲駙馬〔一一〕。

【七弟兄】交人笑話，笑咱，兀的甚奢華？枉吃他當村人駡。我則會巴巴沙沙摸魚蝦，俺刺刺搭搭犁耙〔一二〕。

【絡絲娘】漏星堂半間石灰厦，又没甚糧食囤塌〔一三〕，老鼠兒赤留出刺，都叫屈聲冤餓殺。

【雁兒落】穿着個破背褡〔一四〕，虱子兒亂如麻，拿將來磚上掐〔一五〕，最少有三四把。

【搗練子】俺命運不通達，與人家推末推磨作生涯。破笠子頭上搭〔一六〕，舊麻鞋脚上趿〔一七〕。

（外云了）是俺兒薛仁貴？

【梅花酒】可甚勢沙？身子兒村沙，衣服兒嘈雜〔一八〕，眼腦兒赤瞎，我拄杖兒撥刺。燒火草没半掐〔一九〕，土坑上額斷哑，似叫化，深村裏受波查。薛仁貴自詳察。

【收江南】怎敢和大唐皇帝〔二〇〕做對門家！若是兒家，女家，有争差，有碗來大紫金瓜。我其實怕他，大奶子休唬小娃娃！

（外末云）〔二一〕你拜我，少些禮教！

【太平令】〔二二〕直等我秋成收罷，取三錢與一窩麻〔二三〕，怕少時明年添與兩擔瓜。生得龐道整，身子兒詐，戴着朵像生花〔二四〕，恰似普賢菩薩。來，來，待拜俺兩個成精螞蚱〔二五〕。

（做攧倒了）

【得勝令】子見簸箕〔二六〕大手查沙，揪住我短頭髮，漾在階直下〔二七〕，搶了我老鼻凹。□□〔二八〕，爺是當今駕；詳察，俺這窮身分怎消受他！

（衆外做抬正末了）

【殿前歡】若官司見呵敢交咱受刑罰。（帶云）早是禁斷賽社，私抬着個當坊土地撞人家。你丕丕地走，唬得我滲滲怕〔二九〕，擺列着兩行頭答。老小人有句話，我道麻。你休踏着磚瓦，辟留撲洞〔三〇〕。敢漾我在階直下，不是磕碎腦袋〔三一〕，就是搶了鼻凹。

（散場）

題目　白袍將朝中隱福
　　　黑心賊雪上加霜
正名　唐太宗招賢納士
　　　薛仁貴衣錦還鄉

薛仁貴衣錦還鄉終

校勘記

〔一〕眼睛花：原本『晴』字，音假爲『精』，今改。

〔二〕這煩惱：原本『這』字，形誤爲『遣』，今改。

〔三〕陣陣贏：鄭本云即【得勝令】之别名，但本曲與【得勝令】大異，不知究爲何調？王校云疑爲【步步嬌】。今姑依【得勝令】斷句，所缺各字，均以『□』標識。

〔四〕撇下：原本『撇』字，寫作『擻』，今改。

〔五〕豆葉黄：曲文與曲牌名大異，不知爲何曲之誤題。存疑俟考。

〔六〕晚天：原本『晚』字，形誤爲『脱』，今改。

〔七〕八十八：原本誤作『上十八』，今改。

〔八〕草料垛：原本『垛』字，音假爲『多』，今改。

〔九〕那裏有鋪馬，副馬：元代民之服役站赤者，稱站户，復其地四頃，不輸租，然須出馬供使役，有正馬、副馬。正馬稱鋪馬，在站當役；副馬稱貼馬，由站户在家喂養，以備補換。見《元典章》卷三十六兵部三『鋪馬』條，又見《經世大典》『驛傳』條。原本『副馬』作『駙馬』，今改。徐本改作『鋪馬』，非。

〔一〇〕披袍貫甲：原本『披』字，形誤爲『投』，今改。

〔一一〕駙馬：原本『駙』字，音假爲『附』，今改。

〔一二〕犁耙：原本『耙』字，音假爲『把』，今改。

〔一三〕囤塌：原本『塌』字，音假爲『榻』，今改。按：塌，屯積貨物之房屋。吴自牧《夢粱録》卷十九有『塌房』一條，謂杭州富豪人家於水次起造塌房，專以假賃與鋪席客旅人家，寄藏貨物以取利。又《陳州糶米》第二折【煞尾】曲：『河涯邊趲運下些糧，倉廒中囤塌下些籌。』

〔一四〕背褡：原本『褡』字，省借爲『荅』，今改。

〔一五〕掐：原本音假爲『恰』，今改。

〔一六〕破笠子頭上搭：原本『搭』字，省借爲『答』，今改。

〔一七〕舊麻鞋脚上趿：原本『趿』字，音假爲『撒』，今改。

〔一八〕衣服兒嘈雜：北方方言以衣服經久不洗，敝薄不堪曰『嘈』。徐本改作『糟』，非。

〔一九〕燒火草没半掐：原本『掐』字，音假爲『恰』，今改。

〔二〇〕大唐皇帝：原本『皇帝』二字，諱作『〇〇』，今改。

〔二一〕外末云：原無『外』字，今補。

〔二二〕太平令：曲牌名與曲文迥異，俟再考。

〔二三〕取三錢與一窩麻：原本『三』字，音假爲『扇』，今改。舊時婚後三日或九日，新夫婦同到女家拜見雙親，丈人丈母照例要送些禮物給女婿，叫『回三』或『接三』。本劇薛仁貴被皇帝『招捉』爲駙馬，是上門的女婿。因此，他的回家算是『倒回三』，或『倒回門』，他的父母也要給媳婦以禮物，故云『取三錢』。鄭、徐二本失校。

〔二四〕戴着朵像生花：原本『戴』字，音假爲『帶』，今改。

〔二五〕成精螞蚱：『螞蚱』，即蝗蟲。原本二字音假作『蟆吒』，今改。鄭、徐二本失校。

〔二六〕簸箕：原本『簸』字，誤作『管』，今改。

〔二七〕漾在階直下：原本『漾』字，音假爲『樣』，今改。以下不另出校。

〔二八〕□□：依律，此處當有一二字句。

〔二九〕滲滲怕：原本『滲』字，省借爲『參』；第二『滲』字，寫作重文符號『〻』。徐本改作『慘又怕』，非。

〔三〇〕辟留撲洞：原本『洞』字，音假爲『同』，今改。

〔三一〕腦袋：原本『袋』字，省借爲『代』，今改。

張鼎智勘魔合羅

孟漢卿　撰

簡要説明

《張鼎智勘魔合羅》，孟漢卿撰。原題『新刊關目張鼎智勘魔合羅』。原本未標明折數，科白簡略。《録鬼簿》《太和正音譜》《寶文堂書目》《元曲選目》《也是園書目》《今樂考證》《曲録》并録本劇劇目。

楔子，河南府商人李德昌往南昌去做買賣，臨别時其妻劉玉娘訴説小叔李文鐸存心不良。

第一折，李德昌回家時，離家十里，趕上一場暴雨，病倒於古廟中。貨郎高山亦來避雨，遂托其帶信給妻子，讓她趕快來接。

第二折，高山入城，向人問路，恰遇李文鐸，被其愚弄。李文鐸趁機在自己的生藥鋪中合了毒藥，搶先趕至廟中，藥死李德昌，搶去所有財物。及至劉玉娘得到高山口信，來到廟中，德昌已不能言語，到家即死。文鐸强迫劉玉娘爲妻，劉不肯。於是告官，令史受賄，屈勘玉娘奸殺親夫，獄成。

第三折，劉玉娘一案解往上級衙門復審，司吏張鼎發現案卷不完，證據不足，府尹限他三日内破案。

第四折，張鼎從劉玉娘口中得知有人曾帶信來，并送給他一個魔合羅。從魔合羅底座下發現送信人高山的名字，又從高山口中得知先遇李文鐸。最後審問李文鐸，用巧計使他招認了藥死哥哥李德昌的罪行，劉玉娘的冤案纔得以平反。

本劇校本，今有鄭、徐二種；王季思先生亦有校語。現存刊本，除元刊外尚有脉望館藏《古名家雜劇》《元曲選》《酹江集》刊本三種。又，《盛世新聲》《詞林摘艷》《雍熙樂府》并録本劇第二折全套。以上各種，一并用以入校。

楔子

（正末同旦上，云）自家李德昌〔一〕便是。妻劉氏，有個小孩兒。嫡親三口兒在這河南府居住，開着個絨綫鋪。有叔叔李伯英，與叔伯弟兄李文鐸，開着個生藥鋪，對着門住。如今我往南昌做買賣去，渾家在意看家咱。（旦云住）

【仙吕賞花時】你叔嫂從來情性乖〔二〕，因此上將伊曾勸來。休閑惱莫傷懷，照管這家私裏外，好覷付小嬰孩。

【么篇】男子爲人須掙揣，如今向他鄉做買賣。休則管〔三〕泪盈腮，多不到半載，但得利便回來。（下）（旦下）

校勘記

〔一〕李德昌：原本『德』字作『得』。本劇以下各折均作『德』，據改。

〔二〕情性乖：原本『情』字，音假爲『清』，今改。

〔三〕休則管：原本『休』字，形誤爲『你』，據《元曲選》《酹江集》改。

第一折

（旦，外一折〔一〕）（正末擔砌末上，云）從南昌買賣回來，這裏離家有十里田地。早起天晴，如今陡恁的好雨〔二〕，衣裳行李〔三〕都濕了，且是無躲雨處。

【仙吕點絳唇】七月纔初，孟秋時序，猶存暑〔四〕。穿着這單布衣服，怎遮懸麻雨！

【混江龍】連連不住，荒郊一望水模糊。子見雨迷山岫，雲閉青虚。雲氣重，如倒懸東大海；雨勢大，似翻合洞庭湖。滿眼無歸路，黑洞洞雲迷四野，白漭漭水滂長途。

【油葫蘆】便似畫俺在瀟湘水墨圖，淋得俺濕漉漉。顯那吉彫古堆波浪喧成渠〔五〕，吸留忽浪水流乞留屈吕路，失留踈刺風擺奚留急了樹，乞紐忽噥泥，匹颩撲答淤。急張拘住慢行早尺留出吕去，我子索滴留滴列整身軀。

【天下樂】百忙的麻鞋斷了蕊〔六〕。難行，窮對付，扯的蒲包上縈麻〔七〕且拴個住。淋的我頭怎抬，脚怎舒，眼巴巴没是處。

【那吒令】恨不得七里八步，那裏敢十歇九住，避不得千辛萬苦。意緊急，心慌速，怎敢猶豫。

【鵲踏枝】則見近高陂，靠長途，驀地抬頭，見座林木。這的是寺宇？知他是廟宇，略而間避雨權居。

（云）是個廟宇，且入去避雨咱。

【醉中天】折供床撑門户，荒野草長階隅〔八〕。我捻土焚香畫地爐，拜罷也頻頻覷〔九〕。謝靈神佑護〔一〇〕，金鞭指路，交無灾殃疾到鄉閭。

【醉扶歸】忙扭拆單袴，再曬濕衣服。則怕蓋行李油單有漏處，再把行貨從頭覷。疑怪，三四番揩不乾額顱。呆丑生！忘了將濕漉漉頭巾取。

（頭疼科）

【憶王孫】鹿兒般撲撲撞胸脯，火塊似烘烘燒肺腑〔一一〕。莫不是腥臊臭氣把神道觸？我轉思慮，這病少半兒因風多半是雨。

【金盞兒】淋的不尋俗〔一二〕，聽得便眉舒，不朗朗摇響蛇皮鼓。（高山上，見了）我出門觀覷，好出落快鋪謀。有拴頭鑞釵子〔一三〕，壓鬢骨頭梳；有乞巧泥媳婦，消夜悶葫蘆。

（云）賣貨郎〔一四〕哥哥，你與我寄個信到家，交來接我咱。（外應了，云住）

【後庭花】安着一片新板閫〔一五〕，住一間高瓦屋。隔壁兒熟食店，對門兒生藥鋪。怕不知處，則問李德昌絨鋪，俺街坊都道與。

【賺煞】〔一六〕是必記心懷，休疑慮，囑咐了重還囑咐。自己耽疾難家去〔一七〕，或交他借馬尋驢〔一八〕。莫躊躇〔一九〕，這裹又紙筆全無，你去何須要寫書。你個哥哥莫阻，道與俺看家拙婦，交他早些兒扶策我這病身軀〔二〇〕！

（下）（高山下）

校勘記

〔一〕旦、外一折：原本『旦』字，形壞爲『二』。徐本云此處當演李文鐸調戲劉玉娘的情節，從改。

〔二〕陡恁的好雨：原本『陡』字，形誤爲『陟』，今改。

〔三〕行李：原本『李』字，音假作『理』，今改。

〔四〕猶存暑：原本『猶』字，省借爲『尤』，今改。

〔五〕吉颩古堆波浪渲成渠：原本『古』字，形誤爲『右』；『浪』字脱；又，『渲』字下誤衍一重文符號，據《古名家雜劇》《元曲選》《酹江集》改。以下三本文字相同者，稱『諸本』。

〔六〕麻鞋斷了蕊：按：諸本『蕊』皆作『乳』。『乳』爲本字，指麻鞋前端内外側相連之處，作乳頭狀，故云。然『乳』實有『蕊』之異讀，故不改。

〔七〕檾麻：原本『檾』字，音假爲『頃』，據諸本改。

〔八〕階隅：原本『階』字，音假爲『街』，據《古名家雜劇》《元曲選》改。

〔九〕頻頻覷：原本『覷』字，誤作『瞧』，依鄭本改。

〔一〇〕謝靈神佑護：原本『佑』字，誤作『袖』，據諸本改。

〔一一〕燒肺腑：原本『腑』字，音假爲『腹』，據諸本改。

〔一二〕不尋俗：原本『尋俗』二字，誤作『心踈』，據諸本改。

〔一三〕钀釵子：原本『钀』字，形誤爲『鎖』，今改。

〔一四〕貨郎：原本誤作『貨巾』，今改。

〔一五〕板闥：店户人家臨街之鋪板門叫『板闥』。原本『闥』字，音假爲『沓』，字壞，據諸本改。

〔一六〕賺煞：原本省題作『尾』，據諸本改。

〔一七〕耽疾難家去：原本『家去』二字誤倒，失韵，依徐本改。

〔一八〕借馬尋驢：原本脱『驢』字，據諸本補。

〔一九〕躊躇：原本二字作『惆㑳』，據諸本改。

〔二〇〕身軀：原本『軀』字，寫作『驅』，今改。

第二折

（李文鐸上）（高山上見，問科）（李文鐸云，下）（高山下）（正末病重上，云）交責貨郎哥哥寄信去，不見來取我，怎生奈何！

【黄鍾醉花陰】滿腹内陰陰似刀攪，唏唏的錐鑽額角，忽忽的耳如燒，撒撒增寒，撲撲心頭跳。

【喜遷鶯】那些兒最難熬，一陣頭疼似劈碎腦〔一〕。却待交誰人醫療？奈無人家野外荒郊！想着，則怕歹人來到，不由咱心中自懊惱〔二〕，常懷着逢賊盗。的薛薛心驚膽戰，普速速肉跳身摇〔三〕。

【出隊子】怎這般没顛没倒，越將人厮倒撲。一會家陰陰〔四〕心痛若錐挑，一會家忽忽的頭痛似火燒，一會家撒撒增寒如水澆。

【颩地風】眼盼盼的妻兒音信杳〔五〕，急煎煎心癢難揉。慢騰騰行出靈神廟，（望科）舉目凝眺。猶自〔六〕未下澀道，恰到檐梢〔七〕，覺昏沉，剛挣揣，把門緊靠〔八〕。我則道十分緊閉着，却原來〔九〕不插栓牢。

【四門子】靠着時啞的門開了〔一〇〕，仰剌叉吃一交，可知道嚴霜偏殺枯根草。阿喲〔一一〕！又跌着我殘病腰！一會家疼，一會家焦，莫不錢財物業没下梢，一會家疼，一會家焦，則把靈神禱告。

（李文鐸上）（末害怕科）〔一二〕

【水仙子】呀呀呀我這裏正覷着，嗨嗨嗨唬得我魂魄飄。扯扯扯將紙錢忙遮，來來來把泥神緊靠。悄悄悄他偏掩映着，他他他走將來展脚舒腰。我我我再凝眸〔一三〕仔細覷相貌，是是是我兄弟間别身安樂，休休休免拜波〔一四〕李文鐸！

（外遮藥，末吃科）

【寨兒令】不是昨宵〔一五〕，則是今朝，被風寒撲的傷着，嚥下去心似熱油澆，烘烘燒五臟，忽忽燎三焦。兄弟，這敢不是風寒藥？

【神仗兒】他化的水調，我嚥的噤了，則覺烘的昏迷，可早坯的藥倒。却似烟生七竅，冰熓了四梢〔一六〕，嗨！不承望笑裏藏刀！呀！眼見是，喪荒郊。

（外一折下）

【村里迓鼓】這厮好損人安已，不合神道！錢物又不多，要時分明好要。怎生下得，交哥哥身夭！更做道，錢心重，情分少，枉辱末殺分金管鮑。

【者刺古】身軀被病執縛，難走難逃；咽喉被藥把捉，難訴難學。托青天暗表，願靈神早報！行善得善，行惡得惡。天呵！末不是今年災禍招！

【掛金索】我則道調理風寒，誰想他暗裏藏毒藥！到如今他致命圖財，我正是養着家生哨。疑怪來時，不將着親嫂嫂。萬代人傳，倒大來惹得關張笑。

【尾】應有東西共財寶，一星星不落半分毫。嗨！好情理呵，他緊緊將馬馱將去了！

（下）（旦上云）（文鐸上，云住）〔一七〕（文鐸拖旦到官科）〔一八〕（孤上了，云）（一行上，告住）（孤省會一行了，旦吃枷了）

校勘記

〔一〕劈碎腦：原本『劈』字，音假爲『擘』，據《盛世新聲》《雍熙樂府》改。

〔二〕心中自懊惱：原本脱此一句，據《盛世新聲》《詞林摘艷》《雍熙樂府》補。

〔三〕肉跳身摇：原本『跳』字，音假爲『眺』；『摇』音假爲『遥』，今改。

〔四〕陰陰：原本二字作『音音』，今改。

〔五〕音信杳：原脱『信』字，據諸本補。

〔六〕猶自：原本二字假作『由子』，今改。

〔七〕恰到檐梢：原本『到』字，音假爲『道』，今改。

〔八〕覺昏沉，剛挣揣，把門緊靠：原本脱此十字，據《盛世新聲》《詞林摘艷》《雍熙樂府》補。

〔九〕却原來：原本脱此三字，據《盛世新聲》《詞林摘艷》《雍熙樂府》補。

〔一〇〕開了：原本誤作『閉子』，據諸本改。

〔一一〕阿喲：原本『喲』字，音假爲『要』，今改。

〔一二〕末害怕科：原本『怕』字，誤作『蛇』，今改。

〔一三〕凝眸：原本二字誤作『凝曉』，依何録、王校改。徐本以『眸』字失韵，改爲『凝眺』。按：此處不應斷句，何録『凝眸』義長，故取。

〔一四〕免拜波：原本無『波』字，據諸本補。

〔一五〕昨宵：原本『宵』字，假作『霄』，據諸本改。

〔一六〕冰鴆了四梢：『鴆』，音義同『酖』，原本形誤爲『鳩』。徐本以『鴆』爲誤字，改作『冰沉』，可并存，俟考。

〔一七〕文鐸上，云住：此下原有『王大上了』一語，依徐本移第三折開首。

〔一八〕文鐸拖旦到官科：原本『拖』字，形誤爲『拖』，又脱『旦』字，今校補。

第三折

（王大尹上了）〔一〕（正末上，唱）

【商調集賢賓】這幾日并迭的有勾當，因僉押離司房。俺倒大來擔公徒利害，筆尖上定生死存亡〔二〕，更察詳，生分女落盗爲非，不孝男趁波逐浪。官人委付將六案掌〔三〕，有公事豈敢行唐。聽得鼕鼕的聲衙鼓，喏喏的叫攛箱。

（見科）

【逍遥樂】我恰子抬頭覷望，節使升廳，静悄悄有如聽講。整頓了衣裳，正行中舉目端詳。見雄糾糾的公人如虎狼，推擁定個得罪的婆娘。子見啼哭垂泪，帶鎖披枷〔四〕，不知是競土争桑？

【金菊香】子見濕浸浸血污舊衣裳，多管磣可可身耽新杖瘡。被死囚枷壓的曲了脊梁，把咽喉剛舒，最傷心兩眼泪汪汪。

【醋葫蘆】我恰觀了一會，覷了半晌，子那不行中把冤屈暗包藏。不知婆娘家犯甚歹勾當？直這般帶枷吃棒！休，休！不干己事枉聽張。

（旦告科）

【幺篇】我慢慢的過兩廊，他遥遥的映秉墻〔五〕，哭啼啼口内訴衷腸。我待兩三番推阻不問當，他緊拽住我衣服不放，不由咱須索厮應昂。

（云）我官人行說了。（見孤住）

【金菊香】這是打家賊勘完贓〔六〕，這是犯界私鹽寫下本〔七〕。這公事正與咱一地方。這是恰下符文〔八〕，這是官差納送遠倉糧〔九〕。

【醋葫蘆】〔一〇〕這是沿河道便蓋橋，隨州城新置倉。這是主首陳立置田莊〔一一〕。這張千毆打〔一二〕王大傷，則好勾將來對詞責狀。這是王阿張數次罵街坊。

（押文字了，出）（旦又告了）

【幺篇】又没甚公事忙，心緒攘，若有大公事失誤不惹灾殃？量這些兒早不將心記想〔一三〕。哎，張鼎！你大古裏貴人多忘，略而停待莫心忙〔一四〕。

（回見孤說前事了）（孤云住）

【幺篇】早是爲官的忒性剛，你個做吏的又不見長，這案不完公事不商量。則道干連人背後少一張，更少那奸夫的招狀，怎葫蘆提推擁赴雲陽？

（孤云，下）

【浪裏來煞】〔一五〕那劉玉娘罪責虚，張司吏口非强，把銜冤人〔一六〕提出是非鄉。則那離鄉的屈死李德昌，命歸在何處喪〔一七〕，我待交平人無過交盜賊償。

（旦下）

校勘記

〔一〕王大尹上了：原本無『尹』字，依徐本補。徐校云：『據各本本劇劇情，并無「王大」這一人物。第三折開頭，府尹上場白：「老夫完顔女直人氏，完顔者姓王。」知此處上場者實爲「王大尹」。』按：此説是，從改。

〔二〕生死存亡：原本脱『亡』字，據諸本補。

〔三〕將六案掌：張鼎爲六案孔目。原本『六』字，形誤爲『文』，據諸本改。

〔四〕帶鎖披枷：原本『鎖』字，形誤爲『鎖』，據諸本改。

〔五〕秉墻：即屏墻，俗名照壁。徐本改作『東墻』，實誤。

〔六〕勘完贓：原本『勘』字音假爲『看』；『贓』，省作『藏』，據諸本改。

〔七〕寫下本：『本』，即文本，原本音假爲『拚』，今改。《哭存孝》二折【菩薩梁州】曲：『這公事何須的問，何消的再寫本。』與本劇此曲可相互發明。徐本改作『寫下榜』，誤。

〔八〕符文：徐本據各本改作『符樣』，誤。此爲元代公文常語。王惲《秋澗集》中《爲革部符聽偏辭下斷事狀》『竊見部吏符文之弊』云云。又作『文符』。蘇天爵《滋溪文稿》卷十八《從仕郎保定路慶都縣尹尚侯惠政碑銘》云：『凡郡縣令下……侯爲文符，令鄉社自爲傳達。』

〔九〕官差納送遠倉糧：原本脱『送』字，據諸本補。

〔一〇〕醋葫蘆：原本此曲曲牌與下【幺篇】二曲，均誤題『浪來里』，依徐本改。

〔一一〕主首陳立置田莊：原本『主』上一點稍模糊，明刊各本均誤作『王』。元制，縣級政權下各鄉社有里正、主首之目。

〔一二〕毆打：原本『毆』字，寫作『歐』，據諸本改。

〔一三〕將心記想：原本『記』字，音假爲『既』，據諸本改。以下不另出校。

〔一四〕略而停待莫心忙：原本『停待』作『聽引』，似誤，姑據諸本改。
〔一五〕浪來裏煞：原本省題作『尾』，據諸本改。
〔一六〕衜冤人：原本『衜』字，由異體字『啣』形誤爲『御』，據諸本改。
〔一七〕命歸在何處喪：原本無『喪』字，失韵，依徐本補。

第四折

（正末上，唱）

【中吕粉蝶兒】〔一〕投至我勘問出强賊，憂愁的寸腸粉碎，悶懨懨廢寢忘食。你教我怎推詳，難決斷，不知個詳細。索用心機，更搜尋百謀千計。

【醉春風】〔二〕好意的勸他家，惡頭兒揣自己。元來口是禍之門，張鼎呵却又悔，悔。若要萬法皆明，出脱衆人無事，全在寸心不昧。將劉玉娘過來。（衆推上住）

【叫聲】虎狼似惡公人，撲魯推擁廳前跪。我則見喑着氣吞着聲把頭低。（云）劉玉娘，你怎生藥殺丈夫來？（旦云住）

【喜春來】你道衜冤負屈贜謀你，則這致命圖財本是誰？你直打得皮開肉綻悔應遲。不是我斷臨逼，早説了是便宜。

【紅綉鞋】我得了嚴假限一朝兩日，你却纔支吾到數次十回，你管惹場六問共三推。一椿話，没半星實，我根前怎過得！

（打科）

【迎仙客】比及下撒子，先浸了麻槌〔三〕。行杖的腕頭〔四〕着氣力，直打得紫連青，青間赤。惹得棍棒臨逼，待悔如何悔〔五〕！

（旦云了）

【白鶴子】你道便死呵則是屈，硬抵定不招實。則你那出城接主何心？則他驀門〔六〕死因何意？

（旦云住）

【幺篇】那下書的是同買賣新伴當？元茶酒舊相知？可是怎生上帶家書，因甚通消息？

（云）玉娘，你記得那寄信的末？（旦云住）

【幺篇】那厮身材長共短？肌骨瘦和肥？他是面皮黑面皮黄？有髭髥無髭髥？

（旦云住）

【幺篇】莫不是身居在子巷東？家住在大街北？甚街巷甚莊宅？何姓字何名諱？

（旦云住）（末云）孔子道：『視其所以，觀其所由，察其所安，人焉瘦哉！人焉瘦哉！』

【幺篇】投至逼迫出賊下落，搜尋得案完備，敢熬煎〔七〕我鬢斑白，蒿惱的心腸碎。

（做尋思了，云）是幾日寄信來？（旦云住）〔八〕

【幺篇】是七月七日？莫不買油麵爲節食〔九〕？裁綾羅做秋衣？爲何事離宅中？有甚事來城内？

（旦云了）（末云）取那魔合羅來。（取到了）

【叫聲】你曾把愚痴的小孩兒，教訓、教訓的心聰慧。你若把這寃屈事説與勘官知。

【醉春風】不强如你教幼女演裁剜，勸佳人〔一〇〕學綉刺？要分付不明白寃屈重刑名，魔合羅呵全在你，你！出脱婦人銜寃，我敢交大人享祭，强如着小童博戲。

（末云）馬有垂韁之報，狗有展草之恩，禽獸尚然如此，何况你爲人類！既交人撥火添香〔一一〕，何似通靈顯聖？可憐負屈銜寃婦，指出圖財致命人。

【滚綉球】你曲彎彎畫翠眉，寬綽綽染絳衣，黄烘烘鳳冠霞帔〔一二〕，覷形容仙女合宜。直到七月七，乞巧的，都將你慶歡享祭〔一三〕，便顯神通百事依隨。比似露十指玉笋穿針綫〔一四〕，你敢啓一點朱唇説是非，交萬代人知。

【倘秀才】枉塑下觀音般像儀，没半點慈悲的面皮。空着我，盤問你個魔合羅口無氣。從上下，細觀窺，到底。

（見『高山』二字科了）

【蠻姑令】我則道在那壁，元來在這裏。誰想底坐下包藏着殺人賊。呼左右，叩階基，那個把高山認的？

（祗候云了）（唤高山見了，跪住）（末云）你藥殺李德昌來？你快疾招了！（高山云了）

【快活三】魔合羅你做的，高山須是你名諱。并賊拿敗更推誰？剗地硬抵着頭皮諱！

【鮑老兒】須是你藥殺他男兒帶累他妻，嗨！你暢好會使拖刀計。漾個瓦兒在空虛裏怎住的，嗏！到底須索着田地！你狂言詐語，花唇巧舌，信口胡題。則要你依頭縷當〔一五〕，分星劈兩〔一六〕，責狀招實。

（高山云）

【古鮑老】他恰數説半日〔一七〕，依本分話兒有道理。恰參詳了一會，千剌，這人有暗昧。則這婆娘屈，可更這漢虛，是他官司逼。嗨！注着咱命裏，勘不出其中情意，張鼎索耽干係〔一八〕。

【鬼三臺】〔一九〕從相離，傳消息，沿路上，曾撞着誰？（高山云了）聽言罷，悶漸消，添歡喜。這官司，試見的。呼左右，親問端的。這大夫〔二〇〕，誰相識？

（正末云）只除恁的智勘將出來〔二一〕。請李文鐸去！

（外云住）（文鐸上見了，云住）

【剔銀燈】又不是多年舊積，則是些寒冷物重傷脾胃〔二二〕。子那建中湯〔二三〕我想堪醫治，你則多加些附子和當歸。（外與藥了，末與銀了。外下）（使喚外上見了，末云）一頭吃了你藥，險醫殺官人！如今官人〔二四〕着我問你，你依着我者，推你老的，到其間有個覰當。（喚老大夫上了，末放，唱）那老子還問他，他便實道與，現有人當官告執〔二五〕。

【蔓菁菜】新刷案的張司吏，一徑着俺〔二六〕勾追來喚你。但若分毫不依隨，拖入衙門內。

（李伯英上見，云住）

【窮河西】你問我，誰向官中指攀着伊？是你那孝子曾參賽過盧醫。你又不是恰纔新認義，須是你的親侄。哎！老丑生〔二七〕無端忒下的！

（李伯英云）（末云）你孩兒墻那壁，道你合毒藥藥死你親侄兒來。你休諱！我問你兒，聽者！（末問了，文鐸指父科了）（伯英云住）

【柳青娘】 子着這些兒見識，瞞過這老無知。却不你千悔萬悔，是潑水在地怎收拾〔二八〕？唬的個黄甘甘臉兒如地皮。古語一言既出，方信駟馬難追。已招伏，難擘劃，怎支持！

【道和】 却知端的，知端的〔二九〕，虚事不能實。忒蹺蹊〔三〇〕，交俺交俺難根緝。天教張鼎忽使機，脱災危，啜脱〔三一〕出是和非。難支吾難支對，難分説難分細〔三二〕。那些那些咱歡喜，那些那些咱伶俐。一行人取情招伏訖，那些那些他愁戚。當初指望成家計，到如今翻做得落便宜〔三三〕！

【啄木兒煞】〔三四〕 人間私語，天聞若雷。勸君休將神天昧。善惡事休言不報，恰須是只争個來早共來遲。

張鼎智勘魔合羅終

校勘記

〔一〕中吕粉蝶兒：原本脱此曲，明刊諸本皆有，今依《古名家雜劇》本補。

〔二〕醉春風：原題『子母調醉春風』，據諸本改。

〔三〕比及下撒子，先浸了麻槌：明刊諸本皆改『撒子』爲『拶指』，徐本從。然『撒子』實不誤。《水滸全傳》第十二回：『殺威棒，獄卒斷時腰痛；撒子角，囚人見了心驚。』又，南戲《小孫屠》第十一齣【上小樓】曲：『怎推這鐵鎖沉枷，麻槌撒子？受盡熬煎。』雜劇《後庭花》第二折【哭皇天】曲：『又不曾麻槌下腦箍，你怎麼口聲的就招伏。」於此，知『麻槌撒子』當即『腦箍』之酷刑。《宋史・刑法志》敘這種刑罰爲『纏繩於首，加以木楔』。『撒子』或爲塞子之音轉。書此以俟通人。

〔四〕腕頭：原本『腕』字，俗寫作『脘』，今改。

〔五〕待悔如何悔：原本二『悔』字，均音假爲『晦』，據諸本改。

〔六〕驀門：原本『驀』字，音假爲『陌』，今改。

〔七〕熬煎：原本『熬』字，音假爲『懊』，據諸本改。

〔八〕旦云住：原本『住』字，省借爲『主』，仿刻本空缺，鄭、徐二本沿誤。

〔九〕買油麵爲節食：原本『節』字，省書爲『即』，今改。

〔一〇〕勸佳人：與上句『教幼女』爲對。原本脱『勸』字，依王校據《元曲選》《酹江集》補。

〔一一〕撥火添香：原本『撥』字，音假爲『補』，據諸本改。

〔一二〕鳳冠霞帔：原本『帔』字，音假爲『披』，據諸本改。

〔一三〕都將你慶歡享祭：原本脱此句，依鄭本據《古名家雜劇》補。

〔一四〕露十指玉笋穿針綫：原本無『露』字，據諸本補。

〔一五〕依頭縷當：原本『縷當』作『吕當』，據諸本改。『依頭縷當』，謂如治亂絲，從頭一一理順。

〔一六〕分星劈兩：原本『劈』字，音假爲『百』，據諸本改。『劈』，猶分也。徐本認爲不確，改作『擘』，似可不改。

〔一七〕他恰數説半日：原本『恰』字，誤省爲『合』。《古名家雜劇》本作『他恰纔』，據改。

〔一八〕耽干係：原本『係』字，音假爲『計』，今改。

〔一九〕鬼三臺：原脱『鬼』字，據諸本補。

〔二〇〕這大夫：原本『大』字，形誤爲『丈』，今改。

〔二一〕智勘將出來：原本無『勘』字，依徐本補。

〔二二〕脾胃：原本『脾』字的音假爲『皮』，據諸本改。

〔二三〕建中湯：原本『建』字，音假爲『見』，據諸本改。

〔二四〕如今官人：原本此句前誤衍『末云』二字，今删。

〔二五〕當官告執：原本『執』字，音假爲『者』，據《元曲選》《酹江集》改。

〔二六〕一徑着俺：原無『着』字，今補。

〔二七〕老丑生：原本『老』字，形誤爲『孝』，據諸本改。

〔二八〕怎收拾：原本『拾』字，形誤爲『恰』，據諸本改。

〔二九〕知端的，知端的：原本二『知』字，均音假爲『則』，據《元曲選》《酹江集》改。

〔三〇〕蹺蹊：原本『蹺』字，形誤爲『跳』，據諸本改。

〔三一〕啜脱：原本『脱』字，形誤爲『脆』，據《北詞廣正譜》改。

〔三二〕難分説難分細：原本『細』字，涉上文誤作『説』，失韵，據諸本及《北詞廣正譜》改。

〔三三〕到如今翻做得落便宜：原本脱『落』『宜』二字，據《北詞廣正譜》補。

〔三四〕啄木兒煞：原本省題作『尾』，依鄭本改。

李太白貶夜郎

王伯成　撰

簡要説明

《李太白貶夜郎》，王伯成撰。原題『古杭新刊關目的本李太白貶夜郎』。原本未標明折數，科白簡略。《録鬼簿》《太和正音譜》《元曲選目》《今樂考證》《曲録》并録本劇劇目。

第一折，李白正在酒店飲酒，唐明皇召見。李白酒意未醒，明皇親調醒酒湯。李白先寫了『嚇蠻書』，明皇又央其寫詞。楊貴妃捧硯，高力士脱靴，所作大約就是傳世的《清平調》三首。本折寫李白的詩酒之緣。李白的形象，主要是根據杜甫《飲中八仙歌》『李白一斗詩百篇，長安市上酒家眠。天子呼來不上船，自稱臣是酒中仙』塑造的。

第二折，大概是『嚇蠻書』起了作用，所以本折開首有外國使臣進寶的情節，明皇大喜，再次宣召李白。他不要『幞頭象笏，玉帶金魚』，不要做官，明皇賜以御酒和衣服。這時，李白已經看出楊貴妃和安禄山的曖昧關係，預見到唐室江山將亂。

第三折，爲了遮掩醜事，楊貴妃、安禄山假借明皇名義，召見李白，賜酒送果。李白更加看清了他們明爲『宫中子母』，暗爲『村裏夫妻』的關係，拒絶了他們的拉攏。

第四折，李白遭讒被貶，離開京都長安，流遞江南水鄉三千里。中秋之夜，和友人一起在江中泛舟。李白酒醉，向江心攬月，月中人也喜歡他這酒中仙，共同到水底天心尋求最後的解脱，受到龍王的熱情款待。全劇在浪漫的悲劇氣氛中收場。

本劇校本，今有盧、隋、鄭、徐四種。又，李開先《詞謔》録本劇第一折全套。以上各種，一并用以入校。

第一折

（駕上云了）（高力士云了）（太真云了）（禄山上了）（外末宣住了）（正末扮上，開）小生姓李名白，字太白。曾夢跨白鶴上升，吾非個中人也。

【仙吕點絳唇】鶴夢翱翔，坦然獨向，蓬山上。引九曲滄浪，助我杯中况。

【混江龍】忽地眼皮開放，似一竿風外酒旗忙。不向竹溪翠影，决戀着花市清香。我舞袖拂開三島路，醉魂飛上五雲鄉。甘心致仕，自願歸休，頤養浩氣，澆灌吟懷[一]。不求名，不求利。雖不一簞食，一瓢飲[二]，我比顔回隱迹只争個無深巷。嘆人生碌碌，羡塵世蒼蒼。（見駕了）（云了）小生却則酒肆之中，飲了幾杯。

【油葫蘆】常是不記蒙恩出建章，身踉蹌，把一領錦宫袍常惹御爐香。臣覷得緑尊一點葡萄釀，似禹門三月桃花浪。記當日設早朝，没揣的見帝王。覺來時都乾盡江湖量〔三〕，急卒着甚的潤枯腸。

【天下樂】宫裏御手親調醒酒湯。聞香，不待嘗，量這筋頭酸怎揉我心上癢？不能够瓮裏篘，斗内量，那一回浮生空自忙。

（駕云）陛下休小覷這酒，有幾般好處：

【那吒令】這酒曾散漫却雲烟浩蕩，這酒曾渺小了風雷勢況，這酒曾混沌了乾坤氣象。想爲人百歲中，得運子有十年旺，待有多少時光！

（駕云了）

【鵲踏枝】欲要臣不顛狂，不荒唐，咫尺舞破中原，禍起蕭墻〔四〕。再整理乾坤紀綱，恁時節有個商量。

（駕云了）陛下道微臣在長安市上，酒肆人家，土坑上便睡。吵！那的是學士每好處！（做住了）

【寄生草】休笑那通廳炕，闊矮床，臣便似玉山高卧仙人掌〔五〕，錦橙〔六〕嫩擘銷金帳，便似醉鞭誤入平康巷。子這一席好酒百十觴〔七〕，抵多少五陵豪氣三千丈。

【幺篇】舒開箋無皺，磨得墨有光，就霜毫寫出凌烟像。文場立定中軍帳〔八〕，就兵床拜起元戎將。那裏是尊前誤草嚇蠻書，便是我醉中納了風魔狀。

（駕云了）陛下問微臣直到幾時不吃酒〔九〕？

【六幺序】何時静，盡日狂，但行處酒債尋常，糴盡黄粱〔一〇〕，典盡衣裳，知他在誰家裏也琴劍書箱？這酒似長江後浪催前浪〔一一〕。灑歌樓醉墨琳琅，筆尖兒鼓角聲悲壯。驅雷霆號令，焕星斗文章。

（駕云了）

【幺篇】直等蠻王，見了吾皇，恁時節酒態軒昂，詩興飄颺。割捨了金鑾殿上，微臣待醉一場。紫綬金章，法酒肥羊，幾時填還徹這臭肉皮囊？聖朝帝主合興旺，交這厮横枝兒燮理陰陰〔一二〕！肚嵐躭吃得偌來胖，没些君臣義分，只有子母情腸！

【金盞兒】繞一百二十行，三萬六千場。這酒似及時雨露從天降，寬洪海量，勝汪洋。臣那裏燕鶯花月影，鷗鷺水雲鄉。□□□〔一三〕這裏鳳凰歌舞地，龍虎戰争場。

（駕央末寫詞了）

【醉扶歸】見娘娘捧硯將人央，不如我看劍引杯長。生把個菱花鏡裏粧，做了個水墨觀音樣。這孩兒從懷抱裏看生見長，子一句道得他小鹿兒心頭撞。

【金盞兒】子管裏開宴出紅粧〔一四〕，咫尺想像賦《高唐》。瑞雲重繞金鷄帳，麝烟濃噴洗兒湯。不争玉樓巢翠翡，便是金屋閉鸞凰〔一五〕。如今宫墻圍野鹿，却是金殿鎖鴛鴦。

（正末做脱靴科）力士，你休小覷此物！

【後庭花】這靴曾朝踏輦路霜，暮登天子堂，軟趁殘紅片，輕沾落絮香。我若站危邦〔一六〕，這的是脱身小樣，不合將足下央。

（末出朝科）

【賺煞】〔一七〕那厮主置定亂宫心，醖釀着謾天謊。倚仗着强爺壯娘，全不顧白玉階頭納表章，子信着被窩兒裏頓首誠惶〔一八〕。我繞着利名場，佯做個風狂，指點銀瓶索酒嘗。儘教讒臣每數量，至尊把我屈央，休想楚三閭肯跳汨羅江〔一九〕。

（下）

校勘記

〔一〕頤養浩氣，澆灌吟懷：原本「頤」字，形誤爲「毆」；「養」字，音假爲「陽」，今改。按：此處用《孟子·公孫丑上》「我善養吾浩然之氣」意。盧、隋二本改作「歐陽浩氣」；徐本作「掀揚浩氣」，均失。

〔二〕一簞食，一瓢飲：原本「簞」字，省借爲「單」；「瓢」字，音假爲「飄」，各本已改。

〔三〕乾盡江湖量：原本「乾」字，音假爲「汗」，據《詞謔》改。按：元人寫書中多有此類音假現象。元刊《太平樂府》卷二張小山小令《水仙子·樂閑》：「李翰林身何在，許將軍血未輸。」萬曆活字本及何夢華校本，均作「血未乾」。參看《西蜀夢》第一折校勘記〔二九〕。

〔四〕禍起蕭墻：原本「蕭」字，音假爲「肖」，各本已改。

〔五〕玉山高卧仙人掌：原本「山」字，音假爲「仙」，今改。徐本已改，唯以「仙」爲誤字，則未妥。元曲中多有二字相假者，如息機子本《九世同居》第四折【新水令】曲：「錦爛斑山仗擁，花爛熳彩樓高。」「山仗」，即「仙仗」之假。

〔六〕錦橙：《詞謔》作「金橙」，似是。

〔七〕好酒百十觴：原本「觴」字漫漶不清，據《詞謔》改。鄭本改作「巡」，非。

〔八〕文場立定中軍帳：原本『場』字下誤衍一『中』字，今删。

〔九〕直到幾時不吃酒：原本『到』字，音假爲『道』，今改。

〔一〇〕黄粱：原本『粱』字，寫作『糧』，今改。

〔一一〕長江後浪催前浪：原脱『催前浪』三字，依鄭本補。

〔一二〕燮理陰陽：原本『燮』字，音假爲『泄』，今改。

〔一三〕□□□：原本空缺三字，鄭本補作『陛下』，徐本補『駕云了』。

〔一四〕開宴出紅粧：原本『粧』字，省爲『庄』，今改。

〔一五〕金屋閉鸞凰：原本『金』字，音假爲『錦』，據《詞謔》改。

〔一六〕我若站危邦：原本『站』字，音假爲『沾』，據《詞謔》改。

〔一七〕賺煞：原本省題作『尾』，今改。

〔一八〕頓首誠惶：原本『誠惶』二字，作『城隍』，今改。

〔一九〕汨羅江：原本『汨』字，形誤爲『泪』，今改。以下不另出校。

第二折

（駕云）（外末進寶了）（駕、旦、外一折了）〔一〕（外做宣末科）（正末扮上了，引僕童上了）嗨！對着此景，却不快活！（做叫小童斟酒了）小童，此處無事，你自回去。如是朝治裹官人每，你道我在這裏。（僕童

下）（末做住）

【正宫端正好】滿長安，花無數，霎時間暮景桑榆。偏得你醉鄉中〔二〕閉塞定賢門路，偏俺不合嬭尊中物。

【滚綉球】這酒尋芳踏雪沽，弃琴留劍與。便待交我眼睁睁死生無路，末不仕途中買我胡突。對着山河壯帝居，乾坤一草廬，便是我畫堂深處。那嚇蠻船似酒面上浮蛆。不戀着九間天子常朝殿〔三〕，怎如〔四〕三尺黄公舊酒爐。但行處挈榼提壺。

（力士云了）（籠馬上了，做尋末科）（見住了）（力士云了）你道是我在此處無好處？

【倘秀才】我直吃的〔五〕芳草展花裀綉褥，直吃的明月掌銀臺畫燭〔六〕。自有春風醉後扶。怎和那兒女輩，潑無徒，做伴侣？

（力士云了）你朝治裏不如我這裏。

【滚綉球】禁庭中受用處，止不過皓齒歌細腰舞，鬧吵吵勿知其數〔七〕，這其間衆公卿似有如無。奏梨園樂章曲，按廣寒羽衣譜，一聲聲不叶音律，倒不如小槽邊酒滴真珠。你那裏四時開宴噇肥鹿〔八〕，我這裏萬里摇船捉醉魚，胸捲江湖。

（力士交正末上馬了）力士，我醉也，只怕去不的！（上馬了）

【脱布衫】花鞭驚燕子鶯雛，錦韉〔九〕蕩蝶翅蜂須，玉轡〔一〇〕迎桃蹊杏塢，金鐙挑落花飛絮。

【醉太平】不比趁雕輪綉轂，遊月巷雲衢；又不比荔枝千里赴皇都。止不過上天街御路，全不似數聲啼鳥留人住。他子待一鞭行色催人去，我怎肯滿身花影倩人扶？一言既出。

（正末、外末下了）〔一一〕（駕、旦上了）（末騎馬上了）

【倘秀才】恰離了光燦燦花叢錦簇，又來到鬧吵吵車塵馬足。抵多少白日明窗過隙駒，勝急價，更疾如，狂風驟雨。

（末跑馬了）〔一二〕（旦罵了，駕怒了）〔一三〕（末見駕了）陛下，不干臣事，是陛下馬的不是。

【叨叨令】鳳城有似溪橋路，落紅亂點莎茵緑，淡烟深鎖垂楊樹，因此上玉驄錯認西湖路。委實勒不住也末哥，委實勒不住也末哥，便似跳龍門及第思鄉去。

（等云了）（末飲酒科）（駕賜衣服了）

【喜春來】又不是風流天寶新人物，子是個落托長安舊酒徒。怎消得，明聖主，賜一領濺酒護身符。

【十二月】〔一四〕也不宜幞頭象笏，玉帶金魚，金貂綉襖，真紫朝服。臣再洪飲天之美禄，倘或間少下青蚨〔一五〕。

【堯民歌】也强如鳳城春色典琴沽。白馬紅纓富之餘，披一襟瑞靄出天衢，携兩袖天香下蓬壺，須臾，須臾，行過長安市上去。便是臣衣錦還鄉去〔一六〕。

（末帶醉出朝科）古人尚然如此。

【四煞】想着劉伶數尺墳頭土，誰戀架上三封天子書？那酒更壓着救旱恩澤，洗心甘露〔一七〕，止渴青梅，灌頂醍醐。怕我先嘗後買，散打零兜〔一八〕，高價寬沽。月明江浦〔一九〕，春醉酒巾漉〔二〇〕。

（太真、禄山送末了）（出朝科）（末云了）

【三煞】娘娘甚酒中貞潔真賢婦，禄山甚財上分明大丈夫〔二一〕？止不過盞號温凉，布名火烷〔二二〕，瓶置玻璃，樹長珊瑚；犀沉離水〔二三〕，裙織綾綃〔二四〕，簾捲蝦須；真珠琥珀，紅瑪瑙紫硨磲。

【二煞】這個曾手扶萬丈擎天柱，這個曾口吐千年照殿珠。只消的一管霜毫，數張白紙，寫萬古清風，不夠一醉工夫！怕我連真帶草，一剗數黑論黄，寫仿描朱〔二五〕。從頭至尾，依本畫葫蘆。

【煞尾】〔二六〕那是安禄山義子台意怒〔二七〕，子是楊貴妃賊兒膽底虚。似這般忒自由没拘束，猛軒騰但發露〔二八〕，交近南蠻至北隅，接西邊去東魯，一年多半載餘，那裏景淒凉地恓楚。　軃袖垂肩仕女圖，似秋草人情日日踈。待寄蕭娘一紙書〔二九〕，地北天南雁也無〔三〇〕。忽地興兵起士卒，大勢長驅入帝都，一戰功成四海枯。得手如還入宫宇，一就無毒不丈夫。玉殿珠樓盡交付，抵多少燭滅烟消帝業污〔三一〕。十萬里江山共寶物，和那花朵兒渾家做不得主！

（下）（一行下）

校勘記

〔一〕駕、旦、外一折了：原本『折』，形誤爲『行』，依徐本改。

〔二〕醉鄉中：原本『醉』字，音假爲『罪』，今改。

〔三〕常朝殿：原本『常』字，音假爲『長』，依徐本改。

〔四〕怎如：原本『怎』字，音假爲『曾』，今改。各本失校。按南戲《趙氏孤兒記》第十七齣【山坡羊】曲：『曾知我一家作怨鬼忠直。』『曾知』，即『怎知』。

〔五〕我直吃的：原本此四字在【倘秀才】曲名前，今依盧、隋二本移曲名後。

〔六〕明月掌銀臺畫燭：與上句『芳草展花裀綉褥』爲對文。芳草展褥，明月掌燈，自有無限情意。原本『掌』字，音假爲『長』，今改。各本失校。徐本改作『上』，亦誤。

〔七〕勿知其數：原本『勿』字，作『物』，今改。各本失校，徐本已改。

〔八〕四時開宴噇肥鹿：『噇』，無節制地吞食。原本音假爲『充』，今改。按：『肥鹿』，諧『肥禄』，指安禄山。各本失校。

〔九〕錦韉：原脱『錦』字，依盧本補。

〔一〇〕玉轡：原本『轡』字，誤爲『吉』，今改。

〔一一〕正末、外末下了：原本無『下』字，依劇情補。

〔一二〕末跑馬了：原本『跑』字，形誤爲『跪』，今改。各本失校。按：李白酒醉，宣召甚急，敕賜走馬入宫。他眼中根本没有那些皇戚貴族，因而纔有任馬驅馳之事。這當然是大不敬的，所以引起下面『旦罵了、駕怒了』等戲劇衝突。

〔一三〕旦罵了，駕怒了：原本『罵』字，涉下文誤作『駕』，今改。盧本改作『旦駕□了』，徐本改作『旦驚了』，均失。

〔一四〕十二月：原本與下曲【堯民歌】合爲一曲，今依律分題。

〔一五〕青蚨：原本『蚨』字，音假爲『凫』，依徐本改。

〔一六〕還鄉去：『去』字與上句重韵，鄭本擬改作『還鄉處』，似是。

〔一七〕洗心甘露：原本『心』字，誤作『沁』，依鄭本改。

〔一八〕散打零兜：原本「零」字，省借爲「令」，今改。

〔一九〕月明江浦：原本「江」字，形誤爲「注」，今改。鄭本改作「月明南浦」。

〔二〇〕春醉酒巾漉：原本「巾」字，形誤爲「夂」；「漉」，當省爲「鹿」，形誤爲「鹿」，今改。按：此處用陶淵明故事。《宋書·隱逸傳》：「郡將候潛，值其酒熟，取頭上葛巾漉酒，畢，還復著之。」

〔二一〕財上分明大丈夫：此爲當時俗語。「財」，原本省借爲「才」，今改。徐本未改，則「才上」一詞與上句「酒中」不相對矣。

〔二二〕布名火烷：原本「烷」字，音假爲「院」，今改。

〔二三〕犀沉離水：原本「沉」字，音假爲「澄」。傳説犀角入水，水爲之開，依徐本改。

〔二四〕裙織綾綃：原本「綃」字，形誤爲「絹」。按：綾綃裙，與曲中所舉火烷布、玻璃瓶、珊瑚樹等，均爲貴族家常見器物，因改。

〔二五〕寫仿描朱：原本「仿」字，誤作「傚」，今改。

〔二六〕煞尾：原本省題作「尾」，今改。

〔二七〕安禄山義子台意怒：原本無「意」字，依律，此處實脱一字，依徐本補。

〔二八〕發露：原本「露」字，省借爲「路」，今改。

〔二九〕待寄蕭娘一紙書：原本「蕭」字，音假爲「肖」，今改。

〔三〇〕地北天南雁也無：原本「地」字，涉下誤作「天」；「也」，由文字待勘符號誤作「一」，依盧本改。

〔三一〕燭滅烟消帝業污：原本「污」字，省書作「亏」，依盧本改。徐本改作「虧」字，出韵；鄭本改作「輸」，與原本字形不類。

第三折

（禄山、旦云了）（外宣末了）（正末扮帶酒上了）

【中吕粉蝶兒】只被宿酒禁持，轟騰殺浩然之氣。幾曾明白見一個烏兔西飛！今日醉鄉中，如混沌，初分天地。恰辨得個南北東西，被子規聲喚回春睡。

【醉春風】一壁恰控得錦袍乾〔一〕，又酒淹得衫袖濕。半醒時猶透頂門香，不吃時怎由得你，你！耽閣得半世無成，非是我一心偏好〔二〕，子爲你滿朝皆醉。

【迎仙客】比及沾雨露，恨不得吐虹霓，滄海倒傾和月吸。向翠紅鄉，圖畫裏，不設着歌舞筵席〔三〕，枉辜負了遲日江山麗。

【醉高歌】脚趔趄登輦路花基，神恍惚步瑶階玉砌。吐了口中涎，按捺定心頭氣，勉强山呼萬歲。

（正末失驚了）

【石榴花】疑怪翠盤〔四〕人用錦重圍，不聽得月殿樂聲齊。往常〔五〕恐東風吹與外人知，怎想這裏，泄露天機。知他那堝兒醉倒唐皇帝？空有聚温泉一派香池。又無落花輕泛波紋細〔六〕，怎生誤走到武陵溪！

（外末、旦做住了）（外末同旦與正末禮了）不想如此！

【鬥鵪鶉】恰纔個倚翠偎紅，揣與個論黄數黑。子他行怕行羞，和我也面紅面赤。誰待兩白日，細看春風玉一團，却是甚所爲？更做個抱子携男，末不忒回乾就濕。

（力士云了）（一同與正末把酒了，末笑科）

【普天樂】不須你沈郎憂，蕭娘疑〔七〕，就未央宫擺布尊罍，直吃得盡醉方歸。折末藏着劍鋒，承着機密，漢國功臣〔八〕臻臻地，來，來，吃一回吕太后筵席。穩便波鸞交鳳友，休憂波鶯兒燕子，休忙波蝶使蜂媒。

（正末云了）（外把盞了）（末云了）

【乾荷葉】來的盞不曾推，有的話且休提。凖備着明日，向君王行主意的緊支持，刁蹬的厮央及。被我連珠兒飲了三兩盞，子理會酒肉攤場吃〔九〕。

【上小樓】這孩兒何曾夜啼，無些驚氣。嬌的不肯離懷，懶慵挪步，怕見獨立。三衙家，繞定着，親娘扒背。兀的後宫中養軍千日！

【幺篇】穿了好的，吃了好的，朕比别人非理，分外費衣搭食。甚時曾，向人前，分明喘氣，他一身兒孝當竭力。

力士，我只道宫裏宣唤，誰想如此！（旦云了）

【滿庭芳】你心知腹知，宫中子母，村裏夫妻。覰得俺唐明皇顛倒如兒戲，我不來，這其間敢錦被堆堆，得了買不語一官半職，做了個六證三媒。枉了閑吵氣，又道我唬嚇〔一〇〕你酒食，怕誤了你愛月夜眠遲。

（正末做出殿科）（外扯住了）（外將荔枝上了）（外央正末吃科）（末取物簽科〔一一〕）（云了）我本待簽

一個來。却簽着你兩個。

【快活三】沾粘着不摘離，厮胡突不伶俐。盡壓着玉枝漿白蓮釀金橙醅〔一二〕，官裏更加上些忍辱波羅蜜〔一三〕。

【鮑老兒】若是忔搭摟定〔一四〕舌尖上度與吃，更壓着王母蟠桃會〔一五〕。更做果木叢中占了第一，量這厮有多少甜滋味？壓着商川甘蔗，鄱陽龍眼〔一六〕，杭地楊梅，吴江乳桔，福州橄欖，不如魏府鵝梨。

（覷旦科）

【哨遍】兩葉眉兒頻蹙繫〔一七〕，鎖青嵐〔一八〕一帶驪山翠。香靄暗宫闈〔一九〕，子是子孫司裏酒病花醫。子爲個肥肌體，把錦幃綉幄，幔幕垂簾，做了張蓋世界的鴛鴦被。這張紙於官不利，作雲屏斜掩，霧帳低垂。那裏是遮藏醜事的護身符，子是張發露私情《樂章集》。看你執盞殷勤，捧硯驅馳〔二〇〕，脱靴面皮。

（云）〔二一〕你問我那裏去？

【耍孩兒】一頭離了鶯花地，直赴俺蓬萊宴會。碧桃間拂面風吹，浩歌聲聒耳如雷。平驅風月粧詩興，倒捲江湖此酒杯，偃仰在銀河内。拆末冠簪顛倒，衫袖淋漓。

我知道，我知道！

【五煞】見没處發付咱，便彪一聲宣唤你。這場誤賺神仙罪。我閑來親去朝金闕，不記誰扶下玉梯。這腌臢輩，鬧中取静，醉後添悲〔二二〕。

【四煞】你親上親，我鬼中鬼。無用如碧澄澄緑湛湛清冷水，於民只解滌塵垢，潤國何曾洗是非。

水共禄山渾相類，見了些浮花浪蕊，玉骨冰肌。

【三煞】大古裏家不和鄰里人〔二三〕，人貧賤親子離。不求金玉重重貴。你惟情之外別無想，除睡人間總不知。謊得來無巴臂，不曾三年乳哺，一剗台肥。

（外末共旦云了）（做指禄山云了）

【二煞】拈起紙筆，標事實〔二四〕，交千年萬古傳於世。看了書中有女顔如玉，路上行人口勝碑。兒曹輩〔二五〕，悔之晚矣〔二六〕，歸去來兮。

【尾】没遮羅〔二七〕李翰林，忒昏沉楊貴妃。現如今鳳幃中摟抱着肥兒睡，更那裏別尋個杜子美！

（下）

校勘記

〔一〕一壁恰控得錦袍乾：原本「控」字，省借爲「空」，今改。北方方言，器物水濕之後，自然陰乾爲「控」。《朴通事諺解》中：「你把那鑞壺瓶汕的乾净着，控一控。」此處指壺瓶。又，《尉遲恭鞭打單雄信》第二折正末云：「你將這馬牽在岸上，控的乾了，回營中去。」此處指馬身上水迹。《裴席還帶》第三折【倘秀才】曲：「水頭巾供桌上控着。」此指頭巾。諸家不知，於本曲多改「空」爲「烘」，失。

〔二〕一心偏好：原本「偏」字，形誤爲「偈」，今改。

〔三〕歌舞筵席：原本脱「歌」字，依《太和正音譜》補。

〔四〕翠盤：原本『盤』字，俗寫爲『柈』。隋本改作『樓』，誤。徐本以『翠盤』爲盤舞，亦非。唐代歌女多於圓形小本座上作舞，敦煌壁畫中即有此圖景。

〔五〕往常：原本『往』字，寫作『枉』，今改。

〔六〕波紋細：原本『紋』字，形誤爲『收』，今改。

〔七〕蕭娘疑：原本『娘』字，涉上文『沈郎憂』句誤作『郎』；又於『郎』下誤衍一『難』字；『疑』，音假爲『昜』，今改。徐本改作『蕭娘㜷』，謂『難昜』二字合音爲『㜷』。然元曲中未見此例，故不取。

〔八〕功臣：原本『功』字，音假爲『公』，今改。

〔九〕酒内攤場吃：原本『攤』字，音假爲『壇』，依徐本改。

〔一〇〕唬嚇：原本『唬』字，省借爲『虎』，今改。

〔一一〕末取物簽科：原本『簽』字，音假爲『芊』，今改。各本回改作『籤』，似非。《五燈會元》卷七太原孚上座：『保福簽瓜次，師至，福曰：「道得與汝瓜吃。」』可證。以下不另出校。

〔一二〕金橙醅：原本『金橙』二字作『錦棖』，今改。

〔一三〕波羅蜜：原本『蜜』字寫作『密』，今改。

〔一四〕忔搭摟定：原本脱『搭』字，今補。

〔一五〕蟠桃會：原本『蟠』字寫作『播』，今改。

〔一六〕鄱陽龍眼：原本『鄱』字，省借爲『番』，今改。

〔一七〕兩葉眉兒頻蹙繫：原本『蹙繫』二字誤倒，失韵，各本失校。又『繫』，音假爲『擊』，今改。

〔一八〕鎖青嵐：原本『鎖』字，形誤爲『瑣』，今改。

〔一九〕宫闈：原本『闈』字，音假爲『圍』，今改。以下不另出校。

〔二〇〕驅馳：原本『驅』字，省借爲『區』，今改。

〔二一〕云：原本爲陰文作『賓』，依隋本改。

〔二二〕醉後添悲：原本『悲』字作『愁』，失韵，依鄭本改。徐本於全句前更添一『我』字。

〔二三〕家不和鄰里人：意謂家人不和就如同路人。原本文義可通，自不煩改。鄭本改『人』字爲『嫌』字，徐本改作『欺』，均不取。

〔二四〕標事實：原本『事』字，音假爲『是』，今改。

〔二五〕兒曹輩：原本無『輩』字。按譜，本句三字當韵，依鄭本補。徐本亦補。

〔二六〕悔之晚矣：原本『悔』字，音假爲『晦』，今改。

〔二七〕没遮羅：原本『遮』字，形誤爲『遭』，今改。『遮羅』，意同遮蓋、庇覆。《連環記》第四折蔡邕云：『若到的銀臺門登了寶位，便當遮羅天下，這一座私宅也不要他了。』徐本改爲『遭罹』，義同遭遇。如曾敏行《獨醒雜志》叙洪邁『以使命見執於金，其間遭罹危辱者屢矣』，用於本劇，似不妥。

第四折

【雙調新水令】謝你個月中人不弃我酒中仙，向浪花中死而無怨。是清風連夜飲，幾曾漁火對愁眠。整眼的湖水湖烟〔一〕，豁達似翰林院。

【駐馬聽】想着天子三宣，翠袖雙扶不上船。不如素娥捧勸，巨甌一飲倒垂蓮。爲楊妃，昧龍庭夫乃婦之天，釣風波口似鈎和綫。雖然在海角邊，舉頭日近長安遠。

（云）我想此處，却不强如與他每鬧鬧吵吵地。

【沉醉東風】恰離了天子金鑾殿前，又來到儂家鸚鵡洲邊。自休官[二]，從遭貶，早遞流了水地三千。待交我蓑笠綸竿[三]守自然，我比姜太公多來近遠！

【沽美酒】他被窩兒裏獻利便，枕頭上納陳言。義子賊臣掌重權。那裏肯舉善薦賢，他當家兒自遷轉。

【太平令】大唐家，朝治裏龍蛇不辨，禁幃中共猪狗同眠。河洛間圖書皆現[四]，日月下清渾不辨[五]。把謫仙臢貶，一年，半年，浪淘盡塵埃滿面。

（云）小生終日與酒爲命[六]。

【殿前歡】酒如川，鷺鷗長聚武陵源[七]，鴛鴦不鎖黄金殿，緑蓑衣帶雨和烟。酒裏坐酒裏眠，紅蓼岸黄蘆堰，更壓着金馬門瓊林宴。岸邊學淵明種柳，水面學太乙浮蓮。

【甜水令】鬧鬧吵吵，歡歡喜喜，張筵開宴，送到楊柳岸古堤邊。正稚子妻兒，痛哭嚎咷，牽衣留戀，早解纜[八]如烟。

【折桂令】一時間趁篷箔順水推船，不比西出陽關，北使居延[九]。幾時得爲愛青山，住東風懶着吟鞭。流落似守汨羅獨醒屈原，飄零似泛浮槎没興張騫[一〇]。納了一紙皇宣，撇下滿門良賤[一一]，對十五嬋娟，怎不凄然。他每向水底天心，兩下裏團圓。

（末虛下）（水底龍王一齊上，坐定）

【夜行船】晝戟門開見隊仙〔一二〕，聽龍神細説根源。向人鬼中間，輪迴裹面，又轉生一遍。

【川撥棹】赴科選，跳龍門奪狀元，命掩黄泉，魚跳深淵。不見九五數飛龍在天，望海門潮信遠〔一三〕。

【七弟兄】偶然，見面，恕生眼〔一四〕，那裏取禹門浪急桃花片，玉溪月滿木蘭船，錦蹊〔一五〕露濕芙蓉面。

【梅花酒】他雖無帝主宣，文武雙全，將相雙權，鑾駕齊肩。比侯門深似海，我怎敢酒量大如川。憶上元，芍藥圃牡丹園，梧桐院海棠軒，歌舞地綺羅筵，衫袖濕帽檐偏。相隔着水中原，無旅店少人烟。

黿大夫在旁邊，鱉相公守根前，鼉先鋒〔一六〕可憐見，衆水族〔一七〕盡皆全，擺列着一圓圈。

【收江南】可甚玉簪珠履客三千？比長安市上酒家眠，兀的不氣喘！月明孤枕夢難全。

【後庭花】翰林才顯耀徹，酒家錢還報徹〔一八〕。酬了鶯花志，補完了天地缺。尋常病無些，玉山低趄。不合把他短處揭〔一九〕，便將俺冤恨雪，君王行厮間諜〔二〇〕，聽讒臣耳畔説，貶離了丹鳳闕。下江船不暫歇，采石渡逢令節，友人將筵會設，酒杯來一飲絶。正夜闌人静也〔二一〕，波心中猛覷絶，見冰輪皎潔潔，手張狂脚趔趄，探身軀將丹桂折。

【柳葉兒】因此上醉魂如燈滅。中秋夜禄盡衣絶，再相逢水底撈明月。生冤業，死離別，今番去再那裏來也！

（下）

李太白貶夜郎終

校勘記

〔一〕整眼的湖水湖烟：原本『整』字，音假爲『畛』；『烟』字，音假爲『淵』，今改。『畛』字各本失校。此『真文』『庚青』互假之例。參看《單刀會》第三折校勘記〔一九〕。

〔二〕自休官：原本『官』字，音假爲『管』，今改。

〔三〕蓑笠綸竿：原本『綸』字，音假爲『輪』，今改。

〔四〕河洛間圖書皆現：原本『圖書』二字，音假爲『途俗』；『現』，省借爲『見』，今改。河圖、洛書本吉語。《易·繫辭》上云：『河出圖，洛出書，聖人則之。』古代以爲王者受命之兆。惟此處實指圖讖之言，若《推背圖》之類，預言天下治亂、歷代興廢之事，爲統治者所深忌，犯者至死。各本失校。

〔五〕清渾不辨：原本『辨』字，音假爲『變』，今改。

〔六〕與酒爲命：原本『命』字，形誤爲『念』，依徐本改。

〔七〕武陵源：原本『源』字，省借爲『原』，今改。

〔八〕解纜：原本『纜』字，音假爲『攬』，今改。

〔九〕北使居延：與上句『兩出陽關』爲對文。原本『使』字，音假爲『侍』；『延』，寫作『娫』，今改。各本『侍』字失校。

〔一〇〕飄零似泛浮槎没興張騫：原本『零』字，省借爲『令』；又『泛浮』二字誤倒，依徐本改。

〔一一〕滿門良賤：原本『賤』字，音假爲『濺』，今改。

〔一二〕畫戟門開見隊仙：此李白眼中所見之景。『隊仙』當指龍王諸人，徐本改作『醉仙』，似非。

〔一三〕潮信遠：原本『信』字殘存偏旁，依盧本補。

〔一四〕怨生眼：原本『眼』字，音假爲『年』。盧本改作『平』，非。『生眼』，即『眼生』之倒，各本多失校。

〔一五〕錦蹊：原本『蹊』字作『溪』，與上句之『玉溪』意重，依徐本改。

〔一六〕黿先鋒：原本『黿』字作『猿』，非水族，今改。

〔一七〕衆水族：原本『族』字作『簇』，今改。

〔一八〕酒家錢還報徹：原本『錢』字，由俗寫草體誤作『邊』，今改。

〔一九〕不合把他短處揭：原本『把』字，誤作『保』；『揭』字，音假爲『劫』，今改。

〔二〇〕間諜：原本作『間迭』，今改。

〔二一〕正夜闌人静也：原本『夜』字，涉下文誤作『人』；『静』字，音假爲『净』，今改。

岳孔目借鐵拐李還魂

岳伯川　撰

簡要説明

《岳孔目借鐵拐李還魂》，岳伯川撰。原題『新編岳孔目借鐵拐李還魂』。原本未標明折數，科白簡略。《録鬼簿》《太和正音譜》《寶文堂書目》《元曲選目》《也是園書目》《今樂考證》《曲録》并録本劇劇目。

第一折，鄭州六案都孔目岳壽把持官府，仙人吕洞賓來度化他，有意笑駡哭鬧，孔目不堪，將其吊於門首。新官韓魏公私訪過此，放了吕洞賓。孔目大怒，親加拷問，及至發現韓的真正身份，驚嚇成病，卧床不起。

第二折，韓魏公點視案卷，發現岳壽確爲能吏，派吏員孫富來安慰。岳壽自知病將不起，向孫囑托照顧妻兒，不久身死。

楔子，岳壽在陰司將下油鍋，吕洞賓趕到度爲弟子，但他的尸首已被家人焚化，衹好借新死的瘸子李屠的肉體還魂。

第三折，岳壽在李家還魂，發現自己面目全非，纔知借尸還魂之事。他藉口魂靈未全，要去東嶽廟招魂，以便回家。

第四折，岳壽回家以後，妻子不識，經過説明，夫妻相認。接着李屠之父趕來，要討回兒子，兩家告官，争論不下。最後，吕洞賓出來説破因果，度岳壽出家。

此劇校本，今有鄭、徐兩種；王季思先生亦有校語。現存版本除元刊外，尚有《元曲選》《酹江集》兩種。以上各種，一并用以入校。

第一折

（正末引張千上，開）〔一〕某是鄭州奉寧軍〔二〕人氏，姓岳，岳壽〔三〕便是。在這六房中做一個都孔目，人順口叫我做岳孔目。嫡親三口兒，渾家李氏，孩兒福童。早起晚息，多虧張千這個兄弟。這六房中若不是我和兄弟呵怎可〔四〕，咱是一體〔五〕。張千呵！

【仙吕點絳唇】名分輕薄，俸錢些小，家私暴。我又不會耕種得鋤刨〔六〕，我和你〔七〕倚仗着笞杖徒流絞。

（張千云）〔八〕哥哥，昨朝中牟縣〔九〕解將一火强盗來，作何發落〔一〇〕了？

【混江龍】想昨朝那一火强盗，又被那昧心錢〔一一〕買轉我這管紫霜毫〔一二〕。我減一筆當刑責斷〔一三〕，我添一筆交他爲從的該敲。憑着我拗曲作直取狀筆，勝如那致命圖財〔一四〕殺人刀。關來節去〔一五〕，物西錢東，私多公少〔一六〕，日久天長，咱俺做令史的那一個敢合神道！伴當每指山買磨，百姓每畫地爲牢。

（正末云）〔一七〕我來到門前看〔一八〕，有一個酒醉先生，大笑三聲，大哭三聲，罵俺嫂嫂是寡婦，罵俺福童孩兒是無爹的業種〔一九〕。我分開這人看他，他叫我做無頭鬼！張千，這厮〔二〇〕好生無禮！

【油葫蘆】欺負俺孩兒年紀小〔二一〕，出家兒施善道〔二二〕。吃的來噎噎臟臟醉醄醄〔二三〕。走在門前哭罷又在門前笑，走到我階頭前指定階頭鬧。俺孩兒着娘引着，他説道他爺死了。不索司房中插狀子當官告，消得我三指大一個紙題條。

【天下樂】我將他拖到官中便下牢，我這裏先交、交他省會了。把他似打家賊并排匣定脚〔二四〕，首領每去解了你的縧，祇候人〔二五〕當了你的袍，我把他牛馬般吃一頓拷〔二六〕！

（外末云）老夫不是别人，韓魏公〔二七〕便是。私行到岳壽門首，吊着一個先生，我放了，看有甚麼人出來。（張千出來云）是誰放了這先生？（外末云）是老夫放了。（張千云）這老子好無禮！我與哥哥説去。哥哥，那先生被一個老莊家放了。（正末云）這老子，你好無禮！張千，你拿那老子高高的吊起，放下問事廉來，我問這老子！

【醉扶歸】〔二八〕你問他住在村鎮居在城郭？（外云）城裏有房兒，鄉里有莊兒。你問他當甚夫役納甚差徭？（外云）軍民差都當些。你問他開鋪席爲經商做甚手作？你與我審個住處知個名號。（張千云）哥哥，你問他怎的？待不得三朝五朝，必把他左解的冤仇報〔二九〕。

（張千云）哥哥，你問他怎麽〔三〇〕？

【金盞兒】我問他使斗秤拿個大小等個高低！（張千云）哥哥，他不使斗秤，他只閑坐。只他那粉壁低水瓮小，拿他在當街裏拷！站車過，説與那上守，這老子我交他劈先裏着司房中勾一遭便有禍〔三一〕，案卷裏添一筆便違條。挑河夫當一遭窮斷他筋〔三二〕，打家賊指一指拷折他腰。

（云）這一會把那老子吊在外頭，我接韓魏公忙哩！你自家做一個方便放了罷。（張千云）兀那老子，我在哥哥面前説了這半日，我放你，你把些鈔與我買酒吃。（外末云）我有鈔在腰裏，我手疼拿不得，你自取。（張千云）這老子，你鄉下人倒哄我〔三三〕城裏人？（外末云）我不哄你，你自取。（張千去取，見這腰間勢劍金牌〔三四〕，張千唬倒在地。）

【賺煞】〔三五〕則俺這長官廉，曹司拗。你便是能吏煞〔三六〕，怎當他三番取招。則今日爲頭兒索警覺，則他那在先事亂如牛毛。我這裏自量度，須索耽饒，他把我停了俸追了錢將我來斷罷了。是做的千錯萬錯，大綱來一還一報，則你那禍之門便是俺斬身刀！

校勘記

〔一〕正末引張千上，開：原本無此七字，依劇情補。

〔二〕鄭州奉寧軍：原本『軍』字，誤作『郡』。宋代於鄭州立奉寧軍，依徐本改。

〔三〕岳壽：原本作『岳受』，據《元曲選》《酹江集》改。

〔四〕若不是我和兄弟呵怎可：原本無『兄弟呵怎』四字，當有脱文，姑予校補如上。

〔五〕咱是一體：原本『體』字，由俗體『体』形誤爲『件』，今改。

〔六〕鋤刨：原本『刨』字，音假爲『抛』，今改。

〔七〕我和你：仿刻本改作『哥哥你』，鄭、徐二本沿誤。

〔八〕張千云：三字原無。依劇情補。本劇關目多有缺略，以下擇其要者補之，不再一一出校。

〔九〕中牟縣：原本『牟』字，形誤作『吾』，據《元曲選》《酹江集》改。按：中牟，鄭州屬縣。

〔一〇〕發落：原本『發』字，音假爲『法』，今改。

〔一一〕昧心錢：原本『昧』字，音假爲『瞇』，今改。

〔一二〕紫霜毫：原本『霜』字，音假爲『雙』，據《元曲選》《酹江集》改。

〔一三〕當刑責斷：與下句『爲從的該敲』爲對文，即應該殺頭的首犯薄加責罰，跟着幹壞事的從賊反而送了性命。原本『刑』字，形誤爲『所』；『斷』字，音假爲『段』，今改。仿刻本誤『段』爲『股』，鄭本沿誤。徐本『所』字失校。

〔一四〕致命圖財：原本『財』字，省借爲『才』，今改。

〔一五〕關來節去：原本誤作『官來接會』，據《元曲選》《酹江集》改。

〔一六〕私多公少：原本誤作『思多共少』，據《元曲選》《酹江集》改。

〔一七〕正末云：原本誤作『外末云』，今改。鄭本失校，徐本改作『張千云』，非。

〔一八〕門前看：原本無『前』字，今補。徐本改『門看』爲『門首』。

〔一九〕是無爹的業種：原本『是』字，由文字待勘符號『卜』，形誤爲『一』，今改。徐本失校。

〔二〇〕這厮：原本『這』字，由文字待勘符號『卜』，形誤爲『一』，今改。

〔二一〕年紀小：原本『小』字下誤衍一重文符號，今删。

〔二二〕施善道：即施行善道。原本『施』，音假作『死』；『道』，形誤爲『趣』。耶律楚材《西遊録》：『位居要地，首贊朝廷行文教，施善道。』

〔二三〕噎噎臓臓醉醄醄：『噎噎臓臓』，吃食物過多，腹脹喉湧的樣子。原本音假爲『呆呆谷谷』，徐本改作『呆呆答答』，似失。又，『醄』字，原本作『淘』。并改。

〔二四〕匣定脚：原本『匣』字，當俗寫作『柙』，形誤爲『押』，今改。《元典章》卷四十刑部二有『匣禁』條，謂江南有司『匣禁重囚，晝杻雙手，匣其一足；夜則并匣雙足』。匣禁是一種酷刑，刑具如匣，故稱『匣床』。徐本雖引用了《還牢末》曲文中『匣定脚』『匣定囚床』諸語，但誤認爲是兩種不同的刑罰，因而『押』字失校。

〔二五〕祗候人：原本『祗』字，音假爲『支』，今改。

〔二六〕一頓拷：原本『拷』字，省借爲『考』，據《元曲選》《酹江集》改。

〔二七〕韓魏公：原本『魏』字，音假爲『衛』，今改。

〔二八〕醉扶歸：原本誤題『醉中天』，今改。

〔二九〕必把他左解的冤仇報：原本『他』字，形誤爲『俺』；『左』字，音假爲『坐』，據《元曲選》改。『左解』，即左袒，指韓魏公私放吕洞賓事，徐本失校。

〔三〇〕哥哥，你問他怎麽：七字原在【金盞兒】曲牌下，今移前。

〔三一〕便有禍：原本『便有』二字誤作『更肩』，據《元曲選》改。徐本『肩禍』二字待校。

〔三二〕窮斷他筋：原本『筋』字，形誤爲『�』，據《元曲選》《酹江集》改。

〔三三〕倒哄我：原本「哄」字，音假爲「閧」，今改。以下不再出校。
〔三四〕勢劍金牌：原本「勢」字，音假爲「誓」；「金」字，音假爲「今」，今改。
〔三五〕賺煞：原本省題作「尾」，今改。
〔三六〕能吏煞：原本「煞」字，形誤爲「然」，依王校改。鄭、徐二本失校。

第二折

（旦上，詩曰）待當家時不當家，及至當家亂如麻。早晨起來七件事，柴米油鹽醬醋茶。妾身不是別人，是岳孔目的渾家。俺岳孔目昨日得了一口驚氣，一卧不起，發昏，平日家好穿的衣服，都與他裝裹在身上。（末云）大嫂，我這身上覺沉重。（旦云）岳孔目，你好没分曉！你纔發昏半日，你平昔愛的好衣服，都與你穿在身上，可知沉重。（末云）大嫂，你差了！

【正宫端正好】設若你裝裹到，二十重，三十件。（旦云）丈夫，你置下〔一〕，你死合穿。（末唱）妻呵！你道是我置下我死合穿，知他這土坑中埋我多深淺？哎！妻呵！裝裹殺誰人見！

（旦云）也則表我賢慧心腸。

【滚綉球】〔二〕妻呵！非是你賢，你須索聽我言。這衣服且休説萬針千綫，或單或夾或綿。你如今出下業冤，到明日陪着死錢，這衣服你與我但留取幾件。（旦云）你死也，留取這衣服何用？怕你那子母每〔三〕受貧窮的時節，留與你典賣做些盤纏，不强似纏尸裹骨〔四〕棺函内爛？留着些，或時遇着熱逢着寒與你每子母穿，省可裏煞煎。

（旦云）孫福叔叔在外前。（末云）大嫂，交兄弟入來。（外云）哥哥，你兄弟領着韓魏公爺爺的言語，將白米一擔，鈔十錠。好了病呵，爺爺要用你。（末云）大嫂，我身上覺輕快些，你去熬些粥湯來我吃。我合兄弟説些話兒。（旦云）出的門外，我這裏聽着，他好歹分付孫福叔叔些話兒，我這裏聽着他。

【倘秀才】孫福也，不索我多囑咐[五]你千言萬語，（外云）哥哥，有的話你儘分付着兄弟。想咱同衙府裏十年五年。你若是打聽的山妻，照顧着豚犬[六]。一頭裏亡過夫主，散了家緣[七]，兄弟呵！你嫂嫂從來有些腼腆。

【叨叨令】怕有那一等無廉耻謊勤每[八]胡來纏，則你這無主意拙嫂從來善。哎！你一個無私曲[九]的兄弟頻來見，怕有禁禮的言語你説不出來。着俺那無面皮嬸子將他來勸：『伯娘，俺伯伯在世，是人頭上行的人，你休做歹勾當，你休辱末他。』着言語道他也麽哥，着言語道他也麽哥，豈不聞臨危時好與人方便！

（旦云）我道他支出我去[一〇]，好歹與孫福叔叔説些話也。岳孔目，你好多心多慮。你死之後，我也大門不出便了。（末云）大嫂，你婦人家那裏得那恒常久遠的心腸！大嫂，我數你幾件兒你便出門。（旦云）你數幾樁兒我聽[一一]。

【倘秀才】或是你祭祖先逢冬來遇年，（旦云）我不出去，着福童孩兒出去。待賓客排筵做筵，（旦云）我也不出去，教孩兒出去把鍾，我在家裏執料。（末云）大嫂！則俺那五服内男兒，也不曾能够見面。則爲你，有人才多嬌態，不老像正當年，休失了大人家體面！

（末云）我則再説兩椿兒便出門。

【滚綉球】我死之後你須索迎着門兒接紙錢！（旦哀）我和你單夫隻妻，我不接，教誰人接？隨着靈車兒哭少年！（末云）街市人説，岳孔目有個好娘子，從來不曾見。如今岳孔目死了，俺衆人都去看去。那時節任誰把你來都見。（旦云）他見我待怎的？有那等廝圖謀誆漢每〔一二〕心堅。（旦云）他心堅待怎的？向俺親眷行買會服，恁爺娘行使會錢。（末云）俺親眷、你爺娘都肯了，則有你不肯哩。你平日不曾見的好頭面，不曾穿的好衣服。與你些打眼目衣服頭面，妻也！守志殺剛挨的滿三年〔一三〕。你别嫁個知心可意新家長，福童兒！那裏發付你個少爺無娘小業冤〔一四〕？則我這裏有話難言〔一五〕！

【脱布衫】俺從那，十三四上同吃同穿，十七八上共枕同眠。一覺裏停尸在眼前，則落的你酒茶澆奠〔一六〕！

【小梁州】澆奠罷守定靈床哭少年，則落的雨泪漣漣〔一七〕。怕有一等迎奸賣俏〔一八〕俊官員，打一付金頭面，早忘了守三年。

【幺篇】高盤雲髻無心戀，你那裏對鸞臺抹粉搽胭。噯！你個小業冤，聽你爺爺勸，恁娘若别尋一個姻眷，則那的便是你買服錢！

（云）大嫂，有兩個古人，你仿學一個，休學一個〔一九〕。

【煞尾】〔二〇〕仿學那趙貞女，羅裙包土墳臺上填，休學那犯十惡桑新婦，彩扇上題詩將墓頂搧。哈嚕嚕潮上延，脚難移手怎拳〔二一〕？則我那血海也似相識不能面，花朵兒渾家不能戀，摩合羅孩兒不能見，銅斗兒家私〔二二〕不能羨。孫福、張千，你兩個廝可憐，三口兒相逢時，我則是日子遠！

校勘記

〔一〕置下：原本『置』字，音假爲『治』，今改。以下不另出校。

〔二〕滚綉球：原本脱曲牌名，眉批校筆已補，今從。

〔三〕子母每：原本『每』字，由文字待勘符號『卜』，形誤爲『一』，據《元曲選》《酹江集》改。

〔四〕纏尸裹骨：原本『裹』字，音假爲『果』，據《元曲選》《酹江集》改。

〔五〕囑咐：原本『囑』字，音假爲『祝』，據《元曲選》《酹江集》改。

〔六〕豚犬：原本『豚』字，音假爲『肫』，據《元曲選》《酹江集》改。

〔七〕家緣：原本『緣』字，形誤爲『緑』，據《元曲選》《酹江集》改。

〔八〕謊勤每：原本『勤』字，誤作『撞』，依原本校筆改。元代稱子弟爲勤兒，徐本改作『謊漢每』，似泛。

〔九〕私曲：原本『曲』字，音假爲『屈』，據《元曲選》《酹江集》改。

〔一〇〕支出我去：原本『去』字，誤作『主』，今改。

〔一一〕你數幾樁兒我聽：原本『數』字，由文字待勘符號『卜』，形誤爲『一』；『樁』字，省借爲『莊』，今改。

〔一二〕詎漢每：原本『詎』字，形誤爲『詎』，依王校、鄭本改。徐本改作『謊』，與原本字形不類，不取。

〔一三〕剛挨的滿三年：原本『挨』字，形誤爲『推』，據《元曲選》《酹江集》改。

〔一四〕少爺無娘小業冤：原本『爺』字，音假爲『也』；『冤』字，誤省爲『免』。據《元曲選》《酹江集》改。

〔一五〕有話難言：原本脱『有』字，依原本校筆補。

〔一六〕酒茶澆奠：原本脱『酒』字，據《元曲選》《酹江集》補。

〔一七〕雨泪漣漣：原本『漣漣』二字，省借爲『連連』，據《元曲選》《酹江集》改。

〔一八〕迎奸賣俏：原本『迎』字，由文字待勘符號『卜』，形誤爲『人』，依原本校筆改。

〔一九〕（云）大嫂，有兩個古人，你彷學一個，休學一個：原在【煞尾】曲牌下，今依徐本移前。又，『彷』字，原本音假作『訪』，下同。

〔二〇〕煞尾：原本題作『尾聲』，今改。

〔二一〕脚難移手怎拳：原本『手』字，形誤爲『方』，依原本校筆改。鄭本改作『腿』，非。

〔二二〕家私：原本『家』字，由文字待勘符號『卜』，形誤爲『一』，據《元曲選》《酹江集》改。

楔子

（外末云）貧道吕岩便是。纔見一個獄卒將一個人去油鍋内煠，我去問閻王抄化做徒弟。（外末云）

（閻王回答）不瞞上仙知道，他是鄭州六房中都孔目岳壽，他在陽間觸污大羅神仙，因在油鍋内煠他〔一〕。

（外末云）閻王，你肯與我做徒弟？（閻王云）〔二〕願與上仙做徒弟去。（外末云）你使一個小鬼，去望鄉臺上，看他尸首可在？（閻王答云）纔使人去看，尸首不在魂靈在。（仙云）再使人看，同日有甚人尸首在？

（閻王答云）〔三〕他東莊有個李屠〔四〕，死了三日未曾埋。（仙云）可將岳孔目真魂借李屠尸首還魂，交他去

陽間與他妻子見面，除了酒色財氣，貪道度脱他升仙了道〔五〕。（正末上，唱）

【仙吕賞花時】火坑内消息兒我敢踏，油鍋内錢財我敢拿。折末他能跳塔，快掄鍘〔六〕！今日在陰司下折罰，將我去翻滾滾油鍋内煠。

（仙云）岳壽，你認的什麽是生死〔七〕？（正末云）師父，我知生死。

【么篇】〔八〕我這裏扯住環縧禮拜他，聽的道〔九〕火焚了尸骸，好教我没亂殺。則我這妻子軟癱煞〔一〇〕，若放我一靈兒到家，有如枯樹上再開花。

校勘記

〔一〕因在油鍋内煠他：原本『因』字，由文字待勘符號『卜』，形誤爲『人』，今改。

〔二〕閻王云：原本誤作『外云』，今改。

〔三〕閻王答云：原本誤作『外云』，今改。

〔四〕他東莊有個李屠：原本『他』字，形誤爲『你』，今改。

〔五〕升仙了道：原本『升』字，音假爲『神』，今改。參看《拜月亭》第三折校勘記〔七〕。徐本改作『成』，失。

〔六〕快掄鍘：原本『掄鍘』，音假作『輪踚』，據《元曲選》《酹江集》改。

〔七〕什麽是生死：原本『什麽是』三字空缺，姑補。

〔八〕么篇：原本脱曲牌名，今補。

〔九〕聽的道：原本三字空缺，依《元曲選》《酹江集》補。

〔一〇〕妻子軟癱煞：原本『癱』字，省借爲『痈』；又，『煞』字原無。依律，此句五字當韵，今予校補。

第三折

（外末云）俺孩兒李屠，死了三日，心頭尚暖〔一〕，不敢埋他。（正末上，做還魂科，唱）〔二〕

【雙調新水令】妬廉官滑吏墮阿鼻，謝俺呂先生，把俺來化爲徒弟。這其間，啼哭殺嬌養兒〔三〕，煩惱殺脚頭妻。咱子道〔四〕生死輪迴。我這裏急回來，知他是第幾日。

（外末云）俺李屠孩兒還魂過來了。這個是你媳婦！這個是恁孩兒！我是你老子！（正末云）岳大嫂〔五〕！福童孩兒！（外末云）這孩兒道甚麼？這個是你妻！這個是你兒！再那裏〔六〕有甚麼岳大嫂？（正末云）〔七〕（外末云）言語的却不是俺這孩兒的言語。

【沽美酒】恁知他是誰是誰，我將你來記一記〔八〕。我這裏委實委實〔九〕，將恁來敢不認得。怪末那你怎生一發鬧起，恁知他是甚親戚？

（正末云）你都靠後，我再想一想。我死在陰府間去，那師父教人望鄉臺上看我尸首，渾家把來燒毀了三日。師父道〔一〇〕，將李屠尸首，我真魂借尸還魂。是！是！我且認了是你兒子。父親，將與我一陌紙馬〔一一〕，去東嶽廟上招魂。到俺家認我妻子孩兒，看他認得我麼？

【太平令】依舊有青天白日，可怎生則不見我幼子嬌妻？纔離了三朝五日，大嫂！兒呵！這其間哭得來一絲兩氣〔一二〕。我在他這裏，可知他在那裏！天那！幾時〔一三〕能够父子妻夫完備？（正末云）師父呵，與我全身，可怎麽與我殘疾條腿，胡着嘴？俺陽世間做的歹事〔一四〕多了。七寸逍遥管，三分玉兔毫。落在文人手，勝如壯士刀。

【雁兒落】一管筆拗曲直，一片心瞞天地。一家兒享富貴，一輩兒除差役〔一五〕。

【得勝令】天那！今日個獨自個落便宜，更那堪半路裏脚殘疾！爲甚麽尸首兒登途慢，則我這魂靈探爪疾。我暗想起當日，罵韓魏公一場怕一場氣。至如到今日，唬得我一脚高一脚低。

【川撥棹】自從俺做夫妻，二十年幾曾道離了半日。早起在衙裏，便是別離〔一六〕；晚時在家裏，那一場歡喜。要一奉十，舉案齊眉，那些兒是夫妻每道理。聽得我打遠差，早教我推病疾〔一七〕。

【七兄弟】他到一七，二七〔一八〕，哭啼啼，三七四七在墳前立，五七六七脚兒稀，盡七少似頭七泪。

【梅花酒】呀！看看的過百日〔一九〕，一壁廂官司將門擊〔二〇〕，一壁廂衣食催逼。奶奶飢，孩兒把他央及。那婦人，人才够七八分，年紀〔二一〕不到四十歲。我若是〔二二〕去的遲，有他那歹婆娘使心機，使心機到家裏，到家裏厮成計，厮成計寄東西，寄東西買珠翠，買珠翠指良媒，指良媒怎支持，怎支持他殺人賊〔二三〕！

【收江南】〔二四〕不中！則怕那殺人賊贏勾了我脚頭妻，脚頭妻害怕便依隨。若是依隨了他一遍怎相離？我在他這裏〔二五〕，我這裏得便宜，俺渾家他那裏落便宜。

【古調太清歌】則他那退猪湯，不熱似俺那研濃墨；則他那殺猪刀，不快似俺那圓尖筆。殺生害命爲活計，作業無知〔二六〕。是覓了幾文錢，拗是爲非〔二七〕。□□〔二八〕，俺也曾磣可可活吃民心髓，抵多少猪肚猪皮。你倚仗秤大小瞞心昧己，我倚仗着膿血債〔二九〕覓衣食。

【川撥棹】你瞞人怎抵俺傷人易，這的是東行不知西行利〔三〇〕。一番去衙裏，馬兒上穩坐地。腆着胸脯〔三一〕，捻着髭髯，傲着相識〔三二〕，見人不祇揖。我便有省臺官氣勢。

【鴛鴦煞】我這裏鬅鬆短髮身淹危，剗地着我拄一條粗拐，瘸着一條腿？在生時請俸禄將養的紅白，飲羊羔吃的豐肥，唱道着我這殘病身軀，醜詫的面皮〔三三〕，穿着些襤褸的衣服，可奔不的〔三四〕腥羶氣。到家呵〔三五〕見了我幼子嬌妻，他把我借尸首的魂靈認不的！

校勘記

〔一〕心頭尚暖：原本『尚』字，形誤爲『向』，今改。

〔二〕正末上，做還魂科，唱：八字原無，今補。

〔三〕嬌養兒：原本『嬌』字，音假爲『交』，今改。

〔四〕咱子道：原本『子』字，由文字待勘符號『卜』，形誤爲『人』，今改。

〔五〕岳大嫂：原本『嫂』字，形誤爲『婦』，今改。

〔六〕再那裏：原本『再』字，音假爲『在』，今改。

〔七〕正末云：原本無，今補。

〔八〕記一記：原本二『記』字，均音假爲『計』，今改。

〔九〕委委實實：原本第二個『委』字作『其』，據《元曲選》《酹江集》改。

〔一〇〕師父道：原本『道』字，殘壞爲『首』，今改。

〔一一〕一陌紙馬：原本『陌』字，形誤爲『貊』，今改。

〔一二〕一絲兩氣：原本『絲』字，省借爲『系』，據《元曲選》《酹江集》改。

〔一三〕幾時：原本『幾』字，形誤爲『哉』，據《元曲選》《酹江集》改。

〔一四〕歹事：原本『事』字，音假爲『士』，今改。

〔一五〕一輩兒除差役：『一輩兒』，原作『背背兒』，誤，依王校據《元曲選》《酹江集》改。元制，吏員可免其家雜泛差役，但吏職非世襲，故不能云『輩輩兒』。

〔一六〕便是别離：原本脱此句，文意不相連屬，據《元曲選》《酹江集》補。

〔一七〕聽得我打遠差，早教我推病疾：原本此二句誤入【七弟兄】曲牌下。又，『早教我』三字原缺。據《元曲選》《酹江集》移補。

〔一八〕他到一七，二七：原本『到』字，音假爲『道』；『一』字空缺，今予校補。《元曲選》此句作『那一七，二七』。

〔一九〕呀，看看的過百日：原本此句誤竄入【七弟兄】尾，據《元曲選》《酹江集》移作【梅花酒】首句。

〔二〇〕官司將門擊：謂催役差人敲門打户。徐本改作『將門繫』，誤。

〔二一〕年紀：原本『紀』字，音假爲『幾』，據《元曲選》《酹江集》改。

〔二二〕若是：原本『是』字，音假爲『時』，今改。以下不另出校。

〔二三〕殺人賊：原本『殺』字，誤作『會』，依原本校筆改，下同。

〔二四〕收江南：原本脱曲牌名，據《元曲選》《酹江集》補。

〔二五〕我在他這裏：徐本此句改小字，作夾白處理，似非。

〔二六〕作業無知：原本『無』字，形誤爲『死』，今改。徐本失校，又以『知』字屬下讀，誤。

〔二七〕拗是爲非：原本『是』字，音假爲『事』，今改。

〔二八〕□□：依律，【太清歌】此處脱二字句一，待補。

〔二九〕膿血債：原本『膿』字，音假爲『濃』，據《元曲選》《酹江集》改。

〔三〇〕你瞞人怎抵俺傷人易，這的是東行不知西行利：原本此二句誤入【太清歌】尾；又『易』字假作『義』，依徐本移改。

〔三一〕腆着胸脯：原本『胸』字，音假爲『凶』，今改。

〔三二〕傲着相識：原本『傲』字，當音假爲『拗』，形誤爲『抝』，據《元曲選》《酹江集》改。

〔三三〕醜詫的面皮：原本『詫』字，音假爲『刹』，今改。

〔三四〕奔不的：『奔』字待校，《元曲選》《酹江集》作『聞』。

〔三五〕到家呵：原本『呵』字，誤作『和』，依原本校筆改。

第四折

（正末上云）兀的便是城隍廟，隔壁〔一〕是我家裏，正與我做好事哩。人鬧嚷嚷的〔二〕，我分開這人入去。

【中吕粉蝶兒】大院深宅〔三〕，你把那閑雜人趕離門外。他與亡人壘七追齋，則我那守服妻、持孝子，豈知我真形安在〔四〕？聽得道岳孔目回來，這一場大驚小怪！

【醉春風】恩愛重如山，侯門深似海。（旦云）這漢子他説是岳孔目。試推他一交〔五〕，則我那岳孔目似這等模樣！（末唱）我入門來推我一個脚捎天！這婆娘好歹，歹〔六〕！劈面抓撓，踴身推搶〔七〕，可甚麼降階接待！

（末云）岳大嫂，我從頭説與你一遍〔八〕。我死了三日，你燒了我尸首。（末唱）

【十二月】〔九〕唬的我驚魂喪魄，吕先生免罪消灾。閻羅王饒了我性命，聽得道火焚了我尸骸，陰司下無處擺劃〔一〇〕，好交我苦痛哀哀〔一一〕。

【堯民歌】李屠的尸首借將來，我這跛臂瘸臁〔一二〕踐塵埃。爲孤兒寡婦痛傷懷，一靈兒直至望鄉臺。歪也麼歪，歪也麼歪，特地爲伭來，伭怎麼遣我在門兒外？

（旦云）我認了你，你是俺丈夫。（外末云）我的兒子，你怎麼認做你丈夫？我和你告官司去來。（官云）告狀的是甚麼人？從頭説一遭。

【普天樂】爲相公有聲名，小人無粘帶〔一三〕，我便有銅心鐵膽，相公有勢劍金牌。我一靈歸地府，尸首兒焚燒壞。尸首燒了魂靈兒在，謝俺那吕先生度脱〔一四〕的我回來。因此上更名改姓，我這裏换骨抽胎。

【快活三】〔一五〕官司將牛馬禁，私地裏將母猪宰。懸羊頭賣犬肉賴人錢債，倚仗着秤兒小刀兒快。

【鮑老兒】 呀！你一個〔一六〕有德行吾師却纔到來，我這裏展脚舒腰拜。慌慌忙忙，窮窮苦苦，不由我喜笑盈腮。

（仙云）〔一七〕自家呂洞賓的便是。我今日交岳孔目還魂過來，見了生死，我把他酒色財氣都交弃了，隨我去做個徒弟。

【上小樓】 我把這玉鎖頓開，金枷不帶〔一八〕。我這裏弃了酒色，辭了財氣，跳出塵埃。我如今拄着拐〔一九〕，穿草鞋，麻袍寬快，我敢無憂愁心腸寬泰。

【幺篇】 我這裏抹了鉢盂，裝入執袋〔二〇〕。你道我襤襤褸褸，滴滴溜溜，往往來來。我如今上的街，化的齋〔二一〕，無妨無礙，兀的不完全了乞兒皮袋〔二二〕。

【尾聲】 我如今側着身在雲霧裏行，瘸着腿在水面上踩〔二三〕。屠家漢脚趄全憑着拐，令史的心平過得海！

題目〔二四〕 岳孔目借尸還魂

正名 呂洞賓度脱李岳

岳孔目借鐵拐李還魂終

校勘記

〔一〕隔壁：原本『隔』字，音假爲『革』，今改。

〔二〕鬧嚷嚷的：原本『嚷嚷』，形誤爲『滾滾』，依原本校筆改。

〔三〕大院深宅：原本「宅」，形誤爲「宅」，據《元曲選》《酹江集》改。

〔四〕豈知我真形安在：原本脱「真形」二字，依原本校筆改。

〔五〕試推他一交：原本「試」字，音假爲「私」，今改。徐本改作科範，非。

〔六〕好歹，歹：原本「歹」字三疊，第一「歹」字下誤衍一「也」字。今依元雜劇【醉春風】通例，改作二疊。

〔七〕踴身推搶：原本「踴」字，省借爲「勇」，今改。

〔八〕一遍：原本「遍」字，音假爲「便」，今改。

〔九〕十二月：原脱曲牌名，依原本校筆補。

〔一〇〕無處擺劃：原本「劃」字，音假爲「懷」，今改。

〔一一〕苦痛哀哀：原本「苦」字，涉下文誤作「哀」，今改。

〔一二〕跛臂瘸臁：原本「瘸」字，誤作「付」；「臁」，俗寫作「膁」，今改。

〔一三〕無粘帶：原本「粘」字，音假爲「年」；「帶」字，當假「代」，形誤爲「伐」，據《元曲選》改。鄭本、徐本改作「年代」，非。按：「無粘帶」，元代公文常語，即無侵欺、干連不了事件。元制，官吏任滿，「取得無粘帶解由」後，始得遷轉。解由體式，見《元典章》卷十一吏部五。

〔一四〕度脱：原本「脱」字，音假爲「托」，今改。

〔一五〕快活三：原本脱曲牌名，誤入【鮑老兒】一曲之首，依王校、鄭本改。徐本失校。

〔一六〕你一個：原本「個」字，由俗體「个」形誤爲「人」，今改。

〔一七〕仙云：原作「外末云」，依上折語例改。

〔一八〕玉鎖頓開，金枷不帶：原本「鎖」字，誤省爲「肖」；「金」字，音假爲「今」，據《元曲選》《酹江集》改。

〔一九〕拄着拐：原無，依徐本據《元曲選》《酹江集》補。

〔二〇〕執袋：原本『執』字，音假爲『直』；『袋』字，當省借爲『代』，形誤爲『伐』，今改。『執袋』一詞，習見於元曲，鄭本改作『直布袋』，非。

〔二一〕化的齋：原本『的』字，由文字待勘符號『卜』，形誤爲『一』，今改。

〔二二〕皮袋：原本『袋』字，省借爲『代』，今改。

〔二三〕瘸着腿在水面上跺：原本『瘸』字，誤作『付』；『跺』字，音假爲『蹉』，依鄭本改。

〔二四〕題目：原無，今補。

晉文公火燒介子推

狄君厚　撰

簡要説明

《晉文公火燒介子推》，狄君厚撰。原題『新編晉文公火燒介子推』。原本未標明折數，科白簡略。《録鬼簿》《太和正音譜》《元曲選目》《今樂考證》《曲録》并録本劇劇目。

第一折，晉獻公寵驪姬，爲其子奚齊、卓子修雲月臺，勞民傷財。又囚正宫娘娘於冷宫，貶太子申生爲民。介子推進諫不聽，被貶退朝而去。

第二折，六宫大使王安，奉命以三般朝典賜申生自盡。王安不忍，獻公又派使臣催逼，申生終於自刎。驪姬諸人又復生計欲害公子重耳。

第三折，重耳逃至介子推莊上，國舅吕用公追來。介子推準備替死，其子介林自刎，因以其頭冒充重耳首級，蒙混過去。於是，介子推護持重耳出走。於路絶糧，介子推割股奉君。適遇楚使來迎，重耳入楚，介子推回家奉母。

楔子，重耳回國爲君，是爲晉文公，大賞功臣，却忘了介子推。介子推聽從母親教訓，一起逃隱於綿山。

第四折，晉文公至綿山訪求介子推不得，放火燒山，逼其出仕。介子推母子寧願焚身，不願出山，被焚而死。樵夫報告了介子推的死信，晉文公設祭，全劇告終。

本劇校本，今有盧、隋、鄭、徐四種，一并用以入校。

第一折

（净、旦一折）（駕上，開往）（太子奏住）（旦譖奏了）（貶太子了）（貶正宫夫人入冷宫住）〔一〕（正末扮介子推披秉上，開）自家介子推，晉朝職當諫議。晉獻公爲君，朝治裏信皇妃驪姬〔二〕、國舅吕用公所譖，貶東君太子〔三〕申生、重耳於霍地〔四〕爲民，更將正宫皇后齊姜下入冷宫。信驪姬與他兩個太子，大者奚齊，小者卓子〔五〕。大者爲雲，次者愛月，奏官裏蓋千尺雲月臺，臺上太極宫百二十間，動天下民夫，即日成功〔六〕。朝中宰輔，緘口無言，没一個敢諫官裏。似此這般，怎生奈何呵！

【仙吕點絳唇】我想今日人才，各居朝代，爲臣宰。怕不都立在舜殿堯階，一個個將古聖風俗壞！

【混江龍】當日個，高辛氏舉八元八愷〔七〕，慎徽五典五惇哉。今日父子無義慈情分，兄弟喪恭友心懷〔八〕。則爲五教不明生仇恨〔九〕，致令得四時失序降民灾。今日父子無高低悦順，兄弟無上下和諧。臣宰與君王主事，君王信驪姬支晝〔一〇〕。大太子申生軟弱，小太子重耳囊揣。毒性子奚齊如蛇蝎，狠心腸卓子似狼豺。愛的是爲雲長子，寵的是愛月嬰孩。却正是農忙耕種，百忙裏官急科差。割捨了我當忠諫，取奏天裁〔一一〕！我這裏，整朝章秉象簡端居於相位中，我與你，出班部上瑶階赴丹墀直望着君王拜〔一二〕。皆因朝中股肱，托賴着股肱良哉〔一三〕，元首明哉。

（做起，末禮了）（駕云了）（云）臣該萬死，慢奏天顔〔一四〕。臣見貶正宫皇后、東宫太子、西府儲君，不知有何罪犯？（駕云了）陛下信讒臣之奏，待蓋雲月臺，不可興工！（净、旦云了）（駕云了）娘娘言者錯矣〔一五〕。

【油葫蘆】二太子要□上□□將雲月摘〔一六〕，上青霄可無大才。娘娘呵！便怎能够挽蟾宫攀折得桂枝來？（云）晋朝宫室蓋不得！（駕云了）（云）陛下，不可〔一七〕！枉了乘船用車把磚石載，枉了梁山選木將園林采〔一八〕。石包成千尺臺〔一九〕，磚砌就五丈階〔二〇〕。爲甚咱晋朝中宫殿難修蓋？□□□□□□棟梁材！

【天下樂】今日待動土興工計利開，但用的民夫，將百姓差，題起來痛傷情老臣心内駭。不争宫殿上太極宫，不争臺修成雲月臺，臣子怕引得禍從天上來！

（駕云了）（云）臣敢説麽？（駕云了）（云）當日紂王無道，因寵妲己，蓋摘星樓、不明殿、長夜宫，敲陽人脛𩩲〔二一〕驗髓，剖婦人腹氣驗胎，如此不仁！有諫臣三人，微子、箕子、比干。此三人者，乃是紂之庶民。爲諫不從，微子去之，箕子爲奴，比干諫而死。自古至今，百姓、諸侯、史官，皆毁紂王無道。（駕云了）

【那吒令】百姓每怒嫉能妬色，損臣僚重宰；力□三市〔二二〕諸侯恨荒淫好色，布八方四海；史官每駡輕賢重色，傳千年萬載。那其間，正值得饑歲時，凶年代，普天下併役當差！

【鵲踏枝】 比及壘起基階，立起梁材，百姓每凍餓死的尸骸，成山臥蓋〔二三〕。 那座摘星樓興工了數載，不曾動分毫府庫資財。

（駕云了）

【寄生草】 百姓每如何敢賣，官司也不敢買！（駕云了）揀人家高梁大厦渾成壞，問甚末聖壇佛堂從頭兒拆，將他那皇宫内苑從新蓋。 告大王，恁時節龍樓鳳閣已成功，待子麽到如今雕欄玉砌今何在？

（駕云了）〔二四〕

【六幺序】 每日將生靈害，每日把筵宴開。 微子、箕子、比干，這三人諫在金階。 諫不從也，微子便走去西伯，箕子在宫苑塵埃。 把那比干腹交刀刃分開，磣可可活把心肝摘，血瀝瀝〔二五〕的苦痛傷懷，驗三毛七孔真加在。 妲己早歡娱滿面，紂王早喜笑盈腮。

（駕云了）

【幺篇】 爲那嬌態，有些顔色，選入宫來。 把那蠆盆深埋〔二六〕，銅柱牢栽〔二七〕，酒池鐫開，肉林安排。 損害人材，食啖嬰孩。 引的四海兵來，戈戟無該。 想着紂王興衰，我王裁畫，則爲摘星樓把山河敗壞〔二八〕，陛下，修甚麽望月臺？（駕云了）戊午日兵來，甲子日成灾〔二九〕。 皆因那姜太公妙策奇才〔三〇〕，臨時間血浸朝歌壞，把座摘星樓變做塵埃。 武王伐紂功勞大〔三一〕，一來是神天佑護，二來是天地栽排。

（凈、旦云了）（駕云了）（謝駕云）萬歲！萬歲！（出朝科）（云）聖人道：『篤信好學，守死善道。 危邦不入，亂邦不居。天下有道則見，無道則隱。』今日退朝，是吾全身之樂哉！

【賺煞】〔三一〕跳出那興廢利名場，做一個用捨行藏客。孔子道，危行言遜遠害，不得中行而與之，必也狂狷進退乎哉〔三二〕？（净、旦云了）現如今您晋朝中，禍已成胎，少不得惹起場干戈横禍灾。（净云了）我想這千尺月臺，恁時節撇在九霄雲外。（净云了）我道來，去了這晋朝臣，您可索隄備着楚兵來。

（下）（駕一行下了）

校勘記

〔一〕貶正宫夫人入冷宫住：『宫』『人』二字原無，依劇情補。

〔二〕驪姬：原本『驪』字，省作『麗』，今改。以下不另出校。

〔三〕東君太子：徐本改『君』爲『宫』。按，『東君』一語可通，不取。

〔四〕霍地：原本『霍』字作『藿』，今改。

〔五〕卓子：原本『子』字，音假爲『慈』，今改。以下不另出校。

〔六〕即日成功：原本『即』字，音假爲『幾』，今改。盧、隋、鄭三本失校，徐本改全句爲『計日程功』。

〔七〕八元八愷：原本『愷』字，音假爲『凱』，今改。

〔八〕恭友心懷：原本『懷』字，形誤爲『壞』，今改。

〔九〕仇恨：原本『仇』字，音假爲『酬』，今改。

〔一〇〕支畫：原本『畫』字形迹可辨，仿刻本空缺，盧、隋二本失補。

〔一一〕取奏天裁：原本『裁』字，音假爲『哉』。惟字迹漫漶，鄭本補『階』，非。

〔一二〕直望着君王拜：原本『君王』二字空缺，依鄭本補。

〔一三〕股肱良哉：原本『股』『良』『哉』三字空缺；『肱』字形誤爲『勝』，今改。各本失校，徐本改作『君勝唐堯』，非。按，語出《尚書·益稷》篇：『股肱良哉，元首明哉。』

〔一四〕慢奏天顔：原本『慢』字不清，仿刻本空缺，各本多沿其誤。徐本補作『誤』。

〔一五〕娘娘言者錯矣：承上『浄、旦云了』而説。原本『娘娘』二字可辨。各本依仿刻本空缺，誤；徐本改作『陛下』，亦非。

〔一六〕二太子要□上□□將雲月摘：原本『二』字，似誤作『三』；『要』字模糊可辨。仿刻本徑作『三』，又『要』字空缺，各本多沿誤，惟徐本是。

〔一七〕不可：原本『可』字，誤作『呵』，依徐本改。

〔一八〕枉了乘船用車把磚石載，枉了梁山選木將園林采：原本首句『枉了』二字漫漶不清。依次句語式補。

〔一九〕千尺臺：原本『臺』字漫漶不清，依劇中『雲月臺』一語補。

〔二〇〕五丈階：原本『階』字，音假爲『街』，今改。

〔二一〕脛䁝：徐本改作『脛腿』，似是。

〔二二〕力□三市：鄭本改作『驪山市』，云『此用周幽王烽火戲諸侯事』，但原本實爲四字，恐非。徐本以爲衍文，徑删。

〔二三〕成山卧蓋：原本『卧』字，音假爲『握』，今改。徐本改作『成山堆蓋』，可參看。

〔二四〕駕云了：原本無『駕』字，今補。

〔二五〕血瀝瀝：原本『瀝瀝』二字，誤作『濯濯』，今改。

〔二六〕蠆盆深埋：原本『蠆』字，誤作『魚』，今改。民間傳説殷紂王設『蠆盆銅柱』之刑。《武王伐紂平話》上：『去殿下置一酒池肉林，蠆盆炮烙之所，教正宫宫人相撲。贏底推入酒池，教飲酒醉死；輸者推在蠆盆中，教蛇蝎螫死。』此段叙述，可與本劇合看。徐本改『蠆盆』爲『血盆』，誤。

〔二七〕銅柱牢栽：原本『栽』字，形誤爲『裁』，今改，以下不再出校。

〔二八〕山河敗壞：原本『敗』字，音假爲『拜』，今改。

〔二九〕成灾：原本『灾』字，形誤爲『史』，今改。

〔三〇〕妙策奇才：原本『才』字，寫作『材』，今改。

〔三一〕功勞大：原本『功』字，省借爲『工』，今改，以下不再出校。

〔三二〕賺煞：原本省題作『尾』，今改。

〔三三〕不得中行而與之，必也狂狷進退乎哉：原本『行』字，音假爲『興』；『狷』字，音假爲『簡』，據《論語·子路》篇改。按：『進退』二字《論語》原無，徐本删，惟小説戲曲引古書，多有增損，可仍之。

第二折

（净、旦説計了）（駕上云）（奏住）（駕云了）（申生、重耳哭住）（駕一行上）（旦與申生祭食，藥死神獒〔一〕了，重耳走下）（回奏了）（駕云了）（正末扮閹官〔二〕托砌末上，云）咱家六宫大使〔三〕王安，奉官裏聖旨，皇后懿旨〔四〕，賫三般朝典，將東宮太子賜死。想人生冤枉，何處伸訴！

【南吕一枝花】致令得申生遭罪囚，逼臨得重耳私奔走。雖然是驪皇后生嫉妬，哎！你個晉天子也合問緣由。您肯分解個恩仇，賜朝典他甘心受。料東宮一命休。子是刎頸交□□傷身，離不了〔五〕這短劍白練藥酒。

【梁州第七】前家兒功翻成罪累〔六〕，後堯婆恩變爲仇。從古至今，前家後繼從來有，似這驪后定計，國舅鋪謀，暗存着燕侶鶯儔，可待請佃他鳳閣龍樓〔七〕。送的個前家兒惹罪招殃，搬得個親夫主出乖弄醜，都是後堯婆私事公仇。國舅，太后，君王行兩三遍題名兒奏，着咱家自等候。交武士金瓜列在我這腦背後，我如何敢不承頭〔八〕。

（天臣云了）（聽了）（太子云了）

【牧羊關】將太子待放來如何放？交太子待走來如何走？臣若壞了太子呵，交這潑宮奴萬載名留！若不交太子短劍下身亡，微臣便索金瓜下命休。太子！今日青天上遭罪死，若到黃泉下不可結冤仇。（太子云了）那壁是聖旨難推怨，微臣這壁官差不自由。

（做待着尋思了，云）自至宮中，誰會害人性命！

【四塊玉】我從來是個奉善人，那裏有殺人的手？竹節也似聖旨催怎敢遲留！至如東宮合死呵，也不合交這明晃晃短劍下亡！（覷砌末云）〔九〕若要個完全的尸首，子合交這長挽挽白練休！（覷砌末云）太子呵，你能可眼睁睁服藥酒！

（使臣上，云）（云）臣不知太子有何罪犯？宮裏與皇后有這般冤恨！（説關子了）（聽住）

【罵玉郎】聽太子從頭兒説開無虚謬，元來是争社稷結冤仇。子是這三人定的計策，臣也都參透。是君王傳的聖旨，驪后定的見識，是賊子施的機彀。（净云了）（慌聽了）

【感皇恩】呀！唬的我魂魄悠悠，不提防有人隨後。嗨！〔一〇〕太子命難逃，微臣也身難躲，那賊漢怒難收。（太子云了）都是賊子奏，奏得您繼母焦，焦得您父王愁〔一一〕。（太子云了）

【采茶歌】你道他下埸頭，怎干休？太子呵！子除你一心分破帝王憂。古往今來〔一二〕雖是有，冤冤相報何時休！（使臣上，云）（云）天臣言者差矣！

【牧羊關】他父親牽腸肚，咱兩個何費口〔一三〕？他子父每更歹殺呵，痛關着骨肉。待將他摘膽剜心，怎做的不傷懷袖？觸突着皇后合依平論，冒瀆〔一四〕着天子合問緣由。傷毒着宫婢非爲罪，藥殺神獒直甚狗〔一五〕！

【黄鍾尾】〔一六〕你今日道，屠殺他這太子不怕難合口，（帶云）上天生我，上天死我，君王何不可！我怕甚伏侍君王不到頭！哎！衆公卿衆宰侯，别人有家私不能够，有妻男不能守，有功名不能就。宰輔臣僚，冒支請受。臣道君昏，怎生不奏？驪后心毒，獻公出醜。殺的是玉葉金枝，有如榆柳〔一七〕；將鳳子龍孫，不如猪狗！你等蒼生，真乃禽獸。我已還三十〔一八〕，不爲夭壽；爲主忠心，死而甘受。我博一個萬載清名〔一九〕，煞强如交萬民咒。（帶云）我如今弃了身，弃了命，便死身亡，問甚您鋼刀下爛朽〔二〇〕！（帶云）割捨了訛言課語，抗敕違宣〔二一〕，怕甚末金瓜下碎首！（帶云）既爲臣子，怎敢將主所殺？我將這行仁慈有道理〔二二〕忒忠孝的申生，我委實下不得手！

（外云住）（申生自刎了）（駕一行上）（净奏住）（下）

校勘記

〔一〕神獒：原本『獒』字，音假爲『傲』，今改。

〔二〕闈官：原本『闈』字，音假爲『淹』，今改。

〔三〕六宫大使：原本『宫』字，形誤爲『官』，今改。古代天子有六宫。《周禮·天官·内宰》：『詔王后帥六宫之人。』後泛指妃嬪住所。

〔四〕官裏聖旨，皇后懿旨：原本『聖旨』『懿旨』，均諱書作『○○』，今改。

〔五〕離不了：原本『離』字，形誤爲『難』，今改。

〔六〕功翻成罪累：原本『累』字，音假爲『壘』，今改。鄭本疑『壘』爲衍文，徐本删，均非。『罪累』，即罪過。脉鈔本《魏徵改詔風雲會》第二折【調笑令】曲：『他侵犯邊境有罪累，也須要審問個虚實。』可證。

〔七〕可待請佃他鳳閣龍樓：原本『待』字，形誤爲『持』，今改。

〔八〕敢不承頭：原本『敢不』二字誤倒，今改。

〔九〕覷砌末云：原本脱『覷』字，依下文語例補。

〔一〇〕嗨：原本『嗨』字，當省借爲『海』，形誤爲『每』，今改。

〔一一〕都是賊子奏，奏得您繼母焦，焦得您父王愁：原本第二個『奏』字、『焦』字，都是上字的重文符號。此數句實爲頂針。徐本以重文符號『不宜死看』，改第二『焦』字爲『奏』。元人寫書中未見有此種寫法，誤。

〔一二〕古往今來：原本『古』字，形誤爲『右』，今改。

〔一三〕何費口：原本『何』字，音假爲『哥』；『費』字，音假爲『廢』，今改。徐本『哥』字改作『可』，仍費解。

〔一四〕冒瀆：原本『冒』字，當音假爲『貌』，省作『皃』；『瀆』字，音假爲『突』，今改。

〔一五〕藥殺神獒直甚狗：原本『殺』字，音假爲『煞』；『獒』字，假作『傲』，今改。

〔一六〕黄鍾尾：原本省題作『尾』，今改。

〔一七〕有如榆柳：原本『如』字，形誤爲『好』，今改。

〔一八〕已還三十：『已還』，元代俗語，即已經，各本皆誤改爲『已過』。

〔一九〕萬載清名：原本『清』字，省借爲『青』，今改。

〔二〇〕問甚您鋼刀下爛朽：原本『爛』字，音假爲『闌』，今改。『問甚您』，元代俗語，即『問甚麽您』。今北方方言仍有這樣的用法。徐本以爲不通，改作『問甚末』，失。

〔二一〕抗敕違宣：原本『抗』字，省借爲『亢』，今改。

〔二二〕有道理：原本『理』字，音假爲『禮』，今改。

第三折

（末素扮引外背劍上，開）自當日出朝，載老母歸於莊宅上，半載之間，倒大來悠哉！

【中呂粉蝶兒】活計生涯〔一〕，遣僕男一犁兩耙，落得個任逍遥散誕行踏〔二〕。背一張琴，携一壺酒，訪友在山間林下。今日還家，想着我出朝時那場驚怕。

孔子云：『邦有道則知，邦無道則愚。其知可及也，其愚不可及也。』信有之也。

【醉春風】我如今耳净勝如聾，眼明渾似瞎。我便有那論道辯國的巧舌頭，子不如粧做個啞！粧做個啞〔三〕！將書劍收拾〔四〕，素琴抬起，劍匣高掛。

（見卜兒了）（介林拜了）〔五〕（云）介林於府學中攻書〔六〕，已經半年之間，不知你做甚功課哩？（介林云了）孩兒，你習文武科，也學得是也。我想來，則不如不會倒好。（介林云了）聽我説：

【喜春來】你今日修文治國平天下，你如今待演武安邦定殺伐。兒呵！你如今修文演武未通達。（帶云）罷！罷！至如你便不成呵！（唱）似我也退朝罷〔七〕，誰肯將你貨與帝王家。

（介林云了）（云）孩兒，你説的言語，有勤王保駕之意〔八〕，安邦定國之心。豈不知孔子擊磬於衛，有荷蕢者曰〔九〕：『有心哉，擊磬乎！』子貢曰：『有美玉於斯，韞櫝而藏諸？求善價而沽諸？』子曰：『沽之哉！沽之哉！我待價者也。』你今未入於室，焉知就裏〔一〇〕？權然後知輕重，度然後知長短〔一一〕。我受過的辛苦，緣何不知？便憑才藝，奪國家大柄！貴者只除是出朝將入朝相矣。（介林云了）

【普天樂】出爲將便是鎮華夷，入爲相居官朝鑾駕〔一二〕。鎮華夷呵便似挾太山以超北海〔一三〕，朝鑾駕呵便索待漏院久立東華〔一四〕。假若封加你官位高，至如升遷得你功勞大，剗地索招罪招殃添驚怕。兒呵！子不如無是無非且做莊家。（外云了）這的是送你身的〔一五〕榮華富貴！（外云）兀的是追你魂的〔一六〕高車駟馬！（云了）那的是取你命的大纛高牙〔一七〕！

（重耳上，叫了）（做驚問了）

【迎仙客】他道認得咱，不知是誰那？（做見科了）臣道是誰家個客人，元來却是殿下。（做講）小太子若是但躬身，微臣便該萬剮。（做起了）東宫安在？（云了）（打悲了）（唱）東宫元來自刎升遐〔一八〕，晋天子呵！全不怕萬載人民罵！

（浄上）（驚住）（浄背云了）（聽問）（做見卜兒、旦、太子、介林）太子事泄〔一九〕。非干微臣之過，皆因呂用公〔二〇〕奉官裏聖旨所逼。國舅仗着寶劍道〔二一〕：『你家中有小太子重耳，好生將得項上頭來便休，若不將出頭來，交您全家兒賜死。』老漢〔二二〕以此説太子在於宅内。太子勿慮，臣替太子死去。母親，將您孩兒項上首級腐爛，授與國舅，言稱是太子之首。我雖然盡其忠，不能盡其孝，争奈有七十歲老母〔二三〕，如百年之後，無臨喪祭之子。休！休！休！既爲忠臣，何思孝以哉！（歌曰）别恨山妻泪滿腮，含悲老母痛傷懷。忠心替代儲君死〔二四〕，孺子疾忙取劍來！（介林自刎了）（做慌放）

【上小樓】我子見扯劍出匣，他便揪住頭髮，吃察刀過處，頭落地，苦痛天那。你好是下得呵，兒呵！好兒！今日個不尋思，就就死，勤王保駕。（太子云了）顯得臣也忠心，扶你晋朝天下〔二五〕！

【幺篇】你没兒待怎生，我絶嗣待子麽？孩兒今日，救了儲君，替了親爺，他須是爲國於家！（旦哭做住）不争你，舉哀聲〔二六〕，敢把咱全家誅殺。君王小可，題起那驪姬，怕那不怕？

（做怕了）〔二七〕（净云了，下）（太子做望，云了）（扮風雪上）（太子云了，悲住）

【醉高歌】行路途劫劫巴巴，耽凄楚瀟瀟灑灑。頭直上風雪紛紛下，咱兩個凍不殺多應餓殺。

【紅綉鞋】受了他五七日心驚膽怕〔二八〕，不似這兩三程行得人力盡身乏。（云了）望見兀那野烟起處有人家。（帶云）太子共我絶糧三日，我每日割着身上肉〔二九〕，推做山林内拾得野物肉，與太子充飢〔三〇〕。他有一日爲君呵，至如他心虧負我〔三一〕，我須是割股勸着他〔三二〕！（太子云了）到山中了，深山裏決餓殺！

（眼花意了）（太子背靠坐定）（太子燒肉與末吃）

【快活三】想着我適纔來〔三三〕澗底下，割得來與他家。燒得來半熟，慌用手來拿，早是我澀奈無收煞！

（太子云了）

【朝天子】百忙裏讓咱，猛然的見他，不由我吃忒忒心頭怕。（太子云了）太子問臣聲喚子甚那？有幾處熱癤壞瘡發。（云了）微臣裏忍痛難禁，聲疼不罷。（太子云住）太子呵！臣這疼痛如刀刃扎。（太子云了）你又待損剮，損剮些肉咱。（云了）你直待咽咬煞〔三四〕微臣罷。

（楚使上，云住）（打認住）（太子云了）（説關子了）〔三五〕（云）既然楚大夫肯將太子去楚，老夫家中有老母無人侍養〔三六〕。老夫還家，等太子雪冤時分，臣迎太子來。（打悲了）

【耍孩兒】哭啼啼訴不盡别離話，（太子云了）你與我疾忙上馬。你一程程乘騎去他邦，我子索慢慢的步砌還家〔三七〕。他那裏傷心去路何時盡，我這裏含恨歸程，知他幾日是家？（太子云了）赤緊的您父子無投機話。可知道風雲氣少，那裏問兒女情多！

【三煞】今世裏父賢子不孝，子孝父不達。這的是父不父子不子傷了風化。我如今有兒無兒皆如此，（太子云了）你今日有爺無爺争甚那？謝楚大夫相提拔，太子爲晉唐枝葉，皆是你齊楚根芽。

【二煞】太子呵！想必那春申君抬舉你，（云了）你見那孟嘗君隨順他。若是君向那客舍權安插〔三八〕。俺便似山川困虎伸剛距〔三九〕，（太子云了）你便似淺水蛟龍奮爪牙。（太子云了）怎肯交驪姬賊子情了天下！太子呵！直等的先皇宴駕，那其間便起征伐。

【尾】太子呵！你若是報不得母，雪不得兒，你便空破了國；若是借不得母〔四〇〕，埋不得兒，我便是白喪了家〔四一〕。你若是雪不得冤，報不得恨，則恁地空干罷。太子呵！你便是治不得國，我便是齊不得家，吡！枉教人唾罵殺！

（一行下）

校勘記

〔一〕活計生涯：原本「活」字，誤省爲「舌」，今改。

〔二〕散誕行踏：原本「誕」字音假爲「但」，「踏」字音假爲「達」，今改。

〔三〕粧做個啞，粧做個啞：原本第一「啞」字下有重文符號三，依盧本改。隋、鄭、徐本「啞」字四疊，不取。

〔四〕收拾：原本『拾』字，音假爲『十』，今改。

〔五〕介林拜了：原本『林』字，形誤爲『休』，今改。按：以下各處均作『介林』，各本改作『介休』，皆誤。《古今圖書集成·神異典·神廟部彙考》：『殘苦廟，在山西曲沃縣西北關。舊志云：介子推從重耳出亡，追者甚急，推以其子林代死。後重耳入晋，推妻并林妻尋推至此，聞焚死於綿山，二人投井而死。鄉人立廟，後訛爲蠶姑廟。』此傳説可與本劇合看，録以備考。

〔六〕攻書：原本『攻』字，音假爲『功』，今改。

〔七〕退朝罷：『罷』字原無。本句依譜三字當韵，依徐本補。

〔八〕勤王保駕之意：原本『勤』字，音假爲『擎』，今改，以下不再出校。

〔九〕有荷蕢者曰：原本無『有荷蕢』三字。《論語·憲問》篇叙此事曰：『有荷蕢而過孔氏之門者曰。』據補。

〔一〇〕你今未入於室，焉知就裏：原本『你』字，省寫爲『尔』；『未』字，形誤無『來』；『室』字，誤省爲『至』；『知』字，音假爲『之』，今改。

〔一一〕權然後知輕重，度然後知長短：原本誤作『然後知輕重長短』，依徐本據《孟子·梁惠王上》補。

〔一二〕入爲相居官朝鑾駕：原本『官』字無，今補。『居官』，即在朝，在位。《國語·魯語》上：『居官者當事不避難，在位者恤民之患，是以國家無違。』徐本補作『居朝』，義同，惟『朝』字與下字重，故不取。

〔一三〕挾太山以超北海：原本『超』字，形誤爲『起』，今改。

〔一四〕久立東華：原本『華』字，形誤爲『革』，今改。

〔一五〕送你身的：原本誤作『送的你』，無『身』字。依以下『追你魂的』『取你命的』語例校補。

〔一六〕追你魂的：原本『追』字，形誤爲『还』，今改。

〔一七〕大纛高牙：原本『纛』字，形誤爲『索』，今改。

〔一八〕自刎升遐：原本『遐』字下誤衍一『文』字，今删。

〔一九〕太子事泄：原本『事』字，音假爲『是』，今改。

〔二〇〕吕用公：原本『公』字，誤省爲『厶』，今改。

〔二一〕國舅仗着寶劍道：原本『舅』字，音假爲『舊』；『道』字，音假爲『到』，今改。

〔二二〕老漢：原本『漢』字，似誤作『謨』，今改。徐本改作『老臣』，不取。

〔二三〕七十歲老母：原本脱『十』字，今補。

〔二四〕忠心替代儲君死：原本『儲』字，音假爲『仇』，今改。以下不另出校。

〔二五〕扶你晋朝天下：原本『扶』字，音假爲『伏』，今改。

〔二六〕舉哀聲：原本『舉』字，形誤爲『夅』，今改。

〔二七〕做怕了：原本誤倒爲『怕做了』，今改。

〔二八〕心驚膽怕：原本『驚』字，當音假爲『敬』，誤省爲『苟』；又『怕』字壞，今改。

〔二九〕割着身上肉：原本『割』字，省借爲『害』，今改。《説文》：『割，剥也。从刀，害聲。』段注：『《尚書》多假借割爲害，古二字音同也。』

〔三〇〕與太子充飢：原本『充』字壞，略有殘缺，徐本作『覚』，誤。

〔三一〕至如他心虧負我：原本『他』字，涉下誤作『我』，依徐本改。

〔三二〕我須是割股勸着他：原本『勸』字，音假爲『券』，今改。按：盧、隋二本皆回改爲『勸』。徐本則以

〔三三〕『券』爲『養』之形誤，實非。

〔三三〕適纔來：原本『適』字，音假爲『十』，今改。鄭本改作『拾得來』，誤。

〔三四〕咽咬煞：原本『咽』字，仿刻本誤爲『咽』，各本多沿誤。徐本是。

〔三五〕説關子了：原本無『説』字，今補。

〔三六〕侍養：原本『侍』字，形誤爲『待』，今改。

〔三七〕步砌還家：原本『砌』字，俗寫爲『硝』，今改。『砌』，本指門限。宋元以來俗語以徒步行走爲『步砌』。范成大《會野散步》詩：『貪看雪樣滿街月，不上籃輿步砌歸。』原注：『步砌，吴語也。』又，南戲《張協狀元》第五十一齣净云：『洒是厮殺漢，只步砌去。』可證。此條各本失校。校本疑作『步砌』，未改。

〔三八〕若是君向那客舍權安插：原本『君』字後涉下誤衍一『權』字；又，『插』字，音假爲『掐』，今改。各本『君權』失校，徐本改作『君王』亦失。依律，此句爲『四三』式之七言句。

〔三九〕山川困虎伸剛距：原本『伸』字，音假爲『生』，與下句『奮』字對；又『距』字，省借爲『巨』，今改。各本『生』字失校。徐本改『山川』爲『山林』，不取。

〔四〇〕借不得母：徐本改『借』爲『侍』，誤。『借』，即藉，顧惜也。《薦福碑》第二折【醉太平】曲：『曾因誤受天公罰，至今不敢借凡人。』可證。

〔四一〕白喪了家：原本『白』字，形誤爲『自』，今改。

楔子

（净、旦開了）（駕上、開了）（叔向奏了）（卜兒開了）（末上，見卜云）您孩兒去晋城，知得重耳爲君，號文公，即位，將群臣都封贈了。惟忘了您兒。兒作了一篇《龍蛇歌》，懸於晋朝宫門。晋文公若見，必宣您兒來。（卜兒云）（不省了，云）上問母親，怎生是一世之榮，不如萬載之名？（卜兒云了）（做省得了）母親言者善也，家中無妨礙〔一〕。

【仙吕賞花時】母親道奉帝臨朝〔二〕一世榮，背母歸山博個萬代名〔三〕。（云）家中萬事無牽掛，則今日便登程。（卜兒云了）遥望着翠巍巍綿山峻嶺，（卜兒云了）您孩兒鴉背着母親行。

校勘記

〔一〕妨礙：原本『妨』字，省借爲『方』，今改。

〔二〕奉帝臨朝：原本『帝』字，音假爲『地』，依盧本改。

〔三〕博個萬代名：原本『博』字，音假爲『撥』；『代』字，形誤爲『伐』，今改。

第四折

（駕上開）（駕提燒山了）（扮樵夫上，慌放）

【越調鬥鵪鶉】焰騰騰火起紅霞，黑洞洞烟飛墨雲，鬧垓垓火塊縱横，急穰穰烟煤亂滚。悄蹙蹙火巷外潛藏，古爽爽烟峽内側隱。我子見煩煩的烟氣熏，紛紛的火焰噴，急煎煎地火燎心焦，密匝匝烟屯合峪門。

【紫花兒序】紅紅的星飛迸散，騰騰的焰接林梢〔一〕，烘烘的火閉了山門。烟驚了七魄，火唬了三魂。不付能這性命得安存，多謝了烟火神靈搭救了人〔二〕。慚愧呵，險些兒有家難奔！盡都是火嶺烟嵐，望不見水館山村〔三〕。

（駕云了）有個老宰相，共個老婆婆，火燒了也。那個老宰相〔四〕不肯躲那火，抱着黄蘆樹，現今燒死了也。（駕云了）

【小桃紅】小人向虎狼叢裏過了三旬，每日負力擔柴捆〔五〕，交俺〔六〕稚子山妻得安頓。（駕云了）我不知你笑那深山裏玉堂臣，他在那〔七〕濃烟烈焰裏成灰燼。（駕云了）爲甚俺這樵夫得脱身？：無是他皇天有信〔八〕，從來不負俺這苦辛人。

（云）那個老官人和我每日攀話。

【金蕉葉】小人怕不待信着口傾心告君，則恐怕觸突着當今至尊〔九〕。（駕云了）（云）小人雖是個莊

家漢，也省的些個小勾當。止不過玉帛玄纁俸品，不似你晉國裏招賢廢人。（駕云）

【調笑令】柴林下那個宰臣，交火燒了身，兀的不辛苦殺凌烟閣上人！（駕云了）（云）我道來呵，道他親孩兒替死向剛刀下刎，他血瀝瀝〔一〇〕割股焚身。封官時宰相每若議論，則封個完體將軍。（駕云）

【寨兒令】道他曾巴巴劫劫背着主公，波波碌碌踐紅塵〔一一〕。行到半路裏絶糧也剮割濕肉烹。道大王當日從臣，道大王今日爲君，每日重裀而卧，列鼎而食，那其間路上有飢人！（駕云了）您向當心裏放水瓮防身〔一二〕，您却四面火把燒焚。一頭放水水浪滚〔一三〕，一頭放火把火光焚。（云）做皇帝一頭放水，一頭放火，（唱）那的是您，天子重賢臣！

【鬼三臺】颼颼的狂風扯〔一四〕，將密匝匝山隈燼〔一五〕。猛一陣煤撲人，生烟嗆人〔一六〕。風捲泄蕩起灰塵，火焰紅如絳雲。熰熰的烟熏的兩輪日月昏〔一七〕，颩颩的火煉的一合天地分〔一八〕，補氤氤氳走兔被烟迷〔一九〕，忒楞楞撲飛禽被那火淋。（駕云）

【禿厮兒】您這火林外前後有軍，深山裏進退無門。他道是向火坑中自焚身，更休想，卧麒麟，高墳〔二〇〕！（駕云了）

【聖藥王】那老兒過六旬，近七旬，他道是老而不死是何人！你道他性子狠，意氣嗔，現如今抱黄蘆肢體做灰塵〔一一〕，可知、可知有甚吃火不燒身！

【收尾】不争你個晉文公烈火把功臣盡，枉惹得萬萬載朝廷議論。常想趙盾捧車輪，也不似你個當今帝主狠！

（駕云了）（祭出）（散場）

晉文公火燒介子推終

校勘記

〔一〕焰接林梢：原本『焰』字，音假爲『烟』，依盧本改。

〔二〕搭救了人：原本『搭』字，省借爲『答』，今改。

〔三〕水館山村：原本『村』字，形誤爲『材』，今改。

〔四〕老宰相：原本『老』字可辨，『宰』字漫漶不清，據上文補。

〔五〕柴捆：原本『捆』字漫漶不清，姑依盧本補。隋本補作『薪』。

〔六〕交俺：原本『俺』字漫漶，依徐本補。

〔七〕他在那：原本『在』字漫漶，依鄭本補。徐本補作『向』。

〔八〕無是他皇天有信：原本『是』字，音假爲『事』；又『皇』字下部殘損，今改。『無是』，即『無非是』。徐本改作『無非』，與原本字形不類，不從。

〔九〕觸突着當今至尊：原本『觸』字可辨，仿刻本空缺，盧本補作『搪』，非。

〔一〇〕血瀝瀝：原本『瀝』字失重，今補。

〔一一〕波波碌碌踐紅塵：原本『波波』，音假爲『破破』，今改。

〔一二〕放水瓮防身：原本『放』字略有漫漶，仿刻本空缺，各本多沿誤，徐本是。

〔一三〕一頭放水水浪滾：原本『頭』字，音假作『投』（下句同）；『放』字，形誤爲『於』；又第一『水』字下誤衍一『於』字；『滾』字，省借爲『衮』，今并改。

〔一四〕颼颼的狂風扯：原本『的』字誤重；『扯』字，音假爲『徹』，今改。

〔一五〕將密匝匝山隈爐：原本『隈』字，音假爲『圍』；『爐』字，音借爲『盡』，今改。各本失校。

〔一六〕生烟嗆人：原本『嗆』字，音假爲『搶』，今改。

〔一七〕熰熰的烟熏的兩輪日月昏：北方方言以火小烟大，欲燃不燃爲『熰』。原本『熰熰』，音假爲『漚漚』，其下無『的』字，今改。各本失校。

〔一八〕一合天地分：原本『地』字下誤衍一重文符號，今删。

〔一九〕補氤氳走兔被烟迷：原本『氤』字不重；又『走兔』二字倒，依徐本改。

〔二〇〕高墳：原本『墳』字作『塚』，失韵，依徐本改。

〔二一〕灰塵：原本『塵』字，省爲『鹿』，今改。

地藏王證東窗事犯

孔文卿　撰

簡要説明

《地藏王證東窗事犯》，孔文卿撰。原題『大都新刊關目的本東窗事犯』。原本未標明折數，科白簡略。《録鬼簿》《太和正音譜》《寶文堂書目》《元曲選目》《也是園書目》《今樂考證》《曲録》并録本劇劇目。

楔子，岳飛進軍朱仙鎮，準備收復失地。宋高宗却聽秦檜讒言，連下金牌十三道，令其班師回朝。

第一折，岳飛回朝，秦檜誣陷岳飛謀反，下大理寺拷問，與岳雲、張憲被害於獄中。

第二折，秦檜既殺岳飛，内心有鬼，到靈隱寺散齋做好事。地藏王菩薩化身呆行者，當面揭穿秦檜東窗設計、陷害岳飛的罪惡，并暗示他將來没有好下場。

楔子，虞候何宗立奉秦檜之命，到靈隱寺勾捉呆行者，唯見留詩一首，内有『家住東南第一峰』之語。後得算卦先生指引，來到地獄，親見秦檜在那裏受苦。

第三折，岳飛鬼魂向高宗托夢，控訴秦檜賣國求榮、殘害忠良的罪行。要求誅殺秦檜，爲死者昭雪。

第四折，二十年後，何宗立回到京城，參見新君孝宗，奏明出訪經過，并説岳飛三人已經升天，秦檜永受地獄之苦。末以地藏王作斷爲結。

本劇校本，今有盧、隋、鄭、徐四種，一并用以入校。

楔子

（正末粉扮岳飛引二將上〔一〕，坐定，開）某姓岳名飛，字鵬舉，幼習武藝。隨高宗南渡於金陵，不經旬日，有大金國四太子追襲，到於浙西錢塘鎮，立名行在，即其帝位。某統軍在朱仙鎮〔二〕拒敵，四太子閉門不出。某平生願待復奪東京，近新交上表，欲起軍去，不見聖旨到來。這幾日神思不安，呵！不知有甚事？（使臣捧聖旨金牌上）（正末接旨了，云）〔三〕不知朝治裏有甚事？張憲、岳飛，在意看守邊塞，子今日便索上馬去。

【仙吕端正好】見一日帝王宣，十三次，多應擋回〔四〕俺百萬雄師。莫不朝廷中別有甚關機事？既不吵，却怎竹節也似差天使！

【幺篇】多敢是聖明君，犒賞特宣賜，怎肯信讒言節外生枝〔五〕？止不過休兵罷戰還朝。呵是！我暗暗地，自尋思，莫不是封官爵〔六〕，聖恩慈，明宣賜，賞金資，添軍校，復還持，將三略展，六韜施〔七〕，收九府〔八〕，取京師，殺猛將，血横尸。奪了四京九府〔九〕，須要稱了俺平生志！

（下）

校勘記

〔一〕正末粉扮岳飛引二將上：原本無『扮岳飛』三字，今補。各本或有以『粉』爲誤字者，或改爲『扮』，似非。脉鈔本《單鞭奪槊》楔子：『冲末粉扮徐茂公領卒子上。』又，《古名家雜劇》本《魯齋郎》第三折【石榴花】曲前科白：『粉祗侯上。』還有李伯瑜小令《小桃紅·磕瓜》曲：『守着個粉臉兒色末，諢廣笑聲多。』於此，知『粉扮』確爲元代角色之扮相，故校改如上。

〔二〕朱仙鎮：原本『仙』字，音假爲『遷』，今改。按：宋王明清《揮麈後録》卷二：『孫叔易近爲先人言，大觀中，自南京教授差作試官，回次朱遷鎮，閲邸報，吴侔兄弟以左道伏誅。』又，《古名家雜劇》本《單鞭奪槊》第一折【青哥兒】曲：『便將你一日轉仙階，非優待。』《元曲選》作『一日轉千階』。皆可與本劇參驗。

〔三〕使臣捧聖旨金牌上，正末接旨了，云：以上十四字原無。依盧本補。

〔四〕擋回：原本『擋』字，音假爲『黨』，今改。

〔五〕節外生枝：原本『節外生』三字殘空，依隋本補。

〔六〕封官爵：原本『官爵』二字殘空，依鄭本補。

〔七〕將三略展，六韜施：原本『三略』『施』三字殘空，依鄭本補。

〔八〕收九府：原本『收九』二字殘空，據本劇三折【紫花兒序】曲『將四京九府平收』一語補。

〔九〕四京九府：原本『九府』二字漫漶，今補。『四京九府』，泛指黄河南北。宋代以開封爲東京，河南爲西京，應天（商丘）爲南京，大名爲北京。九府爲四京所轄之地。

第一折

（正末帶枷上，開）自宣某到於闕下，不引見官裏，有秦檜將某送下大理寺問罪。陛下信奸臣賊子，將俺功臣虧損。『太平不用舊將軍』，信有之。

【仙吕點絳唇】立國安邦，列着虎賁郎將〔一〕，沙場上，臥雪眠霜，争與恁百二山河掌。

【混江龍】想挾人捉將，相持厮殺數千場，則落得披枷帶鎖，枉了俺展土開疆。信着個挾天子令諸侯紫綬臣，待損俺守邊塞破敵軍鐵衣郎。俺與你掃除妖氣，洗蕩妖氛，不能彀名標簿上，剗地屈問廳前！想兒曹反謀帝王前，不由英雄泪滴枷梢上。想着俺掌帥府將軍一令，倒不出的坐都堂約法三章。

（云）非是岳飛造反，皇天可表。

【油葫蘆】想十三人舞袖登城臨汴梁〔二〕，向青城虜了上皇。（云）唬得禁軍八百萬一齊卸甲丟盔〔三〕，那其間無一個匣中寶劍掣秋霜。楊戩，是個幫閑攢懶元戎將，蔡京，是個傳書獻簡頭廳相。一個治家亡了家，一個安邦的喪了邦。虜得些金枝玉葉離了鄉黨，若不是泥馬走康王。

【天下樂】到如今，宋室江山都屬四國王。生併的國破城荒，那一場。我與你，重安日月定了四方。戰沙場幾個死〔四〕，破敵軍幾年傷，兀的是功名紙半張！

既是我謀反，那裏積草屯糧？誰見來？

【那吒令】恁尋思試想，向殺場戰場；恁尋思試想，俺安邦定邦；恁尋想試想，立朝綱紀綱。我不合扶持的帝業興，我不合保護的山河壯，我不合整頓的地老天荒！

【鵲踏枝】我不合定存亡，列刀槍。恁剗的定計鋪謀，損害賢良。試打入天羅地網，待交俺九族遭殃！

【寄生草】仰面將高天問，英雄氣怨上蒼。問天公不曾交天垂象〔五〕，治居民不曾交居民蕩，統三軍不曾交三軍喪。子落的滿身枷鎖跪廳前，却甚一輪皂蓋飛頭上！

【村里迓鼓】我不合扶立一人爲帝，交萬民失望；我不合於家爲國，無明夜將烟塵掃蕩。我不合仗手策，憑英勇，戰得山河雄壯〔六〕，鎮得四海寧，帝業昌，民心良〔七〕。則兀的〔八〕是我請官受賞！

【元和令】消不得上馬金下馬銀，也合交出朝將入朝相。我與您奪旗扯鼓統兒郎，不能够列金釵十二行。交這個牧童村叟蠢芒郎，倒能够暮登天子堂。

【上馬嬌】不索你狠，更怕我慌〔九〕。你道是先打後商量，做了個耕牛爲主遭鞭杖。見外則慌，內則相隔着漢陽江，陛下常久願鎮蘇杭〔一〇〕。

【遊四門】則怕不知禍起在蕭墻！你待興心亂朝綱，詐傳宣賺離我邊庭上。元來恁没世界有官方，暗暗將，刀斧列在階旁。

【勝葫蘆】却甚爛醉佳人錦瑟旁〔一一〕？今日和天也順時光！則那逆天的天不交命亡，順天的禍從天降；逆天的神靈不報，順天的受灾殃！

【寄生草】你道我把朝廷亂，不合將社稷匡。我不合降戚方劫寨施心量〔一二〕，我不合捉李成賊到中軍帳，我不合破金國扶立的高宗旺。待將我簽頭號令市曹中，却甚功勞寫在凌烟上！

（云）皇天可表，岳飛忠孝！

【賺煞】下我在十惡死囚牢，再不坐九頂蓮花帳〔一三〕。子我這謀反事如何肯當？我死呵，做個負屈含冤忠孝鬼！現有侵境界小國偏邦，秦檜結勾起刀槍。陛下！則怕你坐不久龍床。俺死呵，落得個蓋世界居民衆衆講，岳飛父子每不合捨性命，生併的南伏北降，出氣力西除東蕩。殺了岳飛、岳雲、張憲三人，陛下，你便似斫折條擎天架海紫金梁！

（下）

校勘記

〔一〕虎賁郎將：原本『郎』字，音假爲『狼』，依徐本改。

〔二〕十三人舞袖登城臨汴梁：此事不見於正史，然雜劇所叙實有所本。《三朝北盟會編》中帙卷四十四叙京師失守：『初十餘人登壘，官軍無一用命者。已而雲梯輻輳，來者不絕，守御官盡散。……已而金人數人登城，班直與官軍雖排布如織，無一人死敵，於是皆下城遁走。』云云。

〔三〕一齊卸甲丟盔：原本『一齊』『丟盔』四字空缺，今補。盧本補作『卸甲抛槍』，隋本補作『丟盔卸甲』，均失補二空。兹從鄭本。

〔四〕戰沙場幾個死：原本『場』字，形誤爲『揚』，今改。

〔五〕問天公不曾交天垂象：原本無『交』字，依下句語例補。又『象』字，原本作『像』。并改。

〔六〕戰得山河壯：原本『戰』字，省借爲『占』，今改。各本失校。

〔七〕民心良：原本『良』字，形誤爲『息』，依隋本改。徐本改作『向』，不取。

〔八〕則兀的：原本『則』字，音假爲『子』，今改。

〔九〕更怕我慌：原本『怕』字，音假爲『帕』；『慌』，省借爲『荒』，今改。

〔一〇〕見外則慌，内則相隔着漢陽江，陛下常久願鎮蘇杭：此數語爲岳飛埋怨高宗，外懼金人，祇恃長江天險，苟安於蘇杭一隅。徐本改作『幾曾見外則將，内則相，隔着漢陽江』云云，實誤。原本『慌』字，省借爲『荒』；『陽』字音假爲『洋』；『願』字，形誤爲『雇』字，今改。

〔一一〕爛醉佳人錦瑟旁：原本『爛』字，音假爲『欄』；『旁』，音假爲『傍』，今改。

〔一二〕劫寨施心量：原本『劫』字，音假爲『揭』；『量』，音假爲『亮』，今改。

〔一三〕九頂蓮花帳：原本『頂』字，音假爲『鼎』，今改。

第二折

（正末扮呆行者拿火筒上，念）吾乃地藏神，化爲呆行者，在靈隱寺中，泄露秦太師東窗事犯。（詩曰）

損人自損自己身〔一〕，我風我痴我便宜。人我場中恁試想，到底難逃死限催。

【中吕粉蝶兒】休笑我垢面風痴，恁參不透我本心主意。子爲〔二〕世人愚不解禪機，鬅鬙着短頭髮，挎着個〔三〕破執袋，就裏敢包羅天地。我將這吹火筒却離了香積〔四〕，我泄天機故臨凡世。

【醉春風】又不曾禮經懺法堂中，俺則是打勤勞山寺裏。則爲你上謾天子下欺臣，（帶云）你道我痴，我道你奸。『縛虎則易，縱虎則難。』太師，這言語單道着你！你！休笑我噥，我乾净如你！你問我緣由，我對你説破，看怎生支對！

（云）有甚不知你來意？

【迎仙客】你來意我理會得，你未説我先知。知你個怕心也。你那夢境惡，故來動俺山寺裏，祝神祇，禮懺會。休只管央及俺菩提，道不得念彼觀音力。

（等太師云了）

【石榴花】太師一一問真實，你聽我説因依。當時不信大賢妻，他曾苦苦地勸你，你豈不自知？東窗下不解西來意，我葫蘆提你無支持。子爲你奸滑狡佞將心昧，你但舉意我早先知。

【鬥鵪鶉】知你結勾他邦，可甚於家爲國？咱人事要尋想，免勞後悔〔五〕。豈不聞湛湛青天不可欺！據着你這所爲，來這裏唬鬼瞞神，做的個藏頭露尾。

（云）太師，你〔六〕休笑這火筒。

【紅綉鞋】他本是個君子人，則待挾權倚勢，吹一吹，登時交人烟滅灰飛。則爲他節外生枝，交人落便宜。爲甚不厨中放，常向我手中携？這其間不是我掌握着呵，（唱）敢起烟塵傾了社稷。

【十二月】笑你個朝中宰職，只管裹懊惱闍梨。我這裏明明取出，他那裏暗暗掂提。不是風和尚直恁爲嘴，也强如乾吃了堂食。

【堯民歌】你好坐兒不覺立兒飢〔七〕，這的是兩頭白麵做來的。我重吃了兩個莫驚疑，你屈壞了三人待推誰？普天下明知，明知，其中造化機。百姓每恰似酸諂一般，都一肚皮衠包着氣！

【滿庭芳】你則待亡國破家，你幾曾奪旗扯鼓，厮殺相持？將别人邊塞功翻成罪，你子會改是爲非。有神方難除你病疾，無妙藥將我難醫。你將那英雄輩，都向剛刀下做鬼，雲陽内血沾衣。

【快活三】則爲你非來我這風越起，風過處日光輝。子爲你拿了雲握住雨不淋漓，便下雨呵，則是替岳飛天垂泪！

【鮑老兒】替頭兒看看攢到你，那裏怕犯法没頭罪？我不念經强如人咒駡你，你仔細參詳八句詩中意。你心我知，一言既出，駟馬難追。

（詩曰）久聞丞相理乾坤，占斷官中第一人。都領群臣朝帝闕〔八〕，堂中欽伏老勛臣。有謀解使蠻夷退，塞閉奸邪禁衛寧。賢相一心忠報國，路上行人説太平。（云）俺這裏景致好。

【耍孩兒】這靈隱寺〔九〕嵯峨秀麗山叠翠，這瀑布〔一〇〕嵐光水碧，這山千層萬壑似屏幃〔一一〕，這玉湖清皓蕩盡蘇堤。青山只會磨今古，緑水何曾洗是非！枉了〔一二〕你修福利，送的交人亡家破，瓦解星飛。

【三煞】岳飛定家邦功已休，秦檜反朝廷事已知。你兩家冤仇有似檐間水。則爲奸讒〔一三〕宰相千般狠，送了慷慨將軍八面威。你所事違天理。休言神明不報，只争來早來遲。

【二煞】你看看業貫滿，簌簌[一四]死限催，那三人等候在陰司内。這話是金風未動蟬先覺，暗送無常死不知。那時你歸泉世，索受他十惡罪犯，休想打的出六道輪迴！

【收尾】便似啞謎般説與你猜，你索似悶弓兒[一五]心上疑。有一日東窗事犯知我來意，子怕你手搠着胸脯恁時節悔！

（下）

校勘記

〔一〕損人自損自己身：原本作『損人自損自身己』，最後二字誤倒，今改。他本失校。

〔二〕子爲：原本『爲』字，形誤爲『与』，今改。

〔三〕挎着個：原本『挎』字音假爲『胯』，今改。

〔四〕離了香積：原本『積』字下，誤衍一『唱』字。各本删，從改。

〔五〕後悔：原本『悔』字，音假爲『晦』，今改。

〔六〕你：原本省書作『尔』，今改。

〔七〕坐兒不覺立兒飢：原本兩『兒』字，均音假爲『而』，依隋本改。

〔八〕朝帝闕：原本『闕』字，音假爲『缺』，今改。

〔九〕這靈隱寺：原本『這靈隱』三字空缺，依下句語例補。

〔一〇〕這瀑布：原本『這』字後涉下文『玉湖』，誤衍一『湖』字，今删。

〔一一〕千層萬壑似屏幃：原本『壑』字殘迹可辨；『似屏』二字全缺；『幃』字殘存下半。依《與衆曲譜》補。

〔一二〕枉了：原本『枉』字空缺，依盧本補。

〔一三〕奸讒：原本『讒』字，形誤爲『纔』，今改。

〔一四〕簌簌：原本音假爲『漱漱』，今改。徐本誤作『漸漸』。

〔一五〕悶弓兒：原本『弓』字，由草體形誤爲『事』，今改。各本失校。《連環記》第二折【梁州第七】曲：『恰便似悶弓兒在心下熬煎。』可證。

楔子

（正末扮虞候上，云）自家姓何，何宗立的便是。秦太師鈞命，交西山靈隱寺勾捉呆行者去。誰想不見，唯留紙一張，上有八句詩，須索交太師看。（做見太師）（等太師看詩科）（詩曰）弃了袈裟別了參〔一〕，不來塵世住心庵。二時齋粥無心戀，薄利虚名不意貪。性似白雲離嶺岫〔二〕，心如孤月下寒潭。丞相問我歸何處？家住東南第一山。（云）秦太師鈞旨，交往東南第一山勾捉呆行者葉守一，須索走遭去。（閃下）（等賣卦先生上，云住）（末便上，云）遠遠地見一個賣卦先生，第一問東南山去路，第二買一卦則個。（等賣卦先生云了，下）（做望了，拜）

【仙呂賞花時】這六爻内特將禍福看，指引迷人八卦間。（等牧童吹笛科）（做聽住）子聽的笛聲韵悠殘。這其間天昏日晚，直引鬼門關。（閃下）（等地藏王上，云了）（做見了科）（云）我那裏不尋你？却在這裏。秦太師鈞旨有勾！

【幺篇】兀底明寫東南第一山，（等押秦太師帶枷上，云了）則見鬼使牛頭慘霧間〔三〕。見太師閣着淚訴艱難，交傳示夫人，子説道東窗事犯。大古是人馬報平安。

（下）

校勘記

〔一〕弃了袈裟别了參：原本『袈』字，省借爲『加』，今改。

〔二〕嶺岫：原本『嶺』字，音假爲『領』，今改。

〔三〕鬼使：原本『使』字，省爲『吏』，今改。

第三折

（等駕上，云住，睡了）（門神上了）（正末扮岳飛魂子引二將上〔一〕，開）某三人自秦檜屈壞了，俺陽壽未終，奉天佛牒，玉帝敕，東嶽聖帝教〔二〕，來高宗太上皇托夢去。

【越調鬥鵪鶉】〔三〕但行處怨霧凄迷，悲風亂吼。恰離枉死城中，早轉到陰山背後。不能青史内標名〔四〕，子落的剛刀下斬首。每日秦不管，魏不收。送的俺酩子裏遭誅，更怕我葫蘆罷手〔五〕。

【紫花兒序】三魂兒瀟瀟灑灑，七魄兒怨怨哀哀，一靈兒蕩蕩悠悠。俺不是降災邪祟，俺是出力公侯。你問緣由，我對聖主明言剮骨仇。俺說的并無虛謬，謝上聖將這屈死冤魂，放入這鳳閣龍樓。

【小桃紅】躬身叉手緊低頭，又不敢把龍床扣，拜舞山呼痛僝僽。見官裏猛抬頭〔六〕，驚回御寢把天顏奏，燈影下誠惶頓首〔七〕。臣說着傷心感舊，尚古自眉鎖廟堂愁。

【鬼三臺】臣在生時多生受，馳甲冑，做先鋒帥首，向沙塞，擁貔貅。臣說着呵自羞，想微臣挾人捉將一旦休，子落的披枷帶鎖遭重囚。臣想統三軍永遠長春，不想半路裏拔着短籌。

【紫花兒序】臣性命不若如花梢滴露，風裏楊花，水上浮漚。臣統三軍捨命，與四國王做敵頭，將四京九府平收。不想臣扶侍君王不到頭〔八〕，提起來雨泪交流。想微臣蓋世功名，到今日一筆都勾。

（云）臣等三人每，曾與國家出氣力來。

【金蕉葉】臣捨性命沙場上戰鬥，臣出氣力軍前陣後，剗地撇俺在三闊裏不偢，臣意社稷江山宇宙〔九〕。

【調笑令】陛下索趁逐，替微臣報冤仇。臣須是一日無常萬事休。不能够懸牌掛印將君恩受，子落的絣扒吊拷百事有。早難道臣宰千秋〔一〇〕！

【禿廝兒】臣望寫皇閣千年不朽〔一一〕，標青史萬代名留。臣做了個充飢畫餅風內燭。這冤仇，這冤仇，怎肯干休！

【聖藥王】臣這勾頭〔一二〕，又不曾寫犯由，也合三思然後再追求。臣海外收伏了四百州，將凌烟閣番做報官囚〔一三〕。久以後，再誰想分破帝王憂！

【絡絲娘】臣捨性命出氣力請粗糧將邊庭鎮守，秦檜没功勞請俸禄〔一四〕乾吃了堂食御酒。他待將咱宋室江山一筆勾，好金帛和大金家結勾。

【綿搭絮】臣趁着悲風淅淅，怨氣哀哀，天公不管，地府難收。相伴着野草閑花滿地愁〔一五〕，不能够敕賜封官萬户侯。想世事悠悠，嘆英雄逐水流。

【拙魯速】臣將抽頭不抽頭，向殺人處便攢頭。秦檜安排釣鈎，正着他機彀，怎生收救？臣當初只見食不見鈎。

【幺篇】想微臣志未酬，除秦檜一命休。陛下逼逐，記在心頭。將這緣由〔一六〕，苦苦遺留，明明説透。把那禽獸，剮割肌肉，號令簽頭，豁不盡心上憂。

【收尾】忠臣難出賊臣彀，陛下宣的文武公卿講究。用刀斧將秦檜市曹中誅，唤俺這屈死冤魂奠盞酒！

校勘記

〔一〕正末扮岳飛魂子引二將上：原本無『岳飛』二字；又『子』字誤作『了』，今校補。

〔二〕奉天佛牒，玉帝敕，東嶽聖帝教：『牒』『敕』『教』三字義近。各本皆以『教』字屬下讀，失。

〔三〕鬥鵪鶉：原本脱曲牌名，今補。

〔四〕不能青史内標名：原本脱『名』字，今補。

〔五〕葫蘆罷手：徐本補作『葫蘆提罷手』。按：【鬥鵪鶉】末句僅四字，可不補。

〔六〕猛抬頭：原本『抬』字，形誤爲『檯』，今改。

〔七〕誠惶頓首：原本『惶』字，音假爲『隍』，今改。

〔八〕不想臣扶侍君王不到頭：原本『想』字，省借爲『相』；『侍』字，形誤爲『待』，今改。

〔九〕臣意社稷江山宇宙：『意』字待校，徐本改作『競』，似仍未確。

〔一〇〕臣宰千秋：原本『衆臣千秋』，鄭本云：『此句末三句應作仄平平，若無宰字則是一連三個平聲字矣。「臣宰千秋」語見《西蜀夢》第四折。』鄭説是，從改。

〔一一〕臣望寫皇閣千年不朽：元刊本每遇皇家字樣，輒諱作『〇』。此句『千年』後誤衍一諱文符號，今删。『皇閣』，即『皇家麒麟閣』之省。徐本改作『黄閣』，不取。

〔一二〕勾頭：拘捕犯人之文書。原本『勾』字，形誤爲『万』，依徐本改。

〔一三〕報官囚：原本『報』字，音假爲『抱』，今改。

〔一四〕請俸禄：原本脱『禄』字，今補。

〔一五〕野草閑花滿地愁：原本『野』字，音假爲『也』；『滿』字，音假爲『瞞』，今改。

〔一六〕將這緣由：依律，本曲此句須四字。原本無『這』字，依鄭本補。

第四折

（正末扮何宗立上〔一〕，開）自太師差自家東南第一山勾呆行者葉守一去，不想去偌多時節。

【正宮端正好】奉鈞命陷在酆都〔二〕，别妻子離了鄉郡。則我便是個了事公人，鬼窟籠〔三〕裏衣飯也能尋趁，一去二十載無音信。

【滚綉球】去時節未四旬，回來經幾春？不覺染秋霜兩鬢，轉回頭高塚麒麟。改换的日月别，重安的社稷穩。嗨！一應舊功臣老盡〔四〕，今日另巍巍别是個乾坤。果然道長江後浪催前浪，今日立起新君换舊君，歲月如奔！

【呆古朵】玉階前聖主將臣來問，聽臣説太師元因。當日做好事回來，路逢着一人。施全心膽大將他壞，秦檜福氣大難侵近。本向靈隱寺祭福星，不想到宅上惹禍根。

【倘秀才】太師頓然省，將詩句議論。道這個呆行者，好言而有準；道那八個字，自包天地自殺身。因此上，差臣爲公吏，勾唤那僧人。因此上事緊。

【滚綉球】想着秦太師情性狠，不由何宗立去心緊。正行裏起撼天關大風一陣，無片時間早颩的地慘天昏。那風出山捲怪塵，那風入山推敗雲。險颩的那太華山一時崩損，颩的崑崙山希力力難以影身〔五〕。那風颩的六朝老樹和根倒，萬里長江惡浪奔〔六〕。進退無門。

【倘秀才】又無近古道踈籬遠村〔七〕，見一個卦先兒深山潛隱〔八〕，他和那野草閑花作近鄰。要知山下路，須問往來人〔九〕。□□□□〔一〇〕。

（云）微臣向前問那先生，那先生道：『你休問我！』

【叨叨令】恰問罷，早駕祥雲瑞靄乘着風信〔一一〕，見一個牧童牛背笛聲韵〔一二〕。我將那東南山去路將他問，他指一指靈隱寺行者分明近〔一三〕。早去了也末哥〔一四〕，早去了也末哥，向前來扯住禪師問。

（云）微臣扯住他道〔一五〕：『太師鈞命有勾！』那和尚道：『不索你勾我，秦太師已在這裏〔一六〕。怕你不信，交你看咱！』

【倘秀才】恰道罷見太師枷鎖在身〔一七〕，并無那玉女金童接引，則有一簇牛頭鬼使狠〔一八〕。交秦檜，見微臣〔一九〕，普碌碌推出獄門。

【滚綉球】太師道〔二〇〕從見了呆行者西山裏作下文〔二一〕，不想東窗下事犯緊。道他則爲謾君王幹家緣興心規運〔二二〕，子爲他虐黎民〔二三〕好金帛前後絶倫。他不合倉廒中盜了糧〔二四〕，府庫中偷了銀；狠毒心一千般不依本分，更罷軍權屈殺了閫外將軍〔二五〕。當初禍臨岳飛今日灾臨己，抵多少遠在兒孫近在身，唬鬼謾神〔二六〕！

【倘秀才】夫人聽説了陰司下因，早不覺腮邊泪痕，古自想一夜夫妻百夜恩。説的夫人銜愁悶，爲太師受辛勤。要見太師呵，則除是關山勞夢魂〔二七〕。

【滚綉球】那陰司刑法别，比陽間官府狠。不想他苦懨懨痛遭危困，子因笑吟吟陷平人洗垢尋痕。磣可可〔二八〕皮肉開，血瀝瀝〔二九〕骨肉分，痛殺殺怎挨那三推六問？監押都是惡鬼獰神。要脱太師千般凌虐苦〔三〇〕，則除你一上青山便化身，顯夫人九烈三貞〔三一〕。

【二煞】岳飛道秦檜不肯學漢蕭何追韓信，至潭溪賁發的交職掛三齊印〔三二〕；道陛下自離京兆泥馬走，似高祖滎陽〔三三〕一跳身。枉了他子父每，捨死忘生，苦征惡戰，扯鼓奪旗，捉將挾人，漾人頭厮摔〔三四〕，噙熱血相噴。虧煞他枕盔腮印月，卧甲地生鱗！

【煞尾】〔三五〕投至奏的九重禁闕君王准，交燒與掌惡酆都地藏神。屈殺了岳飛、岳雲、張憲三人，已上升三個全身。將秦檜賊臣不須論〔三六〕，想他誆上欺君，苦虐黎民〔三七〕，近有東嶽靈文，交替了陳壽千年無字碑〔三八〕，古自證不的本！

【後庭花】見一日十三次金字牌，差天臣將宣命開，宣微臣火速臨京闕，以此上無明夜離了寨栅〔三九〕。馳驛馬踐塵埃，渡過〔四〇〕長江一派。臣到朝中怎挣揣？想秦檜無剅劃〔四一〕，送微臣大理寺問罪責。將反朝廷名字〔四二〕揣，屈英雄泪滿腮。臣争戰了十數載，將功勞翻成罪責。

【柳葉兒】今日都撇在九霄雲外〔四三〕，不能够位三公日轉千階。將秦檜三宗九族家族壞，每家寃仇〔四四〕大，將秦檜剖棺槨〔四五〕剉尸骸，恁的呵恩和仇報的明白〔四六〕。

（等地藏王隊子上）（斷出了）

題目　岳樞密爲宋國除患
　　　秦太師暗結勾反間
正名　何宗立勾西山行者
　　　地藏王證東窗事犯

地藏王證東窗事犯終

校勘記

〔一〕正末扮何宗立上：原本脱『宗』字，今補。

〔二〕奉鈞命陷在酆都：原本『奉』字，形誤爲『秦』；『酆』字，省借爲『豐』，今改。

〔三〕鬼窟籠：原本『窟』字，誤省爲『屈』，今改。

〔四〕嗨！一應舊功臣老盡：原本『嗨』字，誤省爲『每』；又脱『一』字，今改。各本失校。

〔五〕颩的崑崙山希力力難以影身：原本『颩的崑』三字空缺；『山』字原無；『身』字原脱，依徐本補。

〔六〕萬里長江怪浪奔：原本『怪浪奔』三字空缺，依盧本補。

〔七〕又無近古道踈籬遠村：原本『近』字，音假爲『侵』，今改。各本失校。

〔八〕見一個卦先兒深山潛隱：原本『先兒深山潛』五字空缺，今補。按：元代稱醫卜星相之流多曰『先兒』，即先生。

〔九〕要知山下路，須問往來人：原本『人』字空缺，依盧本補。

〔一〇〕□□□□：原本空四字。依律，【倘秀才】末句當爲二字。

〔一一〕早駕祥雲瑞藹乘着風信：原本『駕』字空缺，今補。

〔一二〕見一個牧童牛背笛聲韵：原本『見』字殘存上半，『一個牧童牛背』六字空缺。依本劇楔子二『牧童吹笛科』關目補。

〔一三〕他指一指靈隱寺行者分明近：原本『一』字以下九字均空缺，姑依徐本補。

〔一四〕早去了也末哥：原本『早』字空缺，今補。

〔一五〕微臣扯住他道：原本僅『道』字殘存下半，其餘五字均空缺，依上曲【叨叨令】末句語意補。

〔一六〕秦太師已在這裏：原本七字空缺，姑補。

〔一七〕見太師枷鎖在身：原本『見』字殘存上半，『太師枷鎖』四字均空缺，姑依劇情補。

〔一八〕牛頭鬼使狠：原本『使』字，誤省爲『吏』，今改。元曲中稱小鬼多曰『鬼使』。《小張居》第二折【寨兒令】曲『則見聖像嚴惡，鬼使嘍囉』，可證。

〔一九〕交秦檜，見微臣：原本『檜』『見』二字空缺，今補。

〔二〇〕太師道：原本『道』字，形誤爲『追』，今改。

〔二一〕從見了呆行者西山裏作下文：原本『行者』二字空缺；又『西』字殘存下部，今改。

〔二二〕則爲謾君王幹家緣興心規運：原本『爲』字，由俗體『为』形誤爲『与』，今改。又，『緣興』二字空缺，依徐本補。

〔二三〕虐黎民：原本『虐』字，形誤爲『虚』，今改。

〔二四〕倉厫中盜了糧：原本『盜』酡殘存上半；『了』字空缺；『糧』字存下半，依下句『偷了銀』語式補。

〔二五〕更罷軍權屈殺了閫外將軍：原本『罷』字，音假爲『霸』；『閫』字空缺，今校補。

〔二六〕唬鬼謾神：原本『鬼』字，誤諱爲『〇』，今改。

〔二七〕關山勞夢魂：原本『勞』字，誤作『靠』。此處用秦觀《鷓鴣天》詞『千里關山勞夢魂』句，據改。

〔二八〕磣可可：原本『磣』字，省借爲『參』，今改。

〔二九〕血瀝瀝：原本『瀝瀝』，音假爲『力力』，今改。

〔三〇〕要脱太師千般凌虐苦：原本無『要』字；『脱』字，形誤爲『説』；『虐苦』二字，形誤爲『雪若』，參鄭、徐二本校改。

〔三一〕九烈三貞：原本『貞』字，音假爲『真』，今改。

〔三二〕職掛三齊印：原本『掛』字，音假爲『卦』，今改。

〔三三〕滎陽：原本『滎』字，形誤爲『榮』，今改。

〔三四〕漾人頭廝摔：原本『摔』字，俗寫作『揬』。仿刻本誤改爲『滚』，各本沿誤，今正。

〔三五〕煞尾：原本省題作『尾』，今改。

〔三六〕將秦檜賊臣不須論：原本『將』字下，涉上文誤衍兩『身』字，今删。

〔三七〕苦虐黎民：原本『苦』字，形誤爲『若』，今改。

〔三八〕交替了陳壽千年無字碑：『交替』，職務的接替、交代。《水滸傳》第八回：『差撥領了林冲，單身房裏取了行李，來天王堂交替。』『陳壽』當爲『承受』之音假，陳壽歷代無惡評，此處當不指其人。

〔三九〕寨柵：原本『柵』字，省借爲『册』，今改。

〔四〇〕渡過：原本『渡』字，音假爲『度』，今改。

〔四一〕剗劃：原本『剗』字，省借爲『百』，今改。

〔四二〕名字：原本『字』字上半殘，今改。鄭本改作『分』，與原本字形不類。

〔四三〕九霄雲外：原本『雲』字下半殘，今補。

〔四四〕冤仇：原本『冤』字殘存下部，今改。

〔四五〕棺槨：原本『槨』字，省借爲『郭』，今改。

〔四六〕明白：原本『明』字空缺；『白』字殘迹可識，今改。

承明殿霍光鬼諫

楊梓撰

簡要説明

《承明殿霍光鬼諫》，楊梓撰。原題『古杭新刊關目霍光鬼諫』。《太和正音譜》《元曲選目》《今樂考證》《曲録》并録本劇劇目。各本皆署無名氏，今依姚桐壽《樂郊私語》，繫楊梓名下。

第一折，漢昭帝死後，大司馬霍光立昌邑王爲君。未及一月，新君造下一千餘樁大罪。霍光廢之，另立宣帝。宣帝加封霍光二子霍山、霍禹官職。霍光力加勸阻，不從，去五南采訪。

第二折，霍光走後，二子把妹妹霍成獻給宣帝爲后。霍光回來後，怒打二子，并勸宣帝將霍后打入冷宫。宣帝不從。

第三折，霍光氣惱成病，自知不起，向二子和女兒分别遺言。宣帝趕來探視，霍光知二子久後必反，向宣帝告求一紙赦書，免得死後受到牽連。

第四折，霍光死後，二子果反，霍光鬼魂趕在政變前向宣帝托夢告發，霍氏全家被誅。最後，以皇帝墓祭霍光作結。

本劇校本，今有盧、隋、鄭、徐四種，一并用以入校。

第一折

（昌邑王上，開了）（外云了）（外上，諫不從了）（等外出了）（正末秉扮霍光帶劍上〔一〕，開）老夫霍光，官拜大司馬。昭帝駕崩，昌邑王即位。文官尚書楊敞〔二〕，武官老夫，俺二人扶立着他。老夫因病，數日不朝，聽的道昌邑王爲君，未及一月，造下一千一百二十七樁大罪。朝治官人每道，當初扶立他，不干別人事，都是霍光那老子。嗨！交老夫怎主呵！暗想高祖創立起偌大漢朝天下也，非同小可呵！

【仙吕點絳唇】策立懷王，遣差劉項，驅兵將。西楚秦邦，都有豪氣三千丈。

【混江龍】得其民望，沛公戈戟入咸陽。子嬰受降於軹道，霸王自刎在烏江。滅楚亡秦劉社稷，虧殺創業開基漢高皇。後□□□□□，□□□□□，每日價〔三〕簫韶隊裏，絃管聲中，歌喉宛轉，□□□□，□□□□，□□龍袍。尚古自醉醺醺終日如泥樣。子聽的調絃品竹，甚的是論道經邦。（云）來到朝門外，子怕撞着楊敞，不如子從後宰門入去。（楊敞撞見了，云了）（云）尚書諫不從，放心！老夫進諫去。

【油葫蘆】終日醄醄入醉鄉，這其間敢歸洞房？呀！可早高燒銀燭照紅粧！子聽的鬧垓垓歌舞人來往，韵悠悠羌管聲嘹亮。此日憂太康，我待諫昌邑王，可敢闌珊〔四〕了竹葉尊前唱，回心待修國政理朝綱。

【天下樂】剗地爛醉佳人錦瑟旁？我過得蕭墻，我待朝帝王。不聽的古剌剌静鞭三下響，不見文官每列在左壁〔五〕，武官每列在右廂，尚古自列金釵十二行。

（見昌邑王了）（云了）殿下知罪麽？（昌邑王云了）〔六〕（云）爲君未及一月，造下罪一千一百二十七椿，殿下猶不知〔七〕！

【那吒令】陛下！道你污濫如寵西施吴王，好色如奸無祥楚王，亂宫如寵妲己紂王。對着衆宰臣，諸卿相，咱則是好好商量。

【鵲踏枝】似這般壞家邦，損忠良，疾忙分付江山，遞納龍床。到如今四方，軍民都贊揚，他德過如堯舜禹湯〔八〕。

【寄生草】他聽得仁風盛，帝業昌。孝昭帝先向山陵葬，昌邑王不識朝廷相〔九〕。現如今新天子守取蟠龍亢〔一〇〕。這的是前人田土後人收，可正是長江後浪催前浪。

（等昌邑王云了）

【六幺序】倒把我迎頭阻，劈面搶〔一一〕，到咱行，數黑論黄。賣弄他血氣方剛，武藝高强。我覷的小可尋常，不由人豪氣三千丈。登時交你禍起蕭墻，不問五步間，敢血濺金階上。休那裏俄延歲月，打挨時光。

【幺篇】應昂，行唐，走奔龍床，扯住衣裳，子就這金鑾殿上，咱兩個併一場〔一二〕！我見他言語慌忙，手脚張狂〔一三〕，事急也却索着忙。俺英雄犯了無遮擋〔一四〕，豈不聞專諸能刺吴王！今日咱君臣義分無承望，你待仿驪姬亂晋，俺難學伊尹扶湯。

（云）尚書，昌邑王無道，咱兩個領文武百官〔一五〕，擺整付鑾駕〔一六〕，請新君去來！（做迎駕上了，云）昌邑王無道，不堪爲宗廟之主。今日别立新君，咱文武兩班，一齊呼噪者〔一七〕。（一行云了）（云）昌邑王，新君聖旨〔一八〕，免你死罪，封爲海昏侯〔一九〕。出朝去者！（昌邑王云了）（駕封官了）（云）老臣情願致仕閑居。（駕云）〔二〇〕（宣二净了，封官了）（云）陛下，這兩個逆子，封許大官職！據二人〔二一〕頂門胎髮猶存。

【後庭花】怎消得把千鍾禄位享，將萬民財物誆〔二二〕，把二品皇宣受，將三臺銀印掌。他那裏會理朝綱？據這厮每村沙莽撞，念不的書兩行，開不的弓一張，便朝爲田舍郎〔二三〕，暮登天子堂！

【青哥兒】他怎做的朝中、朝中宰相，杜了失其、失其民望。諒這厮生長在細米乾柴不漏房，便賜與紫綬金章，羽旄旄幢。交端坐都堂，輔佐吾皇，判斷朝綱，整治家邦。我子怕差錯陰陽，激惱穹蒼，天降灾殃，六月飛霜，旱殺了農桑，水渰了田莊，四境饑荒，萬姓逃亡。覷着他狠似豺狼，蠢似猪羊，眼嵌縮腮模樣〔二四〕，面黄肌瘦形相，爺飯娘羹嬌養，夫貴妻榮休望。教猾奸折倍光〔二五〕，是無梳船没底筐。我王待遠法商湯，臣伏戎羌，郊拱平章；采納賢良〔二六〕，選用忠良，行止端方，才智非常，論道經邦，展土開疆〔二七〕；交萬國伏降，萬民安康，萬壽無疆，萬世稱揚〔二八〕。似這等油煤猢猻〔二九〕般性輕狂，他怎〔三〇〕圖畫作麒麟像！

（駕云了）（云）老臣〔三一〕就今日辭了我主，向五南采訪〔三二〕，走一遭去。

【賺煞尾】帝登基，天垂像。子今日天晴日朗，舜日堯年應上蒼。頭直上〔三三〕罩紫霧紅光，齊下五雲鄉。他寂寞索向秋江，耳聽的〔三四〕撼宇宙春雷應天響。一個登基在建章〔三五〕，一個潛身在海上，這的是真龍出世假龍藏！

（下）（駕云了，下）

校勘記

〔一〕正末秉扮霍光帶劍上：原本『秉』字，形誤爲『重』，今改。『秉扮』，即作『披袍秉笏』之扮相。各本失校，徐本删『重』字，亦誤。

〔二〕楊敞：原本『楊』字，誤作『揚』，今改。以下不再出校。

〔三〕每日價：原本『每』字殘迹可辨，今補。徐本補作『鎮』字，似非。

〔四〕闌珊：原本『珊』字，誤省爲『册』，今改。

〔五〕左壁：原本『壁』字，音假爲『比』，今改。

〔六〕昌邑王云了：原本脱『昌』字，今補。

〔七〕猶不知：原本『猶』字，音假爲『由』，今改。

〔八〕他德過如堯舜禹湯：原本『德』字，音假爲『得』；又，『堯舜禹湯』，原作『禹舜堯湯』，今改。

〔九〕朝廷相：原本無『廷』字，依徐本補。

〔一〇〕現如今新天子守取蟠龍亢：原本『現』字，省借爲『見』；『蟠』字略有殘損，今改。鄭本改『亢』爲『炕』，失。

〔一一〕劈面搶：原本『劈』字，音假爲『僻』，今改。

〔一二〕咱兩個併一場：原本脱『併』字，據《北詞廣正譜》補。

〔一三〕手脚張狂：原本『張』字，音假爲『獐』，今改。

〔一四〕俺英雄犯了無遮擋：原本無『犯了無』三字，據《北詞廣正譜》補。

〔一五〕領文武百官：原本『領』字，誤作『别』，依徐本改。

〔一六〕整付鑾駕：原本『付』字，形誤爲『仗』，今改。鄭本改作『張』，非。

〔一七〕一齊呼噪者：『呼噪』，歡呼萬歲。原本『噪』字右半可辨，今補。鄭本補作『萬歲』，非。脉鈔本《舉案齊眉》第四折正旦云：『聖主萬歲萬歲萬萬歲。』接唱【雁兒落】曲云：『我這裏頓首忙呼噪。』可見其意。又，《周公攝政》第二折【普天樂】曲：『百官每聽處分一齊的忙呼噪。』皆可證。

〔一八〕新君聖旨：原本『聖旨』二字，諱作『○○』，今改。

〔一九〕封爲海昏侯：原本脱『海昏』二字。據《漢書·武五子昌邑王傳》補。又『侯』字，當由古體『矦』形誤爲『疾』，并改。按：《陽春白雪》補集盧疎齋【殿前歡】小令：『歌疾邊笑語中，秋波送。』『歌疾』，當爲『歌喉』之誤。

〔二〇〕駕云：原本『云』字，形誤爲『上』，今改。

〔二一〕二人：指霍山、霍禹。原本『二』字，形誤爲『一』，今改。

〔二二〕將萬民財物誆：原本『誆』字，省借爲『匡』，今改。

〔二三〕朝爲田舍郎：原本『爲』字脱，今補。

〔二四〕眼嵌縮腮模樣：原本『嵌』字，當省形爲『欿』，形誤爲『欺』；『腮』字，形誤爲『緦』，今改。『嵌』之本字或當作『賺』。《説文》：『賺，目陷也。从目，咸聲。』段注：『苦夾切。』惟民間寫本多非本字。《佛本行集經》卷四十九：『眼目欠陷，如井底星。』元曲中則多作『嵌』。《獨角牛》第二折白：『你這般面黄肌瘦，眼嵌縮腮。』可證。

〔二五〕教猾奸折倍光：原本『猾』字，音假爲『骨』；『倍』，即『賠』之俗寫；『光』字，原寫作『桄』，今改。

全句意謂讓奸滑的人賠個精光。徐本校補作『教揩奸折倰休慌』，誤。

〔二六〕采納賢護：原本『納』字，音假爲『臘』，今改。鄭本改作『獵』，非。

〔二七〕展土開疆：原本『展』字，形誤爲『辰』，今改。

〔二八〕萬世稱揚：原本『稱』字，形誤爲『秤』，今改。

〔二九〕油煠猢猻：原本『猢』字，音假爲『猾』，今改。

〔三〇〕他怎：原本『他』字前誤衍一『唱』字，依隋本删。

〔三一〕老臣：原本『老』字，音假爲『僚』，今改。按：《中原音韻》中『潦』『獠』諸字，均與『老』字同音爲一空，故得相假。

〔三二〕向五南采訪：原本脱『五』字，據本劇第二折『五南采訪』語補。

〔三三〕頭直上：原本『上』字，形誤爲『土』，今改。

〔三四〕耳聽的：原本『耳』字，形誤爲『年』，今改。徐本改作『子』，不取。

〔三五〕建章：原本『建』字，形誤爲『廷』，依隋本改。

第二折

（二净上，開往）（卜兒云了）（二净見了，下）（駕一行上，開往）（二净上，獻小旦了）〔一〕（卜兒上，再云，下）

（正末騎竹馬上，開）奉官裏聖旨，差老夫五南采訪，巡行一遭，又早是半年光景。今日到家，多大來喜悦。

【中吕粉蝶兒】　羸馬長鞭，路迢遞豈辭勞倦，行殺人也客况凄然。與皇家，出氣力，使殺我也死而無怨。這一場開解民冤，喜還家稱心滿願。

【醉春風】　行到二十程，路迭三四千〔二〕。向五南行到半年來，不似這途遠！遠〔三〕！想着依門山妻，夢中兒子，眼前活現。

（提到家科）〔四〕左右，接了馬者。（卜兒接住了，云了）

【紅綉鞋】　拂綽了塵埃滿面，喜的咱夫妻團圓。在家時孩兒每行受了些熬煎。雖然咱有些俸禄，有些公田，想着這窮家私難過遣。

（云）我沿路想着兩個，怎生不來見我？（卜兒云了）（云）成君女孩兒，也不出綉房來見我？（卜兒云了）（氣倒科）

【剔銀燈】　幹身事别無甚麽拜見〔五〕？將一個親子妹向君王行托獻。大古裏是布衣走上黄金殿，子俺那漢官家可甚納士招賢？想當日岩墻下，渭水邊，和那乞食的淮陰少年。

【蔓菁菜】　偏不曾一跳身都榮顯！不曾獻親妹妹準財錢，擣换〔六〕些俸錢？一口氣不上來抵住喉咽〔七〕，氣的我手兒脚兒滴羞篤速戰。

（云）我子今日朝見天子〔八〕，就納諫去。（等駕上，開往）（外上，諫了）（正末使上，做與楊敞相見科）（云了）（云）尚書，與老夫唤那二賊出來咱。（二净出來，云了，下）

【石榴花】　我想與皇家出氣力二十年，我也曾居帥府掌軍權。今日向都堂出納着帝王宣，不付能得升遷〔九〕，做個官員。我也曾忘生捨死〔一〇〕沙場上戰，我也曾眠霜卧雪陣後軍前。想着我水磨鞭劈楞鐗〔一一〕雕翎箭，卸金甲博得個紫袍穿〔一二〕！

【鬥鵪鶉】打這厮油鬏髻上封官，粉鼻凹裏受宣。你是裙帶頭衣食，我是劍甲上俸錢。不打死今番豁不了冤！就這裏盼到半年。問甚末子父情腸，險失了君臣體面。

（做見駕了）（駕云了）

【上小樓】打這厮才低智淺，怎消的隨朝遷轉？他那裏會展土開疆，治國安邦，獻策呈言？量這厮，有什麽〔一三〕，高識遠見，怎消的就都堂户封八縣。

（駕云了）

【幺篇】倘或取受了百姓錢，違負了帝王宣，敢大膽欺壓良民，冒突天顔，惹罪招愆。久以後，市曹中遵着刑憲，我子怕又連累咱滿門良賤。

（云）乞陛下將此二賊打爲庶民，成君下於冷宫，聖鑒不錯。（駕云了，一行下）（楊敞云了）（云）官裏不從諫也！罷，罷，罷！

【耍孩兒】〔一四〕既君王聖怒難分辯〔一五〕，便是老性命滴溜在眼前。這場羞辱怎禁當，好交我低首無言。天顔盛怒〔一六〕難分解，惱犯着登時斬在目前！人皆勸〔一七〕，輕呵杖該一百，重呵流地三千。

【三煞】可知道摘星樓剖了比干，汨羅江渰殺屈原，姑蘇臺范蠡辭了勾踐。從來亂國皆無道，自古昏君不重賢。不把清濁辨。子怕吃人心盜跖〔一八〕，那裏〔一九〕敬有德行顔淵。

【二煞】我爲甚倦做官？我爲何不愛錢？子圖久後清名顯。我不求〔二〇〕金玉重重貴，可甚兒孫個個賢！稱不了平生願。你速離我眼底，休到我根前。

【收尾煞】便加做一品官，贜受取幾文錢。（楊敞云了）誰待倚唐丈楣勢[二二]威風顯！（外云了）我子怕仰闔女爲官分福淺[二三]！

（下）

校勘記

〔一〕二净上，獻小旦了：原本『獻』字可辯，仿刻本空缺，各本多失補。今徐本已補。

〔二〕路迭三四千：即路程近三四千。隋本改『迭』爲『途』，失，徐本沿誤。

〔三〕不似這途遠！遠：原本第一個『遠』字空缺，今補。

〔四〕提到家科：原本『提』字可辨，仿刻本空缺，各本多沿其誤。徐本已正。

〔五〕别無甚麽拜見：原本『無』字，由俗體『无』形誤爲『元』，今改。

〔六〕擣换：即搗换。隋本改作『轉换』，鄭、徐二本作『博换』，均失。

〔七〕一口氣不上來抵住喉咽：原本『上』字空缺；『抵』字，音假作『底』；『喉咽』二字誤倒，失韵，今改。

〔八〕朝見天子：原本『見』字，音假爲『現』，今改。

〔九〕不付能得升遷：原本『得』字，音假爲『的』；又，『升』字殘存下半，今改。

〔一〇〕忘生捨死：原本『忘』字，音假爲『亡』，今改。

〔一一〕劈楞鐗：原本『劈』字，音假爲『皮』，『鐗』，音假爲『簡』，今改。

〔一二〕博得個紫袍穿：原本『博』字，形誤爲『搏』，今改。

〔一三〕什麽：原本作『是末』，今改。

〔一四〕要孩兒：原本題作『要孩兒帶四煞』，今改。

〔一五〕難分辯：原本『辯』字，形誤爲『辨』，今改。

〔一六〕天顔盛怒：原本『顔』字，音假爲『言』；『盛』字，音假爲『聖』，依徐本改。

〔一七〕人皆勸：原本『勸』字，音假爲『倦』，今改。各本失校。

〔一八〕盗跖：原本『跖』字，形誤爲『跋』，今改。

〔一九〕那裏：原本『那』字，形誤爲『邦』，今改。

〔二〇〕不求：原本『求』字，形誤爲『衣』，今改。

〔二一〕唐丈楣勢：『楣勢』，即門楣勢力。原本『楣』字，省借爲『眉』。隋本改作『有』，鄭本改作『局』，皆非。『楣勢』，爲元人常語。其見於元曲者，如脉鈔本《十探子大鬧延安府》第二折【端正好】曲：『我有這等凶徒惡黨可便憑楣勢，他可便往往的把忠良累。』又，《認金梳孤兒尋母》第三折净云：『我是勢要門楣之子，你將我拿了，可也與我一款罪過。』

〔二二〕仰閨女爲官分福淺：原本『仰』字，音假爲『養』，今改。各本失校。

第三折

（二净云了）（駕一折）（外開一折）（正末做抱病扶柱〔一〕，開）自從打了二賊，一卧二旬而不起。好是煩惱人咱〔二〕。從前許多功勞〔三〕，今日一筆都勾。（做長吁氣科）

【正宫端正好】於家謾劬勞，爲國空生受。自從立漢室扶監炎劉〔四〕，愁懷〔五〕不遂空低首。常子是泪濕征衣袖。

【滚綉球】我來的那日頭，染症候。都子爲辱家門禽獸，子我這潑殘生千則千休。將霍山纏住拘，將霍禹劈面毆〔六〕。喑着氣感得幾聲咳嗽，對夫人仔細遺留。都子爲辱家門豁不盡心頭氣，獻妹妹遮不了臉上羞。性命似水上浮漚。

（等二净上，做探病了）（云）孩兒，我年紀老〔七〕，子是兩脚疼痛。（二净掏腿了）

【倘秀才】匹配下鸞交鳳友〔八〕，博换得堂食御酒。您子是男兒得志秋。我早子歸地府，葬荒丘，是一個了休。

（小旦云了）（云）孩兒，我上天遠入地近也，有幾句遺留，聽我説與你。（等小旦云了）

【呆古朵】怕你老尊君早晚身亡後，交你個女孩兒聽我遺留。交官裏納士招賢，休交他迷花戀酒。恐怕賊子將忠臣譖，你索款慢去君王行奏。你子學立齊邦無鹽女〔九〕，休學那亂劉朝吕太后。

（等駕上，云住）（正末云）呀！臣該萬死！

【倘秀才】　臣披不的金章紫綬，剛道的個誠惶頓首，臣講不的舞蹈揚塵三叩頭。　感陛下特憐念，舊公侯，親自來問候。

（駕問了）（云）有幾椿事，陛下索從微臣奏咱！

【幺篇】〔一〇〕　陛下！　開赦書撒放罪囚，薄税歛〔一一〕　存恤户口，隨路州城把廟宇修。　誅不擇骨肉，賞不避仇讎，恩從上流。

【滚綉球】　陛下！　交軍衣襖旋旋關，軍糧食日日有。　便使殺他也不辭生受，敢捨性命在劍戟戈矛〔一二〕。　不争咱糧又催税又催，那其間敢穀不收麥不熟〔一三〕，枉併的他一家家〔一四〕　逃走，豈不怕笞杖徒流！　陛下開倉賑濟窮百姓，敢不自然樂業安家不趁求。　子這的是治國元由。

（一行上，告駕住）（云）陛下！　這兩個賤子，久後必然造反！　告一紙獨角赦書，赦了老臣之罪咱。（駕云了）

【倘秀才】　臣子怕連累了霍光老幼，這厮每必反啗劉朝宇宙。　這的是未來事微臣早參透，幾句話，記在心頭，休交落後。

【滚綉球】　這兩個吃劍頭，久以後，死得來不如猪狗。　臣子怕連累着三尺荒丘。　不争您剖棺槨，戮尸首。　這一紙獨角赦，把老臣搭救，我便一似護身符懷内牢收。　不争剖開亡父新丘塚，不交人唾罵微臣業骨頭，勛業都休！

（外云了）

【三煞】　飽諳世事慵開口〔一五〕，可怎伏侍君王不到頭〔一六〕！　子要你治國安邦，去邪歸正，納士招賢，立漢興劉。學取祖公公，豁達大度，海量寬洪，納諫如流。托賴上天眷佑，子要陛下，知文武重公侯。

【二煞】天呵！謾心昧己的增與陽壽〔一七〕，輪到我〔一八〕爲國於家拔着短籌，也是我前世前緣〔一九〕，自遣自受，染病耽疾，千則千休。子落的三魂杳杳，四體烘烘，七魄悠悠！好交我無言低首，泪不做泪珠流。

【收尾煞】雙手脉沉細難收救，一口氣不回來便是休。自料殘生決不久。旦暮微臣死之後，不望高原葬土丘，何必追齋枉生受，看誦經文念破口，休想亡靈免得憂。果必君王賜恩厚，思念微臣國政修。出殯威儀迎過路口，登午門〔二〇〕君王望影樓，陛下若可憐微臣，遥望着靈車奠一盞酒！

（下）

校勘記

〔一〕抱病扶柱：原本『抱』字，音假爲『暴』；『柱』字，省借爲『主』，今改。

〔二〕好是煩惱人咱：原本『咱』字，省書爲『自』，今改。

〔三〕許多功勞：原本『許』字，形誤爲『説』，今改。

〔四〕扶監炎劉：原本『監炎』二字，形誤爲『鹽矣』，今改。鄭本改『鹽』爲『整』，非。

〔五〕愁懷：原本『懷』字，形誤爲『壞』，今改。

〔六〕劈面毆：原本『劈』字，音假爲『匹』；『毆』字，形誤爲『歐』，今改。

〔七〕年紀老：原本脱『老』字，依徐本補。

〔八〕鸞交鳳友：原本『交』字，音假爲『膠』，今改。

〔九〕立齊邦無鹽女：原本『鹽』字，音假爲『艷』，今改。

〔一〇〕幺篇：原脱曲牌名，今補。

〔一一〕薄稅斂：原本『斂』字，誤增爲『繳』，今改。

〔一二〕劍戟戈矛：原本『矛』字，形誤爲『柔』，今改。

〔一三〕穀不收麥不熟：原本脱『穀』字，依鄭本補。

〔一四〕一家家：原本第二個『家』字，爲重文符號『又』，盧、隋二本徑改爲『又』字，非。

〔一五〕飽諳世事慵開口：原本『慵』字，形誤爲『墉』，今改。

〔一六〕伏侍君王不到頭：原本『侍』字，形誤爲『待』，今改。

〔一七〕陽壽：原本『壽』字，誤書作『哥』，今改。

〔一八〕輪到我：原本『輪』字，形誤爲『論』，今改。

〔一九〕前世前緣：原本『世』字，音假爲『是』，今改。

〔二〇〕午門：原本『午』字，音假作『五』，今改。

第四折

（駕上，開住）（做睡意了）（正末扮魂子上，開）霍山、霍禹造反，須索奏知天子去咱。哎！陰司境

界〔一〕，好與人世不同呵！（外一折了，下）（等駕上，再開住）（二浄説計一折，下）

【雙調新水令】冷颼颼風擺動引魂幡，也是我爲國家呵一靈兒不散。高挑起紗照道，輕擺着馬鞴環。我待學壘卵攀欄〔二〕，將我那有仁德帝王諫。

【駐馬聽】夜静更闌，驀嶺登山〔三〕尋故關；雲收霧散，披星帶月入長安。生前出力保江山，命終盡節扶炎漢。你看我這一番，勤王保駕無辭憚。

（做入宫科）（做燈後立住）（等駕打慘科，云了）（云）驚唬了我主，微臣不是邪祟。（等駕云了）

【雁兒落】微臣共朝臣難擺班，魂魄隨風散。邊關事明日提，早朝把君王諫。

（等駕云了）

【得勝令】來日個宰相五更寒，正三鼓未更殘。（駕云了）便待貶迫我離宫闕〔四〕，可甚留連你老泰山？往常間〔五〕，待我似伊尹周公旦，今日把我做邪魔鬼祟〔六〕看。

（正末云）陛下，有人造反也。（駕云）

【雁兒落】陛下道東連函谷關，西接連雲棧。誰人厮覷着？誰人相輕犯？

【掛玉鈎】陛下！隄備着鐵甲將軍夜過關！倒把臣相輕慢。子怕〔七〕船到江心補漏難，見百姓遭塗炭〔八〕。臣武不及伍子胥〔九〕，文不及周公旦。可惜了六合乾坤，萬里江山。

（云）陛下！霍山、霍禹造反！明日請我主赴私宅，以擊金鐘爲號，待亂天下。微臣一徑來奏知我主！

（下）（駕提天明了）（拿二浄上了）（駕斷了）（安排祭出了）

【落梅風】滅九族誅戮了髻齔〔一〇〕，斬全家抄估了事産。可憐見二十年公幹，墓頂上灩灩土未乾。這的是承明殿霍光鬼諫。

（散場）

題目　長安城霍山造反

海昏縣廢王遭難〔一一〕

正名　長信宫宣帝登基

承明殿〔一二〕霍光鬼諫

承明殿霍光鬼諫終

校勘記

〔一〕陰司境界：原本『境』字，音假爲『景』，今改。

〔二〕壘卵攀欄：原本『卵』字，形誤爲『卯』；『欄』字，誤書作『襴』，今改。

〔三〕驀嶺登山：原本『驀』字，音假爲『陌』，今改。

〔四〕貶迫我離宫闕：原本『迫』字，音假爲『怕』，今依鄭本改。徐本改作『謫』，不取。

〔五〕往常間：原本『往』字，由文字待勘符號『卜』，形誤爲『了』；『常』字，形誤爲『當』，今改。

〔六〕鬼祟：原本『祟』字，形誤爲『崇』，今改。

〔七〕子怕：原本『子』字，形誤爲『了』，今改。

〔八〕塗炭：原本『塗』字，音假爲『途』，今改。

〔九〕伍子胥：原本『伍』字，音假爲『忤』，今改。

〔一〇〕髻齔：原本音假爲『笤襯』，今改。

〔一一〕海昏縣廢王遭難：原本『昏』字，誤作『温』。《漢書·武五子傳》：『其封故昌邑王賀爲海昏侯。』漢海昏縣，即後日江西之永修縣。

〔一二〕承明殿：原本『承』字空缺，依隋本補。

死生交范張鷄黍

宫天挺　撰

簡要説明

《死生交范張鷄黍》，宫天挺撰。原題『新刊死生交范張鷄黍』。原本未標折數，科白簡略。《録鬼簿》《太和正音譜》《寶文堂書目》《元曲選目》《也是園書目》《今樂考證》《曲録》并録本劇劇目。

楔子，范式、張劭、孔嵩、王韜四人同住帝學，范、張回鄉，孔、王送行。分手時，范與張約，兩年後的今日到張家拜訪，請殺鷄炊黍。王韜雖無才德，却依仗丈人權勢，混入太學。孔嵩作有萬言策，托王轉呈貢院。

第一折，兩年後范式如約前往，途遇王韜。原來王已冒孔嵩萬言策爲己作，因而得官。二人結伴同去張劭家，張果殺鷄炊黍，不失前言。

第二折，丞相第五倫奉命徵聘范式爲官，范式不願出山。忽於睡夢中見張劭鬼魂，知其已死，夢醒後即千里奔喪，前往張家探視。

第三折，張劭死後，已臨下喪之期，靈車離墓地不遠時，突然拽拉不動。直到范式趕來持服，親自挽車，纔安放於墓穴之中。

第四折，范式決心爲友廬墓居喪，第五倫再次徵聘。范式發現丞相馬前儀仗隊中有故人孔嵩，於是舉孔爲官。二人同受宣命，張劭母子也得到表揚，王韜冒官之事亦隨之敗露。

本劇校本，今有鄭、徐兩種。王季思先生亦有校語。本劇現在存刊本，除元刊外尚有明息機子《古今雜劇選》《元曲選》《酹江集》刊本三種。又，《盛世新聲》録本劇第二折全套，《詞林摘艷》《雍熙樂府》録本劇第一、二、三折全套。以上各種，一并用以入校。

楔子

（卜兒、孔仲山云了）（駕引第五倫丞相，云了）（外云了）（正末扮秀士戴秦巾深衣引三人上，云）〔一〕方今大漢皇帝即位〔二〕，天下太平無事〔三〕，國家大開學校。小生〔四〕姓范名式，字巨卿，山陽郡金鄉人也。與汝陽張劭〔五〕元伯爲友，同住帝學〔六〕。元伯爲人孝義，本隱晦不仕。小生勸道〔七〕：今日君聖臣賢〔八〕，正士大夫立功名〔九〕之秋。因此來就帝學。未及數年，選居上館，動達天庭，屢次進職，皆不肯就〔一〇〕。争奈本人志大〔一一〕，耻爲州縣之職。今請假看親〔一二〕，小子亦上塚拜掃，各還鄉里。這秀才姓王名韜，字仲略，洛陽人也。乃天官主爵都尉兼學士判院門下女婿〔一三〕，素無才德〔一四〕，倚丈人之勢，亦在帝學。雖然驕傲，却素重小生輩。這個是小人同鄉人〔一五〕，先聖之後，姓孔名嵩，字仲山。事母甚孝，待朋友甚信，其嚴重如居，遊不仕進，亦奉母遊學京師。今知小生與元伯同歸鄉故〔一六〕，來相别於長亭之上。（元伯把盞了）（正末云）至後二年今月今日，必過汝陽。（仲山云了）（正末云）仲山、仲略處豈有謬言，諸公各自珍重。

【仙呂賞花時】文質彬彬一大儒，義烈堂堂美丈夫。爲朋友數年餘，臨歧歸去，執手謾躊躇。

【幺篇】後歲今朝來探汝，參拜〔一七〕白頭堂上母。何必要釀雲腴，若但蒙殺鷄爲黍，豈避千里遠窮途〔一八〕！

校勘記

〔一〕正末扮秀士戴秦巾深衣引三人上，云：原本『三人』下誤衍『外末』二字；又『云』字下誤衍『正末扮秀才上』六字，依徐本删。

〔二〕大漢皇帝即位：原本無『皇帝』二字，依清人何煌校脉望館本補。

〔三〕太平無事：原本『事』字，由文字待勘符號『卜』，形誤爲『十』，依原本校筆改。

〔四〕小生：原本『小生』『小人』『小子』參用，今依徐本一律改作『小生』，不一一出校。

〔五〕張劭：原本『劭』字，音假爲『邵』，今改。

〔六〕同住帝學：原本『同』字，形誤爲『因』，依王校改。

〔七〕小生勸道：原本『勸』字，由文字待勘符號『卜』，形誤爲『不』，今改。參看《單刀會》第三折校勘記注〔一七〕。

〔八〕君聖臣賢：原本『聖』字空缺，據息機子本、《元曲選》、《酹江集》補。以下三本文字相同者，稱『諸本』。

〔九〕功名：原本『名』字，音假爲『明』，據諸本改。

〔一〇〕屢次進職，皆不肯就：原本脱『屢』『職』『肯』三字，據息機子本補。

〔一一〕本人志大：原本無『人』字，依徐本補。

〔一二〕請假看親：原本『假』字，音假爲『暇』，今改。

〔一三〕學士判院門下女婿：原本『判』字空缺，又脱『婿』字，據諸本校補。

〔一四〕素無才德：原本『德』字空缺，據息機子本補。

〔一五〕同鄉人：原本『鄉』字，由文字待勘符號『卜』，形誤爲『一』，據諸本改。

〔一六〕同歸鄉故：『鄉故』，即故鄉之倒文，多見於元曲。鄭、徐二本補爲『鄉里』，以『故』字屬下讀，皆誤。

〔一七〕參拜：原本作『三升』，據諸本改。

〔一八〕千里遠窮途：原本『里』字，由文字傳勘符號『卜』，形誤爲『十』；『窮』字，由俗體『穷』形誤爲『宿』，據息機子本改。

第一折

【仙吕點絳唇】太極初分，剖開混沌，陰陽蘊。生意紛紛，萬物無終盡〔一〕。

【混江龍】自天地人三皇興運〔二〕，至女媧氏，早一十八代定乾坤。紀年數〔三〕三百二十七萬，稱尊號一百八十餘君。陰康氏〔四〕壽域同躋〔五〕千歲考，無懷氏豐年永樂〔六〕四千春。伏羲氏造書契始畫八卦〔七〕，神農氏嘗百草〔八〕普濟烝民。軒轅氏製舟傳衣冠濟濟〔九〕，少昊氏降封禪民物欣欣。顓頊氏守淵静無爲而治，高辛氏布威德率土之濱〔一〇〕。陶唐氏聰明文思，命羲和曆象星辰；有虞氏温恭允塞，舉皋陶〔一一〕屏出凶臣；夏后氏功垂萬世，使后稷播種耕耘；成湯作東征西怨，用伊尹帝德維新。文王應飛熊夢兆，遇吕望際會風雲。武王怒吊民伐罪，哀惸獨法正施仁。周公禮〔一二〕百王兼備，孔子道千古獨尊〔一三〕。孟子時周流憂世，歷齊梁道屈無伸。距楊墨，法湯文，傳五典，説三墳，明天理，正人倫。君臣道，主於仁；父子道，主於親；夫婦道，主於恩。道性善〔一四〕教本出曾參，見諸侯言必稱堯舜。（外云）孟氏没儒風已滅，秦皇起聖道湮淪。

【油葫蘆】道統相承十二君，三聖人。皇天有意爲斯文，教人從誠心正意修根本，以至齊家治國爲標準。孔子書，齊魯論，不離忠恕傳心印，以此上天子重賢臣。

【天下樂】方信文章可立身。今人，被名利引，赤緊的翰林院老子每錢上緊！怕不歪吟得幾句詩，胡謅的〔一五〕一道文，心術不正，何足論也〔一六〕，一味地立碑碣謟佞臣。

【那吒令】如今國子監助教的，尚書做主人；秘書監著作的，參政是丈人；翰林院應奉的，左丞家舍人。知他看《春秋》怎的發？正閏如何論？制誥敕〔一七〕怎生般行文？

【鵲踏枝】恨那火老喬民，用這火〔一八〕小猢猻。但念得〔一九〕幾句，粧點皮膚，子曰詩云。（外云了）本子要借路兒苟圖個出身，如今都圓了行不用别人。

【寄生草】將鳳凰池攔了前路，把麒麟殿頂殺後門〔二〇〕。你便是漢相如獻賦難求進，賈長沙上書誰僁問？董仲舒對策也無公論！便是司馬遷，也撞不開昭文館内虎牢關；便是公孫弘，也打不破編修院裏長蛇陣〔二一〕！

【幺篇】口邊厢〔二二〕奶腥也不曾落，頂門上胎髮依舊存。生下來便落在爺羹娘飯長生的運，正行着子承父業的財帛運，又交着夫榮婦貴臨官運〔二三〕。儘交待拚了千年家富小兒嬌，不妨來，少不的一朝馬死黄金盡〔二四〕。

【六幺序】子父每〔二五〕輪替換當朝貴，倒班兒居要津，欺瞞殺萬乘之君。官裏便如海如春，如日如雲，其力如輪，其智如神〔二六〕，怎識的這火害軍民的聚斂之臣！如今棟梁材平地剛三寸，怎揩撐萬里乾坤？子是裝肥羊法酒人皮囤，一個個智無四兩，肉重千斤。

【幺篇】這等魔君，又没甚功勛〔二七〕，却交他畫戟朱門〔二八〕，列鼎重裀，赤金白銀，翠袖紅裙，羊馬成群〔二九〕，花酒盈尊。有一日天打算衣絶禄盡，着這個吊脊抽筋〔三〇〕。小生白身，味道安貧〔三一〕，視此徒何足云云。滿胸襟拍塞懷孤憤〔三二〕，將雲間太華平吞。大丈夫若是言無信，枉頂天立地，束髮冠巾。

【金盞兒】二載隔音塵，千里共消魂。我怕不待趁天風飛出山陽郡〔三三〕，想弟兄情分，最關親。我待來升堂重拜母，尊酒細論文。當初不因鷄黍約，今朝誰識志誠人。

【醉中天】〔三四〕母親道一句何其準，不曾錯半個時辰〔三五〕。小生雖真你更真，數日前早備下美饌笃下佳醞。量這些薄人事〔三六〕别無甚孝順，（跪接盞了）何須得母親勞困，有多少遠路風塵〔三七〕！

【金盞兒】黄菊噴清香，白酒濁正清。相逢萬事都休問，想離多會少百年身。烹鷄方味美，炊黍却嘗新。我做了急喉嚨陳仲子，你便是大肚量孟嘗君。

【賺煞】禮義國之綱，孝弟人之本，修天爵其道自尊。繞着溪上青山郭外村〔三八〕，多養着不粘錢的狗彘鷄豚。奉尊親，笑引兒孫，兀的不是羲皇以上人〔三九〕。休道是送皇宣叩門〔四〇〕，折末便聘玄纁的訪問，你與我掩柴扉高枕卧白雲。

校勘記

〔一〕萬物無終盡：原本『終』，音假爲『中』，今改。諸本作『窮』，義同。

〔二〕三皇興運：原本『運』字空缺，據諸本補。

〔三〕紀年數：原本『年』字，形誤爲『平』，據諸本改。

〔四〕陰康氏：原本『陰』字，音假爲『因』，徐本據《帝王統録》『陰康之王，次于葛天』改，今從。

〔五〕同躋：原本二字誤作『怕一』，據諸本改。

〔六〕豐年永樂：原本『豐』字，形誤爲『豈』，據《雍熙樂府》、息機子本、《酹江集》改。

〔七〕始畫八卦：原本『畫』字，形誤爲『書』，據《雍熙樂府》《酹江集》改。

〔八〕嘗百草：原本脱『百』字，據《康熙樂府》、息機子本、《酹江集》補。

〔九〕衣冠濟濟：原本『濟濟』二字空缺，據《雍熙樂府》、息機子本、《酹江集》補。

〔一〇〕率土之濱：原本『濱』字，省借爲『賓』，據《雍熙樂府》、息機子本、《酹江集》改。

〔一一〕舉皋陶：原本『舉』字，形誤爲『奉』；又『皋』字空缺，據《雍熙樂府》、息機子本、《酹江集》改補。

〔一二〕周公禮：原本『禮』字，形誤爲『地』，據《雍熙樂府》及諸本改。

〔一三〕千古獨尊：原本『獨』字，由文字待勘符號『卜』，形誤爲『人』，據《雍熙樂府》及諸本改。

〔一四〕道性善：原本『性』字，形誤爲『惟』，據《雍熙樂府》及諸本改。

〔一五〕胡謅的：原本『謅』字，音假爲『搊』，據《雍熙樂府》及諸本改。

〔一六〕何足論也：原本『論也』二字無，今補。

〔一七〕制詔敕：原本『敕』字脱，據《雍熙樂府》補。

〔一八〕用這火：原本『用』字，形誤爲『因』，據《雍熙樂府》及諸本改。

〔一九〕但念得：原本『但』字作『見』，文氣不暢，似誤，依王校改。

〔二〇〕頂殺後門：原本『頂』字，俗寫作『叵』，不識，姑據諸本改。

〔二一〕長蛇陣：原本『陣』字空缺，據《雍熙樂府》及諸本補。

〔二二〕口邊厢：原本『厢』字空缺，據諸本補。

〔二三〕臨官運：原本『臨』字，音假爲『靈』，據《雍熙樂府》、息機子本、《酹江集》改。

〔二四〕少不的一朝馬死黄金盡：原本脱『不的』二字，據《雍熙樂府》及諸本補。

〔二五〕子父每：原本『每』字，形誤爲『母』，據《雍熙樂府》及諸本改。

〔二六〕其智如神：原本『智』字，音假爲『志』，今改。

〔二七〕功勛：原本『功』字，省借爲『工』，據《雍熙樂府》及諸本改。

〔二八〕畫戟朱門：原本『畫』字，誤作『盡』；『朱』字，誤作『家』，據《雍熙樂府》及諸本改。

〔二九〕羊馬成群：原本『群』字，音假爲『郡』，據《雍熙樂府》及諸本改。

〔三〇〕吊脊抽筋：原本『脊』字，形誤爲『眷』；『抽』字脱；又『筋』字誤重，據《元曲選》補改。

〔三一〕味道安貧：原本『味』字，省借爲『未』，今改。鄭、徐二本據《雍熙樂府》諸本改作『樂』，似非。

〔三二〕孤憤：原本『憤』字，形誤爲『慣』，據《雍熙樂府》及諸本改。

〔三三〕趁天風飛出山陽郡：原本『出』字，誤作『入』，據《雍熙樂府》及諸本改。

〔三四〕醉中天：原本誤題『醉扶歸』，今改。

〔三五〕不曾錯半個時辰：原本『錯』字，誤作『到』，據《雍熙樂府》及諸本改。

〔三六〕薄人事：原本『薄』字殘損，據《雍熙樂府》《酹江集》補。

〔三七〕有多少遠路風塵：自本句起，原本缺去兩個半頁。計本折【金盞兒】【賺煞】兩曲全文，第二折【一枝花】【梁州第七】兩曲全文，及【隔尾】一『萬古千秋』句『千』字以上文字全缺，今據《雍熙樂府》補。

〔三八〕溪上青山郭外村：《雍熙樂府》原本『郭』字作『廓』，據諸本改。

〔三九〕羲皇以上人：《雍熙樂府》原本脱『以』字，據《元曲選》補。

〔四〇〕送皇宣叩門：《雍熙樂府》原本『送』字，形誤爲『遶』，據諸本改。

第二折

【南吕一枝花】天不生仲尼，萬古如長夜。秦灰猶未冷，漢道復衰絶。滿目奸邪，天喪斯文也。今日個秀才每逢着末劫。刀筆吏入省登臺，屠沽子封侯建節。

【梁州第七】如今蕭丞相每正争頭鼓腦，自俺文宣王且緘口藏舌。有人問古今儒吏分優劣，想舜庭八愷，孔門十哲，周朝八士，殷室三仁。又何如漢國三杰，况中興以後三絶。如今憲臺踈亂滚滚當路豺狼，選法弊絮叨叨請俸日月，禹門深眼睁睁不辨龍蛇。紀綱，都敗缺，炎炎的漢火〔一〕看看滅，士大夫自古尚風節，恰便似三寸草將來撞巨鐘，枉自摧折。

【隔尾】想當日那踰垣而走的其實懺，飲鴆身亡子是呆。若魏文侯似公孫述般性薄劣，這其間，田子方命絶，段干木死也。只落得萬古千秋，教人做笑話兒説。

【牧羊關】生不遇天時爾，道不行呵予命也。咱人子審的這出處是的便是英杰。伊尹起呵，萬姓俱安，巢由隱呵，一身自潔。光武量唐虞比，子陵傲古今絶。非子陵，無以表光武量包天地〔二〕；非光武，無以知〔三〕子陵名高日月。

【隔尾】望見高車呵，早大開門倒屣連忙接，聞得君命至呵〔四〕，早不俟駕披襟走不迭。我着領雪練般狐裘〔五〕。赤緊的遇着炎熱。本錢不折，上手來便撇。我怕不待求善價沽諸，行貨背時也。

【牧羊關】今日個東都門逢萌冠不掛〔六〕，常朝殿朱雲檻不折，桑樹下拾椹子噎殺靈輒〔七〕，滄海上孫叔敖乾受苦〔八〕十年，囹圄内管夷吾枉餓做兩截〔九〕，赤松嶺張子房迷了歸路，洞庭岸越范蠡爛了椿橛，首陽山殷夷齊撑的肥胖，汨羅江楚三閭啶的醉也。

【隔尾】子是個春申君不必頭答接，下吏難消今故牒〔一〇〕。交個正一品公孫到茅舍。量小生才不及傅説，辯不及蒯徹，被這厚禮卑辭送了也。

【罵玉郎】平安信斷連三月，正心緒不寧貼。家童來報高聲説。在那裏？親自接，不由我，添歡悦。

【感皇恩】呀！千里途賒，兩字離别。阻隔着路迢遥，山遠近，水重叠。我親身問候，他躲閃藏遮〔一一〕。咱是親弟兄，比外人，至親熱。

【采茶歌】我恰待向前些，把我緊攔截。折回衫袖把面皮遮。自攧自摧〔一二〕，空自哽咽，無言低首，感嘆傷嗟〔一三〕。

【哭皇天】你既是，肯相探多承謝，便回程因甚的？把房門忙閉上，將衣袖緊揪者。兄弟呵，想咱同堂學業，同舍攻書，同心報國，同侍君王〔一四〕，待和你同朝帝闕！誰想你四旬也不到，一事無成，抛離了老母，撇調下妻男，又不顧這舊哥哥死去也。這回相見，今番永别！

【烏夜啼】咱兩個再相逢似水底撈明月，弟兄情一筆勾絶。把平生心事叮嚀説，不必喋喋，少住些些。元來破莊周一枕夢蝴蝶，正日當卓午非夤夜。（云）可惜元伯一代奇才，不能遂志。命矣夫斯人也〔一五〕。老親無子，幼子無爺。

【三煞】〔一六〕奠楹夢斷陰風冽，《薤露》歌〔一七〕殘慘日斜。他從來正性不隨邪，凛凛的英魂，神道般剛明猛烈。豈可似餒鬼慕饕餮，向白日分明顯化者〔一八〕？我便問是邪非邪！

【二煞】怕少盤纏，立文書過隔壁向鄰家借，怕無布絹，將現錢長街向鋪户截，乘騎鞍馬〔一九〕問相公賒。千里途程，至少呵來回三月。他既值凶禍，我問甚勛業！長吏功曹這個名闕〔二〇〕，别請個有政事豪杰。

【黄鍾尾】〔二一〕俺弟兄情〔二二〕，比陳雷膠漆〔二三〕情尤切，俺交友分，比管鮑分金義更别。張元伯性忠烈〔二四〕，范巨卿信士也〔二五〕。半世交一夢絶，覺來時〔二六〕泪流血，寸心酸五情裂，咱功名已不藉。從明朝避甚的，披殘星帶曉月，衝寒風冒凍雪。成喪服〔二七〕拽轝車，築墳丘蓋廬舍，修墻垣種松柏，那其間尚未捨。猛思量在時節，一處行〔二八〕一處歇，戚同憂喜同悦，生同堂死同穴，到黄泉〔二九〕廝守者，據平生願心徹。教人向墓門前，與您立一統碑碣〔三〇〕，將俺死生交范張名姓寫〔三一〕。

校勘記

〔一〕漢火：《雍熙樂府》原本『火』字，形誤爲『史』，據《盛世新聲》《元曲選》《酹江集》改。

〔二〕量包天地：原本『量』字，誤作『大』，據《盛世新聲》、《詞林摘艷》、息機子本、《酹江集》改。

〔三〕無以知：原本『無以』二字脱，據《盛世新聲》、《詞林摘艷》、息機子本、《酹江集》補。

〔四〕君命至呵：原本『君』字，音假爲『鈞』，據《盛世新聲》《詞林摘艷》《雍熙樂府》及諸本改。

〔五〕狐裘：原本二字形誤作『孤衮』，據《盛世新聲》《詞林摘艷》《雍熙樂府》及諸本改。

〔六〕東都門逢萌冠不掛：原本『萌』字，音假爲『明』，據諸本改。逢萌掛冠，見《後漢書》本傳。

〔七〕拾椹子噎殺靈輒：原本『拾』字，由文字待勘符號『卜』，形誤爲『十』；『噎』字，音誤爲『一』，據《盛世新聲》《詞林摘艷》《雍熙樂府》及諸本改。

〔八〕乾受苦：原本『苦』字，形誤爲『若』，據《盛世新聲》《詞林摘艷》《雍熙樂府》及諸本改。

〔九〕囫圇内管夷吾枉餓做兩截：自『枉』字起，原本缺去半頁，以下【隔尾】三、【罵玉郎】、【感皇恩】三曲全文，以及【采茶歌】『折回衫袖把面皮遮』句之『把』字以上文字全缺，據《雍熙樂府》補。

〔一〇〕下吏難消今故牒：『今故牒』，原本誤作『今古牒』，息機子本、《酹江集》作『今古牒』，亦誤。元制，諸外路官司不相統攝者，同品者往復平牒。三品於四品、五品并今故牒，六品以下皆指揮。回報者，四品牒上，五品牒呈上，六品以下并申。見《元典章》卷十四吏部八《行移》。

〔一一〕躲閃藏遮：《雍熙樂府》原本『遮』字作『趄』，據《元曲選》《酹江集》改。

〔一二〕自攧自摧：原本『摧』字，誤作『執』，據《詞林摘艷》《雍熙樂府》《酹江集》改。

〔一三〕無言低首，感嘆傷嗟：原本『低』字，形誤爲『位』；又『嗟』字空缺，據《盛世新聲》《詞林摘艷》《雍熙樂府》及諸本校補。

〔一四〕同侍君王：原本『侍』字，音假爲『志』；又脱『君王』二字，據息機子本、《酹江集》校補。

〔一五〕斯人也：原本脱『人』字，據《盛世新聲》《詞林摘艷》《雍熙樂府》及諸本補。

〔一六〕三煞：原本誤題『二煞』，今改。

〔一七〕《薤露》歌：原本『歌』字，省借爲『哥』，據《盛世新聲》《詞林摘艷》《雍熙樂府》及諸本改。

〔一八〕向白日分明顯化者：原本『向』字散壞；『白日』二字，誤合爲『冒』；『分』字，形誤爲『今』；又脱『者』字，據《盛世新聲》《詞林摘艷》《雍熙樂府》《元曲選》《酹江集》校補。

〔一九〕乘騎鞍馬：原本脱『馬』字，據諸本補。

〔二〇〕名闕：原本『名』字，形誤爲『多』，據《雍熙樂府》、息機子本、《元曲選》、《酹江集》改。

〔二一〕黄鍾尾：原本省題作『尾』，今改。

〔二二〕弟兄情：原本脱『兄』字，據《雍熙樂府》及諸本補。

〔二三〕陳雷膠漆：原本『膠』字，省借爲『交』，據《盛世新聲》《詞林摘艷》《雍熙樂府》及諸本改。

〔二四〕性忠烈：原本脱『性』字，據《盛世新聲》《詞林摘艷》《雍熙樂府》及諸本補。

〔二五〕信士也：原本『也』字，由文字待勘符號『卜』，形誤爲『一』，據《盛世新聲》《詞林摘艷》《雍熙樂府》及諸本改。

〔二六〕覺來時：原本『覺』字，誤作『各』，據《盛世新聲》《詞林摘艷》《雍熙樂府》及諸本改。

〔二七〕成喪服：原本『成』字，音假爲『乘』，今改。

〔二八〕尚未捨，猛思量在時節，一處行：自『未捨』至『一』字，原本空缺九字，據《雍熙樂府》補，諸本同。

〔二九〕喜同悦，生同堂死同穴，到黄泉：自『同悦』至『到』字，原本空缺九字，據《雍熙樂府》補，諸本同。

〔三〇〕願心徹，教人向墓門前，與您立一統碑碣：自『心徹』至『與』字，原本空缺九字，據《雍熙樂府》補，諸本同。

〔三一〕將俺死生交范張名姓寫：原本『范張名姓寫』五字空缺，據《雍熙樂府》補。

第三折

【商調集賢賓】二十年死生交同志友，再相見永無由〔一〕。一靈兒伴孤雲冥冥杳杳，趁悲風蕩蕩悠悠。恨不的捽碎袖裏絲鞭，走乏我這坐下驊騮。整整的三晝夜水漿不到口，沿路上幾時曾半霎兒遲留。身穿的緦麻三月服，心懷着今古一天愁〔二〕。

【逍遥樂】打的這匹馬，不剌剌的風團兒馳驟，百般的抹不過山腰。盼不到〔三〕那地頭，知他那裏也故塚松楸？仰天號叫破我咽喉，那堪更樹頭陰風不住吼，荒村雪霽雲收。猛聽得哭聲噎喉〔四〕，纔望見幡影悠悠，眼見的滯魂夷猶。

【金菊香】三生夢斷九泉幽，誰想一日無常萬事休〔五〕。莫爲尊堂妻子憂，這幾件我承頭，你身後事不須憂。

【梧葉兒】舉孝廉曾三聘〔六〕，論人才第一流。我只道你不拜相也封侯〔七〕。正滄海魚龍夜，趁西風雕鶚秋，一去不回頭。這煩惱天長地久。

【掛金索】我只見面殼定個骷髏〔八〕，黄乾乾黑消瘦〔九〕，却便似刀剮我這心腸，痛殺殺難禁受〔一〇〕。恨則恨我個月之間，少人來問候。早知你病在膏肓〔一一〕，如何我不盡氣力將伊救！

【村里迓鼓】九原孤墳，可惜好人不長壽〔一二〕。你平生正直無私曲，心無塵垢。想你腹中大才，胸中清風，都變做江山之秀。閃的我急急如漏網魚，呀呀如失群雁，忙忙如喪家狗。神恍惚提心在口。

【元和令】怪幾日前長星落大如斗，流光射夜如晝，元來是喪賢人地慘共天愁。你看樹掛盡汝陽城外柳〔一三〕，和這青山一夜也白頭〔一四〕。滿城人雨泪流。

【上馬嬌】休道人一州，力萬牛，百般的拽不動轝車軸。人道你英魂〔一五〕耿耿將咱候。你志已酬，你將靈聖暫時收。

【遊四門】東剌剌慘人風過冷颼颼，丈生生的頭髮似人揪。静悄悄荒郊迥野〔一六〕申時候，昏慘慘〔一七〕落日墜城頭。殘雪又收，寒雁下汀洲。景物正幽，村落帶林丘。

【勝葫蘆】都化做〔一八〕野草閑花滿地愁。你爲我不肯上墳丘。休！休！枉把一二千人心落後。便道誰薄誰厚，誰親誰舊〔一九〕，便道相識到頭休。

【後庭花】恰祭酒奠到一二斗〔二〇〕，挽詩吟到十數首。可惜耗散了風雲氣，沉埋了經濟手。論交遊，你都在諸人之右。播英聲横宇宙，吐虹霓貫斗牛，卧白雲商嶺頭，釣西風渭水秋，笑嚴光傲許由，到如今一筆勾。

【青哥兒】你功成、功成名就，都强如古今、古今前後〔二一〕。一介寒儒過如個萬户侯。既今日歸休，人死不中留。咱意氣相投〔二二〕，你知我心憂。來歲到神州，將高節清修，白玉階前拜冕旒，叮嚀奏。

【梧葉兒】〔二三〕似這般光前裕後，一靈兒蕩蕩悠悠。我親身自把靈車扣。一來是神明佑，二來是鬼推軸，我自與你革刺刺相拽到墳頭。

【醋葫蘆】母親伴魂帛即便回，嬸子共侄兒休落後。好生的謝相知親眷省僝僽。我如今夜共君章，子徵〔二四〕向原上宿。自恨我奔喪來後〔二五〕，又不是沽名釣譽没來由。

【幺篇】〔二六〕待不去呵逆不過親眷情，待去呵應不過兄弟口。想對床風雨幾春秋，只落得墳頭上一杯澆奠酒。從今後〔二七〕，再相逢枕席上，黄昏時候五更頭。

【幺篇】兄弟呵！你怎聽杜鵑啼山月曉？你怎禁亂蟬聲暮雨收〔二八〕？怎禁那蛩蟲兒夜雨泣清秋？你聽那寒鴉萬點老樹頭！這幾件兒終年依舊，似這般漫漫長夜幾時休。

【高過浪來裏】〔二九〕則被這君章、子徵，將我緊逼逐，并不肯相離了左右。今日不得已也，且隨衆還家。到來日〔三〇〕絶早到墳頭。我與你廬墓丁憂〔三一〕。一片心雖過當無虛謬。早是這朔風草木偃，落日虎狼愁。你覷這四野田疇，三尺荒丘，魂魄悠悠，誰問誰偢？欲去也傷心再回首。

【浪裏來煞】〔三二〕可憐你朱顏妻未老，可憐你青鬢子年幼。最可憐你白頭老母正堪憂。我眼中淚〔三三〕和心上愁，這兩般兒合輳〔三四〕，似〔三五〕一江春水向東流。

校勘記

〔一〕死生交同志友，再相見永無由：自『友』字至『由』字，原本空缺七字，據《雍熙樂府》、息機子本補。

〔二〕今古一天愁：原本『古』字，形誤爲『右』，據諸本改。

〔三〕盼不到：原本『盼』字殘損，據諸本改。

〔四〕哭聲噎喉：原本『噎』字，音假爲『咽』，今改。

〔五〕一日無常萬事休：原本『休』字下誤衍一重文符號，今删。徐本改作『你』字，屬下句，不取。

〔六〕三聘：原本『三』字殘存一劃；『聘』字空缺，據《盛世新聲》《詞林摘艷》《雍熙樂府》及諸本校補。

〔七〕不拜相也封侯：原本脱『不』字，據諸本補。

〔八〕面殼定骷髏：原本『殼』字，音假爲『摧』；『骷』字，涉下字誤作『髏』，據《盛世新聲》《雍熙樂府》及諸本改。

〔九〕黄乾乾黑消瘦：原本『乾乾』二字，音假爲『紺紺』；『黑』字，形誤爲『里』，今改。黄乾黑瘦，爲民間口語，鄭、徐二本依諸本改作『渾消瘦』，不取。

〔一〇〕痛殺殺難禁受：原本『殺』字失重，據諸本補。

〔一一〕恨則恨我個月期間，少人來問候，早知你病在膏肓：自『我』字至『在』字，原本殘損空缺共十五字。據《盛世新聲》《詞林摘艷》《雍熙樂府》及諸本補。

〔一二〕可惜好人不長壽：原本『惜』字，形誤爲『借』；『壽』字，音假爲『受』，據《盛世新聲》《詞林摘艷》《雍熙樂府》及息機子本改。

〔一三〕樹掛盡汝陽城外柳：『樹掛』，又名木嫁、木稼。俗諺云：『木嫁，達官怕。』秋冬之季，草木凝霜，一片雪白，俗傳將有大喪，故云。徐本依《元曲選》改作『劍掛』，誤。

〔一四〕青山一夜也白頭：原本脱『山』，據諸本補。

〔一五〕英魂：原本『魂』字，形誤爲『雄』，據諸本改。

〔一六〕荒郊迥野：原本『荒郊』作『芳魂』，據《詞林摘艷》《雍熙樂府》改。

〔一七〕昏慘慘：原本『昏』字，形誤爲『香』，據諸本改。

〔一八〕化做：原本『化』字，形誤爲『伙』，今改。

〔一九〕誰親誰舊：原本第二個『誰』字脱，據諸本補。

〔二〇〕祭酒奠到一二斗：原本脱『到』字，據諸本補。

〔二一〕古今古今前後：原本第二個『古今』，由文字待勘符號形誤爲『人一』；又脱『前』字，據《盛世新聲》《詞林摘艷》《雍熙樂府》《酹江集》補正。

〔二二〕咱意氣相投：原本『咱』字，省書作『自』；『意』字，形誤爲『房』，據諸本改。

〔二三〕梧葉兒：原本缺此曲，各本皆有，實劇情發展不可或缺者，今據《雍熙樂府》補。

〔二四〕君章、子徵：原本『章』字，音假爲『璋』，今改。郅君章、殷子徵皆張劭之友，見《後漢書·范式傳》。

〔二五〕奔喪來後：原本『喪』字殘，據諸本補。

〔二六〕幺篇：原本誤題『三煞』，今改。

〔二七〕從今後：原本『後』字下，誤衍一重文符號，今删。

〔二八〕亂蟬聲暮雨收：原本『蟬』字，形誤爲『蜂』，據諸本改。又，『收』字，原作『秋』，與下句韵重，據《盛世新聲》《詞林摘艷》《元曲選》《酹江集》改。

〔二九〕高過浪來裏：原本誤題『幺』，依王校、鄭本改。

〔三〇〕到來日：原本『到來』二字，形誤爲『别奉』，據諸本改。

〔三一〕盧墓丁憂：原本脱『盧』字，據諸本補。

〔三二〕浪裏來煞：原本省誤題作『尾』，依鄭本改。

〔三三〕眼中泪：原本誤作『巾忠』，據諸本改。

〔三四〕合輳：原本『輳』字，當省借爲『奏』，形誤爲『我』，據息機子本、《元曲選》、《酹江集》改。

〔三五〕似：原本形誤爲『以』，依原本校筆改。

第四折

【中吕粉蝶兒】山月蒼蒼，野猿啼老松枝上。滿郊原風捲白楊。吊英魂，歌楚些〔一〕，不勝悲愴。我若不築室居喪〔二〕，枉交俺那黄泉下故人失望〔三〕。

【醉春風】我與你壘高塚卧麒麟〔四〕，栽長松引鳳凰。死生交金石友志誠心，又不是謊。人都道是狂〔五〕，都這般講，講。今日浮丘，有朝得志，恁時改葬。

【紅綉鞋】我若爲將爲卿爲相，與你立石人石虎石羊。將恁那九歲子〔六〕四旬妻八十娘，另巍巍分區小院，高聳聳蓋座萱堂〔七〕。我情願奉晨昏親侍養。

【石榴花】兀良！見蕩晨光一道驛塵黄，鬧吵吵人馬叩墳墻。曲躬躬叉手問行藏，道當今聖上，訪問賢良。聽得道接皇宣〔八〕，唬得我魂飄蕩，更衣服手脚張狂。我又不曾〔九〕，映斜陽垂釣在磻溪上，又誰想墳塋裏遇着文王〔一〇〕。

【鬥鵪鶉】等我暮景桑榆，合有些峥嶸氣象。我當初樂極悲生，今日泰來否往。壘築了五六板兒墳垣〔一一〕，早奏與帝王，又不是傅説墻。用微臣作楫爲霖，枉誤陛下眠思夢想。

【上小樓】過保了也門下侍郎，落保了也朝中宰相。我又不是孝廉方正，德行才能，政事文章。一方之地，百萬生靈，將咱依仗〔一二〕。我便有尹鐸才也怎生保障！

【幺篇】列旌旗一望中，擺頭答半里長。見馬前虞候，志節昂昂，狀貌堂堂。問姓名，是故人，別來無恙。也是我却爲官，貴人多忘。

【滿庭芳】説古人隱監門壺漿，這的每，進時節捐軀報國，退時節〔一三〕晦迹韜光。這的是鷃鵬斥鷃非相抗，大剛來各自徜徉〔一四〕。一個趁草萊一生跳蕩，一個駕天風萬里翱翔。但能够自心舒暢〔一五〕，問甚麼雲霄糞壤〔一六〕，樂處是天堂。

【十二月】恰脱了粗布衣裳〔一七〕，便穿上束帶朝章，拜受了玄纁一箱，跪聽了丹詔十行，面覷着東都洛陽，三舞蹈頓首誠惶〔一八〕。

【堯民歌】遥望着麒麟殿上拜君王。仲尼徒不願比孫龐〔一九〕，死生交當可似蘇張，清白吏須當效龔黄。學士道循良，蒼生有指望，治國關興喪〔二〇〕。

【普天樂】今日個法司官，多偏向，則近的縣丞主簿〔二一〕，不敢望宰相平章。有人告取受贓，則不與招伏狀。想那黜降二等殿三年的無請俸〔二二〕，則不如跪精磚挨一會官房。要不壞了官人勾當，關節的令史應當〔二三〕，安排個總領承當。

【快活三】毛錐脱布囊〔二四〕，鋒劍倚天長。胸襟磊磊量汪洋，豪氣三千丈。

【鮑老兒】據着他廉孝忠直節義剛，白身裏便合拜頭廳相〔二五〕。怎把山鷄比鳳凰，不信是飛在梧桐上。他支撑宇宙，指磨日月，整頓綱常，扶持廟堂，調和鼎鼐，燮理陰陽。

【耍孩兒】微臣怎敢學周黨，陛下遵先帝率由舊章。微臣〔二六〕本貫在山陽，幼年父母雙亡。三公若是無伊吕，四海誰知有范張？臣比張劭無名望〔二七〕。張邵德，重厚如曾顔閔冉；張劭才，正似賈馬班張〔二八〕。

【幺篇】〔二九〕微臣犬馬年雖長，學問索持牆納降。平生師友不能忘，微臣有終身不斷心喪。想大漢朝豈無良史書名姓〔三〇〕，比衆文武自有旁人話短長。臣舉一人才可以注元戎將。似微臣常人有數，如此公國士無雙。

【墻頭花】仲山休强，不用你排儀仗，奉持旌節自召訪〔三一〕。我雖無紫袍拜在白玉階前，去來，去來，我交你也布衣走到黄金殿上。

【九煞】 雖然是失一賢却得一賢，何須用涕兩行泪兩行！陛下得蜀望隴休多想〔三二〕。只因損折了那一條白玉擎天柱〔三三〕，因此上陪與這萬丈黃金架海梁。陛下豈不聞晏平仲爲齊相，人都道乘車相憂心悄悄，御車吏意氣洋洋〔三四〕。

【八煞】 那婆婆，古君子没恁地直；那婆婆，烈丈夫也無這般剛。專教他不拘小節修高尚。便餓殺呵，豈食世上無功禄；至窮死呵，也不受人間枉法贓。能可教血汗裏求供養。做兒的，負大志〔三五〕五旬也不仕；做娘的〔三六〕。守高節一世兒孤孀。

【七煞】 鄧仲華起身策杖賓，韓元帥前資是執戟郎。這的每，須不是壘俸錢儹到那七重圍金頂蓮花帳。後來一個奮白身的尋尋臺上誅王莽〔三七〕，一個没俸錢的〔三八〕九里山前困霸王。若不遇二漢祖寬洪海量，儘今生不過緑袍槐簡，那世裏纔能够〔三九〕紫綬金章！

【六煞】 有錢的，張打油提在不次選用科，没鈔的，董仲舒也打入雜行常選房。調你兩遭兒，早鏡中白髮三千丈。常選房滿堂火煨老些英雄漢，選用科裏海青馬攛翻田舍郎。臣若得五日權了頭廳相〔四〇〕，我敢兩觀下誅了少卯，九鼎内烹殺弘羊。

【五煞】 他每不理會萬邦安萬民，且對付百人食百羊。出來的，一個個黑胡肥大如俺蕭丞相。憑大體呵，則倚着急喉嚨健啖是人中寶，論治道呵，全靠那壯脾胃消食的是海上方。宰相每可恁也托着先帝開今上〔四一〕。玳瑁筵羊羹受用，曾將那滹沱河麥飯思量〔四二〕？

【四煞】 受了人精金子〔四三〕攙越定奪，要了人親女兒分付勾當。準的幾椿兒，買金珠打銀器諸般上。去時節，載着兩三船月眉星眼錢塘女，天呵！知他怎生過那四十里雪浪風濤的揚子江〔四四〕！

百姓每編做歌曲〔四五〕當街上唱，唱道是官員宰相，則是販人賣的牙郎〔四六〕。【三煞】那廝〔四七〕看文案時睁着眼〔四八〕不識一字，受關節處腆胸脯〔四九〕且是四行。那廝則是個黑神道化做他通紅蟒。得了錢呵，敢不問韓元帥放了鍾離昧〔五〇〕；不與鈔呵，敢待着〔五一〕孔夫子幽囚煞公冶長〔五二〕。動不動説殿角粧朝樣。你便眼哭的紅如血〔五三〕，豈憐緹氏？你便頭養的白似瓠〔五四〕，不識張湯！【二煞】使明臣審罪囚〔五五〕，差重宦降御香。他每把陛下那敬天心好生德〔五六〕常欽仰。審囚的萬邦刑措無冤枉〔五七〕，降香的五嶽神靈必受享。愁甚不鳳凰至靈芝長。不自然上天有感，聖壽無疆！【尾聲】死的墳墓上封贈了官，活的殿角邊頒賜與賞。調和鼎鼐，燮理陰陽。丞相明如皓月千峰上，識人如鑒，用人無疑，官裏〔五八〕似一片青天萬民仰。

死生交范張鷄黍終

校勘記

〔一〕歌楚些：原本脱『歌』字，據諸本補。

〔二〕築室居喪：原本『喪』字，形誤爲『裘』，據諸本改。

〔三〕失望：原本『失』字，形誤爲『天』，據諸本改。

〔四〕壘高塚卧麒麟：原本誤作『壘一家卧其人』，據諸本改。按，語出杜甫《曲江》詩：『苑邊高塚卧麒麟。』

〔五〕人都道是狂：原本『是狂』二字作『都儻』，據息機子本、《酹江集》改。

〔六〕九歲子：原本『歲』字，由文字待勘符號『卜』，形誤爲『十』，據諸本改。

〔七〕蓋座萱堂：原本『座』字，誤爲『做』，據諸本改。

〔八〕接皇宣：原本『皇』字，當音假爲『王』，形誤爲『生』，據諸本改。徐本改作『王』，誤。

〔九〕又不曾：原本脱『不』字，據諸本補。

〔一〇〕遇着文王：原本『遇』字，形誤爲『過』，據諸本改。

〔一一〕壘築了五六板兒墳垣：原本『壘』字，形誤爲『量』，據諸本改。

〔一二〕將咱依仗：原本脱『依』字，據諸本補。

〔一三〕退時節：原本『退』字，誤作『兒』，今改。

〔一四〕各自徜徉：原本『各自』二字，形誤爲『名日』，今改。

〔一五〕自心舒暢：原本『自心』二字，誤合爲『息』，依王校改。鄭本删『自』字，徐本改作『意』字，均非。

〔一六〕糞壤：原本『糞』字，音假爲『墳』，今改。

〔一七〕粗衣布裳：原本『粗』字，形誤爲『祖』，依原本校筆改。

〔一八〕頓首誠惶：原本『惶』字，音假爲『隍』，據諸本改。

〔一九〕孫龐：原本『龐』字，由文字待勘符號『卜』，形誤爲『一』，據諸本改。

〔二〇〕治國關興喪：原本『國』字下涉上誤衍一『治』字，今删。

〔二一〕縣丞主簿：原本『丞』字，音假爲『承』，今改。

〔二二〕黜降二等殿三年的無請俸：『請俸』，即官吏之俸禄。元制：官員等犯贓，自被問之日起，即停職住俸，以三年爲滿。《元史·刑法志》：『諸職官及有出身人，因事受財枉法者，除名不叙；不枉法者，殿三年……（凡受財）一百貫以上至一百五十貫，（笞）七十七，降二等。』與本劇合。原本『黜』字，俗寫作『⿰出頁』；『請』字，音假爲『情』；『俸』字，音假爲『捧』，今改。各本『⿰出頁』『情』二字失校，又改『俸』字爲『棒』，失甚。

〔二三〕令史應當：原本『令』字，由文字待勘符號『卜』，形誤爲『一』；『史』字，形誤爲『更』，依徐本改。

〔二四〕毛錐脱布囊：用《史記·平原君傳》毛遂脱穎而出典故。原本『錐』字，形誤爲『朦』；『囊』字，形誤爲『裳』，今改。

〔二五〕頭廳相：原本『廳』字，形誤爲『片』，今改。

〔二六〕微臣：原本『微』字，形誤爲『徵』，今改。

〔二七〕臣比張劭無名望：原本此句下，誤衍『張劭多名望』五字，依徐本删。

〔二八〕賈馬班張：原本誤作『賈馬班固張良』。『固』『良』二字，當係注文誤竄入正文，原校已加删削符號，今從改。惟『張』，當如徐本所説，非『張良』，是指『張衡』。

〔二九〕幺篇：原本脱曲牌名，今補。

〔三〇〕良史書名姓：原本『史』字，形誤爲『吏』；又脱『名』字，據諸本校補。

〔三一〕召訪：原本『召』字，誤增爲『詔』，今改。

〔三二〕陛下得蜀望隴休多想：原本『陛』字，形誤爲『階』；『隴』字，形誤爲『隨』，今改。按：此典實應作

『得朧望蜀』，惟各本皆同元刊，故仍之。

〔三三〕白玉擎天柱：原本『白玉』二字，誤合爲『皇』，據諸本改。

〔三四〕御車吏意氣洋洋：原本『車』字，形誤爲『宣』，據諸本改。

〔三五〕負大志：原本『大』字，由文字待勘符號『卜』，形誤爲『人』，今改。

〔三六〕做娘的：當與上句『做兒的』爲對文，原本作『敬死的』，依徐本改。

〔三七〕尋尋臺上誅王莽：按王莽實被殺於漸臺，『尋尋臺』三字待校。

〔三八〕没俸錢的：原本『錢』字，當由俗寫草體『[illegible]』，形誤爲『月』，今改。

〔三九〕纔能夠：原本『纔』字，由俗體『才』形誤爲『不』，今改。他本失校。

〔四〇〕臣若得五日椎了頭廳相：原本『若』字，形誤爲『名』；『頭廳相』三字原無，此從徐本。惟『椎』字有專擅義，徐本改作『權』，不取。

〔四一〕托着先帝開今上：謂宰臣每受先帝之托開導皇上。徐本改『開』字爲『并』，不取。

〔四二〕滹沱河麥飯思量：原本『滹沱』二字下部并殘；『河』字，音假爲『何』，今改。

〔四三〕精金子：原本『精』字，音假爲『情』，今改。各本失校。

〔四四〕揚子江：原本『揚』字，音假爲『洋』，今改。

〔四五〕歌曲：原本『歌』字，省借爲『哥』，今改。

〔四六〕販人賣的牙郎：原本『牙』字，形誤爲『才』；『郎』字，由文字待勘符號『卜』，形誤爲『人』，依王校改。鄭本改全句爲『販賣的才郎』，徐本改作『販人賣的客旅經商』，均失。

〔四七〕那廝：原本二字空缺，依徐本補。

〔四八〕睁着眼：原本『睁』字，省借爲『争』，今改。

〔四九〕胸脯：原本『胸』字，由文字待勘符號『卜』，形誤爲『一』，今改。

〔五〇〕敢不問韓元帥放了鍾離昧：原本『問』字，形誤爲『間』；『昧』字，省借爲『未』，今改。

〔五一〕敢待着：原本『待』字，形誤爲『時』，今改。

〔五二〕公冶長：原本『冶』字，形誤爲『治』，今改。

〔五三〕眼哭的紅如血：原本『眼』字，由文字待勘符號『卜』，形誤爲『一』，今改。此句喻『眼紅如血』，徐本改作『啼哭的』，失。

〔五四〕你便頭養的白似瓠：『頭白似瓠』，與上句『眼紅如血』正爲對文。徐本改『頭』爲『頤』，不取。

〔五五〕使明臣審罪囚：原本脱『臣』字，今補。

〔五六〕好生德：原本『德』字，音假爲『的』，依徐本改。

〔五七〕萬邦刑措無冤枉：原本『刑』字，音假爲『邢』；又脱『枉』字，今校補。

〔五八〕官裏：原本『裏』字，音假爲『理』，今改。

嚴子陵垂釣七里灘

宫天挺　撰

簡要説明

《嚴子陵垂釣七里灘》，宫天挺撰。原題『新刊關目嚴子陵垂釣七里灘』。原本未標明折數，科白簡略。《録鬼簿》《太和正音譜》《寶文堂書目》《元曲選目》《今樂考證》《曲録》并録本劇劇目。

第一折，嚴光隱於富春山之七里灘，時王莽建立新朝，滅漢宗室。劉秀改名金和，常與嚴光往來。

第二折，十年後，劉秀滅了王莽，做了漢家皇帝，派人徵聘嚴光入朝做官，爲其所拒。

第三折，劉秀兩次三番來請，嚴光却不過情面，祇好入京一賀。相見時，祇叙友情，堅辭做官。

第四折，劉秀大擺筵席，爲嚴光洗塵。嚴光視富貴榮華如草芥塵埃，仍然回到了自己的七里灘做隱士。

本劇校本，今有隋、鄭、徐三種。王季思先生亦有校語。又，《盛世新聲》《詞林摘艷》《雍熙樂府》并録本劇第二折全套。以上各種，一并用以入校。

第一折

某姓嚴名光，字子陵，本貫會稽嚴州人也。自幼年好遊玩江湖，即今在富陽富春山畔七里灘〔一〕，釣魚爲生。方今王新室在位，爲君一十七年，滅漢宗一萬五千七百餘口，絶劉後患，天下把這姓劉的捉拿。有一人，春陵鄉〔二〕白水村姓劉，名秀字文叔，不敢呼爲劉文叔，改名爲金和秀才。他常以我爲兄相待。近日在下村李二公莊上，閑攀話飲酒。想漢朝以來：

【仙吕點絳唇】開創高皇，上天謫降〔三〕，蕭丞相，韓信張良。至平帝生王莽〔四〕。

【混江龍】自從夏桀將禹喪，獨夫殷紂滅成湯。丕顯立吊民伐罪，丕承立守緒成王。剛四世〔五〕垂拱岩廊朝采鳳〔六〕，第五輩巡狩湘流中滰殺昭王。自開基啓運〔七〕，立國安邦；坐籌帷幄，竭力疆場；百十萬陣，三五千場；滿身矢簇，遍體金瘡；尸横草野，鴉啄人腸。未曾立兩行墨迹在史書中，却早卧一丘新土在邙山上。咱人這富貴如蝸牛角〔八〕半痕涎沫，功名似飛螢尾一點光芒。

【油葫蘆】劉文叔相期何故爽？一會家自暗想，怎生來今日晚了時光！他子在魚洲纜住收罾網〔九〕，酒旗摇處沽村釀。暢情時酌一壺，開懷時〔一〇〕飲幾觴。知他是暮年間身死中年間喪，醉不到三萬六千場。

【天下樂】則願的王新室官家壽命長。我這裏斟量，有個意况。你乾坤姓王的由他姓王〔一一〕。

他奪了呵奪漢朝，篡了呵篡了漢邦，倒與俺閑人每留下醉鄉。

【那吒令】則咱這醉眼覷世界，不悠悠蕩蕩；則咱這醉眼覷日月，不來來往往；則咱這醉眼覷富貴，不勞勞攘攘！咱醉眼寬似滄海中，咱醉眼竟高似青霄上，咱醉眼不識個宇宙洪荒！

【鵲踏枝】他笑咱，唱的來不依腔〔一二〕，舞的來煞顛狂。俺不比你，各皺定眉兒〔一三〕別是天堂。富漢每喝菜湯穿粗衣布裳〔一四〕有一日潑家私似狗零羊剩〔一五〕。

【寄生草】我比他吃茶飯知個飢飽，我比他穿衣服知個暖凉。酒添的神氣能榮旺，飯裝的皮袋偏肥胖，衣穿的寒暑難侵傍。看誰人省悟是誰痴，怕不鳳凰飛在梧桐上。

【六幺序】您將他稱賞，把他贊奬〔一六〕，那厮則是火避苛虎〔一七〕當道豺狼。咱人但曉三章，但識斟量，忠孝賢良，但似嚴光〔一八〕，怎肯受王新室紫綬金章！待使令鬼眼通神相〔一九〕，有多少馬壯人强。改年建號時間旺〔二〇〕，奪了劉家朝典，奪了漢室封疆。

【幺篇】遍端詳，那厮模樣，休緊休忙。等那穹蒼，到那時光，漢室忠良，議論商量，引領刀槍，撞入門墻〔二一〕，拖下龍床，脱了衣裳，木驢牽將，鬧市雲陽〔二二〕，手脚舒長，六道長釘釘上，咱大家看一場。不争你動起刀槍，天下荒荒，正應道龍門魚傷。盡乾坤一片青羅網，咱人逃出不等高張〔二三〕。您漢室枝葉合興旺，現放着一個天摧地塌〔二四〕，國破家亡。

【後庭花】你道我瓦盆兒醜看相，磁甌兒少意況。强如這惹禍患黄金盞，招灾殃碧玉觴。玉觴内飲瓊漿〔二五〕，耳邊旁音嘹亮〔二六〕，絳紗籠銀燭光，列金釵十二行。裙摇的瓊佩響，步金蓮羅襪香，嬌滴滴宫樣粧，玉纖纖手内將，黄金盞盞面上〔二七〕，鬬埋伏鬧隱藏。

【青哥兒】那裏面暗隱着風波、風波千丈！你説波，使磁甌的有甚、有甚淥傷〔二八〕？我醉了呵，東倒西歪儘不妨〔二九〕。我若爛醉在村鄉，着李二公扶將，到草舍茅堂〔三〇〕，靠瓮牖蓬窗。新葦席清涼，舊木枕邊廂〔三一〕，袒脱下衣裳〔三二〕，放散誕心腸〔三三〕，任百事無妨。倒大來免慮忘憂，納被蒙頭，任意翻身〔三四〕。强如您宰相侯王，遭斷没屬官象牙床，泥金亢〔三五〕。

【賺煞】平地上窩弓，水面上張羅網〔三六〕，再誰想相尋相訪〔三七〕！鴻鵠志飛騰天一方〔三八〕，揀深山曠野潛藏。嘆行唐〔三九〕，驀嶺登岡〔四〇〕，拽着個鈍木斧，繫着條粗麻繩，挾着條舊擔杖〔四一〕。我則待駕孤舟蕩漾，趁五湖烟浪，望七里灘頭，輕舟短棹，蓑笠綸竿，一鈎香餌釣斜陽。

校勘記

〔一〕富陽富春山畔七里灘：原本『富陽』，誤作『南陽』，今改。

〔二〕春陵鄉：原本『春』字，音假爲『充』，今改。

〔三〕上天謫降：原本『謫』字，音假爲『責』，今改。各本失校。

〔四〕至平帝生王莽：原本『至』字，涉下文『自從』句誤作『自』，依徐本改。

〔五〕剛四世：原本『四』字，音假爲『十』。鄭本云：『周代最初五王爲文、武、成、康、昭。此句上云成王，下云第五輩昭王，四世應指康王。』此説是，從改。

〔六〕垂拱岩廊朝采鳳：『岩廊』，喻朝堂。原本二字省借爲『巖郎』，今改。按彩鳳來朝，相傳爲周成王時事。《事類賦》引《琴操》曰：周成王援琴而歌曰：『鳳凰翔兮紫庭，余何德兮感靈。』即咏此事。

〔七〕開基啓運：原本『啓』字，音假爲『起』，今改。

〔八〕蝸牛角：原本『蝸』字，音假爲『堝』，今改。

〔九〕魚洲纜住收罾網：原本『纜』字，音假爲『攬』；『罾』字，音假爲『僧』，今改。『魚洲』，猶云魚鄉，可通。徐本改作『魚舟』，不取。

〔一〇〕開懷時：原本『開』字，誤爲『朝』，今改。

〔一一〕你乾坤姓王的由他姓王：原本『你』字，形誤爲『体』，依王校本改，各本失校。

〔一二〕唱的來不依腔：原本『腔』字，音假爲『羌』，今改。

〔一三〕各皺定眉兒：原本『各』字，形誤爲『名』；『皺』字，音假作『謅』，今改。

〔一四〕粗衣布裳：原本『布』字，音假爲『潑』，今改。鄭本待校。隋本改爲『樸』，失。徐本已改。

〔一五〕狗零羊剩：原本『零』字，省借爲『令』；『剩』字，音假爲『賸』，今改。『狗零羊剩』，猶今俗語『鷄零狗碎』，各本失校。

〔一六〕贊奬：原本『奬』字，省借爲『將』，今改。

〔一七〕苛虎：原本『苛』字，形誤爲『节』，依隋本改。

〔一八〕嚴光：原本作『敬光』，依鄭本改。

〔一九〕待使令鬼眼通神相：原本『待使』二字，原作『時史』；『神』字，音假爲『身』，姑依王校改。全句仍然費解，俟再考。

〔二〇〕改年建號時間旺：原本『建』字，形誤爲『廷』，今改。

〔二一〕撞入門墻：原本『墻』字，省借爲『嗇』，今改。

〔二二〕鬧市雲陽：原本『陽』字，誤作『南』，今改。

〔二三〕不等高張：原本『不』字，形誤爲『大』，今改。此句承上句『天網』言。

〔二四〕現放着一個天摧地塌：原本『現』字，省借爲『見』；『一個』二字，誤合爲『不』；『塌』字，音假爲『搭』，今改。『一個』二字取王校。

〔二五〕玉觴内飲瓊漿：原本『觴』字，殘壞如『辭』；『瓊』字，形誤爲『瑗』，依鄭本改。

〔二六〕耳邊傍音嘹亮：原本『傍』字作『仳』；『嘹』字，形誤爲『嚓』，依隋本改。

〔二七〕黄金盞盞面上：原本『盞』字不重。隋本補一方框，今依徐本補。

〔二八〕有甚、有甚涂傷：原本『有甚』二字失重，今依律補。

〔二九〕東倒西歪儘不妨：原本『東』字，形誤爲『杀』，今改。

〔三〇〕草舍茅堂：原本『草』字，形誤爲『第』，今改。

〔三一〕邊廂：原本『廂』字，省借爲『相』，今改。

〔三二〕袒脱下衣裳：原本『袒』字，音假爲『坦』，今改。

〔三三〕散誕心腸：原本『誕』，音假爲『但』，今改。

〔三四〕任意翻身：原本『意』字形壞；『翻』字省作『番』，今改。

〔三五〕泥金亢：原本『亢』字，音假爲『坑』。上句指床，此句指椅，依徐本改。

〔三六〕水面上張羅網：原本『網』字，誤作『徃』，依徐本改。

〔三七〕再誰想相尋相訪：原本『再』字散壞如『一丑』；『誰』字，形誤爲『淮』；第一個『相』字，形誤爲『村』；『訪』字，偏旁斷壞如『汸』，依徐本改。

〔三八〕飛騰天一方：原本『方』字，形誤爲『充』，今改。

〔三九〕嘆行唐：原本『嘆』字，形誤爲『漢』，依王校改。隋、鄭二本失校。徐本改爲『莫』，誤。

〔四〇〕驀嶺登岡：原本『驀』字，音假爲『募』，今改。

〔四一〕挾着條舊擔仗：原本『挾』字，音假爲『搚』。隋本改作『携』，不取，今依鄭本。

第二折

【越調鬥鵪鶉】我把這緵笠做交遊，蓑衣爲伴侶。這緵笠避了些〔一〕冷露寒烟，蓑衣遮了些斜風細雨。看紅鴛戲波面千層，喜白鷺頂風絲一縷。白日坐一襟芳草裀，晚來宿半間茅苫屋〔二〕。想從前錯怨天公，甚也有安排我處。

【紫花兒序】你道我不達時務！我是個避世嚴陵，釣幾尾漏網的游魚，怎禁四蹄玉兔，三足金烏？仔細惆悵，觀了些成敗興亡，閱了些今古〔三〕。浪淘盡千古風流人物〔四〕。昨日個虎踞在咸陽，今日早鹿走姑蘇。

【小桃紅】〔五〕則我這領粗布袍，雖不及紫朝服，倒大來自在無憂慮。草履比朝靴大行步，慢麻絛緊束住我身軀，想嚴光也有安排處。一個秦李斯在雲陽中滅族，漢張良辭朝歸去，都待要玉帶上掛金魚。

【金蕉葉】七里灘從來是祖居，是輩兒不知禍福〔六〕，常繞定灘頭景物。我若是不做官，一世兒平生願足。

【調笑令】巴到日暮，看天隅，見隱隱殘霞三四縷。釣的這錦鱗來，滿向籃中貯。正是收綸罷釣漁夫〔七〕，那的是江上晚來堪畫處，抖搜着緑蓑歸去。

【鬼三臺】休停住，疾回去。不去呵枉惹的我訛言課語〔八〕。回奏與，您漢鑾輿，休着俺閑人受苦！皂朝靴緊行拘我二足，紗幞頭戴着掐我額顱。我手執的是斑竹綸竿〔九〕，誰秉得你花紋象笏〔一〇〕。

【禿厮兒】您那有榮辱襴袍靴笏，不如俺無拘束新酒活魚。青山緑水開畫圖〔一一〕。玉帶上，掛金魚，都是囂虛。

【聖藥王】我在這水國居，樂有餘。你問我，弃高官不做待閑居？重呵，止不過請些俸禄，輕呵，但抹着滅了九族。不用一封天子召賢書〔一二〕，回去也不是護身符〔一三〕。

【麻郎兒】我盡説與你肺腑〔一四〕，我共您鑾輿〔一五〕，俺兩個常繞着南陽酒爐，醉酩酊不能家去。

【幺篇】俺是酒徒，醉餘，睡處，又無甚花氈綉褥〔一六〕？我布袍將他蓋覆〔一七〕，常與我席頭兒多處〔一八〕。

【絡絲娘】俺兩個醉偃仰同眠抵足〔一九〕，我怎去他手裏三叩頭揚塵拜舞？我説來的言詞你寄將去，休忘了我一句。

【收尾】〔二〇〕説與你劉文叔，有分付處别處分付。我不做官呵，有甚麽〔二一〕没發付您那襴袍靴笏？

我則知十年前共飲的舊知交，誰認的甚麽中興漢光武！

校勘記

〔一〕避了些：原本『避』字，形誤爲『遊』，今改。

〔二〕茅苫屋：原本『苫』字，形誤爲『苦』，今改。

〔三〕今古：原本『古』字，形誤爲『右』，今改。

〔四〕浪淘盡千古風流人物：用蘇東坡《念奴嬌·赤壁懷古》詞原句。原本『淘』字，音假爲『陶』；『盡』字，當是俗體『尽』形誤爲『尸』，今改。

〔五〕小桃紅：原本脱此曲。據《盛世新聲》《雍熙樂府》補。

〔六〕是輩兒不知禍福：原本『是』字，由文字待勘符號『卜』，形誤爲『十』，今改。各本失校。

〔七〕收綸罷釣的漁夫：原本『綸』字，音假爲『輪』；『漁』字，省借爲『魚』，今改。

〔八〕訛言課語：原本『課』字散壞，依徐本改。『課』，本字或當爲『磕』，俟再考。

〔九〕斑竹綸竿：原本『斑』字，音假爲『班』，今改。

〔一〇〕花紋象笏：原本『紋』字，形誤爲『故』，今改。

〔一一〕青山緑水開畫圖：原本『畫圖』二字誤倒，失韵，據《雍熙樂府》改。

〔一二〕召賢書：原本『召』字，音假爲『沼』，今改。

〔一三〕護身符：原本『護』字，音假爲『獲』，今改。

〔一四〕肺腑：原本「腑」字，音假爲「腹」，今改。

〔一五〕鑾輿：原本二字作「鸞與」，今改。

〔一六〕花氈綉褥：原本「綉」字，省借爲「秀」，今改。

〔一七〕蓋覆：原本「覆」字，音假爲「伏」，今改。

〔一八〕常與我席頭兒多處：原本「多處」二字，音假爲「奪樹」，據《盛世新聲》《詞林摘艷》改。

〔一九〕俺兩個醉偃仰同眠抵足：原本「俺」字，形誤爲「倒」；「偃」字，當省借爲「匽」，形誤爲「屢」。「偃仰」，謂醉態，徐本所説甚是，從改。

〔二〇〕收尾：原本省題作「尾」，今改。

〔二一〕有甚麽：原本「麽」字，誤作「梁」，今改。

第三折

自從與劉文叔酌別之後，今經十年光景。他如今做了中興皇帝〔一〕，宣命我兩三次，我不肯做官。您不知國家興廢。（詩曰）〔二〕漢家公卿笑子陵，子陵還笑漢公卿。一竿七里灘頭竹，釣出千秋萬古名。雲山蒼蒼，江水泱泱。貧道之風，山高水長。主人宣命我兩次三回，我不肯去，則做那布衣之交。特作一書〔三〕來請命我，好至聖明的皇帝〔四〕。能紹前業謂之光，剋定禍亂謂之武〔五〕。休説君臣相待，則做個朋友相看，也索禮當一賀。

【正宫端正好】　高祖般性寬洪，文帝般心明聖，可知漢業中興。爲我不從丹詔修書請，更道違宣命。

【滚綉球】　嚴子陵，莫不忒煞逞？我是個道人家動不如静。休！休！我今番索通個人情，便索登，遠路程〔六〕。怎禁他禮節相敬〔七〕，豈辭勞鞍馬前行。不免的手攀明月來天闕，我子索袖挽清風入帝京，怎得消停！

【倘秀才】　來了我呵，鷗鷺在灘頭失驚，不見我呵，漁父在磯臺漫等，來了我呵，釣臺上青苔即漸生。這其間，柴門静悄悄，茅舍冷清清，料應。

【滚綉球】　柴門知他扃也不扃？人來却是應也那不應〔八〕？荒踈了俺那柳陰花徑。有賓朋來呵，誰人出户相迎？到初更酒半醒，猛想起故園景，忽然感懷詩興，對蓬窗斜月似挑燈。香馥馥暗香浮動梅摇影，踈剌剌翠色相交竹弄聲。感舊傷情。

【倘秀才】　見旗幟上月華日精，唬的些居民似速風迸星〔九〕，百般的下路潛藏無掩映〔一〇〕。不知您，帝王情，是怎生？

【滚綉球】　遮鑾駕〔一一〕却是應也不應？怖民人〔一二〕却是驚也不驚？更做道一人有慶！漢君王直恁地〔一三〕，將鑾駕别處無施呈。他出郭迎，俺舊伴等，待剛來我根前顯耀他帝王的權柄，和俺釣魚人莫不兩國相争。齊臻臻戈斧鐙棒當頭擺〔一四〕，明晃晃武士金瓜夾路行，我怎敢衝撞朝廷！

【倘秀才】　他往常〔一五〕穿一領粗布袍，被我常扯的偏襟袒領〔一六〕。他如今穿着領柘黄袍，我若是輕抹着該多大來罪名！我則似那草店上相逢時那個身命，便和您，叙交情，做咱那伴等。

【滚綉球】投至得〔一七〕帝業興，家業成，四邊寧静〔一八〕，經了幾千場虎鬥龍争。則爲我交契情，我費打聽〔一九〕，到處裏曾問遍庶民百姓。最顯的是暮秋黄落嚴凝〔二〇〕。都説你須知後漢功臣力，不及滹沱一片冰〔二一〕。端的是鬼怕神驚！

【脱布衫】則爲你搬調人兩字功名，驅策人〔二二〕半世浮生。一個楚霸王拔山舉鼎，烏江岸劍抹了咽頸〔二三〕。

【小梁州】都則爲耻向東吴再起兵〔二四〕，那其間也是高祖功成。到賊王莽篡了龍廷〔二五〕，有真命，文叔再中興。

【幺篇】貧道暗暗心内自思省，建武十三年，八月期程，王新室有百萬兵，困你在昆陽陣。那其間醉魂也半輪明月，覺來時依舊照茅亭。

【耍孩兒】自古興亡成敗皆前定，若是你不患難〔二六〕如何得太平！自從祖公公昔日陷彭城〔二七〕，真乃是死裏逃生。不濃陰怎得真龍顯〔二八〕？不發黑如何得曉日明？雖然你心明聖〔二九〕，若不是雲臺上英雄併力，你獨自個孤掌難鳴！

【四煞】〔三〇〕爲民的樂業在家内居〔三一〕，爲農的欣然在壟上耕。從你爲君，社稷安盜賊息狼烟静〔三二〕，九層春露都恩到，兩鬢秋霜何足星？百姓每家家慶，慶道是民安國泰，法正官清。

【三煞】休將閑事净提〔三三〕，莫將席面冷，磁甌瓦鉢似南陽興。若相逢不飲空歸去，我怕聽陽關第四聲。你把這瓮内酒休教剩，我若不令十分酩酊，怎解咱數載離情！

【二煞】〔三四〕你也不是我的君，我也不是你的卿。咱兩個一尊酒罷先言定。若是你萬乘主今夜還朝去〔三五〕，我便七里灘途程來日登〔三六〕。又不曾更了名姓，你則是十年前沽酒劉秀，我則是七里灘垂釣的嚴陵。

【尾】您每朝聚九卿，你須當起五更。去的遲呵，着這兩班文武在丹墀候等。俺出家，索納被蒙頭〔三七〕，黑甜一枕，直睡到紅日三竿，猶兀自〔三八〕喚不的我醒！

（下）

校勘記

〔一〕皇帝：原本二字諱作『〇〇』，今改。鄭本補作『帝王』，非。

〔二〕詩曰：二字原無，今補。

〔三〕特作一書：原本『特』字，形誤爲『時』，今改。各本多失校。隋本以『時』字屬上讀，亦誤。

〔四〕至聖明的皇帝：原本『明』字，涉上誤作『聖』；又『帝』字諱作『〇』，今改。

〔五〕能紹前業謂之光，剋定禍亂謂之武：原本『紹前業』三字，音假爲『昭千葉』；『定』字作『除』，依徐本據《資治通鑑》卷四十注引《謚法》原文改。

〔六〕遠路程：原本『路』，形誤爲『洛』，今改。

〔七〕禮節相敬：原本『節』字，當省借爲『即』，形誤爲『郎』，今改。按：敦煌變文《祇園因由記》：『爾時四天王見須達不閑（嫻）禮則。』『禮則』，當作『禮節』，與此劇同。

〔八〕人來却是應也那不應：原本『來』字，形誤爲『笑』，今改。各本失校。

〔九〕速風迸星：原本『星』字壞如『呈』，依徐本改。

〔一〇〕掩映：原本『掩』字，音假爲『俺』，今改。

〔一一〕遮鑾駕：即唐突天子車駕。原本『遮』字，音假爲『折』；『鑾』字，假『鸞』，今改。徐本改爲『斥鑾駕』，不取。

〔一二〕怖民人：原本『怖』字，省借爲『布』；『民』字，形誤爲『氏』，依鄭本改。此句承上文『唬的些居民似速風迸星』而言，徐本改作『布衣人』，似失。

〔一三〕直恁地：原本『直』字，誤增爲『真』，今改。

〔一四〕戈斧鐙棒當頭攏：原本『斧』字，音假爲『書』，今改。《博望燒屯》第二折【一枝花】曲作『鐙棒柯(戈)舒(斧)』。徐本均改爲『殳』，可參看。

〔一五〕往常：原本『往』字，音假爲『枉』，今改。

〔一六〕偏襟袒領：原本『偏襟袒』三字，省借爲『扁禁旦』，今改。

〔一七〕投至得：原本『投』字，形誤爲『接』，今改。

〔一八〕四邊寧靜：原本『寧』字，形誤爲『宰』，今改。隋本改作『平』，不取。

〔一九〕費打聽：原本『費』字，當音假爲『废』，形誤爲『灰』，依隋本改。徐本改作『廣』，似非。

〔二〇〕暮秋黄落嚴凝：原本『落』字無，今補。『黄落』，草木葉黄而零落。《禮記·月令》季秋之月：『是月也，草木黄落，乃伐薪爲炭。』徐本改作『暮秋霜氣嚴凝』，誤。

〔二一〕須知後漢功臣力，不及滹沱一片冰：原本『滹』字，簡寫作『淲』；『沱』字，當省借爲『它』，形誤如『田』。仿刻本誤作『泥田』，今改。按：二語出胡曾《咏史》詩。事見《後漢書·光武本紀》：更始二

〔二二〕年正月，光武行軍北徇薊，兵敗南奔，晨夜不敢入城邑，舍食道傍。至呼沱河，無船，適遇冰合，得渡。

〔二三〕驅策人：原本『驅』字，音假爲『軀』；『策』字，形誤爲『榮』，依鄭本改。徐本改作『驅用人』，非。

〔二四〕劍抹了咽頸：原本『抹』字，省借爲『末』；『咽』字，音假爲『燕』，今改。

〔二五〕耻向東吴再起兵：原本『耻』字作『䏶』，似爲俗體；『再』字，形誤爲『耳』，今改。

〔二六〕到賊王莽篡了龍廷：原本『到』字，音假爲『道』；『廷』字，形誤爲『延』，今改。

〔二七〕不患難：原本『不』字，形誤爲『下』，今改。

〔二八〕祖公公昔日陷彭城：原本『陷』字漫漶，仿刻本誤改爲『焰』，依王校改。

〔二九〕不濃陰怎得真龍現：原本『濃陰』二字，音假爲『農吟』，依王校、鄭本改。徐本改作『龍吟』，失。

〔三〇〕雖然你心明聖：此句依律爲三字。徐本合『你心』爲『您』字，似非。

〔三一〕四煞：原本誤題作『煞』，今改。

〔三二〕爲民的樂業在家内居：原本無『的』字，依下句『爲農的』語例補。

〔三三〕狼烟静：原本『狼』字，音假爲『浪』，今改。

〔三四〕休將閑事净提：原本『净』字，省借爲『争』，今改。各本失校。按：『争』，係莊母；『净』，係從母。凡莊母，古代皆讀從母，故二字多得通假。參看《遇上皇》第四折校勘記〔八〕。

〔三五〕二煞：原本題作『四煞』，今改。

〔三六〕萬乘主今夜還朝去：原本『乘』字，音假爲『聖』；『朝』字爲草體，今改。

〔三七〕我便七里灘途程來日登：原本『便』字，誤省爲『更』；『灘』字，誤省爲『難』，今改。

〔三七〕索納被蒙頭：原本『索』字，形誤爲『東』，今改。徐本改作『來』，非。

〔三八〕猶兀自：原本『猶』字，音假爲『由』，今改。

第四折

則想在昨郊外〔一〕相見之後，便指望便回俺那七里灘去來，不想今日又請我做拂塵筵席。

【雙調新水令】屈央着野人心〔二〕，直宣的我入宫來，笑劉文叔，我根前〔三〕是何相待？待剛來則是，矜誇些金殿宇，顯耀些玉樓臺。莫過是玉殿金階，我住的是草舍茅齋，比您不曾差夫役着萬民蓋。

【喬牌兒】背路旁〔四〕啄緑苔，猛然間那驚怪。元來是七里灘朱頂仙鶴，在碧雲間〔五〕將雪翅開，他直飛到皇宫探我來。

【掛玉鉤】〔六〕他爲甚遥閌在欄干外〔七〕？是不是我的仙鶴？若是我的呵則不宜來〔八〕。和他那獻果木猿猱也到來〔九〕，我山野的心常在。俺那裏水似藍，山如黛。不由我見景生情，覩物傷懷。

俺那七里灘，好過這景致〔一〇〕。麋鹿銜花，野猿獻果，天燈自現，烏鵲報曉。禽有禽言，獸有獸語。

【滴滴金】俺那裏猿猱會插手，仙鶴展翅，把人情都解。非濁骨與凡胎。我在緑柳堤邊〔一一〕，紅蓼灘頭，白蘋洲外，這其間鷗鷺疑猜〔一二〕。

【折桂令】疑猜我在釣魚灘醉倒未回來〔一三〕。俺出家兒散誕心腸，放浪形骸。我把您上下君臣，非是嚴光，把您花白〔一四〕。爲君的緊打併吞伏四海，爲臣的緊鋪勞日轉千階〔一五〕。我説與您聽，我不是人才〔一六〕。有那等不染塵埃，不識興衰〔一七〕，靠峽偎崖〔一八〕，撒網擔柴，尋覓將來，則那的便是人才！

【喬牌兒】脚緊抬慢抬，一層邁兩層邁〔二〇〕。上金階宮女將我忙扶策，把嚴陵來休怪責。敢也不敢？中也不中〔一九〕？我問您咱！

【殿前歡】扶策的我步瑤階，心懷七里灘釣魚臺〔二一〕。醉醺醺邁出龍門外〔二二〕，似草店上般東倒西歪，把我腦搊的搶將下來〔二三〕。這殿閣初興蓋，您君臣抖腰跨胸太〔二四〕。大古裏是茅茨不剪，三尺臺階。

【水仙子】我這裏輕揎袍袖手舒開，滿飲瓊漿款落臺〔二五〕，飲絶時放的穩忙加額。比俺那使磁甌好不自在，怎如咱草店上倒開懷。不想銜是禍患，不知銜是利害，暢好拘束人也玳瑁筵開。倘或間失手打破這盞兒呵，家裏有幾個七里灘賠得過！

【落梅風】我在江村裏住，肚皮裏飢上來，俺則有油鹽和的半盞野菜。食魚羹稻飯幾曾把桌器擺，幾曾這般趨趨將將〔二六〕，大驚小怪！我則待回七里灘去！

【鴛鴦煞】〔二七〕九經三史文書册，壓着一千場國破山河改。富貴榮華〔二八〕，草芥塵埃。唱道禄重官高，銜是禍害，鳳閣龍樓，包着成敗。您那裏是舜殿堯階，嚴光呵，〔二九〕則是跳出了十萬丈風波是非海！

題目〔三〇〕　劉文叔醉隱三家店

正名　嚴子陵垂釣七里灘

嚴子陵垂釣七里灘終

校勘記

〔一〕郊外：原本『郊』字作草體，仿刻本作『却』，非。

〔二〕屈央着野人心：原本『央』字，音假爲『恙』，今改。

〔三〕我根前：原本誤作『我我根』，今改。

〔四〕背路旁：原本『背』字，音假爲『輩』；『路』字，音假爲『洛』，今改。徐本改作『輦路旁』，似非。

〔五〕碧雲間：原本『雲』字，由俗體『云』形誤爲『去』，今改。

〔六〕掛玉鈎：原本脱曲牌名，與上曲【喬牌兒】誤連，今補。

〔七〕他爲甚遥悶在欄干外：原本『遥』字，實爲『�』字。『趓悶』不文，今改。徐本作『還悶』，亦非原本之真。

〔八〕若是我的呵則不宜來：原本『宜』字，形誤爲『它』，今改。徐本未校。隋本改作『肯』，非。

〔九〕獻果木猿猱也到來：原本『猱』字，音假爲『揉』，今改。徐本删『木』字，不取。『果木』，指水果，元代實有這樣的語彙。《貶夜郎》第三折【鮑老兒】曲：『更做果木叢中占了第一。』

〔一〇〕好過這景致：原本『這』字，涉上文誤作『好』，依徐本改。

〔一一〕綠柳堤邊：原本『堤』字，音假爲『提』，今改。

〔一二〕鷗鷺疑猜：原本『疑』字，誤增爲『凝』；『猜』字，形誤爲『梢』，今改。

〔一三〕未回來：原本『未』字，涉下形誤爲『來』，今改。

〔一四〕花白：原本『白』字，形誤爲『向』，今改。

〔一五〕日轉千階：原本『千』字，形誤爲『手』，今改。

〔一六〕我不是人才：原本無『是』字，依鄭本補。

〔一七〕不識興衰：原本『衰』字，形誤爲『襄』，今改。

〔一八〕靠峽偎崖：原本『峽』字，音假爲『煩』，今改。『峽』，即峽谷，這裏指水邊。『靠峽偎崖』，一傍山，一依水，即下文『撒網擔柴』之漁樵。鄭、徐二本改『煩』爲『嶺』，失。

〔一九〕敢也不敢？中也不中：次句『不』字原本空缺，依上句補。

〔二〇〕一層邁兩層邁：原本『層邁』二字，均音假爲『增陌』，依隋本改。

〔二一〕心懷七里灘釣魚臺：原本『懷』字，作『術』；『釣』字，形誤爲『的』，依徐本改。

〔二二〕醉醺醺邁出龍門外：原本『醺醺』二字，音假爲『勳勳』；『邁』字，當音假爲『陌』，筆畫散壞如『陀』，今改。隋、徐二本改『陀』爲『跳』，失。

〔二三〕把我腦攧的搶將下來：『腦攧』，即揪住頭髮。徐本改作『惱攧』，失。

〔二四〕您君臣抖腰跨胸太：原本『抖腰』二字，假借爲『鬥要』；『太』字，音假爲『大』，今改。『抖腰跨胸』，即扭捏作態。全句意在譏諷劉秀君臣過於得意忘形。徐本改『鬥要』爲『鬥耍』，失。

〔二五〕款落臺：原本『款』字可辨，仿刻本空缺，隋、鄭二本失補。

〔二六〕趨趨將將：原本『趨趨』二字，音假爲『區區』，今改。

〔二七〕鴛鴦煞：原本誤題『離亭宴煞』，依鄭本改。

〔二八〕富貴榮華：原本『貴』字，形誤爲『炎』；『華』字，形誤爲『葉』，今改。

〔二九〕嚴光呵：原本『呵』字殘迹可辨，仿刻本空缺，隋、鄭二本失補。

〔三〇〕題目：二字原無，今補。

輔成王周公攝政

鄭光祖 撰

簡要説明

《輔成王周公攝政》，鄭光祖撰。原題『古杭新刊關目輔成王周公攝政』。原本未標明折數，科白簡略。《録鬼簿》《太和正音譜》《寶文堂書目》《元曲選目》《今樂考證》《曲録》并録本劇劇目。

楔子，武王滅商以後，周公請封紂王之子武庚，以維殷祀。又派管叔、蔡叔、霍叔三人前往監視，號稱『三監』。

第一折，武王病重，周公祝天，願以身代死。占卜後開金縢木櫃查看卜兆書，時王命宣召甚急，誤將祝册鎖在金縢櫃中。武王自知不起，托孤於周公，并賜劍以斬不臣。

第二折，武王死後，成王年幼，周公帶劍坐於君王之旁，攝行國事。

第三折，三監散布流言，説周公『將不利於孺子』。并夥同武庚造反，京國震動。周公恐懼，自請處分，太后不許。周公乃留家屬爲質，率兵東征。

第四折，周公走後，天大雷雨。成王於金縢櫃中看到周公告天願以身代武王的告册，纔明白他的一片忠心。周公得勝歸來，成王親自郊迎，武庚和三監都得到應有的下場。末以周公歸政、告祭武王作結。

本劇校本，今有盧、隋、鄭、徐四種。王季思先生亦有校語。以上各種，一并用以入校。

楔子

（微子一折）（駕上，宣住）（正末扮太師上，開）自家姬姓，周家嫡族〔一〕，現爲太師。從先考文王時，參預國事，至今上武王，一同剋商伐紂。官裏與諸侯會于鹿臺，宣唤某吵，不知有甚公事？（見駕科）（駕云）（封公了）（駕云）（云）陛下當元本子是吊民伐罪。今來有罪的罰了，有功的賞了也〔二〕。有紂子武庚，合維殷祀，若不封贈，恐失前言。（駕云了）（云）叔鮮去呵是〔三〕，争奈兄弟性剛〔四〕，交叔處、叔度二人同去方可〔五〕。將叔鮮進封〔六〕管叔，叔度封蔡叔，叔處封霍叔，名爲三監。恁地呵怎生？（一行下）（駕云）（告歸農科，謝恩科）

【仙吕賞花時】滅紂主殘殷以敬天〔七〕，祀后稷南郊以配天。願陛下福齊天，九五數飛龍在天。昨日商今日周别换了一重天。（三叔一折）〔八〕（太后云了）（駕云）（一行都下了）〔九〕

校勘記

〔一〕嫡族：原本二字音假爲『的簇』，今改。按：『的』『嫡』二字古書多通假。《韓非子·奸劫篇》：『廢正的而立，不義。』『正的』，即『正嫡』。

〔二〕有功的賞了也：徐本改『也』爲『他』，屬下讀。云『原作「它」，覆本作「也」，非』。按：原本實爲『也』字，改作『他』字實誤。

〔三〕叔鮮去可是：原本『鮮』字，形誤爲『鱗』，今改。以下不再出校。

〔四〕性剛：原本『性』字，音假爲『生』，今改。『性剛』，謂性情剛愎、執拗。《三國志·張昭傳》：『此公性剛，所言不從，怨咎將興，非所以益之也。』敦煌《大目乾連冥間救母變文》：『獄主爲人情性剛，嗔心點點色蒼茫。』又，《白兔記》第九齣【水底魚兒】曲：『懊恨爹娘，無知忒性剛，招劉窮爲婿，在家中惹禍殃。』

〔五〕同去方可：原本作『方可同去』，依徐本改。

〔六〕進封：原本『進』字，音假爲『盡』，今改。

〔七〕滅紂主殘殷以敬天：原本無『以』字；又『敬』字，形誤爲『故』，依鄭本改。

〔八〕三叔一折：原本『三』字殘，今補。

〔九〕一行都下了：原本『下』字，形誤爲『云』，今改。

第一折

（正末秉圭上，開）自今上踐祚〔一〕，無爲而治〔二〕，一十五年，王弗幸有疾，弗瘳。今築高臺三層，齋戒七日，秉圭祝册，告于太王、王季、文王，願以臣之身，以代主上之命，未知天意若何？暗想周家，帝嚳順時積德〔三〕，至今恰正統，皆順天意人心，却不曾延其壽算！

【仙吕點絳唇】后稷躬耕，帝堯徵聘，封姬姓。農務興行，周業從兹盛。

【混江龍】太公修公劉德行，岐山下市井不年成。王季立丕承祖考〔四〕，太伯賢遠入蠻荆。次及西伯文王善養老，直至當今天下致升平〔五〕。當此際紂君暴虐，廢天時殷道難行〔六〕。寵妲己貪淫寺廟〔七〕，信惡來濫法極刑。建鹿臺宫爲九市，奏淫歌夜至達明。酒爲池可行舟楫，肉爲林不問羶腥。裸形體〔八〕去逐男女，剖心肝故殺公卿。天降灾三年不雨，民失業四海逃生。聽衆口一詞可伐〔九〕，會諸侯八百來盟。戊午日孟津師度，甲子日牧野交兵。彼紂王火中燔死，妲己氏劍下尸横〔一〇〕。秉金鉞吊民伐罪，偃旗鼓□□□□。陰陽再判，日月重明。萬邦入貢，五穀豐登〔一一〕。家無事，國先寧，絶攙攙，得安寧。順皇天洗净日邊雲〔一二〕，與黎民去却心頭病。恰救得蒼生安息，便不能得龍體安寧！（上壇告天科）

【油葫蘆】今日祝册修成將壇墠登，心志誠，願三天上享〔一三〕降威靈。官裏無貪淫貪慾貪能性〔一四〕，都子爲憂國憂民憂成病。配三才〔一五〕天地人，明三光日月星。百姓將及時甘雨把君恩并，却難主上望長生。

【天下樂】點點咸呼萬歲聲。今上神靈，雖聖明，不如云予仁若考多藝能。願三天神意察，把吾皇壽考增，寧可促微臣老性命！

（做揲蓍草科）〔一六〕

【那吒令】定華夷九鼎，得乾坤正型。恰簫韶九成〔一七〕，仿《關雎》正聲〔一八〕。早春秋九令，入桑榆暮景。金聲鳴清廟鐘，玉振響明堂磬，血食列俎豆犧牲。

【鵲踏枝】爲君疾不能興，求占卜可宜行〔一九〕。雖生死各盡天年，要陰陽不順人情〔二〇〕。比及齊七政璇璣玉衡，先索推五行啓木櫃金縢。

【寄生草】演九五三一數，兆乾元亨利貞〔二一〕。當元定太初一氣剖判爲伏羲聖〔二二〕，自後立六十四卦彖象是先君定〔二三〕，如今揲四十九莖蓍草卜當今命。果必有禍福，願先天无咎神鬼言。設若見吉祥，是主人有福牙推勝〔二四〕。

（云）卜了三卦〔二五〕，未知卦象如何？（到太廟科）（做開金縢看卜兆書科）（外上，宣了）（做將文册同卜兆書一發放在金縢櫃中了，出來科）（云）嗨！不想貪慌，將先天祝册錯放在金縢中，待取去，争奈宣喚緊，日後再取也不妨〔二六〕。（虛下）（駕上，云住）（見駕科）（駕又云）

【幺篇】陛下放心！不足以爲天異，何勞的苦聖情。陛下夢身穿赤色是周家正〔二七〕，陛下見天分乾象爲文章盛，陛下慌地開坤軸主烟塵净〔二八〕。太陰昏，被日奪了東海月華明；帝星無，爲雲遮

了北斗杓兒柄。（駕云了）

【六幺序】〔二九〕不爭掩弃却周天下〔三〇〕，永別離老弟兄〔三一〕。交誰憂念四海生靈？鳳凰雛羽未全成，犁牛子角未能騂。然如此，把後朝遺囑〔三二〕的分明。耳邊聽，口不住稱神聖，臣唯能喏喏連聲。臨大節怎敢違尊命，欽依聖教〔三三〕，死後愚誠。

【幺篇】臣雖無能，輔朝廷，寄命叮嚀，密旨親聽，社稷重興。付能臣支撑，忠信難憑，天地爲盟，上有蒼冥〔三四〕。倘或天不容，吾皇駕崩，陛下放心，這公事便索行。臨至日，若是上下交征，内外差爭，老微臣怎地施行？（駕與劍了）這劍斬不臣〔三五〕夷背逆誅讒佞。聖旨道：無鑾駕如朕親行。臣既能如此持威柄，其教不嚴而治，其政不肅而成〔三六〕。（辭駕科）

【賺煞】恰把密旨暗中傳，不想大事須臾定。臣怎敢使赤子匍匐入井〔三七〕？臣該萬死，怎敢當篡位奪權惡罪名！他小則小神武文明。此件事不爲輕，怎敢諂諛龍情？臣依着天道人心順處行。（駕云了）且休問人心怎生〔三八〕，現如今天心先應。臣夜觀乾象不見別，見明滴溜照東宮一點紫微星。（駕云了）（下）

校勘記

〔一〕自今上踐祚：原本『自』字，形誤爲『目』，今改。

〔二〕無爲而治：原本『治』字，形誤爲『洽』，今改。

〔三〕順時積德：原本『德』字，音假爲『得』，今改。

〔四〕丕承祖考：原本『承』字，音假爲『成』，今改。

〔五〕當今天下致升平：原本『致』字，省借爲『至』，今改。

〔六〕殷道難行：原本『道』字，音假爲『到』，今改。

〔七〕寵妲己貪淫寺廟：原本『寺』字，音假爲『肆』，今改。此事見《武王伐紂平話》上：紂王於玉女觀行香，見廟中女神塑像之美，三日不能去。因之大索天下，得妲己，終至亡國。盧本改『肆廟』爲『肆欲』，鄭、徐二本改作『肆虐』，均失。

〔八〕祼形體：原本『形』字，音假爲『刑』，今改。

〔九〕聽衆口一詞可伐：原本『伐』字漫漶，依盧本補。《史記·周本紀》：『諸侯皆曰：「紂可伐矣。」』語當出此。

〔一〇〕妲己氏劍下尸横：原本『横』（huáng）字，音假爲『王』，依王校改。盧本改『尸王』爲『亡生』；鄭、徐二本改作『尸呈』，均失。

〔一一〕五穀豐登：原本『豐』字，音假爲『風』，今改。

〔一二〕順皇天洗净日邊雲：原本『皇』字，音假爲『黄』，今改。

〔一三〕三天上享：原本「享」字，形誤爲「亨」，今改。

〔一四〕貪淫貪慾貪能性：「貪能性」，疑當作「貪婪性」。徐本改作「貪成性」，俟再考。

〔一五〕三才：原本「才」字，形誤爲「未」，今改。

〔一六〕做揲蓍草科：原本「揲」字，音假爲「折」，下同；「蓍」字，省借爲「耆」，依徐本補。《易・繫辭》上：「揲之以四以象四時。」

〔一七〕簫韶九成：原本「簫」字，音假爲「筲」，今改。

〔一八〕仿《關雎》正聲：原本「仿」字，由異體字「倣」省借爲「放」；「雎」字，形誤爲「惟」；「正聲」作「鄭聲」，今改。《關雎》，是孔子所贊美的「樂而不淫，哀而不傷」的和平純正之音，是得性情之正、聲氣之和的。至於鄭、衛之音，則是孔子所反對的「亂世之音」，因而主張「放鄭聲」。原本兩者并舉，顯誤，因改。

〔一九〕求占卜可宜行：原本「占」字上半殘迹可識。盧、隋二本改作「龜卜」，鄭本改作「蓍卜」，均失。

〔二〇〕要陰陽不順人情：徐本改「順」爲「背」，誤。陰陽若不背人情，隨人喜惡，則失去卜卦意義。《老君堂》一折【油葫蘆】曲「陰陽不順情，若順情有禍難」，即此意。

〔二一〕兆乾元亨利貞：原本「兆」字作「㐾」，不識，姑依徐本改。又「亨」字原作「享」，二字古通。

〔二二〕當元定太初一氣剖判爲伏羲聖：原本「爲」字，涉上文誤作「初」；「羲」字，誤作「義」，依徐本改。

〔二三〕彖象是先君定：原本「彖象」二字，形誤爲「录录」。盧、隋二本誤爲「录二」。鄭本改作「彖象」，亦失。

〔二四〕主人有福牙推勝：原本「主」字，形誤爲「上」；「推」字，形誤爲「惟」，今改。按：唐宋以來，民間俗稱醫卜之流爲「牙推」。

〔二五〕卜了三卦：原本『卜』字，形誤爲『小』，今改。

〔二六〕日後再取也不妨：原本『取』字，誤作『去』，今改。

〔二七〕身穿赤色是周家正：原本『赤』字，形誤爲『小』。徐本按古代五行相勝之説，周色『尚赤』改。此説是，今從。

〔二八〕陛下慌地開坤軸主烟塵浄：原本『慌』字，音假爲『謊』；『軸』字，音假爲『宙』，今改。各本失校。『坤軸』，即『地軸』。據説崑崙山下有地軸三千六百，犬牙相牽。見《博物志》卷一。『地開坤軸』，與上句『天分乾象』對。盧、隋二本改『謊』爲『荒』，以『荒地』爲詞，非。

〔二九〕六幺序：原本題作『六幺令』，今改。

〔三〇〕掩弃却周天下：原本『掩』字，音假爲『俺』，今改。徐本『俺』字失校，又改『周天下』爲『周天子』，誤。

〔三一〕弟兄：原本二字誤倒，失韵，今改。

〔三二〕遺囑：原本『遺』字，形誤爲『遣』；『囑』，音假爲『祝』，今改。

〔三三〕欽依聖教：原本『欽』字，形誤爲『飲』，今改。

〔三四〕蒼冥：原本假作『滄溟』，今改。

〔三五〕斬不臣：原本『斬』字偏旁略損，仿刻本改作『折』，盧、隋、鄭三本沿誤。

〔三六〕其教不嚴而治，其政不肅而成：『教』『政』二字似宜互易。按，二語出《孝經·三才章》：『是以其教不肅而成，其政不嚴而治。』又，《聖治章》：『聖人之教，不肅而成，其政不嚴而治。』

〔三七〕匐匍入井：原本『匐匍』二字，誤作『匐匐』，今改。

〔三八〕人心怎生：原本「生」字，形誤爲「王」，今改。

第二折

（衆哭上了）（打請住）（正末扮上了）自商君無道，暴殄天物，害虐烝民〔一〕，爲天下逋逃主，萃淵藪。綏厥士女〔二〕，惟其士女，篚厥玄黄〔三〕，昭我周王。自伐紂之後，大賫于四海〔四〕而萬姓服悦。列爵惟五，分土惟三，建官惟賢，位事惟能〔五〕。重民五教〔六〕，惇信明義〔七〕，崇德報功，垂拱而天下治，豈想有今日！

【中吕粉蝶兒】想衆口嗷嗷，苦殘殷紂王無道。昨日致師于牧野商郊。一戎衣，天下定〔八〕，宣明王教。怎生便鳳返丹霄？哭一聲痛連心血流七竅！

【醉春風】當初成大業建元疾，今日弃臣民歸去早。無爲而治數十年，陛下今日早了，俺幾時了？直等立新君呵了。恰葬罷山陵，索問乎國政，定其尊號。

（相見了）（云了）

【迎仙客】今日册東宫登寶位，代先帝〔九〕拜南郊。（云了）聽言絶擗踴一聲險氣倒。然如此省艱難，怕乞良〔一〇〕的成病了。殿下！這孝子心難學，將奈何周宗廟。（駕云了）

【上小樓】誰不知商均德薄〔一一〕，都子爲丹朱不肖。殿下仁勝殷湯，賢效虞姚，德似唐堯。現如今獄訟彰，盼望着，黎民歌樂。殿下踐皇基，正是用天之道。

【幺篇】習先考能用賢〔一二〕，學文王善養老。自然配却三才，應却三臺〔一三〕，竄却三苗。但凡事謹守着，父之道，別無得教〔一四〕。子這的是普天之下太平之兆。

（小駕待接大禮，讓科）

【滿庭芳】臣合當金瓜碎腦。君再讓八般大禮〔一五〕，臣索跳九鼎油鑊。若論着安邦治國非臣功效，是兩班文武大小臣僚。（駕云了）不干臣事。召公奭〔一六〕扶持的乾坤定天清地濁，畢公高〔一七〕燮理的陰陽正雨順風調〔一八〕。若論着順有道伐無道，戊午日兵臨孟水，甲子日血浸朝歌，虧負殺呂望六韜。（小駕云了）更是枉了〔一九〕他貴蓑衣不換柘黄袍〔二〇〕。

（小駕云了）（帶劍做住了）

【普天樂】龍椅上緊扶着，大小官員揚塵舞蹈。若有個敢喧呼的正犯新條，依班次休怠慢〔二一〕分毫。百官每聽處分，一齊的忙呼噪。扶持着有德的君王，誰敢違拗？不是請來的先君劍利水吹毛，他子索封侯拜爵，稱臣上表，列土分茅〔二二〕！

（小駕云了）（云）今日皇天眷佑，陛下合繼萬世無疆之祚，誰敢不從！若有不依命者，自有常典。（等衆呼噪了）（做住）（太后上）（云）雖然大事定，一喜一悲。

【耍孩兒】悲呵，悲定寰區〔二三〕的聖主歸天早，喜呵，喜繼萬世君王定了。休道人，子這天無語垂象也報斯民，便陰陽二氣和調。先君崩，愁雲冷霧迷坤宙；新君立，和氣春風滿市朝。臣不敢奉先君詔，德不及夔龍禹稷，才不及伊尹皋陶。

【幺篇】便交臣身居冢宰爲阿保，這一遍公徒也不小。知他蒙先君寄命托微臣，不知的道有心待窺伺皇朝〔二四〕！休將軍國咨臣下，能把文章教爾曹。（太后云了）（做不穩科）臣坐子坐，把不定心頭跳。伴君王坐朝問道，把微臣立草爲標。

臣欽依先君遺命，有所不免，忝當此位。有幾件合行的公事〔二五〕，最爲急務。這其間行呵，正是敬一人而千萬人悦〔二六〕。（太后云了）〔二七〕

【三煞】不肖呵，雖近族呵削了大權，賢仁的，雖草澤呵加與重爵。正簫韶明周禮開學校〔二八〕。一壁交有司家削減的刑罰省，一壁交關市處征收的税斂薄。釋了故殺，饒了强盜。濟貧困，不敢侮於鰥寡；免差徭，而況取於逋逃！

【二煞】從今後，剗地拖帶着一身疾病；從今後，剗地使作的心碎了；從今後，剗地學舜之徒，孳孳爲善從頭鷄兒叫；從今後，剗地爲宗廟呵，春秋祭祀周三祖；從今後，剗地憂天下呵，日夜思量計萬條。臣不得已非心樂，剗地似臨深淵般競競戰戰，履薄冰般怯怯喬喬。

【尾】宣化的臣民〔二九〕内外服，將傍的君王壽數高。等天子將攝行的國事親臨御，微臣報國忠心恁時了。

（下）

校勘記

〔一〕害虐烝民：原本「烝」字，形誤爲「亟」，今改。

〔二〕綏厥士民：原本「綏」字，誤作「腰」，據《尚書·武成篇》改。「綏」，安也。按：本段道白，全部節自《尚書·武成篇》，以下不一一細爲注出。

〔三〕 篚厥玄黄：原本『篚』字，省借爲『匪』，今改。

〔四〕 大賚于四海：原本『賚』字，形誤爲『賢』，今改。各本失校。

〔五〕 位事惟能：原本『事』字，音假爲『士』，今改。

〔六〕 重民五教：原本『民』字，形誤爲『爲』，今改。

〔七〕 惇信明義：原本『惇』字，形誤爲『淳』；『明』字，音假爲『民』，今改。

〔八〕 一戎衣，天下定：原本『戎』字，形誤爲『戒』，今改。

〔九〕 代先帝：原本『代』字，形誤爲『伐』，今改。

〔一〇〕 乞良：原本作『仡倆』，依王校改。

〔一一〕 商均德薄：原本『均』字，音假爲『君』；『德』字，音假爲『得』；『薄』，形誤爲『濤』，依鄭本改。盧、隋二本『得濤』二字失校，徐本已改。

〔一二〕 能用賢：原本『用』字，形誤爲『田』，今改。

〔一三〕 三臺：原本『臺』字，由俗體『台』形誤爲『合』，今改。

〔一四〕 别無得教：承上文謹守『父之道』而言。孔子説『三年無改于父之道，可謂孝矣』（《論語·學而篇》）。徐本改『得』爲『德』，誤。

〔一五〕 八般大禮：疑或當爲『六般大禮』。《三國平話》上：『奉玉皇敕，交陛下受者六般大禮。見一人托定金鳳盤内，放着六般物件，是平天冠、衮龍服、無憂履、白玉圭、玉束帶、誓劍。』

〔一六〕 召公奭：原本『奭』字，形誤爲『爽』，今改。以下不另出校。

〔一七〕 畢公高：原本『高』字，音假爲『臯』，今改。以下不另出校。

〔一八〕燮理的陰陽正雨順風調：原本「燮」字，音假爲「泄」，今改。

〔一九〕枉了：原本「枉」字，形誤爲「任」，今改。

〔二〇〕貴蓑衣不换柘黄袍：原本「貴」字，音假爲「歸」，今改。各本失校。

〔二一〕怠慢：原本「怠」字，音假爲「待」，今改。

〔二二〕列土分茅：原本「土」字，形誤爲「上」；「茅」字，音假爲「毛」，今改。

〔二三〕定寰區：原本「區」字，形誤爲「�」，依王校、鄭本改。徐本亦改。

〔二四〕窺伺皇朝：原本「窺」字，音假爲「歸」，今改。

〔二五〕公事：原本「公」字，音假爲「工」，今改。

〔二六〕敬一人而千萬人悦：語出《孝經·廣要道章》：「敬一人而千萬人悦，所敬者寡而悦者衆，此之謂要道也。」各本失考，改「敬」爲「儆」，均誤。

〔二七〕太后云了：原本無「太」字，今補。

〔二八〕正簫韶明周禮開學校：原本脱「簫」字，依王校補。盧、隋、鄭三本失補。徐本補作「韶樂」。

〔二九〕臣民：原本「民」字，形誤爲「反」，今改。

第三折

（管叔一折）（召公奭云）（駕云了）（正末上了，開）自先君在日，攝行天子事。這些時，官裏坐於御榻，某侍坐於天子之側，名曰抱孤攝政。官裏坐朝，索走一遭去。想攝政以來，天下皆謂[一]奉行先君之業。

【越調鬥鵪鶉】[二]　從先帝升遐[三]，當今嗣國，宗祀明堂，歌謡聖德[四]，誦《堯典》微言[五]，達《洪範》[六]至理。寄命時托柱石，抱孤的慎鼎彜。化被蒿萊，仁沾動植。

【紫花兒序】　奏武樂一人有慶，拜旒冕萬國咸臻，偃兵戈四海無敵。恐民亂攝行國事，爲君幼權典樞機。但將傍的他朝夕，歸政與君王就臣位，便是我孝當竭力。上不愧三廟威靈[七]，下不欺九曲黔黎[八]。

（見駕了）（云了）

【小桃紅】　微臣冠服衮冕[九]執桓圭，坐休近蟠龍椅[一〇]。他每北面而朝，能可南面而立。臣恐失尊卑，將無能冢宰[一一]權休罪。第一來曾奉的先君聖敕，第二來現佐着當今皇帝[一二]。若不如此，怎敢看穩拍拍文武兩班齊。

（太公云了）（云）太公休胡説，國家别覷誰？

【雪裏梅】　爲甚不交你皓首退朝歸，似你般白髮故人稀。能可你贊拜休名[一三]，逸居免跪，凡事便宜。

【鬼三臺】陛下道他當日，執綸竿〔一四〕爲活計。早忘了戊午日兵臨孟水，甲子日，勝商紂，一戎衣，奪與咱江山社稷。陛下道，微臣戀他子甚的？咱家裏太公望子之久矣。他未嘗離先帝玉輅車中〔一五〕，他須曾到文王飛熊夢裏！

（召公奏有諫章了）〔一六〕（宣浄了）（做住）

【金蕉葉】末不誰把賢門閉塞，爲甚把鑾輿指斥〔一七〕？你快説離却淮夷的日期。（浄云了）既不到淮夷，怎知這背反朝廷的信息？

（浄云了）

【調笑令】客旅每報知，這的是真實。可知道路上行人口勝碑。我子爲君王幼小權監國，除此外別無他意。『公將不利於孺子！』慌向丹墀内俯伏呼萬歲，臣死無葬身之地。

【禿廝兒】臣子是爲冢宰安邦治國，怎敢道欺幼主立位登基？願君臣表白臣所爲〔一八〕，免令的，小民每，猜疑。

【聖藥王】君也頭不抬，文武每口難啓。恁地呵，老微臣不死是爲賊！臣委實無此心，到如今説甚的！盡忠心有口怎分析〔一九〕，惟有老天知！

（太后云）（云）乞將臣分付於有司者。

【麻郎兒】事既該十惡大逆，罪合當萬剮凌遲〔二〇〕。願把臣全家監籍，乞將臣九族誅夷。

【幺篇】恁地，却依，正理。壞了臣於法合宜，壞了臣於民有益〔二一〕，不壞臣於君不利。

【絡絲娘】若不壞呵，三千里流言怎息〔二二〕？若不壞呵，如今武庚助紂作業，管叔又背亂爲非，蔡叔將軍儲供給，霍叔又戈甲相隨！踏踐東土〔二三〕，震動京畿〔二四〕，怎奈何四五處烟塵并起。謝太后和君王赦臣無罪，若謝恩了敢虚做了真實。

（太后云了）

【東原樂】微臣當辭位，宜弃職，乞放殘骸歸田裏。娘娘道不放微臣出宫闈〔二五〕，進退兩難爲。微臣叩頭出血，免冠請罪。

（太后取水盆了）

【綿搭絮】〔二六〕爲甚把金盆約退，非敢把懿旨相違。微臣身沾着罪惡〔二七〕，點污盡忠直。濯呵濯得了腮邊血污，滌呵滌得浄面上塵灰。娘娘！子這緑水何曾洗是非，白首無堪問鼎彝〔二八〕。現如今内外差池，事難行當恁的？

（召云三監了）（駕怒了）

【拙魯速】〔二九〕一人交太公擁旌旗，三監共武庚聽消息。這老子若到那裏，不分個等級，莫想問周室宗族紂苗裔。他恁大年紀〔三〇〕，統領着軍騎。他老將會兵機，敢土平了三四國。

（云）怎生信别人言語，便交征伐去。果然曾反呵〔三一〕，不枉了；若不曾反呵，這老子那裏問三監是俺弟兄，敢都殺了〔三二〕，枉苦了無罪生靈〔三三〕。子除這般。（對駕云）陛下！今日三監和武庚流言至此，只因微臣呵反了。太后娘娘不放微臣出朝，乞付臣兵權，親身征伐去呵，怎生？

【幺篇】〔三四〕此一行，眼見的老微臣三不歸，怎施呈大將軍八面威。未曾了前罪，又持着兵衛。怕主公難意，大臣猜忌，願情的把家私封記，老妻留繫，伯禽監繫〔三五〕，俺一家兒當納質〔三六〕。

【收尾】恁兩個柱石臣，善事當今帝。咱盡衰老齊家治國。等齊了管叔鮮、蔡叔度〔三七〕，現放着畢公高、召公奭。

校勘記

〔一〕天下皆謂：原本『謂』字，音假爲『爲』，今改。各本未改。

〔二〕鬥鵪鶉：原本脱曲牌名，今補。

〔三〕升遐：原本『遐』字，音假爲『霞』，今改。

〔四〕歌謡聖德：原本『德』字，音假爲『得』，今改。

〔五〕誦《堯典》微言：原本『誦』字，音假爲『訟』，今改。

〔六〕洪範：原本『洪』字，音假爲『紅』，今改。

〔七〕上不愧三廟威靈：原本『愧』，音假爲『鬼』，今改。按，敦煌《燕子賦》：『家兄觸忤明公，下走實增厚鬼。』『厚鬼』，即爲『厚愧』。

〔八〕九曲黔黎：原本『曲』字，音假爲『去』，今改。黄河九曲，泛指中國。鄭、徐二本作『九土』，不取。

〔九〕衮冕：原本『冕』字，省借爲『免』，今改。

〔一〇〕蟠龍椅：原本『蟠』字，音假爲『半』，今改。盧、隋二本失校。

〔一一〕冢宰：原本『冢』，形誤爲『家』，今改。

〔一二〕皇帝：原本『帝』字，諱作『〇』，今改。

〔一三〕贊拜休名：原本「名」字，誤省作「夕」，今改。

〔一四〕綸竿：原本「綸」字，音假爲「輪」，今改。

〔一五〕玉輅車中：原本「玉」字，省書作「王」，今改。

〔一六〕召公奏有諫章了：原本脱「公」字，今補。

〔一七〕把鑾輿指斥：原本「指斥」二字，音假爲「咫尺」，今改。

〔一八〕願君臣表白臣所爲：徐本改「君臣」爲「君王」，誤。下曲【聖藥王】「君也頭不抬，文武每口難啓」，即承此語而言。

〔一九〕分析：原本「析」字，形誤爲「折」，今改。

〔二〇〕萬剮凌遲：原本「剮」字，形誤爲「則」；「遲」字，音假爲「持」，今改。

〔二一〕於民有益：原本「益」字，形誤爲「盔」，今改。

〔二二〕三千里流言怎息：原本「千」字，形誤爲「十」，今改。

〔二三〕躧踐東土：原本「躧」字，省借爲「查」，今改。自此句起，徐本改題「幺篇」，非。按：此皆【絡絲娘】四字增句，無須别分一曲。

〔二四〕京畿：原本「畿」字，音假爲「幾」，今改。

〔二五〕宫闈：原本「闈」字，音假爲「圍」，今改。

〔二六〕綿搭絮：自「爲甚把金盆約退」，至「滌呵滌得净面上塵灰」句止，原本誤竄入上曲【東原樂】後，今從鄭本改。盧、隋二本失校。

〔二七〕身沾着罪惡：原本「沾」字，形誤爲「洽」，今改。

〔二八〕問鼎彝：原本「彝」字，由文字待勘符號「卜」，形誤爲「不」，今改。

〔二九〕拙魯速：原本誤題「幺」，依鄭本改。盧、隋、徐三本失校。

〔三〇〕年紀：原本「紀」字，音假爲「幾」，今改。

〔三一〕果然曾反呵：原本「然」字，當省書爲「钬」，形誤爲「外」，今改。隋本失校，盧本徑刪，徐本改作「必」，非。

〔三二〕敢都殺了：原本「殺」字，形誤爲「來」，今改。

〔三三〕枉苦了無罪生靈：原本「苦」字，形誤爲「老」，今改。盧、隋、徐三本改作「死」，與原本字形不類，不取。

〔三四〕幺篇：原本題作「拙魯速」，今改。

〔三五〕監繫：原本「繫」字，音假爲「擊」，今改。

〔三六〕納賀：原本「納」字，省借爲「内」，今改。

〔三七〕管叔鮮、蔡叔度：原本誤作「管叔度、蔡叔鮮」，今改。

第四折

（正末上了）

【雙調新水令】當初被流言千里地定了江淮，更怕爲臣的坐觀成敗。今却能够見公侯伯子男，呵，嘆自己年月日時胎。當初把福變爲灾，今日否極也却生泰。

【駐馬聽】當初離鳳闕瑤階，管叔鮮〔一〕誣我全無經濟才。自從啓金縢玉册，姜太公從頭釣出是非來。我想金縢鎖鑰未能開，知他我滿門良賤今何在？子爲有神靈，也顯得我無罪責。我有別心呵，這其間神不容地不載天不蓋！

【喬牌兒】士民每當攔斷十字街，見官裏步行出午門外〔二〕。錦衣花帽〔三〕權停待，官裏向前行，您將我肩上抬。(交放下了)(不肯科)

【掛玉鈎】您真個不放也，我捨了老性命，就肩輿〔四〕上跳下來！(放了)(云了)爲甚懶向龍床前驀，臣又怕第二遍流言趕下來。庶幾廣民之愛，君托付，臣庇賴〔五〕。元首明哉，股肱良哉〔六〕！(駕云了)(云

【川撥棹】我一脚地過江淮，怎生便禍從天上來？是怨氣沉埋，被元氣衝開。雷震瑤臺，風鼓陰霾〔七〕。您怎生燮理陰陽，調和鼎鼐！那風，撼乾坤攪世界，走沙石昏日色，偃田禾〔八〕傷稼穡，拔林木倒殿階〔九〕。

【水仙子】您可甚春風來似不曾來，不知當日灾因那個灾？若不如此呵，盡今生老死居朝外。老微臣甚風兒吹到來，天心與人意和諧。非是臣威風大，只因君前過改，禾復起枯樹上花開。(駕云了)

【沽美酒】如今被論人當了罪責，不想那元告人安然在〔一〇〕。快將那陳言獻策的請過來！(净云

了）向口上疾忙便摑，非是臣不寬大。

【太平令】打，打這廝凍妻子舌尖口快〔一一〕，打，打這廝圖哺啜信口胡開，打，打這廝大共小〔一二〕着讒言攪壞，打，打這廝没的有把平人展賴〔一三〕。將口來，豁開，至兩腮。不恁的呵，這人説是非的除天可害！

（一行上了）〔一四〕（云）陛下！這反背的都有，陛下問波〔一五〕。（武庚云管叔了）（衆云了）（云）元來都是你〔一六〕！

【甜水令】今日個將汝擒獲，對證無差，并贓拿敗，須是你福去一時來。他每個個稱詞，一一從實。老臣〔一七〕頻頻加額，折證的文狀明白。

【折桂令】見的臣胸中無半點塵埃。霍叔，將他官削了去下玄帛〔一八〕，蔡叔，將他遞流入千里瓊崖〔一九〕。把這兩個，七事兒分開，轉送交普天之下，號令明白。爲甚把背歹心刑于四海，交知這吃劍頭〔二〇〕日轉千階！便把你磣可可的血浸尸骸，不由我普速速泪落雙腮〔二一〕。兄弟呵，哭你的是痛殺殺昆仲情懷〔二二〕，壞你的是清耿耿國家盟册〔二三〕。

（斷出）（一行下了）（駕云住）〔二四〕

【雁兒落】當初呵攝政有利害〔二五〕，今日歸政了無妨礙。現如今天年已六旬，聖德光三代。

【得勝令】陛下今日國政自能裁，老臣今日舞蹈口難開〔二六〕。生不負先君命，老還歸宰相階。往常坐地的情懷〔二七〕，臣委實身無措心無奈。今日拜舞雖囊揣，倒大來千自由百自在！

（太后云了）（云）禮不可廢〔二八〕。

【落梅風】伯禽備法駕非公道，微臣免朝請忒分外。君臣遇一朝一代。（太后云了）娘娘道，臨大節不可奪當爲鑒戒。聽道罷，痛連心性，氣夯胸懷。臣不忠不孝，無德無才。想建千年基業，留萬世恩澤〔二九〕，會爲君，能使臣，托孤的主人安在！

（下）（唐叔獻嘉禾，上了）（祭出）

題目　說武庚管叔流言

正名　輔成王周公攝政

輔成王周公攝政終

校勘記

〔一〕管叔鮮：原本『鮮』字，誤作『度』，今改。

〔二〕見官裏步行出午門外：原本『午』字，音假爲『五』，今改。

〔三〕錦衣花帽：原本『帽』字，省借爲『冒』，今改。

〔四〕肩輿：原本『輿』字，音假爲『與』，今改。

〔五〕庇賴：原本『庇』字，音假爲『披』，今改。

〔六〕元首明哉，股肱良哉：原本『明』字，作『良』；『良』字，作『賢』，依徐本從《尚書·益稷篇》改。

〔七〕風鼓陰霾：原本『鼓』字，音假爲『古』；又脫『陰』字，今改。

〔八〕偃田禾：原本『偃』字，音假爲『堰』，今改。

〔九〕倒殿階：原本『倒』字，省借爲『到』，今改。

〔一〇〕元告人安然在：原本『告』字，形誤爲『吉』；『安』字，音假爲『掩』，今改。鄭本改『掩』爲『儼』，失。參看《西蜀夢》第一折校勘記〔二〇〕。

〔一一〕舌尖口快：原本『口』字，由文字待勘符號『卜』，形誤爲『了』，今改。《獨角牛》第二折【絡絲娘】曲：『不是我舌尖口快。』又《金鳳釵》第三折【感皇恩】曲：『你也忒舌兒尖，口兒快，性兒乖。』并同本劇。

〔一二〕大共小：原本『小』字，形誤爲『卜』，今改。

〔一三〕把平人展賴：原本『平』字誤重，脱『人』字，今改。

〔一四〕一行上了：原本『上』字，形誤爲『下』，依劇情改。

〔一五〕陛下問波：原本『陛』字，誤書作『駕』，今改。

〔一六〕元來都是你：原本作『來都是你』，略不通，疑脱『元』字，今補。

〔一七〕老臣：原本『老』字，形誤爲『无』，今改。

〔一八〕將他官削了去下玄帛：原本『去』字，形誤爲『玉』；『帛』字，省借爲『白』，今改。徐本改『玉下玄白』爲『五等侯伯』，誤。『去下』，即除去，摘下。《清平山堂話本·張子房慕道記》：『去下玉帶紫袍，訪友攜琴取樂。』可與本劇相互發明。『玄帛』，玄纁玉帛之屬。

〔一九〕遞流入千里瓊崖：原本『里』字，誤作『万』，依徐本改。

〔二〇〕吃劍頭：原本『劍』字，誤作『離』，依徐本改。

〔二一〕普速速泪落雙腮：原本『速速』二字，誤作『連連』；『泪』字，當由『淚』省作『戾』，形誤爲『疾』，今改。徐本改『連連』爲『漣漣』，不取。

〔二二〕昆仲情懷：原本『懷』字，形誤爲『壞』，今改。

〔二三〕清耿耿國家盟册：原本『清』字，音假爲『情』。『盟册』二字，原本當音假爲『名册』，形誤爲『各閑』，今改。『盟册』，即盟書。春秋時，國有大事必盟。管、蔡被封爲三監，亦必策名委質，盟於宗廟，向天子表示忠心。現在背盟叛亂，自當受到嚴厲的處分，故云。盧本改爲『法在』，徐本改爲『簡册』，均不取。

〔二四〕駕云住：原本『駕』後誤衍一『上』字，今删。

〔二五〕當初呵攝政有利害：原本『當初呵攝政』五字，誤作『當了和一時』，不成文義，今參徐本改。

〔二六〕老臣今日舞蹈口難開：原本『老』字，誤作『云』；『舞蹈』二字，音假作『吴道』，今改。『舞蹈』，即揚塵舞蹈之意。徐本以『吴道』爲『難道』，則與下文『口難開』義複，不取。

〔二七〕往常坐地的情懷：原本『往』字，音假爲『枉』，今改。又，『坐地』一語可通，徐本改『坐朝』，不取。

〔二八〕禮不可廢：原本『廢』字，音假爲『非』，今改。

〔二九〕想建千年基業，留萬世恩澤：原本無『千』字，依徐本補。又『澤』字，由文字待勘符號『卜』，形誤爲『人』，今改。

蕭何月夜追韓信

金仁杰　撰

簡要説明

《蕭何月夜追韓信》，金仁杰撰。原題『新刊關目全蕭何追韓信』。原本未標明折數，科白簡略。《録鬼簿》《太和正音譜》《寶文堂書目》《元曲選目》《也是園書目》《今樂考證》《曲録》并録本劇劇目。

第一折，韓信未遇，乞食於淮陰。大雪天登南昌亭長（外末）之門，爲其妻（旦）所奚落，憤而出門，復受惡少欺侮，被逼從其胯下鑽過。衹有漂母哀憐他，以一飯相酬。

第二折，韓信投奔項羽，未得其用，僅爲執戟郎。復投劉邦，也不被重用，使其治粟，憤而連夜出走。蕭何聞知，涉水登山，纔將韓信追回。

第三折，劉邦築壇，拜韓信爲大將。韓信爲劉邦分析了楚、漢兩家的形勢，訂下了九里山十面埋伏的計策。

第四折，垓下戰後，吕馬童回營向劉邦報告項羽烏江自刎的情景，劉邦封賞韓信。

本劇校本，今有隋、鄭、徐三種。《詞謔》《盛世新聲》《詞林摘艷》《雍熙樂府》并録本劇第三折全套。又，《萬壑清音》録本劇二、三折全套。以上各種，一并用以入校。

第一折

（等漂母提一折，下）（惡少年云了）（旦并外上）（末孛籃背劍冒雪上〔一〕，開）自家韓信的便是。目今秦失其鹿，天下逐之，不知久後鹿死誰手？想自家空學的滿腹兵書戰策，奈滿眼兒曹，誰識英雄之輩？好傷感人呵！

【仙呂點絳唇】想着我獨步才超，性與天道，凌雲浩〔二〕。世事皆濁，子我這美玉誰雕琢！

【混江龍】消磨了聖人之教，幾時得經綸天地整皇朝〔三〕？時遇着山梁雌雉，急切釣不得滄海鯨鰲。汨灑就長江千層浪〔四〕，氣衝開雲漢九重霄。胸次包羅天地〔五〕，肺腑捲掠江河〔六〕。筆尖能摇山嶽，劍鋒可摘星辰。嘆英雄何日朝聞道？盼殺我也，玉堂金馬；困煞我也，陋巷簞瓢〔七〕？

【油葫蘆】尋思我枉把孫吴韜略學，天交我不發迹〔八〕直等到老。一回家怨天公直恁困英豪，嘆良金美玉何人曉，恨高山流水知音少！禮不通亡了管轄〔九〕，道不行無了木鐸〔一〇〕。枉了那〔一一〕兵書戰策習的玄妙，争奈俺命不濟謾徒勞〔一二〕。

【天下樂】空交我日夜思量計萬條，一回家心焦，何日了，越把我磨劍的志節懶墮却。空將文業攻〔一三〕，武藝學，至如學將來有甚好！

（做冒雪的科）（云）嗨，好大雪呵！

【那吒令】似這般大雪呵，街上黎民也懊惱；似這般大雪呵，山上樵夫也怎熬；似這般大雪呵，江上漁翁也凍倒！便有個姜子牙，也難應飛熊兆，子索把緑蓑衣披着。

【鵲踏枝】淅零零〔一四〕灑瓊瑶，亂紛紛剪鵝毛。越映的江闊天低，水遠山遥。冰雪堂蘇秦凍倒，漏星堂顏子難熬。

【寄生草】凛凛寒風颭，揚揚大雪飄。如銀河滚下飛虹□〔一五〕，似玉龍噴出梨花落，比白雲滿地無人掃。我則見敗殘鱗甲滿天飛，抵多少西風落葉長安道。

（做見旦、外，并旦施禮科）（旦云了）

【幺篇】你道我秋夏間猶難過，冬月天怎地熬？可不春來依舊生芳草！你道我白身無靠何時了？可不説青霄有路終須到！子我這男兒未濟婦人嫌，真乃是龍歸淺水蝦蟆笑〔一六〕。

【村里迓鼓】憑着我五陵豪氣，不信道一生窮暴。（云）夫子抱麒麟而哭，生不遇時。我若生在春秋那時，英雄志當時宣召。憑着滿腹才調，非咱心傲。論勇呵，那裏説卞莊强？論武呵，也不放廉頗會；論文呵，怎肯讓子産高；論智呵，我敢和伍子胥臨潼鬥寶！

（等外并旦又住）

【元和令】晋靈輒得飯了，請趙盾且休鬧。聖人言謀道不謀食，居無安食無飽。覷了田文門下女妖嬈，（做煩惱出門）（唱）我能可首陽山自餓倒。

（等净上，打撞，怒云）

【上馬嬌】暢好是運歹也又太歲惡〔一七〕，但行處撞着兒曹。（等净做住）（行着，唱）他把我丕丕的趕過長安道。惡難怎逃？時下怎歸着？忿氣不消，趕到我二十遭。

（等净做劍狠住）

【遊四門】呀！早劍横秋水手中摇〔一八〕，（等净云了）我可甚猶自想來朝！（等净云了）你道拜爲兄長相結好，爲朋友便耽饒。呵！咱兩個做知交。

【勝葫蘆】可知大古是人伴賢良智轉高。（净怒云了）呀！怎想舌是斬身刀！子見他惡歆歆仗着龍泉〔一九〕尋左錯。他把我踢收秃刷觀覷，子覺我競競戰戰〔二〇〕心怕，不由我的羞剔薛腿蹅摇。（等净云了）（云）昔日宋桓魋〔二一〕欲害孔子，孔子不能逃難，亦曾微服而避過〔二二〕。我想一代聖賢，尚然如此，何況韓信！

【後庭花】既冥鴻惜羽毛〔二三〕，休想先生懶折腰。（做鑽一遭）赤緊在他行投下〔二四〕，子索伏低且做小。（做又鑽一遭）〔二五〕向胯下扒步到兩三遭，避不的〔二六〕鄉人每耻笑。恨難消，伏軟弱，痛難熬，兒曹每行霸道。（等外喝净下了）〔二七〕是誰人把劍客趕去了，扭身軀〔二八〕猛回頭觀覷着。

【柳葉兒】却元來是孟嘗君來到。（等旦云）見桑新婦亂下風雹。哥哥！咱正是揚鞭舉棹休相笑。却纔那齊管仲行無道，又見魯義姑逞粗豪，咱呵可甚晏平仲善與人交！

（等卜兒云了）（云）婆婆，這恩念久後須要報了。（卜兒云了）（卜兒與砌末了）〔二九〕

【賺煞】〔三〇〕真乃是孟母斷機心。（等外與砌末了）怎忘的鮑叔般相結好。（旦云了）我早子離了你賢達嫂嫂。（等旦云了）大丈夫何愁刎頸交。（旦云了）割鷄焉用牛刀。打聽波女妖嬈，有一日平步青霄，不信鴻鵠同燕雀。（等旦云了）噤聲！憑着我整乾坤六韜，展江山三略，笑談間束帶立於朝！

（下）

校勘記

〔一〕末孛籃背劍冒雪上：原本『孛』字，音假爲『抱』；『籃』字，省借爲『監』，今改。隋、鄭二本失校，徐本改作『袍盔』，誤。韓信此時尚乞食於淮陰，無『袍盔』可言。『孛籃』則爲元曲中乞丐所持之物件，或作『蒲籃』。如《東堂老》三折揚州奴夫婦淪爲乞丐，即『同旦兒携蒲籃上』。又《合汗衫》三折張員外夫婦乞討時，亦『正末同卜兒蒲籃上』，據改。

〔二〕凌雲浩：原本『雲』字，由俗體『云』形誤爲『去』，今改。

〔三〕幾時得經綸天地整皇朝：原本『得』字，音假爲『的』；『綸』字，省借爲『侖』，今改。

〔四〕長江千層浪：與下句『雲漢九重霄』爲對文。原本『層』字，形誤爲『尽』，今改。隋、鄭、徐三本皆作『千尺浪』，非。

〔五〕包羅天地：原本『羅』字，形誤爲『罹』，今改。

〔六〕捲掠江河：原本『掠』字下部殘迹可辨，仿刻本空缺，隋、鄭二本失補。徐本補作『捲攝』，不取。

〔七〕陋巷簞瓢：原本『簞』字，音假爲『丹』，今改。

〔八〕天交我不發迹：原本『交』字，涉下文誤作『不』，依鄭本改。

〔九〕禮不通亡了管轄：原本『亡』字，誤增爲『忘』，今改。隋、鄭、徐三本失校。

〔一〇〕道不行無了木鐸：原本『行』字，涉下文誤作『了』；『鐸』字，形誤爲『錫』，今改。

〔一一〕枉了那：原本『了』字，形誤爲『之』，依徐本改。隋本改作『着』。

〔一二〕謾徒勞：原本『徒』字，音假爲『圖』，今改。

〔一三〕文業攻：原本『攻』字，音假爲『功』，今改。

〔一四〕淅零零：原本『淅』字，當音假爲『昔』，形誤爲『音』，今改。

〔一五〕銀河滚下飛虹□：原本『銀』字，省借爲『艮』；『滚』字，省借爲『衮』；『虹』字，俗寫作『蚟』字，今改。又『虹』下，依譜當缺一字，待補。徐本補作『瀑』字。

〔一六〕龍歸淺水蟆蝾笑：原本『歸』字，由俗體『归』形誤爲『旡』（既），今改。

〔一七〕暢好是運歹也又太歲惡：原本『暢』字，似誤爲『賜』；『好』字殘迹作『子』；『是』字形誤爲『庚』；『又太』二字全缺；『歲』字殘存下半，今改。隋、鄭二本失校。徐本首二字改作『蕩子』，作賓白，并改以下各字爲『庚運歹也逢着太歲惡』，誤。

〔一八〕早劍横秋水手中摇：原本『早』字，音假爲『皂』；『摇』字，形誤爲『提』，今改。按：原本眉批即改『提』爲『摇』，徐本改作『捉』，不取。

〔一九〕仗着龍泉：原本『仗』字，形誤爲『伏』，今改。

〔二〇〕競競戰戰：原本『競競』二字，音假爲『驚驚』，今改。

〔二一〕桓魋：原本二字誤作『柏魁』，今改。

〔二二〕亦曾微服而避過：原本『微服』二字誤倒；『而』字，形誤爲『面』，今改。

〔二三〕既冥鴻惜羽毛：原本『既』字，俗寫草體作『旡』；『惜』字，形誤爲『堦』，今改。各本改『旡』爲『歸』（归），誤。

〔二四〕在他行投下：原本『行』字，誤假爲『心』，今改。徐本改作『在他雙股下』，不取。

〔二五〕做又鑽一遭：原本『又』字，形誤爲『入』，今改。

〔二六〕避不的：原本『的』字空缺，今補。

〔二七〕等外喝净下了：原本『喝』字，形誤爲『唱』，今改。

〔二八〕扭身軀：原本『扭』字，形誤爲『細』，今改。

〔二九〕卜兒與砌末了：原本無『與』『了』二字，并在【尾】曲曲牌下，今移前并補。

〔三〇〕賺煞：原本省題作『尾』，今改。

第二折

（等霸王上，開，一折下）（等駕提一折）（等蕭何云了）（正末背劍踏竹馬兒上，開）想自家離了淮陰，投於楚國不用。今投沛公，亦不能用人。悶悶而不已，而成短歌。（歌曰）〔一〕背楚投漢，氣吞山河。知音未遇，彈琴空歌〔二〕。弃執戟，離霸主，謀大將，投蕭何。治粟兮嘆何補〔三〕，乘駿騎而之他〔四〕。（詩曰）泪灑西風怨恨多，淮陰壯士被窮磨。魯麟周鳳皆爲瑞，時與不時争奈何！

【雙調新水令】恨天涯流落客孤寒，嘆英雄半生虛幻〔五〕。坐下馬枉踏遍山水雄〔六〕，背上劍枉射得斗牛寒。恨塞於天地之間，雲遮斷玉砌雕欄，按不住〔七〕浩然氣透霄漢。

【駐馬聽】回首青山，拍拍離愁滿戰鞍；舉頭新雁，呀呀哀怨伴天寒。指望〔八〕學龍投大海駕天關，剗地似軍騎羸馬連雲棧〔九〕？且相逢覷英雄如匹似閑〔一〇〕，堪恨無端四海蒼生眼。

【沉醉東風】幹功名千難萬難，求身仕兩次三番。前番離了楚國，今次又別炎漢。不覺的皓首蒼顔。就月朗回頭把劍看，忽然傷感，驀上心來〔一一〕，百忙裏揾不乾我英雄泪眼。

（詩曰）身似青山氣似雲，也曾富貴也曾貧。時運未來君休笑，太公也作釣魚人。

【水仙子】想當日子牙守定釣魚灘，遇文王親詣磻溪登將壇〔一二〕。如今一等盜糠殺狗爲官宦，天那！偏我幹功名的難上難。想岩前傳説貧寒，平糞土把生涯幹，遇高宗一夢間，他須不曾板築〔一三〕在長安。

（蕭何踏竹馬兒上了）

【雁兒落】丞相道將咱來不住的趕，韓信子索把程途盼。（蕭何云了）爲甚却相逢便噤聲，非是我不言語相輕慢。

【得勝令】我又怕叉手告人難，因此上懶下寶雕鞍。（蕭何云了）説着漢天子猶心困，量着楚重瞳怎掛眼！（蕭何云了）弃駿馬雕鞍，向落日夕陽岸，辦蓑笠綸竿〔一四〕，釣西風渭水寒。

（蕭何云了）

【夜行船】看承的自家如等閑，我早子没福見劉亭長龍顔。（蕭何云了）誰受你那小覷我的官職？（蕭何云了）誰吃你那淹留咱的茶飯？（蕭何云了）剗地説功名半年期限！

【掛玉鈎】我怎肯一事無成兩鬢斑。（蕭何云了）既然你不用我這英雄漢，因此上鐵甲將軍夜度關。你端的爲馬來將人盼？既不爲馬共人，却有甚別公幹？你着我輔佐漢室江山〔一五〕，可知，可知保奏得我甚掛印登壇！

（蕭何云了）（漁公上，云了）（蕭何并末上船科）（云）丞相道，漁公説得是〔一六〕：『官人每不在家裏快活，也這般帶月披星，生受子末？』將謂韓信功名如此艱辛，元來這打魚的覓衣飯吃，更是生受。

【川撥棹】半夜裏恰回還〔一七〕，抵多少夕陽歸去晚。烟水灣灣〔一八〕，珂佩珊珊，冷清清夜静水寒，可正是漁人江上晚。

【七兄弟】脚踏着跳板〔一九〕，手執定竹竿，不住的把船攀。兀良，我子見沙鷗〔二〇〕驚起蘆花岸，忒楞楞飛過蓼花灘。可便似禹門浪急桃花泛。

【梅花酒】雖然是暮景殘，恰夜静更闌，對緑水青山，正天淡雲閑，明滴溜銀蟾出海山〔二一〕，光燦爛玉兔照天關。撑開船，掛起帆。俺紅塵中受涂炭，恁緑波中覓衣飯；我乘駿騎懼登山，你駕孤舟怕逢灘；俺錦征袍怯衣單，你緑蓑衣不曾乾；俺乾熬得鬢斑斑，你枉守定水潺潺；俺不能够紫羅襴，你空執着釣魚竿。咱都不到這其間。

【收江南】怎知烟波名利大家難，（做上岸科）（漁夫先下）抵多少五更朝外馬嘶寒〔二二〕！對一天星斗跨雕鞍，不由我倦憚，也是算來名利不如閑。

【鴛鴦煞】〔二三〕我想這男兒受困遭磨難，恰便似蛟龍未濟逢乾旱。塵蒙了戰策兵書〔二四〕，消磨了頓劍摇環〔二五〕。唱道惆悵功名，因何太晚〔二六〕？似這般涉水登山，休休休空長嘆！（蕭何帶住）謝丞相執手相看，不由我半挽着絲韁意去的懶〔二七〕！

（下）

校勘記

〔一〕歌曰：原本『歌』字，當承上句『而成短歌』之『歌』字，爲重文符號，形誤爲『之』，今改。

〔二〕彈琴空歌：原本『彈』字，形誤爲『强』，今改。鄭本改作『操』，不取。

〔三〕治粟兮嘆何補：原本『兮』字，形誤爲『以』，依鄭本改。隋、徐二本失校。

〔四〕乘駿騎而之他：原本『之』字，音假爲『知』，今改。

〔五〕半生虛幻：原本『生』字，形誤爲『世』；『虛』字，音假爲『取』，據《詞謔》《盛世新聲》《詞林摘艷》《雍熙樂府》《萬壑清音》改。以下五本文字相同者，稱諸本。

〔六〕枉踏遍山水雄：原本『枉』字，音假爲『望』；『踏』字，省借爲『沓』，今改。

〔七〕按不住：原本『按』字，形誤爲『接』，據諸本改。

〔八〕指望：原本『指』字，音假爲『止』，據《詞謔》改。

〔九〕軍騎贏馬連雲棧：原本『軍』字，作『君』，據《盛世新聲》《詞林摘艷》《雍熙樂府》改。按：《詞謔》亦作『君』，語必有本。話本《陳巡檢梅嶺失妻記》開首入話引詩：『君騎白馬連雲棧，汝駕孤舟亂石灘。揚鞭舉棹休相笑，烟波名利大家難。』録此備考。

〔一〇〕覷英雄如匹似閑：鄭本據《詞林摘艷》各本改作『覷英雄如等閑』，誤；徐本删『如』字，似亦未妥。

〔一一〕驀上心來：原本『驀』字，音假爲『默』，今改。

〔一二〕登將壇：原本『壇』字作『臺』，失韵，依鄭本改。

〔一三〕板築：原本『板』字，形誤爲『梗』，今改。

〔一四〕辦蓑笠綸竿：原本『蓑』字，當省借爲『衰』，形誤爲『衣』；『綸』字，省借爲『侖』，今改。

〔一五〕你着我輔佐漢室江山：原本脱誤作『我漢室江山』，依《雍熙樂府》改補。

〔一六〕説得是：原本『説』字，形誤爲『記』，今改。

〔一七〕半夜裏恰回還：原本『裏』字，誤置『還』字下，據諸本改正。

〔一八〕烟水彎彎：原本『烟』字誤重，無『水』字，據《雍熙樂府》《北詞廣正譜》改。

〔一九〕脚踏着跳板：原本『着』字，形誤爲『眉』，據諸本改。

〔二〇〕沙鷗：原本『鷗』字偏旁斷壞，據《詞林摘艷》《雍熙樂府》改。

〔二一〕銀蟾出海山：原本『銀』字，省借爲『艮』；『出』字，誤作『以』，據諸本改。

〔二二〕抵多少五更朝外馬嘶寒：原本『抵』字，誤作『幾』，據諸本改。

〔二三〕鴛鴦煞：原本省題作『尾』，今改。

〔二四〕塵蒙了戰策兵書：原本『塵』字，形誤爲『怎』，據《雍熙樂府》《萬壑清音》《北詞廣正譜》改。

〔二五〕頓劍摇環：原本『頓』字，音假爲『遁』，據《詞謔》《雍熙樂府》改。隋本改爲『盾』，非。

〔二六〕因何太晚：原本『晚』字，誤作『山』，據《雍熙樂府》《北詞廣正譜》改。

〔二七〕半挽着絲韁意去的懶：原本『挽』字，音假爲『晚』；『絲』字，省借爲『系』，今改。徐本『意去』二字倒乙，不取。

第三折

（駕上，云了）（蕭何云了）（樊噲上〔一〕，云了）（正末上，開）不想今日得見官裏面皮。

【中吕粉蝶兒】手摘星辰，脚平踏禹門潮信。吐虹蜺千丈絲綸，釣五國，平天下，怎交魚龍一混？早子得志羽扇綸巾，再不踐長途客身難進。

【醉春風】昨日看青山緑水劍光昏，今朝見白馬紅纓衫色新〔二〕。便做一宵宫裏夢賢人〔三〕，也似這般凖，凖。三省吾身，五陵年少，端的一言難盡。

（做探蕭何禮了）（云）今日得見官裏，謝丞相一人而已。

【石榴花】昨日恰正動羈懷千里踐紅塵，單騎欲私奔。若不是朝中宰相自勞神，把飄零客身，引入賢門。若不是丞相追回吵！這其間趁西風人遠天涯近。子見衆公卿步砌殷勤〔四〕，擺列着〔五〕半張鑾駕迎韓信，這的是天子重賢臣。

（做見駕，駕下殿科）〔六〕

【鬥鵪鶉】臣迭不得，舞蹈揚塵。（駕云了）嗨！好豁達波，開基至尊〔七〕。這一遍不弱如文王自臨渭濱〔八〕。（駕云了）量這個夯鐵之夫〔九〕小可人，怎做這社稷臣！爲我王納諫如流，因此上丞相奏准。

（做回駕科）

【剔銀燈】臣昨日做了個夜度昭關伍員，不若如有國難投孫臏〔一〇〕。今日又不曾驅兵領將排着軍陣，不刺，怎消得我王這般捧轂推輪〔一一〕？量這個提牌將，執戟人〔一二〕，霎時間官封一品。

【蔓菁菜】陛下！我親掛了元戎印，久已後我王掌十萬里錦乾坤，恁時節須正本。你看我〔一三〕盡節存忠立功勛，單注着〔一四〕楚霸王大軍盡。

（樊噲云了）（云）衆軍拿下者！既爲元帥，軍有常刑〔一五〕。推轉者！（駕上，云了）（云）且留下者。我王萬歲萬歲萬萬歲！想古往今來，多少功臣名將，誰不出於貧寒碌碌之中。聽微臣説咱。

【十二月】伊尹曾耕於有莘，子牙曾守定絲綸，傅説在岩前板築〔一六〕，夫子在陳蔡清貧。（等浄云了）你休笑這做元帥的元是庶人，道丞相也是個黎民。

【堯民歌】我從來將相出寒門，（駕云了）咱正是一朝天子一朝臣〔一七〕。（駕云了）息怒波豁達大度聖明君〔一八〕，（浄云了）噤聲波低頭切肉大將軍！（浄云了）休賣弄花唇。你不曾把槍刀劍戟掄〔一九〕，我子見你殺狗處抨刀刃〔二〇〕。

（浄云了）（駕上云了）（云）霸王酒不飲三，色不親二〔二一〕。有喑嗚叱咤之威，舉鼎拔山之力。人有疾病之苦，涕泣而分食飲〔二二〕。陛下不知，霸王却有幾樁兒不及我王處。（等駕云了）

【上小樓】他不合燒阿房三十六宫，殺降兵二十萬人；先到咸陽，不依前言，自號爲君；趕故主，殺子嬰，誅絶斬盡；更殺義帝〔二三〕，江心中有家難奔！

【幺篇】把長安封與佞臣〔二四〕，將彭城改作内門。這的是他不得天時，失了地利，惡了秦民。更擄掠民財，弑君殺父，言而無信。及至他封官時，惜爵刓印。

（駕上云了）（云）我王錯矣！豁達大度，納諫如流，爲忖宗而罷刑肉〔二五〕，滅强秦而罷城役〔二六〕。有功雖仇必賞，有過雖親必誅〔二七〕。霸王爲名征，我主施仁義。呵！

【要孩兒】這楚重瞳能有十年運，（駕云了）去十分消磨了六分。臣夜觀乾象〔二八〕甚分明，（駕云了）我王帝星朗朗超群。（駕云了）他時來力舉千斤鼎，直熬得運去無功自殺身。（駕云了）陛下問安邦策何時定，臣算着五年滅楚，小可如三載亡秦。

【幺篇】恁般一個秦家繼業人，客盡東愁甚末劉項不分〔二九〕？登時間一統做漢乾坤，笑談間席捲三秦。收齊破趙無虛謬，滅楚興劉有定準。（駕云了）請我王休心困，薦微臣的是朝中宰相，拿霸王的全在閫外將軍。

臣已早定議了。

【三煞】臣交子房散了楚軍，周勃領着漢兵；，臣交酈商引鐵騎，八方四面相隨趁；，臣交王陵作先鋒，九里山前明排着陣；，臣交灌嬰〔三〇〕爲合後，十面埋伏暗擺着軍〔三一〕。臣交樊噲去山尖頂上磨旗〔三二〕，作軍中眼目，看陣勢調遣軍人。

【二煞】得勝也臣交大梁王在後面趕，詐敗〔三三〕也臣交九江王在前面引，把楚重瞳賺入長蛇陣。恁時節喑嗚叱咤難開口，便舉鼎拔山怎脱身！臣交呂馬童〔三四〕，緊緊地相逗趁。（等駕云了）不妨事，他那裏知心故友，子是個取命的凶神！

（駕云了）（云）相持處用着一人，孤舟短棹，直臨江岸，扮做漁公。楚重瞳殺的怕，撞陣衝軍，走的慌，心忙意緊，行至烏江，無處投奔，來叫漁公。

【尾】子説道渡人不渡馬。（駕云了）他待渡馬時便不説渡人。（駕云了）這的是一朝馬死黄金盡。那時節有家難奔，有國難投，急不得已，羞扯龍泉自去刎！

（下）

校勘記

〔一〕樊噲上：原本『樊』字，音假爲『凡』，今改。以下不再出校。

〔二〕白馬紅纓衫色新：隋本改『衫』字爲『彩』字，誤。按：語出王惲《南鄉子》詞：『蘇秦，白馬紅纓衫色新。』

〔三〕一宵宫裏夢賢人：原本『宵』字，省借爲『肖』，今改。徐本復改『宫裏』爲『官裏』，實誤。按：語出胡曾咏史詩《傅岩》：『岩前板築不求神，方寸那希據要津。自是武丁安寢夜，一宵宫裏夢賢人。』

〔四〕衆公卿步砌殷勤：原本『砌』字，音假爲『㣖』，今改。隋本改作『履』，非。

〔五〕擺列着：原本『擺』字，音假爲『把』，今改。詳下『暗擺着軍』注。

〔六〕駕下殿科：原本『下殿』二字誤倒，今改。原『殿』字稍有殘損，但猶可識，隋本改作『發』，徐本改作『跪』，均非。

〔七〕好豁達波，開基至尊：原本脱『基』字，依鄭本補。徐本失補，又删『開』字，非。

〔八〕不弱如文王，自臨渭濱：原本『弱』字，音假爲『若』；又『臨』字下原有一重文符號，今删。

〔九〕夯鐵之夫：即披甲之人，泛指武士。《中州音韵》：『夯，希講切，上聲，負也。』原本『鐵』字，形誤爲

『錢』，今改。隋本失校，鄭本改作『夯賤之夫』，失。

〔一〇〕有國難投孫臏：原本脱『投』字；又『臏』字，音假爲『濱』，今改。

〔一一〕捧轂推輪：原本『捧轂』二字，音假爲『棒鼓』；『輪』字，省借爲『侖』，今改。

〔一二〕提牌將，執戟人：原本『牌』字，形誤爲『煁』，今改。《前漢書評話》上：『早知你有始無終，且不知楚項羽前提牌執戟。』又，《賺蒯通》第二折韓信云：『初投項王麾下，爲提牌執戟郎。』可證。

〔一三〕你看我：原本『看』字，形誤爲『春』，依徐本改。

〔一四〕單注着：原本『單』字，音假爲『丹』，今改。

〔一五〕軍有常刑：原本『常』字，音假爲『長』，今改。

〔一六〕板築：原本『築』字，由文字待勘符號『卜』，形誤爲『大』，據《萬壑清音》改。

〔一七〕咱正是一朝天子一朝臣：原本『正』字，形誤爲『王』，今改。

〔一八〕豁達大度聖明君：原本『度』字，音假爲『肚』，今改。

〔一九〕把槍刀劍戟掄：原本『掄』字，省借爲『侖』，今改。

〔二〇〕殺狗處抨刀刃：原本『刃』字，形誤爲『万』，今改。『抨刀刃』，即『拌刀刃』，義可通。徐本依《千金記》改作『持刀刃』，不取。

〔二一〕酒不飲三，色不親二：原本『親』字，音假爲『侵』，今改。各本失校。

〔二二〕涕泣而分食飲：原本誤作『泣涕衣食而飲』，從徐本據《史記·淮陰侯傳》『人有疾病，涕泣分食飲』改。

〔二三〕殺義帝：原本『帝』字，音假爲『弟』，今改。

〔二四〕封與佞臣：原本「與」字，誤爲「爲」，今改。

〔二五〕爲怕宗而罷刑肉：「怕宗」二字待校。此語當指劉邦入關中，與父老約法三章，廢秦苛刑而言。徐本改「怕宗」爲「緹縈」，無據，不取。

〔二六〕滅强秦而罷城役：原本「役」字，當音假爲「意」，形誤爲「悳」，今改。秦時築萬里長城，苦害百姓，故云。徐本改「罷城悳」爲「民稱德」，不取。

〔二七〕有過雖親必誅：原本「親」字，形誤爲「斬」，今改。

〔二八〕夜觀乾象：原本「夜」字，由文字待勘符號「卜」，形誤爲「一」，今改。

〔二九〕恁般一個秦家繼業人，客盡東愁甚末劉項不分：原本「繼」字，音假爲「基」，今改。上句謂劉邦將繼秦爲帝，下句謂人心可用。《史記·高祖本紀》云：劉邦在南鄭，諸將士卒皆歌思東歸。韓信因曰：「軍吏士卒皆山東之人也，日夜跂而望歸，及其鋒而用之，可以有大功。」二語出此。隋、徐二本「繼」字失校。鄭本以「客盡」二字屬上讀，復改「東」字爲「更」字，誤。

〔三〇〕灌嬰：原本「灌」字，音假爲「貫」，今改。

〔三一〕暗擺着軍：原本「擺」字，音假爲「罷」，今改。敦煌寫本《王梵志詩》：「一日無常去，王前罷手行。」「罷手」，即擺手。

〔三二〕山尖頂上磨旗：原本「頂」字，形誤爲「項」，今改。徐本删「上」字，并以「磨旗」二字屬下，誤。

〔三三〕詐敗：原本「詐」字，省借爲「乍」，今改。

〔三四〕吕馬童：原本「童」字，音假爲「通」，今改。以下不再出校。

第四折[一]

（踏竹馬兒調陣子上）[二]（漁翁、霸王一折了）（駕一行上）（末扮吕馬童上，云）怎想今日，烏江岸上，九里山前，送了你呵！好傷感人呵！

【正宫端正好】再休誇桀紂起刀兵，謾説吴越相吞并，也不似這一場虎鬥龍争[三]！方信圖王霸業從天命，成敗皆前定。

【滚綉球】哎！霸王呀！全不見鴻門會那氣性，今日向烏江岸滅盡形。那裏也拔山舉鼎，怎想你臨死也通個人情[四]。自刎處[五]叫一聲鄉人吕馬童，梟首級分付的明[六]。□□□□，□□□□□□。□□□□□□□，□□□□□□，□□□□。

【轉調貨郎兒】[七]那其間更闌人静，子房公吹笛數聲，却又早元戎帳裏夢魂驚。歌聲動離鄉背井，聲悲切雨泪盈盈。鐵笛吹起故鄉情，他可都傷心見景。衆兒郎不顧將軍令，項重瞳引着虞姬聽，早八千兵散楚歌聲。月滿空，恰二更，當夜個吹散了他那英雄百萬兵！

【滚綉球】□□□，□□□，□□□□，□□□□□□□，□，□□，□□□，□□□□，這兩樁兒送得楚重瞳百事無成。待回向垓心裏别了虞姬[八]，悶悶懶歸西楚親無救。待去來吴楚八千子弟散得無一人，羞答答耻向東吴再起兵。另巍巍孤掌難鳴。

（駕云了）

【收尾】子爲那八千子弟無踪影，因此上送得他十二瑶階獨自行。道寡稱君事不成，創業開基〔九〕命不存。失却龍駒怎戰争，别了虞姬那痛增。前後軍兵緊相併，左右槍刀厮圍定〔一〇〕。捋袖揎拳挺盔頂〔一一〕，破步撩衣扯劍迎。嚳斷獅蠻心不寧，仗着龍泉身略横。猿背彎躬〔一二〕，醉眼朦朧〔一三〕，腰項斜稱，呀！他可早鮮血淋漓了戰袍領！

（下）（扮韓信上）（駕上，云）

題目　霸王垓下别虞姬
　　　高皇親掛元戎印

正名〔一四〕　漂母風雪嘆王孫
　　　蕭何月夜追韓信

蕭何月夜追韓信終

校勘記

〔一〕原本第四折，僅存【正宫端正好】【滚綉球】【收尾】三曲。據鄭本考定，此【滚綉球】曲，實爲兩個同調殘曲之誤合，原本當有脱頁，惟頁碼相連，乃書商有意蒙混改刻。此説極確，今依鄭本重新析定合曲，詳見各有關條目下。

〔二〕踏竹馬兒調陣子上：原本『踏』字漫漶，微有形迹，依徐本補。

〔三〕這一場龍虎争鬥：原本『場』字，形誤爲『揚』，今改。

〔四〕通個人情：原本『個』字，由俗體『个』形誤爲『丁』，今改。

〔五〕自刎處：原本『刎』字，形誤爲『別』，今改。

〔六〕梟首級分付的明：依譜，【滚繡球】曲以下脱去五句，原本誤與第二支同調殘曲合。

〔七〕轉調貨郎兒：原本脱。《北詞廣正譜》《九宫大成南北詞宫譜》均題金志甫（仁杰），今依元劇聯套通例及文義，補於兩支【滚繡球】殘曲之間。

〔八〕虞姬：原本『虞』字，省借爲『吴』，今改。按：二字古音可通。如傳説中的仁獸『騶虞』，《山海經·海内北經》即作『騶吾』。郝《疏》：「騶吾即騶虞。」又《中原音韵·正語作詞起例》：『歡娱之娱，四海之人皆讀爲「吴」。』可見在元代『虞』字尚有『吴』音，不可視爲誤字。

〔九〕創業開基：原本空『業』字，今補。

〔一〇〕圍定：原本『圍』字，音假爲『闈』，今改。

〔一一〕捋袖揎拳挺盔頂：原本『捋』字，形誤爲『捰』；『盔』字，音假爲『魁』，依徐本改。

〔一二〕猿背彎躬：原本『躬』字，省借爲『弓』，今改。隋、鄭二本失校，徐本改『背』爲『臂』，誤。按：背彎躬，與下文眼朦朧，腰斜稱，俱寫項羽自殺狀，不得以『彎弓』作射箭解。

〔一三〕朦朧：原本『朦』字下誤衍一重文符號，『朧』字原無，今删改。

〔一四〕正名：二字原無，今補。

陳季卿悟道竹葉舟

范康撰

簡要説明

《陳季卿悟道竹葉舟》，范康撰。原題『新刊關目陳季卿悟道竹葉舟』。原本未標明折數，科白簡略。《録鬼簿》《太和正音譜》《元曲選目》《也是園書目》《今樂考證》《曲録》并録本劇劇目。

第一折，秀才陳季卿因落第長安，羞歸故里，往城南青龍寺拜訪同鄉惠長老，因思鄉而題《滿庭芳》詞。吕洞賓到寺度化季卿出家，陳不悟，衹是思鄉不已。吕乃貼一竹葉於壁，化作一葉扁舟，送陳上船，指給他回鄉之路，由此進入幻境。

第二折，陳季卿於夢中途遇列禦寇等四仙，再次點化其出家，仍執迷不悟，乘船回鄉。

第三折，陳季卿回到家中，與父母妻兒相見，飲酒賦詩，復乘船返京趕考，渡江時遇大風浪，船翻落水，一驚而醒，仍在青龍寺中，纔知是夢。因見荆籃内吕洞賓留詩，所説都是他夢中之事，知吕必爲仙人，急忙趕去。

第四折，陳季卿見吕洞賓，引見八仙，由是入道。

本劇校本，今有鄭、徐兩種；王季思先生亦有校語。本劇現存刊本，除元刊外，尚有《元曲選》刊本一種。以上各種，一并用以入校。

第一折

（外末扮陳季卿上，云）小生姓陳名季卿，武林餘杭人也。幼年習學儒業，來到京師應舉，不及第，流落于此。正值冬天，下着紛紛揚揚大雪，好命薄啊！猛想起來，此間青龍寺惠長老，乃是小生故鄉人也，今日去投奔一遭。（等外末上，開往）（等行者云了）（外末題【滿庭芳】云了）（正末扮鶴氅提荊籃上，開）貧道姓呂名岩，字洞賓，道號純陽子。本師法旨：爲凡間有一人姓陳名季卿，此人有神仙之分，交我點化此人。望見這青龍寺有一道紫氣，敢有此人在這寺裏。（詩曰）〔一〕朝遊北海暮蒼梧，袖有青蛇膽氣粗。三醉岳陽人不識〔二〕，朗吟飛過洞庭湖。

【仙吕點絳唇】恰遊了這北海蒼梧〔三〕，又早歲華幾度，成今古。嘆世事榮枯，誰識長生路！

【混江龍】量這一坨兒寰土，經了些龍争虎鬥戰争餘。我從剖開混沌，踏破空虛。陵谷高深悉變遷，山河氣象映青虛。秘養的精神似水，顔色如朱。又不服玄精雲母，又不餌枸杞蒼术，又不采茯苓桂子，又不佩寶篆靈符。子把心猿意馬牢拴住，一任交星移物换，石爛桑枯。（正末與外末相見科，云）秀才在此何干？莫圖富貴，休貪名利，肯隨我出家去？

【油葫蘆】笑您這千丈風波名利途，問是非鄉枉受苦，便做道佩蘇秦金印〔四〕待何如？你看凌烟閣那個是真英武，金谷園都是些濁男女。（外末）也有賢的。分甚賢辨甚麽愚？折末將陶朱公遺像把黃金鑄，也是泛烟水洞庭湖。

【天下樂】早經了一戰功成萬骨枯！嘆你這區區，文共武，好辛苦麽紫羅袍白象笏。争如我，誦《黄庭》《道德》經，持金符太素書，播清風一萬古〔五〕。

（等外末云了）（云）《黄庭》《道德》經，秀才，你不覺身上飢寒〔六〕？（等外云了）（云）貧道略有小術，便交你不飢寒。（做取藥與外末了）〔七〕（外吃藥了）〔八〕（外問末□□□□上秘訣之道）〔九〕（正末云）昔日四皓隱於商山，巢由避於潁水〔一〇〕。此乃達道之仙〔一一〕（等外云了）

【那吒令】豈不聞，列禦寇踩清風入八區〔一二〕，子房公伴赤松歸洞府，漢張騫泛浮槎入帝都〔一三〕。更有葉靖禪，引着明皇去，遊遍天衢。

【鵲踏枝】俺那裏景非俗，也没您下民居。見的雨霧雲霞，彩徹天衢〔一四〕。大羅仙没揣的過去，我下塵凡點化頑愚。

（云）秀才，你知這幾件事？（外云）甚事？

【寄生草】想當日劉高祖，逼倒個楚項羽。顯他那拔山舉鼎英雄處，投至紅塵迷却陰陵路，又早烏江不是無船渡。你學取休官弃職漢張良，不如聞早歸山去。

（等外末云了）（末云）我住處你尋着？

【幺篇】枉踏破王喬登仙履，不見俺葛洪煉藥爐。俺那屋，任來任去隨身住，無風無雨難傾覆，不修不壘常堅固。又不曾洞門深鎖遠山中，白雲滿地你無尋處。

（等外云了）（正末云了）（外末不睬科）（正末看《華夷圖》題詩科）閑觀《九域志》，如同下眼觀。軍府抬頭覷，邊廷咫尺間。縣排十萬鎮，州隱五千山。雖無歸去路，好把畫圖看。（外末做不睬正末科）（正末起身讀外末【滿庭芳】了）（外末云，吟【鳳栖梧】了）[一五]（正末冷笑科）愚漢又有思鄉之意。秀才，我不曾來時，你作一詞，我尚記得。（等外末云了）（云）貧道終南山野叟是也。（等外云了）（云）秀才，你肯跟貧道去，贈你一帆清風，不用盤纏便到。（指壁上《華夷圖》）此一條道，正是歸鄉之路。

【醉中天】這篇詩，勝王粲《登樓賦》，似張翰《憶蒓鱸》。（把竹葉貼壁上）你覷渺渺烟波賽一葉兒蘆。（等外末云了）（云）呆漢，正道上好去者！休猜做野水無人渡。你發志氣長安應舉，不及第似淵明歸去，兩椿兒似一夢華胥。

（末云）呆漢，望見你去的路麼？

【金盞兒】你覷烟波暗荆吴，遠水泛舳艫，一任交風濤洶湧蛟龍怒[一六]。（外末云了）[一七]你把雙眸緊閉偃着身軀。棹穿波月冷，帆掛海雲浮。寒烟生古渡，兀良，便是茅舍舊鄉閭。

（云）呆漢，休開眼。莫忘了正道者！

【賺煞】[一八]我與你踢倒鬼門關，却早夢繞槐安路，一枕南柯省悟。子被這利鎖名繮相纏住，點頭時暮景桑榆。你若是到蓬壺，我與你割斷凡俗。這的是袖裏青蛇膽氣粗。趁着烟霞伴侣，舞西風歸去，我交你朗吟飛過洞庭湖。

（下）（外末云了）

校勘記

〔一〕詩曰：二字原無，今補。

〔二〕三醉岳陽人不識：原本『醉』字，誤作『日』字，依王校改。吕洞賓三醉岳陽樓，是有名的神仙故事之一。原詩見《蒙齋筆談》，與本劇字句同。

〔三〕北海蒼梧：原本『海』字，誤作『粤』，據上文『朝遊北海暮蒼梧』句及《元曲選》改。鄭、徐二本失校。

〔四〕佩蘇秦金印：原本脱『蘇秦』二字，據《元曲選》補。

〔五〕播清風一萬古：原本『播』字，誤作『轉』，依王校據《元曲選》改。徐本改作『傳』。

〔六〕你不覺身上飢寒：原本無『覺』字，今補。

〔七〕做取藥與外末了：原本『藥』字漫漶，又『了』字不可辨識，今補。

〔八〕外吃藥了：原本『外』字不可辨識，今補。

〔九〕外問末□□□□上秘訣之道：原本此句末五字猶可辨識，仿刻本改爲『外問末了』，鄭本作『外問末』，徐本作『外末問正末了』，均失補。

〔一〇〕巢由避於潁水：原本『避』字，形誤爲『達』；『潁』字，音假爲『穎』，今改。

〔一一〕達道之仙：原本『道』字略殘，仿刻本誤改爲『退』，鄭本沿誤。

〔一二〕踩清風入八區：原本『踩』字，省借爲『采』，今改。

〔一三〕泛浮槎入帝都：原本脱『泛』字，依徐本補。

〔一四〕彩徹天衢：原本『彩』字，形誤爲『影』，依鄭本改。按：語出王勃《滕王閣序》：『虹銷雨霽，彩徹雲衢。』

〔一五〕外末云，吟【鳳栖梧】了：此句下，原本誤衍『正末起身讀外末【滿庭芳】云了』十二字，今删。鄭本失校。

〔一六〕風濤洶湧蛟龍怒：原本『洶』字，形誤爲『淘』，今改。

〔一七〕外末云了：原本『外』字，誤作『正』，今改。

〔一八〕賺煞：原本省題作『尾』，今改。

第二折

（正末引净、孤四人，戴逍遥巾道裝上〔一〕，云）神仙每好快活！

【雙調新水令】我曾向五湖三島自遨遊，則我這拂天風兩枚袍袖。唤靈童采瑞草，同仙子上瀛洲。散誕優悠，嘆塵世幾昏晝。

【駐馬聽】我故國神遊，見物换星移幾度秋。將浮生講究，經了些夕陽西下水東流。嘆興亡眉鎖廟堂愁，爲功名人似黄花瘦。歸去休，看銀山鐵壁層層秀。

（外末暗上科）（正末云）陳季卿呆漢，你到此有何事？（等外末驚云了）

【雁兒落】你自吞了名利鈎，向苦海誰人救？早則不凌雲氣貫斗牛，枉了你戰篤速把丹墀叩。

（外末云）四座先生高姓？

【掛玉鈎】噤聲！我傲殺人間萬户侯！見他泪淹濕羅衫袖。俺四個品竹調絃，自歌自舞，豈不樂乎！正是幾處笙歌幾處愁，直餓的似夷齊瘦。你却不去鳳閣前，鸞臺後，金榜標名，剗地向異境神遊。（等外末云了）你噤聲！〔二〕

【沽美酒】你剗地待，紅塵中爲太守，青史内把名留？緊袖了攀蟾折桂手，把功名住休，把玄關快參透。

【太平令】〔三〕看閬苑山明水秀，强似絶糧孔子在陳州。枉了學鑿壁匡衡講究，枉了學映雪孫康生受〔四〕。便做到五侯，在鳳樓，飲御酒，好辛苦呵金章紫綬。（末云）呆漢，你記得與終南山野叟相辯四仙其事麽？（外末云）記得。（正末云）你認的俺四個？（外末云）小生都不認得。（等四仙各云了）

【滴滴金】我駕天風，摩挲星斗！這個曾慷慨運機籌！這個獨泛靈槎，把天關參透！這個在月殿裹遨遊！

【折桂令】早子不播虚名萬古千秋〔五〕！（正末云了）（外末云了）早不魚跳龍門〔六〕，獨占鰲頭，剗地遠負琴書，苦懨懨似宋玉悲秋？你對終南山忘機野叟，在青龍寺高枕無憂。你駕一葉扁舟，泛萬里江流〔七〕。如今夢入槐安，早兩處凝愁。（等外末云了）

（正末云了）（等外末吟【臨江仙】了）〔八〕（正末云）此子可教。

【川撥棹】枉了你自僝僽，緊閉談天説地口〔九〕，便滅楚興劉，拜相封侯，佐漢祖功施宇宙，真乃是補完天地手。

【七兄弟】剗地點頭，拂袖，五雲遊，弃司徒金印沉如斗。玉溪邊烟水不停流，看翠岩前風月長依舊。

【梅花酒】休待兩鬢秋，與天子分憂。嘆歲月如流，呀！早白了人頭。你獻賦長楊臨帝闕，我乘彩鳳上瀛洲。俺三個是故友，一個吹玉笛對岩幽，一個倚銀箏步滄洲，這個彈錦瑟上扁舟。

【收江南】我卧吹簫管到揚州〔一〇〕，趁清風吹上碧霄遊。你跨金鰲穩上鳳凰樓。拿雲且袖手，管取一場蝴蝶夢莊周。

（正末云）不可久留，你鄉間近也，咫尺可到，休忘了正道。

【鴛鴦煞】〔一一〕趁着清風明月黄昏後，天涯倦客空生受。憑着短劍長琴，遊遍七國春秋。唱道暴虎馮河，學屠龍袖手。你若要散誕優悠，净洗了心上塵垢。子俺閬苑遨遊，再休向邯鄲路兒上走。

（下）〔一二〕（外末云了，叫漁船科，云下）

校勘記

〔一〕戴逍遥巾道裝上：原本脱『巾』字，依徐本補。

〔二〕你噤聲：原本『聲』字，由俗體『声』形誤爲『吉』，今改。

〔三〕太平令：原本脱曲牌名，誤連上曲，今補。

〔四〕枉了學映雪孫康生受：原本『學』字，蒙下文誤爲『受』，今改。

〔五〕播虚名萬古千秋：原本『千秋』二字爲墨丁，依鄭本補。

〔六〕魚跳龍門：原本『魚』字，由文字待勘符號『卜』，形誤爲『一』，今改。
〔七〕駕一葉扁舟，泛萬里江流：原本脱『扁』『泛』二字，據《元曲選》補。
〔八〕等外末吟【臨江仙】了：原本脱『吟』字，今補。
〔九〕緊閉談天説地口：原本脱『口』字，今補。
〔一〇〕卧吹簫管到揚州：此爲蘇軾《金山夢中作》詩句，原本脱『簫』字，依王校補。鄭、徐二本已補。
〔一一〕鴛鴦煞：原本誤題『離亭宴煞』，依鄭本改。
〔一二〕下：原本無，今補。

第三折

（等孛老、保兒、旦兒一折下）（正末扮漁夫披着蓑衣摇船上〔一〕，開）月下撑開一葉舟，風前收起釣魚鈎。箬笠遮頭挨日月，蓑衣披體度春秋。俺這打魚人好是快活！

【南吕一枝花】短篷窗新織成，細網索重編就〔二〕。却纔對西風捲了釣絲〔三〕，又早隨明月棹着扁舟。烟水悠悠，自釀下黄爐酒，自提着斑竹篘，直吃的醉朦朧月朗風清，閑快活傲天長地久。

【梁州第七】管甚麽送青春夕陽西下，任無情江水東流，輕烟細雨迷了前後。垂楊曲岸，芳草汀洲，蓑衣披體，箬笠遮頭。這的是打魚人一段風流〔四〕，相伴着野鷺沙鷗。却離了陶朱公一派平湖，過了那蜀諸葛三江渡口，兀良！早來到漢嚴陵七里灘頭。我三個相好〔五〕，滄波老樹爲知友。食楚

江萍勝似粱肉，受用的是新釣得鱸魚旋篘酒，樂以忘憂。（等外末云了）（正末做聽的科）

【隔尾】莫是燃犀温嶠江心裏走？莫是鼓瑟湘靈水面上游？我與你，凝望眼菰蒲邊耐心兒候。這裏是沙堤岸口，又不是家前院後，這唤渡船行人在那答兒有？（等外末見漁翁唤渡咱）（正末云）秀才，你那裏去？（外末云）你問我做甚麽？

【賀新郎】你待渡闢河，我須索問根由。你是做買賣經商？是探故人親舊？你在滄波側畔呆答孩候。（外末云了）你莫不是楚三閭懷沙自投？莫不是伍子胥雪父冤仇？莫不學李謫仙撈月去？莫不學越范蠡欲歸舟？（等外云了）元來趕科場不及第村學究。本待執御苑春風白象簡，不及第，待趁烟波明月釣魚舟。（等外末云了）

【罵玉郎】露寒掠濕蓑衣透，摇短棹下中流，過了些橋横獨木龍腰瘦。見數點鷗，廝趁逐，粧點楚江秀。

【感皇恩】雲影悠悠，風力颼颼。轉過這緑楊堤，芳草渡，蓼花洲。（外云）這是那裏？過了淮河界首，汴水分流，可早傍鄉閭〔六〕，臨故里，莫停留。（外末云）奇怪，早來到我家鄉也！這其間敢二更前後也！

【采茶歌】不索你問更籌，子看水雲收，明滴溜半輪殘月在柳梢頭。（做船住科）（正末云）秀才，你家鄉到了。見了爺娘妻子便回來。（等外末云）這人家便是。你等我，便下船也。把船纜在枯樁便辭舟，早聽得汪汪犬吠竹林幽。

（都下）（等孛老〔七〕、保兒、旦兒一齊上，云住）（正末、外末一齊上）（外末云）你子在這裏等，我見了父母便來也。（旦開門，云了）（等外末云了）（等孛老云了）（等外末云了）（等孛老云了）〔八〕（做把盞科）（正末冷笑云）季卿，疾忙去來！

【牧羊關】剗地席上歌金縷，尊前捧玉甌？這其間炊黃粱一飯纔熟。早辭了白髮的爺娘，割捨了青春配偶。好不聰明愚濁漢，疾省悟報官囚〔九〕。不争你戀着個石季倫千鍾富，怎發付陶朱公一葉舟。

（等外末云）（等旦打悲科）

【哭皇天】則管絮叨叨將他門，泪汪汪不住流。快頓脱了金枷連玉鎖，早畢罷了燕侶共鶯儔。準備下蓑笠綸竿釣舟，磻溪岸側，渭水河頭，趁烟波漁父。散誕悠悠，寬袍大袖。兀那閬苑瀛洲，傲西風咱兩個早去休。管甚麽龍争虎門，烏飛兔走。

（等外末索紙筆寫詩科）〔一〇〕

【烏夜啼】你賽隋何枉了閑唇口，休想我信風波東見東流。（詩曰）月斜寒露白，此夕去留心。離歌栖鳳管，别泪灑瑶琴。酒至添愁飲，詩成和泪吟。明夜相思夢，空床閑半衾。你如今聳雙眉病得似秋崖瘦〔一一〕，兀自回首凝目，離恨悠悠。一個盼雕鞍眉鎖廟堂愁，一個怨陽關泪濕春衫袖。早去來，休生受。麻袍草履，傲殺肥馬輕裘。

（等孛老、保兒、旦都下）

【三煞】趁着那啞咿聲櫓響離了江口，見明滴溜一點漁燈古渡頭。則見春江雪浪拍天流，更月黑雲愁，東剌剌〔一二〕風狂雨驟。這天氣甚時候？白莽莽銀濤不斷流，那裏也楚尾吴頭！

【二煞】子見盤漩深處蛟龍吼，皓月當空鬼魅愁，翻江攪海震動陽候。唬的我怯怯喬喬。正值着天陰船漏〔一三〕，執短棹有誰救？險些個踏翻一葉舟，性命似水上浮漚。

（外末云）〔一四〕風浪起，怎生奈何？救人咱！（念佛科）

【黄鍾尾】〔一五〕枉了你告玄冥〔一六〕禮河伯頻叉手，你且定神思安魂靈緊閉眸。浪淘淘水逆流，衝三山蕩九州，撼天關動地軸，滚金鰲海上流。戰欽欽冷汗流，魂離體命欲休。死臨侵不能够，葬故鄉三尺荒丘，誰奠一盞北邙墳上酒！

（下）（等外末叫『救人咱』，做悶下水的，覺來科）（行者上，云了）〔一七〕（等外末做意，云了）（行者云了）（外末趕先生，見籃内科）先生去了，有個籃兒，於内别無一物，則有一紙書。我試看咱。（做念科，詩云）〔一八〕一葉叮嚀送客歸，翠毛修竹苦相依。玉簫四坐留言日，妙曲一篇知過時。相見未能施話足，粧臺臨别更留題〔一九〕。佳人慟哭黄昏後，將謂仙翁總不知〔二〇〕。（外末做沉吟科）必是仙人〔二一〕，夢中所事皆知。我趕那先生去。（下）〔二二〕

校勘記

〔一〕正末扮漁夫披着蓑衣摇船上：原本『漁夫』後，蒙下誤衍一『上』字，今删。

〔二〕細綱索重編就：仿刻本誤『編』爲『綸』，鄭本沿誤。

〔三〕對西風捲了釣絲：徐本依《元曲選》乙轉「釣絲」爲「絲釣」。按：依譜，本句非韵，可不改。

〔四〕這的是打魚人一段風流：原本「這的」二字殘壞，不可辨識，今補。

〔五〕我三個相好：原本「相」字空缺，今補。徐本補作「恰」。

〔六〕傍鄉閭：原本「閭」字，形誤爲「間」，今改。

〔七〕孛老：原本作「卜老」，今改，下同。

〔八〕等孛老云了：原本脱「云」字，今補。

〔九〕報官囚：原本「報」字，音假爲「抱」，今改。「報官囚」，元代法律詞語，即已經上報等待處决的死囚。

〔一〇〕等外末索紙筆寫詩科：原本「詩」字作「詞」，據下文「詩曰」改。

〔一一〕聳雙眉病得似秋崖瘦：徐本「眉」字，誤作「肩」。「秋崖」，即秋山。楊萬里《題黄才叔看山亭》：「春山葉潤秋山瘦。」又，喬吉小令《喜春來·秋望》：「千山葉落岩岩瘦。」

〔一二〕束刺刺：原本「刺」字失重，據《元曲選》補。

〔一三〕正值着天陰船漏：原本脱「值」字，依鄭本補。

〔一四〕外末云：原無，今補。

〔一五〕黄鍾尾：原本作「收尾煞」，據《元曲選》改。

〔一六〕告玄冥：水神曰「玄冥」。原本「冥」字，形誤爲「真」，據《元曲選》改。

〔一七〕行者上，云了：原本「云」字，形誤爲「去」，今改。

〔一八〕做念科，詩云：五字原無，今補。

〔一九〕粧臺臨別更留題：原本『臺』字，誤作『娥』，據《元曲選》改。徐本改作『成』，未云所出。

〔二〇〕將謂仙翁總不知：原本『謂』字，音假爲『爲』；『仙』字，省借爲『山』，據《元曲選》改，鄭本失校，徐本僅改『爲』字。

〔二一〕必是仙人：原作『必是好人』，依徐本改。

〔二二〕下：原無，今補。

第四折

（正末打愚鼓上）昨日東周今日秦，咸陽燈火洛陽塵。百年一枕滄浪夢，笑殺崑崙頂上人。今朝無事，上街抄化。

【節節高】子爲這百年名利，做下一場公案。試把金馬玉堂臣宰每，從頭觀看，都待久居廊廟長他公幹〔一〕。做到三公位，享千鍾禄，呀，早上在百尺竿！怎知我早納下烏靴象簡。

【元和令】我庵静坐圜，你爲功名往來幹。若是棘針途路接天關，更難行也人去攀。不管雲陽鮮血未曾乾，惡風波早過眼。

【上馬嬌】饒你百事聰，所事奸，那個曾人馬得平安！不如嚴子陵獨釣在秋江上，對紅蓼灘，閑把釣魚竿。

【遊四門】比着風波千丈世途難，可須名利不如閑。我看黄鶴對舞青松澗，俗事不相關。將意馬拴，推倒是非山。

【勝葫蘆】煞强如鐵甲將軍夜過關。他驅猛獸，跨雕鞍〔二〕，有一日戰罷荒郊白骨寒。争如我茅庵草舍，蒲團紙帳，高卧得清閑。

【幺篇】事不欺心睡自安，勸你塵世莫愁煩。打迭起琴書還舊山，尋取藥爐經卷，對石臺香案，也終是勝人間。

【後庭花】覷丘墳土未乾，英雄骨已寒。那裹也楚霸王鴻門會，韓元帥拜將壇？如今静巉巉〔三〕。人生虚幻，嘆人生如過眼。我在邯鄲古道間，紅塵中倦往還。蹇驢兒門外拴，弃功名如等閑，做神仙傾刻間。

【柳葉兒】吃了頓黄粱仙飯，强如煉葛洪九轉靈丹。長安市上曾來慣，粧個風魔漢。權借些兒個酒容顔，點頭時會盡人間。

【正宫端正好】我不去玉堂遊，也不向東山卧，得磨陀且自磨陀。打數聲愚鼓向塵寰中過，便是我物外閑功課。

【滚綉球】向蓬萊頂上過，訪故人藍采和。引着俺舊交遊弟兄八個，看海山高銀闕嵯峨。共葛洪崖將星斗摩，同費長房把龍杖喝。唤仙童把洞門休鎖，對丹丘斟瀲灧金波。按雙成廣寒殿纖腰舞，聽麻姑女蓬萊洞皓齒歌〔四〕，醉入無何。

（等外做歪帽慌走科，云）師父，救弟子咱！（云下）

【倘秀才】見他戰篤速驚急列慌慌走着，剗地痴漢呆答孩孜孜覷我。（等外末云）師父慈悲，度弟子往長生之路〔五〕。（做拜科）搗蒜也似階前拜則麽〔六〕？我是個貧乞道〔七〕，住在山阿，怎生把你儒生度脱！

（等外末云了）

【滚綉球】這篇詩〔八〕是仙壇求登甲科，你知得這詩意麽？（外末云）弟子省不的。你不能把小詩中玄機點破，却不提着紫霜毫判斷山河！你知道榮華如水上漚，功名如石内火？（外末云）弟子不省的。（做拜科）恨不的向這講堂中把面皮搶破，我與你拂塵俗將聖手摩挲。你被歲華淘渲得紅顔少，世事培埋得白髮多，即漸消磨。

（外末云）師父那裏去？弟子願隨師父去。

【叨叨令】俺那裏蒼松偃蹇蛟龍卧，青山高聳晴嵐潑，香風不動松花落，洞門自閉無人鎖。隨我去來也末哥，隨我去來也末哥，朝真共上蓬萊閣。

（擺八仙隊子上）（外末云）師父言這幾個是誰？

【十二月】〔九〕這個髗髻花〔一〇〕曾遊大羅；這個吹鐵笛韵美聲和；這一個口略綽手拿着個笊籬；這個髮蓬鬆鐵拐斜拖；這個曾將那華陽女度脱；這個緑羅衫笑舞狂歌。

【堯民歌】這個落腮鬍常帶醉顔酡。（外末云）師父，你？我邯鄲店黄粱夢經過，覺來時改盡舊山河，正是一場興廢夢南柯。真個，當初受坎坷〔一一〕，今日萬古清風播。

（下）（散場）

題目　呂純陽顯化滄浪夢

正名　陳季卿悟道竹葉舟
陳季卿悟道竹葉舟終

校勘記

〔一〕長他公幹：原本『公』字，音假爲『功』，今改。

〔二〕驅猛獸，跨雕鞍：原本『獸』字，誤作『試』，今改。此處『猛獸』，喻軍卒。謂率領士卒，跨馬出征。

〔三〕静巉巉：原本三字音假爲『净潺潺』，今改。鄭、徐二本失校。

〔四〕聽麻姑女蓬萊洞皓齒歌：原本脱『洞』字；『歌』字，省借爲『哥』，依徐本補改。

〔五〕度弟子往長生之路：原本『往』字，音假爲『望』，今改。

〔六〕搗蒜也似階前拜則麽：原本『搗蒜』二字作『横雄』。姑依《元曲選》改，俟再考。

〔七〕貧乞道：原本『乞』字，作『儕』，當係音誤。《元曲選》作『窮貧道』，意同。

〔八〕這篇詩：原本『篇詩』二字不可辨識，依徐本補。

〔九〕十二月：原本與下曲合題『堯民歌』，今依雜劇聯套通例，析爲二曲。

〔一〇〕賸簪花：原本『賸簪』二字，音假爲『勝仙』，今改。參看《調風月》第二折校勘記〔二一〕。鄭、徐二本失校。

〔一一〕坎坷：原本『坷』字，音假爲『呵』，今改。

諸葛亮博望燒屯

無名氏　撰

簡要説明

《諸葛亮博望燒屯》，無名氏撰。原題『新刊關目諸葛亮博望燒屯』。原本未標明折數，科白簡略。《録鬼簿續編》《太和正音譜》《元曲選目》《也是園書目》《今樂考證》《曲録》并録本劇劇目。

第一折，諸葛亮隱於隆中，劉備三顧草廬。諸葛爲之分析天下形勢，判定三國鼎立，出山幫助劉備創業開基。

第二折，曹操派大將夏侯惇率軍來攻，劉備以諸葛爲軍師，張飛不服。諸葛亮派趙雲誘敵，劉封設伏，糜竺、糜芳火燒曹軍，關雲長水淹曹軍，獨不用張飛。後經劉備説情，纔派張飛最後堵截，并預言夏侯惇祇剩下二十個敗卒，却拿他不住。張飛不信，立下文狀，與諸葛賭頭争印。

第三折，火燒博望後，劉備大獲全勝，諸將皆來報功，獨張飛未獲一卒，回營請罪。諸葛亮準備以軍法處置，劉備求情，纔得赦免。

第四折，管通爲曹操軍師，曾與諸葛亮同門學藝。至是，奉命前來説降。諸葛使之推算諸將命運，使他知道劉備纔是真命天子，關、張等人都是『五霸諸侯』，反而歸順了劉備。這時，夏侯惇又領兵來索戰，爲張飛所擒，由劉備下斷作結。

本劇校本，今有鄭、徐兩種。又，除元刊外，本劇現存版本，尚有明脉望館鈔校内府本一種。以上各種，一并用以入校。

第一折

（末扮諸葛上，開）貧道複姓諸葛〔一〕名亮，字孔明，道號卧龍。於南陽鄧縣，在襄陽西二十里，號曰隆中，有一岡名曰卧龍岡，好耕鋤隴畝。近有新野太守劉備，來謁兩次，於事不曾放參。蓋爲世事亂，龍虎交雜不定。正每日向茅廬中，松窗下，卧看兵書。哎，諸葛幾時是出世處呵！

【仙吕點絳唇】數下皇極〔二〕，課傳周易，知天理。飽養玄機，待龍虎風雲會。

【混江龍】有朝一日，出茅廬指點世人迷。憑着我腸撑星斗〔三〕，如還我志遂風雷，立起天子九重龍鳳闕〔四〕，顯俺那將軍八面虎狼威。（做失驚科）見風篩竹影，日射松窗，袖中發課，門外觀窺。道童，安排接駕，準備烹茶。這的又是那一個末發的潛龍帝。（做尋思科）你休鋪藤簟，且掩柴扉。（做看書科）（等皇叔一行上）（張飛叫住）（道童報兩次了）（云）既然一年中來謁三番，兼此人有皇帝分〔五〕，和他相見咱，怕甚〔六〕！道與那姓劉的將軍過來。（做迎接科）（劉備施禮了）

【醉中天】我與你火速挪身起，挪步下階基，煞是兩次三番勞動體。將貧道權休罪，請皇叔安然坐地。（等云了）口聲聲道孤窮劉備。休胡道，那一個村莊家生得舜目堯眉〔七〕！

（做交皇叔坐地科）（等劉備不肯坐科）（云）問公來訪諸葛，您有甚事〔八〕？（劉備云了）（云）將軍少罪，貧道是南陽一耕夫，且於此中避世，那裏管您這人間興廢？去不得！去不得！

【油葫蘆】俺則待訪學巢由洗是非〔九〕，習道德，喜登吕望釣魚矶。誰待要蝸牛角上争名利？誰待蜘蛛網内求官位？（劉云了）但穿些布草衣，但吃些藜藿食。日高三丈蒙頭睡，一任交烏兔走東西。

【天下樂】貧道除睡人間總不知。（劉云了）其實，没意智。你本待告貧道下山，與您出些氣力。其實當不得寒，濟不得飢，請下這卧龍岡待則甚的。

【那吒令】常想起卞和般獻璧，能可學韓信般乞食〔一〇〕。你也枉了似子房進履。用人時河泊裏尋，山林裏覓，這般做小伏低。

（劉云了）（云）貧道想您求賢的，没一個用到頭的。那一個是有下梢的！（劉云了）

【鵲踏枝】一投定了華夷，一投罷了相待，那裏想國難之時，用人之際〔一一〕！早安排下見識，便剗官罷職，早向未央宫裏，萬剮凌遲。

（劉云了）（云）去不得！去不得！

【寄生草】能可耕些荒地，撥些菜畦。和這老猿野鹿爲相識，共山童樵子爲師弟，伴着清風明月爲交契。則這藥爐經卷老生涯，竹籬茅舍人家住。

（劉云了）（正末冷笑科）將軍，你好小覷人！

【幺篇】張子房知興廢，嚴子陵識進退。一個日頭出扶立高皇位，一個日頭正策定中興帝，你到日頭斜怎立劉家國〔一二〕？可不一鷄死後一鷄鳴，只有後輩無前輩！

（劉云了）（云）貧道作耍來。（道童云了）（喝）噤聲！（劉云了）（云）既然有二兄弟同來，交請那姓關的來。（關見了）（云）是個五霸諸侯，生得奇哉！

【金盞兒】生的高聳聳俊鶯鼻，長挽挽卧蠶眉，紅馥馥雙臉胭脂般赤，黑蓁蓁三綹美髯垂〔一三〕。內藏着君子氣，外顯着磣人威。這將軍，生前爲將相，死後做神祇〔一四〕。

（劉云了）（張飛云了）（云）也交請將姓張的來。（張飛叫住了）（云）又是個五霸諸侯。三將軍〔一五〕直恁般狠！

【醉中天】直恁般無道理無廉耻，失上下没尊卑。早把一對環眼睜開瞅覷誰？查沙起黄髭髮，顯出他那五霸諸侯王氣。不住的叫天吖地，將軍呵！你也做得個莽撞張飛〔一六〕！

（劉云了）（云）也交請來。（趙雲見了）（云）這將軍是家將降將？（劉云了）（劉封見了）（云）這將軍嫡子庶子〔一七〕？（劉云了）

【金盞兒】這個是庶子有心機，這個須降將顯忠直。都向那諸侯王裏安插應當那職。趙雲堪中交掌計，劉封也征敵。這將軍殺場上交戰馬，這將軍陣面上磨征旗。穩情取鞭敲金鐙響，人和凱歌回。

（劉云了）（云）貧道去呵去，你待與誰争天下？（劉云了）（云）且論曹操，今已擁百萬之衆〔一八〕，挾天子而令諸侯，此勢大不可與争鋒。（劉云了）（云）若論孫權，據着江東，已定三世，國險而民附〔一九〕，賢能爲之用，此勢大不可與敵，可以爲援而不可圖也〔二〇〕。（劉云了）（云）公有可圖之國，宜取荆州爲本，益州爲利。（劉問了）（云）先論荆州，北據漢沔，利盡南海，東連吴會〔二一〕，西通巴蜀，此乃用武之國，其主劉表不能守〔二二〕，此殆天所以資將軍也〔二三〕。再論益州，據益州險塞，沃野千里，天府之土，劉璋暗弱，張魯在北，民殷國富而不知存恤，智能之士，思得明君。將軍既漢室之胄〔二四〕，信義著在四海，若跨有荆益，保其岩阻，撫和諸戎〔二五〕，結好孫權〔二六〕，内修政治，外觀時變。此霸業可成〔二七〕，漢室可興矣！

【後庭花】我直智降了黄漢昇，威伏了馬孟起。我委實戰不得周公瑾，委實赢不得曹孟德。（覷劉了）徹口下相了容儀〔二八〕，可惜剛做得三年皇帝！（做意放）休争，常言道饒人不是痴。（劉云了）（做不去的科）（外抱俫兒過來見住了）（做猛驚科）（云）道童，準備去來，這裏却有四十年天子！（等劉備一行謝了）

【賺煞】〔二九〕把您這孫劉曹，立做了吴蜀魏。却便似鼎足三分社稷。（劉云了）雖然地利天時奪了第一，喒仗人和創業開基〔三〇〕。道童你快收拾，咱龍虎相隨，先占了西蜀四千里。（張飛云了）（做對關唱）對着個雲長説知，單共你張將軍賭氣〔三一〕。（劉備云了）主公放心，你看我笑談間分付與那衮龍衣。

（下）

校勘記

〔一〕複姓諸葛：原本『複』字，音假爲『覆』，今改。

〔二〕數下皇極：原本『皇』字，音假爲『黄』，據脉鈔本改。按：宋邵雍著《皇極經世書》，以太極象數之學，用卦象來推算古今盛衰之命運，内容荒誕。本劇所云，即指此而言。

〔三〕腸撐星斗：『腸撐』二字疑誤。脉鈔本作『劍揮』，似是。

〔四〕龍鳳闕：原本『闕』字，形誤爲『関』，據脉鈔本改。

〔五〕有皇帝分：原本『帝』字，諱作『〇』，今補。以下不再出校。

〔六〕和他相見咱，怕甚：原本脱『他』字，依鄭本補。徐本亦補。

〔七〕舜目堯眉：原本『堯眉』二字缺空，據脉鈔本補。

〔八〕您有甚事：原本『您有』二字誤倒，今改。

〔九〕仿學巢由洗是非：原本『仿』字，音假爲『訪』，據脉鈔本改。

〔一〇〕韓信般乞食：原本『乞』字，音假爲『吃』，今改。鄭本失校。按：《魔合羅》第一折【金盞兒】曲：『有吃巧泥媳婦，消夜悶葫蘆。』『吃巧』，即乞巧，可證。

〔一一〕用人之際：原本『際』字，音假爲『濟』，今改。

〔一二〕你到日頭斜怎立劉家國：原本『到』字，音假爲『道』，今改。鄭、徐二本失校。

〔一三〕黑蓁蓁三綹美髯垂：原本『蓁蓁』二字，音假爲『真真』；『綹』字，音假爲『柳』，據脉鈔本改。

〔一四〕神祇：原本『祇』字，音假爲『祈』，據脉鈔本改。

〔一五〕三將軍：原本『三』字，形誤爲『王』，依鄭本改。徐本失校，又以『王』字屬上讀，失。

〔一六〕莽撞張飛：原本『撞』字，音假爲『壯』，今改。

〔一七〕這將軍嫡子庶子：此句指劉封。徐本據本劇第四折【十二月】曲改『庶子』爲『義子』。惟元刊或别有所本，兹仍其舊，俟再考。

〔一八〕今已擁百萬之衆：原本脱『擁』字。據《三國志·諸葛亮傳》『隆中對』改。以下簡稱『隆中對』。

〔一九〕國險而民附：原本『附』字，音假爲『富』，據『隆中對』改。

〔二〇〕可以爲援而不可圖也：原本脱句首『可以爲』三字；又『圖也』二字，誤作『網之』，據『隆中對』改。

〔二一〕東連吴會：原本『連』字，形誤爲『通』，據『隆中對』改。

〔二二〕其主劉表不能守：原本脱『守』字，據『隆中對』補。

〔二三〕天所以資將軍也：原本『資』字，音假爲『此』，據《隆中對》改。

〔二四〕將軍既漢室之胄：原本『將軍』二字脱；又『既』字，音假爲『記』，據『隆中對』改。

〔二五〕撫和諸戎：原本脱『諸』字，據『隆中對』補。

〔二六〕結好孫權：原本『結』字，誤作『能』，據『隆中對』改。

〔二七〕此霸業可成：原本『業可成』三字脱，據『隆中對』補。

〔二八〕容儀：原本『儀』字，音假爲『易』，今改。

〔二九〕賺煞：原本誤作『收尾』，依鄭本改。徐本亦改。

〔三〇〕創業開基：原本『基』字，誤作『公』，今改。

〔三一〕睹氣：原本『睹』字，音假爲『覩』，據脉鈔本改。

第二折

（曹操、夏侯惇〔一〕云了）（末扮軍師共劉備上）（劉云了）（云）諸亮無能，賴主公洪福，衆將軍虎威，交貧道做人。

【南吕一枝花】遮天雜彩旗，震地花腔鼓。青龍偃月刀，銀蟒點鋼毒〔二〕。齊臻臻鐙棒戈斧〔三〕。朱紅漆花梢弩，獸吞頭金蘸斧。有五十員越嶺奔彪，二萬隻爬山劣虎〔四〕。

【梁州第七】投至坐這中軍帳七重禁圍，虧殺您卧龍岡三顧茅廬。覷寰中草寇如無物。運乾坤手段，安社稷權術〔五〕。憑着我這一條妙計，三卷天書，顯神機單注着東吴，仗仁風〔六〕獨霸西蜀。則仗着主公前關將張飛〔七〕，那裏怕他曹操下張遼許褚，更共那孫權行魯肅周瑜！（外報了）（劉備云了）（冷笑科）我則道有何事，報覆，元來是夏侯惇瞎漢驅軍伍，覷貧道似泥土。叵耐無徒領士卒，怎敢單搦這耕夫！

（劉備云了）（云）主公放心。

【牧羊關】托賴着日月光天德，山河壯帝居。請我主暫把眉舒。看貧道握霧拿雲，看貧道呼風喚雨。我似兒戲般先收了魏，笑談間并吞了吴。我直交功蓋三公位，名成八陣圖。

（張飛云了）（做喝了）一壁去，不用你！趙雲來聽吾將令。

【四塊玉】叫趙雲，休停住。你與我貫甲披袍統征夫，快與我横槍跨馬爲前部。（張飛云了）趙雲，你依吾將令聽我差，休睬這個言那個語，我交你手裏不要贏則要輸〔八〕。（張飛云了）（云）不用你！叫劉封聽吾將令〔九〕。

【牧羊關】則要你魚鱗般排軍陣，雁行般擺隊伍。依着我運計鋪謀。則要你吶喊摇旗，則要你篩鑼擂鼓。他若走向軍垓裏撞，他若趕向草坡裏伏。直鬥得逆子心頭怕，常唬得賊兒膽底虚。（張飛云了）（云）一壁去！不用你，唤糜竺糜芳〔一〇〕聽吾將令。

【賀新郎】則向這博望城多準備下些火葫蘆，賺入來先燎斷糧車，得空便後燒着窩鋪。交車輪大火砲虚空裏舞，火逼得神號鬼哭，交火焚得馬死人無。都交火垓中逃性命，都交火陣内喪了殘軀。（張飛云了）張將軍不索階前怒。則這的是黄公《三略》法，吕望《六韜》書。（張飛云了）（云）一壁去！不用你，唤關某聽吾將令。

【罵玉郎】關公與我牢把白河渡，差軍役堰江湖〔一一〕。夜深勒馬向高岡上覷。把水驟住，若軍過去，到低渺處。

【感皇恩】便與我放開溝渠，交淹了軍卒，向浪濤中，波面上，狗扒伏。便休誇壯士，都喂了蝦魚〔一二〕，便逃灾難，躲性命，也中機謀。

【采茶歌】一半火燒得没，一半水淹得無，抵多少一鈎香餌釣鰲魚。（張飛云了）拿取呵何須施英武〔一三〕，我得來全不費工夫。（張飛叫住了）（劉備告住了）（云）看主公面用你，聽我將令。直等交趙雲引鬥，劉封追趕，糜芳糜竺火燒，關公水淹了，四十萬大軍則落得二十個敗卒，殺得筋衰力盡，中箭着刀，恁時節用你相持。我這般，這般。

【紅芍藥】不要你揎拳捋袖[一四]放粗踈，不要你大叫高呼。則要你吞聲竄氣莫囂浮[一五]，則要你暗地埋伏。直等到風清過二鼓，都不到二十個敗殘軍卒，殺得東歪西倒中金鏃[一六]，剛剛的强掙立的身軀[一七]。

【菩薩梁州】却待盼望程途，肯分截着走路。正打你行過去，若拿不着怎地支吾[一八]？（等云了）那二十來個敗殘軍，你敢拿不住[一九]？（張飛云了）張將軍咱兩個立了文書，那夏侯惇你手裏若親拿住，（張飛云了）則怕踏盡鐵鞋無覓處，（張飛云了）若違犯後不輕恕！（張飛云了）若得勝，交你腰間掛了虎符，若不贏交你識我斬斫權謀。

（劉云了）（云）主公，看這一陣厮殺咱。衆將軍每，小心在意咱！

【隨煞尾】不争三二千虎豹[二〇]離窩峪，情取那四十萬豺狼卧道途。呼趙雲記心腹，唤劉封莫疑誤，差關公使糜竺。則有張飛好囑咐：依我差排，聽我言語。若是你失誤了軍情，休想我肯耽負！諸亮有耳目，使不着你弟兄如同手足。張飛聽者！若拿不着呵，我交你莽撞的殘生做不得主！

（下）

校勘記

〔一〕夏侯惇：原本『惇』字，音假爲『敦』，今改。以下不再出校。

〔二〕銀蟒點鋼毒：原本『毒』字，音假爲『突』，據脉鈔本改。

〔三〕鐙棒戈斧：原本『戈』字，音假爲『柯』；『斧』字，音假爲『舒』，今改。參看《七里灘》第三折校勘記〔一四〕。

〔四〕爬山劣虎：原本『爬』字，音假爲『巴』，據脉鈔本改。

〔五〕權術：原本『權』字，音假爲『拳』，今改。

〔六〕仗仁風：原本『仁』字爲墨丁，依徐本補。

〔七〕關將張飛：元刊小説戲曲中，多諱關羽之名而不稱。或云『關公』，或云『關某』，或呼之爲『神道』。此處稱作『關將』，亦當時風氣使然。徐本依脉鈔本改作『關羽』，不妥。

〔八〕不要贏則要輸：原本『不』『則』二字誤倒，今改。按：此處情節，係要趙雲詐敗誘敵，故云。鄭本失校。

〔九〕叫劉封聽吾將令：原本『封』字，誤作『備』，據脉鈔本改。

〔一〇〕糜竺糜芳：原本音假作『梅竹梅芳』，今改。以下不再出校。

〔一一〕堰江湖：原本『堰』字，音假爲『偃』，今改。

〔一二〕喂了蝦魚：原本『喂』字，音假爲『偎』，今改。

〔一三〕拿取呵何須施英武：原本『取』字，音假爲『去』；又『呵』字空缺，今校補。鄭、徐二本失校。

〔一四〕揎拳捋袖：原本『捋』字，形誤爲『將』，今改。

〔一五〕莫囂浮：原本『莫』字上端微有殘迹；『囂』字殘存下部，今補。

〔一六〕東歪西倒中金鏃：原本『鏃』字，形誤爲『鍾』，今改。徐本未改。

〔一七〕强挣立的身軀：原本『挣』字，音假爲『整』，今改。鄭、徐二本失校。

〔一八〕若拿不着怎地支吾：原本『若拿』二字空缺。脉鈔本作『你若是拿不住怎的支吾』，據補。
〔一九〕你敢拿不住：原本『敢』字空缺，今補。
〔二〇〕三二千虎豹：原本『千』字，當由草體形誤爲『年』。《草書訣》云：『千平手似年。』説明這幾個字在草書中容易相混，今改。鄭本失校。

第三折

（等衆將各一折了）（張飛云了）（末扮上）（皇叔云了）（云）這其間都建功也，主公不須憂念。

【雙調新水令】管着二千員敢戰鐵衣郎〔一〕，只除是莽張飛不伏諸亮。爲争奪飛鳳闕，直請下卧龍岡。則今番成敗興亡，都没半個時辰見明降。

（趙雲上，見住了）（云）好將軍能掌吾計，將酒來。

【步步嬌】捨死忘生先鋒將，怎禁那一疋坐下馬似龍離浪，使一條緑沉牙角槍〔二〕。哎！能掌計的英雄漢你委實强！有一日掌了朝綱〔三〕，你做取那領着頭廳相〔四〕。

（把酒了）（劉封上，見住了）〔五〕（云）劉封，吾計中用來未？（劉封云了）（把盞了）

【風入松】想劉封武藝有誰當？天生的狀貌堂堂〔六〕。得空便猛望着軍心撞，似鬧垓垓的虎蕩群羊。飲過酒今番不枉，你若不爲帝决爲王。

（把酒了）（糜芳、糜竺上，見了）（把盞了）

【水仙子】 哎！糜芳糜竺鎮邊疆，喜得您無是無非出戰場。博望城交鹿角叉了街巷，賺得他入城來好近傍。四下裏火燒着積草屯糧。明晃晃逼殺軍將，焰騰騰燎着上蒼，恁的敢馬死人亡。

（關公云了）

【川撥棹】 不枉了唤雲長，更壓着襲車胄斬蔡陽。依着我水壅沙囊，堰住長江〔七〕，白河水淹淹越漲〔八〕。夏侯惇心内慌，敗殘軍腹内忙。

（關上，見住了）（云）將軍治水勞神。

【七弟兄】 放開這厢，刬開那厢〔九〕，則你道怎遮當〔一〇〕？海漫漫水勢從天降，馬和人都在蘆花蕩〔一一〕。

【梅花酒】 殷勤捧玉觴，煞謝你展土開疆。不争你救駕勤王〔一二〕，後來入廟升堂。仗着青龍刀安社稷，憑着赤兔馬定家邦。想你自許昌，自許昌將曹操降，將曹操降見君王，見君王賜朝章，賜朝章坐都堂，坐都堂做丞相，做丞相領親將，領親將上高岡，上高岡見軍將，見軍將不商量，不商量縱絲繮，縱絲繮入沙場，入沙場對兒郎，對兒郎氣昂昂〔一三〕。

【收江南】 氣昂昂勒馬刺顔良，刺顔良天下盡談揚。左右！準備酒者，張將軍也見功也！（唱）主人公準備捧瓊漿。張將軍莽撞，若來時决共我定興亡。

（張飛上，見了）（云）張將軍，你這般爲甚？（張云了）

【雁兒落】 將軍！你早則不鞭敲金鐙響，可不將得勝歌齊聲唱。見緊邦邦剪了臂膊，直停停舒着脖項。

【得勝令】 可不是架海紫金梁，那將軍須不是托塔李天王。可不先敗了贏我頭，可不我不贏了不姓張！去時節村桑，恨不得一跳三千丈。今日你着忙，將軍！可不男兒當自強！

左右推轉，斬訖報來！

【沽美酒】 喚軍卒擺法場，呼左右列刀槍，快擁出轅門休問當。可不人不得滅相，死尸骸卧在雲陽。

【太平令】 交磣可可簽頭在槍上，强如你叫吖吖賭賽在階旁。（劉備告住了）現有這張翼德招伏文狀，交識鋤田漢行軍的膽量。（交斬，告住了）張飛！你經了這場，我行，須拜降。（張云了）看主公面權時免放。

（皇叔云了）（與張飛把壓驚盞科，云）既贏了這一陣，再不敢這覷咱也。

【鴛鴦尾】 今日坐領三軍金頂蓮花帳，披七星錦綉雲鶴氅。早定了西蜀，貧道却再返南陽。唱道覷曹操孫權，似浮風搔癢。（劉云了）請我主共關張〔一四〕，休休何須推獎〔一五〕。主公洪福無疆，直等我扶立了你劉朝恁時節賞。

（下）

校勘記

〔一〕敢戰鐵衣郎：原本『敢』字，音假爲『憨』，據脉鈔本改。參看《西蜀夢》第一折校勘記〔二九〕。

〔二〕緑沉牙角槍：原本『緑』字，音假爲『六』，今改。

〔三〕朝綱：原本『綱』字，音假爲『崗』，今改。

〔四〕你做取那領着頭廳相：此句有脱誤，疑當作『你情取那領着群僚頭廳相』。

〔五〕劉封上見住了：六字原無，今補。

〔六〕狀貌堂堂：原本『狀』字，音假爲『壯』，據脉鈔本改。

〔七〕水壅沙囊，堰住長江：原本『壅』字，音假爲『擁』；『堰』字，音假爲『偃』，今改。

〔八〕白河水淹淹越漲：原本『漲』字，音假爲『長』，今改。徐本失校。

〔九〕刨開那厢：原本『刨』字，音假爲『袍』，今改。

〔一〇〕則你道怎遮當：原本『怎』字，涉上誤作『則』，今改。徐本未改。

〔一一〕馬和人都在蘆花蕩：原本『蕩』字，原作『畔』字，失韵，依徐本改。

〔一二〕救駕勤王：原本『勤』字，音假爲『擎』，今改。鄭、徐二本失校。參看《介子推》第三折校勘記〔八〕。

〔一三〕對兒郎氣昂昂：原本『氣』字前，涉上誤衍一『對』字，今删。

〔一四〕請我主共關張：原本『主』字，誤增爲『住』，今改。徐本失校。

〔一五〕推奬：原本『推』字，形誤爲『托』；『奬』字，音假爲『講』，今改。鄭、徐二本失校。

第四折

（曹操、管通一折）（正末與皇叔一行上）（皇叔開，設宴了）

【中吕粉蝶兒】今番和曹操争鋒，却渾如一場春夢。怎禁這一班兒蓋國英雄，一個個善相持〔一〕，能挑門，超群出衆，都建了頭功。真乃是立乾坤世之梁棟。

【醉春風】當日周天子夢飛熊，今日主人公請卧龍。爲甚兩三番不肯出茅廬？委實俺倦冗，冗。向這三國當權，一人前爲帥，不如半坡裏養種。

（見風起，做意了，云）主公休飲酒，今日有細作來。（張飛云了）（劉云了）（云）不到午時至。（劉云了）（云）衆將依吾行事者。（喚趙雲云了）（喚劉封云了）（喚張飛、關公云了）（云）主公也索離了這裏，貧道這般行。（耳云住了）〔二〕（却喚劉再云了）那件事休忘了。（都下）（云）糜芳糜竺，您二人休離我左右。（再耳云了）轅門外望着，折末有甚人來，報與我者。（等管通上，云了）（外報了）（慌接科，云）是俺哥哥，將酒來。

【迎仙客】快排玉斝，捧金樽〔三〕，元來是俺二十年布衣間親弟兄。（做拜科）這幾年你是仕在江東〔四〕？是居在漢中？（外云了）不想今日相逢，爲弟兄途路上煞勞台重〔五〕。

衆將休怠慢，是我的哥哥，天下一人而已。我的學藝他會〔六〕，他的學藝我不會。多把盞者！弟兄每快活一日！（外云了）

【朱履曲】您兄弟誰待隨着龍王打哄？誰待搬着虎將争功？怎禁咱徐庶，向人前把我强過從！這的未曾尋着龐統，投至請得伏龍，更壓着渭河邊姜太公。

（囑咐外賣弄科）（交外指糜芳糜竺科）（云）您二人或揣着，或揞着，折末甚物，俺哥哥十猜十個着。

（等糜芳糜竺交猜科）〔七〕（云）哥哥，你猜着。

【剔銀燈】非是我廳階前賣弄〔八〕，你看構欄中撮弄。怕他誤猜衆將休驚恐，看俺這老哥哥變化神通。（交猜着了）這的真術藝，休道是脱空，您却睁着眼并不敢轉動。

【蔓菁菜】你却把那兩隻手拳得没縫，真個將黑白子暗包籠。俺哥哥端的曾用功。（覷棋子了）將軍每俺這死共活，則在他手心中，意裏道不殺了成何用。

（做起來催飯科）（糜芳問了）

【快活三】他興心忒不中，我主意更難容。他興心張網下窩弓，被我主意引入迷魂洞。

【鮑老兒】咱這將在謀而不在勇，被我打住丹山鳳。（却賣弄科）對衆將哥哥非賣弄，咱也消得他皇家俸。據論天撥地，移星换斗，另有神功。奪旗扯鼓，排軍布陣，别是家風。

（等衆云了）（云）俺哥哥恰使小伎倆，比及飯上，交你看些撥天關手段〔九〕咱。（領管通手云）咱出帳房，試看兄弟住的宅舍咱。（轉一遭科，云）這一所强如那茅廬。（管通問了）（做交二將軍避科〔一〇〕，云）哥哥，這西壁南間鎖着甚物？你猜咱。（猜云了）（開門了）（趙雲上了）（云）這將軍是五霸諸侯王末？（外云了）（云）這將軍曹操手裏有末？（外云了）（指兄弟二間房子問）（外云了）〔一一〕（依前都是逐一個問了）（同前審了）（指第五個房子問外末）〔一二〕這西壁頭間裏是甚物？（外猜了）（開門了）（皇叔上了）（云）這個是真命天子。（等問了）（云）我説與，一個一句。（指外科）

【十二月】這個是常山子龍，這個是義子劉封，這個是英雄翼德，這個是義勇關公。（管通云了）你如識真命呵哥哥管通，争奈這劉備孤窮。

（外相見了）（東間外交開門了）（云）東間住〔一三〕，休開！

【堯民歌】休！則怕頓開金鎖走蛟龍！（開門科了）（抱倈兒上了）〔一四〕這的做得俺後代劉朝〔一五〕主

人公。（等云了）現如今荆州劉表獻了江東，益州劉璋壞了皇宮。峥嶸，峥嶸，西川一望中，似人世蓬萊洞。

（都審了，是真命科）（云）哥哥，你更待那裏去來？有真命皇帝，咱弟兄厮守，只不好那？（外云了）（云）没三日前準備下。（外問了）（快行上了，拿夏侯惇出）〔一六〕（駕斷出）（散場）

題目　曹丞相發馬用兵
　　　夏侯惇進退無門
正名　關雲長白河放水
　　　諸葛亮博望燒屯

諸葛亮博望燒屯終

校勘記

〔一〕一個個善相持：原本『個』字失重，據脉鈔本補。

〔二〕耳云住了：『耳云』，即耳語，原本脱『云』字，今補。

〔三〕金樽：本折用『東鍾』韵，鄭、徐二本皆以『樽』字不叶，改作『金鍾』，實誤。按：元代北方方音『樽』字實有『鍾』之異讀，由『真文』轉入『東鍾』。《單刀會》第二折【滚綉球】曲三：『他終前有半點兒言，筵前帶二分酒。』『終前』，即『樽前』。可與本劇合看。

〔四〕仕在江東：原本『仕』字上部略殘，仿刻本改作『住』字，鄭、徐兩本從改。按：脉鈔本此句作『事江東』，與『仕』義同，故勘定如上。

〔五〕台重：原本『台』字可辨，仿刻本誤改爲『珍』，鄭本沿誤。

〔六〕我的學藝他會：原本『學』字，誤作『文』，今改。

〔七〕交猜科：原本『交』字，誤省爲『六』，今改。

〔八〕廳階前賣弄：原本『廳』字，音假爲『聽』，今改。

〔九〕撥天關手段：原本『段』字無，今補。

〔一〇〕交二將軍避科：原本『避』字，音假爲『背』，今改。鄭、徐二本失校。

〔一一〕外云了：原本『外』字，誤作『末』，今改。

〔一二〕指第五個房子問外末：原本脱『指』『房子』『外』四字，今補。

〔一三〕東間住：原本『東』字空缺；『間』字猶可辨識，仿刻本二字全空，鄭本失補。

〔一四〕抱俫兒上了：原本『俫兒上』三字缺空，依脉鈔本何煜過録元刊本補。

〔一五〕劉朝：原本『朝』字，形誤爲『相』，今改。

〔一六〕拿夏侯惇出：原本誤作『拿曹操出』。按脉鈔本云：夏侯惇敗後，復領一百騎來索戰，張飛受命，戴罪立功，前去捉拿。諸葛亮云：『張飛此去，必然成功。』故此處應有拿獲情節，以爲照應。鄭本失校。徐本作『拿管通出』，亦誤。

鯁直張千替殺妻

無名氏 撰

簡要説明

《鯁直張千替殺妻》，無名氏撰。原題『新刊足本關目張千替殺妻』。原本未標明折數，科白簡略。《録鬼簿續編》《太和正音譜》《元曲選目》《今樂考證》《曲録》并録本劇劇目。

楔子，屠户張千與某員外結義爲兄弟，員外往直西去索要錢債。

第一折，清明節至，張千陪員外妻去拜掃祖墳。她看中了張千，百般糾纏，張千無奈，祇好騙她回家以後再説。

第二折，到家以後，員外妻置酒等待張千，恰好員外歸來。其妻趁員外酒醉，準備殺死他。張千見婦人心狠手辣，奪過刀來，替員外殺了婦人，逃走於外。

第三折，員外即蒙殺人之罪，被判處死刑，申報至開封府，包公疑此案不明，親自審理，張千投案自首，救員外出獄。

第四折，張千被判死刑，其母和員外趕至刑場祭奠。張千最後是否被殺，現存劇本未作明確交代。

本劇校本，今有隋、鄭、徐三種，一并用以入校。

楔　子

（外一折，云了）（正末扮張千上，開）小人是屠家張千的便是，家貧親老。不多近遠有個員外，待要結義小人做兄弟，待不從呵，時常感他恩德多；待從來，争奈家寒生受〔一〕。（外上，云了）（云）哥哥既不是嫌貧呵！

【仙呂賞花時】哥哥道不敬豪門只敬禮，不羡錢財只敬德。哥哥！您兄弟有句話對哥哥題。喒便似陳雷膠漆，你兄弟至死呵不相離。

（外云了）（請老母參拜了）（結義科）（外云往直西索錢了）〔二〕（送科）（下）

校勘記

〔一〕家寒生受：原本『寒』字，形誤爲『寬』，今改。隋本失校。鄭本改作『緣』，徐本改作『貧』，與原本字形不類，不取。

〔二〕往直西索錢了：徐本改『直西』爲『浙西』，未云所據。

第一折

（等旦開呵了）〔一〕（正末扮上墳，云）哥哥往直西去，早半年。今日同嫂嫂與母親往祖墳去。

【仙吕點絳唇】楊柳晴軒，海棠深院。東風轉，花柳争先，忙殺鶯啼燕〔二〕。

【混江龍】莎針柳綫，鳳城春色滿郊原〔三〕。紅馥馥夭桃噴火，緑茸茸芳草堆烟〔四〕。紅杏枝邊〔五〕鬥蹴踘，緑楊樓外打鞦韆。猛聽的〔六〕鶯聲恰恰，燕語喧喧，蟬聲嚦嚦，蝶翅翩翩。不由人待把春留戀，綺羅交錯，車馬駢闐。（云）嫂嫂，喒墳園到那未哩？（旦云了）

【油葫蘆】嫂嫂道墳在溪橋水那邊，斟量來不甚遠。恰來到那杏花莊景可人憐〔七〕。我則見垂楊拂岸黄金綫，我則見桃花落處胭脂片〔八〕。嫂嫂，這路兒更小〔九〕呵！不去他大路上行，則小路兒上穿。騎着疋騾驊騮〔一〇〕難把莎茵踐，正是芳草地杏花天。（旦云了）

【天下樂】嫂嫂！這的是留與遊人醉後眠。我想來今年，今年强似去年。若不是俺哥哥賫發有甚錢？人也似好覷付〔一一〕，親兄弟厮顧盼。若不是俺哥哥，嫂嫂〔一二〕，怎領着〔一三〕兄弟，祖墳前來祭奠。（到墳園下馬〔一四〕，旦交參拜科）

【村里迓鼓】青盛茂竹林松塢，早來到祖宗墳院。先掛着紙錢，躬身拜從頭參見。忘不了哥哥重恩，小可張千，前生分緣〔一五〕。想着俺哥哥有管鮑情，關張義，聶政賢，不弃俺身微智淺。

【元和令】到寒食不禁烟，正清明三月天。和風習習乍晴暄，羅衣初試穿。爲甚麽嫂嫂意留連，將言又不言〔一六〕？

（旦分付整辦祭物了）（旦忘鑰匙〔一七〕，分付母親科）（旦云）待與你……（云）寫的不唬殺人也！怎生嫂嫂今日説出這般言語〔一八〕？

【上馬嬌】嫂嫂更道是顛，更做道賢，恰便似賣俏女嬋娟。（旦云了）吃的來醉醺醺將咱來纏，眼溜溜涎〔一九〕，他道是休停莫俄延。

【遊四門】呀！不睹時摟抱在祭臺邊，這婆娘色膽大如天，恰不怕柳外人瞧見。又不是顛，往日賢，都做了鬼胡延。

【勝葫蘆】嫂嫂，休！俺哥哥往直西不到半年，想兄弟情怎無恩念〔二〇〕？你看路人又不離地遠。你待爲非作歹，瞞心昧己，終久是不牢堅。

（旦云了）（末云）這婦人待要壞哥哥性命。

【幺篇】嫂嫂道瓦罐終須不離井邊〔二一〕，你未醉後出狂言〔二二〕？你唬的我手兒脚兒滴羞都速難動轉〔二三〕。嫂嫂〔二四〕和俺哥哥是幾年夫妻？（旦云）二十年夫妻。又不想同衾結髮〔二五〕，情深義重，夫乃婦之天！

【後庭花】你休要犯王條成罪愆，則索辨人倫依正典。不聽見九烈三貞女，三從四德賢。今日個到墳園，祖宗如見，有靈魂在墓前，你狂張不怕天〔二六〕！胡尋思一點，留歹名百世傳〔二七〕。

（旦云了）

【青哥兒】嫂嫂！你是個良人、良人宅眷，不是小末、小末行院。俺哥哥離别未團圓，過些時有甚末難見〔二八〕？遇着春天，花柳芳妍，粉蝶翻翩，紫燕飛旋，簫管聲傳，情素難言〔二九〕，因此上喬殢殢延延，虧張千難從願。

（旦云了）（末詐許）（回家科）

【賺煞】〔三〇〕我這慷慨鐵石心〔三一〕，不比你趁浪風塵怨。我雖是無歹心胡作，若我這句話合該一千〔三二〕，須我不得將閑話兒展。嫂嫂，你着馬先行。我空説在駿馬之前。嫂嫂將着紫藤鞭，催動繮轅〔三三〕，賺的你到家〔三四〕解了我冤。你依仗着有金有錢，欺負俺哥哥無親無眷，不曾見浪包婁養漢倒陪錢！

校勘記

〔一〕等旦開呵了：原本『等旦』二字誤倒；又『開』『了』二字原無，今補改。『開呵』，即演員上場之開場白。鄭、徐二本失校。隋本作賓白處理，誤。

〔二〕忙殺鶯啼燕：『鶯啼燕』，即鶯啼燕舞一語之省。徐本改作『鶯和燕』，不取。

〔三〕鳳城春色滿郊原：原本『郊原』二字，音假爲『嬌園』，今改。各本失校。

〔四〕緑茸茸芳草堆烟：原本『茸茸』二字，形誤爲『并并』；又脱『草』字。依鄭、徐二本改。

〔五〕紅杏枝邊：原本『紅杏』二字，誤作『桃杏』，依徐本改。

〔六〕猛聽的：原本『的』字下，誤衍一『唱』字，今删。

〔七〕恰來到那杏花莊景可人憐：原本『那』字空缺；又『杏』字，形誤爲『居』，今校補。鄭、徐二本『那』字失補。

〔八〕桃花落處胭脂片：原本『桃』字形誤爲『排』，又脱『花』字，今校補。

〔九〕這路兒更小：原本『小』字，形誤爲『少』，今改。

〔一〇〕騶驊騮：原本『騶』字，作『騊』，依隋本改。『騶』同『驟』，奔馳也。

〔一一〕人也似好覷付：原本『覷』字，涉上誤作『人』，今改。此爲元人俗語，常見於元曲。《老生兒》第一折【寄生草·幺篇】：『不把我人也似覷，可將我謎也似猜。』

〔一二〕嫂嫂：原本『嫂』字不重，今改。

〔一三〕怎領着：原本『領』字空缺，今補。

〔一四〕到墳園下馬：原本『墳』字，由文字待勘符號『卜』，形誤爲『一』，今改。

〔一五〕前生分緣：原本『緣』字，由文字待勘符號『卜』，形誤爲『人』，今改。『分緣』，即『緣分』之倒文。

〔一六〕將言又不言：原本『將言』二字下作重文符號『〻』，今改。

〔一七〕旦忘鑰匙：原本『鑰』字，由文字待勘符號『卜』，形誤爲『人』，今改。

〔一八〕説出這般言語：原本『般』字下，涉上誤衍一『這』字，今删。

〔一九〕眼溜溜涎：徐本删作『眼溜涎』，不取。『眼溜溜』，元人俗語。石子章《八聲甘州》套【賺尾】曲：『不承望空溜溜了會眼兒休。』

〔二〇〕想兄弟情怎無恩念：原本無『怎』字，依徐本補。

〔二一〕瓦罐終須不離井邊：原本『井』字，由字待勘符號『卜』，形誤爲『一』，今改。

〔二二〕你未醉後出狂言：原本『出』字，由文字待勘符號『卜』，形誤爲『人』；『狂』字，形誤爲『在』，今改。隋、鄭二本失校，徐本改『人』爲『怎』。

〔二三〕你唬的我手兒脚兒滴羞都速難動轉：原本脱『唬』字；又『轉』字，由文字待勘符號『卜』，形誤爲『不』，今改。『動轉』，即『轉動』之倒文，屢見於元曲。徐本於『滴羞都速』下補『戰』字，又改『難動不』爲『莫動不』，作賓白處理，失。

〔二四〕嫂嫂：原本誤作『娘娘』，今改。

〔二五〕同衾結髮：原本脱『衾』字，今補。

〔二六〕你狂張不怕天：原本『狂』字偏旁略有斷損，『張』字空缺，今補。『狂張』，即『張狂』之倒文。徐本補作『狂言』，不取。

〔二七〕胡尋思一點，留歹名百世傳：原本『歹』字，形誤爲『多』，依鄭本改。徐本此二句作『胡尋思無一點，留聲名百世傳』，直爲改文，不取。

〔二八〕過些時有甚末難見：原本『過』字，形誤爲『這』；『難』字，形誤爲『准』，今改。隋、徐二本失校。鄭本『這』字未改。

〔二九〕情素難言：原本『素』字，形誤爲『索』，又脱『難言』二字，今校補。隋本以『情素』二字屬上讀，鄭本則改屬下讀，均誤。徐本補作『情素熬煎』，可參看。

〔三〇〕賺煞：原本題作『尾聲』，今改。

〔三一〕我這慷慨鐵石心：原本『慷』字，由文字待勘符號『卜』，形誤爲『一』；『慨』字略有變形，唯尚可識。

今校補。徐本改作『一腔鐵石心』，不取。

〔三二〕若我這句話合該一千：原本『若』字後，蒙下誤衍『這句』二字，今删。

〔三三〕催動繮韁：原本『繮』字，音假爲『罡』，略有殘損，依鄭本改。元代北方方言二音常可相假。元刊《陽春白雪》前集卷三盧疎齋小令《壽陽曲》：『攢江酒，味轉佳，刻春宵古今無價。』任二北先生校：『攢江酒』，即『攢缸酒』。

〔三四〕賺的你到家：原本誤作『賺的□你家』，今改補。

第二折

（旦上云）〔一〕準備酒食，等待小叔叔。（云了）（員外上云）（回家敲門〔二〕，見酒食問科）〔三〕（旦支吾云了）（外交請弟科，張千不信）（外自請相見科）〔四〕

【正宫端正好】撇罷了腹中愁，則今打迭起心頭悶。嫂嫂也從今後休戀别人。（旦云了）若是俺哥哥一一從頭問〔五〕，看我數説你一會無淹潤。

【滚綉球】俺哥哥，恰路上受苦辛，幹事忒謹勤。〔六〕俺哥哥惹近遠也，剛道了往來勞困，（外云了）（唱）哥哥鞍馬上遠路風塵。（外問了）母親又無甚症候，咫尺有些老忘渾〔七〕。托賴着俺哥哥福蔭，那裹有半星兒疾病纏身！（外問了）嫂嫂母親行更加十分孝〔八〕，俺嫂嫂近日來兄弟行重添一倍兒親〔九〕。看我説你一會叮嚀。

【倘秀才】當日哥哥不曾見半點兒文墨，與我許多資本。哥哥請吃兄弟這一盞酒，除外別無甚孝順〔一〇〕。想哥哥山海也似恩臨〔一一〕幾時盡！且休説放錢的龐居士〔一二〕，更壓着養劍客的孟嘗君，那裏有俺哥哥義分〔一三〕！

（外討酒飲了）

【滚綉球】酒行了十數巡，連飲了八九尊〔一四〕。（旦交勸員外酒科）嫂嫂，你看俺哥哥不抬頭呵，又兼那身困。則爲你嚇殺我也七世魔君。早則陽臺有故人〔一五〕，羅幃中會雨雲，不弱如背地裏暗穿芳信〔一六〕。（外唱曲科）〔一七〕哎！你個楚襄王，百忙裏唱甚末白雪陽春？（外醉睡科）我這酒腸寬宋玉纔挪動脚〔一八〕，（末辭科）（旦攔住科）被你這色膽大巫娥〔一九〕，你則末攔住了門？唬的我無處存身〔二〇〕。

【倘秀才】嫂嫂！我往常時草鞋兜不住脚根，到如今舊頭巾油不了頂門〔二一〕，却是末白馬紅纓彩色新？恰不道壁間還有耳，窗外豈無人〔二二〕。你待要怎生？

【滚綉球】我這裏忙到褪〔二三〕，越趕得我緊。（旦云了）你是個婦人家絮叨叨〔二四〕不嫌口困。（旦云了）這堝兒比不得你祭臺邊唬鬼瞞神。知他是你風魔，我沙村〔二五〕。嫂嫂！不争你這般呵〔二六〕送的我有家難奔，平白裏〔二七〕更待要燕爾新婚。（旦云了）〔二八〕不争二更前後成連理，俺哥哥知道呵，敢□□□□吊了脊筋。好是傷情。

【倘秀才】俺哥哥賫發我呵金與銀〔二九〕，我今日殺兄長呵，却不知恩報恩。也是我自己貪杯惜醉人〔三〇〕。（旦云了）我則理會龐涓刖了孫臏〔三一〕，不曾見張儀凍殺蘇秦〔三二〕。好交自嗔。

【滚綉球】這婆娘外相兒貞〔三三〕，就裏狠。縱然面搽紅粉〔三四〕，是一個油鬏髻吊客喪門。你須是他娶到的妻，至如今二十春。你全無半星兒情分，平白地磣可可剪草除根。這婆娘寸心毒狠千般計，不好也[三五]，却甚麽一夜夫妻百夜恩！諕了我三魂。（旦云了，要殺外科）（云）哥哥你醒也！張千出於無奈，逼得如此！兄弟想着哥哥山海似恩臨，未曾報答。哥哥受兄弟四拜。

【叨叨令】俺哥哥湯風犯雪[三六]金蘭分，你兄弟酒裏淘真性。我則理會得哥哥賁發張屠困。我那裏重色輕君子？那裏有海棠嬌艷江梅韵！（末持刀揪旦科）（旦云）却怎生殺我？（末云）我剪劈殺你！[三七]大古裏孟姜女不殺了要怎末哥？不殺了要怎末哥？一朝馬死黄金盡。

【尾聲】想着婦女湌刀刃，久以後則着送了人。自家夫主無恩情，剗地[三八]戀着别人親！這婦人壞家門，倒與别人些金銀。因此上有一刀兩斷，歸了地府，我與你有恩念哥哥掙了本。

校勘記

〔一〕旦上云：原本『上』字，形誤爲『止』，今改。

〔二〕敲門：原本『敲』字，形誤爲『鼓』，今改。

〔三〕見酒食問科：原本此句下誤衍『外見加酒問了』六字，依徐本删。

〔四〕外自請相見科：原本『外自』二字誤合爲『谷』，今改。隋本改作『外旦』，徐本作『喒』，均非。

〔五〕從頭問：原本『問』字，形誤爲『間』，今改。

〔六〕謹勤：即『勤謹』之倒文。鄭本改作『殷勤』，誤。

〔七〕咫尺有些老忘渾：謂老年人記性不好，咫尺之間，經常遺忘。徐本改『咫尺』爲『只』，誤。

〔八〕更加十分孝：原本『加』字，形誤爲『如』，今改。

〔九〕兄弟行重添一倍兒親：原本『行』字下誤衍一『街』字；『重』字，音假爲『崇』；『倍』字，形誤爲『倚』，依徐本删改。

〔一〇〕哥哥請吃兄弟這一盞酒，除外别無甚孝順：原本『請』字，由文字待勘符號『卜』，形誤爲『一』；又『孝』字原脱，今校補。按：此二語爲元時酒席上常用之應酬話頭。《事林廣記》前集卷十一《把官員盞》把盞者云『小人没甚孝順，官員根底拿一盞淡酒』云云。又《平交把盞》主人進前跪云『小弟没甚小心，哥每根底拿盞淡酒』云云。

〔一一〕恩臨：原本『臨』字，音假爲『林』，今改。

〔一二〕龐居士：原本『龐居』二字空缺，今補。

〔一三〕那裏有俺哥哥義分：原本『義』字，音假爲『意』，今改。

〔一四〕酒行了十數巡，連飲了八九尊：原本『八九尊』三字空缺，依鄭本補。徐本補作『兩三尊』，由上句行酒十餘巡來看，似飲酒過少，不取。

〔一五〕陽臺有故人：原本『臺』字，由文字待勘符號『卜』，形誤爲『一』，今改。

〔一六〕不弱如背地裏暗穿芳信：原本無『弱』字，語意未完，今補。徐本改『不如』爲『不知』。

〔一七〕外唱曲科：原本『曲』字，形誤爲『西』，今改。

〔一八〕酒腸寬宋玉纔挪動脚：原本『宋』字，音假爲『送』；『玉』字脱；『挪』字省借爲『那』，依徐本改。

〔一九〕色膽大巫娥：與上句『酒腸寬宋玉』爲對文。原本『大』字，誤作『如』，依鄭本改。

〔二〇〕無處存身：原本脱「存」字，依鄭本補。隋本補作「藏」，徐本補作「潛」。

〔二一〕舊頭巾油不了頂門：原本「油」字，音假爲「遊」，今改。各本失校。按：「油不了」云云，謂舊頭巾不再頂戴也。《古今小説》卷十五《史弘肇龍虎風雲會》：「郭大郎取下頭巾，除下一條鏖糟臭油邊子來，教王婆把去做回定。」此處，「鏖糟臭油」四字，正爲本曲「舊頭巾」一語，作了很好的注解。

〔二二〕壁間還有耳，窗外豈無人：原本「耳」字，形誤爲「半」，今改。按：墻壁有耳，爲古語之遺留。《管子·君臣篇》下：「墻有耳，伏寇在側。」《五燈會元》卷十六顯明善孜禪師問：「甚麽人得聞？」師曰：「墻壁有耳。」《事林廣記》前集卷九處世警語：「墻有縫，壁有耳。」至於「壁間還有耳，墻外豈無人」二語，則屢見於元代小説、戲曲，兹不一一例舉。隋、徐二本改「半」爲「伴」，實誤。

〔二三〕倒褪：原本「褪」字，省借爲「退」，今改。

〔二四〕絮叨叨：原本第二個「叨」字空缺，今補。

〔二五〕你風魔，我沙村：原本「我」字下爲重文符號「ヽ」，依徐本改。

〔二六〕不争你這般呵：原本「争」字，音假爲「曾」，依鄭本改。

〔二七〕平白裏：原本「白」字，誤增爲「百」，今改。

〔二八〕旦云了：原本「旦」字空缺，今補。

〔二九〕俺哥哥賫發我呵金與銀：原本「賫發我呵」四字空缺；「金」字假作「今」，殘存下半，今改補。鄭、徐二本所補與此略有出入。

〔三〇〕也是我自己貪杯惜醉人：原本「也是我」三字空缺，今補。

〔三一〕我則理會龐涓刖了孫臏：原本『理』字，音假爲『里』；『刖』字，形誤爲『削』；『孫臏』二字空缺，今改補。

〔三二〕幾曾見張儀凍殺蘇秦：原本『幾曾』二字空缺，『儀』字省借爲『義』，今改補。

〔三三〕外相兒貞：原本『兒』字，形誤爲『見』；『貞』，音假爲『真』，今改。

〔三四〕縱然面搽紅粉：原本『縱』字，省借爲『從』；『搽』字，省借爲『茶』，今改。

〔三五〕不好也：原本『好』字，僅存偏旁『女』，依徐本補。

〔三六〕湯風犯雪：原本『犯』字，誤作『双』，依鄭本改。徐本改作『冒』。

〔三七〕我剪臂殺你：原本『剪』字，省借爲『前』；『臂』字，音假爲『背』，今改。『剪臂』，即揪扭雙臂於後，與上『持刀揪旦』語應。脉鈔本《博望燒屯》第二折張飛云：『緊綁綁剪了臂膊，直挺挺舒着脖項。』又，《水滸傳》第四十八回：『將解珍、解寶剥得赤條條的，背剪綁了，解上州裏來。』均可證。徐本改補爲『我則替哥哥殺你』，誤。

〔三八〕剗地：原本作『産地』，今改。

第三折

（外扮鄭州官，問成員外，解開封府了）（外扮包待制上，引問，疑獄不明）〔一〕（末云）人間私語，天聞若雷。行道數十里地，見座神廟，我且問珓杯咱。

【中吕粉蝶兒】今得一個下下之玟〔二〕，不争隨順了妖嬈，悶着頭自想念〔三〕不合神道。一會家怨氣難消，吃的來醉醺醺〔四〕，□□□□。却不道〔五〕情理難饒，受哥恩念身難報。

【醉春風】他不想夫婦恩重如山，待將一個親男兒謀算了。珠英斷臂去留名，似這婦人的少，少。我因此上〔六〕手攬定青絲，殺壞了不中淫婦，我待學知心管鮑。

（末見母）（母云了）（云）母親！（道旦有殺人賊了）〔七〕

【快活三】殺人賊有下落，殺人賊有歸着〔八〕，殺人賊今日有根苗。母親！我不説誰知道！

【朝天子】母親呵壽高，您兒呵不肖〔九〕。不想咱人死呵天知道！母親啼天哭地泪流交，您兒不曾將山海恩臨報。我這裏苦痛嗥咷，搥胸高叫。母親，你指望養兒來防備老，（母親云了）不争〔一〇〕你兒不招，把哥哥送了，枉惹得普天下英雄笑。

【上小樓】我這裏孜孜覷了，唬的撲撲心跳。好交我戰戰兢兢，滴修都速，魄散魂消。是俺哥哥坐死牢，折倒了，他當時容貌〔一一〕。我是鐵石人暗傷懷抱。

【幺篇】他那裏吃一杖，子如剐一刀。我這裏腹熱心慌，手忙脚亂，肉戰身摇〔一二〕。往常時那威風，那勢耀，人中才貌。我這裏向官人行怎生哀告。

【滿庭芳】殺人賊我招，相公把干連人放了。犯法的難饒，俺哥哥山海也似恩未報，怎肯道善與人交！那婆娘罪惡，到官人上難學。空養着家中俏，我根前欲待私情暗約，那婆娘笑暗裏藏刀。

（外哭科）（包問了）（末云）小人是結義兄弟。因這婦人待一心殺害哥哥，是小人殺了。

【石榴花】俺本是提刀屠，翻做了知心交。論仁義，有誰學。俺哥哥索錢去了，離別到半載之遥〔一三〕。那婆娘打扮來便似女猱，全不似好人家苗條。上墳處説不盡喬爲作，那裏怕野外荒郊！他從早晨間纏到日頭落，回來明月上花梢〔一四〕。

【鬥鵪鶉】我若背義忘恩，早和他私情暗約。後來俺哥哥來家，夜深吃的來醉倒。呀！婆娘待把俺哥哥所算了，被我賺得他手内刀〔一五〕。想俺哥哥昆仲情深，因此上把婆娘壞了。

【十二月】便怕甚擔煩受惱，拚了個無處歸着〔一六〕。俺哥哥從來軟弱，幾曾見犯法違條？惜不得家親年老，好交我苦痛嗥咷〔一七〕。

【堯民歌】哥哥，你養侍白頭娘，我在死囚牢，常言道舌是斬身刀。當年禍福不相交，今日官司有着落〔一八〕。哥哥休焦，把這個軀好覷着〔一九〕，是必休交俺殘疾娘知道。

【耍孩兒】我往常時看别人笞杖徒流絞，今日個輪到我綳扒吊拷〔二〇〕，指望咱弟兄情，如陳雷膠漆有誰學〔二一〕，登時間瓦解冰消。當初一年結義知心友，誰想咱半路裏翻騰做刎頸交。泪不住腮邊落，眼見的一刀兩段，知他是今日明朝！

（外云了）

【二煞】俺哥哥恩義多，你兄弟情分少〔二二〕。爲人本分天之道。怕你瀽半碗漿水〔二三〕把我題名唤，提一陌錢〔二四〕把我咒念着燒。耳邊高聲叫，兩隻脚蹬着田地，他那裏攀着枷梢。

【三煞】母親第一來殘疾多，第二來年紀老。常有些不快少安樂〔二五〕。怕有錢時截取疋整布絹，無錢時打我條孝繫腰〔二六〕。泪不住行行落，哀哀父母，生我劬勞〔二七〕。

【四煞】哥哥！咱爲弟兄非關今世親，皆因前緣前世好〔二八〕。怎着我一心想哥哥恩念伏侍到老，

誰想半路裏這婦人把哥哥所算了[二九]。不由心焦躁[三〇]，因此上着命身亡，便死呵并無悔懊。（外云了）

【尾聲】哥哥！我死去程途多，回來的路兒少。俺哥哥行半星兒恩義不曾報，我有七十歲的親娘侍奉不到老！

校勘記

〔一〕疑獄不明：原本「疑」字，音假爲「擬」，今改。按：今山西晋南方言，仍如此讀。

〔二〕下下之珓：原本「之」字，形誤爲「云」，今改。

〔三〕悶着頭自想念：原本「頭自」二字殘空，「想」字上半，「念」字下半可辨，依徐本補。

〔四〕醉醺醺：原本第二個「醺」字殘空，今補。

〔五〕却不道：原本「却不」二字殘空，依徐本補。

〔六〕因此上：原本「因」字，誤增爲「恩」，今改。

〔七〕道旦有殺人賊了：此係劇作者介紹張千談話的内容。徐本誤删「旦」字，屬上作賓白處理，失。

〔八〕殺人賊有歸着：原本「有」字，形誤爲「肖」，今改。

〔九〕您兒呵不肖：原本「肖」字，誤作「你」，今改。蓋元刊本「你」字多省爲「尔」，與「肖」字形近，因而誤增爲「你」。徐本改作「不孝」，不取。

〔一〇〕不争：原本「争」字，音假爲「曾」，今改。

〔一一〕折倒了，他當時容貌：原本「倒」字，省借爲「到」；「貌」字，當省爲「皃」，形誤爲「是」，今改。

〔一二〕肉戰身摇：原本「肉」字，誤作「皮」，今改。各本未改。

〔一三〕半載之遥：原本「遥」字，形誤爲「遇」，今改。

〔一四〕明月上花梢：原本「月」字，形誤爲「日」；「上」字，形誤爲「不」，今改。

〔一五〕手内刀：原本「内」字，形誤爲「由」，今改。

〔一六〕拚了個無處歸着：原本「拚」字，音假爲「判」，今改。各本失校。

〔一七〕苦痛嗥咷：原本「苦」字，形誤爲「去」；「咷」字，形誤爲「跳」，今改。

〔一八〕今日官司有着落：原本「司」字，形誤爲「門」；「着」字，形誤爲「苦」，今改。隋、徐二本失校。

〔一九〕把這個軀好覷着：原本「覷」字，形誤爲「觀」，今改。「軀」，即軀丁、軀口，猶云奴僕。鄭本補爲「身軀」，徐本補爲「軀命」，均失。

〔二〇〕綳扒吊拷：原本「綳」字，當省借爲「朋」，形誤爲「門」，今改。按：「綳扒吊拷」，即扒去上衣，綑綁起來，吊起拷打。舊釋解爲幾種非刑，不確。

〔二一〕有誰學：原本「誰」字，誤作「許」，今改。

〔二二〕情分少：依律，與上句「恩義多」爲三字對句，原本脱「分」字，今補。

〔二三〕半碗漿水：原本脱「碗」字，今補。

〔二四〕一陌錢：原本「錢」字，由俗寫草體形誤爲「半」，今改。

〔二五〕常有些不快少安樂：原本「少」字，誤作「長」，今改。

〔二六〕打我絛孝繫腰：元人詞序多有與現代漢語相倒者。「打我絛」，即替我帶一條。徐本改「打我」爲

『打取』，失。
〔二七〕生我劬勞：原本『劬』字，形誤爲『功』，今改。
〔二八〕前緣前世好：原本脱『好』字，今補。『前世好』，與上句『今世親』，正爲三字對句，合律。
〔二九〕所算了：原本『所』字，形誤爲『折』，今改。
〔三〇〕焦躁：原本『躁』字，音假爲『皂』，今改。

第四折

（末扮上）

【雙調新水令】從來猛虎不吃傍窩食，送的我死無葬身之地。則爲知心友，翻做殺人賊。普天下拜義親戚〔一〕，則你口快心直，休似我忒仁義。

【夜行船】哥哥慈悲，常把兄弟相周急。如今謝哥哥將來的酒和食。這的長離飯，永別杯，磣可可我嘗酒味。

（外云了）

【雁兒落】哥哥！萬剮我不後悔，這裏便死呵無招對。常學着仗義心，四海皆兄弟。

【得勝令】我死呵記相識，你從今好將息。與我幹取些窮活計，休惹人閑是非。你再休貪杯，現放着傍州例。你若求妻，（云）常言道醜婦家中寶。休貪他人才精精細細，伶伶俐俐，能言快語，不中。（外云了)娶一個端方穩重的。

【落梅風】　腦背後高聲叫起，唬的我魂離體，死無葬身之地。母親道認義來的哥哥有債回的禮，母親也早難道養軍千日。

【甜水令】　我則見街坊鄰里〔二〕，大的小的，啼天哭地。見了我，并無一個，感嘆傷悲。他道不愛娘，替人償命，生分忤逆〔三〕。醜名兒〔四〕萬代人知。

【折桂林】　哎，母親！早則無指望緑鬢斑衣〔五〕！母親那裏有九病十殘，腰屈頭低。告哥哥且慢休催〔六〕，省可裏後擁前推〔七〕，半霎兒午時三刻，弟兄子母別離。哭哭啼啼，切切悲悲。百忙裏地慘天昏，霧鎖雲迷。

【水仙子】　一靈兒相伴着野雲飛，則聽得腦背後何人高叫起，是哥哥共母親旁邊立。我問你怎生來到這裏，險送了家有賢妻。殺嫂索償命，宜鐫刎頸碑，將我好名兒萬古標題。

題目　悍婦貪淫生惡計
　　良人好義結相知
正名　賢明待制翻疑獄
　　鯁直張千替殺妻

鯁直張千替殺妻終

校勘記

〔一〕親戚：原本「戚」字，誤增爲「慼」，今改。

〔二〕街坊鄰里：原本「坊」字，省借爲「方」，今改。

〔三〕生分忤逆：原本「忤」字，音假爲「五」，今改。

〔四〕醜名兒：原本「名」字，形誤爲「各」，今改。

〔五〕緑鬢斑衣：原本「斑」字，音假爲「班」，今改。

〔六〕且慢休催：原本「催」字，音假爲「推」，依鄭本改。隋、徐二本失校，則與下句「推」字重韵。

〔七〕後擁前推：原本「擁」字，涉上下文誤作「推」，今改。

小張屠焚兒救母

無名氏　撰

簡要説明

《小張屠焚兒救母》，無名氏撰。原題『古杭新刊小張屠焚兒救母』。原本未標明折數，科白簡略。元明以來各家戲曲，均未著録。

楔子，張屠家貧，事母至孝。因母親患病想米湯吃，將棉襖去王員外家典當，僅换得二升米。第一折，張屠請大夫爲母看病，要用硃砂做引子。其妻拿出首飾，讓張屠到王員外家去買，拿到的却是假藥。夫婦無奈，遥拜東嶽聖帝，保母病愈。願捨三歲孩兒喜孫爲一支香焚了。第二折，張母病愈，張屠夫婦帶孩兒喜孫去東嶽還願，將子投於醮盆中。炳靈公因王員外『好賄貪財』，做事不合神道，命急脚鬼李能將其子萬寶奴丢在醮盆内燒死，暗中將喜孫换出，并送回張家。

第三折，李能扮作凡人，送喜孫回家，假説張屠酒醉失落孩兒，被他撞見，因而送回。

第四折，張屠回家，看到孩兒喜孫還在，并見到李能留下繫腰，纔知是東嶽神靈暗中護佑，一家人望着泰安神州再次禮拜。

本劇校本，今有隋、鄭、徐三種，一并用以入校。

楔子

（外末上，開）老夫王員外便是。家住在汴梁西北角隱賢莊居住。家中有萬貫錢財。有個孩兒，唤做萬寶奴，一家兒看承似神珠玉顆〔一〕。我不合將人上了神靈的紙馬，又將來賣與別人還願。我賣的是草香水酒。似我這等瞞心昧己又發迹〔二〕，除死無大災。（下）（外旦上〔三〕。開）老身是張屠的母親，得了些症候，看看至死，不久身亡。叫張屠孩兒來，我想一口米湯吃。（正末上，云）自家張屠的便是。街坊每順口叫我做小張屠。娘兒兩個，開着個肉案兒。母親自二十上守寡，經今六十二歲。不想十五日看燈回來得病，日加沉重〔四〕，想口兒米湯吃。大嫂！家中無米，將棉襖我去王員外家當去。（正旦云）〔五〕這襖子是故衣，足值二升米〔六〕。你將去如珍珠一般，休要作賤了。

（下）

【仙吕端正好】我則待積陰功，他則待貪財物。咱兩個利名心水火不同爐。全不肯施財周濟貧民苦，無半點兒慈悲處〔七〕。

【幺篇】便有那金銀垛至北斗待何如！當日魯子敬謁周瑜，郭原真訪亞夫。將一領新棉襖，你道是舊衣服。你二升米，看成做兩斛珠。不由我心勞攘意躊躇，好教我心忙怎言語〔八〕。

校勘記

〔一〕看承似神珠玉顆：原本『承』字，音假爲『成』，今改。
〔二〕發迹：原本『迹』字，音假爲『積』，今改。
〔三〕外旦上：此爲張屠之母。原本無『外』字，今補。劇中張妻爲『正旦』，故加『外』字以區别。
〔四〕看燈回來得病，日加沉重：原本『病』字微有殘迹；『日』字全缺，今補。
〔五〕正旦云：原本『正』字，作『外』，今改。
〔六〕足值二升米：原本『足』字，形誤爲『只』，今改。各本失校。
〔七〕無半點兒慈悲處：原本『悲』字，由文字待勘符號『卜』，形誤爲『下』，今改。
〔八〕心忙怎言語：【仙吕端正好】末句例須五字。原本脱『言』字，依鄭本補。隋、徐二本失校。

第一折

（末將米二升到家，云）大嫂！這米將去舂得熟着，與母親煎湯吃。大嫂，你怎又煩惱？母親知道〔一〕，又加了病症。你放得歡喜着，母親也歡喜。你不知道這等孝勾當。

【仙吕點絳唇】母親病在膏肓〔二〕，你孩兒仰天悲搶，添惆悵。母親受半世孤孀，却怎生越剗地無承望。

【混江龍】别無甚依仗，受孤孀耽疾病受凄凉。心勞意攘，腹熱腸慌。忍凍餓誰憐兒命蹇，守孤貧〔三〕争敢母親忘。常則是半抄兒活計，一合兒餱糧〔四〕。看看至死，不久身亡。遇不收時月，饑儉年光。母親眼中淚不離了枕蓆邊，你孩兒腹中愁常潛在眉尖上。都不到一時半刻，尋思到百計千方。

【油葫蘆】（云）大嫂，你學幾個古人。孟氏賢達有義方，夫姓梁，常則是荆釵布襖守寒窗。爲夫的，文章冠世詩書廣；爲妻的，孝順仁義名真娘〔五〕。母親行時時親拜覆，勤勤的厮問當〔六〕。便有志誠心無半點兒虚誑〔七〕，常則是朝侍奉暮煎湯。

（云）孟光夫主是梁鴻，與他妻子説〔八〕：『要我喜時，你則布襖荆釵，便是夫婦。』與他夫主送飯〔九〕，高高的擎着〔一〇〕，這個便是那『舉案齊眉』。大嫂，你省得那〔一一〕昏定晨省的勾當？

【天下樂】誰不待舉案齊眉學孟光。怕不待開張，那裏取升合糧？與人家打勤勞做生活有甚妨！怕不待時時的殺個猪，勤勤的宰個羊，覓幾文鄧通錢將我娘侍養〔一二〕。

【那吒令】住孤村小莊，無親族當房。若母親命亡，天哪！誰人覷當。大嫂！你學取些賢孝心，我有寬宏量，休學那忤逆婆娘。

【鵲踏枝】帶頭面插金裝，穿綾羅好衣裳，出來的毁遍尊親，駡遍街坊。你學那哭長城送寒衣孟姜〔一三〕，休學那無廉耻盗果京娘。

（云）大嫂，你學二十四孝咱〔一四〕。

【寄生草】我雖不讀《論》《孟》書〔一五〕，多聞孝義章。舜子孝母天將養〔一六〕，郭巨埋子天恩降，孟宗哭竹天垂象〔一七〕。王祥卧冰〔一八〕標寫在史書中，丁蘭刻木圖畫在丹青上。

(請太醫科)〔一九〕(外末醫云)我藥用硃砂定心丸便可。〔二〇〕

【醉中天】〔二一〕賣弄他指下明看讀廣，止不過《宣明論》《瑞竹堂》〔二二〕，通聖散青龍丸白虎湯，怎莫這般藥值銀七兩〔二三〕？量這個張屠户朝無夜糧！他可怒從心上起〔二四〕，可憐見〔二五〕老母親病着床。

(云)醫士説，這藥用一錢硃砂引子，王員外有〔二六〕。他要現錢，纔肯與人〔二七〕。(正旦云)夫主，有俺父與我□一雙〔二八〕，去换來。(末見外)(員外與假硃砂)(硃問)硃砂有真假？(員外説)害你來，俺除死無大灾〔二九〕！

【金盞兒】硃砂面有容光，這物色淡微黄。他那裏咒連天誓説道〔三〇〕無虚誑，恨不得手拈疾病便離床。願母親三焦和肺腑〔三一〕，五臟潤肝腸。可憐見俺忤逆子，則怕妨了〔三二〕俺七十娘。

(云)大嫂，這假硃砂，母親吐了，别無救母之方。俺兩口望着東嶽爺爺拜〔三三〕，把三歲喜孫，到三月二十八日，將紙馬送孩兒醮盆内做一枝香焚了〔三四〕，好歹救了母親病好。上聖有靈有聖着！

【後庭花】我這裏望東嶽聖帝〔三五〕方，祝神明心内想。則爲我生身母三焦病，許下喜孫兒做一炷香。我這裏過茶湯，願母親通身舒暢。汗溶溶如水一江，滲似冰凉，面融融有喜光〔三六〕，笑孜孜親問當。

【青哥兒】病可〔三七〕却便是平生、平生模樣，往日、往日形象。常言道孝順心是人間海上方。每日家告遍街坊，誰肯慚惶〔三八〕？仰告穹蒼〔三九〕，許下明香，兒做神羊！誰想道捨死回生便離床，兀的是天將傍。

【賺煞尾】（云）母親疾病痊可〔四〇〕，有何不喜！母親病體萬分安，你兒喜氣三千丈。捨了我嫡親子熱血一腔。咱人有子方知不孝娘，豈不聞〔四一〕哀哀父母情腸。我這裏自參詳，不由我喜笑愁忘，再不揾傷心泪兩行。將孩兒焰騰騰一爐火光，磣可可一靈身喪。捨了個小冤家，一心侍奉老尊堂。

校勘記

〔一〕母親知道：原本『知』字空缺，今補。

〔二〕病在膏肓：原本『肓』字，形誤爲『盲』，今改。

〔三〕孤貧：原本『貧』字，形誤爲『負』，今改。

〔四〕一合兒餱糧：原本『糧』字，殘壞爲『良』，今改。

〔五〕孝順仁義名真娘：原本『順』字，『娘』字，均由文字待勘符號『卜』，形誤爲『人』，今改。『真姬』『真女』『真娘』，爲宋元小説戲曲中賢女之通名，故依韵改爲『娘』。徐本改作『孝廉仁義名真響』，不取。

〔六〕問當：原本『問』字，殘存上半，今補。

〔七〕虚誑：原本『誑』字，形誤爲『誰』，今改。

〔八〕與他妻子説：原本『子説』二字，形誤爲『無話』，今改。

〔九〕與他夫主送飯：原本『他』字下，涉上文『布襖荆釵』，誤衍一『荆』字，今删。

〔一〇〕高高的擎着：原本『高』字失重，今補。

〔一一〕省得那：原本『省』字，形誤爲『着』，今改。

〔一二〕侍養：原本『侍』字，形誤爲『待』，今改。

〔一三〕你學那哭長城送寒衣孟姜：原本『哭長城』前，誤衍『曹娥女』三字，依徐本删。

〔一四〕大嫂，你學二十四孝咱：原本『嫂』『咱』二字，均由文字待勘符號『卜』，形誤爲『人』，今改。

〔一五〕《論》《孟》書：原本『書』字缺空，今補。徐本補作『篇』。

〔一六〕舜子孝母天將養：原本『舜』字，由文字待勘符號『卜』，形誤爲『人』，今改。又『將』字原無，依徐本補。按：舊傳二十四孝第一人即『舜』。其後母頻欲殺舜，使之掏井，以大石壓之，孝感於天，得從東家井出。又躬耕歷山，以米養母，人稱至孝。見敦煌《孝子傳》，據改。

〔一七〕孟宗哭竹天垂象：原本『哭』字缺空；『竹』『象』二字，均由文字待勘符號『卜』，形誤爲『人』，今改補。

〔一八〕王祥卧冰：原本『冰』字作『魚』，亦通，今按一般習用説法改。

〔一九〕請太醫科：原本『太醫』二字，音假爲『大衣』，今改。

〔二〇〕硃砂定心丸便可：原本『丸』字，形誤爲『九』；『可』字，增借爲『何』，今改。

〔二一〕醉中天：原本誤題『醉扶歸』，依徐本改。

〔二二〕止不過《宣明論》《瑞竹堂》：原本『過』字脱；『宣』存下誤衍『二』字，今删改。按：金代名醫劉完素著《精要宣明論》，見《金史》本傳。又，元代薩德彌實著《瑞竹堂經驗方》，吴澄、王都中爲之序。

隋、鄭二本失校。

〔二三〕怎莫這般藥值銀七兩：原本『般』字，音假爲『半』；『兩』字，誤作『办』，今改。

〔二四〕怒從心上起：原本『怒』字，當省借爲『奴』，形誤爲『仔』，今改。隋、鄭二本失校。徐本改作『孝』，不取。

〔二五〕可憐見：原本脱『憐』字，今補。

〔二六〕王員外有：原本此句前誤衍『未云在』三字，今删。又『王』字，形誤爲『上』，今改。

〔二七〕他要現錢，纔肯與人：原本誤作『他要主錢，子昔是人』，姑改校如上。

〔二八〕與我□一雙：原本『□』作『人』，當爲文字待勘符號『卜』之形誤，疑或作『環』，俟再考。

〔二九〕害你來，俺除死無大灾：原本脱『你』字，今補。又『俺』字，原當省作『奄』，誤省爲『本』；『除』字，原誤作『今』，姑依文義改。

〔三〇〕誓説道：原本『誓』字，音假爲『仕』，今改。

〔三一〕肺腑：原本『腑』字，音假爲『腹』，今改。

〔三二〕妨了：原本『了』字，由文字待勘符號，形誤爲『人』，今改。

〔三三〕望着東嶽爺爺拜：原本『爺』字失重，缺空，今補。

〔三四〕送孩兒醮盆内做一枝香焚了：原本『盆』字，形誤爲『盃』；『香焚』二字，由文字待勘符號，形誤爲『人一』，今改。徐本改『一枝香』爲『一炷香』。按二語義同，可不煩改。

〔三五〕東嶽聖帝：原本『聖』字，由文字待勘符號『卜』，形誤爲『人』，今改。

〔三六〕汗溶溶如水一江，滲似冰凉，面融融有喜光：原本『水』字，由文字待勘符號『卜』，形誤爲『人』；

『滲』字，省借爲『參』；『融融』涉上文，誤作『溶溶』，今改。按：此爲【後庭花】末三句，依律爲『三、四、五』字。徐本改作『汗溶溶如水漿，冷滲滲似冰涼，面融融有喜光』，似背於律，不取。

〔三七〕病可：原本『病』字，由文字待勘符號『卜』，形誤爲『人』，今改。

〔三八〕慚惶：原本『慚』字，音假爲『斬』，今改。按敦煌變文《維摩詰經講經文》：『深生慚愧，豈敢忘恩。』『暫愧』，即『慚愧』，與本曲同。

〔三九〕穹蒼：原本二字，由文字待勘符號，形誤爲『不一』，依鄭本改。

〔四〇〕母親疾病痊可：原本『疾』字空缺，今補。

〔四一〕豈不聞：原本『聞』字，音假爲『問』，今改。

第二折

（正末扮上，開云）母親，三月二十八將近，你兒三口兒，待往泰安神州東嶽廟上燒香去，説與母親。（母親云）你去燒香，休帶喜孫去〔一〕。（末云）許願時有孫兒來，須得他同去〔二〕。（母親云）你三口兒少吃酒，疾去早來。

【越調鬥鵪鶉】青雲天宮千重，占有峰巒萬朵〔三〕。明晃晃金碧琉璃，高聳聳樓臺殿閣〔四〕。王孫每寶馬金鞍，士女每香車綺羅，正遇着春晝暄，麗日和，㬉春風緑柳如烟，含夜雨桃紅似火。

（旦、末行路科）（旦問末）怎生走了幾日〔五〕，到不得泰安神州？（末云）〔六〕兀那高山便是。

【紫花兒序】鬧清明鶯聲宛轉，蕩花枝蝶翅翩躚，舞東風剪尾娑婆〔七〕。你看那車塵馬足〔八〕，作戲敲鑼，聒耳笙歌，不似今年上廟的多。普天下名山一座，壯觀着萬里乾坤，永鎮着百二山河。

（外末粉扮王員外〔九〕云）我每一年三月二十八，去泰安神州做一遭買賣，到那裏賣與人的紙錢，上了神靈。我又將來賣〔一〇〕。我又有一個孩兒〔一一〕，叫做萬寶奴，我一家兒看承似神珠玉顆〔一二〕。行好的倒無錢，又無兒女；但我瞞心昧己，倒有錢又有兒。我看來，除死無大災〔一三〕。（正末對旦云）〔一四〕俺三口兒來到三門下，宵歇一宵，明日早晨還願。（外末上）吾是炳靈公，這位是崔府君〔一五〕，這位是速報司。俺三位神靈，察誰是孝順子，誰是忤逆之人〔一六〕。今有王員外〔一七〕，瞞心昧己，不合神道，惡禍生身〔一八〕。城隍〔一九〕奉吾神令，教那急脚李能，半夜後，將王員外兒神珠玉顆抱去〔二〇〕，明日午時，去在那火池裏燒死！却把孝子張屠的喜孫兒，虛空裏提着〔二一〕，扮爲凡人〔二二〕，先送與他母親。休教人得知是神人〔二三〕。（下）

【金蕉葉】你去山門前潛躲〔二四〕，你去東廊下休來伴我〔二五〕，你向松陰中〔二六〕權且歇波。我入山門〔二七〕沉吟了幾合。

【調笑令】別無甚獻賀，爲救俺母親活，上聖〔二八〕！教張屠無奈何。報娘恩三年乳哺恩臨大〔二九〕，懷躭十月情多。弃兒救母絕嗣我〔三〇〕，爲親娘暴虎憑河〔三一〕。

【金蕉葉】恩養上〔三二〕誰人似我，孝名兒天地包羅。將親娘〔三三〕煨乾就濕都正過，四十年受苦奔波。

【禿厮兒】〔三四〕爲母親疾病可〔三五〕，因此上許下他，便無子息待如何！病未可，不須我，古人言兒女最情多。

【小桃紅】也是前生那世冤業多，積攢下〔三六〕六年禍。教他今生忍飢餓，受貧波〔三七〕，爲這人昧神造業天來大，也是他前生做作〔三八〕，故交他今生折剉，須是貧恨一身多〔三九〕。

【耍三臺】〔四〇〕見神靈在空中坐，鬼使似天丁六合〔四一〕。炳靈公府君神像惡〔四二〕，速報司〔四三〕兩鬢雙皤。闊劍長槍排列多，有十王地府閻羅。上聖，金鞭指引俺孩兒，舒聖手遮羅護我〔四四〕。

【寨兒令】我心恍惚，面没羅，是誰人撒然驚覺我？則見聖像嚴惡，鬼使嘍囉〔四五〕，排列的鬧呵呵〔四六〕。穿紅的聖體忙挪〔四七〕，穿青的子細評跋〔四八〕，穿緑的親定奪。似白日裏無差訛〔四九〕，呵〔五〇〕！元來〔五一〕是一枕夢南柯。

【鬼三臺】那裏哭的聲音大，到來日只少個殃人貨〔五二〕。兒女是金枷玉鎖。你道他悲，理當合，你來朝也似他。接孩兒那人姓甚麽，萬人中〔五三〕認的是那個？你孩兒帶着金釧銀鐲，敢遠鄉了神珠玉顆！

【禿厮兒】焰騰騰無明烈火，昏慘慘宇宙屯合。兒也！咱兩個義絶恩斷在這垜，人攘攘，鬧呵呵，無個收羅。

【聖藥王】尋思了半晌多〔五四〕，當爐不避火〔五五〕。一炷香天下願心多。他那裏泪似梭，則管裏扯住我。報娘恩非是我風魔，火葬了小胡婆。

【收尾】〔五六〕兩行清泪星眸中墮，我這九曲柔腸刀割。弃了個小冤家凄凉殺他，存得個老尊堂快活殺我。

校勘記

〔一〕休帶喜孫去：原本「休」字，形誤爲「林」，今改。

〔二〕許願時有孫兒來，須得他同去：原本「來」字，形誤爲「未」；「同」字，誤作「用」，今改。

〔三〕青雲天宫千重，占有峰巒萬朵：原本誤作「青人天又千日，人有峰巒萬朵」。姑改。

〔四〕高聳聳樓臺殿閣：原本「聳聳」二字，省借爲「從從」，今改。

〔五〕走了幾日：原本「了」字，由文字待勘符號「卜」，形誤爲「一」，今改。

〔六〕末云：原無，今補。

〔七〕剪尾婆婆：原本「婆」字，由文字待勘符號「卜」，形誤爲「人」，今改。「剪尾」，指「燕尾」，鄭、徐二本徑改。

〔八〕你看那車塵馬足：原本「看」字，由文字待勘符號「卜」，形誤爲「一」，今改。

〔九〕外末粉扮王員外：原本第一「外」字及「扮」字無，今補。「粉扮」，參看《東窗事犯》楔子校勘記〔一〕。

〔一〇〕才了神靈，我又將來賣：原本「才」字，形誤爲「上」；「來」字原無，今改補。

〔一一〕一個孩兒：原本「一個」二字，誤合爲「不」，今改。

〔一二〕我承似神珠玉顆：原本「看承」二字，音假爲「堪成」，并脱「顆」字，今改補。

〔一三〕我看來，除死無大灾：原本「看」，由文字待勘符號「卜」，形誤爲「人」，并脱「除」字，今改補。

〔一四〕正末對旦云：原本誤作「正旦末云」，今改。

〔一五〕吾是炳靈公，這位是崔府君：原本「炳」字，音假爲「病」；「公」字脱；又，「崔府」二字空缺；「君」

字誤省爲『尹』。『炳靈公』，見本劇題目；『崔府君』，見本劇第三折，據以改補。

〔一六〕察誰是孝順子，誰是忤逆之人：原本誤作『定是孝□子，□是五逆之人』，今改。

〔一七〕王員外：原本『員』字空缺，今補。

〔一八〕惡禍生身：原本『身』字，音假爲『神』，今改。鄭本改作『惹禍生災』，非。

〔一九〕城隍：原本『城』字誤作『云』，今改。

〔二〇〕將王員外兒神珠玉顆抱去：原本『將』字無；『顆』字，由文字待勘符號『卜』，形誤爲『人』，今改補。

〔二一〕虛空裏提着：原本『提』字空缺，今補。徐本失補，并以『着』字屬下讀，誤。

〔二二〕扮爲凡人：原本『爲』字，由文字待勘符號『卜』，形誤爲『人』，今改。

〔二三〕休教人知得是神人：原本『知』字，由文字待勘符號『卜』，形誤爲『一』；『神』字，涉上文誤作『凡』，今改。

〔二四〕潛躲：原本『潛』字，由文字待勘符號『卜』，形誤爲『一』，今改。

〔二五〕休來伴我：原本『伴』字，由文字待勘符號『卜』，形誤爲『人』，今改。

〔二六〕松陰中：原本『松』字，形誤爲『扮』，今改。

〔二七〕入山門：原本誤作『人一門』，今改。

〔二八〕上聖：原本誤作『一聖』，今改。

〔二九〕三年乳哺恩臨大：原本『乳』字，由文字待勘符號『卜』，形誤爲『人』；『哺』字，省借爲『甫』，今改。

〔三〇〕弃兒救母絶嗣我：原本『弃』字，音假爲『几』，今改。此爲古音之遺留。《詩經·秦風·終南》：『終南何有，有紀有堂。』王引之據《白帖》改作『有杞有棠』，甚確。元曲中如『體起』之爲『體己』；

〔三一〕「路歧」之爲「路妓」；「年起」之爲「年紀」，均是。鄭、徐二本改「几兒」爲「焚兒」，非。

〔三二〕爲親娘暴虎憑河：原本「娘」「暴」「憑」三字，均由文字待勘符號「卜」，分别誤爲「人」「一」「不」，今改。

〔三三〕恩養上：原本「養」字，音假爲「兼」，今改。

〔三四〕親娘：原本「親」字，由文字待勘符號「卜」，形誤爲「一」，今改。

〔三五〕秃厮兒：原本誤題爲「調笑令」，今改。鄭本改題「聖藥王」，失。

〔三六〕病可：原本「可」字，誤增爲「疴」，今改。

〔三七〕積攢下：原本「攢」字，由文字待勘符號「卜」，形誤爲「人」，今改。

〔三八〕受貧波：原本「波」字，由文字待勘符號「卜」，形誤爲「人」，今改。

〔三九〕前生做作：原本「生」字，由文字待勘符號「卜」，形誤爲「人」；「做」字，形誤爲「你」，依徐本改。

〔四〇〕貧恨一身多：「富嫌千口少，貧恨一身多」，爲宋元諺語。見《五燈會元》卷十九、《殺狗記》第十一齣。徐本改作「一身」爲「一生」，誤。

〔四一〕耍三臺：原本誤題「鬼三臺」，依鄭本改。

〔四二〕鬼使似天丁六合：原本「似」字，音假爲「是」，今改。

〔四三〕神像惡：原本「像」字，由文字待勘符號「卜」，形誤爲「人」，依下曲【寨兒令】「聖像嚴惡」語改。

〔四四〕速報司：原本「速」字空缺；「報」字殘存右半，今補。

〔四五〕遮羅護我：原本「護」字，音假爲「互」，今改。徐本改作「與」，不取。

〔四六〕鬼使嘍囉：原本「使」字，音假爲「似」；「嘍囉」二字，省借爲「婁羅」，今改。

〔四六〕鬧呵呵：原本『呵』字失重，今補。
〔四七〕穿紅的聖體忙挪：原本脱『挪』字，今補。
〔四八〕子細評跋：原本『評』字，形誤爲『詳』，今改。
〔四九〕無差訛：原本脱『訛』字，依鄭本補。
〔五〇〕呵：原無。依律，【寨兒令】此處應有一字句，依徐本補。
〔五一〕元來：原本『元』字，形誤爲『无』，今改。
〔五二〕殃人貨：原本『貨』字，音假爲『禍』，今改。
〔五三〕萬人中：原本『人中』二字誤倒，今乙。
〔五四〕半晌多：原本無『晌』字，依鄭本補。
〔五五〕當爐不避火：原本『避』字，形誤爲『選』，今改。各本失校。按：此亦元時俗語。《盆兒鬼》第二折【醉春風】曲：『不争你搗骨旋燒灰，做的個當爐不避火。』
〔五六〕收尾：原本省題作『尾』，今改。

第三折

（正末〔一〕扮急脚上，開）小人姓李名能〔二〕，□州人民。生前時曾根磁州崔相公。相公死之後爲神，封爲府君〔三〕，取小人做個鬼急脚。今日蒙神旨，差送孝子張屠孩兒還家，我相公的聖佑，與做勾當的靈報〔四〕。（詩曰）守分休貪不義財，命中合有自然來。若將巧計干求得，人不爲讎天降災。

【中吕粉蝶兒】富和貧天地栽排〔五〕，使心計放錢舉債〔六〕，惱神靈天禍主灾〔七〕。那一個是人上人，他則待利上取利，全不想其中毒害〔八〕。便休題苦盡甘來，利名場有成有敗。

【醉春風】也則世人滿眼本錢寬〔九〕，全不想得臨頭天地窄。明晃晃刀山鍘木一齊排〔一〇〕，無一個改，改。但有些三八難三灾，一心齋戒，把神靈頂在九霄雲外〔一一〕。

（末云）奉炳靈公旨，送孝子張屠孩兒〔一二〕，離了神州。

【迎仙客】山神州十字街，下東嶽攝魂臺，奉聖帝速風早到來。積善的遇着禎祥，作惡的生下患害。哭的那厮急煎煎抹泪揉腮，張屠笑吟吟醉里乾坤泰。

（外旦上，開）老身是王員外的母親，有孩兒。吾兒每年三月二十八日〔一三〕，去泰安神州做一遭買賣。有人來説，不見孫子神珠玉顆〔一四〕。我想王員外買賣上多有不合神道〔一五〕，折我這孫子，好去張婆婆問個信去。（下）

【石榴花】我這裏入深村過長街，齊臨臨踏芳徑步蒼苔。見老娘娘低首泪盈腮，莫不是張屠的奶奶〔一六〕？説不吵鬢髮斑白。元來是濟貧拔富王員外，上東嶽滅罪消灾。據着他心平心善心寬泰，何須你燒香火醮錢財！

【鬥鵪鶉】貪財的本性難移，作惡的山河易改。這小的死裏生福，逢着善哉〔一七〕。你孩兒掘着喪門，遇着太歲，逢着吊客〔一八〕。老娘娘莫怪責〔一九〕，這孩兒牙落重生，你孩兒石沉大海。

（外旦云）張婆婆，這個孩兒是這哥哥送來？（張婆云）〔二〇〕正是。（迎接科）

【上小樓】見個婆老人東倒西歪〔二一〕，恰便似這般殷勤接待〔二二〕。你孩兒吃的醉眼横斜，醉墨淋漓，倒在長街。這個小嬰孩，我送來，你全家寧奈，你只望着泰安州磕頭禮拜！

【幺篇】一來是神明鑒戒〔二三〕，二來是天公眷愛。你孩兒爲報娘恩，感動神靈，爲母傷懷。你家私日日增，歲歲長，無災無害，你一家兒否極生泰。

（外旦云）哥哥，你與張屠兒幾年朋友？

【滿庭芳】俺兩個深交數載。你張屠吃的前合後偃，東倒西歪〔二四〕。慣曾出外偏憐客，違不過昆仲情懷〔二五〕。你孩兒便似病海中救出你母災，我便是火坑中救出你兒來。他那裏兩手忙加額，我擔着〔二六〕天來大利害。元來是天地巧安排。

【普天樂】問從初〔二七〕，添驚怪。他道我頭似土塊，身似泥胎。支更在金殿中，聽事在衙門外，牌面上書神字催香實，拂西風滿面塵埃。也不是張千李牌，也不根州官縣宰。這一場恰便似鬼使神差。

【快活三】三門外大會垓，兩廊下〔二八〕鬧埃埃。非干運拙共時衰〔二九〕，則爲他造惡彌天大。

【朝天子】你那廝最歹，直恁愛財。恰待快閻王怪。你那廝損人安已惹下禍災。（云）說與你王員外，再休放來生債。啼哭的摘膽剜心〔三〇〕，傷情無奈。他道除死無大災。炳靈公聖裁，小龍王性乖，無半時捽碎了你天靈蓋！

【耍孩兒】你孩兒孝廉仁義陰功大，一炷香名揚四海。忠心報母世間稀，美名兒動省驚臺。孝順名，標入千秋萬古忠良傳，與媳婦兒，立一面九烈三貞賢孝牌。孝名兒人都愛。姓王的禍因惡積，姓張的福已成胎〔三一〕。

【三煞】〔三二〕 張家則待要稱千秋萬古名，王家則待要利增百倍財〔三三〕。現如今鬼神嫌惡街坊怪〔三四〕。王家是非海内憂愁深〔三五〕，張家安樂窩中且快哉。到二母頭直拜。張婆婆道與張屠，少飲無名之酒；王婆婆説王員外，再休貪不義之財。

（小旦尋孩兒科）（末云）娘娘，那裏有個神靈，在生時是包待制，死後爲神，速報司是也。

【二煞】〔三六〕 那爺爺曾撫的社稷安，補圓天地窄。穿一領紫羅袍，手秉着白象簡〔三七〕，腰繫着黄金帶〔三八〕。那爺爺睁雙怪眼烏雲黑，兩鬢銀絲雪練白。那爺爺威風整神通大，斷陰司能驅鬼使，判南衙不愛民財。

【一煞】〔三九〕 由你香焚滿斗香，財挑萬貫財〔四〇〕。是家還舍掩籬寨〔四一〕。□□□□□□□〔四二〕，這早晚十謁朱門九不開。一負人烟大〔四三〕，止不過前山後嶺，休猜做〔四四〕大院深宅。

（末云）張婆婆，我留下這包袱〔四五〕，上面有個字，交張屠看，他須認我名字〔四六〕。

【煞尾】 要尋處無處尋，見來時難見來。你道收藏幼子無妨礙，恰便似拾得孩兒落得摔！

校勘記

〔一〕正末：原本誤作『外末』，今改。

〔二〕小人姓李名能：原本『人』字，蒙下文誤作『名』，今改。

〔三〕封爲府君：原本『封』字，由文字待勘符號『卜』，形誤爲『人』；『爲府』二字空缺，今補改。按：李玉《占花魁》第四齣《渡江》崔府君自云：『……死後上帝授俺府君之職。』此説當有所本，據改。

〔四〕我相公的聖佑，與做勾當的靈報：原本無『公』字；『與』字原作『互』，依徐本改。此二句乃費解，待斟。

〔五〕天地栽排：原本『栽』字，形誤爲『我』，今改。

〔六〕放錢舉債：原本『錢』字，當由俗寫草體形誤爲『子』，今改。

〔七〕天禍主灾：原本『天』字，由文字待勘符號『卜』，形誤爲『人』，今改。

〔八〕其中毒害：原本誤作『毒有一』。按譜此句當爲四字，依鄭本改。

〔九〕也則世人滿眼本錢寬：原本『世』字，音假爲『寺』，今改。徐本改前四字爲『他則待貪』，不取。

〔一〇〕明晃晃刀山鍘木一齊排：原本『晃』字之重文符號『⺀』與『刀』字誤合爲『方』；『鍘』字，省借爲『則』，今改。鄭、徐二本改作『刀山劍樹』，不取。

〔一一〕把神靈頂在九霄雲外：原本『頂』字，由文字待勘符號『卜』，形誤爲『人』，今改。『頂』，即頂禮膜拜。此處謂事急求神。鄭本改作『拋』，徐本改作『丢』，似與原意反，不取。

〔一二〕張屠孩兒：原無脱『孩』字，今補。

〔一三〕三月二十八日：原本『八』字，誤作『二』，今改。《夢粱録》卷二：『三月二十八日，乃東嶽天齊仁聖帝聖誕之日。其神掌天下人民之生死。』

〔一四〕神珠玉顆：原本脱『珠』字，今補。

〔一五〕多有不合神道：原本脱『不』字，今補。

〔一六〕張屠奶奶：原本『奶』字失重，今補。

〔一七〕這小的死裏生福，逢着善哉：原本『福』字，形誤爲『禍』，今改。
〔一八〕掘着喪門，遇着太歲，逢着吊客：原本脱『遇』字，今補。
〔一九〕老娘娘莫怪責：原本作『娘莫怪責』，依律，此頂當爲六字，今依鄭本補。
〔二〇〕張婆云：三字原無，今補。
〔二一〕見個婆老人東倒西歪：原本『東倒西歪』，誤作『它那東』，依鄭本改。
〔二二〕殷勤接待：原本『殷』字，由文字待勘符號『卜』，形誤爲『人』，今改。
〔二三〕一來是神明鑒戒：原本『一』字無；又『鑒』字，由文字待勘符號『卜』，形誤爲『人』，今改補。
〔二四〕前合後偃，東倒西歪：原本『偃』字脱，今補。又『東倒西歪』，依鄭本補。少此一句，則不合律。徐本失補。
〔二五〕昆仲情懷：原本『仲』字壞缺，今補。
〔二六〕擔着：原本『擔』字，音假爲『但』，今改。
〔二七〕問從初：原本『從』字，誤作『行』，依徐本改。
〔二八〕兩廊下：原本『兩』字，形誤爲『西』，依徐本改。
〔二九〕運拙共時衰：原本『拙』字，省借爲『出』；『時』字，形誤爲『財』，今改。
〔三〇〕摘膽剜心：原本『剜』字，音假爲『腕』，今改。
〔三一〕福已成胎：原本『福』字，涉上文『禍因惡積』，誤作『禍』，今改。
〔三二〕三煞：原改誤題『二煞』，今改。
〔三三〕利增百倍財：原本『倍財』二字作『倍才』，今改。

〔三四〕鬼神嫌惡街坊怪：原本無『惡』字，依律此句當爲七字，依鄭本補。

〔三五〕憂愁深：原本『深』字，形誤爲『保』，依隋本補。

〔三六〕二煞：原本誤題『煞』，今改。

〔三七〕手秉着白象簡：原本無『白象簡』三字，依徐本補。

〔三八〕黄金帶：原本『金』字，音假爲『今』，今改。

〔三九〕一煞：原本誤題『尾聲』，今改。

〔四〇〕財挑萬貫財：原本兩『財』字，均省作『才』；『貫』字，當由草體形誤爲『頭』，今改。

〔四一〕是家還舍掩籬寨：原本『掩』字，音假爲『沿』，今改。鄭、徐二本『沿』字未改，均以『是』字爲誤，一改作『繞』，一改作『歸』，均誤。

〔四二〕□□□□□□□：依律，此處當缺一七字句。

〔四三〕一負人烟大：此語有誤，待校。鄭本改『一負』爲『一望』，徐本改作『一看』，均非。

〔四四〕休猜做：原本『猜』字，形誤爲『積』，今改。

〔四五〕包袱：原本『袱』字，誤省爲『狀』字，今改。

〔四六〕他須認我名字：原本『須』字殘壞，徐本改作『自』，非。

第四折

（旦、末回家科）（末云）大嫂，咱到家見母親問孩兒，説甚的好？（旦云）只説明了不見。（離泰安州下山科）

【雙調新水令】　泪汪汪心攘攘出城門，好交人眼睁睁有家難奔。仰天掩泪眼，低首揾啼痕，懶步紅塵，倦到山村，入的宅門，愁的是母親問。

（旦、末到家叫門科）（母親問）張屠！你二口兒來了，孩子那去了？（旦、末跪下科）

【沽美酒】　迎門兒拜母親，猶兀自醉醺醺。（云）孩兒交你哥哥者，連孫兒不見了！（唱）你似醉如呆劳夢魂。從頭至本，一聲聲説元因。

【太平令】〔一〕　想母親病枕着床時分〔二〕，你孩兒急煎煎無處安身。望東嶽神祠一郡，□□□□□□〔三〕。格幼子喜孫兒〔四〕，火焚，在醮盆。是你那不孝的愚男生忿。

（婆婆云）〔五〕你二口〔六〕那裏有心去燒香？你吃的醉了，丢了孩兒，我根前説謊道焚了。虧殺李能哥哥送來！怕你兩口不信，叫孩兒出來你看！喜孫出來！（旦、末驚怕跪下）

【雁兒落】　聽説罷唬了魂，説得我半晌如痴挣〔七〕。母親暗藏着腹内憂，打迭起心頭悶。

【得勝令】　這喜孫兒把火自焚了身，正日午未黄昏。皆是你媳婦嚴貞烈，也是你歹孩兒佯孝順〔八〕。我記得神靈，昨夜夢裏傳芳信，這小的久以後成人，倒做了凌烟閣上人。

（母親將包袱與張屠看）（張屠認得是神急脚李能的繫腰科）（旦云）元來神靈先送將孩兒來了，俺一家兒望着泰安神州東嶽爺爺，將香案來。（末叫母親云）我想這世間人，打好歹都有報應，俺都拜謝神靈來[九]！

【水仙子】莫謾天地莫謾神，遠在兒孫近在身。焚兒救母[一〇]行忠信，報爺娘養育恩。勸人間父子恩情。爲父的行忠孝，爲子的行孝順，傳與你萬古留名！

題目　炳靈公府君神怒

速報司夢中分付

正名　王員外好賂貪財

小張屠焚兒救母

小張屠焚兒救母終

校勘記

［一］太平令：原本脱曲牌名，與上曲【沽美酒】誤合，今依鄭本分題。

［二］病枕着床時分：原本『時』字下作重文符號『丶』，無『分』字，今補改。

［三］□□□□□□□：依律，此處缺一七字句。

［四］格幼子喜孫兒：原本『格』字，形誤爲『挌』，今改。『格』，感通之意。徐本改作『吝』，屬上讀，誤。

［五］婆婆云：原本『云』字，形誤爲『去』，今改。

〔六〕二口：原本二字誤合爲『苦』，今改。
〔七〕痴掙：原本『掙』字，省借爲『争』，今改。
〔八〕佯孝順：原本『佯』字，音假作『祥』，今改。
〔九〕拜謝神靈來：原本『拜』字，當省寫爲『手』，形誤爲『年』，今改。
〔一〇〕焚兒救母：原本『焚』字前，誤衍一『焚』字，今删。

醉思鄉王粲登樓

鄭光祖 撰

簡要説明

鄭光祖《醉思鄉王粲登樓》雜劇，《録鬼簿》《太和正音譜》《元曲選目》《也是園書目》《今樂考證》《曲録》并録。此劇版本，習見者有明代後期刊本數種（詳下），而刊本外，尚有明嘉靖間李開先鈔本一種，則鮮爲人知。

李開先的鈔本今日已不可得見，好的一點是清代藏書家何煌校勘《古名家雜劇》時，曾把這個鈔本的文字完整地過録於該書《王粲登樓》一劇之上。何氏跋曰：『雍正三年乙巳八月十八日，用李中麓鈔本校，改正數百家。此又脱曲二十二，倒曲二，悉據鈔本改正補録。鈔本不具全白。白之繆陋不堪，更倍於曲，無從勘正。』根據何煌所記，孫楷第先生詳加披閲，肯定李抄，『必爲元人鈔本，否則自元刊本或元鈔本出』（見《也是園古今雜劇考》）。這個推斷自然是正確的，但一直没有引起人們的重視。一九六二年，臺灣鄭騫先生校理元刊三十種，纔把李鈔本從《古名家雜劇》中摘出，重加校勘，附於所著《校訂元刊雜劇三十種》之後，這個鈔本纔得復顯於世。鄭先生對李鈔本和元刊三十種作了對比研究，認爲二者『完全相同』，可以『等量齊觀』。如全劇祇有正末之白，其他角色僅以『某云』『某云了』代之；各曲文字簡净，襯字遠較今傳各本爲少；曲數大大多於今傳各本。他認爲這三點是『元刊本雜劇與一切明人刊本的主要區别』。這個看法自然也是正確的。

我所補充的祇有一點，即何煌的過録是非常忠實於原本的。原鈔本許多待補的缺字，甚至明顯的錯字，都一仍其舊，未作改動。又，本劇第三折全套，亦見於李開先另一重要戲曲論著《詞謔》內。兩相比勘，除個别文字略有出入外，基本全同。可見，何煌所録確爲李氏原本。

元刊雜劇傳世者不過三十，李鈔本《王粲登樓》能通過何録保存下來，自爲一大幸事。今本鄭騫先生之意，再將李鈔録出，附於三十種之後，以供學人研討之用。

楔子，書生王粲，家貧奉母讀書。岳父蔡邕爲東漢丞相，累次寫信叫他進京，因至長安。

第一折，蔡邕爲激發王粲上進，故意慢待。在酒筵上當着學士曹於之面羞辱王粲，王一怒而去。蔡邕暗中又使曹子建贈王粲以『黄金鞍馬書呈』，使投荆王劉表。

第二折，王粲於路染病，資財耗盡，及至得見劉表，又因孤傲，得罪蔡瑁、蒯越，不爲劉表重用，流落荆州。

第三折，劉表死後，王粲更爲落魄。一日，與友人登樓遠望，『對無窮景色，總是傷悲』。此時，朝廷派使臣宣召王粲進京爲官。

第四折，王粲被拜爲兵馬大元帥，設筵款待曹子建，感謝昔日援助之恩。蔡邕來見，爲其所拒，後經曹説破真情，翁婿和好如初。

本劇校本，僅鄭本一種。現存版本尚有脉望館藏《古名家雜劇》刊本（《元明雜劇》出此）、《元曲選》刊本（《酹江集》出此）兩種。又，《雍熙樂府》録本劇第一折全套，《詞謔》録本劇第三折全套。以上各種，一并用以入校。

楔　子

（蔡邕一折了）（正末同卜兒上）（卜兒云了）（末云）母親放心！既然丞相寄書來，到那裏，看俺父親面，也好歹覷當您孩兒。况兼文章不到得落於人後，取皇家富貴，如同掌上觀文。母親休憂，您孩兒須索走一遭去。

【仙吕賞花時】豚犬東行百步憂〔一〕，趁裏雕鶚西風萬里秋。非拙計豈狂遊。憑着雄才大手，談笑間覓封侯。（下）

校勘記

〔一〕百步憂：原本『步』字，音假爲『不』，據《古名家雜劇》《元曲選》改。鄭本失校。

第一折

（駕一折了）（蔡邕上，開住）（子建上坐定）（外飲酒住）（末上，小二追上）〔一〕（小二云住）（云）你休小覷我！我是蔡丞相親眷，我便不這般受窮來！（小二云了）

【仙吕點絳唇】雖是我家業凋殘，少年可慣，人輕慢。長鋏空彈，貧賤非吾患。

（小二云了）

【混江龍】我與人秋毫無犯，子被這兄昂昂誤得我鬢斑斑。久居在簞瓢陋巷，風雪柴關。飯甑有塵蛛網亂，地爐無火酒瓶乾。剗地向天涯流落，海角飄零。中年已過，百事無成，挨不出傷官破祖窮愁限。在人間閻之下，眉睫之間。

【油葫蘆】你休笑我書生膽氣寒，看承我如等閑。子爲敝裘常怯曉霜寒〔二〕，（云）只重衣衫不重人，信有之〔三〕。有人也作兒曹看，恨無端一郡蒼生眼。我量寬如東大海，志高如西華山。則爲五行差幹運難迭辦，不得隨聖主展江山。

【天下樂】因此上時復挑燈把劍看！那的每酸寒，怎掛眼，都待要論黄數黑在筆硯間！他教童蒙數子頑〔四〕，我輔皇朝萬世安〔五〕，枉將人一例看〔六〕。

（小二云，下）（末云）我不和這廝合口，丞相請着我哩，怕怪來遲。（到科）（見外，報了）（過去見外科）（外把盞三科）（外不與酒〔七〕，云了）（末背云）這漢好無道理也！着書叫我來，一月也不曾放參。今日請將我來，對衆與我一盞酒，不與我呵尚可，何得輕慢我〔八〕！何不〔九〕回他幾句話，唤道我怎生般不出才？等再説著我時〔一〇〕，看我數説這廝幾句〔一一〕。（外云了）（怒云）丞相！凡人不得用貌相，海水不可用斗量〔一二〕。我雖飢寒〔一三〕，生不遇時〔一四〕。您侄兒它日發福〔一五〕，也不在丞相之下〔一六〕。

【那吒令】我怎肯空隱在，嚴子陵釣灘？我怎肯甘老在，班定遠玉關？（云）大丈夫仗鴻鵠之志，據英濟之才，我則待大走上，韓元帥將壇。我雖貧呵，樂有餘，心無憚。脱不得二字飢寒。

【鵲踏枝】赤緊地仕途難，主人慳。那裏取握髮周公，下榻陳蕃？直凍餓死〔一七〕閑居的范丹，難憂愁殺高卧袁安。

【寄生草】伊尹埋没在耕鋤内，傅説劬勞在板築間。今日有寧戚慢嘆白石爛，有太公空釣在蟠溪岸，有靈輒誰濟桑間飯？哀哉堪恨小人儒，嗚呼不識男兒漢。

（外云了）

【幺篇】你個田文傲，怎做劍客看？待賢知得伊辭憚〔一八〕，學鷄落得人輕慢，無魚贏得咱悲嘆！你雖然紫袍金帶禄千鍾，不敢養錦衣綉襖軍十萬。

（外云了）

【六幺序】投奔你爲東道，依靠你如泰山，似驚鳥月冷枝寒。鏡裏空看，冠上空彈，前程事非易非難。蟄龍奮起非爲晚，待春雷震破天關。有一日應飛熊得志扶炎漢，離了繩樞瓮牖〔一九〕，平步上玉砌雕欄。

【幺篇】得見天顔，列在朝班；書嚇南蠻，威攝諸藩；内屏奸讒〔二〇〕，外鎮邊關〔二一〕；整頓江山，平治塵寰。紫綬烏靴象簡，不教人下眼看。這萍梗身閑〔二二〕，塵土衣單，（帶云）我不常如是，也須有個天數循環！輪還我不平憤氣空長嘆〔二三〕，充塞乎天地之間。那漫漫長夜何時旦？看斬蛟北海，射虎南山。

（云）投人須投大丈夫。雖爲卿相，奈無寬容量〔二四〕，和你説甚末！（做不忿也）（子建上，云了）（云）老兄先輩〔二五〕不罪。蔡相與某父〔二六〕乃刎頸之交，父死之後，小生困于長安，雖貧呵不曾失于學問，不期蔡相書取我到此，一月不放參。今日請小生來，對衆反以言語相傲，此人情理……（外云了）

【金盞兒】屈于不知己豈愁煩，伸于知己有何難！他無意濟轍魚江漢〔二七〕，何愁晚〔二八〕？空教我趨前退後兩三番。我能可困于陳蔡地，餓死首陽山。我想掛冠歸去好，誰待叉手告人難！

（外云了）

【醉扶歸】論文呵筆掃雲烟散，論武呵劍射斗牛寒。掃蕩妖氛不足難。折末待掌帥府居文翰，不消我羽扇綸巾坐間，敢破强虜三十萬！

（外云了）（子建分付與末了）〔二九〕（末云）小生與老兄往日無舊，便賜黄金鞍馬書呈〔三〇〕，薦我荆州，此事未敢相忘。

【賺煞】〔三一〕持翰墨謁荆州，似展羽翼騰霄漢，子今夜夢先到襄江峴山。楚天闊寧如蜀道難，得了白金駿馬雕鞍。我若是到荆樊，則愿得人馬平安，穩情取峥嶸現眼〔三二〕。略别波放魚子産〔三三〕，試看屠龍王粲，有一日錦衣含笑入長安。

（下）

校勘記

〔一〕小二追上：原本『追』字，音假爲『推』，今改。鄭本失校。

〔二〕敝裘常怯曉霜寒：原本『霜』字，音假爲『風』，據《雍熙樂府》《古名家雜劇》《元曲選》改。

〔三〕信有之：原本『信』字缺空，今補。

〔四〕教童蒙數子頑：原本『頑』字缺空，據《雍熙樂府》《古名家雜劇》《元曲選》補。

〔五〕輔皇朝萬世安：原本『朝』字缺空，據《雍熙樂府》《古名家雜劇》《元曲選》補。

〔六〕枉將人一倒看：原本『枉』字，形誤爲『在』，據《古名家雜劇》《元曲選》改。

〔七〕外不與酒：原本『與』字缺空，今補。

〔八〕不與我呵尚可，何得輕慢我：原本『尚可何得輕』五字缺空，『慢』字音假爲『漫』，今改補。

〔九〕何不：原本『何』字缺空，今補。

〔一〇〕等再説著我時：原本『説』字缺空，今補。

〔一一〕看我數説這廝幾句：原本『數説』『廝幾句』五字缺空，今補。

〔一二〕凡人不得用貌相，海水不可用斗量：原本『用貌』『用斗量』五字缺空，依王季思先生意見補。

〔一三〕我雖飢寒：原本四字缺空，今補。

〔一四〕生不遇時：原本『遇』字，形誤爲『過』，今改。

〔一五〕它日發福：原本『日』字下，涉上文誤衍一『它』字，今删。

〔一六〕也不在丞相之下：原本『在丞』二字缺空，又『下』字形誤爲『不』，今改補。

〔一七〕直凍餓死：原本『直』字缺空，今補。

〔一八〕辭憚：原本『憚』字，音假爲『旦』，據《雍熙樂府》改。

〔一九〕繩樞瓮牖：原本『繩』字，音假爲『桑』，據《雍熙樂府》改。鄭本失校。

〔二〇〕内屏奸讒：原本『屏』字，音假爲『併』，據《雍熙樂府》改。鄭本失校。

〔二一〕外鎮邊關：原本『鎮』字，音假爲『振』，據《雍熙樂府》《古名家雜劇》《元曲選》改。

〔二二〕萍梗身閑：原本『萍梗』二字缺空，據《雍熙樂府》補。

〔二三〕不平憤氣空長嘆：原本『憤』字，音假爲『奮』，今改。

〔二四〕奈無寬容量：原本『奈』字，形誤爲『殳』，今改。

〔二五〕先輩：原本『輩』字，形誤爲『年』，今改。按：科舉時代，稱先第者爲『先輩』，見《唐國史補》。鄭本失校。

〔二六〕某父：原本『某』字簡寫爲『厶』，今改。鄭本改作『先父』，非。

〔二七〕濟轍魚江漢：原本『江』字，音假爲『紅』，據《雍熙樂府》改。參看《西蜀夢》第一折校勘記〔二八〕。

〔二八〕何愁晚：原本『何愁』二字誤倒，何録已改，今從改。鄭本失校。

〔二九〕子建分付與末了：原本『與』字，似誤爲『也』，依鄭本改。

〔三〇〕便賜黄金鞍馬書呈：原本『便』字可識，鄭本缺空，誤。

〔三一〕賺煞：原本題作『尾聲』，依鄭本改。

〔三二〕穩情取峥嵘現眼：原本『現』字缺空，據《雍熙樂府》補。《古名家雜劇》《元曲選》均作『見』，即『現』之省體。鄭本失補。

〔三三〕略別波放魚子産：原本『略』字缺空，據《雍熙樂府》《古名家雜劇》《元曲選》補。

第二折

（二浄一折）（荆王上，云住）（正末背劍上，云）自從離洛陽，一路上感得一場天行病，争些送了性命，將鞍馬賣了，盤纏使盡。不付能較，每日三二里家挨着行〔一〕，前後又早數月，今將到荆州。嗨！好窮命呵！

【正宫端正好】穿草履踐程途〔二〕，幾時得鞭羸馬催行色，拂西風滿面塵埃。昨朝風送烟波側，今日個落日在青山外。

【滚綉球】我比那買官的省玉帛，我比那求仕的費草鞋。好難尋呵紫袍金帶，今日見荆王便是苦盡甘來。如還到院宅〔三〕，把書拆開，多管是降階而接待，豈不聞有朋自遠方來。你看我坐間，略陳素稿安邦策，荆王呵，你子索高築黄金拜將臺，更不索疑猜。

（提到門首，見外了）（報了，荆王云了）（接見，禮了）（坐定，把盞科）（看書畢，荆王云了）（末云）不是談是非。今日難行。

【倘秀才】如今布衣人平登省第，真乃是挾太山以超北海。如今他可也不問文才子論財。難尋東道主，因此上久困在書齋，别無甚利害。

（外云了）

【滚綉球】非是王仲宣胸次高，赤緊的晏平仲度量窄。嗜遠遠地謁他來〔四〕，初相見，弟兄情怕不斷親斷愛。他問道：『老兄此一來，有何貴幹？』咱實訴：『知得老兄崢嶸，特來投奔。』則一句，唬的他不抬頭口便難開。便待推托，怎違相知面皮？好，好，等三日賫發老兄。少呵，等十朝待半月；多呵，得賫發銀一兩錢二百。那一場賫發人大驚小怪〔五〕！當得無話休，或一句差，『這廝没飯生受時，我曾賫發他盤纏來！』對相知朗然花白。如今友人門下難投托，因此上安樂窩中且避乖，倒大悠哉。

（荆王云了）

【呆古朵】半生牢落，一介寒儒。走將來權臨極品，印掌三臺。掌荆襄帥府威風大，不想白衣中日轉千階。又不曾驅六甲風雷，辨三光氣色。至如寫下論天表，草下平蠻策。王粲子是簪纓門下人，怎做得斗牛星畔客。

（外云了）（二净上，見了）（做背科云）荆王門下賢士極多，我若不輕傲着呵，便小小看我，我且傲着。（二净把盞云）（做飲了）（荆王云了）（末云）不是王粲爲口。（荆王云了）

【倘秀才】止不過屈志在蓬窗下，親近着管城硯臺〔六〕。又不曾進履在圯橋下，收得甚兵書戰策！然如此有志屠龍去南海。古今無壯士，前後少英才。非王粲踈狂性格〔七〕。

【滚綉球】論用武呵，不讓姜太公伐無道一戰場，論謀略呵，不讓孫武子減竈法下營寨，論征邊呵〔八〕，不讓周亞夫領雄師過雁門紫塞，論迎敵呵，不讓齊田單縱火牛即墨城開，論心力呵，不讓藺相如澠池會那氣概〔九〕，論智量呵，不讓管夷吾霸諸侯那計策，論屯駐呵，不讓班定遠久鎮在玉門關外，論英勇呵，不讓燕樂毅仗霜鋒走上燕臺，論智力呵，不讓齊孫臏馬陵道上誅讒佞，論行兵呵，不讓韓元帥九里山前大會垓，席捲江淮。

【尾聲】他年不作文章客，異日能爲將相才。待與不待總無礙，時與不時命將耐。論地談天口若開，伏虎降龍志不改。有一日拜取興劉大元帥，試看雄師擁麾蓋。記汝等將咱厮虧害，把你擄掠中軍帳門外，兩個跋扈襄陽吃劍材〔一〇〕，那時節纔識長安少年客！

（下）

校勘記

〔一〕每日三二里家挨着行：原本脱『里』字，今補。
〔二〕程途：原本『程』字，音假爲『長』，今改。
〔三〕如還到院宅：原本『院宅』二字誤倒，失韵，依鄭本乙。
〔四〕遠遠的謁他來：原本『來』字形誤爲『夫』，今改。鄭本失校。
〔五〕那一場賁發人大驚小怪：原本『大』字誤重，今删。
〔六〕親近着管城硯臺：原本『親』字，音假爲『侵』，今改。
〔七〕踈狂性格：原本脱『格』字，據《古名家雜劇》《元曲選》補。
〔八〕論征邊呵：原本『征邊』二字誤倒，今改。
〔九〕藺相如澠池會那氣概：原本誤作『相如澠概』，據《古名家雜劇》《元曲選》校補。
〔一〇〕吃劍材：原本『吃』字，形誤爲『記』，今改。鄭本失校。

第三折

【中吕粉蝶兒】 塵滿征衣，嘆飄零一身客寄。往常食無魚彈鋏傷悲，今日個怨荆王，信讒佞，把賢門緊閉。你今日死葬墳圍〔一〕，越閃得我不存不濟。

【醉春風】 我本是未入廟堂臣〔二〕，倒做了不着墳墓鬼。想前賢多少困窮途，王粲呵，命薄的不似你！你！你！我比先進難及，子那昔人安在？王粲呵，你可甚後生可畏。

（外見了）（上樓做了）（外把盞）（末云）〔三〕好高樓呵！

【迎仙客】 雕檐外紅日低，畫棟畔彩雲飛，十二欄干在天外倚。我這裏望中原，思故國。不由我感嘆傷悲，越惱得一片鄉心碌。

（外云了）（云）本待不煩惱來，覷了這山河形勢，不由小生不煩惱。

【紅綉鞋】 泪眼盼秋水長天遠際〔四〕，歸心逐落霞孤鶩齊飛，倦客襄陽苦思歸。我這裏憑欄望，又感起倚門悲。母親呵，争奈我身貧歸未得！

【普天樂】 楚天秋，襄山翠〔五〕。對無窮景色，總是傷悲。動旅懷，關心地，壯心離愁英雄泪，助江天景物凄凄。氣吁做江水淅淅，愁隨做江聲瀝瀝，泪彈做了江雨霏霏。

（外云了）（云）老兄不失家地，不知此况。争奈眼前耳畔，總是離愁。

【喜春來】〔六〕 淡烟漠漠添秋意，黄葉蕭蕭聽擣衣，秋聲秋色兩相宜。我便如鐵石，對此也心灰。

（外云了）

【石榴花】現如今滿林春笋蕨芽肥，猶兀自無處覓山溪。劍花生澀馬空嘶〔七〕，又不曾戰敵，虎倦龍疲。山林鐘鼎俱無濟，便休説命矣時兮〔八〕。頂立立地居人世，恰便似睡夢裏過了三十。

【鬥鵪鶉】既不處麋鹿群中，又不入麒麟畫裏。爲死了吐哺周公，險餓殺采薇的叔齊。自洛下飄零到這裏，剗地無所歸？又不見末尾三梢，閃得我前程萬里！

（外云了）（云）老兄不知王粲心。

【上小樓】我一片心扶持社稷，兩隻手經綸天地。誰待要執戟門庭，禦車郊原，舞劍尊席！怎知鳥獸同群，豺狼同列，兒曹同位？兀的不屈沉殺五陵豪氣！

（外云了）（云）老兄這裏。

【么篇】未稱俺慷慨心，我非貪瀲灩杯。這酒澆我愁懷，洗我愁腸，放我愁眉。壯志難酬，身心無定，功名不遂，因此上葫蘆提醉了還醉。

（外云了）（云）一自離家，倏忽數載，名利皆不如意，衣敝緼袍，囊無日用之金。正是：到闕不沾新雨露，還家猶帶舊風塵〔九〕。

【滿庭芳】須是我羞歸故里，只爲我昂昂而已，怏怏而回。空學的瞻天才，無度飢寒計，又不曾展眼舒眉。子被你誤了我也儒冠布衣，熬煞人也淡飯黃虀。本有路到青霄内，奈浮雲蔽日，百忙裏尋不見上天梯。

（外云了）（聽雁聲叫科）（云）頭上雁過，飛禽尚自知寒暑，王粲那，何况你！

【十二月】幾時似賓鴻北歸？我便似烏鵲南飛！仰羨投林倦鳥，堪恨舞瓮醯鷄。方表嗜螢能夜飛，鴻鵠志燕雀怎知〔一〇〕。

【堯民歌】真乃是鶴長鳧短幾時齊，從來雕鶚鸞鳳不同栖。挽鹽車騏驥陷污泥，不遇孫陽未能嘶。只争個遲疾。英雄志不移〔一一〕，異日登鰲背。

（外上，開聖旨了）〔一二〕（與外見了）（外云了）

【哨遍】則爲一紙書飄零楚地，數年間困殺英雄輩。非自己不能爲，待賢心言行相違，信着二逆賊。我做了鷦鷯巢葦，他便是惡虎當途，没亂殺成何濟？一自荆王歸世，酷殢酒消除鬱悶，鎮登樓佇立金梯。恨離愁不趁漢江流，怨身世難同野雲飛。這裏叛亂將興，政事難行，異端并起！

（外云了）

【耍孩兒】若要收伏了漢上荆州地，何患山圍故國？利兵堅甲不須多，笑談間烟滅灰飛。鞭醮乾一江漢水清波漲，馬吃盡三月襄陽緑草齊。不是與挾仇氣，兒曹之輩，疥癬之疾！

【幺篇】紫泥宣詔到都堂内，八輔相都言稱職。整朝綱薄税斂省刑罰，新號令四海傳檄記。驟遷東漢三公位，不教人道依舊中原一布衣。男子漢峥嶸日，撇了一瓢而飲，受用列鼎而食。

【三煞】臣事君以忠，君使臣以禮。我把奸讒馘首干戈息。若教我但居相府十餘載，强似你高築長城千萬里。太平兆無多日，我治的桃林野耕牛閑卧，華山畔戰馬空嘶〔一三〕。

【二煞】我治的蒼生解倒懸〔一四〕，我治的山河壯帝居，我治的兩輪日月光天德。我治的四夷玉帛朝南面，我治的萬象森羅拱北極。無瑕玉堪作皇家器。燮理陰陽氣序，調和鼎鼐鹽梅。

【尾聲】看我事君王如腹心，輔皇廷作柱石。扶持得萬乘當今帝，穩坐蟠龍亢金椅。

（下）

校勘記

〔一〕死葬墳圍：原本『圍』字，形誤爲『園』，失韵，今改。

〔二〕廟堂臣：原本『廟』字，誤省爲『朝』，據《詞謔》《古名家雜劇》《元曲選》改。

〔三〕末云：二字原無，今補。

〔四〕泪眼盼秋水長天遠際：原本『盼』字，音假爲『伴』，據陸貽典鈔本《一笑散》《古名家雜劇》《元曲選》改。

〔五〕楚天秋，裹山翠：二語爲對文。原本『裹山翠』，誤作『山叠翠』，據《詞謔》改。

〔六〕喜春來：原本『來』字，形誤爲『天』，據《詞謔》改。

〔七〕劍花生澀馬空嘶：原本『澀』字，形誤爲『蕊』，據《詞謔》改。鄭本失校。

〔八〕便休説命矣時兮：原本脱『矣』字，據《古名家雜劇》《元曲選》補。

〔九〕到闕不沾新雨露，還家猶帶舊風塵：二語爲元曲熟語，亦見《陳母教子》第三折。原本『闕』字缺空，今補。

〔一〇〕鴻鵠志燕雀怎知：原本『雀』字，音假爲『鵲』，據《詞謔》改。鄭本失校。

〔一一〕英雄志不移：原本句首涉上文『只争個遲疾』，誤衍《遲疾心》三字，據《詞謔》删。鄭本失校。

〔一二〕開聖旨了：原本「聖旨」二字，諱作「〇〇」，今補。鄭本失校。

〔一三〕華山畔戰馬嘶：原本「華山畔」，誤作「華陽山」。陸貽典鈔本《一笑散》作「華陽畔」，但「陽」字旁又注作「山」，據改。

〔一四〕蒼生解倒懸：原本「蒼」字，形誤爲「花」，據《詞謔》改。

第四折

（駕一折）（子建上，云住）（正末整扮元帥上）（做見住）（奏樂住）（子建把盞，云了）

【雙調新水令】一聲雷震報春光，起蟄龍九重天上。蒯越呵，你便似臧倉毁孟軻，王粲呵，你做了貢禹嘆王陽。我則道老死在襄陽，崢嶸日不承望。

【駐馬聽】一封詔赴闕來王，糾糾威風壯紀綱。萬言策出朝爲將，輝輝星斗焕文章。墨痕奸佞血淋浪，筆端鼓角聲悲壯。男兒當自强，虹霓氣吐三千丈。（太保送宣上）（謝恩了）（外把盞，問了）

【雁兒落】又不曾扶持劉廟堂，便怎彩畫入功臣像。止不過留心在筆硯間，又不曾苦戰沙場上。

【得勝令】怎做得架海紫金梁，則消得司縣裏緑衣郎。臣曾夜宿孫康巷〔一〕，暮登天子堂。一封書謁荆王，引得人海波三千丈。萬言策對吾皇，兀的是功名紙半張。

【甜水令】也不是禍不單行，悶的我心無所向。恰便似風外柳花狂。子爲歸計難酬，憑欄凝望，望不斷烟水茫茫。

【折桂令】因此上醉登樓王粲思鄉。子爲囊篋俱乏，因此上酒債尋常。受過了客旅淹留，且放些酒後踈狂。那酒，本澆我羈懷浩蕩，消磨了塵世愴惶。少年科場，殢殺觥觴，恐怕春光，却憂成鏡裏秋霜。

（外云了）

【喬牌兒】不由人肚裏氣夯，有甚臉來到俺筵上？你個引韓信三薦蕭丞相，那時情今日想。

【水仙子】我不合精神顔色勸瑶觴，你恰甚和氣春風滿畫堂？我只道不明白餓倒在顔回巷，幾曾見列金釵十二行！盡今生劫劫忙忙，又無那江湖海量，只是齏鹽肚腸，吃不得玉液瓊漿。

【川撥棹】書唬得反賊降，抵多少鞭敲金鐙響！九層臺上，百萬兒郎，戈戟旌幢，弓箭刀槍，便有八面威風，將軍氣象。金鼓鳴驚上蒼。

【七弟兄】〔二〕振雷霆勢況，動關山響亮，珂佩韵鏘鏘。七重圍裏元戎將，五方旗號合堪傍，一輪皂蓋飛頭上。

【梅花酒】今日我見帝王，志節昂昂，喜氣洋洋，相貌堂堂。得意也王仲宣，待賢也漢君王。陛下且莫過獎，君仁德賽文王，臣虚負作賢良，比昭烈武成王。

【收江南】又不曾落梅風裏釣寒江，高宗夢裏築岩墻。得白金驕馬錦韉香，薦微臣表章。此恩生死不能忘。

（卜兒引旦兒上，云了）（謝外）

【鴛鴦煞】　張儀若不是當時一度懷惆悵，蘇秦怎能够今朝六國知名望！填還了萬里驅馳，報答了十載寒窗。唱道〔三〕執着百萬軍權，三臺印掌，卧雪眠霜，雄糾糾驅兵將。再不對樓外斜陽，望斷天涯思鄉黨！

（散場）

題目　窮書生一志綢繆
　　　望中原有國難投
正名　薦賢士蔡邕閉閤
　　　醉思鄉王粲登樓

醉思鄉王粲登樓終

校勘記

〔一〕夜宿孫康巷：原本脱『巷』字，失韵，依鄭本補。

〔二〕七弟兄：原本『弟兄』二字誤倒，今改。

〔三〕唱道：原本『唱』字，誤作『過』，據《詞謔》改。